『道草』論集 健三のいた風景

鳥井正晴・宮薗美佳・荒井真理亜 編

和泉書院

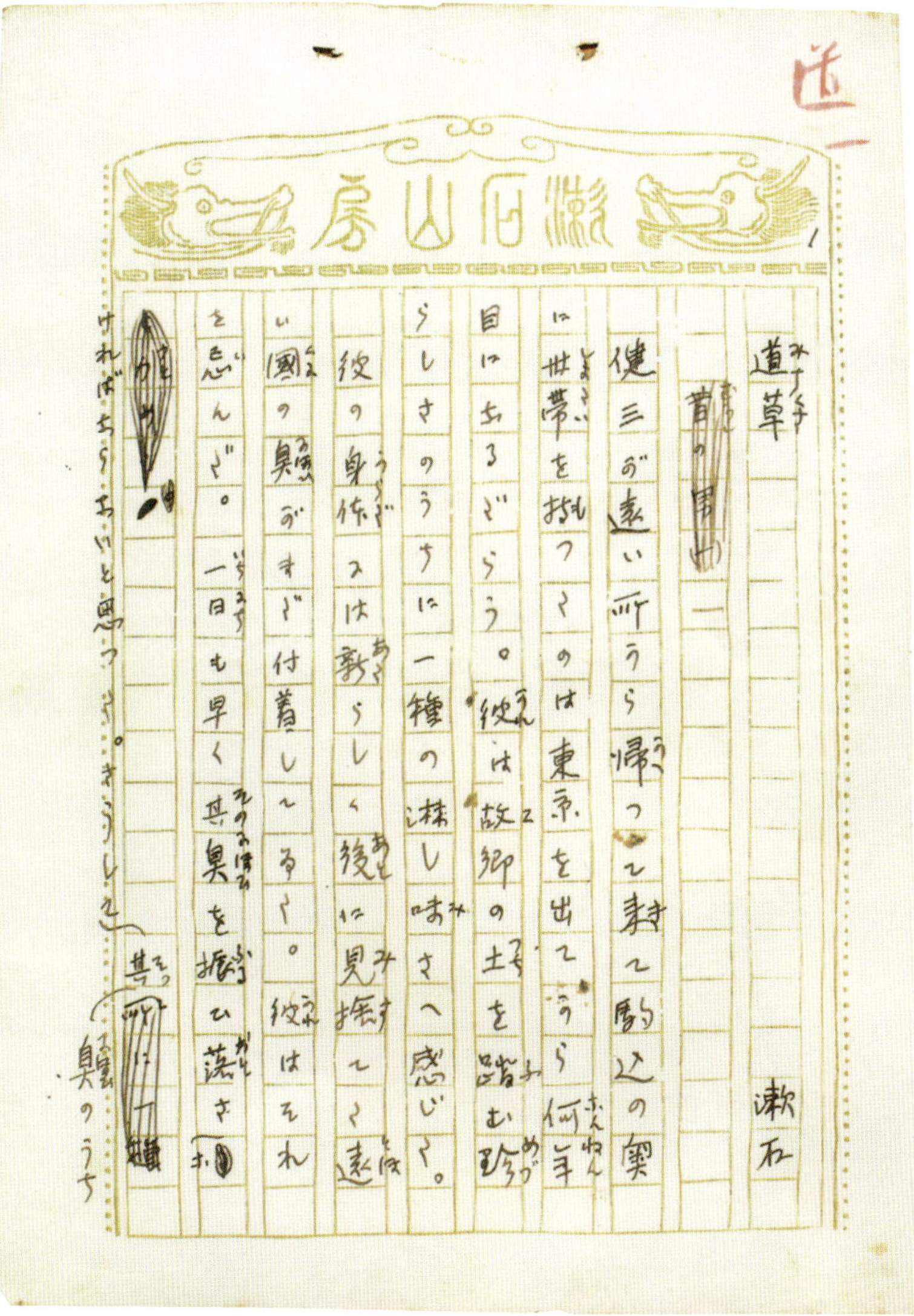
道草《みちくさ》　漱石

一

健三が遠い所から帰《かへ》つて来て駒込《こまごめ》の奥に世帯《しよたい》をもつてのは東京を出てから何年目《なんねんめ》になるだらう。彼《かれ》は故郷《こきやう》の土《つち》を踏《ふ》む珍《めづ》らしさのうちに一種の淋《さむ》し味《み》さへ感じた。彼の身体《からだ》には新《あた》らしく後《あと》に見捨《みす》てて来た遠《とほ》い國《くに》の臭《にほひ》がまだ付着してゐた。彼《かれ》はそれを忌んだ。一日《いちにち》も早く其臭《そのにほひ》を振《ふる》ひ落《おと》さなければならないと思つた。

『道草』冒頭原稿（日本近代文学館所蔵）

目次

『道草』論

『道草』研究史

『道草』論

否定表現からみる『道草』論

木村澄子

一　問題意識

『道草』は、とらえどころのない作品、として私にはうつっていた。読み直すたびに混乱・茫漠たる思いにとらわれる。それは私だけのことなのかもしれないが、私にとって、この作品の最大の問題であることにちがいはない。それは否定表現のためではないか、と思い、印象のみでなく実際にどれだけの否定表現があるのか、愚直に数えてみた。

漱石は、作品毎に文体や表現を変えているので、単純な比較は意味がないが、『道草』の前後の作品、『こころ』と『明暗』の書き出し部分・第一回〜第三回を念のため、数えている。(1)

『道草』には、拾い上げてみると約三千三百の否定表現があった（資料a全体表）。「ない」（「なかつた」を含む）だけで約二千を占める（資料b主な否定語彙別分類表）。『道草』は百二回の新聞連載で、一回ごとに平均三十の否定語もしくは否定的表現に出会う（資料c各回ごとの否定表現の個数グラフ）。ことに否定文末が多く、三作品、『こころ』・『道草』・『明暗』を並べてみると、『道草』が際立つ（資料d文末表現比較表）。人物についても、否定的描写が多い。

なお、「約」としているのは、並列・二重否定・畳語（複合語の一つ。同じ単語または語根を重ねて一語としたもの。

「人々」「すみずみ」「泣く泣く」「知らず知らず」の類。大修館『明鏡国語辞典』より）をそれぞれ一つと数えているからである（これらもそれぞれ別と数えると、三千五百をこえる）。中には否定の語を持たない強い打消＝反語を数えている（資料b主な否定語語彙別分類表）。逆に、否定語はあるが打消の意味を持たない強意（「～ぢゃないか」）も含む。実数もさりながら、印象の問題を読解のポイントと考えるからでもある。同じ理由で「不・非」などの漢字を含む、否定の意味のない語も拾っている。(2)

また、否定表現とからめて、婉曲・推量を考える。『道草』は具体的な地名を出したり出さなかったり、会話文と心内語と地の文との区別のはっきりしないところがある。こうした語り口の意味を語り手とあわせて考える。

『道草』本文の引用は、岩波書店「漱石全集」第十巻（一九九四年一〇月七日第一刷）に拠る。ルビは省略した。他の漱石作品の引用も、同「漱石全集」に拠る。

二　語り手と語り口

（一）物語のような語り口と三人称の語り手の必然性

まず、語り手について、述べておこう。『源氏物語』や『大鏡』など、中古の物語は、主人公に近い女房や長命の老人を登場させて、その語り手の見聞の範囲で語るかたちをとる。語り手が知っていても語らないこともある。はばかりがあるなど理由はさまざまだが、物語に聞き手をひきつける工夫でもある。それに対して、近代小説の語り手が登場人物を三人称で語るときは、全知全能の語り手であって、主人公でも自分自身ではわからないことを予測・予見して予言的に語ることもある。『道草』の語り手は、中古的と近代的との両方の語りを混在させており、地の文において、主人公の内面か事実描写か不明なもの、一人称の語りめいたところまで出て来る。

書き出しの第一回で、「遠い所（資料e「遠い」表参照）から帰つて来て」と、行っていた所の地名を明記しないのに、帰ってきた所は「駒込の奥」「千駄木から追分へ出る通り」と、具体的な地名をあげる。「何年目になるだらう」は、疑問の語をともなう推量で、軽い疑問を投げかけている。中古ならば「草子地」と片付けられるであろうが、それが健三に対してなのか健三の内面の疑問なのかわからず、はたまた読み手である私たちに、思い出せ、と言っているようでもあり、とまどわされる。近代的な語り、主人公の気付かない第一回の「さうして其臭のうちに潜んでゐる彼の誇りと満足には却つて気が付かなかつた」や、予言的な第五十七回の「金の力で支配出来ない真に偉大なものが彼の眼に這入って来るにはまだ間があつた」は、後に重く響いてゆく。（**四**で詳述）

中古の物語のような語り口は、時間軸の上を自在に行き来する健三の意識のままに、を表現するのにふさわしい手法でもあろう。年立《としだて》が作れないのは困るが、読み手があらすじを追ってゆくのもおもしろい。が、細部に眼を凝らすと見えてくるものがあって、それは読み手自身が気付かなければ意味がない。

語り手は他にも、「細君は女の事だからまだ判然覚えてゐるだらうが」（第二回）のような推量を所々に入れている。わかっていないかのようだが、わかっていない健三の意識に即して語る婉曲表現で、それが、語り手の姿勢、作者漱石の意図なのである。あえて語り手は説明しない。健三の意識に沿って読者は感情移入してゆく。そうしてはじめて、『道草』に隠されていることに気付くのだと思う。それは、欠点だらけの主人公健三が、追いつめられて「真に偉大なもの」を発見するなど、意外な展開の連続であり、それを表現するための工夫がこうした語り口なのだ。

三人称の必然性とは、健三夫婦の内面描写に関わっている。健三からだけでなく、細君の視点からも、とりわけ、互いに心の中で思うだけであまり口を利かない二人の対座する場面で、内面を対等に語るためである。

（二）否定語多用と物語的語り口

言語表現は一般的に、何もないところから、言語記号を用いてある世界を描き出す。絵画も同じである。しかし『道草』は、新聞連載当時、すでに他の漱石作品を読んだあとの読者が多かった。作者が洋行帰りということも、周知の事実であったろう。あるイメージを持って読む人々に対して漱石は彫刻的手法を用いた、と私は思う。それが否定表現の多用である。否定表現（でない22　ではない34　知らない47　わからない65等）によって、木や石の塊から不要な部分を削って、中にあるものを現出させる。同時に時間軸を自由に行き来し、視点を移動する物語的語り口で、箱根細工・からくり箱の秘密箱を開けるように、あちこち押し引きして、試行錯誤の結果＝「真に偉大なもの」に行き当たる。語り手は、実は開け方を知っていて操作し、小説世界を展開する。見ている者・読み手にはわからない。ただ、あちこち削り、押し引きしているうちに、健三のぼんやりした意識[3]が、「鋭い眼」で「鮮明かに」「眺めた」（第九十一回）となるのを見るのだ。

三　否定表現の多用

（一）否定表現の具体例

登場人物を描写する場合、特徴をあげる。しかし、『道草』ではそれが逆に、無いものを特徴としてあげている。「帽子を被らない男」（第二回）、「御存知の無筆」（第六回）の姉、「（健三の）袴を借りなければ葬式の伴に立てない兄」（第三十三回）、「娘に振袖を着せながら、自分は一通りの礼装さへ調へてゐなかつた」（第三十五回）、外套も何もかも「有つちやゐない」（第七十二回）義父。幼時の記憶の欠けた主人公（三の（二）で詳述）等々。これらは、当然あるはずのものを欠く、あったものを無くした、という意味での否定表現、と分類できるが、さらに詳しく見てゆこう。

主人公健三は、第一回の冒頭で、この間の数年をはっきり認識していない人間として紹介される。「健三が〜たのは東京を出てから何年目になるだらう」と。そして、この間の経験を不快なものと認識しており、「それを忌んだ」・「落付のない態度で」過ごしていた。

第一回で登場するのはあと二人である。一人は、健三にとって「思い懸けない人」（「あまり裕福な境遇に居るとは誰が見ても決して思へなかつた・何うしても中流以下の活計を営んでゐる町家の年寄としか受取れなかつた」）であり、「家へ帰つても〜忘れ得なかつた」男である。(4) もう一人は「機嫌のよくない時は、いくら話したい事があつても、細君には話さない」(5)のが「彼の癖であつた」というかたちで登場する細君で、彼女自身も「黙つてゐる夫に対しては、用事の外決して口を利かない女」であった。

第二回では「帽子を被らない男」(6)と対になるかのような「いくら読んでも読んでも読み切れなかつた」「長い手紙を書いた女」が回想される。

第三回での健三は、「娯楽の場所へも滅多に足を踏み込めない位忙しがつてゐ」て、「自分の時間に対する態度が、守銭奴のそれに似通つてゐる事には、丸で気がつかなかつた」ような有様で、親類からは「変人扱いされてゐた」。そのような健三を細君は「手前味噌・大風呂敷」(7)と「解釈・批評」し、健三は「自分を理解しない細君」に「瘠癪」を起こす。「親類と云つた所で此二軒より外に持たない」健三の親類とは、「一人の腹違の姉と一人の兄があるぎり」で、「自分の姉や兄と疎遠になるといふ変な事実は、彼に取つても余り心持の好いものではなかつた」。

この姉は(8)、「非常な瘠性」「落着のないガサツな態度」「非常に饒舌る事の好な女」で、「其饒舌り方に少しも品位といふものがなかつた」ので、姉と対する健三は「屹度苦い顔をして黙らなければならなかつた」（第四回）のである。

以下第五〜七回に、姉と姉の夫・比田が語られる。「久しく会はなかつた姉」（第五回）。「一人で遊ぶために生まれて来た男[9]なんだから仕方がないよ」（第五回）と姉に言わしめる比田。「利かぬ気の姉」は、「何か食はせなければ承知しない女」（第五回）、「悪強」（第六回）、「小さい時分いくら手習をさせても記憶が悪くつて、どんなに平易しい字も、とうとう頭へ這入らず仕舞に、五十の今日迄生きて来た女」（第六回）で、健三に小遣いの増額を求め、「時間の価値といふものを少しも認めない」「無教育な東京ものによく見るわざとらしい仰山な表情をしたがる女」（第七回）で、しかし健三の求める情報などは持たず、「此（健三の）疑問は姉にも解けなかつた」（第七回）のだった。

　また第七回では姉の口から「意地の悪い事をする人[10]」という島田評が出る。「帽子を被らない男」・島田の名は第七回でやっと「実は此間島田に会つたんですがね」と出て来たわけだが、関係はまだ明らかにされない。姉が島田の名と人となりとをよく知っていること、健三がその名を口にするのを避けようとしてきたことを、語り手が示すばかりである。

　この種の否定語多用の意味は、一つには当然あるはずのものを欠く、欠損のある人間・状態を描くことである。欠損のある人間とは、時代にマッチしない・調和しない人間、ということでもある。「帽子を被らない男」・島田は、扱所をやっていたとき、当時当然帽子を被るべき紳士然とした暮らしをしていたときも被っていなかったし、髪は「若い時分から左右に分けられた例がなかつた」（第四十六回）。人が普通にすることをせず、「変らな過ぎ」（第一回）であり、「螺旋を〜逆に廻し過ぎ」（第四十八回）て、洋燈の調節も出来ない。比田は、「大した学問も才幹もない彼が、今時の会社で、さう重宝がられる筈がないのに」（第二十四回）と評される。

　そして、普通なら美徳とされるものがこの「帽子を被らない男」と結びつくと、チグハグとなる。[11] 島田だけではない。比田はきちりと行儀良く自分の机上を片付ける几帳面な男（第五回）であり、姉は癇性でじっとしてはいられない働き者で義理を欠かさない女だし、御常（第三回「いくら読んでも〜読み切れなかつた〜長い手紙を書いた女」・第三十二回「（島田）平吉義妻常」）は粗末な衣服を綺麗に洗い張りしてその「気性を見」せる。それでいて、人間として少しも評価されていない。「幾度水を潜つたか分らない其着物なり羽織なりは、何処かに絹の光が残つてゐるやうで、又変にごつごつして」（第八十七回）と、洗い張りのし過ぎで（無論長年着続けて古いからではあるが）繊維の傷んだ様子が描写され、きれい好きと手まめは女の鏡のはずが、肯定されていない。世俗的美徳の否定は、既存の価値観の破壊＝イコノクラスムである。そして富国強兵・殖産興業の否定につながる。（付録2参照）

否定語多用の意味の二つ目は、あったものを無くした人々を描くことである。娘の病気のために、葬式に出るための袴まで無くした兄はやむなしとして、義父（細君の父）とかつての養父（島田）とを見よう。「外套どころぢゃない、ではなかつたけれども、留守中手元に預かつた自分の娘や娘の子に、苦しい思ひをさせる程窮してもゐなかつた。～もう何にも有つちゃゐないんです」（第七十二回）と細君は言う。義父は官吏で、「大した派手な暮らしの出来る身分でもなかつたけれども、留守中手元に預かつた自分の娘や娘の子に、苦しい思ひをさせる程窮してもゐなかつた。～彼（健三）が外国にゐるうち内閣が変つた。其時細君の父は比較的安全な閑職からまた引張出されて劇しく活動しなければならない或位地に就いた。不幸にして其新しい内閣はすぐ倒れた。父は崩壊の渦の中に捲き込まれなければならなかつた」（第五十八回）、「仕舞にわが住宅を挙げて人手に渡した頃は、もう何うする事も出来なかつた」（第九十七回）。激動の時代に翻弄され、いわゆるもうけばなしに騙され、落ちぶれてゆく細君の父。[12]扱所の頭（第四十回）として大勢の人を使っていたのに、「目に見えない損は幾何しても解らなかつた。～当時の金～消え失せて仕舞つた」（第四十八回）、欲が深過ぎた島田。

しかしここには『それから』の代助の父のような金満家は出てこない。みな無くした人ばかり。一方に無くした人がいれば、他方には儲けた人がいるはず。いわゆる戦争成金もいるはずなのに。戦争で変わりゆく世の中は、ごくごく一部を除いてほとんどの人の富や蓄積を奪ってゆく。欲が深過ぎて幼稚な頭脳しかない島田が精一杯でも無理なのは勿論、「怪力」（第七十二・七十五回）の持ち主である細君の父でも、金が欲しくて動く者はみな、金に振り回されて無くしてゆくしかないのである。義父は隠居することもままならず、老いてなお、収入のある仕事を求めつづけ、島田は金になる隙を求めて他人を頼み、健三宅を頻繁に訪れる。動けば動くほど、健三とも金とも縁が疎くなってゆく。

人物についての否定語多用の意味はもう一つあるが、(13)ここではとりあげない。

細君について、「遠くから彼を眺めてゐなければならなかつた細君」（第九回）は別として、「同情に乏しい細君」（第九回）、「この明白な論理に心底から大人しく従ひ得ない細君」（第十回）、「自分を認めない細君」「自分の注意を無にする細君」（第八十四回）、「自分の説明を聴かない細君」（第八十五回）等、健三の視点から否定的にとらえられた表現が多出する。夫婦間の葛藤を示す工夫であり、公平に読む読者になら、欠点・いかに健三が身勝手であるかを感じさせるものである。前述の「手前味噌」（第三回）という細君による健三評の具現であろう。

欠損のある状態として繰り返し出て来るのが、健三の時間の無さ、である。前述以外に、「家へ帰つてからも気楽に使へる時間は少しもなかつた」（第三回）、「時間の価値といふものを少しも認めない此姉に対座して、何時迄も、べんべんと饒舌つてゐるのは、彼にとつて多少の苦痛に違なかつた」（第七回）。

時間を惜しむ健三の周囲には、その貴重な時間を無駄に使わせるものが次々に現れる。島田や御常は無論、島田の使いの男たち、兄や姉、姉の夫の比田、これらはみな健三の貴重な時間を奪う者たちだが、細君や子どもたちも例外ではない。細君が生家へ子どもを連れて帰ったあとの健三は、「晴々して好い心持だ」（第五十五回）と言っている。「或古い友達」は親切に健三が所帯道具を買い整えるのにつきあってくれたのだが、その彼に対してもそのために「少なからぬ時間を費やされた」（第五十八回）と語り手は表現するのである。

健三についての欠損のある状態は、金の無さ、でもある。第十二回では経済援助を求める島田の使いの「一面識しかない男」に健三は百二三十円の月収に残りがないこと（付録2参照）を詳しく説明し、第十三回では「支出しなければならない金額は、彼に取つて随分苦しい労力の報酬であると同時に、それで凡てを賄つて行く細君に取つても、少しも裕なものとは云はれなかつた」し、さらに第二十回では「実は毎月余らないんです」と細君から着物と帯を質に入れた顚末を聞かされて、第二十一回でもう少し働こうと決心するのだが、健三の時間は、それによってさらに足りなくなってゆく。「彼の新たに求めた余分の仕事は、～さして困難のものではなかつた。ただ彼はそれに費やす時間と努力とを厭つた」。「無闇に暇を潰すといふ事が目下の彼には何よりも恐ろしく見えた」とまで。健三は、「生きてゐるうちに、何か為終せる、又仕終せなければならないと考える男であつた」（第二十一回）から。

金の無さと時間の無さ（金の必要性と時間の惜しさ）がここでリンクし、健三を追いつめてゆく。しかも健三が「時間と努力とを厭」いつつも「決心」して「工面」した「此金は、二人の間に存在する精神上の要求を充たす方便としては寧ろ失敗に帰してしまった」のであった。細君との間は金銭ではうまくゆかない。それでもなお健三は「強情」、「我慢」を続け、第六十七回に至ると倦怠と疲労でよく昼寝をしては、「失はれた時間を取り返さなければならないといふ感じ」に刺激され、「机の前を離れる事が出来なく」なってしまい、第六十八回では「自らの健康を損ひつゝあると確かに心得ながら、それを何うする事も出来ない境遇に置かれ」てしまうのだった。

（二）　はっきりしない過去（通時的につながらない記憶）の意味

健三の幼時の記憶は、断片であって、ことがらの生起する因果関係がわかる形ではよみがえらない（健三の意識や記憶にかかわるものは、「忘れた」8の他、「知らない」24・「わからない」35・「覚えていない・記憶がない」等「ない」のつくものだけで111。「当時の心持ちといふものを丸で忘れてしまつた。～忘れる筈はないんだが」（第十五回）「健三の記臆は此所でぷつりと切れてゐた」（第三十九回）「その時の彼は幾歳だつたか能く覚えてゐないけれども」（第九十一回）、他に注3の用例など）。確かに過ごしてきたはずの過去でさえ、これほど曖昧模糊として、記憶から消えていた。思い出せなければ、なかったも同然。まして未来・これからのことは何一つ確実なものはない。「まあ良かつた。あの人だけは是で片が付いて」と言い、「安心したと言はぬばかりの表情を見せ」（第百二回）る細君に対して、同じくほっとした気持（これは島田の件より創作の満足に軸足）はあるものの、「世の中に片付くなんてものは殆どありやしない」（第百二回）というのが、健三の実感である。同時に、読者にも、健三の発言を通して、作者のメッセージが伝えられる。作家として立ちゆくまで、あるいはひとつの作品を書くまで、道草を食った（「分らないのぢやあるまい。分つてゐても、其所へ行けないのだらう。途中で引懸つてゐるのだらう」（第九十七回））が、人生は道草そのものであり、そうした紆余曲折・過程こそが「人」を作り、他者と決して同じにはならないもの・その人らしさを作りあげてゆく。どんなに「不愉快な過去」（第四十六回）でも、それなしに健三は健三たり得ない[14]。

世の中に片付く、なんてものはない、次には何があるかわからない、何がおこって、自分がどうなってゆくか。「一遍起つた事は何時迄も続くのさ。たゞ色々な形に変るから他にも自分にも解らなくなる丈の事さ」（第百二回）。確かに存在した過去をでさえ少しずつしか思い出せず、鮮明に思い出せても訳が分からなかったりする中で、未来が確実なはずはない。バラバラな過去を断片的に思い出しながら、その断片がつながったとき[15]、真の自己のするべきことが見えてくる。「不図何か書いて見やう」（第百一回）ということは、つながらない過去への旅、という道草なしには出てこなかったものである。現に第百一回のこの場面も、「わざわざ迷ひ込んだ」り「絵を描いた」りの、道草を食っている[16]。我々読者も、健三の意識のままに時間軸上を行き来し、何度もあちこちを歩き回っては、混乱し眩暈し、しながら、辿ってきたのである。

（三）否定表現の吟味――過程の重要性

以上、登場人物にからんだ部分を中心に見てきたが、この膨大な否定表現（資料a表　cグラフ参照）を用いてあらわそうとしたものを吟味しよう。一つには、結果ではなく、過程の重要性である。

藤原定家の「見渡せば花ももみぢもなかりけり浦の苫屋の秋の夕暮」ではないが、何もない、と言うのではなく「花」と「もみぢ」を一瞬出してから「なかった」とするので、よけい何もないことが強調される。(17) 漱石が、『新古今』的＝「無限の中に現実をとらえ、はかなさの中に永遠を思慕する」と定義される情趣と、関係が深いとは思わないが、健三が島田の出現に刺激されたり、姉の家から帰る途中で幼年時代を思い出すところ（第六十九回）などには、期せずして共通するものがあるような気がする。少なくとも屈折の多い表現には共通するものがあると言えよう。

作品の最後、島田と縁を切るくだりは、その間の交渉を抜きにして一足飛びには行かなかった。その間に、島田の存在・出現をきっかけに、「遠く」かすんで忘却のかなたにあった自己存在・自己の幼年時代の記憶、すなわち自分自身をとりもどすに至るのである。しかも「我慢」の果てに。

こうした過程がなければ「異様の熱塊」（第三回）は、かたちをなすに至らなかった。第一回の「遠い」とは、遠い異国のみならず、忘却のかなたの遠い過去のことでもあったのである。（三の（四）、資料e「遠い」表参照）

（四）否定表現の吟味――漱石の平等主義

（三）であげた過程の重要性とならぶ、否定表現の多用のもう一つの意味は、漱石の平等主義である。

漱石の作品で、『道草』を最初に読んだ、という人は、まず居るまい。それで、読み始めるときは「自伝」または「自伝的作品」ということを念頭において読むことになる。漱石にはまた熱烈なファンも多い。当然漱石の足跡について詳しく正確な知識を持っている。それで「遠い所」がここは英国、ここは熊本（資料e「遠い」表参照）、「思い懸けない人」・「帽子を被らない男」は、かつての養父・塩原昌之助がモデル、と補ってしまうから、わかりやすくはなるだろうが、漱石がこの作品にこめたものを、もしかすると見落としてしまうようなことも起こっていはしまいか。

何の前置きもなく「健三が」と、いきなり名前で冒頭に書き出される主人公は、年齢も職業も明記されないのに、大学の先生と思って読んでいる。職業はやっと第四十七回で「偏屈な学者」、第五十一回で「一段高い所に立」つ・「講義」から、教員とわかるにすぎないのに。

実は『道草』は、作者のことをよく知っている者も知らない者も、作品世界を理解しうる。具体的に知らなくても、読んで行くと作品の中で次第に明らかにされてゆく。謎解き仕立てで、新聞連載小説として、魅力ある手法である。

第一回の「遠い所」①（三頁二行）（資料e参照）は、「遠い国」（三頁四行）であり、第四回の姉のせりふ「お前さんが外国へ行く時なんか」で「外国」とわかるし、第三十五回の「遠い所」②（百五頁四行）は、「昔田舎で結婚した時、彼女の父が〜浮世絵風の美人を描いた下等な団扇を〜買つて持つて来た」（第七十二回）という「団扇」の絵柄の話題で、「田舎」・国内とわかる。英国・熊本と具体的に特定できなければ理解できないという類のことがらではない。いずれも生まれ故郷から「遠い」だけで十分である。しかも①の「遠い所」には、②の「遠い所」も含まれている。外国は「新しく見捨てた」のに、生まれ故郷の東京を出てから何年前かわからないほど久し振りに戻ってきたというのだから、「田舎」で暮らした期間は「東京を出てから〜何年」（第一回）の間に含まれる。生まれ故郷からすれば、同質の遠さなのである。（「遠い」は過去や未来にも使われ、時空間の距離を示す。また、あるいは同時に、意識の遠近＝心理的距離も示している。資料e参照）

同様に、他のことがら、例えば漱石が里子や養子の体験があって云々も、知らなくて良い。主人公健三自身、「忘れ」「ぼんやり」「丸で白紙」「日付が付いてゐなかつた」のであり、健三の意識・記憶の断片が回想され、つながってくるのにともなって示されるからである。[18]

過去と現在を行きつ戻りつ、否定表現を繰り返しながら作者の構築した虚構の世界は、作者を知る人の強固な知識（先入観）をじわじわと崩し、ふと気づくと全く見知らぬ、似てはいるが異なる世界（小説世界）にいることに気づかされる。[19] いや気づかぬまま、健三の意識、語り手の意識に感情移入して同化してしまう。作者の自伝もしくは自伝的というフィルターをめがねとしてかけて判読しているという、読者のクリアーな意識が、「知らない・分からない」で曇らされ、ついにはかけ続けることができなくなって、はずして、眼をこする。そういう働きを、この否定表現多用は持っている。サブリミナル効果、と言って良い。研究者にもマニアにも、何も知らないはじめて新聞小説を読む子どもにも同じように読ませる工夫。漱石の平等意識の発現かも知れない。

優れた作品は、作者や書かれた当時の状況を理解せず、知らなくても、その良さ・特質を発揮するものである。漱石のことは何も知らなくても、いや作者自身の経験についてよく知っていたとしても、それはおいて、作品世界に入れる。いや、それは無理としても、それを忘れさせる力・忘れて読ませる力を、『道草』は持っている。そうしてこそ、この作品の魅力がわかる。だからこそ（普遍性のない）「倫敦」でなく故郷との距離を示す「遠い所」であり、（普遍性のある・行ったり住んだりできる）故郷の一部「駒込」なのである。「思い懸けない人」であって、はじめから【かつての養父】であってはならず、「変らな過ぎ」て一目でわかる、「帽子を被らない男」でなければならなかったのである。

自省を籠めて力説しよう。虚心に作品世界に入れないで、何の読み手であろうか。私の混乱は、伝記的事実と作品のことがらとのずれからも来ていた。「ない」「なかつた」「ません」「ず」「まい」の連続で、知識（伝記的事実へのこだわり）がゆらぎ、やっと『道草』の世界に入れたのである。漱石を読む者として、ほとんど末席の私ができることは、様々なものを前提にせず、虚心に作品に向かうこと・書かれた通りに作品世界に入ってゆくことだけであったのに。

四　頻出する否定表現の果てに――「異様の熱塊」「真に偉大なもの」とは何か

ここでは否定表現の合間に散見するいくつかの肯定表現をとりあげる。第一回に出てきた「誇りと満足」は、それには「却つて気が付かなかつた」と、直後の否定表現で、健三の意識からあっさり消されてしまう。しかし前述した「花ももみぢもなかりけり」とは異なり、この肯定的表現は、「不快・孤独・淋しい・苦痛・不思議・変・無」の奔流の中で、波頭のように白く現れては砕け、を繰り返し[20]、「自分の周囲と能く闘ひ終せたものだといふ誇り」（第九十一回）と「自分の血を啜つて満足した」（第百一回）という姿で、消えずにとどまることになる。

さて、当然あるはずのものを欠く、と前述した。個々の具体に当然眼は行くが、彼等が本当の意味で欠くもの、当然あるはずのもの、とは何か。登場人物はわかっていないし、語り手もはっきり語らないので、否定表現から逆にさぐっていくと、「割り出され」（第七十九回）るにたどり着く。何が「割り出され」たのか？（ここは「悪い所で一致」した「動かない」という「消極的な」夫婦の態度が「根強い彼等の性格から割り出されてゐた」という場面だが、「偶然といふよりも寧ろ必然の結果であつた」とされるところは、『道草』表現の全体・否定多用によってそぎ落とされて「割り出され」る、と受け取れる表現である。全体を読み解く上でのヒント、と言ってもよい。）それは、「彼は生きてゐるうちに、何か為終せる、また仕終せなければならないと考へる男であつた。」と第二十一回にある、人として生まれた以上何かをなさなければならない、何のために生まれて来たのか、ということの答えである。言い換えると、レーゾンデートル＝存在理由→「真に偉大なもの」（第五十七回）、「まだ間があつた」それに至る「異様の熱塊」（第三回）の具体、である。そしてぎりぎりまで我慢して「動かない・消極的」（第七十九回）態度は、金に振り回され人間としてつぶれてゆくのを、実は最小限にとどめてもいるのだった。

これをストーリーに即して展開すると、【遠い所から「帰つて」きた健三が、駒込に落ちつき[21]、そのため「思ひ懸けない人」・かつての養父と遭遇してしまう。余分な金はなく、まして時間もない健三に、金の要りようと、それにともなう時間の無駄を強いる状況が現れる。その追いつめられた状況の中で、ぽっかりと十日の時間が空き、あっさりした「不図何か書いて見やう」と、思いつきのような言葉で、一挙に解決に向かう。】となる。

だが、ここで爽快感・深い満足を読み取るのはなかなか難しい。「あゝ、あゝ」（第百一回）の意味を語り手は語ってくれていない。それどころか、前には類似だが逆の表現、厭になってペンを投げ出す場面が二カ所（第五十一・九十六回）あり、直後には、金を渡す算段をする場面がある。健三が「自分の血を啜つて」（第百一回）書き上げたものは、世俗的問題の解決に費消されてしまう。不親切な語り手だ。しかし作者は、きちんと書いてくれている。別な点で類似の場面にもどってみるとすぐわかる。「今から一ヶ月余り前、～雑誌に長い原稿を書いた。～此文章は、違つた方面に働いた彼の頭脳の最初の試みに過ぎなかつた。彼はたゞ筆の先に滴る面白い気分に駆られた」（第八十六回）。しかも「全く報酬を予期してゐなかつた」のに原稿料が出て「意外なものを拾つたやうに喜んだ」（第八十六回）のであった。作者は、同じこと、しかも肯定的な良いことは極力書かない。書かないが、第八十六回が「最初の試み」なら第百一回は次の試みであり、「筆の先に滴る面白い気分に駆られた」爽快感が、第百一回で「書いて見やう」となったと推測できるから、ここも「面白い気分に駆られ」てのことであろうが、第百一回のその部分に、そうした「面白い気分」はない。島田と健三自身を比較した「魚と獣ほど違ふ」の「獣」として、「あゝ、あゝ」と声をあげる。だが、ここに「異様の熱塊」（第三回）・「天真」（第七十六回）の流露があり、「彼の眼に這入つて来るにはまだ大分間があつた」「金の力で支配できない真に偉大なもの」（第五十七回）に気づき、実行したのであった。追いつめられてさもしくならずに、自分の努力によっての解決である。「彼は血に飢えた。しかも他を屠る事が出来ないので已を得ず自分の血を啜つて満足した」（第百一回）。血に飢えてなお、他を屠る・他者を犠牲にするのでなく、己の身をけずったのである。「遣らないでも可いのだけれども、己は遣るんだ」（第九十八回）、面倒を金の力で解決するとは思いたくない、という思いで。いや、健三自身の内面は、あくまで「好意的に遣つた」（第百二回）のであり、面倒を避けるために金の力を借りたとは「何うしても思へなかつた」（第百二回）のである。

あるはずのものがない・あったものを失った人々の群れのさなかにあって健三は、「忘れていた」（第二回）・「丸で白紙」（第三十八回）になっていた過去を、あれほどかつての養父母によって甘やかされ実父の豹変（第九十一回）などによっても歪められた「天真」を、そこなわずにとりもどしたのである。

これらなどでは、まだまだ漱石の表現の真価に迫り得ていないが、まとめよう。

否定表現は肯定と対をなす。否定表現の多さを言うとき、少ない肯定表現の価値・重みは強まる。

否定語・打消表現を多用して、こうではない・ああでもない、とけずりとっていったあとに現れたもの。それが第三回の「異様の熱塊」（この「異様」は強意↑一般性の否定）の具象化したものとしての十日間の執筆であり、及びその結果としての作品であろう。最後の「片付かない」宣言は、生きてある限り、結末などはないことを、変わらずにあることなどありえないこと・変化の必然を示すと同時に、書きつづけること、書きたいことがまだまだあることを示すと思う。否定語の多用に埋もれた、たった一度だけの「真に偉大なもの」及び第八十八回の「沢山あるんだ」（「〜したい」）という肯定表現の重みをかみしめる必要があるのではなかろうか。

難しい用語や概念を使わず、日常の語を使うことで、複雑な心象を平易に表現し、繰り返すことで、日常の語に強さ・深み・重みを生み出す。逆にたった一度出て来る表現の重みも増し、光ることにもなるのだ。

五　結語

『道草』は、自己の経験に取材して、一個の（漱石という）人間の体験に矮小化あるいは特化するのでなく、こうした状況におかれた人間存在のあがき・行動＝人間的真実を描いた、普遍性を持つ「作品」と評価できよう。苦境の中で追いつめられて、卑しくなることなく、なんとか自己実現を果たす（「真に偉大なもの」を発見）。結果として世俗的わずらいである問題を解決し、本来の自己らしい生き方へ向く。漱石の自伝的事実の中での取捨選択は、事実でなく、フィクションの本質である、事実よりも真実を、という要求に基づく。

普遍性とは、言い換えれば、過程の重要性と既存の価値観の破壊、追いつめられた人物の意外な言動という人間的真実である。そして、表現から漱石の平等意識も読み取れるのである

ある・特定の言語現象に注目することは、時に、重箱の隅をつつくことになる。しかし言語表現はある人間の全的活動である。重箱の隅をつつくことによって、見落とされている・見落とされがちなものを掘り起こすこともある。思えば漱石は、どれほど金に苦しめられ、どれほど周囲の人々が醜く、時代の状況がどんなに過酷なものであっても、そうして自分自身様々な欠点をもちながらも、人としてのまことを辛くも失うまいとする人物を描こうとした作家ではなかったろうか。『明暗』の登場人物たちが、あるいはあの中の誰が、どんな人間的真実の姿をあらわしてくるはずだったのか、未完に終わったことが惜しまれてならない。

「重箱の隅をつついてどうするんだろうね」。あるとき、今は亡き恩師白石大二先生がおっしゃったことばは、全体を忘れるな、何のためにか、を忘れるな、という教えとして私の中に残っている。

ちまちまと否定表現を数えた結果、漱石の『道草』という作品世界、ひいては作者漱石の精神世界も含めた全的存

在（とその影響）に、少しでも近づければ・分け入ることができれば、と思い、筆を擱く。（白石先生に捧ぐ、としたいところだが、浅学非才にして、まだその域に至らない。）

〈注〉

（1）顕著な差は文末にあったので、資料d文末表現比較表としてまとめた。『道草』に第三回までは会話文がなく、『明暗』の会話文は、病気が治るか否か、芝居を断るか否か、で、話題上打消が多いので、地の文に限った。念のため、表中（　）内に会話文の否定文末を含むものをあげている。なお、会話文とは、「」付きに限定し、間接話法の形のものは除いている。

（2）健三→細君「〜ぢやないか」23　細君→健三「〜ぢやありませんか」25（うち否定疑問5）。「ない」を含む反語・強い打消は否定の意味を打ち消すので、結果的に強意となる（資料a全体表中の分類は「反語」）。すべてが強意なのではなく、「そうかな?」という軽い疑問や「そうだろう?」と同意を促すものもあるが、会話におけるこの種の強意の多用＝決めつけの多さは、健三夫婦の緊張関係をよく表現している。

（3）「彼はもう忘れてゐた。」（第二回）「夢のやうに消えた自分の昔を回顧した。彼の頭の中には、眼鏡で見るやうな細かい絵が沢山出た。けれども其絵には何れを見ても日付がついてゐなかつた。」（第十九回）「彼には何等の記憶もなかつた。彼の頭は丸で白紙のやうなものであつた」（第三十八回）「彼の記憶がぼんやりしてゐるやうに」）（第三十九回）等。

（4）この男は、第二回では「帽子を被らない男」として出てくるが、その名（島田）や健三との関係は、なかなか明かされない。

（5）ここ第一回では「時」という限定つきだが、第二回での健三は「機嫌買な彼」と、性格上に問題のある感情の起伏のはげしい男という欠点を紹介されている。「機嫌買な」は、否定語はないので、否定表現の中に数えていないが、否定的形容である。

（6）この第二回だけで五回出て来る。全体で九回。他に類似表現が第一回に二例ある（「帽子なしで」「帽子を被らないのは」）。

（7）これらも、注（5）の健三に対する「機嫌買な」同様、否定的意味を持つ。

（8）この姉は喘息持ちで、『倫敦消息』に出て来る下宿の下女ベッジ　パードンことペンのおもかげに酷似する。喘息持ちで喋り好きなペンを漱石は「我輩が尤も敬服し尤も辟易する所の朋友」（全集第十二巻p23）、「ベッジ　パードンは遂に解雇されて仕舞つた。僕はもう円満なる彼女の顔を見る事が出来ない。」（同p55）と書いている。

姉については他に、「斯ういふ贈り物をしなければ気の済まない姉」・「世間でいふ義理を克明に守り過ぎる女」（第八十五回）、「然し姉は生れ付いての見栄坊なんだから、仕方がない。偉くない方が増しだらう」（第八十六回）等。（なお、過剰は不足の元、という諺があるが、『道草』では「～過ぎる」は否定的にばかり使われている。）

（9）姉のこの何気ない、夫・比田に対する評は、当時の遊び人の夫に対する妻のことばとしてよくあるものだったかも知れないが、夫婦とはなにか、考えると、重い意味を持つ。配偶の名に値しない、否定的表現である。

（10）島田に対しては、他に意味上の否定表現「因業な人」・「業突張」（第七回）もある。

（11）「持つて生れた倫理上の不潔癖と金銭上の不潔癖の償ひにもなるやうに、座敷や縁側の塵を気にした。彼は尻をからげて拭掃除をした。跣足で庭へ出て要らざる所迄掃いたり水を打つたりした」（第四十八回）や、同じく第四十八回、御藤の「正直過ぎる」という発言に対しての「必竟大きな損に気のつかない所が正直なんだらう」という健三の感想（第四十八回）など、島田は欲が深過ぎるために、目前の小さな損に気を取られ、逆に大きな損をする。これは、健三の行為と対照的である。義父の保証人になるのは断るが、その代わりに、四百円もの借金を自分でして、義父に渡すのである（第七十四回）。

（12）細君の父は、「自分の位地を失つた後、相場に手を出して、多くもない貯蓄を悉く亡くして仕舞つたのであ」（第五十八回）り、「門司の叔父」に何千か取られた（第十八回）。被害者であると同時に、千円預ければ倍にする云々という「怪力」（第七十二回）の持ち主で、自分で騙す方にまわってもいる。使い込みをした「不徳義漢」（第七十七回）でもあった。

（13）第一回「細君も～用事の外決して口を利かない女」（→非常に饒舌ることの好な女＝姉）、第八十二回「死なない細君」(↓丈夫な赤ん坊)のように、打消で表現されることについて、「用件だけをしゃべる」・「生きている」としてもよいのに、そういう表現は選択されず、カッコ内に示したように、対立的・対比的な人物が肯定表現で出て来る。反対の存在と比較するかのように描かれるのは、差を際だたせるためにである。おおげさな強調の副詞「決して・とても」など使わなくとも効果はあるし、使っているところでは効果は高まる。

(14)「長い間の牢獄生活を続けなければ、今日の僕は~存在してゐないんだから仕方がない」(第二十九回)

(15)「同時に今迄眠つてゐた記憶も呼び覚まされずには済まなかつた。彼は始めて新しい世界に臨む人の鋭い眼を持つて、実家へ引き取られた遠い昔を鮮明に眺めた」~「今の自分は何うして出来上つたのだらう」~「その現在のために苦しんでゐる自分には丸で気が付かなかつた」(第九十一回)

(16)「人通りの少ない町を歩いてゐる間、彼は自分の事ばかり考へた」(第九十七回)、「彼は普通の服装をしてぶらりと表へ出た。成るべく新年の空気の通はない方へ足を向けた」~「彼は重たい足を引き摺つて又宅へ帰つて来た。途中で島田に遣るべき金の事を考へて、不図何か書いて見やうといふ気を起した」(第百一回)

(17)「彼は昔あった青田と、~径とを思ひ出した。しかし今では凡てのものが夢のやうに悉く消え失せてゐた」(第六十九回)

(18)「貴夫の御父さまはあの島田つて人の世話をなすつた事があるのね」~「その縁故で貴夫はあの人の所へ養子に遣られたのね」(第三十二回)

「要するに彼は此吝嗇な島田夫婦に、余所から貰ひ受けた一人つ子として、異数の取扱ひを受けてゐたのである」(第四十回)

(19)語り手の自在さは「事件のない日は、彼に取つて沈黙の日に過ぎなかつた」(第三十八回)と孤独に過去の追憶を辿りながら、それが「考えると丸で他の身の上のやうだ。自分の事とは思へない」(第四十四回)という独り言で途切れ、現在にもどると「御常さんて人は~」という細君との対話につながり、しかも「細君は何年前か夫の所へ御常から来た長い手紙の上書きをまだ覚えてゐた。」と、同じように過去を回顧していた様子を示す、という具合だ。夫婦間の葛藤でなく、同調を示す場面も意外に多い。「己も実は面白くないんだよ」(第十九回)のように。(付録1参照)

（20）第三回の「異様の熱塊があるといふ自信」は語り手によってすぐ「温かい人間の血を枯らしに行く（のだとは決して思はなかつた）」と否定される。以下同様。第十六回「（斯んな男から）自尊心（を傷つけられるには、あまりに高過ぎると、）自分を評価（していたので）」→「しかし島田は思つたよりも丁寧で」（肩すかしの結果になる）第二十四回「優者になり得たといふ誇り」→「健三に取つて満足であるよりも苦痛」第五十一回「（「己の頭は悪くない」といふ）自信も己惚も」→「忽ち消え」

（21）駒込が生まれ故郷に近いことも、のちに明かされる。兄や姉の住まいに近いこと、散歩すれば、記憶との比較がなされるところなど。またその落ちつき方のバタバタ・片付かない中途半端な状態で生活を始め、現在も生活している表現で明かされてもいる。

付録1　夫婦論、もしくは細君の描写

漱石は『道草』において、登場人物の外貌を詳しく描いてくれていない。島田や兄・姉・比田の容貌が描出されるが、それらは境遇や品性をあらわすもので、美点と見なされるものはない。むしろ醜貌というべきものばかりで、島田夫婦のきれい好きも、醜い吝嗇と重ねられて、むしろ欠点のごとく描かれる。御縫の美貌を除けば、美しく描かれているのは、細君の外出着姿「新し味」である。さらに寝ている細君の顔、夫と一所になって面白そうに笑っている顔、最後に赤ん坊に接吻する姿。聖母子か悲母観音か。私には、細君がどんどん美しくなって見えた。美しく描いていると思われた。「細君はやがてくすくす笑ひ出した」・「黒い大きな瞳子」・「夢を見てゐるやうな細君の黒い眼」・「淋しい頰に微笑を洩らした」等々、美しく描かれる場面には、健三の細君に対する愛情が描かれている。

どなたも御存知だろうが、妊娠中の重そうな、実際にも重い腹をかかえた産前の姿に比べ、産後のすっきりした姿には、すがすがしいものがある。出産は、生まれる子も生む母も、命がけのことである。一歩まちがえば母子とも命を落とす。周産期医療が相当進んだ今日でも、明治時代と本質は変わらない。しかもここでは、産婆もいずに健三が、あまり適切とは言えないながらも介助しての出産である。「我慢に我慢を重ねて」（第八十回）重く難儀な一仕事を終えたあとの姿として共通するものが、夫婦の姿にあると思われるのである。細君の顔には不審と反抗の色が見え、健三の口調は吐き出すように苦々しいが、用事以外口を利かない細君の言葉で『道草』は締めくくられる。それは、健三の「片付きやしない（よ）」に呼応して、「分かりやしない（わね）」と、あたかも韻を踏むようである。

付録2　しかとの嵐（究極の否定）

あったものをなくした・落ちぶれた人々について述べてきた。時代の変化に翻弄され、と一般論で述べてきたが、具体的には戦争の影響であろう。第二次大戦後満鉄の株券を紙屑にした父を持つ私は、戦後のインフレ・朝鮮戦争でのガチャ万カラ千景気の影響を知ってもいる。二十円で妻子が生家でなら暮らせると思った健三が、帰国後は百二三十円で残りがない、と言うような急激な経済の変化は、戦争の影響だと思わざるを得ない。『道草』連載当時は第一次世界大戦のさなかであり、自伝的時間にしたがえば、帰国後は、日露開戦前夜である。しかし『道草』に戦争の「せ」の字もない。いや、御常の「養子が戦争に出て死んだ」とはあるが、『あゝ左右ですか、それは何うも』と「健三の挨拶は簡単であつた」（第六十三回）のである。そこに、若者ことばで言うところの「しかとの嵐」、すなわち絶対の無視・究極の戦争否定を見るのは、深読みであろうか。落ちぶれた人々の金が戦費や戦争成金に流れたことは確実であろう。「かせぐに追いつく貧乏無し」と俗に言う。戦争は何ものも生み出さない。絶対の消費なのである。『道草』の登場人物に戦争成金を出さないのも、漱石の見識であろう。

健三の青年との対話（第二十九・四十五回）で青年が「今の青年はそれ程呑気でもありません」と言い、健三が記憶に関する新説を伝えるところに、ヒントがある。「健三も一刹那にわが全部の過去を思ひ出すやうな危険な境遇に置かれたものとして今の自分を考える程の馬鹿でもなかつた」。この「危険な境遇」は後の島田の肉薄（第九十・九十一回）の伏線とも思われるが、青年の死＝青年が徴兵され戦死する可能性を意識したものと思われてならない。徴兵強化（免除例減少）が進み、戦争ごとにふくれあがる膨大な戦死者の数（第二次世界大戦に従軍した私の三人の叔父のうち生還したのは一人で、一人は戦死、一人は行方不明である）。漱石が『道草』執筆当時、自分の体調不良＝病勢の進行から自身の緩慢な死を意識したことは否めないだろうが、新説を出したのは、徴兵と「一刹那」の死＝戦死を意識したものと思われてならないのだ。

戦争が起こればそれを是認・賛美する世相（正月には、とくに、であったろう）、金儲けの好機と群がる人々の手腕や世俗的美徳を否定する（正月の風景を否定する）ことこそ、漱石の戦争に対する価値判断であり、戦争に勝って一等国になろうとすることの否定であろう。当時の強国＝英国「遠い国の臭」を「忌んだ」のと、「新年の空気の通はない方へ足を向けた」云々は、いずれも不快な臭い・空気として、模倣・追随を嫌う心性によって、忌避されたのだと思う。三の（一）で、「イコノクラスム→富国強兵、殖産興業の否定につながる」と述べた所以である。「→天皇制の否定？」と思わずすべっては いけない筆がすべりそうになった。

資料a　全体表

第~回	番号	頁	行	語	語句	分類	本文抜粋	地以外の発話者	健三以外の主語・動作者	注
一	1	3	2	遠い			健三が遠い所から帰つて来て			
一	2	3	4	忌む			彼はそれを忌んだ。			
一	3	3	4	遠い			彼の身体には新しく後に見捨てた遠い国の臭がまだ付着してゐた。			
一	4	3	5	ない	なければならない	二重否定	振ひ落さなければならないと思つた。			
一	5	3	6	ない	~なかった		却つて気が付かなかつた。			「却つて」はとくに数えず。多数
一	6	3	7	ない			落付のない態度で、			
一	7	3	9	ず			外套も雨具も着けずに、			
一	8	3	10	ない			思ひ懸けない人に			
一	9	3	11	反	反対		彼と反対に北へ向いて歩いて		島田	「其人」=島田
一	10	3	12	ない	何気なく		何気なく眺めた時、			
一	11	3	12	ず	思はず		さうして思はず彼の眼を			
一	12	4	1	外	そらす		(さうして思はず彼の眼を) わきへ外させたのである。			使役は「其人」
一	13	4	2	ず	知らん		彼は知らん顔をして			
一	14	4	5	ない	絶間なく		ただ細い雨の糸が絶間なく落ちてゐる丈		雨の糸	
一	15	4	6	ない	なかった		何の困難もなかつた。		健三と島田	「何の~もない」「困難」不数
一	16	4	7	ない	気色なく		少しも足を運ぶ気色なく、		島田	「少しも~ない」
一	17	4	10	ない	~なかった		何年会はなかつたろう。			推量
一	18	4	10	ない	ならない		彼がまだ二十歳になるかならない昔の事であつた。			「まだ~ない」
一	19	4	12	ない	なかった		ついぞ一度も顔を合せた事がなかつたのである。			「ついぞ~ない」
一	20	4	14	ない	ないとも限らない	二重否定	隔世の感が起らないとも限らなかつた。			
一	20	4	14	ない	~なかった	(二)	隔世の感が起らないとも限らなかつた。			
一	21	4	15	変	かわる		然しそれにしては相手の方があまりに変らな過ぎた。		島田	
一	22	4	15	ない	な		然しそれにしては相手の方があまりに変らな過ぎた。		島田	
一	23	5	1	ない	なし		帽子なしで外出する昔ながらの癖を		島田	
一	24	5	2	異	異な		異な気分			
一	25	5	3	ない	~なかった		彼は固より其人に出会ふ事を好まなかつた。			「もとより~ない」
一	26	5	5	ない	~なかった		誰が見ても決して思へなかつた。		誰でも	「決して~ない」
一	27	5	5	ない			帽子を被らないのは當人の自由としても、		島田	

一	28	5	6	ない	～なかった		町家の年寄としか受取れなかつた。			
一	29	5	8	忘	わすれる		其日彼は～忘れ得なかつた。			
一	30	5	8	ない	得なかった		其日彼は～忘れ得なかつた。			
一	31	5	9	ない	～なかった		然し細君には何にも打ち明けなかつた。			「何も～ない」
一	32	5	10	ない			機嫌のよくない時は、			
一	33	5	10	ない			いくら話したい事があつても、細君に話さないのが彼の癖であつた。			
一	34	5	11	ない			細君も～用事の外決して口を利かない女であつた。		細君	「決して～ない」
二	1	5	13	ない			帽子を被らない男		島田	
二	2	5	14	ない	～なかった		もう何処からも出て来なかつた。			「もう～ない」
二	3	6	2	ない			帽子を被らない男		島田	
二	4	6	3	違	ちがう		時間も殆どこの前と違はなかつた。			
二	5	6	3	ない	～なかった		時間も殆どこの前と違はなかつた。			「ほとんど～ない」
二	6	6	6	反	反対		先方の態度は正反対		島田	「先方」＝島田
二	7	6	6	不	不安		何人をも不安にしなければ已まない程な注意を		島田	
二	8	6	6	やむ			何人をも不安にしなければ已まない程な注意を		島田	
二	9	6	6	ない	なければ已まない	二重否定	何人をも不安にしなければ已まない程な注意を		島田	「～なければ～ない」
二	10	6	8	ない	容赦なく		出来る丈容赦なく			
二	11	6	8	変	変な		変な予覚			
二	12	6	9	まい			「とても是丈では済むまい」	健三		「～では～まい」
二	13	6	10	ない			帽子を被らない男		島田	
二	14	6	10	ず			細君に話さずにしまつた。			
二	15	6	12	ない	なかった		故郷の東京でなかつたので、		結婚地	
二	16	6	12	ない	なかった		ぢかにその人を知る筈がなかつた。		細君	「はずがない」
二	17	6	13	ず			既に話してゐたかも知れず、			推量
二	18	6	14	ない	ないとも限らない	二重否定	親類の者から聞いて知つてゐないとも限らなかつた。		細君	逆接的表現（知っているはず？）
二	18	6	14	ない	～なかった	（二）	親類の者から聞いて知つてゐないとも限らなかつた。		細君	逆接的表現（知っているはず？）
二	19	6	14	ない	～なかった		それは何れにしても健三にとつて問題にはならなかつた。			
二	20	7	3	変	変な		変な顔をして			
二	21	7	3	ない	～なかった		然しいくら読んでもヽ（読んでも）読み切れなかつた。			
二	22	7	4	ない	隙間なく		隙間なく細字で書いたものの、		御常の手紙	
二	23	7	7	ない			帽子を被らない男		島田	
二	24	7	9	忘	わすれる		彼はもう忘れてゐた。			

二	25	7	10	ない	～なかった		問ひ糺してみる気も起らなかつた。			
二	26	7	11	ない			帽子を被らない男		島田	
二	27	7	11	嫌	きらい		彼は～と、～とを～並べて考えるのが大嫌だつた。			
二	28	7	11	不	不幸		彼の不幸な過去を遠くから呼び起こす			
二	29	7	11	遠い			それは彼の不幸な過去を遠くから呼び起す媒介となるからであつた。			
二	30	7	13	ない	～なかった		余裕を彼に与へなかつた。		健三の状態	
二	31	8	1	ない	なければならない	二重否定	しなければならないといふ刺戟			
二	32	8	1	ない	なければならない	二重否定	自然彼はいら、（いら）しなければならなかつた。			
二	32	8	1	ない	～なかった	（二）	自然彼はいら、（いら）しなければならなかつた。			
二	33	8	3	遠い			彼が遠い所から持つて来た書物の箱を			
二	34	8	5	ない	～なかった		何時迄経っても片付かなかつた。			
二	35	8	6	ない	頓着なく		順序にも冊数にも頓着なく、		或友人	
三	1	8	10	ない	なかった		時間は少しもなかつた。			「少しも～ない」
三	2	8	12	ない	～なかった		余裕というものを知らなかつた。			
三	3	8	14	ない			滅多に足を踏み込めない位			「滅多に～ない」
三	4	9	3	ない	～なかった		丸で気がつかなかつた。			「丸で～ない」
三	5	9	4	ない	なければならない	二重否定	社交を避けなければならなかつた。			
三	5	9	4	ない	～なかった	（二）	社交を避けなければならなかつた。			
三	6	9	4	ない	なければならない	二重否定	人間をも避けなければならなかつた。			
三	6	9	4	ない	～なかった	（二）	人間をも避けなければならなかつた。			
三	7	9	5	ない	なければならない	二重否定	孤独に陥らなければならなかつた。			
三	7	9	5	ない	～なかった	（二）	孤独に陥らなければならなかつた。			
三	8	9	6	異	異様		異様の熱塊			
三	9	9	8	枯らす			温かい人間の血を枯らしに行くのだとは決して思はなかつた。			
三	10	9	8	ない	～なかった		温かい人間の血を枯らしに行くのだとは決して思はなかつた。			「決して～ない」
三	11	9	10	変	変人		変人扱ひ			
三	12	9	10	苦	苦痛		大した苦痛にもならなかつた。			
三	13	9	10	ない	～なかった		大した苦痛にもならなかつた。			
三	14	9	11	違	ちがう		教育が違ふんだから仕方がない」	健三		
三	15	9	11	ない	仕方がない		教育が違ふんだから仕方がない」	健三		
三	16	9	15	ない	出来なかった		細君の批評を超越する事が出来なかつた。			
三	17	9	15	不	まずい		さう云はれる度に気不味い顔をした。			
三	18	10	1	ない			自分を理解しない細君を心から忌々しく思つた。			
三	19	10	1	忌	忌々しい		心から忌々しく思つた。			

三	20	10	3	ない	～に過ぎなかった		訂正するに過ぎなかつた。		細君	
三	21	10	4	ない			親類と云つた所でこの二軒より外に持たない彼は			「～より外に～ない」
三	22	10	5	ない	～なかった		あまり親しく往来をしてゐなかつた。			「あまり～」
三	23	10	5	不	不幸		彼は、不幸にして			
三	24	10	6	変	変な		変な事実			
三	25	10	6	ない	なかった		余り心持の好いものではなかつた。			「あまり～」
三	26	10	8	ない			帽子を被らない男		島田	
三	27	10	8	ない	～なかった		突然彼の行手を遮らなかつたなら、		島田	
三	28	10	10	ず			足を向けずにしまつたらう。			推量
三	29	10	11	ない	～に過ぎなかった		半日の安息を貪るに過ぎなかつたらう。			推量
三	30	10	12	不	ふと		彼は不図途中で二度会つた男の事を思ひ出した。			
三	31	11	1	やめる			彼が其所を已めた今日でも		比田	
三	32	11	2	厭			厭だといつて、		比田	
三	33	11	2	不	不便		今の勤先に不便なのも構はずに、		比田	
三	34	11	2	ず	構はず		今の勤先に不便なのも構はずに、		比田	
四	1	11	5	非	非常な		それでも生まれ付が非常な癇性なので、		姉	
四	2	11	6	苦	くるしい		余程苦しくないと		姉	
四	3	11	6	ない			余程苦しくないと		姉	
四	4	11	6	ない	～なかった		決して凝としてゐなかつた。		姉	「決して～ない」
四	5	11	7	ない	ないと承知しない	二重否定	始終ぐる丶（ぐる）廻って歩かないと承知しなかつた。		姉	
四	5	11	7	ない	～なかった	（二）	始終ぐる丶（ぐる）廻って歩かないと承知しなかつた。		姉	
四	6	11	7	ない			落付のないガサツな態度が		姉	「落ち付きのない」
四	7	11	8	ない	なかった		少しも品位といふものがなかつた。		姉のしゃべり方	「少しも～ない」
四	8	11	9	苦	にがい		きつと苦い顔をして黙らなければならなかつた。			
四	9	11	9	ない	なければならない	二重否定	きつと苦い顔をして黙らなければならなかつた。			
四	9	11	9	ない	～なかった	（二）	きつと苦い顔をして黙らなければならなかつた。			
四	10	12	7	ない	くれなかった		何時迄経つても買つてくれなかつたのを		比田	
四	11	12	7	非	非常に		非常に恨めしく思つた事もあつた。			
四	12	12	8	ない			もう向ふから謝罪つて来ても堪忍してやらないと			
四	13	12	9	ない			姉が詫まらないので、		姉	
四	14	12	9	ない	仕方がない		仕方なしに此方から			
四	15	12	9	無	ぶさた		手持無沙汰なので、			
四	16	12	12	にくい			大した好意を有つ事が出来にく丶なつた自分を			
四	17	12	12	不	不快		自分を不快に感じた。			

四	18	12	13	非	ひどく		あんまり非道く起る事もありませんか」	健三	姉の喘息	
四	19	12	13	ません			あんまり非道く起る事もありませんか」	健三	姉の喘息	「あまり～」
四	20	13	1	ない	出来ない		昔しのようにガセイに働く事は出来ないのさ。	姉		
四	21	13	3	ない			今ぢやとてもそんな元気はありやしない。	姉		「～やしない」
四	22	13	5	忘	わすれる		健三は～小遣を姉に遣る事を忘れなかつたのである。			
四	23	13	5	ない	なかった		健三は～小遣を姉に遣る事を忘れなかつたのである。			
四	24	13	7	ない	仕方がない		仕方がない。	姉		
四	25	13	7	ない			昔から太った事のない女	姉		
四	26	13	8	ない	出来ない		瘠で太る事が出来ないんだよ」	姉		
四	27	13	9	ない			肉のない細い腕を		姉	
四	28	13	13	むずかしい			生きて会ふ事は六づかしからうと	姉	健三と姉	
四	29	14	2	ない			この子はとても物にやならない」	姉	健三	
四	30	14	3	苦	苦笑		心の中で苦笑した。			
五	1	14	5	ない	なかった		久しく会はなかつた姉の			
五	2	14	9	外	意外		健三にも意外であつた。			
五	3	14	13	ない			何だか知らないが、	健三		「なんだか知らない」
五	4	15	1	ない	なかった		それさへ知らなかつた。			
五	5	15	1	やめる			それぎり已めてしまつた。			
五	6	15	7	ない			却つて多いかも知れないよ」	姉	比田	「かも知れない」推量 「却つて」不数
五	7	15	12	ない			宿直だと云つて宅へ帰らないのは、		比田	
五	8	15	12	ない			或はそ（変な女）の所為ぢやなからうかと		比田	推量
五	9	15	15	ず	相変らず		矢ッ張り相変らずさ。	姉	比田	
五	10	15	15	ない	仕方がない		～男なんだから仕方がないよ。	姉	比田	
五	11	16	2	ない			年の所為だか何だか知らないが、	姉	比田	推量・「なんだか知らない」
五	12	16	5	ない	なかった		姉さんも負けてる方ぢやなかつたんだからな」	健三	姉	
五	13	16	6	ない			ついの一度だつてありやしない」	姉	姉	「～やしない」
五	14	16	8	ない	なかった		二人の立ち廻りは～受身のものばかりでは決してなかつた。		比田と姉	「決して～ない」
五	15	16	9	ず			此利かぬ気の姉が、		姉	
五	16	16	9	ない			彼が宅へ帰らない以上、		比田	
五	17	16	10	違	ちがう		屹度会社へ泊まつてゐるに違ないと		比田	
五	18	16	10	ない	ちがいない		屹度会社へ泊まつてゐるに違ないと		比田	
五	19	16	10	不	不憫		妙に不憫に思はれて来た。			

五	20	16	12	まい			珍しくもあるまいけれども、	姉	健三	
五	21	16	13	ない			時間に関係なく、		姉	
五	22	16	13	ない	なければ承知しない	二重否定	何か食はせなければ承知しない女であつた。		姉	「～なければ承知しない」
五	23	16	14	ない	仕方がない		仕方がないから			
六	1	17	2	ない	なかった		どうも胃の具合が好くなかつた。			
六	2	17	4	ない			成るべく物を口へ入れないやうに			
六	3	17	4	ない	なかった		それでも姉の悪強には敵はなかつた。			「かなわない」
六	4	17	5	ない			海苔巻なら身体に障りやしないよ。	姉		「～やしない」
六	5	17	6	厭			厭かい」	姉		
六	6	17	7	ない	仕方がない		仕方なしに			
六	7	17	7	ない			旨くもない海苔巻を			
六	8	17	9	ない	～なかった		彼は何時迄も自分の云ひたい事が云へなかつた。			
六	9	17	11	ない			然し姉にはそれが一向通じないらしかつた。		姉	推量
六	10	17	14	ない	仕方がない		あんなものあ、宅にあつたつて仕方がないんだから、	姉	達磨の掛け物	
六	11	18	1	ない			なに比田だつて要りやしないやね、	姉	比田	「～やしない」
六	12	18	1	汚	きたない		汚ない達磨なんか	姉		
六	13	18	2	ない			健三は貰ふとも貰はないとも			
六	14	18	2	ず			云はずに			
六	15	18	6	悪	～にくい		御住さんがいちや、少し話し悪い事だしね。	姉	姉	
六	16	18	6	無	無筆		手紙を書かうにも御存じの無筆だらう、	姉	姉	
六	17	18	9	ず			とう、(とう)頭へ這入らず仕舞に、		姉	「～ずじまい」
六	18	18	13	ない	なかった		何故早く話さなかつたの」	姉		
六	19	18	14	ない			だつて話せないんだもの」	健三		
六	20	18	15	ない			そんなに遠慮しないでもい丶やね。	姉		
六	21	18	15	ない		反語	姉弟の間ぢやないか、お前さん」	姉		「～ぢやないか」
六	22	19	1	ない	なかった		姉は～毫も気が付いてゐなかつた。		姉	「毫も～ない」
六	23	19	3	悪	～にくい		云ひ悪いんだけれども、	姉	姉	
六	24	19	5	ない			己の知った事ぢやないつて顔を	姉	比田	
六	25	19	5	すくない			月々の取高が少ない上に、	姉	比田	
六	26	19	6	ない	仕方がない		仕方がないと云へば夫迄だけれどもね。	姉		
六	27	19	7	ない	なかった		中々容易な事で目的地へ達しさうになかつたけれども、			
六	28	19	11	まい			此身体ぢやどうせ長い事もあるまいから」	姉	姉	
六	29	19	12	厭			健三はそれでも厭だとは云ひかねた。			
六	30	19	12	かねる			健三はそれでも厭だとは云ひかねた。			

七	1	19	14	ない	なければならない	二重否定	今夜中に片付けなければならない明日の仕事を			片付ける
七	2	20	1	ない			時間の価値といふものを少しも認めない此姉と		姉	「少しも〜ない」
七	3	20	2	苦	苦痛		彼にとつて多少の苦痛に違なかつた。			
七	4	20	2	違	ちがいない		彼にとつて多少の苦痛に違なかつた。			
七	5	20	2	ない	〜なかった		彼にとつて多少の苦痛に違なかつた。			
七	6	20	3	ない			帽子を被らない男		島田	
七	7	20	6	無	無教育		無教育な東京もの		姉	
七	8	20	9	ない		反語	お前さんのぢき近所ぢやないか。	姉		「〜ぢやないか」
七	9	20	10	ない			別に言葉の掛けやうもないんだから」	健三		
七	10	20	11	ない		仮定	健ちやんの方から何とか云はなきや、	姉		「なければ」
七	11	20	11	ない			向で口なんぞ利けた義理でもないんだから」	姉	島田	
七	12	20	14	ない			ぢや矢ッ張り楽でもないんだね」	姉	島田	
七	13	20	15	悪	にくらしい		悪らしさうな語気を用ひ始めた。		姉	
七	14	21	2	ない			なんぼ因業だつて、あんな因業な人つたらありやしないよ。	姉	島田	
七	15	21	3	ない			坐り込んで動かないんだもの。	姉	島田	
七	16	21	4	ません			御金はありませんが、	姉	姉	
七	17	21	5	ない		反語	あきれるぢやないか」	姉		「〜ぢやないか」
七	18	21	6	ない			重くつて到底持てやしないでせう」	健三	島田	推量・「到底〜ない」
七	19	21	7	ない	ないとも限らない	二重否定	どんな事をして持つてかないとも限らないのさ。	姉	島田	
七	20	21	8	まい			其日の御飯をあたしに炊かせまいと思つて、	姉	島田	
七	21	21	9	ない			どうせ先へ寄つて好い事あない筈だあね」	姉	島田	
七	22	21	10	ない	〜なかった		たゞの滑稽としては聞こえなかつた。			
七	23	21	13	ない	わからない		是から先又何時会ふか分らないんだ」	健三		
七	24	21	14	ず	知らん		いゝから知らん顔して御出でよ。	姉		
七	25	21	14	ない	かまわない	二重否定	何度会つたつて構はないぢやないか」	姉		
七	26	21	14	ない		反語	何度会つたつて構はないぢやないか」	姉		「〜ぢやないか」
七	27	22	1	ない	わからない		それが分らないんでね」	健三		
七	28	22	2	ない	なかった		此疑問は姉にも解けなかつた。		姉	
七	29	22	2	無	無意味		無意味に使つた。		姉	
七	30	22	3	空	から世辞		空御世辞のごとく響いた。			
七	31	22	4	ない			此方へは其後丸で来ないんですか」	健三	島田	「丸で〜ない」
七	32	22	5	ない			此二、三年は丸つきり来ないよ」	姉	島田	「丸で〜ない」
七	33	22	7	ない			ちよく〳〵（ちよく）つて程でもないが、	姉	島田	
七	34	22	8	ない			鰻飯かなにか食べさせないと	姉	姉	

七	35	22	8	ない			決して帰らないんだからね。	姉	島田	「決して～ない」
七	36	22	13	ない	出来なかった		然しそれ以上何も知る事は出来なかつた。			「なにも～ない」
七	37	22	13	ない	～なかった	わからない	目下の島田については全く分らなかつた。			「全く～ない」
八	1	23	2	ない	～なかった		斯んな簡単な質問さへ姉には判然答へられなかつた。		姉	
八	2	23	2	外	はずれる		健三は少し的が外れた。			「あてがはずれる」
八	3	23	3	ない	なかった		～と迄は思つてゐなかつたので、			
八	4	23	3	失	失望		大した失望も感じなかつた。			
八	5	23	3	ない	なかった		大した失望も感じなかつた。			
八	6	23	4	ない			まだそれ程の手数を尽す必要がないと信じてゐた。			
八	7	23	5	ない	～に過ぎない		一種の好奇心を満足するに過ぎないとも考へてゐた。			
八	8	23	5	ない	なければならない	二重否定	今の彼は斯ういふ好奇心を軽蔑しなければならなかつた。			
八	8	23	5	ない	～なかった	（二）	今の彼は斯ういふ好奇心を軽蔑しなければならなかつた。			
八	9	23	8	変	かわる		水の変らない其堀の中は		島田の家	
八	10	23	8	ない			水の変らない其堀の中は		島田の家	
八	11	23	9	不	不快		腐つた泥で不快に濁つてゐた。			
八	12	23	9	厭	厭な		厭な臭さへ彼の鼻を襲つた。			
八	13	23	9	汚	きたならしい		その汚ならしい一廓を			
八	14	23	13	ない	～なかった		御屋敷の中は丸で見えなかつた。			「丸で～ない」
八	15	23	15	無	無論		其町並は無論			
八	16	23	15	不	ぶそろ		不揃であつた。			
八	17	24	2	ない	～なかった		健三はそれが何時出来上がつたか知らなかつた。			
八	18	24	3	ない			新築後まだ間もないうちであつた。			「まだ～ない」
八	19	24	3	ない			四間しかない狭い家			「狭い」不数（～家・～庭）
八	20	24	6	ず			絶えず濡雑巾を縁側や柱へ掛けた。		島田	「絶」不数
八	21	24	10	ない	片付かない		野とも畠とも片のつかない湿地であつた。			
八	22	24	12	ない	～なかった		然し其企ては何時迄も実現されなかつた。		島田の企て	
八	23	24	14	変	かわる		驚ろく程変つてゐるだらう			
八	24	25	1	ない			良人では年始状位まだ出してるかも知れないよ」	姉	比田	推量
八	25	25	3	ない	なかった		彼にはそれ程の必要もなかつた。			
八	26	25	4	無			無沙汰見舞かたゞ（がた）			
八	27	25	5	ない	仕方がない		どうせ訊いたつて仕方がないといふ気が			
八	28	25	6	ない	なければならない	二重否定	仕事に忙殺されなければならなかつた。			
八	28	25	6	ない	～なかった	（二）	仕事に忙殺されなければならなかつた。			

八	29	25	7	忘	わすれる		島田の事は丸で忘れてしまつた。			「丸で〜」
九	1	25	10	ず			絶えず彼を苦しめた。		いらいらするもの	「絶」不数
九	2	25	10	苦	くるしめる		絶えず彼を苦しめた。		いらいらするもの	
九	3	25	10	遠い			遠くから彼を眺めてゐなければならなかつた細君は、		細君	
九	4	25	11	ない	なければならない	二重否定	遠くから彼を眺めてゐなければならなかつた細君は、		細君	
九	4	25	11	ない	〜なかった	(二)	遠くから彼を眺めてゐなければならなかつた細君は、		細君	
九	5	25	11	ない			別に手の出しやうもないので、		細君	「〜ようもない」
九	6	25	12	まい			妻にあるまじき冷淡としか			「あるまじき」
九	7	25	12	ない	〜なかった		としか思へなかつた。			
九	8	25	13	少	少ない		夫婦間の交渉は、用事以外に少なくならなければならない筈だと		細君	「以外」不数
九	9	25	13	ない	なければならない	二重否定	夫婦間の交渉は、用事以外に少なくならなければならない筈だと		細君	
九	10	26	2	ない	〜なかった		其子供たちはまた滅多に書斎へ這入らなかつた。		子供たち	「滅多に〜ない」
九	11	26	3	ない			自分の傍へ寄り付かない彼ら（子供）に対して、		子供たち	
九	12	26	3	ない			やはり一種の物足りない心持を抱いてゐた。			
九	13	26	4	ない	〜なかった		彼は丸で外出しなかつた。			「丸で〜ない」
九	14	26	7	ない	〜なかった		首を切られた人のやうに何事も知らなかつた。			
九	15	26	8	黙る			傍にゐる細君は黙つていた。		細君	多数あり。一部のみ
九	16	26	9	ない	〜なかった		健三も何も云はなかつたが、			「なにも〜ない」
九	17	26	9	厭			斯うした同情に乏しい細君に対する厭な心持を			「乏しい」不数
九	18	26	10	ない	隔意なく		夫が何故自分に何もかも隔意なく話して、		細君	
九	19	26	10	ない			能働的に細君らしく振舞はせないのかと、		細君	
九	20	26	11	不	不愉快		その方を却つて不愉快に思つた。		細君	「却つて」不数
九	21	26	14	ず	やむをえず		已を得ず			
九	22	26	15	ない			例にない寒さを感じて、寝付が大変悪かつた。			「例にない」
九	23	26	15	悪	わるい		例にない寒さを感じて、寝付が大変悪かつた。			
九	24	26	15	ない	ほどなく		程なく彼を		頭脳の疲労	
九	25	27	2	外	存外		存外安静であつた。			「意外」の類義
九	26	27	4	ない	なかった		朝飯は少しも旨くなかつた。			「少しも〜ない」
九	27	27	6	ない	わからなかった		然し其意味は彼自身にも解らなかつた。			
九	28	27	6	ない	〜なかった		別に何にも云はなかつた。		細君	「なにも〜ない」
九	29	27	8	ない	〜なかった		夫でも細君は依然として取り合はなかつた。		細君	
九	30	27	11	ない	〜なかった		形式だけを重んずる女としてしか受取れなかつたので、			
九	31	27	11	厭	厭な		彼は猶厭な心持がした。			

以下略

資料b　主な否定語見出し語別分類表

語	用例数	類例・注	語	用例数	類例・注
異	13		ず	145	
忌	10		ない	1985	(反語 35 含む)
厭	42		非	21	
失	20		不	184	
変	79		まい	30	
空	14	(空想 2 も含む)	ません	106	(反語 21 含む)
嫌	18		無	120	
苦	97		やむ・やめる	24	よす 6
死	48	殺 5 亡 5	忘	31	
少	16	寡言	悪	74	「にくい」等も含む
違	32		反語	21	
反	21		計	主な見出し語 3151＋類例 19＝3170	

資料c　各回ごとの不定表現の個数グラフ（第一～第百二回）

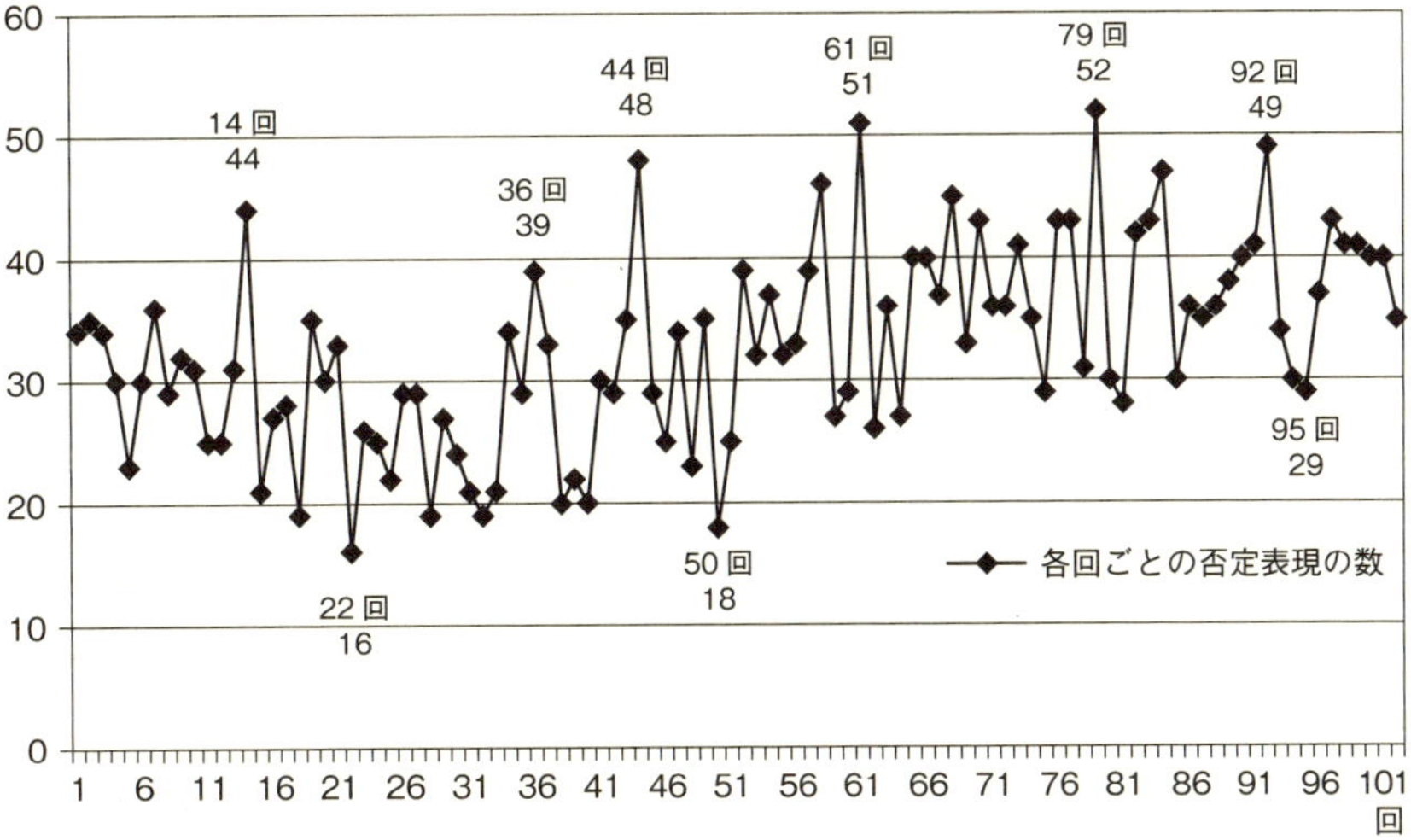

資料d　文末表現比較表　分子＝否定文末／分母＝各回の文の数　（　）内は会話文を含むもの

	こころ	道草	明暗
第一回	8/39	10/39	4/21（13/48）
第二回	6/34	12/39	5/27（14/47）
第三回	8/48（13/56）	15/40	3/27（10/69）
計	22/121（27/129）	37/118	12/75（37/161）
%	18.2（20.9）	31.4	16.0（23.0）

資料e「遠い」表

第〜回	頁	行	語	語句	分類	本文抜粋	地以外の発話者	健三以外の主語・動作者	注
一	3	2	遠い	遠い所	?	健三が遠い所から帰つて来て			英国? 松山・熊本も?「過去」も含む?
一	3	4	遠い	遠い国	英国	彼の身体には新しく後に見捨てた遠い国の臭がまだ付着してゐた。			
二	7	11	遠い		過去	それは彼の不幸な過去を遠くから呼び起す媒介となるからであつた。			
二	8	3	遠い	遠い所	英国	彼が遠い所から持つて来た書物の箱を			
九	25	10	遠い		意識	遠くから彼を眺めてゐなければならなかつた細君は、		細君	
二十四	70	11	遠ざかる		?	一歩目的へ近付くと、目的は又一歩彼から遠ざかつて行つた。			抽象的距離
二十九	85	11	遠い		過去	此世界は平生の彼に取つて遠い過去のものであつた。			
三十一	95	4	遠い		過去	是等の遠いものが、平生と違つて今の健三には甚だ近く見えた。			
三十五	105	4	遠い	遠い所	熊本	遠い所で極簡略に行はれた其結婚の式に			生まれ故郷から遠い田舎
四十四	132	5	遠ざける		意識	彼女（御常）の権幕は健三の心をますゝ（ます）彼女から遠ざける媒介となるに過ぎなかつた。			
四十九	147	8	遠い			健三に取つて全くの無意味から余り遠く隔たつてゐるとも思へなかつた。			
五十二	157	6	遠い		意識	彼は〜遠い戸口を眺めた。(高い丸天井の広い部屋)			
五十三	162	3	遠い		意識	其或ものは単純な言葉を伝はつて、言葉の届かない遠い所へ消えて行つた。		或もの	
五十八	175	10	遠い	遠い所	英国	遠い所で此変化を聴いた健三は、			
五十八	177	5	遠い		距離	彼は大きな声を出して遠くから健三を呼んだ。		或古い友達	
五十九	178	6	遠い	遠い国	英国	遠い国で一所に暮した其人の記憶は、			
六十二	187	5	遠い		距離	彼は死なうとしてゐる其人の姿を、同情の眼を開いて遠くに眺めた。			
六十四	194	5	遠い			真しやかといふ点に於て遠く及ばなかつた。		姉	程度の高さを示す意
六十六	200	11	遠い	遠い所	距離	生家と縁故のある産婆が、遠い所から車に乗つて時々遣て来た。			
六十八	207	3	遠い		意識	立つて行つて戒名を読む気にもならなかつた健三は、矢張故の所に坐つた儘、〜小型の札のやうなものを遠くから眺めてゐた。			
六十八	208	5	遠い		意識	「他事ぢやない」といふ馬鹿らしさが遠くに働らいてゐた。			
七十	213	13	遠い	遠ざかる	意識	姉の言葉は丸で隣の宅の財産でも云ひ中てるやうに夫から遠ざかつてゐた。		姉	
七十五	230	3	遠い	遠くの空	距離	自分のまだ見た事もない遠くの空の佗びしさ迄想像の眼に浮べた。			
七十六	231	7	遠い	遠い距離	意識	彼は比較的遠い距離に立つて細君の父を眺めた。			
七十七	234	9	遠い			遠く離れた被治者に	細君の父		為政者と被治者の距離
七十七	236	13	遠い	遠ざかる	意識	二人（健三と細君の父）は次第に遠ざかつた。		健三と細君の父	
七十九	242	4	遠い	遠い田舎	熊本	健三は遠い田舎で細君が長女を生んだ時の光景を思ひ出した。			
八十二	252	7	遠い		未来	それ（生まれた子が大きくなる未来）は遠い先にあつた。			
八十三	253	13	遠い		意識	此意味で見た彼等は細君よりも猶遠く健三を離れてゐた。		子ども	
九十	278	5	遠い			細君は遠くから暗に健三の気色を窺つた。		細君	
九十一	279	2	遠い		過去	実家へ引き取られた遠い昔を鮮明かに眺めた。			
九十二	282	9	遠い			これに反して健三は甚だ実用に遠い生れ付であつた。			否定的意
九十二	283	1	遠い	遠い田舎	熊本	自分の住んでゐる遠い田舎へ伴れて行つて			
九十三	287	4	遠い		未来	彼の思案が〜、現在から遠い未来に延びた。			
百一	312	3	遠い		距離	野面には春に似た靄が遠く懸つてゐた。		靄	遠くだが、「春」が見える

「分類」の具体的地名は、漱石の伝記的事実による。
「距離」は空間的距離、時間的距離は「過去」と「未来」、「意識」は心理的距離

『道草』を書くこと

佐藤　栄作

はじめに

文学作品を「書く」とは、一般に文学作品を生み出すということと同義で用いられるが、何を「書く」のかといえば、直接的には「文字」であって、文学作品は、文字の列・文字のまとまりとして存在している。文字は並んで語となり、さらに文となり、文は連なり、時に途切れて、文章そして作品となる。

以下は、夏目漱石の『道草』(1)を対象として、漱石がそれを「書く」ことに言及するが、「文字を書く」という視点から漱石の作品にアプローチするのであるから、実は『道草』である必然性はない。なぜ、『道草』を取り上げたか、それは、多くの反古（書き損じ）が残っていることによる（『明暗』でないのは、筆者の分析がそこまで進んでいないことによる）。反古の多さが取り上げる理由になることについては後述する。

『道草』の原稿は、日本近代文学館監修の『夏目漱石原稿「道草」』全三巻（二〇〇四年三月　二玄社）によった。これを本稿では「最終原稿」と呼ぶ。『道草』の原稿としては、この「最終原稿」のほか、反古（書き損じの原稿）――これを本稿では「書き潰し原稿」と呼ぶ――の存在が知られており、筆者がこれまで目にすることができた二〇六枚を検討の対象に加えた。(2) 書き潰し原稿については、『漱石全集　第二十六巻　別冊中』（一刷一九九六年一二月、二刷二〇〇四年五月　岩波書店）に石原千秋の「注解」がある。また、松澤和宏『生成論の探究』（二〇〇三年六月　名古屋大学出版会）も参考にしたが、本稿は生成論によって『道草』の作品研究を行うことを主たる目的としているのではない。あくまで日本語研究の立場から『道草』を「書く」ことについて報告し、論じる。それゆえ、本稿の内容は、文学作品の研究からすれば極めて些細なことに留まるかもしれない。

草稿と書き潰し原稿

まず、『道草』の原稿について、今一度確認しておく。『道草』において（おそらく「漱石にとって」と言い換えられると考えるが）、原稿用紙に書かれた「下書き」は確認されていない。すでに佐藤栄作「『道草』の書き潰し原稿と最終原稿の文字・表記」（『国語文字史の研究一〇』二〇〇七年一二月　和泉書院）で触れたが、漱石は、原則として一枚一枚原稿を書いていく中で、書き直しが必要と判断すれば捨て、それでよしと判断すれば最終原稿にしている。そのような書き方である。はじめから「下書き」として原稿用紙に書かれたものはなく、それゆえ、いわゆる「清書」原稿も存在しない。そのような階層は見出せない。よって、捨てられず残ったものが「最終原稿」であり、捨てられたものは「反古」となった。この「反古」が弟子に引き取られ、後世に残されたのである。「草稿」を、確定した本文以前の段階を指す語とするなら、ここでいう「反古」も「草稿」のうちに含まれることになるが、こうした状況をよりはっきりと示すために、本稿では佐藤前掲論文同様、「反古」を「草稿」と呼ばず、「書き潰し原稿」と呼ぶ。繰り返すが、『道草』には、「清書」原稿は存在していないし、「下書き」原稿もない。あるのは、「最終原稿」と「最終原稿」になり得なかった「書き潰し原稿」である。

付け加えるなら、これも佐藤前掲論文で言及したように、「書き潰し原稿」と「最終原稿」との間に相違があった場合、その相違のすべてを作者漱石の「修正」とはしづらい。最終段階（結果としてだが）になってもうっかりミスが生じることは、一般に認められることであり、加えて日本語には、文字・表記に「ゆれ」が存在し、同じ語にいくつもの表記態が存在する。このことが事態を複雑化し曖昧化する。残された「最終原稿」「書き潰し原稿」全体を眺めたとき、文字・表記のレベルまで、「最終原稿」が最も彫琢を経ているということはできないのである。この問題は、「最終原稿」から活字化される際にも関わる。日本語の場合、こうした特徴から、手書きされたものを活字に置き換えると、他言語に比して複雑で多様な相違が生じる。それが明らかなミス、許されないミスなら修正されるが、作者本人の眼をもすり抜ける（あるいは許容されてしまう）ものもあることから、文字・表記レベルまで含めた「最善の本文」の確定は極めて困難である。殊に、漱石の場合、活字化されて後、漱石自身が校正した作品は多くない。また漱石自身、校正について不満をもらしつつ、「まづ「はじ」といふ音があつて其音を何といふ漢字で表現するかから「端」になつた迄なり。従つて端といふ字はどうなつてもよき心地す。」（大正元年九月四日、岡田耕三宛書簡）[(3)]のような発言もしている。つまり、文字・表記においては、「どちらでもいい」という部分の存在を認めざるを得ない。

話を戻すと、文字・表記を中心に据えて「『道草』を「書くこと」」を見ていく本稿であるから、残された原稿群に対して、絶対的な上位・下位を、少なくともいったんは認めない。また、最終原稿に対して、活字化された本文、あるいはそれに手を加えた本文が、「よりよい本文（文字列という意味）」だとも言い難い。そういう姿勢からも、自筆原稿を「草稿」と呼ばず、評価的な意味合いの薄い「最終原稿」、事実を表す「書き潰し原稿」という語を用いるのである。

『道草』を「書くこと」に影響を与えたもの

漱石が『道草』を書くとき、その書く行為に対して、何らかの影響を与えていたものとして何が挙げられるだろう。「文字を書く」という視点から、それに迫ろうとするのが本稿の主たる目的である。『道草』という作品は、漱石の脳から吐き出されて文字列となった。その一つ一つの文字を書くに際して、漱石は何に配慮したか、何に気を遣ったのか、何に邪魔されたと感じていたか、あるいは何にそそのかされたか。以下に、私見を述べ、大方のご批判をいただきたい。

①書いてしまったことが、次に書くことを促すケース

作品を書かない者が口を出すことではないのだろうが、文学作品とは、全体が完成していなくても書き始められるもののようだ。漱石に限らず、小説は書きながら作品が出来上がっていく、少なくともそういうケースがある。多くの推敲の跡はそのことを事実として示している。先に書いたことが次に書くことを導き出してくる。

漱石の作品の中で、この代表的な例は、『心』の次の例であろう。自筆原稿（『漱石自筆原稿　心』一九九三年一二月岩波書店）で確認すると、当初、「私には向上心がないと云ふのです。」と書かれたものが、推敲（加除訂正）によって「精神的に向上心がないものは馬鹿だと云つて……」に変更されている。

これについて、松沢和宏「沈黙するK―『こゝろ』の生成論的読解の試み―」（季刊『文学』一九九三夏　一九九三年七月　岩波書店）(4)は、

「私には」が削除されることで、一般的真理を言い表す言説としての価値を獲得している。

と述べるが、Kが私に発したこのフレーズが、後に、切り返されて、私からKに「精神的に向上心のないものは馬鹿だ」として二度発せられている（語り部分にも一回）。このフレーズは、この作品の中で決定的な役割を果たすことになるが、初出の朝日新聞では、一回目だけ「向上心がないもの」、後の三回はいずれも「向上心のないもの」となっている。一回目だけ「が」で、後三回が「の」なのは、当初「私には向上心がないと」といったん書かれていたことの痕跡である（松沢前掲論文で、この推敲部分も「の」になっているのは誤植、あるいは初版に引かれたか）。原稿の推敲が確認できることで、「向上心のないものは馬鹿だ」というキーセンテンスが、あらかじめ準備されていたのではなく、推敲の中で漱石自身に「発見された」ことが知られることとなった。こうしたことは、『道草』についても認められるだろうか。

『道草』は、健三と細君（御住）との「片付く・片付かない」の応酬で終わる。『道草』のキーワードとして「片付かない」を挙げることに異論はないだろう。『道草』には「片付く」が二八回用いられているが、この作品における「片付く」の初出は、連載第二回[5]（原稿では第二回の八枚目）の次の箇所である。

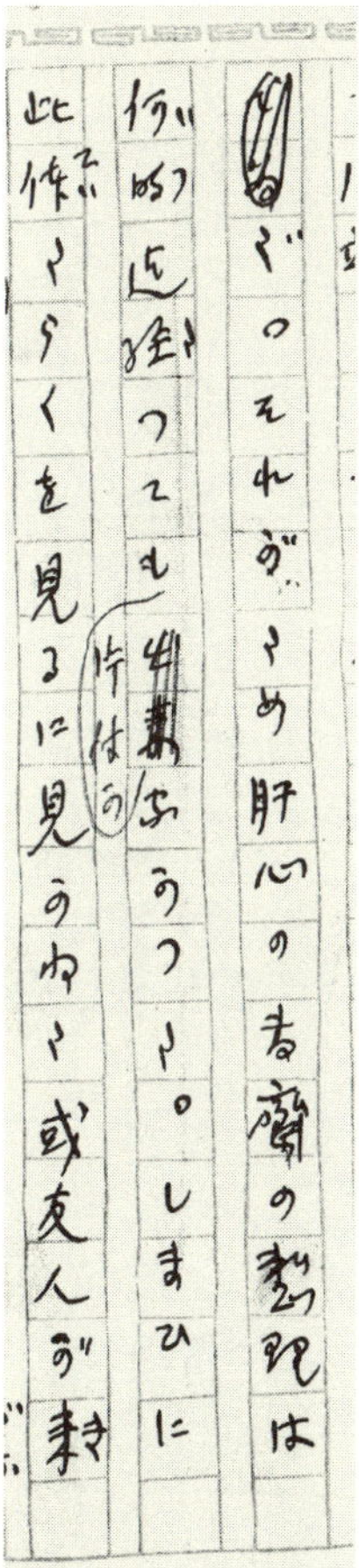

松沢前掲論文にならって、削除を［　］で、加筆を〈　〉で示す（ルビはカット、漢字は新字体、以下も同様）。

それがため肝心の書斎の整理は何時迄経つても［出来］〈片付か〉なかつた。

ここについては、『夏目漱石原稿「道草」』全三巻（二〇〇四年三月　二玄社）の解説において、すでに十川信介が取り上げているが、本稿では、『心』と同じように、キーワード「片付かない」が、推敲によって登場した点を強調したい。もちろん、「片付かない」が漱石の脳裏にあらかじめ準備されていて、この箇所を「出来なかつた」から「片付かなかつた」へ書き換えた可能性もないとはいえない。原稿以外に、「片付かない」に迫れる資料があるのかもしれない。しかし、ともかく、『道草』として書かれた文字列＝原稿のかぎりにおいては、推敲の部分に現れたのである。「片付く」が以下合計二八回、島田との関係の清算・処置だけでなく、健三の仕事、部屋の整頓、嫁入り、姉の発作・蕎麦五杯から、人として進む道・運命まで、多様に、しかし、いずれにも共通する語義とイメージとを持った語として、繰り返される。その発端が、「書斎の整理」から始まることは、活字化された本文を読めばわかるが、推敲から生じたことまでは知り得ない。原稿を読むと、まさに執筆中の漱石に寄り添えたような気分になってしまう。

こうした例を挙げると、原稿がすべてを語ってくれるように思えてくるが、実はそこには大きな陥穽が潜んでいる。『道草』には、多くの書き潰し原稿が残されている。特に注目されるのは、同じ箇所が何度も書き直されているケースである。現在知られている原稿で、書き潰し原稿が最も多いのは、第二七回の一枚目の五枚である。(6) ここも松沢前掲論文の提示法（削除を［　］、加筆を〈　〉で表すと以下のようになる（◆は確定できない字）。

二七回一枚目A　　［長太郎が席に着い］

三人はすぐ用談に取り掛かつた。

比田は

二七回一枚目B　　三人〈が〉［は］すぐ用談に取り掛つた〈時、〉［。］比田は最初に口を開いた。

二七回一枚目C

三人が用談に取り掛つた時、最初に口を開いたのは比田であつた。

二七回一枚目D

三人はすぐ用談に取り掛つた。比田が最初に口を開いた。

「〈時に〉長さん何うしたもんだら〈う〉ね」

「さう」

比田は此男によく見る左も仔細らしい〈調子〉［態度［を］と口調を用いた］

二七回一枚目E

三人はすぐ用談に取り掛つた。比田が最初に口を開いた。

「時に長さん何うしたもんだらうね」

「さう」

一寸した相談事にも〈比田〉［彼］は仔細振る癖を有つてゐた。さうして［其］仔細振［る］らなければ、自分の存〈在〉［◆］が強く認められないと考へてゐるらしかつた。「比田さん〳〵と立てゝ

二七回一枚目F

三人はすぐ用談に取り掛つた。比田が最初に口を開いた。
［「時に長さん、何うしたもんだらうね」］
彼は一寸した相談事にも仔細ぶる男であつた。さうして仔細ぶればぶる程、自分の存在が周囲から強く認められる［譯だ］と考へてゐるらしかつた。「比田さん〳〵つて、立てゝ置きさへすりや好いんだ」と皆なが蔭で笑つてゐた。

二七回二枚目　「時に長さん何うしたもんだらう」
「さう」
（以下、省略）

AからEが書き潰し原稿、(7) Fは最終原稿である。すぐさま相談を開始するつもりが、結局、比田の人物像（性格）の紹介を先に行うことになっていく推敲の流れ、しかも、書き始め部分の行きつ戻りつする「迷い」が見て取れる。Eでは、長太郎の「さう」の後から始めた比田の説明を、Fでは「さう」の前にしようとし、結局、比田の「時に長さん、……」も消してしまい、このやりとりは後ろへ持っていかれた。書き潰し原稿を並べ、追っていくことで、漱石の思考、すなわち『道草』を創り上げてゆくプロセスを体感した気分になれる。しかし、ここはそれでいいとしても、石原千秋も指摘するように、(8) 現存する書き潰し原稿は、生まれた書き潰し原稿のすべてではない。原稿から『道草』の生成に迫るなら、否定されたものも含め、書かれた原稿のすべてがそろっていなければ不十分である。

つまり、二七回の冒頭が我々に教えてくれることは、最終原稿の推敲だけが推敲ではないということである。もし、二七回の一枚目の書き潰し原稿が残っていなければ、冒頭の「三人は……最初に口を開いた。」はすんなり書かれたととらえてしまう。「最初に口を開いた」とあるのに、比田についての説明が何行も続くが、元はすぐに比田の発言を書こうとしていたことは最終原稿で知れるが、そこまでである。書き潰し原稿の存在によって、冒頭部分こそ、中々決まらなかったことが初めて分かる。比田の説明が増幅し、しかも前倒しになってきたことを知る。当然のことながら、一度推敲を経た部分は、次には前段階で決定したまま、直さずに書かれることが多い。書き潰し原稿の存在を前提とするなら、加筆・削除のない部分こそ、前段階で直し終わって決定した部分であるともいえるのである。やはり、すべての書き潰し原稿がそろわないと作品の生成過程について論ずることはできない。ならば、それが確定できない現状（おそらくはどの作品においてもそうであろう）では、何も言うことができないのか。『心』についての生成論的研究は、実は、書き潰し原稿が存在していないことを前提にしているといえる。いや、インクの具合や書きぶりから、連続か断絶有りか（書き潰しの存在）は見てわかるから大丈夫なのだろう。しかし、最も書き潰し原稿が多く生まれる各回の一枚目については、消えた書き潰し原稿があっても気づかないだろう。二七回の冒頭で推定したことも、未知の原稿によって訂正・変更される可能性がある。それを承知の上で、今あるものから言えることを言ったにすぎない。それでも意味があると信じているからである。『道草』も『心』も事情は変わらない。

②書く内容が、漱石の書くことに影響を与えるケース

漱石によって『道草』[9]という作品が書かれていく中で、その書く内容が、漱石自身の「書くこと」に影響を与えた部分として、以下を挙げる。

三二回八枚目

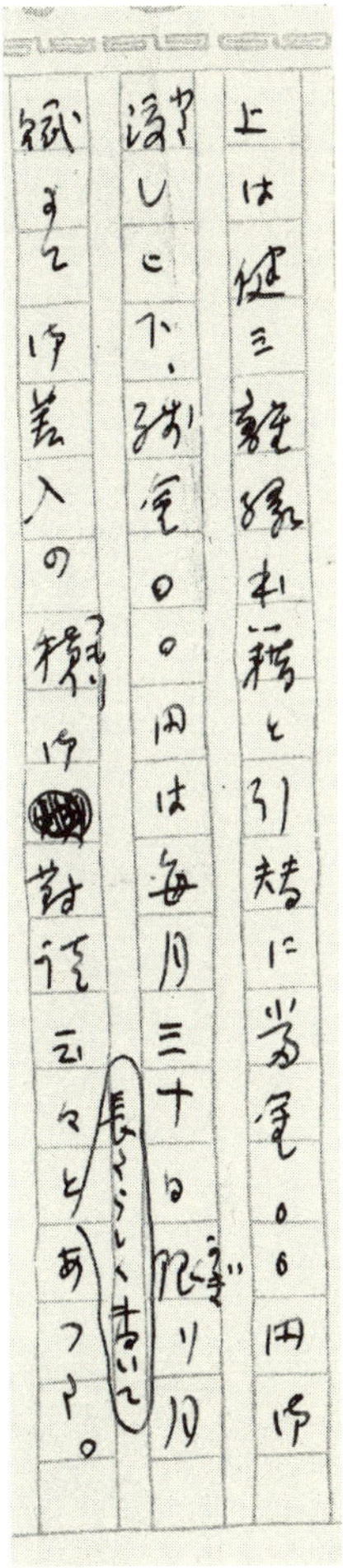

（然る）上は健三離縁出籍と引替に当金〇〇円御渡し被下、残金〇〇円は毎月三十日限り月賦にて御差入の
積御対談云々…

三六回七枚目、八枚目

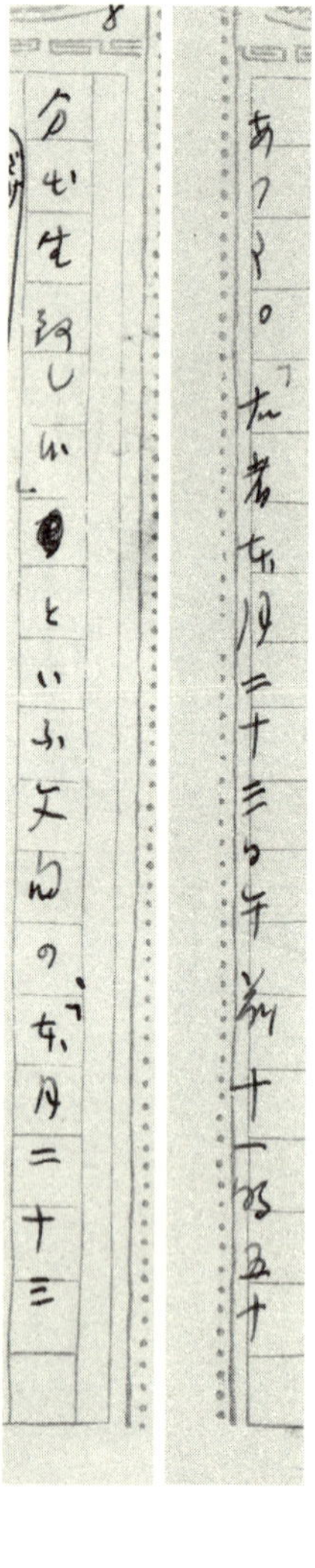

…「右者本月二十三日午前十一時五十分出生致し候」といふ文句の、…

一〇二回四枚目

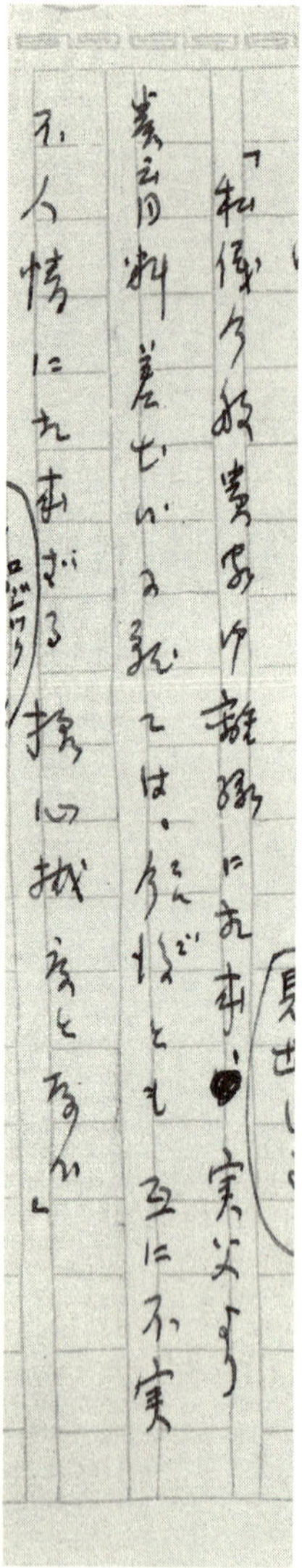

「私儀今般貴家御離縁に相成、実父より養育料差出候に就ては、今後とも互に不実不人情に相成ざる様心掛度と存候」

三二回八枚目は「養育料として島田に渡した金の証文」、三六回七枚目は「出産届の下書」、一〇二回四枚目は「復籍する時島田に送った書付の文言」。いずれもいわゆる「候文」である。他にも類似のものは、三一回六枚目、三二回三枚目、同四～五枚目、六枚目にもあるが、ここに挙げた三例には、極端に崩された字形の漢字が存在する。三二回八枚目の「被」、三六回、一〇二回の「候」の字である。[10] これは、佐藤栄作「『坊っちゃん』原稿に現れた漱石の手書きルールについての覚え書き」（『国語文字史の研究八』二〇〇五年三月　和泉書院）で報告した『坊っちゃん』の辞職願に出てくる字形とほぼ一致する。『夏目漱石自筆全原稿　坊っちゃん』（一九七〇年四月　番町書房）の当該箇所を挙げる。

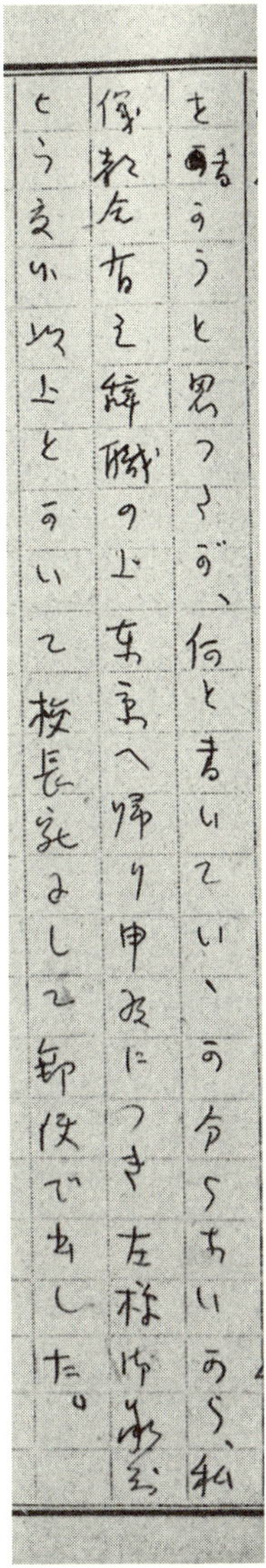

…私儀都合有之辞職の上東京へ帰り申候につき左様御承知被下度候以上と…

小説『坊っちゃん』において、登場人物である坊っちゃん先生は、山嵐だけが辞職させられることに憤慨し、山嵐と二人で赤シャツと野だを打ちのめし、そのまま身づくろいをして港へ向かい、自らも「辞表」を認める。つまり、坊っちゃん先生は、作品中で「辞表」を「書く」のであるが、作者漱石は、「坊っちゃん先生が、辞表を書く」シーンを小説に書き、「坊っちゃん先生の書いた「辞表」の内容」を書く。その「辞表」の文字が、他に見られぬ崩し字＝「候文」に見られるかたちなのである（「候」「被下度候」）。つまり、漱石は、坊っちゃん先生として、まさに「辞表」を書いたのである。正確を期すなら、漱石はその「辞表」を、奉書紙でなく「原稿用紙」に書いてしまったため、「候文」らしいかたちの字であるにも関わらず、連綿にはなっていない。他の部分と明らかに異なる書態（書かれたすがた）であるが、残念ながら、本物の「辞表」ではない。漱石によって書かれた「辞表」は、印刷所で活字に置き換わる際に、その「候文」らしさを失い、登場人物である坊っちゃん先生が書いた小説内の「辞表」の内容に帰してしまう。特別な書態は、活字によって無化する。[11]

これと、ほぼ同じことが、『道草』でも繰り返されている。『道草』は、証文・書付が何通も出てくる作品であるが、そのうち、先に挙げた三通は、極端に崩された「候」「被下」を含む。これらが『坊っちゃん』と異なる点は、すでに書かれてあった証文・書付を「読む」場面であること。漱石は、証文・書付の「書き手」になったというべきか、健三とともに「読み手」として、その証文・書付を、見たままに写し取ったというべきか。我々は、『坊っちゃん』の原稿（複製）を読んだ後に、『道草』の原稿（写真）を読むと、何通も登場する証文・書付の、その様子まで伝わってくるように思えてしまう。まるで、文書によって、崩しの度合に違いがあったかのようなリアリティさえ覚えるのである。もちろん、それは活字に組まれて消える幻であるが。[12]

佐藤前掲論文（二〇〇五年）では、『坊っちゃん』の「辞表」について、書く内容がその字のかたち（書体）に影響したと分析した。言い換えると、どのような字のかたちで書くかは、当然、その主体である書き手が統括しているのであるが、書かれる内容が要求する（支配する）場合が存在するということである。それは意識的か無意識かと言われば、活字化される際に消えてしまうのであるから、わざわざ意図的に書いたとは言い難い。つまり、「書き手」が無意識なままに、書く内容に導かれ、手がそのように動いてしまうのであろう。

まるで書き手の異なる証文を見るような感覚に襲われるのだが、やはり、そこまでの意図を、小説の「書き手」が持っていたとは考えにくい。「候文」を書くときの記憶が、身体に組み込まれてしまっていて、それが発動したり、しなかったりしたとするのが無難だろう。

「候文」というような、まさに「書く」行為の特殊ケースに——いやこれは逆で、こういう書付・証文こそ、まさに人々が「書く」場面であり、原稿用紙に小説を「書く」ことの方が特殊なケースというべきであろう——こうした現象が生じていることは認められるとしても、それを、一般化して、「書かれる内容」が書態に影響するとまで言うならば、他にもそのようなケースがあっても不思議ではなくなる。果たしてそういうことがあるのか。たとえば、登場人物の性格・人間性、あるいはその場面での心境・感情が、その会話部分に書かれた字のかたちに現れるということが少々でも見出せるだろうか。語り手が設定される場合はどうか。このことは、次の課題としたい。

③文字・表記が漱石の書くことに影響を与える（邪魔をする）ケース

ここでは、漢字字体の選択、異体仮名の使用、漢字の選択、漢字か仮名かなどが検討の対象、すなわち「書くこと」に影響した候補となる。そのうちのいくつかはすでに報告したが、本稿では、ルビ（振り仮名）について取り上げる。

漱石が作品を発表した当時の朝日新聞（東京・大阪）は、原則として漢数字以外の漢字にはルビを振るという「総ルビ」であった。漱石の作品は、「総ルビ」という方針・方式の中で世に出ることになる。これに対して、漱石は、ルビが振られることになる原稿の漢字すべてにルビを付したかというとそうではない。つまり、一言で言うなら、朝日新聞が初出の作品のルビは、文字通り朝日新聞の振ったルビだったのである。そして、そのルビには、かなりの数の誤りが認められる。漱石が誤ったルビを振られることに腹を立てたことはよく知られている。『虞美人草』の「四《よ》つつ」への抗議[13]は、その代表であろう。

朝日入社前より入社後、前期より後期、漱石のルビを振る比率が高くなっていくことについては、すでに、京極興一『近代日本語の研究―表記・表現―』（一九九八年五月　東宛社）の指摘がある。確かに、『道草』の原稿には、かなりの率でルビが振られている。「パラルビ」だった『ホトトギス』に書いた『坊っちゃん』は、ルビは少なく、それは漱石自身が雑誌の読者に対して振ったルビだったといえる。それに対して、『道草』などでは、他に読みようのない漢字表記にも、漱石自身がルビを振っている。「総ルビ」とは、読みにゆれ（複数の候補）があるかどうかではなく一律なのである。これを採用したのは新聞側の都合なのだから、漱石自身は、自らが必要と考える箇所にだけ振ればよさそうに思われる。なぜ、ルビは増えたのか。田島優『漱石と近代日本語』（二〇〇九年一一月　翰林書房）は「自己防衛」というが、その内実は何なのか。

まず、当時（明治四四年ごろから）朝日新聞がルビ付き活字を用いていたことを考慮しなければならない。活字を組む際、目当ての漢字の活字を選ぶとは、どの漢字かだけでなく、どのルビの付いた活字かまで問題となったのである。当然、よく用いられる読みの方の活字（ルビ付き活字）が多く準備されているはずである。同じ漢字で、しかもよく似たルビという場合もある。たとえば、『道草』の前作『心』から例を挙げるなら、「手数」に「てかぞ」、「落した」に「おち」などといった明らかに誤ったルビが振られている[14]（東京版朝日新聞、山下浩監修『漱石新聞小説復刻全集8　先生の遺書』（一九九九年九月　ゆまに書房）による）。ルビ付き活字の選択ミスがそのまま新聞に載ってしまったものである。こうした経験は、漱石の「ルビが必要な箇所か否か」の常識を根底から覆したと思われる。主たる相手は、誤読ではなく誤選択、新聞の読者ではなく新聞社そのもの（文選工・植字工）となった。

漱石は、大正三年四月二九日の志賀直哉宛書簡で、次のように述べている[15]。

「（略）漢字のかなは訓読音読どちらにしてい丶か他のものに分らない事が多いからつけて下さい夫でないと却つてあなたの神経にさわる事が出来ます尤も社にはルビ付の活字があるからワウオフだとか普通の人に区別の出来にくいものはい丶加減につけて置くと活版が天然に直してくれます」

『漱石全集　第二十四巻　書簡下』（二刷二〇〇四年三月　岩波書店）

この「他のもの」とは、文選工・植字工だろう。一方、後半は、ルビ付き活字の効用ともいえる。その場でルビを仮名で組むのではなく、あらかじめ仮名がくっついているルビ付き活字の場合、仮名遣いを思い患う必要はない。総ルビ、ルビ付き活字というシステムの中で、その対策として何をすべきか、何はしなくてよいのか、そうした新たなルビ意識とでもいうべきものが形成・醸成されていったといえよう。

具体的に『道草』の冒頭（一回一枚目の最終原稿）を見ると、「世帯」に「しよたい」、「故郷」の「故」に「こ」、「身体」に「からだ」、「後」に「あと」とルビが振られており、誤読（語レベルの誤認定）による誤植への配慮が見て取れる。これらはそのまま読者へのルビであるともいえる。しかし、このような例ばかりではない。振ったり振らなかったり、たまたま振ったとしか説明できないものは多い。

そうした中、もう少し見て行くと、次のような部分ルビに出くわす。「先方」に「□ぽう」（□はルビなし、以下同じ）、「何人」に「□ぴと」、「書棚」に「□だな」、「仕事」に「□ごと」、「矢つ張り」の「張」に「ぱ」、「今夜中」に「□□ぢう」。「仕事」に「しごと」以外の読みは普通考えられない。それでも「ごと」と漱石がルビを振ったのは、「事」という活字のうち、「じ」ではなく「こと」でもない、「ごと」のルビ付きを用いよという文選工・植字工への注意喚起であろう。複合によって生じた濁音・半濁音は、本来の字音・読みではないから、準備してある活字が少なかったのかもしれない。そうでなくても、濁点・半濁点の有無は、物理的に極めて小さな違いである。ここに挙げた部分ルビは、一般読者のために振られたものではなく、明らかに朝日新聞（文選工・植字工）に対して振ったものである。

こうした配慮・対策は、それなりに有効であっただろうが、それでも、音と訓の取り違えのような、あまりにも明らかな誤植も後を絶たない。たとえば、「叱られる」に「しつ」、「吉田」に「きちだ」、「或物」に「あるもつ」、「手腕」に「しゅうで」など（東京版朝日新聞、山下浩監修『漱石新聞小説復刻全集9　道草』（一九九九年九月　ゆまに書房）による）。一々腹を立てていたのではとても身が持たない。

読んでもらいたい語形は示したい。それらを含めて誤読は回避したい。ともかく、ルビ付き活字の選択ミスは減らしたい。そのためには、注意喚起として、やはりルビは多い方がベターだろう。しかし振るにも限界がある。すべての漢字にルビを振りながら執筆するなどとてもできない。そうした状況におけるバランスというべきか、何年も朝日新聞に執筆していく中でたどり着いたのが、四割程度の施ルビ率だったのだろう[16]。

自分自身が読む通りの語形で示されるか＝それを示すルビ付き活字で組まれるか、このことは、漱石が作品を「書くこと」に確実に影響を与えている。事実として施ルビ率が高くなっているのだから。常に意識に上っているわけではないが、時々は「気をつけて」書いている。総ルビ、ルビ付き活字というシステムは、漱石の「書くこと」にまとわりつき、イラつかせ、そして本来なら振らぬはずのルビを振るというように、いつの間にか彼の身体に染み付いてしまったといえよう。

〈注〉

（1）『道草』は、『東京朝日新聞』と『大阪朝日新聞』に大正四年六月三日から九月一四日まで連載された。連載回数は一〇二回。休載日は、前者は六月五日と七月三一日、後者は六月一〇日と八月七日。

（2）「書き潰し原稿」は、天理図書館、新宿歴史博物館、日本近代文学館、熊本漱石記念館、江戸東京博物館、東北大学図書館の所蔵のもの（東北大学図書館はHP掲載のもの）によった。また、リーダーズダイジェスト社『復刻　夏目漱石肉筆原稿』「道草」第十三章書きつぶし原稿三点（一九七九年七月）も含めた。

（3）『漱石全集　第二十四巻　書簡下』（二刷二〇〇四年三月　岩波書店）。田島優『漱石と近代日本語』（二〇〇九年一一月　翰林書房）が取り上げている。

（4）松澤和宏『生成論の探究』（二〇〇三年六月　名古屋大学出版会）の第Ⅱ部第1章『こゝろ』論（1）として再録。著者の氏名は、初出では「松沢和宏」、単行本では「松澤和宏」。

（5）本稿では、連載一〇二回のそれぞれを第〇回と表し、〇章とはしなかった。

（6）この原稿は、新宿歴史博物館所蔵。

（7）書き潰し原稿Eは一枚目を書き終え、二枚目も書きかけて両方捨てられている。

（8）『漱石全集　第二十六巻　別冊中』（一刷一九九六年一二月、二刷二〇〇四年五月　岩波書店）の「注解」。

（9）以下三ケ所は『夏目漱石原稿「道草」』全三巻（二〇〇四年三月　二玄社）。

（10）矢田勉『国語文字・表記史の研究』（二〇一二年二月　汲古書院）「第三章　候文の特質Ⅰ」は、「候」「被」が「甚だしい省略を受けること」は「所謂御家流の書法の一般則」であると述べている。

（11）今野真二『消された漱石　明治の日本語の探し方』（二〇〇八年六月　笠間書院）は、ここの例のように崩された「候」の活字が明治に存在したことを指摘する。小宮山博史『日本語活字ものがたり　草創期の人と書体』（二〇〇九年一月　誠文堂新光社）によれば、「築地体前期五号仮名」（後期も）の「平仮名及び附属物」に、「申」「御」「也」「候」「被」「下」などの草体の活字が確認できる。表記符号に近い特殊な扱いの活字であったとわかる。ただし、漱石が草体で活字化されることを想定しながら当該箇所を執筆したと本稿の筆者は考えない。

（12）注（11）に同じ。

（13）『虞美人草』で藤尾の「明けて四になります」を「四《よ》ツ、になります」とされたことについて、漱石は抗議した（明治四〇年八月八日、渋川柳次郎宛書簡）。漱石は、この書簡で「四《よ》つになつては藤尾が赤ん坊の様になつて仕舞ます」「私は判然「四《シ》になります」と書いた積です」と書いている（『漱石全集　第二十三巻　書簡中』（二刷二〇〇四年二月　岩波書店）。東京版朝日新聞（山下浩監修『漱石新聞小説復刻全集1　虞美人草』（一九九九年九月　ゆまに書房）では、このすぐ後の「うちの糸が二だから」の「二」に、漢数字なのに「に」とルビがあることから、原稿段階から「二」に「に」が振られていた可能性が極めて高い。一方、原稿の「四」にルビがなかったなら、朝日新聞が漢数字である「四」にわざわざルビを付けないと思われ、漱石が「し」と振ってあったルビを、文選工が「よ」と勘違いしたことから生じた改ざんかもしれない。

（14）ここは、「ず」と「ぞ」、「と」と「ち」の仮名の組み間違いではなく、動詞「数へる」に用いる「数」の活字、「落た」「落て」等に用いる「落」の活字を誤って用いてしまったのである。

（15）この書簡は、田島優『漱石と近代日本語』が取り上げている。

（16）佐藤栄作「漱石自筆原稿のルビ再考―『道草』のルビから―」（二〇一一年二月『論集Ⅶ』アクセント史資料研究会）では、部分ルビに注目し、間違い易いが、間違っても何の意味もない（と漱石が考える）字音仮名遣いを、自らルビとして書くことを漱石が避けた（ルビ付き活字まかせにした）ため、結果として音読みの施ルビ率が低くなったのではないかとの仮説を提出した。

補足

本稿③の内容は、以下の口頭発表と一部重複する部分がある。

・佐藤栄作「書いたルビ、書かなかったルビ―『道草』の書き方―」（二〇一二年一月二八日　表記研究会）

・佐藤栄作「漱石と漢字のヨミ―「道草」原稿のルビから―」（二〇一二年四月二二日　松山坊っちゃん会）→「松山坊っちゃん会会報」一五号（二〇一二年十月一日）に文字化して掲載。

本稿で引用した漱石著作の本文

・大正元年九月四日、岡田耕三宛書簡…『漱石全集　第二十四巻　書簡下』（二刷二〇〇四年三月　岩波書店）

・『道草』原稿…日本近代文学館監修『夏目漱石原稿「道草」』全三巻（二〇〇四年三月　二玄社）

・『道草』書き潰し原稿…新宿歴史博物館所蔵『道草』草稿

・『道草』東京版朝日新聞…山下浩監修『漱石新聞小説復刻全集9　道草』（一九九九年九月　ゆまに書房）

・『心』原稿…『漱石自筆原稿　心』（一九九三年一月　岩波書店）

・『心』東京版朝日新聞…山下浩監修『漱石新聞小説復刻全集8　先生の遺書』（一九九九年九月　ゆまに書房）

・『坊っちゃん』原稿…『夏目漱石自筆原稿　坊っちゃん』一九七〇年四月　番町書房）

『道草』の表現
――換喩及び「彼」の多用について――

岸元次子

はじめに

夏目漱石の『道草』には、蜜柑粒入り果汁百パーセントのジュースを飲む味わいがある。読んでいく文脈の中で、ユニークな比喩表現と指示語の独特な使われ方が、果汁にまじる粒々の口当たりを感じさせるのである。

いくつか大きく読者の目に飛び込んでくるものを拾うと、主人公の健三を描写している「黒い髭を生して山高帽を被つた」〔二〕姿がある。対して「帽子を被らない男」〔二〕と「長い手紙を書いた女」〔二〕が出て来る。大学の教師をしている健三と、健三のかつての養父母が換喩的表現で作品に登場してくるのである。

この両者のやり切れないような独特の関わりを緯糸に、経糸としては健三と細君お住との治まることなく断続する確執が織り合わされて『道草』という小説は展開していく。

この健三とお住という夫婦は互いに、相手に対してそう仕向けているのではあるが、健三の「細君に話さないのが彼の癖」〔二〕と、細君の「用事の外決して口を利かない女」〔二〕と、それぞれの換喩的な表現で読者に紹介されている。

そして「帽子を被らない男」を受けて指示的に表現するのに「其人」が多く使われるとともに「此男」が使われ、作品後半では「彼」も多く使われる。対して、主人公健三を受けて指示的に表現するのには、すべて「彼」が使われている。しかも著しく多用されるのであり、異様ともいえる程に多用されている回が続くことも多い。

小論では、卓抜な換喩表現を拾い上げて考察するとともに、この指示語の使われ方の多さと多様さについて考察を加えてみたい。

「比喩」とは基本的には、二つのものを「類似」にもとづいて置き換えた表現としてとらえられる。それは「直喩」と「隠喩」である。これらの区別をそれぞれ「相似の関係」と「相即の関係」として説明されることもあるが、その見極めはむつかしいことがある。このほかに「諷喩」が次ぐのだろうが、面白く楽しいけれども、むつかしいし少ない。

さらに「換喩」と「提喩」を考えねばならない。これらは「類似」ではなく二つのものの「関係」にもとづいて置き換えた表現としてとらえられる。そのために狭義の「比喩」には含めない考え方もある。「提喩」は二つのものを分類上の「類」と「種」の関係の形でとらえるものといわれる。そのほかの関係性によるのが「換喩」である。「比喩」を右のように捉えた上で、ここでは「提喩」も含めた「換喩」を広く拾い上げてみた。

一　『道草』を貫く換喩表現

蓮實重彦「修辞と利廻り――『道草』論のためのノート(1)」では次のように論じられる。

〔略〕小説としての『道草』の興味は、それが何を題材としているかに尽きるものではなく、その題材が作者にどんな言葉を選ばせているかに無関心でいることはできないからである。そして、そうした視点に立った場合、読む者が敏感に反応せざるをえないものは換喩的世界ともいうべきものをかたちづくる修辞学的な一貫性にほかならない。

換喩表現される「帽子を被らない男」は、健三の出勤途上に「何時もの通りを本郷の方へ例刻に歩いて行つた。すると車屋の少しさきで思ひ懸けない人にはたりと出会つた。」〔一〕というようにして登場してくる。だが、その男の素性は、まだこの段階では読者には分からないのである。

　然しそれにしては相手の方があまりに変らな過ぎた、彼は何う勘定しても六十五六であるべき筈の其人の髪の毛が、何故今でも元の通り黒いのだらうと思つて、心のうちで怪しんだ。帽子なしで外出する昔ながらの癖を今でも押通してゐる其人の特色も、彼には異な気分を与へる媒介となつた。〔一〕

「帽子を被らない男」というのが、当分の間この男性の渾名になるのである。また一方の「長い手紙を書いた女」も「たゞ此事件に関して今でも時々彼の胸に浮んでくる結婚後の事実が一つあつた。」〔二〕として登場する。

　五六年前彼がまだ地方にゐる頃、ある日女文字で書いた厚い封筒が突然彼の勤め先の机の上に置かれた。〔略〕彼はついにそれを細君の手に渡してしまつた。

　其時の彼には自分宛でこんな長い手紙をかいた女の素性を細君に説明する必要があつた。それから其女に関聯して、是非とも此帽子を被らない男を引合に出す必要もあつた。〔略〕彼は此長い手紙を書いた女と、此帽子を被らない男とを一所に並べて考へるのが大嫌だつた。それは彼の不幸な過去を遠くから呼び起す媒介となるからであつた。〔二〕

こうして「長い手紙を書いた女」も、この女性の渾名になるのである。この時から健三には不快で避けたくはあっても十五六年の間を置いて、またその男との関わりが生じてくる気配が濃くなっていく。彼らは幼時の健三の養父母であった。その「島田」と「御常」の名は、小説の中でそれぞれ時間差はあるけれども読者にも確認されてくる。

健三が「不図途中で二度会つた男の事を思ひ出した。さうして急に思ひ立つたやうに姉の宅へ出掛けた」〔三〕ときの会話の一部が次の引用である。

彼は好加減に帰らうとした。さうして帰る間際になつてやつと帽子を被らない男の事を言ひ出した。

「実は此間島田に会つたんですがね」

「へえ何処で」

姉は吃驚したやうな声を出した。〔七〕

ここまで換喩的表現とか指示語で描写されていた「島田」の名がこのようにして読者に知らされる。「御常」の名は「あの長い手紙が御常さんつて女から届いた時」〔十一〕という、細君の言葉から知れるのである。

次に引用する部分では、健三の養父母夫婦の気質について、それぞれ換喩的な表現で的確に描写されている。その前段は養母「御常」についてであり、後段は養父「島田」についてである。

「爪に火を点すつてえのは、あの事だね」

彼が実家に帰つてから後、斯んな評が時時彼の耳に入つた。然し当時の彼は、御常が長火鉢の傍へ坐つて、下女に味噌汁をよそつて遣るのを何の気もなく眺めてゐた。

「それぢや何ぼ何でも下女が可哀さうだ」

彼の実家のものは苦笑した。

御常はまた飯櫃や御菜の這入つてゐる戸棚に、いつでも錠を卸ろした。〔四十〕

物が壊れると彼は屹度自分で修復《なほ》した。或は修復《なほ》さうとした。〔略〕彼には手に握つた一銭銅貨の方が、時間や労力よりも遥かに大切に見えたのである。

「なにそんなものは宅で出来る。金を出して頼むがものはない。損だ」〔四十八〕

また左に引用する二か所に出てくる「鼻の下の長い」男もまた、幼い健三と島田に関わる書付の中に「取扱ひ所勤務中遠山藤と申す後家と通じ合ひ候が事の起り」とか「平吉儀妻常と不和を生じ、遂に離別と相成候につき」〔三十二〕と記されている島田の換喩になっていると読める。

健三は次第に言葉少なになつた。仕舞には黙つたなり凝と島田の顔を見詰た。

島田は妙に鼻の下の長い男であつた。〔四十六〕

日ならず鼻の下の長い島田の顔が又健三の座敷に現はれた時、彼はすぐ御常の事を聯想した。

彼等だつて生れ付いての敵同志でない以上、仲の好い昔もあつたに違ない。〔八十九〕

ここから以下には、主人公健三の職業を表現する換喩になっている描写を拾い上げていく。

まず「千駄木から追分へ出る通りを日に二返づゝ、規則のやうに往来した」〔一〕と、健三がこのコースを通る〈通勤者〉であることが描写されている。その後には「何時もの通りを本郷の方へ例刻に歩いて行つた」〔一〕と〈通勤先〉が読み取れる。

彼の位地も境遇もその時分から見ると丸で変つてゐた。黒い髭を生して山高帽を被つた今の姿と坊主頭の昔の面影とを比べて見ると、自分でさへ隔世の感が起らないとも限らなかつた。〔一〕

健三はさつさと頭から白襯衣《ワイシャツ》を被つて洋服に着換えたなり例刻に宅を出た。細君は何時もの通り帽子を持って夫を玄関迄送つて来たが、〔略〕〔九〕

右の「黒い髭を生して山高帽を被つた」という描写は、本郷という〈通勤先〉と合わせて、健三が〈大学の教師〉であることの換喩表現になっている。同じく、出勤時を描写した「白襯衣」「洋服」や「例刻に」という表現とか細君の持つ「帽子」が、大学教師である健三の「黒い髭」と「山高帽」を裏打ちする表現として働いている。

次の日健三は又同じ時刻に同じ所を通つた。其次の日も通つた。〔略〕彼は器械のやうに又義務のやうに何時

もの道を往つたり来たりした。〔二〕

これは健三の、大学のある本郷への通勤についての描写である。また「彼の仕事は前の日か前の晩を潰して調べたり考へたりしなければ義務を果す事の出来ない性質のものであつた」〔三十三〕と描写される。これらの描写は、左に引用している、健三の仕事である大学での講義に関わる描写を含め〈大学の教師〉を換喩的に表現するものになっているのである。引用の一行目は、気分が悪くて寝ていた細君の様子が治まったのを見届けた後の描写である。

健三はもう一遍書斎へ入つて静かな夜を一人更かさなければならなかつた。〔五十〕

彼は明日の朝多くの人より一段高い所に立たなければならない憐れな自分の姿を想ひ見た。其憐れな自分の顔を熱心に見詰めたり、または不得意な自分の云ふ事を真面目に筆記したりする青年に対して済まない気がした。

〔略〕

「明日の講義もまた纏まらないのかしら」〔五十二〕

また年の暮れに近く、学生の書いた答案を採点する様子が繰り返し描写されており、次に引用するのはその最初のものである。健三の仕事の苦労の一端が描写されて健三が学校教師であることを表現する換喩として働いている。

彼はたゞ厚い四つ折の半紙の束を、十も二十も机の上に重ねて、それを一枚毎に読んで行く努力に悩まされてゐた。彼は読みながら其紙へ赤い印気で棒を引いたり丸を書いたり三角を附けたりした。それから細かい数字を並べて面倒な勘定もした。

半紙に認ためられたものは悉く鉛筆の走り書なので、光線の暗い所では字画さへ判然しないのが多かつた。乱暴で読めないのも時々出て来た。疲れた眼を上げて、積み重ねた束を見る健三は落胆した。〔九十四〕

大学の教師としての健三に重ねて、次に引用している描写は、専門の研究に取り組んでいる〈学者〉であるということの換喩的表現として働いていると言える。

彼のノートもまた暑苦しい程細かな字で書き下された。蠅の頭といふより外に形容のしやうのない其草稿を、成る可くだけ余計拵えるのが、其時の彼に取つては、何よりの愉快であつた。そして苦痛であつた。又義務であつた。〔五十五〕

同時に彼のノートは益細かくなつて行つた。最初蠅の頭位であつた字が次第に蟻の頭程に縮まつて来た。何故そんな小さな文字を書かなければならないのかとさへ考へて見なかつた彼は、ほとんど無意味に洋筆《ペン》を走らせて已まなかつた。日の光の弱つた夕暮れの窓の下、暗い洋燈《ランプ》から出る薄い灯火の影、彼は暇さへあれば彼の視力を濫費して顧みなかつた。〔八十四〕

これらは主人公健三が、自分の専攻分野について強い関心や熱心さをもって研究を積み重ねて行っている様子を具体的に描写している。作品の初めのあたりで健三の日常を叙述する「彼は始終机の前にこびり着いてゐた」〔三〕とか、比喩的な「心の底に異様の熱塊があるといふ自信を持つてゐた」〔三〕という部分と対応するものである。

さらに次の引用は、そのすぐ後に「依頼者が原稿料を彼の前に置いた時」〔八十六〕とも描写されるように、健三が研究者としてだけでなく〈文筆家〉という方面にも手を染めていくことの換喩的表現となっているのである。

〔略〕其男の経営する雑誌に長い原稿を書いた。それ迄細かいノートより外に何も作る必要のなかつた彼に取つての此文章は、違つた方面に働いた彼の頭脳の最初の試みに過ぎなかつた。彼はたゞ筆の先に滴る面白い気分に駆られた。〔八十六〕

小説『道草』は、「健三が」と主人公の名でもって始まる。そして健三の職業や仕事については、これまで見てきたような様々な換喩的表現によって繰り返し描写されているのである。作品を通して、具体的な職業名などは示されないで換喩的表現による叙述で終始するのである。

次に、細君の父と母とのそれぞれについて用いられている換喩表現を取り上げて、この章の締め括りとしたい。

「え、〳〵旅費位何うでもして上ますから、すぐ行つて御上なさい」

宿屋に寐てゐる苦しい人と、汽車で立つて行く寒い人とを心から気の毒に思つた健三は、自分のまだ見た事もない遠くの空の侘びしさ迄想像の眼に浮べた。〔七十五〕

これは、細君の父が公職を退かざるを得なくなった後のことである。健三が帰国して間もない頃、義父がある鉱山事業に手を出したことを聞かされていた。北国での用務の旅先で倒れた義父と、そこへ駆けつけようとする義母とを換喩で表現して、健三の心境が描写されている部分である。

二　文中に多用される「彼」

小説『道草』を読み始めると、「彼」という言葉が累々として眼に飛び込んで来るという趣である。この描写の方法は新聞連載百二回の作品を貫いているものであって、主人公「健三」を受ける「彼」の使用度数は960を超えている。更に健三以外の、島田、姉婿の比田、兄、細君の父など男性人物を受ける「彼」も210を超える。この「彼」[(2)]の多用は何に所以するのであろうかということをここでは考察したい。

なお、このあと作品から引用する文中の傍線は、すべて筆者のものである。

小説『道草』は主人公の「健三が……」で始まる。次に引用するように冒頭の「健三」を受けて「彼」という代名詞が指示語的に、続く十文中、七文にそれぞれ一度ずつ使われているのが読み取れる。

健三が遠い所から帰つて来て駒込の奥に世帯を持つたのは東京を出てから何年目になるだらう。彼は故郷の土を踏む珍しさのうちに一種の淋し味さへ感じた。

彼の身体には新らしく後に見捨てた遠い国の臭がまだ付着してゐた。彼はそれを忌んだ。一日も早く其臭を振ひ落さなければならないと思つた。さうして其臭のうちに潜んでゐる彼の誇りと満足には却つて気が付かなかつた。

彼は斯うした気分を持つた人に有勝な落付のない態度で、千駄木から追分へ出る通りを日に二返づゝ規則のやうに往来した。

ある日小雨が降つた。其時彼は外套も雨具も着けずに、たゞ傘を差した丈で、何時もの通りを本郷の方へ例刻に歩いて行つた。すると車屋の少しさきで思ひ懸けない人にはたりと出会つた。其人は根津権現の裏門の坂を上つて、彼と反対に北へ向いて歩いて来たものと見えて、健三が行手を何気なく眺めた時、十間位先から既に彼の視線に入つたのである。さうして思はず彼の眼をわきへ外させたのである。

彼は知らん顔をして其人の傍を通り抜けやうとした。けれども彼にはもう一遍此男の眼鼻立を確かめる必要があつた。それで御互が二三間の距離に近づいた頃又眸を其人の方角に向けた。すると先方ではもう疾くに彼の姿を凝と見詰めてゐた。〔一〕

つづく二つ目の「健三」を受ける「彼」は五度読み取れる。「健三」対「彼」7に続いて、「健三」対「彼」5と、代名詞「彼」が使われているのである。同様に見ていくと、この第一回全体では「健三」4対「彼」24と読み取れる。つづいて健三の日常を描写する第二回に読み進むと「健三」7対「彼」28、第三回では「健三」3対「彼」20と使われている。この一回とは、新聞連載の一回分であり千五、六百字の文章の中であるから、文面を見た感覚からしても、かなり「彼」の多用が目立つのである。

ここまでの『道草』の叙述形は、健三を基本的な視点人物とする三人称小説といえる。そして第三回までは、引用符を用いて表記される「とても是丈では済むまい」〔二〕というような「心内語」とでもいえる描写が合わせて三度出るほかには、会話文はまったく見られない。健三自身を中心に、主な登場人物を紹介する地の文、すなわち叙述文で終始している。それらの叙述文の中に「彼」という代名詞が多用されているのである。

この第三回までとは逆に、典型的な例をあげるなら第九十八回、九十九回では引用符を用いて表記される会話文がそれぞれ25文、23文と並んでいる。そこでは健三による島田の代理人との駆け引き、それに続いて細君との気の重い遣り取りが並んでいくのである。この会話文の並ぶ二回分には、健三という描写はそれぞれ6度と7度出てくるが、「彼」という代名詞はまったく使われていないのである。

ここで「彼」という代名詞から少し離れる。先に長々と引用した第一回の文章の中で使い分けられている指示語としての「其人」と「此男」を考えてみたい。この二つは同じように第四段落中の「思ひ懸けない人」を受けて使われているものであって、読み進むにつれて先に論じた健三のかつての養父「帽子を被らない男」であることが分かってくるのである。それとともに、其「人」と此「男」という言葉遣いの違いにも、また、思ひ懸けない「人」と帽子を被らない「男」という二つの使い分けにも、視点人物「健三」の言葉に込められた思いに差があると読み取れるのである。この「人」と「男」の差の背景を次に考察する。

第十五回では「健三は昔其人に手を引かれて歩いた。」と始まる。この文を含む五つの段落を費やして、幼少のころ大事にされ物質的に恵まれて育った記憶の甦る様が描写されるのである。そして回の終わり近くには「どれもこれも決して其人と引き離す事は出来なかつた。」と叙述される。すなわち健三の視点で、其「人」と呼ぶ所以と言えるのである。ところが続いて「其無尽蔵にある種《たね》の各自のうちには必ず帽子を被らない男の姿が織り込まれてゐるといふ事を発見した時、彼は苦しんだ。」とも述べられる。世話になった「人」と目の前に出没する「男」との、健三の心内の相克が読み取れるのである。つづいてその心内が引用符を用いて次のように二つ描写されている。

「斯んな光景をよく覚えてゐる癖に、何故自分の有つてゐた其頃の心が思ひ出せないのだらう」「然しそんな事を忘れる筈がないんだから、ことによると始めから其人に対して丈は、恩義相応の情合が欠けてゐたのかも知れない」と。

健三としては「人」から「男」と呼ぶような心内に切り替わって行っているのである。其「人」の恩義を感じながら、出会いたくない関わりたくない不快な此「男」でもあると読み取れるのである。

細君の言葉遣いとして左のような描写が読み取れる。第二十一回で細君の使う「あの人」という言葉は小さく敬して大きく遠ざけるものといえて面白い。第九十八回の、決着をつける形で百円を島田に渡すことを話題にした、夫婦の会話の中では細君の思いはすでに遠ざけるだけのものになっている。

〔略〕すると奥から出て来た細君が彼の顔を見るなり、「あなた彼《あ》の人が又来ましたよ」と云つた。細君は島田の事を始終あの人あの人と呼んでゐたので、健三も彼女の様子と言葉から、留守のうちに誰が来たのか略見当が付いた。〔二十一〕

「貴夫が遣らないでも好いものを遣るつて約束なんぞなさるから後で困るんですよ」

「遣らないでも可いのだけれども、己は遣るんだ」〔九十八〕

以前に島田が直接に纏まった金をせびり始めた時の、健三と細君との会話の中には「そりや何の関係もない御前から見れば左うさ。然し己は御前とは違ふんだ」〔五十六〕という言葉が使われている。健三の思いは、不快な「男」であるが幼少のころ世話になった「人」への思いを切り捨て得ないでもいる。

「帽子を被らない男」すなわち島田を話題にした、姉との対話中に健三は「想像の眼で、子供の時分見た其人の家と、其家の周囲とを、心のうちに思ひ浮べた。」〔八〕とある。この時の健三の想像の中で初めて島田に「彼」が使われ、その後はしばしば出てくるようになる。

その空いてゐる所を少し許買つて島田は彼の住居を拵えたのである。〔八〕

島田はかねて横風だといふ評判のある男であつた。健三の兄や姉は単にそれ丈でも彼を忌み嫌つてゐる位であつた。〔十六〕

是は年寄の言葉であつた。〔略〕然し老人は一向にそんな事に頓着する様子もみえなかつた。〔略〕「では今日は是で御暇を致す事にしませうか」と催促したので、彼は漸く帰る気になつたらしかつた。〔十七〕
島田の描写に右のような「年寄」「老人」という表現も出て、それを「彼」で受けているのである。更に健三の「時々己れの追憶を辿るべく余儀なくされた」〔三十八〕という描写に率いられて第四十四回あたりまで、島田夫婦に育てられて共に過ごした生活が畳々と叙述されていく。

島田は此扱所の頭であつた。従つて彼の席は入口からずつと遠い一番奥の突当りに設けられた。〔略〕
島田の住居と扱所とは、もとより細長い一つの家を仕切つた迄の事なので、彼は出勤と云はず退出と云はず、少なからぬ便宜を有つてゐた。彼には天気の好い時でも土を踏む面倒がなかつた。雨の降る日には傘を差す臆劫を省く事が出来た。彼は自宅から縁側伝ひで勤めに出た。さうして同じ縁側を歩いて宅へ帰つた。〔四十〕
第四十回以降は島田夫婦を描写することに重点のかかった叙述が続くため、それぞれを受ける「彼」「彼女」が多用される。其「人」や此「男」に比べて「彼」を使う視点人物「健三」の思いはニュートラルだといえる。
ここからは「健三」を受ける「彼」に戻って考察を続ける。
代名詞「彼」が多用されるのは、会話の並ぶ部分で少なく叙述文（地の文）の続く中で見られるものである。これは先に第一～三回と第九十八、九回とを比べて取り上げたところである。それら叙述文は第一～三回のように登場人物の状況を叙述するとか、想像〔八〕や追憶〔三十八〕などを叙述する部分ということになるのである。
先にも取り上げたが第十五回は冒頭「健三は」と始まり、それぞれ百五十から二百字を超える五段落が並んでいる。その中で「彼」という表記は、あわせて19度使われている。引用符に囲われた会話文はまったく出て来ない。
島田の代理として老人と元通りの付き合いを依願した吉田辞去の後、三人称で語られる健三の「胸」や「心」に浮んでくる「記憶」を叙述する大きい五段落である。次のような叙述が五段落の締めくくりのように置かれる。

吉田と会見した後の健三の胸には、不図斯うした幼時の記憶が続々湧いて来る事があつた。凡てそれらの記憶は、断片的な割に鮮明に彼の心に映るもの許であつた。〔十五〕

第三十八～四十三回、及び四十四回前半は、次の引用文を冒頭に置いて健三の幼時の「追憶」を次から次へと叙述するのである。第三十八、九回は健三自身の遊びや生活についての「追憶」が重ねられている。第四十回からは島田夫婦の生活や夫婦喧嘩などが幼い健三の心に影を落としていく状況についての「記憶」が主となって続いていく。

事件のない日が又少し続いた。事件のない日は、彼に取つて沈黙の日に過ぎなかつた。

彼は其間に時々己れの追憶を辿るべく余儀なくされた。〔三十八〕

会話文は第三十八、九回には全く出てこない。第四十～四十三回及び四十四回前半には引用符に囲まれた会話があわせて17文と健三の心内が一つ出てくるが、いずれも幼時の追憶の中への引用である。このような六回半に及ぶ叙述文をとおして代名詞「彼」は、健三を受けるものが100のほか島田などのものが35を数える。これらの叙述文は左の引用のように、目に見える現象の奥に潜む、幼時の健三の「心」の中や「胸」のうちを描写していくものである。

彼には既に身体の束縛があつた。然しそれよりも猶恐ろしい心の束縛が、何も解らない彼の胸に、ぼんやりした不満足の影を投げた。〔四十一〕

島田と決裂した第九十回の最後を受けた、第九十一回においても健三の「頭の中」やその「記憶」を叙述する文章になっている。それらの文の中には「彼」という代名詞が17回使われている。対して島田による発話が一つ引用されているほか、引用符に囲われた心内語が健三自身のもの、実父と養父のもの合わせて4文見える。

健三は吐き出すやうに斯う云つて、来るべき次の幕さへ頭の中に予想した。〔九十〕

同時に今迄眠つてゐた記憶も呼び覚まされずには済まなかつた。彼は始めて新らしい世界に臨む人の鋭どい眼をもつて、実家へ引き取られた遠い昔を鮮明かに眺めた。〔九十一〕

三人称の健三を視点人物として、主として健三の「記憶」や「追憶」が間接話法で次々に続いて叙述されていって、会話文は基本的に出てこない。そこでは主人公健三などを受ける「彼」という代名詞が著しく多用されている。これらのことが典型例として取り上げてきた十五回、三十八～四十四回、九十一回に共通して見える特色といえる。

第五十七回は「健三の心は」と始まり、健三の動きや心内（意識、主観）がその視点により語られている。その長い叙述文の中には、冒頭のほかには「健三」という文字はない。すべて「彼」という表記で受けて、それが25の度数に及んでいる。対して引用符に囲われた心内語といえる4文のほかに会話文は出てこない。

健三の心は紙屑を丸めた様にくしやくした。時によると肝癪の電流を何かの機会に応じて外へ洩らさなければ苦しくつて居堪まれなくなつた。〔略〕

「己の責任ぢやない。必竟こんな気違じみた真似を己にさせるものは誰だ。其奴が悪いんだ」

彼の腹の底には何時でも斯ういふ弁解が潜んでゐた。

〔略〕同時に子供の植木鉢を蹴飛ばした場合と同じやうな言訳を、堂々と心の裡で読み上げた。〔五十七〕

先にも三十八～四十四回などを取り上げて触れてきたが、ここでも「健三の心」のほかに「腹の底」とか「心の裡」という言葉がキーワードのように使われる叙述文の中に、代名詞の「彼」が多用されているのである。このような第五十七回は、第三十八回、九十一回とともに、ほかの回には見られない特異性を持っている。それは「健三」を受ける「彼」以外の、他の男性、女性を受ける「彼」も「彼女」も全く出て来ないということである。

また第五十八、五十九回では、帰国直後及び海外生活での金銭に苦しむ健三の動きや心内（意識、主観）の叙述文が展開される。そこに健三を受けた「彼」の表記はそれぞれ16ずつ使われていて、会話文はまったく出て来ない。

『道草』に会話の少ないのは主人公健三と細君の無口といえる性質、気質によるとも考えられる。左の引用に見えるように、健三の「腹の中」や、細君の「心の中」、「腹の中」や「胸の奥」のほか「胸に映ら」ない等がキーワードのように頻出して、先に考察した「頭の中」「腹の底」や「心の裡」等とともに健三夫婦の気質を彩っているのである。

機嫌のよくない時は、いくら話したい事があつても、細君に話さないのが彼の癖であつた。細君も黙つてゐる夫に対しては、用事の外決して口を利かない女であつた。〔一〕

然し其日家へ帰つた時も、彼はついに帽子を被らない男の事を細君に話さずにしまつた。〔二〕

それが健三には妻にあるまじき冷淡としか思へなかつた。細君はまた心の中で彼と同じ非難を夫の上に投げ掛けた。〔九〕

彼は自分の風邪気の事を一口も細君に云はなかつた。細君の方でも一向其所に注意してゐない様子を見せた。それで双方とも腹の中には不平があつた。〔十〕

けれども表向夫の権利を認める丈に、腹の中には何時も不平があつた。事々について出てくる権柄づくな夫の態度は、彼女に取つて決して心持の好いものではなかつた。何故もう少し打ち解けて呉れないのかといふ気が、絶えず彼女の胸の奥に働らいた。〔略〕

斯う云ひ切つた健三は、腹の中で其交際が厭で〳〵堪らないのだといふ事実を意識した。けれどもその腹の中は丸で細君の胸に映らなかつた。〔十四〕

ここまで『道草』において「彼」という代名詞が著しく多用されていることに関して、その度数とか、多用される場面の特徴などを取り上げてきた。また『道草』での「彼」が多用されている背景として、会話文が比較的に少なく相対的に短い叙述文が次々と続いているのを見てきた。

ここからは「彼」の用いられ方を文体、文脈に即して考察してみたい。

先に取り上げた「彼はたゞ厚い四つ折の半紙の束を、十も二十も机の上に重ねて、それを一枚毎に読んで行く努力」とか「読みながら其紙へ赤い印気で棒を引いたり丸を書いたり三角を附けたり」〔九十四〕という描写は、主人公健三が学校教師であることの換喩になっている。それを受けて左に引用の部分もまた同様の換喩として働いている。二つの続いた段落は、主人公健三が、遣りかけていた答案の採点を来客に妨げられて中断した後、採点を再開する場面である。冒頭の「健三」を受けて、これらの短い文章の中に「彼」の語が7回使われている。

健三は擲き付けるやうに斯う云つて、又書斎へ入つた。其所には鉛筆で一面に汚された紙が所々赤く染つた儘机の上で彼を待つてゐた。彼はすぐ洋筆を取り上げた。さうして既に汚れたものを猶更赤く汚さなければならなかつた。

客に会ふ前と会つた後との気分の相違が、彼を不公平にしはしまいかとの恐れが彼の心に起つた時、彼は一旦読み了つたものを念のため又読んだ。それですら三時間前の彼の標準が今の標準であるか何うか、彼には全く分らなかつた。〔九十六〕

第一の段落は四つの単文と言っていい文が並んでいる。第一文から順に主体がそれぞれ「健三は」「彼を」「彼は」と入れられている。第四文には主体が表現されてはいないが、第三文と重文をなしているようにも読めるので一文と捉えられ、それぞれの文意が的確に読めるのである。第二の段落は二つの文で構成されていて、あわせて「彼」の語が5回も重ねられている。前の方の文はやや長い複文になっている。その一つ目の「彼を」が文の主体として働き、文意が的確に読める。つづく「彼の」「彼は」については、英語では必要であるけれども日本文では省略しても文脈から意味はとれる。それを受ける第二文の方も「彼の」「彼には」の二つとも英語では入れるが日本文では略しても文脈は崩れないように思える。ただ、すべての「彼」が入っていることによって、文意がより的確になるとともに、文にめりはりが出て来ていると思えるのである。

右の「彼を」「彼は」「彼を」「彼の」「彼は」「彼の」「彼には」について極めて極端に、すべて省略しても文脈から一応の意は通じると考えられる。けれども従属的な文も含めて、単文的で短い一つひとつの文に、主体を表す語が入った方が意味の的確さとめりはりが得られるわけである。

ここまで取り上げてきた「健三」対代名詞「彼」の使い方の基盤になっているものとしては、漱石の文体に見える一つの特色としての、単文的な短い文を連ねて描写が進められていることを挙げることができるであろう。そして、これこそが漱石のめりはりのある簡潔で的確な文体を印象づけているものともいえるのである。『道草』の場合にも、漱石に一般的で基本的といえる文が比較的短く従って数が多くなるという文体が顕著である。そこに、英語などに見られるような主語とか代名詞とか指示語とかを省略しないで入れていく表現が採られていると考えられる。一つひとつの文に主体を表す語が入ったほうが、文意がより明確になることは当然考えられるところである。

「彼」という表記は、男性のすべての登場人物に対応する代名詞であるから、作品の中に健三ではない人物を受けて表記される「彼」がいくつか使われているのは当然といえる。以下、「彼」の使い方に微妙で曖昧さの生じる例について考察を加えたい。

中一日置いて彼が来た時、健三は久し振で細君の父に会つた。

年輩から云つても、経歴から見ても、健三より遥かに世間馴れた父は、何時も自分の娘婿に対して鄭寧であつた。或時は不自然に陥る位鄭寧過ぎた。然しそれが彼を現はす凡てではなかつた。裏側には反対のものが所々に起伏してゐた。

官僚式に出来上つた彼の眼には、健三の態度が最初から頗る横着に見えた。〔七十三〕

第七十三回は冒頭に「彼」と表記される。だがこれは、前の回までの「細君の父」を話題としたものに続くわけだから読者に混乱を与えるものではない。ここに引用した「彼」はすべて父を受けて、描写される主体となっているのは明確である。ここでは、すべて健三については「彼」で受けないで「健三」と表現されている。

次に引用するのは、まとまった金を要求しようとする島田の代理人と健三との駆け引きの会話が続く場面である。

「ぢや何の位出して下さいます」

健三は黙つて考へた。然し何の位が相当の所だか判明した目安の出て来よう筈はなかつた。其上成るべく少ない方が彼の便宜であつた。

「まあ百円位なものですね」

「百円」

其人は斯う繰り返した。

「何うでせう、責めて三百円位にして遣る訳には行きますまいか」

「出すべき理由さへあれば何百円でも出します」

「御尤もだが、島田さんもあゝして困つてるもんだから」

「そんな事いやあ、私だつて困つてゐます」

「さうですか」

彼の語気は寧ろ皮肉であつた。（九十六）

前の「彼」は「健三」であり、後の「彼」は「其人」であると読めるはずである。だが会話の遣り取りに続く後のものは「健三」と読者は錯覚するかも知れない。けれども、その前に置かれるのは「其人」であり、直前の会話文も「其人」のものであることを受けて読み分けられるのが当然と思える。

次に重ねて引用する二つの場面は、ともに健三と岳父との間に生じてしまった確執が互いの腹の中にわだかまっている様の描写となっている部分である。両方の場面ともに、読者を混乱させ易い部分が出て来る例だが、逆にある種の面白味を読者に感じさせる効果を挙げているようにも読めるのである。

健三は父の言葉に疑を挟む程、彼の才能を見縊つてゐなかつた。彼と彼の家族とを目下の苦境から解脱させるといふ意味に於ても、其成功を希望しない訳に行かなかつた。然し依然として元の立場に立つてゐる事も改める訳に行かなかつた。彼の挨拶は形式的であつた。さうして幾分か彼の心の柔らかい部分をわざと堅苦しくした。老巧な父は丸で其所に注意を払はないやうに見えた。〔七十六〕

第一文の「彼」は直前の「父」を受け、つづいて次の文の「彼」二つも同様に「父」を受けている。この第二文の主文は第一文を受けて「健三は」または「彼は」が省略されている。同様に第三文も冒頭の「健三は」を受けて主語が略されている。どちらの主語も、英語の場合には必要なものであろう。

同一の段落に並びながら、第一、二文の「彼」と、第四文及び第五文の「彼」とは重ならない。読者に混乱を与えそうだが、後者の場合は文脈から当然に冒頭の「健三」を受けて、「父」ではなくて「健三」と読める。

第二文及び第三文のように、主体を表す「彼」が文脈の流れのなかで省略されている例は、著しく「彼」の表記が多用される『道草』の中にも多く見える。左に引用する場面の第二、四文でも同様である。

次の場面には、健三と岳父との二人の間の大きな懸隔を埋める目当てのない冷たさが読める。

健三は正月に父の所へ礼に行かなかつた。恭賀新年といふ端書丈を出した。父はそれを寛仮《ゆる》さなかつた。表向それを咎める事もしなかつた。彼は十二三になる末の子に、同じく恭賀新年といふ曲りくねつた字を書かして、其子の名前で健三に賀状の返しをした。斯ういふ手段で彼に返報する事を巨細に心得てゐた彼は、何故健三が細君の父たる彼に、賀正を口づから述べなかつたかの源因に就いては全く無反省であつた。〔七十七〕

第一、二文の主体は健三である。第三文以降の主体は父である。その「父」を受けているのが、第五文の「彼は」、第六文の「彼は」、父たる「彼に」である。そういう文脈の中で第六文の「斯ういふ手段で彼に返報する」の「彼」については、直前である第五文の「健三」を受けている。この「健三」を受ける「彼」が、同文中の、父を受ける二つの「彼」と前後して置かれながらなのである。このように「彼」が父と健三の間で錯綜して用いられている。

因みに右に引用してきた第七十三、九十六、七十六、七十七回についての引用の最後の部分についての語りは、健三の視点からのものか、語り手自身による全知の視点からのものであるか読みが分かれる。

ここまでに見てきたように「彼」が多用されるうちに、異なる主体を受ける「彼」が錯綜して読者の頭の中が少々混乱するかも知れないような場面も出て来ることにもなっているのである。

まとめ

まず、小説『道草』の表現の特色として換喩表現の代表的なものをいくつか取り上げて考察した。その他の多くの比喩表現については、後の機会に取り上げたい。多くの換喩の中で「黒い髭を生して山高帽を被つた今の姿と坊主頭の昔の面影とを」(二)という描写が最も代表的なものと読み取れる。それは『道草』を縦に流れる幼少時、少なくとも書生時代から大学教師までの主人公健三を比喩するものだからである。

小説『道草』には「彼」という言葉が千百を超えて用いられている。この作品の叙述形は、主人公健三を基本的な視点人物とする三人称小説である。従って三人称代名詞の「彼」が多く出て来るのは当然とも言える。ただ、漱石の同じ三人称小説でも「彼」の使用度数が極端に低いものが新聞小説だけ比べてみても、その初期のものに見られる。連載回数百二十七の『虞美人草』、同百十七の『三四郎』では「彼」の使用度数はいずれも8である。この比較において「彼」の使用度数が最も多いのは『明暗』であるが、中断されるまでの連載回数百八十八で1341見られ、一回分につき7.1度である。

『道草』は使用度数1176に対し連載回数は百二回であるから、一回分につき11.5度となるので一回あたりの使用頻度は

『道草』が、読者の感覚どおりに最大である。他の三人称小説では一回当り『それから』2.8度、『門』2.3度となっているのである。『虞美人草』は会話で連なる作品という印象が強いからとしても、いわゆる前期三部作よりも後期三部作以降の度数が高い。漱石における文体の、ある側面での変化と読んでよいのかも知れない。

『道草』第一回から作品を随時引用しながら見てきたように、主人公健三などを受ける代名詞「彼」が多用されているのは、登場人物の状況を描写するとか、登場人物の想像や追憶などを叙述している、地の文、即ち叙述文の続く部分の中である。第九十八、九十九回のように引用符を用いて表記される会話文の並ぶ部分では「彼」の多用はそれほど必要でないというのは当然とも言えるだろう。

「彼」が多用される典型例として取り上げた、第三十八～四十四回などのほか、代名詞の「彼」が多用されている叙述文の中には、第五十七回に顕著に見えるように、例えば「健三の心」のほかに「腹の底」とか「心の裡」という言葉がキーワードにように使われているものが多い。このような叙述文が続く部分では、引用符に囲われた会話文が続く場面とは違って、文意を的確にするために、叙述の主体を表わす「健三」とか「父」の語が必要である。この語を繰り返す必要が「彼」の語を表記させることになるのである。

漱石の文体の一つの特色として、簡潔で的確な、めりはりのある文体を印象づける要因になっている、単文的な短い文を重ねて表現していくことが挙げられる。そのように単文的で短い文を重ねていくのだから、日本語の特色である前文を受けて主語などを省略するということなく、英語などのように一つひとつの文に主体を表す語が入った方が、文意が明確になるわけである。これが『道草』という小説に「彼」の語を累々と表記させることになっていると考えられるのである。

〈注〉

（1）三好行雄編『夏目漱石事典』（一九九二年　学燈社）

（2）健三その他を受ける「彼」の度数と会話数（（二　文中に多用される「彼」）に引用した回に見えるもの）

回	健三と彼	細君と彼女	他人物と彼・彼女	会話
（一）	4 24	3 0		0
（二）	7 28	7 1		0
（三）	3 20	5 0		0
（八）	4 9		5 2	2
（九）	7 21	11 0	10 1	0
（十）	6 15	20 1		13
（十四）	8 5	10 4		19
（十五）	6 23	1 1		0
（十六）	14 5		7 1	9
（十七）	10 6		5 1	13
（三十二）	9 13	16 1		6
（三十八）	3 18			0
（三十九）	4 18		1 1	0
（四十）	6 13		8 5	2
（四十一）	16 9		3 4	6
（四十二）	5 20		8 7	3
（四十三）	15 12		14 11	4
（四十四）	15 10	2 0	8 7	14
（五十七）	1 25			0
（五十八）	9 16	5 0	3 6	0
（五十九）	12 16		10 7	0
（七十三）	18 0		6 10	8
（七十六）	8 12		9 10	5
（七十七）	9 6	7 3	7 13	4
（九十一）	7 17			1
（九十四）	7 6	8 2		18
（九十六）	6 12		5 1	19
（九十八）	6 0	4 1	2 3	25
（九十九）	7 0	5 1	6 2	23

〈参考文献〉

ポール・リクール久米博編訳『解釈の革新』（一九七四年　白水社）
野口武彦『小説の日本語』（一九七五年　中央公論社）
小林英夫『文体論的作品論』（一九七六年　みすず書房）
相原和邦『漱石文学の研究―表現を軸として』（一九八〇年　明治書院）
倉持保男『文章中の指示語の機能』国文法講座第六巻（一九九三年　明治書院）
中村明『日本語の文体―文芸作品の表現をめぐって』（一九九三年　岩波書店）
瀬戸賢一『認識のレトリック』（一九九七年　海鳴社）
宮澤健太郎『漱石の文体』（一九九七年　洋々社）
赤井恵子『漱石という思想の力』（一九九八年　朝文社）
内田道雄『夏目漱石―「明暗」まで』（一九九八年　おうふう）
野田良三『レトリックと認識』（二〇〇〇年　日本放送出版協会）
十川信介『明治文学―ことばの位相』（二〇〇〇年　岩波書店）
原孝一郎『隠喩・象徴とテクスト解釈』（二〇〇四年　英宝社）

付記　本文に引用の底本は『漱石全集』第十巻『道草』（一九九四年　岩波書店）による。
但し、ふりがなは適宜省略した。

『道草』―幼時の記憶

小橋　孝子

一

本稿では、世界の親密さを失ったところから始まる健三の物語として『道草』を考えてみたい。

健三が遠い所から帰つて来て駒込の奥に世帯を持つたのは東京を出てから何年目になるだらう。彼は故郷の土を踏む珍らしさのうちに一種の淋し味さへ感じた。(一)

故郷に帰ってきたはずでありながら、長く遠く離れていて、「一種の淋し味さへ感じた」という、その「淋し味」はすでに親密な場所の失われていたことの実感ではなかっただろうか。そしてその先には、日々落ちつきなく、しかし、規則的に同じ道を行き来していた健三の姿が描き出されている。

彼の身体には新らしく後に見捨てた遠い国の臭がまだ付着してゐた。彼はそれを忌んだ。一日も早く其臭を振ひ落さなければならないと思つた。さうして其臭のうちに潜んでゐる彼の誇りと満足には却つて気が付かなかつた。

彼は斯うした気分を有つた人に有勝な落付のない態度で、千駄木から追分へ出る通りを日に二返づゝ規則のや

うに往来した。（一）

「何年目になるだらう」と、数字の明示されない主観的な想念の中から語り出され、健三の姿が見えてくる。外国、通勤を「遠い国」「往来」と言いかえる迂回した表現があり、清水孝純はこれを『道草』に特徴的な迂言法《ペリフラーズ》として解析し、それらが社会的なコンテクストの中での「意味」を脱落させていること、また、非日常化・異化《オストラニェーニエ》により、「日常化して、なんら新鮮な印象をもたらさない概念を、その具体性においてよみがえら」せ、「隠れていた問題性をあらわに」することを指摘している。[1] 変化のない通勤の規則性は、この後も言及されており、確かな意味のないまま「器械のやうに又義務のやうに」（二）「往来」を続けることが、はじめに健三の日常を集約する姿としてあったのだろう。『道草』の冒頭はまた、その遊離感の鍵が健三の過去との関係にあることを示唆している。遠い国を「新らしく後に見捨てた」という「新らしく」の表現はいくらか奇妙であり、それが直近の体験であることの意味に加えて、健三には過去が見捨てることの連続としてあったとも思われる。臭いのようにまとわりつく過去を、不安定なまま拭おうとする「斯うした気分」の上に現在の「落付のない態度」があった。健三には「故郷の土」の上に住みながら故郷喪失者の感覚があったのではないだろうか。そこに現れたのが、「帽子を被らない男」（二）である島田だったはずである。[2]

作中には、小雨の音が聞こえ始める。「外套も雨具も着けずに、たゞ傘を差した丈で」歩んで行くことは、この時の健三の心情にも即した姿であるのだろう。不意に現れた島田は、昔と「あまりに変らな過ぎた」といい、会わずにいた十五六年の月日の中で、健三が「坊主頭の昔」から、大学教師の装いである「山高帽」へと変化して来た一方、今も無帽の黒髪を見せる島田の習慣は、過去がそのままそこに現れたかのような、何かむき出しの存在を感じさせる。「其人は根津権現の裏門の坂を上つて」来たらしく、その陰から現れ、折れて北に向かおうとしていた。健三は、彼の自分を追う強い「眼付」を感じながら、通り抜けようとする。静かな往来には「細い雨の糸が絶間なく落ち」、その行き交いは、やがて降りて行く記憶の坂を横にして、『道草』の象徴的な光景でもあるようだ。

　島田の強い視線は、健三に十五六年の間にあった自分の外貌の変化を意識させる。後まで健三を悩ませたその「眼付」は、健三の来し方行く末を凝視するかのように、そこに留まっている。しかしこの時の健三には、その人の身なりを気にかける実際的な懸念もまた起きていた。健三から見た島田は「中流以下の活計を営んでゐる町家の年寄」であった。「彼は其人の差してゐた洋傘《かふもり》が、重さうな毛繻子であつた事に迄気が付いてゐた」ともあるが、洋傘は、かつては和傘に代わってもてはやされた文明開化の象徴であり、しかし、その生地の「重さうな毛繻子」であることが[3]、島田のこれまでと現在の状況を推測させる持ち物として健三の目にとまっているのだろう。健三の差す傘が何かは分からないが、洋装に和傘である可能性は低く、より軽く高価な絹張りであるのか、あるいは「紙入」（五十六）と同様に「外国」で買ってきたものなのかもしれない。しかし、その健三も、この時、傘のほかは「外套も雨具も着けずに」いたのであり、このことは、この後「雨合羽」が「二円五十銭の月賦」（四十七）で購入され、雨具のオーバーシューズは「買はう〳〵と思ひながら、ついまだ買はずにゐる」（十七）という記述につながって行く。共に小雨に降られながら、その雨をしのぐ姿にふたりの微妙な違いがあり、現在があるという場面である。

　この日帰宅した健三は、島田との遭遇を「細君には何にも打ち明けなかつた」。それはいつもの「癖」であるといい、しかしまた、出会ったのが島田であると共に、ごく私的な想念の中に現れる「帽子を被らない男」でもあったとすれば、説明するにも困難なものがあったことも確かではないだろうか。『道草』第一章は、互いに沈黙がちとなった夫婦の日常を点描して閉じられる。

落ち着かず淋しい、自分にも分からない感情を抱きながら、一方で健三は改めて時代を生きる人々との関係の渦中に入って行くことになる。島田との遭遇をきっかけに久しぶりに姉や兄と往来するようになり、吉田の訪問を介して島田との関係も改めて再開される。会えば、やはり自身の位置の変化してきたことが意識され、久しぶりに嗅いだ「過去の臭」は「三分の一の懐かしさと、三分の二の厭らしさとを齎す混合物」（二十九）であった。覚えのある「厭らしさ」と、しかし、「三分の一の懐かしさ」もあり、その双方の感情を行き来する中で、書斎に立てこもっていたはずの健三の自己も揺さぶられて来る。また、折に触れて昔の記憶が蘇ってくるようになり、それは、健三に忘れていた世界の親密さを思い出させるものでもあった。親しかった姉夫婦との昔が思い出され、また、吉田と会見して後には、島田に「手を引かれて歩いた」（十五）頃の断片的な光景が様々に蘇り、島田の正式な訪問を受けて後には、まとまった追想の世界が現れてくることになる。

二

健三が島田夫婦に育てられたのは数え年の「三つから七つ迄」（十九）の物心がつくようになるごく幼い時期であるが、しばらくこの間の記憶として蘇る追想の光景に注目して見て行きたい。一つには幼時の記憶には、たとえそれが不快や怖れを含むとしても、誰にとっても確実に自己の所有であると言えるような親密感があると思われるためである。ベルクソンは「私が薔薇の香を嗅ぐと、直ぐに漠然とした幼時の思ひ出が私の記憶に帰つて来る」[4]（『時間と自由』第二章・一八八九年）といっている。親密感をもたらすのは、おそらく、出来事であるより、より直接に感覚に響くような、漱石が木下杢太郎の『唐草表紙』（大正四年二月）に寄せた序の言葉を借りるなら「情緒」や「雰囲気」でもあるだろう。例えば、成長して後の例になるが、健三は島田の件をまとめた書き付けの束について、事実の経緯については当初から「開けて見たつて何が出て来るものか」（三十一）と考え、更に「己は知らない」（同）と、それが自身をよそにして書かれ、渡されたものであることにも若干の拘りを示し、興味を持っていない。しかし、実際に手に取り細君と紐解いていく中では、その虫食いの痕や文体や口調が、ふと健三を懐古的にし、父の姿を髣髴するということが起きていた。

細君の読み上げる文章は、丸で旧幕時代の町人が町奉行か何かへ出す訴状のやうに聞こえた。其口調に動かされた健三は、自然古風な自分の父を眼の前に髣髴した。其父から、将軍の鷹狩に行く時の模様などを、それ相当の敬語で聞かされた昔も思ひ合はされた。然し事実の興味が主として働らきかけてゐる細君の方では丸で文体などに頓着しなかつた。（三十二）

健三は、普段、父との間には「左程情愛の籠つた優しい記憶」（十四）がないと考えている。しかし、その半ば閉じられた扉の向こうにあったものが、この時にはふと現れてきている。父の書いた「文体」や「口調」には、確かに自分の生きてきたと感じられる感触があった。感覚的要素の直接性により、再び生きることの出来る過去として、父の姿や声が蘇ってもいたのである。

この、出来事や事実の経緯とは異なる、過去の様々な堆積があって、現在のあることとは、『草枕』にも示されていた。半ば諧謔的に筋ではなく場面を読むという非人情の読書を言っていた画工に、那美さんが自己像として描いてほしいと願った絵も、客観的事実の成り行きとは別に（那美の場合、三角関係の末の結婚と破産による出戻り等の那美像とは別に）折々に切断されて確かにそこにあったものを掬いとる絵であり、その画面を活かすため、最後に必要とされたのが憐れの表情だったのだと思われる。(5)

健三にとって島田もまた、そうした傍からは容易に知ることの出来ない様々な過去の堆積の中にある存在であっただろう。そのため、交際に難色を示す細君に、「おやぢは阿爺、兄は兄、己は己なんだから仕方がない」（十四）と言わなければならなかったのであり、その言葉に続くようにして健三には島田に手を引かれて歩いた頃の記憶が蘇って来るのである。膨大に重なった過去の中から、現在が、幼時の追想として、いくつかの光景を選択的に呼び寄せてくるとすれば、その意味で、そこにはまた健三の現在が重なっている。追想の光景に憐れの情の点描されるのか否かが、健三には現在を活きる一つの鍵にもなっていたはずである。

島田の訪問を受けて後、三十八章以降に一連の追想の光景が浮かんで来る。『硝子戸の中』に語られた回想と比べても明らかなように、特徴的なのは、その多くが空間感覚や場所の記憶として語り出されていることである。またそれらは、例えば桟敷席が「広い建物の中」の「区切られてゐる様で続いてゐる仕切のうち」（三十九）と表現されるように、しばしば清水孝純の指摘する迂言法によって描かれている。日常化したものを、見馴れないもののように表現する迂言法が用いられるのは、ここでは子供の世界が実際にまだ多くの意味や観念を獲得する以前にあるためである。世界は迂言法によって捉えられる幼時の記憶の世界へと解体され、未知のものに囲まれながら新たに世界を験《し》って行く、その過程が健三の追想の中では再び繰り返されていたはずである。

健三の追憶の行き詰まりには「大きな四角な家」（三十八）が見えてくる。生家と教えられていたのは別の「赤い門の家」（四十一）であるが、健三にとって、追想の突き当たりにあるのは、この家でなければならなかったのだろう。しかし、「まだ家といふもの、経験と理解が欠けてゐた」頃の記憶であり、広く、誰もいないその建物は、家としての場所であるより、より抽象性を帯びた空間、あるいは容れものでもあるようだ。「大きな四角」の空間として特徴付けられるその家には、幅の広いはしご段でのぼる二階にも下と同じ造りがあり、中庭もまた「真四角」であった。それは人工的でありながら、ごく整序された安定した空間であり、不定形なものの怖れのない、幼子の宇宙でもあるだろう。一人でいて「淋しいとも思はず」、「恰も天井の付いた町のやうに考へ」「そこいら中馳け廻」ることが出来た。「幾つとなく続いてゐる部屋」や「遠く迄真直に見える廊下」はまた、同形の反復と空間の延長を伴って幼児に無限の観念へと心を開かせるものであっただろうか。幼子にとっては全宇宙ともいうべき守られた空間であり、おそらくは、やがてここから外の世界へと次第につながり、広がりをもって行くことが成長でもあるのだろう。健三の追想がこのような空間の記憶から始まっていることを思うとき、建築家の原広司が境界論を次のように語り始めていることは興味深い。

閉じた空間があった――と私は発想する。この閉じた空間に孔をうがつこと、それが即ち生であり、即ち建築することである。閉じた空間は、死の空間であって、世界とのいかなる交換もなく、なにものをも媒介しない。(6)

『道草』に先立って書かれた『硝子戸の中』を思い出しておくことも出来る。その冒頭、漱石は自身の書斎を硝子戸の中の世界として描き出していた。硝子戸を通して見渡すことの出来る眼界は限られ、広く「多事」である世の中から離れ、「小さい私」として世界の片隅に住まうイメージであるが、しかし、その中にも時に思いがけない人を迎え、送るようなことがあり、「狭い世界の中でも狭いなりに事件が起つて来る」。「私はそんなものを少し書きつゞけて見やうかと思ふ」という所から『硝子戸の中』は書き出されていた。作品は、人に会い、思索し、また筆を執って創作を送り出して行く、そのような日々の営まれている生の空間であり、この時、透明な硝子戸は、自己と外界を隔てつつつなぐ境界、原広司のいう外界との「交換」と「媒介」を担う「孔」の決定的なイメージとなって提示されている。『硝子戸の中』の終章、改めて硝子戸は「静かな春の光」の中へと開かれ、漱石は自他の空間と境界を描くことに十分自覚的でもあっただろう。

翻って『道草』の健三にとって、はじめに見いだされた「孔」は、この「大きな四角な家」の表二階にある「細い格子の間」であったと思われる。幼い日の彼は、この二階の格子の隙間から外の街道を見下ろし、行き交う何匹もの馬を眺めていた。そして、時には真向かいに見える「大きな唐金の仏様」の所まで往来を横切って行き、仏様によじ登りながら、それでも「後から肩に手が届くか、又は笠に自分の頭が触れると、其先はもう何うする事も出来ずに」

（傍点引用者）帰ってくることを繰り返した。それは子供が初めて外の世界に足を踏み出した頃の記憶でもあるだろう。大きな守られた空間があり、そこから外の世界へと出ては帰ることが繰り返されていたのである。[7]

広く大きな方形の空間は、芝居小屋（三十九）や越後屋（四十）の記憶としても蘇り、健三の追想を特徴付けている。しかし、多義的であり、「大きな四角な家」が「天井の付いた町」を内包するアジールであったとすれば、芝居小屋の「広い建物」（三十九）は「伽藍堂の如く淋し」い情調を帯びた劇場空間であり、その場の淋しさは「伴の大人はみんな正面に気を取られてゐ」て、自分が弁当の何かを「高い所」から落とし、「何度も下を覗いて見た」が「誰もそれを取つて呉れるものはなかつた」という孤独な高所からの落下・喪失の経験、あるいは子供なりに感じた置き去りにされて助け手のない感覚の記憶とも結びついている。大人たちが気を取られていた正面の舞台では「ぐら〱と柱が揺れて大きな宅が潰れ」「其潰れた屋根の間から、髭を生やした軍人《いくさにん》が威張つて出て来た」といい、「まだ芝居といふものの観念を有つてゐなかつた」頃の、夢幻のように遠く記憶されたその崩落の様は、あるいは江戸から明治へ、直接には大人たちが経験し、通過していたはずの時代感覚にも通じていないかと思われる。健三には、更にこの芝居に「外《そ》れ鷹」の連想があり、舞台上にあった屋台崩しの光景と、大風にあおられて鷹狩りの鷹が獲物から逸れて飛んで行く様、誰かの叫ぶ「外れた〱」という声や手を打って呼び返そうとする人の姿とが結びつけられている。漱石に「嵐して鷹のそれたる枯野哉」（明治二十八年）の句もあるが、大風に飛ぶ鷹の暗示的なイメージであり、健三に、父から「将軍の鷹狩に行く時の模様などを、それ相当の敬語で聞かされた昔」（三十二）の記憶があることも注意しておいてよいと思われる。[8] 年長の大人たちが経過してきたはずの時代の豊かさと喪失の感覚が、健三の幼児期の記憶の中に、遠くに浮かぶ屋台崩しや外れ鷹のイメージとして刻印されていたのかもしれない。その傍らに、ひとりで何かの落下を気にかけている幼い日の健三の姿があったのである。

失われた時代への思いは、例えば、六十九章のかつて健三に「広重の風景画」を連想させた同じ場所が「見た事もない新開地のやうな汚ない町」に変貌していることを見いだす場面にも現れる。この時の健三は今度は危ないかも知れないと言われた姉を見舞った帰りであり、兄の体調を崩していることも同じ頃耳に入ってきている。一回り年長である兄や姉は、更に江戸の名残の濃い中で人となっている。失われた風景の中に、なお生き長らえている人間の感があり、自らの健康もまた損なわれて来ていることの実感と共に、健三は「己自身は必竟何うなるのだらう」と考えざるを得なかったのである。

広い方形の空間としてもう一つ思い起こされているのは、島田夫婦に連れられて行った越後屋（四十）である。越後屋は時代の先端を行く百貨店として改築を重ね、大正三年には、日本初のエスカレーターを備えたルネッサンス式鉄筋五階建ての店舗となっているが、健三の記憶に浮かぶのは、古くからの「店へ腰を掛け」る店であり、幼い頃、蔵から出しては眺めていたという「江戸名所図絵」（二十五）の「駿河町」（同）の趣を残した店だろう。

> 柄を択り分けてゐる間に、夕暮の時間が逼つたので、大勢の小僧が広い間口の雨戸を、両側から一度に締め出した時、彼は急に恐ろしくなつて、大きな声を揚げて泣き出した事もあつた。（四十）

華やかだったはずの場所がいつの間にか姿を変え、閉じこめられて行くことの恐怖であり、おそらく現在の「牢獄」（二十九）の感覚にも通じる記憶であるだろう。

健三の追想には、細長く折れ曲がった路地の、迷路のような空間も現れる。生家と教えられた「赤い門の家」（三十八）は、「狭い往来から細い小路を二十間も折れ曲つて這入つた突き当り」にあり、突き当たって左に曲がると「不規則な石段」が続く「長い下り坂」となり、「坂を下り尽すと又坂があつて」、「丁度其坂と坂の間の、谷になつた窪地の左側」には庭に緋鯉の池のある「一軒の茅葺」があった。詳細に記憶された地勢の複雑さは、細く狭いものでありながら、様々な行動を通して空間を探求して行く子供の生命力にも見合っているようだ。また、坂の途中、石段の隙間に青草が生え風になびいていたという小さな記憶は、ここが繰り返し上り下りした特別な愛着のある場所であることを示している。確かに「人の通行する路」であるはずながら人気《ひとけ》は少なく、子供の頃の健三にとって、ここもまた奥まって自分を隠しているような迷路の空間であったかもしれない。しかし、その底の「谷になつた窪地」の池で健三はひとり心惹かれた緋鯉に糸を垂らし、殺してしまうという秘密を持った。

葦簀の隙から覗くと、奥には石で囲んだ池が見えた。その池の上には藤棚が釣つてあつた。水の上に差し出された両端を支へる二本の棚柱は池の中に埋まつてゐた。周囲には躑躅が多かつた。中には緋鯉の影があちこちと動いた。濁つた水の底を幻影の様に赤くする其魚を健三は是非捕りたいと思つた。（三十八）

漱石に「水に映る藤紫に鯉緋なり」（明治三十年）の句があり、また、椿の赤い色を映す『草枕』の鏡が池も連想されるが、この時、健三が釣り竿を持ち込む以前の幾日か、庭の池をただ「葦簀の隙」から垣間見ていた姿にも注意しておきたい。先の「大きな四角な家」では健三は「細い格子の間」から外の世界を眺めており、この後、移り住む家のそれぞれにも「連子窓」（三十九）（四十）があって、時に「疱瘡」（三十九）を掻きむしる健三を閉じこめ、また外に通じる「孔」として「大きな河」（三十九）をその隙に見せることになる。細いわずかな隙間から垣間見ることは、境界の意識を強くし、向こう側に未知の何かがあるという感覚を呼び起こす。濁った水底に動く赤い影への興味はわずかに官能性の萌芽も感じさせるが、この時の健三は心惹かれるまま葦簀の中に這入り、しかし、思いがけない力にぶつかって、そこから突き返されてきたのであるだろう。

或日彼は誰も宅にゐない時を見計つて、不細具な布袋竹の先へ一枚糸を着けて、餌と共に池の中に投げ込んだら、すぐ糸を引く気味の悪いものに脅かされた。彼を水の底に引つ張り込まなければ已まない其強い力が二の腕迄伝つた時、彼は恐ろしくなつて、すぐ竿を放り出した。さうして翌日静かに水面に浮いてゐる一尺余りの緋鯉を見出した。彼は独り怖がつた。……（三十八）

二の腕にまで伝わった強い力は、自分をどこかへ引き込んでいくような不定形なものの恐ろしさを生々しく健三に教えた。そして、翌日静かに浮いていた鯉の緋色は、自分の行為が美しいものを殺してしまったのかもしれないという取り返しのつかない恐怖を突きつけている。それは、ふとした行為が重大な結果となって、目の前に現れた脅威でもある。[9]こっそりと「一枚糸」を垂らしただけでありながら、濁った水底には、その罪をも暴露せずにおかないような、健三のあずかり知らない、思いがけない力が潜んでいたのである。越智治雄はこの時「明らかに彼は鯉にかかわったの」だ、と指摘しているが、[10]生命に触れるようにして、確かに世界に関わったと思う最初の実感が、侵犯者、加害者の怖れとして記憶されていることはおそらく大きく、例えば現在の健三が細君のヒステリー発作に見せる異様な「神経の鋭敏」（五十一）にも通じていないかと思われる。「夢を見てゐるやうな細君の黒い眼」（五十二）と、かつての緋鯉の姿とが健三の中では重なっていないとも言えない。[11]健三夫婦の間には、暗黙の裡に共有され、繰り返されて行く「二人に特有な因果関係」（五十二）があると言い、その中に、緋鯉の記憶は生きていなかっただろうか。

　健三の追想は人のいる生活の場に移り、島田夫婦の姿が見え始める。父母であるはずの二人から本当の親は誰かと繰り返し聞かれた時の不安や腹立ち、また夫婦の間に起こった激しい諍いの光景も次第に思い出されて来る。しかし、この頃に住んでいた「大きな河」の家（三十九）には当初まだ健三の居場所があったと思われる。二三段の浅い石段と路地があり、表は「賑やかな通り」に通じ、裏手に出ると「大きな河」になるという周囲の構造が、ここでも子細になぞり直されており、また、三つに区切られた同じ「細長い屋敷」のうちに、ある時は「西洋人」が住み、後には公の場である「扱所」も出来て、「縁側」伝いに行き来の出来たことも懐かしみをもって振り返られている。石段の縦の深さにかかわり、横に広がるつながりのある空間が現れており、それだけ健三の自由に動く事の出来る世界も広がっていたことがわかる。島田は、多人数の働くこの扱所の「入口からずつと遠い一番奥の突当り」、上座に座る「頭《かしら》」であり、その庇護の下で、小さい健三は時に大人の場所に出入りし、河岸に出ては蟹をつつき、西洋人の姿を家内に見る事もあったのである。先に思い出されていた断片的な記憶（十五）の、手を引かれて寄席や船遊びに行き、当時としては珍しい小さな洋服やフェルト帽をあつらえ、金魚や錦絵を幾つも買ってもらったというのも、この当時のことであるのだろう。島田を家長とする家庭の延長に人の集まる世界があり、健三の社会化の端緒も、ようやくこのような形で開かれようとしていたのだと思われる。しかし、下駄を脱いで皆が畳に座っていたという扱所のありようは、例えば、現在の兄の勤務先であり、彼を呑み込むようにしている役所の「宏壮な建物」（三十四）や、健三が講義に立ち、「小さい彼の心を包むに足りない」と思う「高い丸天井」（五十二）の講堂とも対照的である。扱所は、名主制度廃止（明治二年）の後を受けて設置され、その後は区務所（明治九年〜）を経て、行政区画の範囲を拡大しながら区役所（明治十一年〜）に成長して行く。その間の最もめまぐるしい改革の時期にあって機能しており、名主制から扱所に変わるにあたっては、封建制度から中央集権へと移行する近代化の一環として、世襲の例の廃止と共に、事務所を自宅から分離し、通勤する事が定められていた(12)。しかし、島田の場合は、細長い一つ家を区切る事によって自宅と扱所を別とし、実際には縁側伝いに行き来をしていたのであろう。そのため、ここでは依然として家庭の延長のように時々健三も顔を出し、その中で「坊ちゃん」（九十五）と呼ばれ「小暴君」のように振る舞う事もあったのである。やがて行政区画の拡大と共に公私の分離は更に強化され、現在の兄や健三がそうであるように、公務員は洋風建築の中に洋装で勤務する形になるが、島田自身は改革のいずれかの時点で職を解かれていたはずであり、その後は蓄えられた資産によりつないでいく事が続けられていたと考えられる(13)。実家との間に起こる金銭問題も、そうした状況の変化を背景としたものであろう。健三の身の上には時代の急速な変化と私的な成り行きとが、遠く連動するようにして起きていたのである。

「大きな河」の家での生活は、島田夫婦の別居によって終わるが、この後お常と二人で移った家には空間的な記憶がなく、健三を容れた場所の記憶もここで途切れることになっている。

間もなく島田は健三の眼から突然消えて失くなつた。河岸を向いた裏通りと賑かな表通りとの間に挟まつてゐた今迄の住居も急に何処へか行つてしまつた。御常とたつた二人ぎりになつた健三は、見馴れない変な宅の中に自分を見出だした。

其家の表には門口に縄暖簾を下げた米屋だか味噌屋だかゞあつた。彼の記憶は此大きな店と、茹でた大豆とを彼に連想せしめた。彼は毎日それを食つた事をいまだに忘れずにゐた。然し自分の新らしく移つた住居については何の影像《イメジ》も浮かべ得なかつた。「時」は綺麗に此侘びしい記念《かたみ》を彼のために払ひ去つてくれた。（四十四）

自分の所有であったはずの世界が突然目の前から奪われ、御常と二人きりになったこの家について、わずかに感覚の親しさをもって思い出しうるのは外の門口にあった店と大豆の味のみであった。島田もまた「健三の眼から突然消えて失くなつた」。夫婦の諍いが目にされ、後には、やがて恩義のある家族的な関係であったはずの島田と実家の間にも自身の去就や学資をめぐって金銭的な諍いが顕在化してくることになる。人間関係の破綻、また恩義の関係が金銭問題にすり替わっていくことを健三は経験しており、そうであるとすれば、現在に至って自身が御常や島田にどのような態度を取りうるのかは、『こころ』の先生が叔父の裏切りにあって後、自身の同類であることを知った経験にも通じて行く局面ではなかったかと思われる。

健三の追想は、自身の居場所であった空間の消失と共に「考へると丸で他の身の上のやうだ。自分の事とは思へない」（四十四）という感想によって閉じられ、「不愉快な過去」（四十六）として総括されることになる。しかし、次に島田の訪問を受けたとき、健三には「其時健三の眼に映じた此老人は正しく過去の幽霊であつた。また現在の人間でもあつた。それから薄暗い未来の影にも相違なかつた。」（四十六）という感慨が新たにもたらされていた。三日ほど間をおいた次の応接の際には、もし「神の眼で自分の一生を通して見たならば、此強慾な老人の一生と大した変りはないかも知れないといふ気が強くした」（四十八）ともある。「洋燈《らんぷ》」の具合に気を取られ、「何も何処か調子が狂つてますね」と結論するこの時の島田の姿が、健三の本分である「研究でもする時のやうに」と形容され、「気の毒な人として眺め」られていることは注意される。遡れば、時間に追われる健三の態度が島田の特質として言われる「守銭奴」（三二）に似通っていると捉えられる事もあった。

彼は心のうちで、他人には何うしてそんな暇があるのだらうと驚ろいた。さうして自分の時間に対する態度が、恰も守銭奴のそれに似通つてゐる事には、丸で気がつかなかつた。（三）

追想を経て、島田の存在が、より強く自身の過去・現在・未来に密接するものとして健三にも意識され、眼の前に現れて来ていたのである。そこに卑小感が伴う事は、かつての実家での経験でもなかっただろうか。

柄谷行人は「予言者」の語も用いつつ、健三の対峙したのが現実の島田であると同時に「帽子を被らない男」であり、その存在が「「お前は何者か、どこから来てどこへ行くのか」という不安な問いに」健三を引き込んで行くことを指摘し、『道草』に「自然主義的な表層と、『夢十夜』につながる深層との二重構造」があることを言っている。[14]島田の問題が、ひとり健三にだけは柄谷の言う「帽子を被らない男」の問題でもあったことは、彼の追想の世界が、自身の生きてきた確かな感触を持ちつつ、作中では誰とも共有されず、孤立している事とも対応している。しかし、健三の追想は「丸で他の身の上のやうだ」という感想と「不愉快な過去」であるという判断によって健三自身にも、再び閉じられることになった。それはひとりの空間から境界の外へと、次第に世界を広げて行く過程にあって最後に画竜点睛となるべき心持ち、現在にもつながって実感される情愛の記憶や恩愛の関係が欠けたままであることをも意味している。島田夫婦の執拗な問いや諍いへの嫌悪感は「自然」（四十一）（四十三）が彼に教えたものとされており、乗り越えがたく、そこに「憐れ」（『草枕』）の情はいかにしても見出されないままだったのである。

三

健三の空間感覚を更に追って行くならば、まず目に立って見えてくるのは、長く自己の本分としてきた学問の世界である、学校、図書館、書斎が、現在、「牢獄」（二十九）「座敷牢」（五十六）として意識されている事である。「牢獄」は「孔」（原広司）を持たない閉塞空間であり、「心の底に異様の熱塊があるといふ自信」（三）を持ちつつ、なお学問の世界が健三に「牢獄」として意識されるとすれば、それは外部との「交換」と「媒介」（原）の契機がいまだ充分には確かめられていないこと、現在の地位を築く力となりながら（二十九）、世界との関係をより豊かに親密なものとする力にはなっていないことを意味している。一方、石井和夫に、健三のメインテーマとなる大事な思索が、「散歩」途上の「道」という「日常的空間のさけ目」から得られているという指摘があることは注目される。(15)

人と共にいる親密な場所は多く現れないが、例外的なのは、夏の間、細君を里に帰し、「比較的広い屋敷に下女とたつた二人ぎりになつた」（五十五）場面である。この時、健三は「書生々活」に立ち返ったように「あゝ晴々して好い心持だ」と感じ、「八畳の座敷の真中に小さな餉台を据ゑて其上で朝から夕方迄ノートを書」き、涼しい夜になれば散歩に出かける毎日を送っている。書斎ではなく座敷の真ん中に机が据えられており、横になって背中に感じる畳の感触すら、はじめて自己の所有として享受されている。自分だけの視点に立って空間の事物に秩序を与えることが、この間には許されていたのである。据えられた机がちゃぶ台であることには意外の感がある。普段の食事には膳が使われており、健三が風邪を引いた際には、ひとりで膳に向かう健三と、給仕のため傍に控えている細君との間に互いに沈黙を守る緊張関係が生じてもいたからである（九）。普段、維持されるべきと考えられている夫、父としての役割が取り払われていたのでもあるだろう。加えて夏期休業中であるとすれば、教員の役割からも一時的に解放されていたはずである。この時の健三には、植木屋である実家から盆栽を持ってきてくれた下女の親切を喜ぶ親密さも見えるが、しかし、その盆栽は取り立てたものではなく、向き合うには物足りないという事ではあったようである。もう一例。三人目の女の子が生まれた後、細君の体を気遣い、その枕元に坐って話をしたり（八十二）、赤ん坊の周りに固まっている子供たちを、外から帰るなり洋服も改めず「敷居の上に立ちながら」「又塊つてゐるな」と観察し、時にはそのまま中に入って「胡座」をかき、「斯う始終湯婆ばかり入れてゐちや子供の健康に悪い」など言って、分からないながらに参加しようとしている場面などは、やはり家庭的な和らぎを感じさせる（八十三）。しかし、そうであればこそ、健三が「女は子供を専領してしまふものだね」と言いだし、「女は策略が好きだから不可い」という言葉まで真面目に細君に投げつけ、泣かせてしまう事は異様に感じられる（八十三）。むしろ、それが希有であるために家族揃った中に健三の「胡座」をかいている場面が印象に残るのかも知れない。

健三に自分でコントロールの出来ない心の癖のようなものがあることは、確かだろうと思われる。人と共にいる親密な空間も多くは現れない。それが何に由来するのか、健三は考え続けなければならなかったはずであり、この時、先に見た、島田に手を引かれていた頃の心持が思い出せずにいる事、追想の光景についに憐れの情の点描されないままであることは、やはり一つの蹉跌になっていたと思われる。初めて吉田の訪問を受けた後、健三は彼に手を引かれて歩いた頃の断片的な記憶が鮮やかにまた無尽蔵にあることを確かめ、「斯んな光景をよく覚えてゐる癖に、何故自分の有つてゐた其頃の心が思ひ出せないのだらう」（十五）と、それが「大きな疑問」となって、苦痛すら感じていた。この「大きな河」の家に住んでいた頃の島田夫婦との関係としては、本当の父母は誰かと繰り返し問われた不安や腹立ち、不純な動機による甘やかしによって「強情」（四十二）になったという被害感情や自己評価の下落が、語り手により既定事実のようにして語られている。その上で、「丸で他の身の上のやうだ」（四十四）という形で現在から切り離されたのであるが、しかし、既定事実のように語られるそれらのうちの幾らかは、それ以後の経緯の中で醸成され、強調されたものである可能性もある。一方、鮮やかに浮かんでくる断片的な記憶の、そこに結びついて必ずあったはずの心持ちは思い出せずにいる。周囲の事情によって動かされ、また自らも動いて行く間に置き去りにされ、空白化された「心」があったのである。このことが健三にとって苦痛であるのは、それが「不合理」（七十九）でもあるためだろうが、また、そこに恩義の関係の破綻、あるいは人の好意に好意を持って応えるというごく普通にあるべき親密感の欠落があり、それが現在にも延長されてきている自覚が健三にもどこかにあるためではないかと思われる。例えば、非常勤の仕事を増やす事によって家計の不足が補われた際、健三がその給与を畳の上に放り出し、細君が黙って取り上げたために、互いに親密な心持ちを交わすという「精神上の要求を充たす方便としては寧ろ失敗に帰してしまつた」（二十一）という場面がある。細君はその折りの物足りなさを回復するため、二三日経ってから、健三に反物を見せ「あなたの着物を拵へようと思ふんですが、」と話しかけるが、健三はなおそこに「下手な技巧」「不純」がある事を疑い、「わざと彼女の愛嬌に誘はれまいとし」ている。

細君の座を立つた後で、彼は何故自分の細君を寒がらせなければならない心理状態に自分が制せられたのかと考へて益不愉快になつた。

細君と口を利く次の機会が来た時、彼は斯う云つた。

「己は決して御前の考へてゐるやうな冷刻な人間ぢやない。たゞ自分の有つてゐる温かい情愛を堰き止めて、外へ出られないやうに仕向けるから、仕方なしに左右するのだ」（二十一）

先に見た「子供を専領」する細君の「策略」（八十三）を言い立てる場面も同様であるが、事実が皆無ではないとしても、明らかに過剰反応であり、そのことが普通にあり得るはずの情愛の交流を閉ざしてしまっている。そして、細君が座を立ってから次に口を利く機会までの間、健三はなぜ自分がこうした態度を取るのか、不愉快な中で考え、拘り続けずにはいられなかったのである。この時の健三に「何うしてもつと穏当に私を観察して下さらないのでせう」

と言う細君の言葉に耳を傾ける余裕はなく、「貴夫の神経は近頃余つ程変ね」と片付けられる事については「腹立たしい程の苦痛を感じてゐた」とある。ことさらに女と策略が結びつけられるとすれば（八十三）、過剰反応の中にかつての御常との暮らしが連想されていることも想像される。しかし、御常の突然の訪問を受けた後、健三は「もしあの憐れな御婆さんが善人であつたなら」「零落した昔しの養ひ親を引き取つて死水を取つて遣る事も出来たらう」（六十三）と想像してもおり、御常が思いがけず「質朴な風采」（六十二）の小さな老人として現れたにもかかわらず、なお固くなった疑いの解けずにいることが、むしろ健三の問題だったのだと思われる。「何時の間にか離れ〴〵になつた人間の心と心は、今更取り返しの付かないものだから、諦らめるより外に仕方がないといふ風に振舞つた」（六十三）御常に対し、健三は、なぜ共に泣くことが出来ないのか、泣くことが出来ればと考えていたのである。また、島田との関係を続けていく中では更に「時によると肝癪の電流を何かの機会に応じて外へ洩らさなければ苦しくつて居堪まれない」（五十七）いような状態に陥るが、この時、健三が子供たちの母に買ってもらった草花の鉢を縁側から蹴飛ばし、それさえ「彼には多少の満足になつた」とあるのは、かつて健三もまた島田から金魚や錦絵（十五）の「美しい慰み」を与えられていながら、そのことの正当な心持ちが失われている欠損感とも無関係ではないと思われる。保険勧誘員の名刺に大声を上げて取り次ぎの下女を叱るのは、命や好意が換金される事態への苛立ちだろう（五十七）。健三は半ば悔い、悲しみながらも、「己の責任ぢやない。必竟こんな気違じみた真似を己にさせるものは誰だ」（五十七）と心中で繰り返し、「一人居て一人自分の熱で燻るやうな心持」（五十七）の中にいる。御常や島田、すなわち過去との和解は、健三にとって生命力の回復にも等しい何事かだったのである。しかし、目の前に現れてくるのは、すでに金銭を渡すより他には関係のとりようがなくなった老人たちだったのではないだろうか。

好意に好意をもって応えることは親密な人間関係の土台であり、そこに躊躇や不自然な疑いを挟まざるを得なくなるような自覚がある事は、本来、理に強く、またかつて義弟の教育を申し出ていたように（九十二）人格的教育者をもって任じている健三にとっては、ことに苦しい状態であったと思われる。健三は周囲の人々との関係を改めて振り返り、「真心」によって人とつながることについて、「涙」「同情」「気の毒」「憐れ」「不憫」「親切」「無慈悲」「慈愛」等々の言葉をもって考えはじめている。それは「人類」（五十七）（六十二）という指向を持ちつつ、ごく具体的な現実の場面に密着した思考であり、しかし、意に反して思いや事態の常にずれて行くのは、必ずしも健三に固有の問題のためばかりではない。互いの性質や、タイミングのズレ、過去の行きがかり等々によって「天真の流露」（七十六）が妨げられることは多くの場合においてある。健三に見えてくるのは、例えばお縫さんや兄の病に深い同情を覚えつつ、しかし、そこにも「活計《くらし》の方面」からする打算の要素が入ってくる現実感（六十二）（六十六）であり、また、「神」をもたず「自己に始ま」って「自己に終るぎり」である「道徳」の無根拠さ（五十七）に近づきつつ、その周囲には、同じ事柄が時と場合、立ち位置の違いによって、「吝嗇」と誹られることもあれば、「身上持が好い」（六十四）と賞められる事もあり、細君の眠りが「不貞寝」（三十）に見える事もあれば、「甘露」（五十一）と感じられる事もあるという、人の抜きがたくもっている軽薄さの生み出す光景が続いて行く。

　健三は、細君の「母の立場」と、「父としての自分の立場」を対比して考えてもいる（九十三）。究極的にみんな「廻り合せ」（七十二）「運命」（九十四）だから仕方がないと考えている細君の思考は、同じ「執拗」（六十五）さ、「吞気」（八十二）さを持ちながらも、理によって解決を求める健三を遠く離れている。子供や夫を標準として他人本位に生きている細君や、また姉のことを考え、ことによると自分の方が不人情かもしれないと思う事もある（八十六）（九十三）。しかし、これに対し、父としての役割がどこにあるのかは、「母の場合と何う違ってゐるかに思ひ到った」（九十三）とありながら、その内容は示されていない。『道草』には島田、実父、兄、岳父、健三と多くの父たちが現れ、みな公務員として働き、また働いた時期を持つ事によって近代国家建設の一翼を担いつつ、しかし、それぞれがそれぞれのあり方で時代の波に吞み込まれている。母性と父性について、内に包み込むことと外の開かれた世界に押し出して行くことの違いも言われるが、社会化された理想の確固とした姿が動揺し、経済力の維持が第一に要請される事態の中にあったとも言えるだろう。『道草』に母性によって解決を示す道筋のないことは、実母の姿がないことからも明らかであり、問題はより多く父たちのありようをめぐりつつ、その最後には、赤ん坊と細君の密着した親密感からの疎外が示されている（百二）。

健三の傍らにはまた、「未来」（二十九）に向かい「先へ」（四十五）と、理想を求めて行く次代の青年たちの姿もあるが、健三の特に男女間の倫理、理想にある固さがあることは「あらゆる意味から見て、妻は夫に従属すべきものだ」（七十一）という感情や、「習俗《コンヱンシヨン》を重んずるために学問したやうな悪い結果に陥つて自ら知らなかつた」（三十六）という兄の三度目の結婚に対する反対等の形で自覚されている。「君等は僕のやうに過去に煩らはされないから仕合せだ」（四十五）と健三は言っているが、世代間の違いとして言われており、この場合の過去は、必ずしも生い立ちの問題ではない。過去との関係の取り方の問題である。過去を拒否しつつ、しかし、健三には、過去からの継承が途切れた喪失感や損害感もあったと思われる[16]。そこには明治の第一世代であることに加えて、健三の個人的な事情も絡まっているだろうか。最後になって語り出された「銀側時計」（百）の記憶が示すのは、受け継ぐはずのものを奪われ、好意と信頼を伴った贈与、交換の輪から不当に外されたことの損害感であった。時計は、その場にいる健三の存在を無視するようにして人から人の手へと渡り、屈辱感と共に「何故彼等がそんな面中がましい事をしたのか、何うしても考へ出せなかつた」（百）という人心への果てのない疑いが生じる。そして「刑罰」として「たゞ無言のうちに愛想を尽か」し、見捨てるという内攻的な拒否の身振りが選ばれる。健三は「其時の感情はまだ生きてゐる」「生きて今でも何処かで動いてゐる」（百）と言っているが、同じようなことが、様々な場面、レベルで繰り返され、また、その感情が潜行して思いがけない時に思いがけない結果をもたらすような感覚を持ち続けていたのではないだろうか。片付かない世の中で「一遍起つた事は何時迄も続く」「たゞ色々な形に変るから他にも自分にも解らなくなる」（百二）のである。

健三にはやがて普通の疲労とは考えられない「甚しい倦怠」感（六十七）や、日に日に健康の損なわれて行く事が痛切に自覚されて来る。「忌々し」（八十九）く、何とか生き続けなければならないことは当然であった。しかし、健三には一気にすべての問題に明瞭な形を与え、片をつけるような何かが期待されることもあったと思われる。和解があり得ないとしたら、悲劇、破綻であってもよい。健三が島田に抱く「予覚」（二）（四十九）には、そう推測させるような強さがある。

彼は此老人が或日或物を持つて、今より判明りした姿で、屹度自分の前に現れてくるに違ないといふ予覚に支配された。其或物がまた必ず自分に不愉快な若くは不利益な形を具へてゐるに違ないといふ推測にも支配された。

（四十九）

これが現実的な金銭問題であれば、健三は島田のそうした能力を「寧ろ見縊つてもゐた」（五十二）。島田との関係が「成し崩しに」（五十六）自身の小遣いの範囲でする金銭関係になろうとするとき、健三の心はかえって「紙屑を丸めた様にくしや〳〵し」（五十七）て来るのである。『道草』には、自身が殺人者であったという自覚に到る『夢十夜』第三夜のカタルシスも、自死に至る『こころ』の決定的な悲劇も訪れない。ただ、島田の態度が横着になり、その求めが好意の付着しないただの金銭である事がこれ以上ない程度に明瞭になったとき、健三がその関係を絶つ決意をするだけである（九十）。健三は新年を迎えるという生活の区切りも、可憐な自然すらも、自分とは無関係な無意味なものと感じられる状態に落ち込み、最後に、創作で得る原稿料の百円を島田に与えることに思い至る（百一）。その執筆には持ち越されてきた決定的な悲劇への衝動が自虐的な熱塊となって注ぎ込まれていたようにも見える。

健康の次第に衰へつゝある不快な事実を認めながら、それに注意を払はなかつた彼は、猛烈に働らいた。恰も自分で自分の身体に反抗でもするやうに、恰もわが衛生を虐待するやうに、又己れの病気に敵討でもしたいやうに。彼は血に餓えた。しかも他を屠る事が出来ないので已を得ず自分の血を啜つて満足した。

　予定の枚数を書き了へた時、彼は筆を投げて畳の上に倒れた。

「あゝ、あゝ」

　彼は獣と同じやうな声を揚げた。（百一）

岳父のお金は、友人の妹婿に借りる形で整えていたが、この場合の島田に渡すお金は、必ずこの自分の血を啜るようにして得た金銭でなければならなかったはずである。書き付けと交換する金銭ではもとよりなく、島田が言うような「八百円」（九十）あると見積もられた月給（実際には百二三十円と非常勤講師代）から余裕分が島田に移動するということでもない。「帽子を被らない男」すなわち分からない自己に対する集約のありようとして健三に「獣と同じやうな声を揚げ」るまでの、ぎりぎりまで引き絞られた行為があり、その代価として得た百円が島田に渡らなければならなかったのである。屈折した復讐とも、わずかに残された「好意」（百二）の表明の機会とも受け取りうるが、健三だけが了解する筋の通し方であり、この場合にも健三の意図が周囲に理解されることはない。しかし、最後に出来るのは、ただ「猛烈に働ら」くことであった。ここで生み出されたものは、『硝子戸の中』に語られていた、たとえ解決がないとしても本当に「光栄」だと思う心持ちがあるのなら「生きて居らつしやい」（七）という言葉、徹した苦痛の中になおある人と人の結びつきにも繋がって行く可能性を持っていた。片付かない日常を生きる健三という一例が容赦なく描きだされ、それはやはり再び「硝子戸」を開くように人に受け渡されようとしていたのだと思われる。

〈注〉

（1）清水孝純「方法としての迂言法《ペリフラーズ》—『道草』序説—」（「文学論輯」一九八五年八月）

（2）越智治雄は、健三の「落付のない態度」に着目し、「帰って来た日常との奇妙な違和、それから生ずる一種不安な感

覚から小説が始まることは十分注意されてよい」と指摘している。「道草の世界」（『漱石私論』一九七一年六月　角川書店）
（3）森鷗外『雁』拾参（明治四十五年四月）に、毛繻子の傘を華奢な洋傘と比べたお常の科白がある。「丁度わたしの差している、毛繻子張の此の傘と、あの舶来の蝙蝠とが違うように、わたしとあの女とは、身に着けている程の物が皆違っている。」
（4）服部紀訳『時間と自由』（一九三七年七月　岩波文庫）より引用。
（5）拙稿「『草枕』—鏡が池の詩想」（野山嘉正編『詩う作家たち』一九九七年四月　至文堂）参照。
（6）原広司『空間〈機能から様相へ〉』（二〇〇七年一二月　岩波現代文庫）
（7）モデルは、内藤新宿の伊豆橋であり、この家には漱石の実母が住んでいた事もある。
（8）鷹狩りの際、地元を代表して将軍を迎える事は名主の役割であった。ただし、作中に健三の父が名主であったという記述はない。
（9）『硝子戸の中』三十章にいつ再発するともしれない病状を「継続中」の言葉で捉えるという話が出てくる。病気がそうであるように　見えない所で進行、継続したものが、複雑な関係性のつながりを経て突然大きな結果となって現れるという想念を示した箇所である。この緋鯉の場面はそうした怖れの原型ともなっているだろう。また、この「継続中」の考えは、片付かない世の中で「一遍起つた事は何時迄も続く」「たゞ色々な形に変るから他にも自分にも解らなくなる」（百二）という健三の慨嘆にも通じているはずである。なお「継続中」の言葉を教えたT君が寺田寅彦であり、その背景にポアンカレの思想があると思われることについては、先に述べたことがある。拙稿「『明暗』の知をめぐって—ポアンカレ・寺田寅彦」（鳥井正晴監修・近代部会編『『明暗』論集　清子のいる風景』二〇〇七年八月　和泉書院）
（10）（2）に同じ。
（11）細君との間には、糸状のものが数回暗示的に出てくる。島田関係の書類を改めて細君が絡げた「赤と白で撚つた細い糸」（三十三）、発作の床に落ちていた縫い針の「赤い筋を引いた光るもの」（五十）、夫婦関係を喩える「護謨紐」（六十五）、発作の激しい時に互いの帯を結んでいた「細い紐」（七十八）等である。

(12)『都史紀要　五　区制沿革』(一九五八年三月　東京都)参照。『硝子戸の中』(二十一)にあるように名主が「玄関《げんか》」とも呼ばれたのは、自宅を事務所とする関係から特に門や玄関を構える事が許されていたためであるが、名主制度の廃止と共に玄関は撤去を命じられている。

(13) 吉田凞生「「道草」—作中人物の職業と収入」(「別冊国文学　夏目漱石必携」一九八〇年二月　学燈社)参照。

(14) 柄谷行人「意識と自然—漱石試論(Ⅰ)」(「群像」一九六九年六月)

(15) 石井和夫「「道草」・関係の論理」(「国文学」第三一巻三号　特集・「道草」から「明暗」へ　一九八六年三月　学燈社)

(16)『暗夜行路』の謙作が浮世絵や母方祖父の銀時計を売って遊びに出るのに対し、「兼てからわが座敷の如何にも殺風景なのを苦に病んでゐた」(八十六)健三が、初めて受け取った原稿料によって、まず「紫檀の懸額」と「花瓶」(八十六)を購入していることは、象徴的に感じられる。野網摩利子「『道草』における記憶の現出—想起される文字に即して—」(「日本近代文学」第八一集　二〇〇九年一一月　日本近代文学会)は、この額に飾られる「北魏二十品」の多くが造像記として父母や子の死後の幸福を祈るものであることを指摘している。額の「壁に落付かないせいか」「静かな時でも斜に傾い」(八十六)ていたことも暗示的である。なお、中村不折が子規と共に従軍した際「北魏二十品」(龍門二十品)を入手し、持ち帰って、書を志す契機となったことが知られている。台東区立書道博物館蔵。

付記　『道草』の引用には『漱石全集　第十巻』(一九九四年一〇月　岩波書店)を用いた。

「道草」小論

――〈時間の守銭奴〉の〈道草〉――

吉川仁子

一

「道草」は、教育を受け学問をしたという健三の自負と優越が、彼を取り巻く人間関係や金銭問題によって崩されていく過程を、健三の未来を把握している語り手が語る小説である。本論では、健三の自負のありようと、それに対立するもの、またその過程における彼の時間の把握の仕方を検討し、作品内の健三の現実を「道草」と呼びうる語り手について考える。

「道草」は、健三が「帽子を被らない男」(二)と邂逅するところから始まる。

彼の位地も境遇もその時分から見ると丸で変つてゐた。黒い髭を生して山高帽を被つた今の姿と坊主頭の昔の面影とを比べて見ると、自分でさへ隔世の感が起らないとも限らなかつた。然しそれにしては相手の方があまりに変らな過ぎた。彼は何う勘定しても六十五六であるべき筈の其人の髪の毛が、何故今でも元の通り黒いのだらうと思つて、心のうちで怪しんだ。帽子なしで外出する昔ながらの癖を今でも押通してゐる其人の特色も、彼には異な気分を与へる媒介となつた。

彼は固より其人に出会ふ事を好まなかつた。万一出会つても、其人が自分より立派な服装でもしてゐて呉れゝば好いと思つてゐた。然し今日目前《まのあたり》見た其人は、あまり裕福な境遇に居るとは誰が見ても決して思へなかつた。帽子を被らないのは当人の自由としても、羽織なり着物なりに就いて判断したところ、何うしても中流以下の活計を営んでゐる町家の年寄としか受取れなかつた。彼は其人の差してゐた洋傘が、重さうな毛繻子であつた事に迄気が付いてゐた。（一）

出会った男は健三の養父で、七節になって島田という名であることがわかるのだが、この島田が「帽子を被らない男」（二）と呼ばれるのはどうしてだろうか。金子明雄（「三人称回想小説としての『道草』―『道草』再読のためのノート―」『漱石研究』第四号　一九九五年五月）は、島田を固有名で呼ばず、「帽子を被らない男」「途中で会つた男」「其人」「此男」などと指す点に「〈島田〉という名前を意識に上らせることを回避したい健三の無意識」を読み取っている。健三にとって島田が「出会ふ事を好まな」い相手であり、島田のもとで過ごした過去が「不幸な過去」（二）とされていることを見ても、金子の指摘は首肯される。

それでは、その忌避すべき人物が「帽子を被らない男」として登場することにはどのような意味があるのだろうか。樋口覚（『日本人の帽子』二〇〇〇年一一月　講談社）は、漱石はカーライルの『衣服哲学』の影響をうけており、帽子が「その社会の成立基盤とともに、その人の社会的地位や品位をいかに示してゐるかについて」「常に鋭敏であった」と指摘している。そして、〈無帽〉の持つ意味について、榧野八束（『近代日本のデザイン文化史　1868―1926』一九九二年一一月　フィルムアート社）の指摘によりつつ[1]「外出時の着帽が習俗となっていた時代においては」「「無帽」は、少数者の積極的な反抗の意志か、あるいは社会から転落した人の境遇を示していた」と述べている。さらに、先に引用した「道草」冒頭部分に、無帽の養父と山高帽の健三の対比を見出し、「この山高帽と「無帽」に象徴される社会的な意味は、その後の養育費としての金の無心をめぐる争いの契機となり、重大な伏線となる」と述べ、無帽である養父が、山高帽を被っている健三にとって、脅威として迫るものであったということを示している。

榧野八束（前掲）は、二葉亭四迷『平凡』（『朝日新聞』明治四〇年一〇月三〇日～一二月三一日）の中の「一番六かしいのは風体の余り立派でない人で、就中帽子を冠らぬ人は、之を取次ぐに大に警戒を要する」という記述を紹介して、着帽にそむく人物が「一種の反社会的人物とみなされかねない」と指摘している。『平凡』のその続きでは、小狐家の書生のように使われる古屋は、先に挙げたような「警戒を要する」風体の客を通したために、其の客に「金を持てかれた」と主人から小言を言われることになるのだが、この展開は、〈無帽〉が社会的あるいは経済的地位の低さを象徴するものとして働くことをいっそう明らかにしている。しかし、健三は、島田の暮らし向きについては、「羽織」や「着物」などの「服装」から「中流以下」と読み取っている。たしかに帽子も服装の一部ではあるが、〈無帽〉が「昔ながらの癖」とされ、「帽子を被らないのは当人の自由としても」とも語られており、島田の〈無帽〉は社会的身分よりも、その人のあり方そのものに関わっているように思われる。

〈無帽〉の用例として「夢十夜」の「第六夜」の中の記述を見てみたい。

　「どうも強さうですね。なんだつてえますぜ。昔から誰が強いつて、仁王程強い人あ無いつて云ひますぜ。何でも日本武尊よりも強いんだつてえからね」と話しかけた男もある。此男は尻を端折つて、帽子を被らずにゐた。余程無教育な男と見える。

ここにも〈帽子を被らない男〉が登場している。そして、右の記述の中で注目したいのは、〈帽子を被らない男〉が「無教育な男」と評されている点である。「無教育」という語は、仁王と日本武尊を比較するという話の内容自体から引き出された語と言えようが、「無教育」と〈帽子を被らない〉ことが並べて示されている事に注意したい。〈無教育〉は〈無帽〉が意味する社会的身分の低さや反社会性の中の一要素なのかも知れないが、逆に、〈無教育〉ということは社会的身分の低さや反社会性を包含する上位概念として意識されているのではないか。そして、島田が「帽子を被らない男」であることの中心的意味は、〈無教育〉であるということなのではないか。〈無教育〉というありようこそ、健三と最も懸隔し、また、健三を苦しめるものだと考えられるからである。

二

健三は学問をして「洋行」（十七）し、「教育の力を信じ過ぎてゐた」（六十七）とされる男である。その健三に対して、彼をとりまく人々は、全て学問から遠い〈無教育〉な人々である。彼の周辺の人物について確認しておくと、まず、健三の姉は、「非常に嘵舌る事の好な女で」（四）「其嘵舌り方に少しも品位といふものがな」く、「小さい時分いくら手習をさせても記憶が悪くつて、どんなに平易しい字も、とう〳〵頭へ這入らず仕舞に、五十の今日迄生きて来た女」（六）、また、「無教育な東京ものによく見るわざとらしい仰山な表情をしたがる女」（七）と評されている。姉の夫である比田は「たゞ算筆に達者だといふ事の外に、大した学問も才幹もな」（二十四）く、「小役人」（三十四）の兄は若い頃「派手好で勉強嫌」だったと述べられる。また、健三の妻であるお住について見てみると、「政治家を以て任じてゐた彼女の父は、教育に関して殆んど無定見で」（七十一）「母は又普通の女の様に八釜しく子供を育て上る性質でな」かったため、お住は「宅にゐて比較的自由な空気を呼吸し」、「学校は小学校を卒業した丈であつた」。

健三にとって、姉や兄の世界は、「三分の一の懐かしさと、三分の二の厭らしさとを齎す混合物」（二十九）である。健三は、教育を受け学問を積むことで「この世界から独り脱け出してしまつた」のである。

彼は親類から変人扱ひにされてゐた。然しそれは彼に取つて大した苦痛にもならなかつた。

「教育が違ふんだから仕方がない」

彼の腹の中には何時でも斯ういふ答弁があつた。（三）

右にあるように、健三にとって、自分を「変人」と見る、すなわち自分の考えを理解しない姉や兄たちは、「教育が違ふ」として切り捨てられる存在であった。ここには、教育を受けた者の自負と優越があり、健三の〈無教育〉に対する態度が窺える。

次にお住との関係性について見てみよう。

「御前や御前の家族に関係した事でないんだから、構はないぢやないか、己一人で極めたつて」

「そりや私に対して何も構つて頂かなくつても宜ござんす。構つて呉れつたつて、どうせ構つて下さる方ぢやないんだから、……」

学問をした健三の耳には、細君のいふ事が丸で脱線であつた。さうして其脱線は何うしても頭の悪い証拠としか思はれなかつた。「又始まつた」といふ気が腹の中でした。然し細君はすぐ当の問題に立ち戻つて、彼の注意を惹かなければならないやうな事を云ひ出した。（十四）

右は、島田と交際することに関して、説明を聞きたいお住と説明をしない健三とのやり取りである。ここでの健三の態度は、学問をした自分を恃み妻を下に見ている点で、姉たちに対するのと同じである。健三は「これ以上細君に説明する必要は始めからないものと信じて」おり、それを理解せず彼の常日頃の態度への不満に傾斜していく妻の発言を、「脱線」「頭の悪い証拠」だとしている。

次に、健三が風邪で熱の高いときに「彼方へ行け」（十）「邪魔だ」など、お住を邪険にする囈言を言ったということをめぐる二人の確執の場面はどうだろう。「平生からさう考へて」いるから囈言になるのだという妻に対して、健三は「熱に浮かされた時、魔睡薬に酔つた時、もしくは夢を見る時、人間は必ずしも自分の思つてゐる事ばかり物語るとは限らない」として否定する。しかし、「事実の問題を離れて、単に論理の上から行く」答えは妻を納得させられない。

「よござんす。何うせあなたは私を下女同様に取り扱ふ積で居らつしやるんだから。自分一人さへ好ければ構はないと思って、……」

健三は座を立つた細君の後姿を腹立たしさうに見送つた。彼は論理の権威で自己を伴つてゐる事には丸で気が付かなかつた。学問の力で鍛へ上げた彼の頭から見ると、この明白な論理に心底から大人しく従ひ得ない細君は、全くの解らずやに違なかった。（十）

健三は学問をした自分の論理を理解しない相手のほうを「解らずや」として非難する。お住は、囈言がどのような時に発せられるものなのかという説明を聞きたいわけではない。「考へな」（七十一）いけれども「考へた結果を野性的に能く感じてゐた」とされる妻のお住は、理屈は通っていても事実とは離れた健三の論理の「空つぽう」（九十八）さを感じているのである。「座を立つ」（十）たお住を「腹立たしさうに見送」る健三は、自分の論理が通用しないお住に対して、姉たちを切り捨てたように、超然とはしていられないのである。夫婦が対立するありようは、叙法の上からも明らかにされているが(2)、〈無教育〉の一人であるお住は、健三の論理に屈服せず、健三の教育を受けたものとしての自負と優越を揺らがしていく存在である。理屈でねじ伏せようとする健三について「論理の権威で自己を伴つてゐる事には丸で気が付かなかつた」と、語り手が論理重視の健三を彼を超えたところから批判している点にも注意しておきたい。

さらに、健三と島田との関係を見てみよう。たとえば、島田から頼まれた吉田が島田への金銭的援助を持ちかけたときの対応では、健三は、自分の収入と使い道を説明し、残りが「零だといふ事」（十二）を伝えて「是で吉田の持つて来た用件の片が付いたもの」（十三）と思っている。しかし、吉田は引き下がらずに島田との交際を認めさせて帰る。また、吉田と島田が再び訪れた後、妻が金の無心の心配を口にした時、健三は次のように言う。

「然し金は始めから断つちまつたんだから、構はないさ」

「だつて是から先何を云ひ出さないとも限らないわ」

細君の胸には最初から斯うした予感が働らいてゐた。其所を既に防ぎ止めたとばかり信じてゐた理に強い健三の頭に、微かな不安が又新らしく萌した。（十九）

「理に強い」健三とは、金がなければ遣れないという、健三にとっては明白な理屈に安住し、妻がとうに懸念している島田が無心を言い出すのではないかという心配にさえ思い当たらないほどのんきな健三なのである。同様に、健三は、島田が健三に島田姓に復してもらいたいと比田に依頼したという話を聞いたとき、「何所を何う思ひ出しても、其所から斯んな結果が生れて来やうとは考へられ」（二十七）ず「何う考へても変としか思はれな」い。

「何うしても変ですね」
彼は自分の為に同じ言葉をもう一度繰り返して見た。それから漸と気を換へて斯う云つた。
「然しそりや問題にやならないでせう。たゞ断りさへすりや好いんだから」（二十七）
健三の眼から見ると、島田の要求は不思議な位理に合はなかつた。従つてそれを片付けるのも容易であつた。たゞ簡単に断りさへすれば済んだ。（二十八）

自分の論理では「片付けるのも容易」なはずのことが片付かず、島田は執拗に無心に訪れ健三を苦しめることになるのである。健三の論理では「変としか思はれな」いことを平気で要求してくるのが島田である。つまり、健三の論理が通用しない最たる存在、「不思議な位理に合はない」存在として、島田がいるのである。

健三と周囲の人々との懸隔は、彼が自分の学問を積んだという自負と、その自分の論理こそが正しいとする態度によって生れている。〈無教育〉ということは、健三の論理が通用しないということを意味する。自分の論理が通用しないことに関して、健三は、相手を切り捨て、相手を非難し、自分の正当性は疑わなかった。しかし島田の登場は、健三自分の論理が全く役に立たないことを思い知らされるものであった。健三の〈帽子を被らない男〉との邂逅は、健三が、〈無教育〉すなわち、健三が頼みにする彼の論理が通用しない男との邂逅という点において、健三を脅かす邂逅であったのである。

三

健三が遠い所から帰つて来て駒込の奥に世帯を持つたのは東京を出てから何年目になるだらう。彼は故郷の土を踏む珍らしさのうちに一種の淋し味さへ感じた。

彼の身体には新らしく後に見捨てた遠い国の臭がまだ付着してゐた。彼はそれを忌んだ。一日も早く其臭を振ひ落さなければならないと思つた。さうして其臭のうちに潜んでゐる彼の誇りと満足には却つて気が付かなかつた。

彼は斯うした気分を有つた人に有勝な落付のない態度で、千駄木から追分へ出る通りを日に二返づゝ規則のやうに往来した。（一）

前述したように、健三は教育を受けたということに自負を持ち、論理を重視する人物である。しかし、右からは、彼が、自分が洋行までして学問を積んできたことに、単純に自足はしていないことが窺える。それは、例えば、彼が青年に向かって、学問を積んできた自分のことを「青春時代を全く牢獄の裡で暮したのだから」（二十九）と言い、また、「学問ばかりして死んでしまつても人間は詰らないね」と語る言葉にも窺える。学問を積んだという自負とともに、学問への違和感を感じている健三がいるのである。

清水孝純（「方法としての迂言法《ペリフラーズ》―『道草』序説―」『文学論輯』一九八五年八月）は、「道草」において健三の大学教師としての仕事に関わる「答案とか採点とか試験という言葉が、まるで禁忌でもあるかのように、避けられてい」ることや、講義の場面でのペリフラーズ的表現を指摘し、「大学教師としての主人公健三の社会的規定性をめぐって、その脱落の方向でペリフラーズ的いいかえがなされているのが特徴的」と述べ、そこに「通常の概念における意味というもの」の「脱落」を指摘している。こうした迂言法は、「健三が感じている日常生活への違和感をみごとに表現している」（石原千秋『漱石はどう読まれてきたか』二〇一〇年五月　新潮社）。大学教師たる健三にとって重要なはずの学問や論理が現実の人間関係においてはまるで役に立たないことと、この表現法はまさに見合っている。

学問を積みながら、現在の自分に満足できないのには、健三がゆとりのない経済状況に苦しめられていることが関わっている。留学中と帰国直後についての回想は、健三の経済的に困窮した生活が主な内容となっている。帰国後の健三は、留学中に友人に借りた金を別の友人から借りて返済せねばならないほど余裕のない暮らしぶりであった。

斯んな具合にして漸と東京に落付いた健三は、物質的に見た自分の、如何にも貧弱なのに気が付いた。それでも金力を離れた他の方面に於て自分が優者であるといふ自覚が絶えず彼の心に往来する間は幸福であつた。其自覚が遂に金の問題で色々に攪き乱されてくる時、彼は始めて反省した。平生何心なく身に着けて外へ出る黒木綿の紋付さへ、無能力の証拠のやうに思はれ出した。（六十）

右には経済的な困窮が「金力を離れた他の方面に於いて自分が優者である」という自信まで崩していったことが語られている。こうした帰国直後の困窮の回想は、島田との邂逅後、度々の無心に苦しめられていることをきっかけに引き出されている。島田との関わりが、まさに物質的な貧弱さをつきつけ、健三の自負を傷つけているのである。生活の困窮についての回想に先立つ部分で、心が「紙屑を丸めた様にくしや〳〵」（五十七）になり、子供たちが母に買ってもらった鉢や、罪もない下女に向かって癇癪をぶつけるという行為を取る健三が描かれる。そうした行為を恥じながらも「己の責任ぢやない」「己が悪いのぢやない」と言うほかないほど、現状をどうすることもできないことに健三は追いつめられている。そして、「何故物質的の富を目標として今日迄働いて来なかつたのだらうと疑」つたり、「みんな金が欲しいのだ。さうして金より外には何にも欲しくないのだ」と考えて「自分が今迄何をして来たのか解らなくなつた」りしている。

彼は金持になるか、偉くなるか、二つのうち何方かに中途半端な自分を片付けたくなつた。然し今から金持になるのは迂闊な彼に取つてもう遅かつた。偉くならうとすれば又色々な塵労が邪魔をした。其塵労の種をよく〳〵調べて見ると、矢つ張り金のないのが大源因になつてゐた。何うして好いか解らない彼はしきりに焦れた。金の力で支配出来ない真に偉大なものが彼の眼に這入つて来るにはまだ大分間があつた。（五十七）

先に見たように、物質的に貧弱でも「金力を離れた他の方面に於て」（六十）「優者」であるという自覚、つまり学問をしたという自負で自己を保てる健三にとって、金の工面に「迂闊」(3)（五十七）であることと学問に打ち込むことは、相補関係になっているように見受けられる。また、収入だけで娘婿を評価する御常の話を聞いて、健三は自分のことを「さうした尺度で自分を計つて貰ひたくない商売をしている男」（八十七）だとしている。つまり、健三にとって、金と偉くなること、すなわち、金と学問とは、対極にあると意識されている。しかし、対極にあるようでも、実は、どちらも現実の中での自分の位置を測る尺度として働いている点で同じなのである。だからこそ、「金持になるか、偉くなるか」（五十七）という二項対立になるのである。そして、金と対極のものを目指して学問をしてきたはずなのに、生活の実際に苦しめられた結果、全ての原因を「金のない」ことに収斂させていくことになる。前章では学問をした自分への自負が、論理の通用しない他者の出現によって揺るがされることを見たが、ここでは、その自負が、経済問題というまさに現実的な問題によって大きく揺るがされているのである。

金という尺度で全てを測る健三について、語り手は「金の力で支配出来ない真に偉大なものが彼の眼に這入つて来るにはまだ大分間があつた」と語っている。「金の力で支配できない真に偉大なもの」について、具体的な物事を当てはめてみることはあまり意味を成さないのではないか。「金の力で支配できない」とは、金銭という尺度では測れないということだと考えられるが、ここで問題なのは、「偉大なもの」が何かということではなく、それが健三の「眼に這入つて」くるという健三のあり方のほうではないだろうか。つまり、金銭という尺度を捨てなければ、金銭という尺度で測れないものは見えてこないのではないだろうか。金銭という尺度を捨てるということは相対的な尺度を捨てることであり、それは、つまり、誉か金か、優者か敗者か、という二項対立的なものの見方を超えていくということであろう。そのような見地を獲得する健三の「大分」先の未来を語っている語り手に注意を払いつつ、健三の現在について見ておきたい。

四

現在の健三のありようで、もっとも顕著なのは、彼が非常に時間を惜しんでいるということである。それがよく見て取れる箇所を挙げてみよう。

娯楽の場所へも滅多に足を踏み込めない位忙がしがつてゐる彼が、ある時友達から謡の稽古を勧められて、体よくそれを断わつた時、彼は心のうちで、他人には何うしてそんな暇があるのだらうと驚ろいた。さうして自分の時間に対する態度が、恰も守銭奴のそれに似通つてゐる事には、丸で気がつかなかつた。

自然の勢ひ彼は社交を避けなければならなかつた。人間をも避けなければならなかつた。彼の頭と活字との交渉が複雑になればなる程、人としての彼は孤独に陥らなければならなかつた。彼は朧気にその淋しさを感ずる場合さへあつた。けれども一方ではまた心の底に異様の熱塊があるといふ自信を持つてゐた。だから索寞たる曠野の方角へ向けて生活の路を歩いて行きながら、それが却つて本来だとばかり心得てゐた。温かい人間の血を枯らしに行くのだとは決して思はなかつた。（三）

また、新たな仕事を増やした際のことは次のように語られる。

　健三の新たに求めた余分の仕事は、彼の学問なり教育なりに取つて、さして困難のものではなかつた。たゞ彼はそれに費やす時間と努力とを厭つた。無意味に暇を潰すといふ事が目下の彼には何よりも恐ろしく見えた。彼は生きてゐるうちに、何か為終せる、又仕終せなければならないと考へる男であった。（二十一）

　ほかにも、「時間に対して頗ぶる正確」（二十四）で「起きると寐る迄、始終時間に追ひ懸けられてゐるやうなもの」とも評される。うたたねをすれば「失はれた時間を取り返さなければならない」（六十七）と感じ、「遂に机の前を離れる事が出来なくな」る。

　彼が時間の「守銭奴」（三）のようになるのは、「生きてゐるうちに、何か為終せる、又仕終せなければならない」（二十一）という意識に常に駆り立てられているからであろう。そして、その原動力が「異様の熱塊」（三）ということになるだろう。つまり、健三の意識は強力に未来へと向けられている。また、未来ばかりを重視する彼が、ベルクソンの説を次のように青年に語るのは印象的である。

　彼は其青年に仏蘭西のある学者が唱へ出した記憶に関する新説を話した。

　人が溺れかゝつたり、又は絶壁から落ちようとする間際に、よく自分の過去全体を一瞬間の記憶として、其頭に描き出す事があるといふ事実に、此哲学者は一種の解釈を下したのである。

「人間は平生彼等の未来ばかり望んで生きてゐるのに、其未来が咄嗟に起つたある危険のために突然塞がれて、もう己は駄目だと事が極ると、急に眼を転じて過去を振り向くから、そこで凡ての過去の経験が一度に意識に上るのだといふんだね。その説によると」

　青年は健三の紹介を面白さうに聴いた。けれども事状を一向知らない彼は、それを健三の身の上に引き直して見る事が出来なかつた。健三も一刹那にわが全部の過去を思ひ出すやうな危険な境遇に置かれたものとして今の

自分を考へる程の馬鹿でもなかつた。（四十五）

この部分について石崎等（「『道草』―その時間的構造について―」『国文学研究』第四〇集　昭和四四年六月、『漱石の方法』一九八九年七月　有精堂　所収）は、「健三の「未来」とはあるゆきづまりの状態を示しており、引用したベルグソンの記憶説の紹介も、「余りに未来の希望を多く持ち過ぎた」（三十七）健三の危機を象徴している」と指摘している。確かに健三がこの説を持ち出したのには、過去に煩わされてなかなか前へ進めない彼の状況が関わっていると思われるが、ここでは、健三の未来が閉塞していく危機にあるということ以前に、彼が、「人間は平生彼等の未来ばかり望んで生きてゐる」とし、過去は未来をふさがれた人間が振り返るものだと見ている、すなわち、未来をこそ第一に重視し過去にあまり重きをおいていない、未来重視の考え方が明白に表れていることに注目しておきたい。[4] それでは、未来を重視する健三にとって、過去、現在、未来はどのような関係として捉えられているだろうか。

過去の牢獄生活の上に現在の自分を築き上げた彼は、其現在の自分の上に、是非共未来の自分を築き上げなければならなかつた。それが彼の方針であつた。さうして彼から見ると正しい方針に違なかつた。けれども其方針によつて前へ進んで行くのが、此時の彼には徒らに老ゆるといふ結果より外に何物をも持ち来さないやうに見えた。（二十九）

右からは、健三が過去、現在、未来を、一本の線でつながるものと見ていることがわかる。しかし、その一方で、健三は、島田との邂逅によって過去に向き合っても、過去と現在のつながりを実感できない。幼少期の養父母との生活の記憶を回想しながらも、「考へると丸で他の身の上のやうだ。自分の事とは思へない」（四十四）と感じる。また、幼時の記憶の中に養父の姿が必ずあるのに、「自分の有つてゐた其頃の心が思ひ出せない」（十五）ことが「大きな疑問にな」り、「幼少の時分是程世話になつた人に対する当時のわが心持といふものを丸で忘れてしまつた」のは「始めから其人に対して丈は、恩義相応の情合が欠けてゐたのかも知れない」と考える。さらに、「然し今の自分は何うして出来上つたのだらう」（九十一）と「不思議でならな」いと感じる。過去、現在、未来を一直線上に置く一方で、過去と現実に断絶を感じるという健三の時間認識の中心にあるのは、やはり、学問である。学問においては、それを積み上げていくことが「方針」（二十九）であって、過去、現在、未来はつながらなければならない。しかし、一方、学問をすることで捨ててきた健三の「不幸な過去」（二）は、まさに振り返りたくない、振り返る必要の無い過去として位置づけられている。「今の自分は何うして出来上つたのだらう」（九十一）と「不思議」に感じるその不思議さには、「自分の周囲と能く闘ひ終せたものだといふ誇り」があり、「まだ出来上らないものを、既に出来上つたやうに見る得意も」「含まれてゐた」と語り手は指摘する。明瞭にではないかも知れないが、健三にとって、「不幸な過去」（二）は、既に脱却したものと意識されている。

　彼は過去と現在との対照を見た。過去が何うして此現在に発展して来たかを疑がつた。しかも其現在のために苦しんでゐる自分には丸で気が付かなかつた。

　彼と島田との関係が破裂したのは、此現在の御蔭であつた。彼が御常を忌むのも、姉や兄と同化し得ないのも此現在の御蔭であつた。細君の父と段々離れて行くのも亦此現在の御蔭に違なかつた。一方から見ると、他と反が合はなくなるやうに、現在の自分を作り上げた彼は気の毒なものであつた。（九十一）

健三は、過去と現在をつなぐことができないだけではなく、自分の現在を見失ってもいる。もしも、彼の「不幸な過去」（二）と現在をつなげようとしたら、当然健三は、恩義を感ずべき人に恩義を感じ得ない自分に不義理を認めざるを得なくなるのであるし、また、自分の「気の毒」（九十一）な現在を見詰めたら、不幸な過去と闘ってきた自分が実は周囲を見捨ててきた自分であることを認めざるを得なくなるだろう。健三の過去や現在の捉え方から見て、彼は、まさに自ら省みるということがない、すなわち、反省からは遠いということは確かだろう。石原千秋（「『道草』における健三の対他関係の構造」『日本近代文学』二十九集　一九八二年一〇月）は、「健三の自己同一性の問題である過去と現在との断絶意識と、倫理的問題—すなわち他者認識の問題である自己と他者との断絶意識との間には密接な関係があ」ること、「健三は現在を過去によって相対化する視点を持ち得ていない」ことを指摘しているが、それは大いに首肯される意見である。

過去と現在に断絶を感じ、現在も見失っている健三には、結局未来しかないのである。「御前は必竟何をしに世の中に生れて来たのだ」（九十七）「分らないのぢやあるまい。分つてゐても、其所へ行けないのだらう。途中で引懸つてゐるのだらう」という声を頭の中に聞く健三は、「其所」という目的地があって、その目的地へ行かなければならないという意識に常に駆り立てられている。そんな彼の目には年の暮れの往来を行く人々が次のように見える。

彼と擦れ違ふ人はみんな急ぎ足に行き過ぎた。みんな忙がしさうであつた。みんな一定の目的を有つてゐるらしかつた。それを一刻も早く片付けるために、せつせと活動するとしか思はれなかった。（九十七）

「目的」という先ばかりを見て、現在を取り落おとしている健三にとって、日常が違和感を持って感じられるのは当然であると言えるだろう。そのような健三について、語り手は、「索莫たる曠野の方角へ向けて生活の路を歩いて行きながら、それが却つて本来だとばかり心得てゐた。温かい人間の血を枯らしに行くのだとは決して思はなかつた」（三）、「他と反が合はなくなるやうに、現在の自分を作り上げた彼は気の毒なものであつた」（九十一）というように、その時の健三が気付き得なかったことを語るのである。

五

時間の「守銭奴」（三）のように時間を惜しみ未来の目的へと駆り立てられる健三の姿が描かれたこの作品が、目的地に到達するまでにほかのことで時間を費やすという意味を持つ「道草」という語をタイトルとしていることは、非常に意味深く思われる。学問を積んで身につけた論理は現実においては通用せず、学問を積んだ先にあるべき未来にはなかなか到達できない。そのような現実の中で蹠き、「其所」（九十七）へ行けない健三は、道草を食っているように見える。しかし、「其所」は本当に目的地だろうか。この小説の語り手は、健三について「論理の権威で自己を佯つてゐる」（十）ことを批判し、「金の力で支配出来ない真に偉大なものが彼の眼に這入つて来る」（五十七）ことを暗示し、「異様な熱塊」（三）に突き動かされる健三の行く手を「索寞たる曠野」と述べ、健三の知り得ぬことを彼を超えたところから語っていた。この語り手は、現在の健三の目指す方向がその後の彼のたどりついた場所とは違っていることを知っている。では、語り手の知っている未来の健三がいる場所こそが目的地だろうか。この作品が自伝的小説であることを考え、この語り手を、作者に重ねてみたいと思う。そうすると、かつての自分を振り返る作者の立っている場所が、目的地ということになるのだろうか。そうではないだろう。作中の現在を生きる健三が、未来を目指しながらも自分がたどりつくべき場所がわからないままもがいていたのと同様に、かつての自分に重なる健三を振り返る作者自身も到着すべき目的地がわからないまま彼自身の現在を生きているのである。現在を生きるということは、目的地がわからぬままに生きるということであり、だとすると、生きるということは、すべて〈道草〉なのではないか。〈道草〉と目的地へむかうことは同じことであり、〈道草〉を積み重ねていくことが生きるということであるとしたら、「道草」というタイトルは、作者の若き日に重なる健三と、作者自身に同じように関わってくるものであったろう。越智治雄（「道草の世界」『漱石私論』昭和四六年六月）は、「この世界は道草であり、実はその道草自体に意味が潜んでいるのではないか」と述べているが、まさにその通りであろう。自分の過去を〈道草〉と見なすこと、それは、自分が来るべき場所に到達したという誇らしさとは無縁のものである。

「世の中に片付くなんてものは殆んどありやしない。一遍起つた事は何時迄も続くのさ。たゞ色々な形に変るから他にも自分にも解らなくなる丈の事さ」

健三の口調は吐き出す様に苦々しかつた。細君は黙つて赤ん坊を抱き上げた。

「お〻好い子だ〳〵。御父さまの仰やる事は何だかちつとも分りやしないわね」

細君は斯う云ひ云ひ、幾度か赤い頬に接吻した。（百二）

必ずと言ってよいほど引用される作品の最後の場面は、現実に対する屈服を示すものなのか、そうではないのか、意見が分かれている。(5)「世の中に片付くなんてものは殆んどありやしない」という言葉は、確かに論理が通れば片付くと思っていた健三の変化を窺わせる言葉ではある。が、この言葉をもって、現実に対する敗北とすることはできないだろう。もし、この最後の場面の健三の言葉から何かを読み取るとすれば、健三の時間把握の変化である。「片付」かないとは、過去を切り捨てることもできず、未来の目的に自分を到達させることもできない健三の状態である。それは、過去と現在をつなぐことができず、未来だけを見ていた健三が、過去と現在の結びつきを「片付」かないという形で感じ始めていることだと言えよう。その結びつきは、「色々な形に変るから他にも自分にも解らなくなる」という言葉からも窺えるように、因果のように見えやすくわかりやすいものではない。このような健三の時間把握には「持続とは、未来を噛って脹らみながら進んで行く過去の、連続的な進展である」（『創造的進化』松浪信三郎・高橋允昭共訳『ベルグソン全集』第四巻　一九六六年四月　白水社）、また、ほぼ同趣旨だが、「純粋な現在とは、未来を侵蝕する過去のとらえ難い進行」（『物質と記憶』田島節夫訳『ベルグソン全集』第二巻　一九六五年八月　白水社）というベルクソンの時間の捉え方に通じるところがあると思われる。今生きている現在は過去の総体であるということではあろう。

本稿四章で、健三には反省がないと述べた。過去を振り返り、現在とつなぐとき、多くはそこに因果の物語が紡がれる。少なくとも、健三はその因果から免れているということになる。自伝的小説だが、この作品は、懺悔ではない。縛過去は、たとえ不幸な過去であっても、人を縛るものではないことを、「道草」の語り手は語っているのである。縛るも何もないはずである。今生きている現在が過去の総体なのだから。過去を切り捨てた現在でもなく、過去にとらわれた現在でもなく、過去の総体としてある現在を生きること。それが、健三の苦闘の遥か先で、語り手、すなわち作者が手に入れた答えだった。

〈注〉

（1）　榧野八束（本文既出）は、上司小剣の『東京』（大正一〇年）を挙げ、「「無帽クラブ」という帽子をかぶらないことを盟約する「不良少年の団体」が「いろ〳〵悪いことを」しているそうだから、帽子をかぶらないで外出すると同じ「不良少年にみられますよ」」と忠告する登場人物の言葉を紹介している。榧野は「着帽の流行が風俗として定着するのは、明治一五年頃から」と見ており、それから半世紀経った大正一〇年には「着帽という不文の制度は習俗化して倫理的規制力にまでなっていたのだ」と述べている。

（2）　例えば、相原和邦（「漱石文学における表現方法―「道草」の相対把握について」『国文学攷』昭和四一年一一月）は、「二人の人物の態度・反応を対比的に描き分ける表現」を「対比叙法」と名づけている。

（3）　「迂闊」という語は、（五十八）で岳父が政変で失脚したのを知りながら、岳父の経済状態に「迂闊な彼は帰つてからも」「注意を払は」ず「気も付か」ず、妻が手当ての二十円だけで「充分遣つて行ける位に考へてゐた」、（五十九）で世帯をもつため粗末な家財道具をそろえるだけで退職金を使い果たし「迂闊な彼は不思議さうな眼を開いて、索然たる彼の新居を見廻した」、（七十四）で借金の保証人になるのが危険なことは「いくら迂闊な彼の耳にも屢伝へられてゐた」、というように常に金との関わりの中で出てくる。

（4）　ベルクソンの『物質と記憶』（本文既出）の中の該当箇所には、過去は様々な抑制によって隠されているが、夢の中では「記憶力の「高揚」」が見られるとし、同様に、記憶が消滅しているのではないという「教示に富む」例として「溺死者や縊死者が突然窒息する場合」の記憶の再現が挙げられている。そのことについての健三の鍵括弧内のような解釈は付されていない。

（5）　江藤淳（「「道草」―日常生活と思想」『三田文学』46-8　昭和三一年八月）は、この小説は「自らの軽蔑の対象である他人と同一の平面に立っているにすぎないことを知る幻滅の過程」の「自己発見」であると指摘している。一方、樋野憲子（「「道草」論―「自然の論理」について―」『文学』昭和四八年七月）は、「相対的世界の獲得は、多くの評家の言う「降服」「敗北」「諦念」といったものではありえ」ず、「存在の真の在り様―実在」の確認であったと肯定的に捉えている。

付記　「道草」並びに漱石著作の本文引用は『漱石全集』（全二八巻・別巻一　岩波書店）による。

健三の金銭問題をめぐる一考察

上總　朋子

はじめに

『道草』は、漱石の作品では唯一ともいえる「自伝的小説」が特徴であるとともに、他の作品と比べると突出して「金（もしくは金銭）」の問題が描かれているという意味でも特徴がある作品である。そのため「金（もしくは金銭）」の問題は、先行研究においても一つの問題系として考察されてきた。例えば吉田凞生は「金」を〈交換〉・社会的コミュニケーションの媒体として意味付けられた。(1)また石原千秋は、金銭の授受という行為を、「他者への働きかけとしての〈交換〉」として、健三と彼をとりまく他者との関係性の中で意味付けられている。(2)柴市郎は、「金」を〈貨幣〉と言い換えた上で〈交換〉の意味を考えられ、『道草』において〈交換〉が成立する、または成立せずに余剰が生み出されてくる様相を明らかにされた。(3)飯田祐子は、『道草』における「金」の問題は、「大学教授」が労働に応じた報酬を得るための〈職業〉へ変質し、「小説家」は賃金労働という観念とは抵触しない形で報酬を得る特殊な〈職業〉となることを浮かび上がらせるとされた。(4)

このように「金」の問題は特にその機能において様々に論じられて来ているが、特に本論では、「金（もしくは金銭）」を相手に与えるということ、与えることを〈決定〉することという、主体の意思決定の問題も考えてみたい。意思決定の問題を扱う学問に経済学があるが、経済学では、人は〈費用〉と〈便益〉を比較考量して意思決定すると考える。(5) この経済学の考え方を健三の意思決定を考察する一助とすることにより、何か明確になる部分があるのではないか。

理解しやすい例として以下をあげる。健三は、訪問して来る養父島田に対して金を渡すことによって、島田に辞去してもらうという行動がパターン化している。健三は「小遣を遣らないうちは帰らない」（五十六）と憤るが、小遣という〈費用〉と辞去という〈便益〉を比較考量した上で、小遣を渡すという意思決定をするのであり、この意思決定から健三は、辞去してもらうためには、いくらかの金銭をやることを惜しまないとすることが浮かび上がってくる。この構図は当たり前であるかもしれないが、様々な意思決定をこのように整理して考えてみることにより、主体の内部にある筋道の通った問題が明らかになるのではないかと考える。

以上のような構図を以って健三という人間の意思決定を考える時、彼の意思決定は「なんとなく」なされるのではなく、そこには彼なりの理由があることが明らかになるであろう。「遣らないでも可いのだけれども、己は遣るんだ」（九十八）というように、なぜそのように選択するのか理解し難い一見矛盾した健三の言動も、整理して考えることにより、健三像がより立体的に浮かび上がるのではないか。このような見通しを持って、本論では分析を行っていくものである。(6)

一

健三は「遠い所」（一）から帰ってきてから「駒込の奥」（同）で生活し始めたが、帰国当初の健三の日常はまず

「千駄木から追分へ出る通り」（同）を「日に二返づゝ規則のやうに往来」（同）するというものである。そしてその往来は繰り返されており、健三がどこかへ毎日通勤しているということを表している。そして健三は帰宅後は毎日書斎に閉じこもり、「しなければならないといふ刺戟」（二）のもとに「いら〳〵」（同）している。

健三は実際其日々の仕事に追はれてゐた。家へ帰つてからも気楽に使へる時間は少しもなかつた。其上彼は自分の読みたいものを読んだり、書きたい事を書いたり、考へたい問題を考へたりしたがつた。それで彼の心は殆んど余裕といふものを知らなかつた。彼は始終机の前にこびり着いてゐた。（三）

この部分からも、健三が時間に追われていること、そして心理的にも考える余裕がないことがうかがえる。健三は時間だけでなく、心の余裕を失い、限られた時間を何に使うか、また何にどのぐらい使うかという選択をしなければならない現在にある。

また健三の経済状況は、帰国当時から、

健三は外国から帰つて来た時、既に金の必要を感じた。久し振にわが生れ故郷の東京に新らしい世帯を持つ事になつた彼の懐中には一片の銀貨さへなかつた。（五十八）

とあるように、かなり困窮しており、金銭をどのようにやりくりしていくかを考えなければならない。

健三はこのように、限られた時間と金銭を、どのようにやりくりしていくかという意思決定を厳しく迫られていく。健三においては、先にも例を出したように、金銭を与えて島田や御常などの辞去を得、自分の時間を確保するという構図となっているため、時間と金銭に関する意思決定は互いに非常に深く結び付いている面があるが、本論では金銭面を緒として考察していきたい。それは金銭授受にまつわる選択が、金銭という一般的に貴重で価値あるものを介するやりとりであるから、それだけ選択に際して主体人物の切実な内面が浮き彫りとなると考えられるからである。以下では特に、細君の父と、養父島田の二人に対する金銭授受の事例を取り上げ、この意思決定から浮かび上がる健三像を明らかにすることを試みたい。

二

かつては政府の高官であった細君の父であるが、政府の変化とともに役職を追われ、物語の現在においては、健三の古い外套を借りるばかりか、娘の御住に「外套どころぢやない、もう何にも有つちやゐないんです」（七十二）と言われるように、落ちぶれ、経済的に困窮している。特に「或会」（七十七）の「二万円程の剰余金」（同）に手をつけ毎月その補塡をしなければならないなどは、相当切迫している様相をうかがわせる。

健三はこのような状況にある細君の父を「父は悲境にゐた」（七十六）とし、社会的にも健三に対しても「弱者」（七十三）となった細君の父に対して次のように感じている。

他に頭を下げる事の嫌な健三は、窮迫の結果、余儀なく自分の前に出て来た彼を見た時、すぐ同じ眼で同じ境遇に置かれた自分を想像しない訳に行かなかつた。

「如何にも苦しいだらう」（同）

ここで注目すべきは、健三が細君の父の姿を自分自身に重ね合わせて、その苦しみを推し量っているということである。

健三が帰国後交際を再開した親族は、細君の父のみならず皆揃って困窮していた。何かと入り用な歳末でさえ、彼らの姿は、

彼の兄、彼の姉、細君の父、何れを見ても、買へるやうな余裕のあるものは一人もなかつた。みんな年を越すのに苦しんでゐる連中ばかりであつた。中にも細君の父は一番非道さうに思はれた。（九十七）

という惨めさの中にある。健三は親族と交際する中で、

彼はまた自分の姉と兄と、それから島田の事も一所に纏めて考へなければならなかつた。凡てが頽廢の影であり凋落の色であるうちに、血と肉と歴史とで結び付けられた自分をも併せて考へなければならなかつた。（二十四）

と、「頽廢の影」と「凋落の色」が覆う彼らの姿に、「血と肉と歴史とで結び付けられた」自らの境遇をもまた顧みずにはいられず、自らの窮状をじわじわと思い知らされていくことになる。これまで生を牽引し支えてきた学問の世界において、帰国して以降行き詰まる健三にとって、親族が見せる生の惨めさや淋しさは、他人事ではなく、紛れもなく切実な自らのものである。

先の引用において、細君の父が悲境にある姿を自らに重ねることで苦しさを実感する健三は、実感するからこそ細君の父の借金連判の申し出を無下に拒絶できない。申し出に対し拒絶することを「如何にも無情で、冷刻で、心苦しかつた」（七十四）と感じる心情には、相手が細君の父である義理から由来するのに加え、細君の父が一時の権勢ののち惨めな悲境にある人物であり、その姿に健三自身の辛さを重ねているからこそではないだろうか。

健三と細君の父との間には姻戚関係が出来て以来、しだいに「自然の溝渠」（七十七）ができ、健三と御住との間のような「緩和剤」（七十八）が介在しなかったため、この懸隔は埋められないほどのものとなっている。それでも健三には細君の父を見捨てられない思いがあり、結局友人から四百円を用立てる。この時健三は「己は精一杯の事をしたのだ」（七十五）と思う一方で、その金銭がどのように使われていくのかには無頓着である。では、この細君の父との金銭授受をめぐる問題が、健三の内部において「己は精一杯の事をしたのだ」という思いにほぼ全て収束していくということはどのような意味であるかを考えたい。

実際、二万円を使い込みその補塡に月百円の出費を強いられる細君の父にとって、健三が用立てた四百円がどのぐ

らいの役に立つのかと言えば、生活費もあるため、数ケ月のことではないだろうか。一方月々の収入が「百二三十円」（十二）の健三にとっては、四百円はかなりの高額となる。健三はそれだけの金銭を用立て、そして用立てるために自らの時間や手間などを費やしても、「己は精一杯の事をしたのだ」という思いを得ることを望ましいとしたのである。細君の父に用立てることを約束したため「責任の荷」（七十四）を感じる健三は、その「責任の荷」に対し「己は精一杯の事をしたのだ」という弁解をつけることを望ましいとしたとも言える。

さて、ここで前にあげた意思決定の考え方を適用してみたい。

細君の父を前にして健三が意思決定しなければならないのは、細君の父に「金銭を渡すか渡さないか」という選択である。この場合の〈費用〉は、四百円の借金ならびにそれを得るために費やした時間や手間などが考えられる。(7) そして〈便益〉は、「責任の荷」に対して、「己は精一杯の事をしたのだ」という自己への弁解ができること、そして細君の父の窮状を一時でも緩和したという思いは、細君の父の姿が自らの鏡であるゆえに、自らの窮状の切実さも一時的に和らぐという作用をもたらすであろうことなどが考えられる。

健三はこのような〈費用〉と〈便益〉とを比較して、金銭を渡す場合において〈費用〉より〈便益〉が大きいと判断し、四百円を細君の父に渡すという意思決定をしたということになる。健三にとっては四百円は大金であり、用立てるために時間を取られることもやりたくないことも含め、〈便益〉をそれ以上の価値があるとしたことが、この意思決定から明らかになる。

細君の父との金銭授受の結果に浮かび上がる健三の自己に対する弁解は、作品の時間が進むに従い、他人と関わりなく直接健三自身に向けられている。健三は、この後ますます追いつめられた果ての「御前は必竟何をしに世の中に生れて来たのだ」（九十七）という自問に対して、「己の所為ぢやない。己の所為ぢやない」（同）と逃げるように自答する姿を見せるが、これは厳しい自己省察に対して弁解する姿である。健三の内部においては、自己の有り様を鋭く自問する意識はもはや避けられなくなり、これに対し弁解を見せているが、それは逆に、いかに現在の健三が、自己の有り様に対して限界と閉塞を強く感じているかの現れでもある。幼少時より「何でも長い間の修業をして立派な人間になつて世間に出なければならない」（九十一）と信じ、そう闘ってきたにもかかわらず、「必竟何をしに世の中に生れて来たのだ」、「分らない」（九十七）と自分の生の無為に苛まれる健三の、身を切られるように辛い内面が明らかとなっている。

三

『道草』に見られる金銭授受のうち、最も重く描かれているのは、健三から養父島田に対するものである。

かつて確かに世話になった養父島田に対して、健三が義理や義務を感じて金銭を渡しているのではないことは、「今後とも互に不実不人情に相成ざる様心掛度と存候」（百二）とある書付に対し、「あんなものは反故同然ですよ」（九十五）と言う健三からもうかがえる。この書付に拘束力はなく、健三が島田に対して金銭を渡さなければならない義務はないのである。では、それにもかかわらず、健三はなぜ島田に金銭を渡すのかこそを考える必要がある。

もし健三が島田に対して扶養の義務を感じ、書付にも拘束力を感じていたのであれば、金銭を渡すという行為には健三自身の意思決定が見えにくい。その行為は外圧に従ったのみである。しかし実際は金銭を渡す必要はないと考えているにも関わらず、島田とは「絶交しやうと思へば何時だつて出来るさ」（五十六）と言いながらも交際を続け、金銭を渡している。また結果的には書付を百円で買う形式となったことに対しても、健三は「遣らないでもいゝ、百円を好意的に遣つたのだといふ気ばかり強く起つた」（百二）としている。ゆえに島田に金銭を渡すという健三の意思決定に際しては、より個人的な理由があったと推測できる。

それでは具体的に健三から島田への金銭授受を考察したい。

島田の訪問が始まって以来、初めて健三が金銭を渡したのは、島田が言外に「義務」を出して健三に請求したことに始まった（五十二）。この時健三は紙入にあるだけを攫んで渡したのだが、先にも述べたように、これは島田が言外に出す「義務」に同意したからではないだろう。これは次回以降の金銭授受、並びにそれに対する健三の述懐も同じ構造と考えられる。


健三の紙入は何時も充実してゐなかつた。全く空虚の時もあつた。左ういふ場合には、仕方がないので何時迄経つても立ち上がらなかつた。島田も何かに事寄せて尻を長くした。

「小遣を遣らないうちは帰らない。厭な奴だ」（五十六）

島田は金銭を受け取らないうちは帰らない。それを健三も見透かしている。そして健三は島田との面会を「要らぬ会談に惜い時間を潰される」（五十二）とし、「或種類の人の受ける程度より以上の煩ひ」（同）と考えている。

ここで健三を主体として考えてみると、健三において金銭を渡すことにおける〈費用〉と〈便益〉は次のようになる。〈費用〉は数円、のち増額して二十〜三十円（五十六）などであると考えられ、〈便益〉としては、島田の辞去、ならびにそれにより煩いから開放されて自由な時間と快い気持ちを得ることなどが考えられる。自分の信じてきた生き方に疑問を抱きながら、それゆえに時間を惜しみ、何かをしなければならないという切迫感に追われている健三であるから、金銭を渡す場合の〈費用〉より〈便益〉が大きいとしたために、健三は島田に金銭を渡すことを選択するという意思決定をするのである。

島田の訪問の都度、健三は〈費用〉と引き換えに〈便益〉を得てきた。しかし島田は都度の金銭要求には留まらず、この先「永い間」（九十）の金銭的な世話を要求するに至る。健三は、仲介者をはさみ島田の持つ書付を百円払うことで取り戻し、今後一切の交際を断つという島田の約束を取り付けることになる。以下において、この金銭授受についてその構造を考えてみたい。

先にも述べた通り、島田の持つ書付は、健三とっては「反故同然」（九十五）であり、実際島田側の要求を前にして、「昔の関係上」（九十四）との思いもあるが、渡した後はやはり「遣らないでもい丶、百円を好意的に遣つたのだといふ気ばかり強く起つた。面倒を避けるために金の力を藉りたとは何うしても思へなかつた」（百二）のである。「遣らないでもい丶」というのは、書付に拘束力はなく、義務は介在しないと考えているということであり、単に「面倒を避けるため」ではない他の個人的な理由から、健三は百円を渡すという意思決定をしたということである。

健三は百円渡す意思決定の際に、仲介者に対して次のように言っていた。

「書付を買への、今に迷惑するのが厭なら金を出せのと云はれると此方でも断るより外に仕方がありませんが、困るから何うかして貰ひたい、其代り向後一切無心がましい事は云つて来ないと保証するなら、昔の情義上少しの工面はして上げても構ひません」（九十六）

この言葉において注目すべきは、健三が「無心がましい事」を止めさせる保証と引き換えになら金銭を渡してもよいとしたことである。

健三は「無心」されることを忌避する。この心情には金を奪われる訳にはゆかぬという思いに加え、さらにここに健三自身が抱える問題を探ることができないだろうか。

島田が無心をしに来た時、その姿を健三は「彼は斯うして老いた」（四十八）と眺めている。老いること――それは健三自身においても切実な問題になっていた。以下引用において見ていきたい。

過去の牢獄生活の上に現在の自分を築き上げた彼は、其現在の自分の上に、是非共未来の自分を築き上げなければならなかつた。それが彼の方針であつた。さうして彼から見ると正しい方針に違なかつた。けれども其方針によつて前へ進んで行くのが、此時の彼には徒らに老ゆるといふ結果より外に何物をも持ち来さないやうに見えた。

「学問ばかりして死んでしまつても人間は詰らないね」

「そんな事はありません」

彼の意味はついに青年に通じなかつた。彼は今の自分が、結婚当時の自分と、何んなに変つて、細君の眼に映るだらうかを考へながら歩いた。其細君はまた子供を生むたびに老けて行つた。（二十九）

兄は過去の人であつた。華美な前途はもう彼の前に横はつてゐなかつた。何かに付けて後を振り返り勝な彼と対坐してゐる健三は、自分の進んで行くべき生活の方向から逆に引き戻されるやうな気がした。

「淋しいな」

健三は兄の道伴になるには余りに未来の希望を多く持ち過ぎた。其癖現在の彼も可なりに淋しいものに違なかつた。其現在から順に推した未来の、当然淋しかるべき事も彼にはよく解つてゐた。（三十七）

「私も近頃は具合が悪くつてね。ことによると貴方より早く位牌になるかも知れませんよ」

彼の言葉は無論根のない笑談として姉の耳に響いた。彼もそれを承知の上でわざと笑つた。然し自ら健康を損ひつゝあると確に心得ながら、それを何うする事も出来ない境遇に置かれた彼は、姉よりも、却つて自分の方を憐んだ。


「己のは黙って成し崩しに自殺するのだ。気の毒だと云つて呉れるものは一人もありやしない」（六十八）

最初の引用では、かつて確固としてあった「正しい方針」が、帰国後閉塞状況にある自分にとっては、「老い」しかもたらさないのではないかと疑念を持つ健三の姿が現れている。そして未来の希望に満ちた青年にはもはや意見が通じない、つまり自分はもはや若くはないことを思い知らされ、同時に老けていくばかりの細君の姿とその細君の眼に映る自分の姿を気にする健三は、今まさに自らの老いの実感にさらされていることが理解できる。さらに二番目の引用においては、華やかであった兄が惨めにも落ちぶれた姿を目の当たりにし、「淋し」さを見出している。そして兄の「淋し」さを通して健三は自分自身の「淋し」さに思い至り、さらにこの先の自分の未来も「淋し」いものと想像している。最後の引用においては、健三は病む姉の姿を前にして、姉よりも自分が早く死ぬかもしれぬと、ここでも老いて弱り死に近づいていく自分自身を自覚している。これらの引用にはすべて、周囲の人間を媒介にして、自らの「老い」とその「淋し」さに直面させられている健三の姿がある。

帰国後周囲の人間と関わることにより、自らの「老い」と「淋し」さを認識する健三は、島田が無心に来たことによって彼の上にも「老い」を見出した。

「彼は斯うして老いた」

島田の一生を煎じ詰めたやうな一句を眼の前に味はつた健三は、自分は果して何うして老ゆるのだらうかと考へた。彼は神といふ言葉が嫌であつた。然し其時の彼の心にはたしかに神といふ言葉が出た。さうして、若し其神が神の眼で自分の一生を通して見たならば、此強慾な老人の一生と大した変りはないかも知れないといふ気が強くした。（四十八）

島田の「老い」と自分の「老い」を前にして、健三は「神の眼」の前では自分も島田も同じくただ「老い」ていく存在であるということに思い至った。自分は神という絶対的な存在に問われる存在であり、自らの存在が何ら特別ではないと突きつけられることは、自らを誇り、特別化していた健三にとっては根本を揺さぶられる瞬間である。島田が無心に来ることは、健三が相対化の世界に引き出されるということである。しかし健三は相対化の世界に引き出されることにはまだ必死に抗っていることが、先にも引用した「己の所為ぢやない」（九十七）という自分への弁解の言葉からもうかがえる。島田が「無心がましい事」を止めることと引き換えならば金銭を払ってもよいという健三の申し出は、単純に無心に来る島田を煩しく思うだけではなく、健三内部に生じている自己存在の問題と結びついている。以上のことを整理すると、健三が島田の持つ書付に対して百円を渡した行動には、次のような健三の意思決定の構図がある。

金銭を渡す場合の〈費用〉としては、百円、またそれを用立てるために必要な時間や手間などが考えられ、〈便益〉としては、島田が無心しに来なくなり、自らが相対化の世界へ引き出され自己存在の有り様を突きつけられることが留保されることなどが考えられる。〈費用〉よりも、本人は得られる〈便益〉の方がより大きく意味があると判断したため、健三は金銭を渡すという意思決定をしたと考えられる。

四

ここで、『道草』における百円の意味を考えてみたい。

『道草』において百円が出てくるのは、おおむね以下の五回である。

1　健三が留学時代に友人から借りた金額（五磅のバンクノート二枚）（五十九）(8)
2　細君の父が保険会社の顧問をすることから得る月々の報酬（七十六）
3　細君の父が或会の事務をしていた時に使い込んだ委託金に対する穴埋めの毎月の利子（七十七）
4　健三が指物師に勧められた立派な紫檀の書棚の価格（八十八）
5　健三が島田に支払った金額（九十六ほか）

1は、健三が「衣服を作る必要に逼られて」（五十九）友人に借りたのである。留学の地で新調した衣服となると、「首の回らない程」の「高い襟」（五十八）が想起でき、帰国のための体裁を整えることの可能な金額であると考えられる。またこの逸話は、漱石自身の留学時における事実がもとになっているが、実際の借金の金額は「二十ポンドばかり」(9)であるのが、『道草』では金額が百円となるように改変されている。『道草』における百円には意味が付与されている一つの証左となるのではないだろうか。

2は、そのまま3の補塡に充てられているようである（七十七）。

4は、高級品の最低価格が百円と推測できないだろうか。細君の父が親類の破産者から借金の抵当に取った紫檀の唐机は「百円以上もする見事なもの」（九十九）という描写のされ方である。

以上より『道草』において百円が意味するところは、単に百が区切りがいいからではなく、ある程度の質を保証し、当座の安泰を保証するまとまった金額ということになるだろう。

では5について考えたい。健三は島田への支払いの額を三百円では不適当であり百円が妥当であるとした。百円はある程度のまとまった、当座の安泰を保証する金額であるがその反面、特に1、3からは〈その安泰はその場しのぎ的なもの〉という側面を持つ。『道草』の他の場面における百円の意味を考え合わせると、島田に対して百円を渡すという意思決定は、単純に三百円と百円という金額の多寡の問題というよりはむしろ、「世の中に片付くなんてものは殆んどありやしない。一遍起つた事は何時迄も続くのさ」（百二）と苦々しく言わずにはいられない健三の現実認識と、百円が帯びる〈その安泰はその場しのぎ的なもの〉という意味とが響き合っていることに注目したい。

細君の父や養父母が無心しに来る姿や、兄姉、妻の姿などに健三は「老い」や「淋し」さを見出していたが、彼らの姿を鏡として健三は自らの有り様を突きつけられ、相対化の世界に引き出されていくことになった。そして「必竟何をしに世の中に生れて来たのだ」（九十七）という自問は何度も健三を追窮して苦しめるが、健三は「己の所為じやない」（同）と弁解して逃げるように彷徨する現在にある。

島田が健三の前に現れるようになって以後、健三は断片的に養子に出された幼少期を思い出していくことになる。

「健三は海にも住めなかつた。山にも居られなかつた。両方から突き返されて、両方の間をまごくしてゐた」（九十二）、「実父から見ても養父から見ても、彼は人間ではなかつた。寧ろ物品であつた」（同）などという描写からは、幼少期の健三の居場所の無さや扱われ方のみじめな様子を十分に表している。島田が持っていた書付は、そのような過去の象徴そのものである。

健三はそのような過去の象徴である書付に対して、細君の父からの無心の時のように友人から金銭を用立てるのではなく、余っている金があるから借り手を探している義兄比田から用立てるのでもなく、「不図何か書いて見やう」と思い立ち、「猛烈」に、「血に餓え」「自分の血を啜」るように、「獣」と同じようになって執筆した原稿の原稿料を充てた（百二）。原稿を執筆する現在の健三は、辛い状況に置かれていた幼少期から「長い間の修行をして」（九十二）「周囲と能く闘ひ終せ」て（同）出来上がっていると自認しているはずなのに、先にも引用したように「必竟何をしに世の中に生れて来たのだ」（九十七）という問いに苛まれている。過去の象徴そのものである書付に、自らの努力によって作り上げてきた現在の自分の全力をかけて、血の喩えがされるほど激しく対峙する健三は、帰国直後の「人間をも避け」（三）「温かい人間の血を枯らしに行く」（同）ようなあり方ではいられないだろう。健三は、逃げるように閉じこもっていた書斎から出て行き、日常において、他者と、そして「何うして此現在に発展して来たかを疑が」う（九十一）ような自分自身の過去と、自問自答せずにはいられない現在の生の有り様と、まさしく彼が「何時迄も続くのさ」（百二）と言うように、様々に関わり続けなければならない。

五

これまで『道草』における健三の金銭授受とそれに関する意思決定を考察してきた。では漱石は『道草』において、なぜ金銭の問題をこれほどまでに描き出したのか、その部分について考えてみたい。

はじめに、健三が「遠い所」（一）から帰ってきた男であるということがある。「遠い所」は多様な解釈ができるが、一つとして、『行人』の一郎が絶対の境地にいるまま眠りについていた、または『こゝろ』のKや先生が至った死の影が落ちる絶対の境地、そのような「遠い所」から、相対的人間関係の地平に帰ってきた男ととらえられるだろう。この観点においては、越智治雄が、修善寺の大患から生還した漱石と重ねて、次のように指摘されている。

存在の深い淵にただ一人で立った男にしても、帰って来るのは日常、まさにわれわれの言う人生を描いてないのだ。（中略）

健三はもはや一人で立っていた（三十三）ときの彼では絶対にありえない。(10)

死の影が落ちる存在の深い淵から人生に帰ってきた人間が、日常を生きていくことはすなわち、他者との関係性の中に置かれて生きていくということである。関係性は生々しいものである。関係性の生々しさは、金銭授受をめぐる生々しいイメージと重なって、一層の現実味を帯びることになるだろう。

さらに、『道草』の前に執筆された随筆「硝子戸の中」（大正四年）の最終部で、漱石は次のように記している。

私は今迄他の事と私の事をごちや〳〵に書いた。他の事を書くときには、成る可く相手の迷惑にならないやうにとの掛念があつた。私の身の上を語る時分には、却つて比較的自由な空気の中に呼吸する事が出来た。それでも私はまだ私に対して全く色気を取り除き得る程度に達してゐなかつた。嘘を吐いて世間を欺く程の衒気がないにしても、もつと卑しい所、もつと悪い所、もつと面目を失するやうな自分の欠点を、つい発表しずに仕舞つた。（中略）私の罪は、――もしそれを罪と云ひ得るならば、――頗ぶる明るい側からばかり写されてゐただらう。（三十九）

「硝子戸の中」において漱石は、他人のことを書くときには、「相手の迷惑にならないやうに」気を遣い書いた。そして「もつと卑しい所、もつと悪い所、もつと面目を失するやうな自分の欠点を、つい発表しずに仕舞つた」とし、この随筆では「頗ぶる明るい側からばかり写されてゐた」ことに対して悔いているようである。

佐藤泰正はこの箇所に関して、であるからこそ、『道草』では「相手が恩のある人だろうとなんだろうと、徹底的に書くぞと、もっと卑しいところ、悪いところ、面目を失するところが遠慮会釈なく、えぐりとられてゆ」くという鋭い指摘をされている。(11)『道草』は、金銭問題が想起させる日常の生々しい実態に加えて、金銭問題を緒として描かれる関係性の世界の内で、人間の明るいところだけではなく、人間存在のさらに奥深く暗いところまで描き出そうという覚悟のもと、執筆されている。

〈注〉

（1）吉田凞生「家族＝親族小説としての『道草』」（『講座夏目漱石第三巻』一九八一年一一月　有斐閣）
（2）石原千秋「「道草」における健三の対他関係の構造」（「日本近代文学」29　一九八二年一〇月）
（3）柴市郎「『道草』―交換・貨幣・書くこと―」（「日本近代文学」49　一九九三年一〇月）
（4）飯田祐子『彼らの物語　日本近代文学とジェンダー』（一九九八年六月　名古屋大学出版会）
（5）ポール・クルーグマン、ロビン・ウェルス著、大山道広他訳『クルーグマン　ミクロ経済学』（二〇〇七年一〇月　東洋経済新報社）を参照した。
（6）『道草』においては「金」「金銭」両方の語の使用が認められるが、本論では便宜上、以下「金銭」に統一する。
（7）費用（cost）とは、具体的に何円かかる、というだけではなく、かかる労力や時間などの金銭以外も含まれる。
（8）一磅＝二十志で、十志が五円と換算されているため（五十六）、五磅のバンクノート二枚＝十磅とは、百円換算となる。
（9）長尾半平「ロンドン時代の夏目さん」（『漱石全集　別巻』一九九六年二月　岩波書店）
（10）越智治雄『漱石私論』（一九七一年六月　角川書店）

（11）佐藤泰正『これが漱石だ』（二〇一〇年一月　櫻の森通信社）

付記　引用に使った『道草』本文は『漱石全集　10　道草』（一九九四年一〇月　岩波書店）、「硝子戸の中」本文は『漱石全集　12　小品』（一九九四年一二月　岩波書店）に拠った。なおルビは省略した。

健三と島田

――「道草」試論――

山本　欣司

一

「道草」の展開に、私はある種のもどかしさを覚える。周囲の反対を押し切って健三が、目の前にはっきり口を開けた陥穽にみずから近づき、ズルズルと落ちていくように感じられるからである。島田と「交際」するメリットも「義理」も、何もないにもかかわらず、妻や兄姉のアドバイスに逆らう健三は、「片意地」を張っているようにしか見えない。頑固な健三は予想通り、最終的に手切れ金を巻き上げられるのである。そのような成り行きに対して私は、御住と同様「馬鹿らしい」(96)と言うほかない。

しかし一方で、健三がもし島田の使者として訪れた吉田虎吉の要求を受け入れなかったとしたら、「道草」はどうなっていたか考えてみる。すると、この小説にとって吉田＝島田の要求を健三が断らない、最後まで断り切れないという展開は、ある種の必然であったことが見えてくる。健三の「手に入る百二三十円の月収」が決められたように消費され、「月々あとに残るものは零だといふ事」(12)は確かだとしても（しかも二十章にあるように、健三の思いもよらない現実としては赤字が出ていた）、それでも大学教員らしい健三の家庭が一定の生活水準を維持していたことは間違いない。(1) 島田の出現がそのような循環を断ち切り、健三の生活を乱したことで、「道草」のドラマは動き出すのである。

健三が自分の「金力」の乏しさを直視せざるを得なくなるのも、島田に小遣いを「強請《せび》」(60) られるようになったからである。自分の「不人情」(86) に気づくのも、島田の出現が契機となり、兄や姉夫婦との交際が頻繁になったからである。百一章で健三が「洋筆を執つて原稿紙に向つた」のも、そもそもは島田に渡す金の算段が原因である。それまでから、さまざまな方面で不具合が生じていたのは確かであるが、何とかやりすごしていた健三の日常に、波紋を投げかけたのは島田であり、彼は結果的に、急ぎ足で進んできた健三を立ち止まらせ、自分のまわりをもう一度見つめ直す契機を与えた。時間の「守銭奴」(3) として自足していた書斎の人・健三のミニマムな生活や価値観に変化を迫る、スプリングボードの役割を果たしたといえる。

むろんこれとは別に、七十三章で妻・御住の父に対し、四百円を貸与するという問題が発生している。が、貸与と贈与の違いもあるためか、島田問題ほどの波紋は生じていないことから、(2) 以下、島田問題に焦点を絞って論を進めることとする。

二

健三はなぜ、島田の要求を断らなかったのであろうか。まずは吉田虎吉の訪問場面を検証してみたい。「でつぷり肥つた、かつぷくの好い、四十恰好の男」(12) である吉田は、世慣れた雰囲気を持つ「町人」である。島田に「月々若干か貢いで遣つて呉れる訳には行くまいかといふ相談」を持ちかけてきた。ところが、健三が正直に「自分の経済事状を打ち明けて」そんな余裕がないことを納得させようとしても、彼はなかなか帰らない。

金の問題にはそれぎり触れなかつたが、毒にも薬にもならない世間話を何時迄も続けて動かなかつた。さうして自然天然話頭をまた島田の身の上に戻して来た。／「何んなものでせう。老人も取る年で近頃は大変心細さうな事ばかり云つてゐますが、――どうかして元通りの御交際《つきあひ》は願へないものでせうか」（13）

吉田の要求する「元通りの御交際」。結末を知る読者ならずとも、それが交渉の余地を残すための橋頭堡であろうことは想像に難くない。くさびを打ち込みさえすれば、吉田としては十分なのであろう。自分の役割を果たした途端、彼は「さつさと帰つて行つた」。一方、「何う考へても交際《つきあふ》のは厭でならなかつた健三は、また何うしてもそれを断わるのを不義理と認めなければ済まなかつた。彼は厭でも正しい方に従はうと思ひ極めた」とある。「世話になつた昔を忘れる訳に行かなかつた」健三は、「人格の反射から来る其人に対しての嫌悪の情も禁ずる事が出来なかつた」にもかかわらず、「不義理」になることを嫌い、「交際」をみずから受け入れたわけである。

それにしても、それほどまでに嫌う「交際」を健三が容認したのはなぜか。彼はそれほど「義理」堅い人間なのか。容認の背景として、経済的な支援に関して、自分ははっきり断ったという認識があることは確かだ。油断がつけいる隙を与えたわけである。十二章で健三は、吉田に自分の経済状態を「詳しく説明して、月々あとに残るものは零だという事を相手に納得させようとした」。そして、「神妙に健三の弁解を聴いた」吉田が「何処迄彼を信用して、何処から彼を疑ひ始めてゐるか、其点は健三にも分らなかつた」ものの、詳しく説明した以上、健三は「吉田の持つて来た用件の片が付いたものと解釈した」。むろん、健三の判断は甘かったわけであるが、金銭面での要求を受け入れる余地がないことを正直に打ち明けた以上、問題は生じないと考えたわけである。吉田が帰った後、御住が「自分に納得の行く迄夫から説明を求めやうとした」場面でも健三は、はっきり断言する。

「何うせ御金か何か呉れつて云ふんでせう」／「まあ左右だ」／「それで貴方何うなすつて。――どうせ御断りになつたでせうね」／「うん、断つた。断るより外に仕方がないからな」（13）

ところで、経済的な余裕のなさを詳しく説明した以上、問題はないはずだとの健三の判断と、「義理」という言葉が頻出するのが十九章である。島田との交際をめぐって、健三と御住の間で議論が交わされる。

長くなるため引用は省くが、ここでは、すでに「御金を遣つて縁を切つた以上」島田は「今更来られた義理ぢやない」し、どうせ金目当てであろうから、健三には「交際《つきあ》」うべき「義理」はないという周囲の判断と、経済的支援に関しては最初から断っており問題が発生する恐れはなく、「義理が悪いから」「交際」は仕方がないとの健三の判断が示されている。島田が何のために「交際」を求めるのかという点に対する双方の判断が、真正面からぶつかっている様子が浮き彫りになっているが、読者にとってはやはり、健三の判断の甘さ、世間知らずな様子が印象づけられる場面ではないだろうか。「金は始めから断つちまつたんだから、構わないさ」という健三の台詞や、

> 「御兄さんは貴夫のために心配してゐらつしやるんですよ。あゝ云ふ人と交際ひだして、また何んな面倒が起らないとも限らないからつて」／「面倒つて何んな面倒を指すのかな」（19）

というやり取りを見る限り、健三はいったん断りさえすれば、問題が発生する心配はないとの見通しを持っていたことは確かだ。特に、島田の意図を問う御住に対する、「それが己には些とも解らない。向でも嘸詰らないだらうと思ふんだがね」という健三の台詞の呑気さは、呆れるほどである。いったん断られても、たとえ詰まらなくても、金を引き出すためなら厭な相手とでも平気で交際する人間がいくらでもいるということに、健三は気が回らないのである。

やり取りの最後でようやく、

> 「だつて是から先何を云い出さないとも限らないわ」／細君の胸には最初から斯うした予感が働らいてゐた。其所を既に防ぎ止めたとばかり信じてゐた理に強い健三の頭に、微かな不安が又新らしく萌した。（19）

と、彼の頭にも「微かな不安」が萌すが、これほどまでに健三が不用意であるのも、読者のもどかしさを煽る結果となっているだろう。「理に強い」はずの健三は、手をこまぬいているうちに深みにはまるのである。

＊

さらに、「義理」という言葉をめぐる両者のすれ違いにも注意する必要がある。十九章で健三は、島田との「交際」を受け入れる理由として「義理が悪いからね」と言うが、この台詞の据わりの悪さは特筆すべきである。「道草」全編を通して、「義理」を欠くことに関して健三は、意に介することがないからである。この台詞の直前でも、健三が兄に対して「交際の義理」を欠いていることが語られているし、八十五章でも、世間的な「交際」に対する彼の「無神経」さは、はっきり描かれている。

健三は漸《やつ》と気が付いた様に、細君の膝の上に置かれた大きな模様のある切地を眺めた。／「それは姉から祝つて呉れたんだらう」／「左右です」／「下らない話だな。金もないのに止せば好いのに」／健三から貰つた小遣の中を割いて、斯ういふ贈り物をしなければ気の済まない姉の心持が、彼には理解出来なかつた。／「つまり己の金で己が買つたと同じ事になるんだからな」／「でも貴夫に対する義理だと思つてゐらつしやるんだから仕方がありませんわ」／姉は世間でいふ義理を克明に守り過ぎる女であつた。他《ひと》から物を貰へば屹度それ以上のものを贈り返さうとして苦しがつた。／「何うも困るね、さう義理々々って、何が義理だか薩張解りやしない。そんな形式的な事をするより、自分の小遣を比田に借りられないやうな用心でもする方が余程増しだ」／斯んな事に掛けると存外無神経な細君は、強ひて姉を弁護しやうともしなかつた。／「今に又何か御礼をしますから夫で好いでせう」／他を訪問する時に殆んど土産ものを持参した例《ためし》のない健三は、それでもまだ不審さうに細君の膝の上にあるめりんすを見詰めてゐた。（85）（傍線は引用者による、以下同様）

たしかに姉のお夏は「世間でいふ義理を克明に守り過ぎる女」である。「十のものには十五の返しをなさる御姉さんの気性を知つてるもんだから、皆な其御礼を目的《あて》に何か呉れるんださうですよ」（86）と御住が説明するように、その点を周囲の人間につけ込まれ、苦しめられるほどに「義理」堅い人間である。

それに対して、八十五章で「強ひて姉を弁護しやうと」しなかった御住は、語り手から「存外無神経」と評されている。しかしいうまでもないことだが、「貰つた小遣の中を割いて、斯ういふ贈り物をしなければ気の済まない姉の心持が」理解出来ない健三は、御住に輪をかけて「無神経」である。「他を訪問する時に殆んど土産ものを持参した例のない健三」とあるように、彼は「世間でいう義理」にまったく頓着しない。お夏と健三は、姉弟でありながら「義理」堅さという意味では対極に位置するのである。

こういった健三の性格を、合理的という言葉で片付けることはできないだろう。留学経験を持つ「ハイカラ」(58)な健三ではあるが、ヨーロッパで近代的な価値観にふれたことで、旧いしがらみを否定すべきだとの考えを持つに至ったわけではあるまい。彼の行動を見ていると、単純に「義理」「人情」に対する共感や配慮が欠けていると考えた方がよいのではないか。健三自身も、「親切気のある」姉と比較することでその点に思い至ったようで、「此間余所から臨時に受取つた三十円を、自分が何う消費してしまつたかの問題に就いて考へ」た上で、次のように自分を振り返っている。

是等の物を買ひ調へた彼は毫も他人に就いて考へなかつた。新らしく生れる子供さへ眼中になかつた。自分より困つてゐる人の生活などはてんから忘れてゐた。俗社会の義理を過重する姉に比べて見ると、彼は憐れなものに対する好意すら失なつてゐた。／「さう損をして迄も義理が尽されるのは偉いね。然し姉は生れ付いての見栄坊なんだから、仕方がない。偉くない方がまだ増しだらう」／「親切気はまるでないんでせうか」／「左右さな」／健三は一寸考へなければならなかつた。姉は親切気のある女に違いなかつた。／「ことによると己の方が不人情に出来てゐるのかも知れない」(86)

健三は「義理」を持ち出して、島田との「交際」を受け入れたことを説明しようとした。だが、書斎の人たる彼はもともと「義理」に配慮することなく日常生活を送っていた。「親類づきあひよりも自分の仕事の方が彼には大事に見えた」（3）と説明されているし、姉の御夏の「眼に見える健三は、何時も親しみがたい無愛想な変人に過ぎなかつた」（69）。「不人情」な性格ゆえといってしまえばそれまでだが、基本的に彼は人間関係に淡泊なのであろう。そしてさらに一歩進めて、健三は「義理の悪い」ことができない性格かといえばそういうわけでもない。四十五章に描かれているように、七年前の御常から来た手紙について彼は、積極的に断固とした対応を取ったことがある。

先に引用したように、島田との「交際」容認のポイントとして、健三自身は「義理が悪いからね」と述べており、「彼は厭でも正しい方に従はうと思ひ極めた」（13）とある。また、最初に吉田と会うことを決めた際も、「厭だけれども正しい方法だから仕方がない」（11）との判断が示されている。両者が似通ったフレーズであることを見ても、健三にはどうやら、正しさという倫理的判断基準に対するこだわりがあるようである。しかし、「義理」に配慮して暮らす兄姉や御住が、島田と「交際」する「義理」はないと判断しているのに対して、「義理」に配慮しない健三が「義理が悪い」というのは筋が通らない。そういう意味で、健三言うところの正しさという判断基準について、あまり鵜呑みにしない方がよいのではないか。御常の手紙の場合のように、健三は「嫌悪の念が劇し」ければ、養育の「恩義」など無視することができる。健三にとって「義理」は絶対的な倫理ではないのである。

健三が島田との「交際」を受け入れたことに関しては、さらに掘り下げる必要があると思われる。

三

五十二章は、この小説のターニングポイントになっている。分量的に、百二章あるなかの丁度折り返し地点であるという意味でもそうであるが、ここでようやく、島田の目的がはっきりと言葉で示されるからである。これ以降、島田は露骨に「金の問題」を口にするようになる。

是程細君の病気に悩まされてゐた健三は、比較的島田のために崇られる恐れを抱かなかつた。彼は此老人を因業で強慾な男と思つてゐた。然し一方では又それ等の性癖を充分発揮する能力がないものとして寧ろ見縊つてもゐた。たゞ要らぬ会談に惜い時間を潰されるのが、健三には或種類の人の受ける程度より以上の煩ひになつた。／「何を云つて来る気かしら、此次は」／襲はれる事を予期して、暗にそれを苦にするやうな健三の口振が、細君の言葉を促がした。／「何うせ分つてゐるぢやありませんか。そんな事を気になさるより早く絶交した方が余つ程得ですわ」／健三は心の裡で細君のいふ事を肯がつた。然し口では却つて反対な返事をした。／「それ程気にしちや居ないさ、あんな者。もと〳〵恐ろしい事なんかないんだから」／「恐ろしいつて誰も云やしませんわ。けれども面倒臭いにや違ひないでせう、いくら貴夫だつて」／「世の中にはたゞ面倒臭い位な単純な理由で已める事の出来ないものが幾何でもあるさ」／多少片意地の分子を含んでゐる斯んな会話を細君と取り換はせた健三は、その次島田の来た時、例よりは忙がしい頭を抱へてゐるにも拘はらず、ついに面会を拒絶する訳に行かなかつた。／島田のちと話したい事があると云つたのは、細君の推察通り矢つ張り金の問題であつた。(52)

しかしどうして、健三は島田の術中に陥ってしまったのだろう。

「道草」の冒頭、十五、六年ぶりの偶然の出会いから六日後、健三は再度、島田に出会う。おそらく、島田は待ち伏せていたのであろうし、日を置かずして吉田という使者を立てて接触してきた島田の手回しの良さを考えるなら、島田を警戒しなければならない理由は十二分にある。たとえば、二十七、八章で「昔し通り島田姓に復帰して貰ひたい」という島田の筋違いな依頼――揺さぶり・駆け引き――について、健三と兄、比田は協議しているが、比田は島田を「金にかけちやあかの他人より阿漕」、「焼が廻つてるから怖いんです。なに先が当り前の人間なら、私だつて其場ですぐ断つちまひまさあ」と述べている。島田の要求はあまりに「突飛」で受け入れる余地のないものであるが、にもかかわらず、そんな要求を突きつけてきた島田の目論見を比田は強く警戒しているのである。「相手が相手ですからね。まかり間違へば何をするか分らないんだから、用心しなくつちや不可ませんよ」というように。

直接会ったこともない御住ですら「何うせ分つてゐるぢやありませんか」と返すほど、周囲にとって島田の接近が金目当てであることは明白だった。にもかかわらず、健三が「絶交」しなかったのはなぜか。

理由の一つとして、細君への反撥があげられるだろう。引用部分にもあるように、「道草」には夫婦間のルーティンワークとして、御住の言い分にはとりあえず反論してみるという、健三のうんざりするような行動が何度か描かれている。健三は、自己の優越を確認するために、御住を言い負かさずにはいられないのである。長年にわたって培われた夫婦関係のこじれ具合が、軽い痛み（もしくは苦笑）を伴って読者に伝わってくる場面である。健三は、御住に対してつい「片意地」を張り、自分の真意を素直に表現できなくなっているのである。

さらに右頁最初の傍線部にあるように、健三が島田を「見縊つて」いたことが原因としてあげられる。姉の御夏などは、「兄弟同様の間柄」（四十六章の島田の言葉）という背景もあり、島田から金を借りた経験もあるため、彼の本質的な強慾さを直接に知っているから、「あんな因業な人つたらありやしないよ。」「あの業突張の事だから」（7）と決して甘く見ることはない。最終的に百円の手切れ金を渡す段階になると、「あの島田つて爺さんが、たゞの爺さんと違つて、あの通りの悪党《わる》だから、百円位仕方がないだらうよ」（101）とも言っている。兄も厳しい見方をしているようで、彼から「なんでも余り善くない人だつていふ話ぢやありませんか」（11）というように聞いていた御住は、「交際」が続くことに危惧を抱き「絶交」をうながしていた。

ところが、養子として三歳から八歳まで共に暮らし、実家に引き取られてからも「復籍する迄は多少往来もしてゐた」（19）とあるように、島田と深い関わりのあった健三のみが、[3]一人呑気に島田には何もできまいと高を括っていたのである。島田が復籍を申し入れてきたことに対して比田は相当警戒しているが、健三は、

最初に吉田が来た時の談話を思ひ出した。次に吉田と島田が一所に来た時の光景を思ひ出した。最後に彼の留守

に旅先から帰つたと云つて、島田が一人で訪ねて来た時の言葉を思ひ出した。然し何所を何う思ひ出しても、其所から斯んな結果が生れて来やうとは考えられなかつた。／「何うしても変ですね」／彼は自分の為に同じ言葉をもう一度繰り返して見た。それから漸と気を換へて斯う云つた。／「然しそりや問題にやならないでせう。たゞ断りさへすりや好いんだから」／／健三の眼から見ると、島田の要求は不思議な位理に合はなかつた。従つてそれを片付けるのも容易であつた。たゞ簡単に断りさへすれば済んだ。（27、28）

というように、「不思議な位理に合はな」い要求であるため、「たゞ簡単に断りさへすれば済」むと考えているのである。論理を論理のままに受け取り、島田の真意を読もうとしない健三の、危機管理能力の欠如（呑気さ）が露呈している場面でもある。

それにしても、健三はなぜ、「此老人を因業で強慾な男と思つてゐ」ながら、「一方では又それ等の性癖を充分発揮する能力がないものとして寧ろ見縊つてもゐた」のであろうか。どうして、「ありや成し崩しに己を侵蝕する気なんだね。始め一度に攻め落さうとして断られたもんだから、今度は遠巻にしてぢり〳〵寄つて来やうつてんだ。実に厭な奴だ」との認識を有していたにもかかわらず、「絶交しやうと思へば何時だつて出来るさ」（56）などとうそぶき、煮え切らない態度をとり続けていたのか。

この小説の重要な特徴として指摘しなければならないのは、健三と周囲の人間との間に、島田をめぐる情報の落差が設定されていることである。たいへん奇妙なことではあるが、健三は三歳から八歳まで島田夫妻と暮らしたにもかかわらず、実は、島田個人にフォーカスした具体的な記憶をあまり想起できないようなのである。かえって兄姉のほうが、「幼少」（32）の頃より数年前まで関係が継続していたこともあり、島田の人となりを熟知している。今後どのような問題が発生するか、予測も正確なのである。

「道草」は、健三と養父・島田の関係を一つの軸として展開する。島田が一貫して、強慾で嫌悪感をもよおす人間として造形されていることから、読者はそんな島田との関係を断ち切ることのできない健三にもどかしさを覚えたり、島田に腹を立てたりするのである。最終的に健三は、貪欲な島田に金を巻き上げられるわけであるから、バッドエンドといってもいいほど、カタルシスのない幕切れを迎える。

一方、この小説の現在において、健三と養母・御常の関係は薄いものだ。後半で二度、御常が登場し、別れぎわに健三は五円の車代を渡すことになるが、そこには何の葛藤も言い争いもない。「疎い同情」(63)という表現が登場するが、御常が意外に「淡泊《あっさり》」していたため、健三はむかし世話になった人への「義理」を果たす気になったにすぎない。とはいえ、健三の薄情さもそれほど強調されているわけではない。御常はいわば島田の引き立て役程度の重みしかない。

ところが、作中に何度か登場する健三の回想、健三の「過去」の中心で存在感を示すのはいつも御常である。四十章から、御常がいかに厭な養母であったかを物語るエピソードが続けざまに展開する。吝嗇で執念深く、人情味に欠けており極度な嘘つき。御常は圧倒的に厭な人間として振り返られている。

それに対して島田は、意外なほどに個人として悪いエピソードが出てこない。「島田夫婦」という形で、二人セットで非人情ぶりが回想される場面は何度もあるが、十五章に展開する幼少時の記憶(こしらえてもらった小さい洋服や帽子、買ってもらったさまざまなもの、船に乗ったことなど)や、散歩の帰りに汁粉屋に連れて行ってもらったエピソード(43)など、たとえ健三が「其頃の心が思ひ出せない」(15)にしても、それなりに肯定的なものも数多い。逆に、島田が子どもの頃の健三にこんなひどい仕打ちをしたという具体的な記憶は、意外なことに登場しないのである。

健三の回想が、なにゆえこのような特徴を有しているか、不明である。実際に、子ども時代の健三が島田とふれあう時間をあまり持たなかったと考えるのが妥当かもしれない。あるいは、御常の印象があまりに強烈で、島田がかすんでしまったのか。どのような理由か判断がつかないものの、健三の記憶のなかのイメージとは異なり、十五、六年ぶりに出会った島田はたいへん厭なタイプの人間として、御常はおとなしい遠慮がちな人間として登場する。少なくとも、健三の記憶と齟齬があるのは確かである。(4) だからこそ健三は島田を「見縊つて」しまったのである。

結局のところ、島田に関する健三の記憶が現実に追いつくのは、九十章で島田との関係が完全に「破裂」した後のことである。

「島田の方だつて、是れで片付くもんかね」／健三は吐き出すやうに斯う云つて、来るべき次の幕さえ頭の中に予想した。／／同時に今まで眠つてゐた記憶も呼び覚まされずには済まなかつた。彼は始めて新らしい世界に臨む人の鋭どい眼をもつて、実家へ引き取られた遠い昔を鮮明かに眺めた。（中略）／「もう此方へ引き取つて、給仕でも何でもさせるから左右思ふが可い」／健三が或日養家を訪問した時に、島田は何かの序に斯んな事を云つた。健三は驚ろいて逃げ帰つた。酷薄といふ感じが子供心に淡い恐ろしさを与へた。(90、91)

最終段階になってはじめて、健三の「今まで眠つてゐた記憶」は呼び覚まされた。子供心にも、島田の「酷薄」さは「淡い恐ろしさを与へた」とあるが、それは現在、健三の前に現れた島田の印象と合致するのではないだろうか。このようにして、ようやく健三の記憶の辻褄は合うのであるが、時すでに遅し。健三は、引き返すことのできないところまで、島田との関係を深めてしまっており、結局、金を渡す羽目に陥るのである。

四

ここまで述べてきたように、健三の失敗には、金銭の要求は断ったという思い込みと、島田に対する「見縊」りが大きく影響していた。そして、島田を「見縊つて」いた背景として見過ごすことができないのは、島田の本質的な

「酷薄」さに関する、記憶の想起の遅延であった。九十一章に至り、島田との関係が「破裂」してはじめて、健三は「今まで眠つてゐた記憶」を呼び覚ます。遅ればせながら、「彼は始めて新らしい世界に臨む人の鋭どい眼をもつて、実家へ引き取られた遠い昔を鮮明かに眺めた」(91)のである。

なにゆえこのような形で、記憶の想起に遅延が生じたのであろうか。もっと早く、島田の「酷薄」さを思い出していれば、あんな目に遭わなかったのではないか。そのような疑念が読者に生じるのもやむを得ないと思われるが、結局のところ、彼がみずからの過去への関心をあまり持ち合わせていないところに、島田への対応が後手に回った原因の根本があったと考えられる。

たとえば、三十一章から展開する、書付の束(島田に「関係した書類」)をめぐるエピソードを見てみよう。「今更鄭寧に絡げたかんじん撚の結び目を解いて、一々中を撿ためる気も起らなかつた」とあるように、健三は兄がわざわざ届けてくれた書付の束をろくに確かめようとしないし、詳しく読むこともない。目下の懸案事項であり、亡父が今日のような事態の到来を見越して、「あんな奴だから己のゐなくなつた後に、何んな事を云つて来ないとも限らない、其時にはこれが役に立つつて、わざ〳〵一纏めにして、御兄さんに御渡になつた」にも関わらず、そのような態度を取っているのである。

書付の束をぞんざいに扱う理由として、健三が「自分の父の分別と理解力に対して大した尊敬を払つてゐなかつた」からというのがあげられよう。また、島田を「見縊つて」いたからというのも作用していたはずだ。しかし私にはこれが、自分が養子に出され、ふたたび実家に引き取られた経緯や、その後の復籍の事情など、自分の過去に対する健三の関心の薄さを物語るエピソードに思えてならない。そして、彼は自分の複雑な生い立ちから眼をそらしているというよりも、単純に、現在や未来にしか関心がなく、過去などどうでもいいというぞんざいな態度を取っているというように考えられる。「細君は女丈あつて、綿密にそれを読み下した」(32)とあるが、健三は男だから書付を読まなかったわけではあるまい。

　このことは、優秀な頭脳の持ち主であるはずの健三が、意外な程に、自分の過去にまつわる記憶の細部を失念していることにあらわれている。島田のもとで養育されていた期間やそうなった事情、御常から手紙が届いたのが何年前だったか、その時御住にどのような説明をしたかなど、この小説に登場する島田関連のエピソードのディテールは曖昧なまま放置されている。百円の手切れ金と引き替えに島田が差し出した二通の書付（一通は絶縁の証文、もう一通は健三が二十二歳のおりに書いたもの）も、健三の過去と深く関わるもののはずであるが、彼は、あいかわらずどうでもいいもののように扱っている。

　「先刻の書付は何うしたい」／「箪笥の抽斗に仕舞つて置きました」／彼女は大事なものでも保存するやうな口振で斯う答えた。健三は彼女の所置を咎めもしない代りに、賞める気にもならなかつた。（102）

「健三の記憶に上せた事相は余りに今の彼と懸隔してゐた。それでも彼は他人の生活に似た自分の昔を思い浮べなければならなかつた。しかも或る不快な意味に於て思ひ浮べなければならなかった」（44）とあるように、健三にとって、過去は「他人の生活に似」ている。「不快」であるばかりではなく、現在の自分と懸隔した記憶であり、だからこそ健三は過去を振り返る必要を感じない。

　樋野憲子(5)は「島田との交渉を通じて健三は自らの過去へ遡行していく」と述べている。たしかに、島田が出現した当初、健三は「不幸な過去を遠くから呼び起こす」（2）のを嫌っていたものの、事態の進行に促され、過去を回想するシーンが何度も登場するため、健三は積極的、不可避的に「過去へ遡行していく」ように見える。だが、「吉田と会見した後の健三の胸には、不図斯うした幼時の記憶が続々湧いて来る事があつた」（15）とあるように、健三自身は当初、自然によみがえってくる記憶に身を任せているにすぎない。また、三十八章からは「事件のない日が又少し続いた。事件のない日は、彼に取つて沈黙の日に過ぎなかつた。／彼はその間に時々己れの追憶を辿るべく余儀なくされた。」とある。ここでは、自分の幼少期に焦点を絞って過去を振り返ってみようという意志は感じられるものの、先に述べたように、目下の関心事である島田その人に、照明を当てようとはしない。そういう意味で、健三が主体的に「過去へ遡行してい」ったと位置づけるわけにはいかないと考えられる。

健三は、最終段階に至って「始めて新らしい世界に臨む人の鋭どい眼をもつて、実家へ引き取られた遠い昔を鮮明かに眺めた」(91)のである。そして、ここでようやく健三は「然し今の自分は何うして出来上つたのだらう」(91)という問いを持つ。だが、結局そのような問いが、過去に関心をはらわない健三の胸に突き刺さってくることはなく、深められることもない。だからこそ、島田に渡した金のことも、「彼には遣らないでもいゝ百円を好意的に遣つたのだといふ気ばかり強く起つた。面倒を避けるために金の力を藉りたとは何うしても思へなかつた」(102)というような中途半端な印象しかもたらさないのである。彼は、一連の出来事から何も学んではおらず、最終的に、「世の中に片付くなんてものは殆んどありやしない」などという、無意味な結論しか持つことができない。

「道草」という小説にとって、島田の出現はなんともいえない軽さを持つ。大きな波紋を投げかけ、健三の現在を照らしたにもかかわらず、健三自身は過去から強いインパクトを得ることなく、あっけない幕切れをむかえるのである。

〈注〉

(1)　吉田凞生「『道草』―作中人物の職業と収入」(『夏目漱石Ⅱ』一九八二・九　有精堂)

(2)　この四百円という借金がいつどのようにして返済されるかは、「道草」という小説の関心の埒外にあるようだ。健三にとって、岳父への貸与金額は大きく、返済されるかどうかもわからない借金を背負った結果となったにもかかわらず、島田への百円の贈与とは扱いがまるで違うのである。

(3)　四十八章に描かれた御藤とのやりとりや、御縫が嫁いだ柴田と出会った経験(22)などは、実家に引き取られてから義絶まで、健三が島田のもとに出入りしていたころのものだろう。

（4）とはいうものの、御常が猫をかぶっている可能性は大いにある。六十四章に述べられているように、昔から彼女は「自分を護る事に巧みな技倆を有つていた」。七、八年前にも、往事を彷彿とさせる手紙を健三の職場に送りつけてきた御常の、大きく変化した態度というのも、信用できたものではない。

（5）樋野憲子「『道草』論―『自然の論理』について―」（『漱石作品論集成　第十一巻　道草』一九九一・六　桜楓社）

付記　テキストには、『漱石全集　第十巻』（一九九四・十　岩波書店）を使用した。引用に際しては、改行を／で、改章は／／で示し、ルビは適宜省略した。

『道草』の語り手と健三の内面劇
――「義父の連印依頼」（七十一回～七十九回）の場合

田中邦夫

はじめに

『道草』では健三の回想を通して過去によって照射される健三の現在のありようが描かれる。七十一回から七十九回では、義父の連印依頼という出来事を通して、過去の健三と義父との関係の回想によって、現在における健三と義父との関係が照射されている。しかし読者にあっては、この出来事の表面的流れは理解できるものの、その健三の回想のつながりの意味や内面劇はわかりにくい(1)。その原因は、語り手が健三の意識の動きをあるがままに描き、その回想の意味や内面劇の対話的要素を読者に分析的に示すことがほとんどないことにある。これらの特徴は、私見によれば、作者漱石の意識的創作方法であり、漱石の設定した語り手の立脚点が読者に縁遠い「域」にあることと関係している。従って、健三の回想の内的関連や健三の内面劇の内実を理解するには、語り手の視点との関係において、描かれている諸回想の繋がりの意味や、健三の内面劇の内実（意識の対話的要素）を作品世界から分析的に摘出することが必要であると考えられる。

そこで本稿では取り上げる対象を七十一回から七十九回に限定して、その展開に即して、語り手の視点との関係で、健三の回想の意味と健三の内面劇の内実を分析的に跡づけてみたい。

一

七十一回の後半で健三は細君から義父が尋ねてきたことを聞いた。その最初の場面で「夫婦は静かな洋燈《あかり》を間に置いて、しばらく森《しん》と坐つてゐた。」と「洋燈《あかり》」が描き込まれる。この「洋燈《あかり》」は、義父に対する健三の過去と現在の関係を照らし出す語り手の視線の象徴である。(2) 七十二回で健三は細君から、義父が外套が無くて寒そうなので、健三の古い外套を出して遣ったことを聞いた。健三は細君の「憐れ」な顔と「もう何《ど》うする事も出来ないんですつて」といふその言葉から「急に眼を転じて其人の昔を見なければならなかつた」。健三の脳裏に浮かんだその「昔」の回想の最初は結婚前の細君の姿と結び付いた肯定的評価を伴った義父の姿であった。

彼は絹帽《シルクハツト》にフロツクコートで勇ましく官邸の石門を出て行く細君の父の姿を鮮やかに思ひ浮べた。……結婚する前健三は其所《そこ》で細君の家族のものと一緒に晩餐の卓に着いた……歌留多に招かれた彼は、そのうちの一間で暖たかい宵を笑ひ声の裡《うち》に更《ふか》した……此屋敷には、家族の外に五人の下女と二人の書生が住んでゐた。職務柄客の出入の多い此家の用事には、それ丈の召仕《めしつかひ》が必要かも知れなかつたが、もし経済が許さないとすれば、其必要も充たされる筈はなかつた。

健三の義父に対する肯定的評価を伴った右の記憶は、義父についての次の回想へと繋がっていく。

「外国から帰つて来た時ですら、細君の父は左程困つてゐるやうには見えなかつた」。義父が新宅を訪れた時、義父は次のようなことを言った。「二三千円の金を有《も》つてゐないと、いざといふ場合に、大変困るもんだから。なに千円位出来ればそれで結構です。それを私に預けて御置きなさると、一年位経つうちには、ぢき倍にして上げますから」。

語り手は七十五回との関係で、右の義父の言葉は、金に窮していた義父が健三の貯金を言葉巧みに自分に預けさせようとしていた事を示している。しかし当時の健三は、ただ義父の「一種の怪力」を「驚愕の念を以て」眺めたのである。ここでの回想は、義父に対する健三の、尊敬にも似た肯定的評価によって彩られている。

右の回想から細君との会話場面に戻った健三は、それ故に「そんなに貧乏する筈がないだらうぢやないか」と口にする。「でも仕方がありませんわ、廻り合せだから」という細君の言葉を聞きながら、健三は「産といふ肉体の苦痛を眼前に控えてゐる細君の気息遣《いきづかひ》」と「気の毒さうな其腹と、光沢《つや》の悪い其頬《ほゝ》とを眺め」る。この時に生じた健三の実感には、現前の女は、その義父の娘なのだ、この女と俺は結婚し、所帯を持ち、また子供を持とうとしているのだという結婚によって生じたさまざまな思いが圧縮されていた。そしてその実感から、義父への最初でかつ根源的でもあった田舎での結婚当初の反発が、次のような回想と結びついて健三の意識に浮かび上がってきたのである。

　昔し田舎で結婚した時、彼女の父が何処からか浮世絵風の美人を描《か》いた下等な団扇を四五本買つて持つて来たので、健三は其一本をぐる〳〵廻しながら、随分俗なものだと評したら、父はすぐ「所《ところ》相応だらう」と答へた事があつた……

この回想から細君と会話している現在に戻った健三の意識を語り手は、「健三は今自分が其地方で作つた外套を細君の父に遣《や》つて、「阿爺《おやぢ》相応だらう」といふ気には迚《とて》もなれなかつた。いくら困つたつて彼《あ》んなものをと思ふと寧《むし》ろ情なくなつた」と描いている。

右の描写では、現在の健三が「阿爺《おやぢ》相応だらう」と意識する理由はわからない。語り手は、義父をめぐる健三のさまざまな感情の存在とその動きを描き出しながら、健三の意識のうちにあるその反感の意識の根源へと向っていく。

二

七十三回の冒頭で、語り手は健三と義父の対座場面を描きはじめる。しかし、語り手は、すぐには義父と健三の会話の描写に向わず、時間を過去に戻し、過去における義父の健三に対する態度に焦点を当て、読者にその表裏を紹介していく。語り手は義父の態度が「或時は不自然に陥る位鄭寧過ぎた」と描き、ついでその「鄭寧」な態度の裏側にある意識を「官僚式に出来上つた彼の眼には、健三の態度が最初から頗《すこぶ》る横着に見えた」、「何でも口外して憚らない健三の無作法も気に入らなかつた」、「一徹一図な点も非難の標的《まと》になつた」と描いている。そして語り手は、二人の間に距離が出来た理由を「健三の稚気を軽蔑した彼は、形式の心得もなく無茶苦茶に近付いて来やうとする健三を表面上鄭寧な態度で遮《さへぎ》つた」と描き、その結果生じた二人の関係の変化を次のように指摘している。

すると二人は其所《そこ》で留まつたなり動けなくなつた。二人は或る間隔を置いて、相手の短所を眺めなければならなかつた。だから相手の長所も判明《はつきり》と理解する事が出来悪《にく》くなつた。さうして二人共自分の有《も》つてゐる欠点の大部分には決して気が付かなかつた。

右の指摘は、次のような語り手固有の立場から二人の関係を批評したものと考えられる。〈義父と健三の距離がなくなり、二人が互いの長所と短所をはっきりと理解し、自分の欠点にも気がつけば、二人の関係は真の人間関係を結ぶことが出来るのに。現実の二人は距離を持って眺めるので、相手の短所のみ目に付き、疎隔の状態になってしまったのだ〉。

この語り手の言葉は、健三の思索の結論とも関係しており、(3) 語り手の立場がその延長線上にある世俗とは異なる「域」（境地）に立っていることを示している。この語り手の立つ「域」こそは健三と義父の関係を、この作品で描き出す原理なのである。

語り手は右に見たような健三と義父との基本的な関係を読者に紹介した後、描写の視点を〈健三と義父とが対座している現在の時間〉にもどし、現前の健三の意識が「（義父は）如何にも苦しいだらう」という「一念に制せられた」と描いた後、次のように健三の意識を描き出している。

> けれども好《い》い顔はし得なかつた。心のうちでは好《い》い顔をし得ない其自分を呪《のろ》つてゐた。「金の話だから好《い》い顔が出来ないんぢやない。金とは独立した不愉快のために好《い》い顔が出来ないのです。誤解しては不可《いけ》ません。私は斯《こ》んな場合に敵討をするやうな卑怯な人間とは違《ちがひ》ます」／細君の父の前に是丈の弁解がしたくつて堪らなかつた健三は、黙つて誤解の危険を冒すより外に仕方がなかつた。

右の描写のうち、「金の話だから好《い》い顔が出来ないんぢやない」という描写の背景には、金の話を苦痛に感じ、拒否したい健三の意識がある。「私は斯《こ》んな場合に敵討をするやうな卑怯な人間とは違《ちがひ》ます」という描写の背景には、この機会を捉えれば「敵討」が出来ると感じている義父に対する反感の意識がある。そして健三の意識を統一している意識として「好《い》い顔をし得ない」自分を呪う意識、すなわち、義父の苦しい心情を推察し、義父が自分に援助を求めに来ている以上、義父に手を差し延べるべきだとする健三の「温かい情愛[4]」が存在する。語り手は健三の内部に於いて、これらの意識が自己を主張し合っていること、そして「温かい情愛」が、義父の依頼を拒否しようとする意識を押さえ込んでいることを示している。また、「細君の父の前に是丈の弁解がしたくつて堪らなかつた健三」という言葉には、健三の心の根底にある「温かい情愛」が、義父とのあるべき人間的交流を求めていること、そして「黙つて誤解の危険を冒すより外に仕方がなかつた」という言葉には、健三の「温かい情愛」の動きは義父の意識には映らないであろうことが意識されている。語り手は健三の多様な意識の動きをあるがままに描いている。その健三の意識を分析的に示せば、以上のように言えよう。

三

次に語り手は、義父と健三の会話のうち、義父の健三への連印を求める部分のみを取り出し、義父の健三に対する「老巧」な態度と健三の揺れ動く気持ちを描き出しながら、義父の連印依頼についての健三の処理を描いていく。

健三の「何故私の判が必要なんでせう」という二度の質問に、義父は「貴方なら貸さうと云ふのです」と同じ答えを返した。「世事に疎い彼は、細君の父が何処《どこ》へ頼んでも、もう判を押して呉れるものがないので、しまひに仕方なしに彼の所へ持つて来たのだといふ明白な事情さへ推察し得なかつた」と語り手は健三の世間知らずを批判的に描いている。しかし健三のうちには「何《ど》うも変ですね」「何《ど》んな目に逢はされるか分りやしない」という懸念が「充分に働ら」き、連印を拒否することになる。語り手はこの時の健三の意識を次のように描いている。

> 同時にたゞ夫丈《それだけ》の利害心で此問題を片付けてしまふ程彼の性格は単純に出来てゐなかつた。彼の頭が彼に適当な解決を与へる迄彼は逡巡しなければならなかつた。其解決が最後に来た時ですら、彼はそれを細君の父の前に持ち出すのに多大の努力を払つた。

この描写は、彼の内部にある「温かい情愛」が、健三の頑固な「利害心」に抵抗しており、健三は、その「温かい情愛」と「利害心」双方に対して、連印の代わりに形式上の手続きを踏まずに自分の手で返せる額の金を友人から借りて義父に手渡すという手段をとることで、納得させたことを示しているのである。

七十四回の最後で、健三は友人の妹婿から四百円を借り受け、その金が「細君の父の手に入つたのは、それから四五日経つて後の事であつた」と、義父の健三に対する連印依頼という出来事の結末を記している。

四

七十五回以降では、語り手はこの終結した義父の連印依頼という出来事を通して浮かんできた健三の多様な意識の動きに焦点を合わせ、義父に対する健三の意識の根源——健三の義父に対する「温かい情愛」と「反感」との関係——を描き出していくことになる。

最初に取り上げられているのは、健三の「温かい情愛」が願望している、義父と女婿とのあるべき関係への修復の可能性であった。

語り手の立場からすれば、義父を経済的に援助するという健三の行為は、疎隔の関係にある義父との関係を修復する機会になり得る可能性があった。しかし語り手は、二人の関係が修復するには「此機会があまりに脆弱過ぎた。若《も》しくは二人の性格があまりに固着し過ぎてゐた」と指摘し、二人の「固着し過ぎてゐた」性格の描写に向う。

七十五回の冒頭で、語り手は細君の父に四百円を手渡した後の健三の気持を次のように描いている。

「己《おれ》は精一杯の事をしたのだ。」／健三の腹には斯《か》ういふ安心があつた。従つて彼は自分の調達した金の価値に就いて余り考へなかつた。嘸《さぞ》嬉しがるだらうとも思はない代りに、是位の補助が何の役に立つものかといふ気も起さなかつた。それが何《ど》の方面に何う消費されたかの問題になると、全くの無知識で澄ましてゐた。

右の描写は、次のような語り手の意識がその根底にあることを示している。——この時の「己《おれ》は精一杯の事をしたのだ」という意識は自己満足であり、心底から義父の経済状態を心配しているのではない。もし心配しているのなら、自分の補助がどの程度に役立ち、どの方面にどう消費されたか、を考えずにはおれないだろう。しかし健三はそのことに無関心である。彼は、細君との関係から女婿としての「義理」を果たすための形式的援助をしたに過ぎないのだ。

——語り手は健三の義父に対する態度とその意識の「固着し過ぎてゐた」状態を批判的に描き出しているのである。ついで、語り手は、義父も、「内状を打ち明ける程彼に接近して来なかつた」と指摘し、彼の性格について次のように説明する。義父は「世間的に虚栄心の強い男」で、そのため妻子や近親者達は彼のつくり出す「虚像」を実像のように受け取ったと。そして語り手は彼が健三に連印を求めた事情を、「彼はそれ〔＝境遇が失意の方面に転じたこと—筆者〕を糊塗するため、健三に向つて能《あた》ふ限り左あらぬ態度を装つた。それで遂に押し通せなくなつた揚句、彼はとうとう健三に連印を求めたのである」と描いている。

語り手は、義父が平生のプライドを捨て胸襟を開いて自分のおかれている悲境を話したならば、健三もまた心を開き今までの「牆壁《しょうへき》」は取り払われたであろうに、しかし義父もまた自分の性格に「固着し過ぎてゐた」のだ、と義父の制限を批判的に描いているのである。そして語り手は再度健三が借り受けた四百円が義父に手渡った様子を次のように描き出している。

二人は今迄の距離を保つた儘で互に手を出し合つた。一人が渡す金を一人が受け取つた時、二人は出した手を又引き込めた。傍《はた》でそれを見てゐた細君は黙つて何とも云はなかつた。

この描写には二人の関係の修復の可能性が芽生えなかったことへの語り手の立場からの健三・義父（そして細君）への批判が込められている。

五

次に語り手は健三の義父に対する信頼が急速に悪化していった事情に焦点を当てていく。健三の細君との結婚前の義父に対する印象は、七十二回の健三の回想が示すように、肯定的であり、義父の経済的「怪力」を「驚愕の念」で眺めていた。しかし健三の義父に対する評価は急速に変化していったのである。

七十五回の途中から語り手は、「健三が外国から帰つた当座の二人は、まだ是程に離れてゐなかつた」と記し、健三の義父に対する意識の変化を細君の会話を通して描き出していく。健三は細君の父がある鉱山事業に手を出したという話を聞いて驚いたことがあった。その時の彼は「眉を顰《ひそ》めた」が、「同時に彼は父の怪力に幾分かの信用を置いてゐた」。しかし語り手は続いて、次のような健三の義父に対する回想を描いている。その用事で北国に行った義父は旅先で病気になり、細君の母からそこに出向くための旅費の都合をつけて欲しいとの依頼があり、健三は心から気の毒に思い、その旅費を用立ててやったが、義父の鉱山事業はそれきり立ち消えとなった。その後健三は次のような細君の話を回想する。義父は大きな都会の市長の候補者となったが、有名な政治家のある伯爵がどうも不向きだろうと言ったので、話はそれで止めになった。

七十五回の末尾で語り手は健三と細君の会話を通して、健三の義父への評価が急速にしぼみ、否定的評価へと変化していったことを描き出している。

六

七十六回の時間は再び、健三と義父の対座の時間に戻る。七十六回の語り手は、健三が、義父の怪力を信用しないばかりか、強い反感を持っていることを現前の健三の内面に焦点を当てて描き出している。冒頭では次のように書き出している。

けれども其次に細君の父が健三を訪問した時には、二人の関係がもう変つてゐた。(5) 自ら進んで母に旅費を用立つた女婿《むすめむこ》は、一歩退ぞかなければならなかつた。彼は比較的遠い距離に立つて細君の父を眺めた。然し彼の眼に漂よふ色は冷淡でも無頓着でもなかつた。寧《むし》ろ黒い瞳から閃めかうとする反感の稲妻であつた。力《つと》めて其稲妻を隠さうとした彼は、已《やむ》を得ず此鋭どく光るものに冷淡と無頓着の仮装を着せた。

右の文で留意すべきは、傍線部の「冷淡」・「無頓着」および次の段落にある「無愛想」という表現が、七十三回で義父と対座している健三の外面に表れた態度の表現「ぶつきら棒」と類似していることである。また、七十四回の「（健三にとって義父の依頼である連印を拒否することは）無情で、冷刻で、心苦しかつた」という表現の「無情」「冷刻」も、七十六回の「冷淡」と類似する。これらの類似は、七十六回で描かれた健三の義父に対する意識が、七十三、四回で描いた義父に対する健三の意識（＝悲境にいる義父に手を差し延べたいとする「温かい情愛」）の奥底にある、もう一つの意識（＝義父に対する反感）であることを示しているのである。

七十三・四回で描かれた健三の「ぶつきら棒」「無情」「冷刻」の内容は、「無情で冷刻で、心苦しかつた」と記しているように、悲境にいる細君の父に〈手を差し延べたい〉という健三の気持をストレートに表現することが出来ない苦しさの表現であった。ところが、七十六回の「冷淡」「無頓着」の内容は、「反感の稲妻」を隠すための「仮装」なのである。義父に援助の手を差出すべきではないかとする気持を抑えつけた「無情」・「冷刻」には、「反感の稲妻」が隠されていたのである。しかもこの義父に対する反感は、健三の「自然」や「天真」と結びついていると語り手は次のように描き出している。

父は悲境にゐた。まのあたり見る父は鄭寧であつた。此二つのものが健三の自然に圧迫を加へた。積極的に突《つ》掛《か》る事の出来ない彼は控えなければならなかつた。単なる無愛想の程度で我慢すべく余儀なくされた彼には、相手の苦しい現状と慇懃な態度とが、却《かへ》つてわが天真の流露を妨げる邪魔物になつた。

右の語り手の説明によれば、義父の「悲境」と「鄭寧（な態度）」は、健三のうちに、「積極的に突掛る」事の出来ない意識状態を生み出す。ここには、「積極的に突掛る」事が、健三にとって内部の「自然」に従うことであり、「天真の流露」が可能となるはずなのに、という健三の思いがある。こうして七十七回では義父への反感の根底にある健三の倫理性が描き出されていくことになる。

右に見たように語り手は健三の意識の深層に降り立ち、健三の義父への反感が彼の「自然」や「天真」と結びついていることを描いた後、健三から離れて、健三を前にした義父の老巧な「手腕」が発揮された話ぶりを、解説や批評抜きに描いていく。

義父は財界で有名なある人の名を挙げ、その人が関西の私立の鉄道会社の社長の位置を予約してくれたこと、しかしそれが実現するためにはその資格に必要な株数の名義を書き換えて貰う必要があると語った。語り手はその義父の話を聞いている健三の内面を次のように描いている。

> 健三は父の言葉に疑を挟む程、彼の才能を見縊《みくび》つてゐなかつた。(6) 彼と彼の家族とを目下の苦境から解脱させるといふ意味に於ても、其成功を希望しない訳に行かなかつた。然し依然として元の立場に立つている事も改める訳に行かなかつた。彼の挨拶は形式的であつた。さうして①幾分か彼の心の柔らかい部分をわざと堅苦しくした。②老巧な父は丸で其所《そこ》に注意を払はないやうに見えた。

右の描写は語り手が（健三の意識に近い距離から）、健三の意識の表層を描いたものである。傍線部①は、健三の意識の表面的な描写――七十四回で「連印を拒絶するのは、彼に取つて如何にも無情で、冷刻で、心苦しかつた」と描いている彼の意識の表面的動き――であるが、同時にそこには、七十六回の冒頭で「反感の稲妻」に「冷淡」と「無頓着」の仮装を着せたと描いた健三の意識も潜んでいるのである。傍線部②は健三の目に映る義父の外面である。語り手は七十六回の冒頭で義父の叮嚀な態度の裏側には、「（父から云へば）普通の人としてさへ不都合に近い愚劣な応対振《ぶり》を、自分の女婿《むすめむこ》に見出すのは、堪へがたい馬鹿らしさ（に違なかつた。）」という感情が存在する事を描き出していた。ここでの語り手は、健三の目に映る、その義父の表面的態度（＝手腕が発揮された話しぶり）を描いているのである。

語り手は右のように健三の意識を描いた後、再び義父の健三に対する老巧な話しぶりを次のように描き出す。義父はその鉄道会社の社長の位置を得るには時期が必要であると語った後、ある保険会社の辞令のようなものを見せ、顧問として百円受取っていることを示し、「兎《と》に角百円でも当座の凌ぎにはなりますから」と、健三に内情の苦しさを示した。

老巧な義父の話術は健三には「懸け隔てのない父の態度」と映り、健三を「自分の立場から前へ押し出さうとした」――すなわち義父の話から、健三は義父に予約された鉄道会社の社長の位置は確実であり、時期だけが問題なのだ、だから義父が今の急場をしのぐためにもその連印依頼に応じてあげなければいけないという気持にさせたのである。しかし健三は「其傾向を意識するや否や……又後戻りをしなければならなかつた」。語り手によれば、この時健三の意識の深部にある義父に対する反感が頭をもたげ、義父の連印依頼を拒否させたのである。

この回の最後で、語り手は「彼の自然は不自然らしく見える彼の態度を倫理的に認可したのである」と描いている。健三の義父に対する反感が倫理的な感情と結びついていることは、冒頭でも描かれていた。しかし義父に対する反感と健三の倫理的結びつきの意味は、これらの回想だけではまだはっきりしない。語り手の視線は、健三の意識の奥底にある義父の手腕に対する倫理的反感とその関係へと向かっていく。

七

七十七回では健三の意識に映る義父の倫理性と「手腕」との関係が描かれていく。まず語り手は次のような健三の回想に焦点を当てる。

乃木将軍が台湾総督になってまもなく総督を辞めた時、義父は乃木将軍の個人的「徳」を肯定しながら、しかし乃木は政治家としては「手腕」がないと批判し、「手腕」こそが政治家として必要だと、暗に自分の「手腕」を誇ったことがあった。この義父の乃木批判を内容とする健三の回想を描いた後、語り手は、（健三の連想に即して）次のような義父の姿を描いている。――義父はさる会の自分にゆだねられた剰余金に手を付けた。義父は信用を維持するためにそのことを誰にも打ち明けなかった。義父が保険会社の顧問になって、月々百円をうけとっていたが、その百円をその余剰金から生まれるはずの利子に当てて体面を保っていた。――

細君から聞いたこの義父の使い込みの話を思い出した健三の気持ちを語り手は次のように描いている。A「不徳義漢として彼を悪《にく》む気は更に起らなかつた。」B「さういふ男の娘と夫婦になつてゐるのが恥づかしいなどとは更に思はなかつた。」C「然し細君に対しての健三は、此点に関して殆んど無言であつた」。

健三は何故、この場面の前半で、乃木についての義父の批判を思い出すのであろうか。それは、義父の乃木批判の回想が義父の使い込みの意味を照射するからである。現在の健三の意識には、義父は自分を信用して任された金を使い込んだ「不徳義漢」なのだという義父の倫理的資質が浮かび上がっているのである。Aでは、「不徳義漢として彼を悪《にく》む気は更に起らなかつた。」と記している。にもかかわらずBでは「さういふ男」（すなわち「不徳義漢」）の娘と結婚している自分を意識している。健三は義父を「不徳義漢」だとする評価をもって、義父を「悪《にく》む」という行為に直接つなげようとしない。健三は「已《やむ》を得ないで犯す罪と、遣《や》らんでも済むのにわざと遂行する過失との間に、大変な区別を立てゝゐる」からである。ここでの健三にあっては義父の使い込みは「已《やむ》を得ないで犯す罪」であるから彼を「不徳義漢」として批判してはいけないとする意識が、義父を不徳義漢として批判しようとする意識を押さえ込んでいる。同様にB「さういふ男の娘と夫婦になつてゐるのが恥づかしいなどとは更に思はなかつた」という表現では、健三の意識のうちで、〈「不徳義漢」の娘と夫婦になっているのが恥ずかしい〉とする意識と、妻が「不徳義漢」の娘であっても、このような考え方はすべきでないとする意識とが対立し、健三の主体にあっては、後者の意識が前者の意識を押さえ込んでいることを示している。C「然し細君に対しての健三は、此点に関して殆んど無言であつた」という表現では、義父は「不徳義漢」であり、その娘と夫婦になっているのは「恥づかしい」ことなのだという倫理的こだわりが「不徳義漢」の娘と夫婦になっていることについて「殆ど無言」という状態を作り出している事を示している。

そしてこのこだわりが、健三に次の細君との会話を回想させ、その会話の意味を考え直させることになるのである。

> （「細君は時々彼に向つて云つた」）「妾《わたし》、どんな夫でも構ひませんわ、たゞ自分に好《よ》くして呉れさへすれば」／「泥棒でも構はないのかい」／「え、え、泥棒だらうが、詐欺師だらうが何でも好《い》いわ。たゞ女房を大事にして呉れゝば、それで沢山なのよ。いくら偉い男だつて、立派な人間だつて、宅《うち》で不親切ぢや妾《わたし》にや何にもならないんですもの」

右のように細君と健三との遣り取りを描いた後、語り手は次のように健三の意識を描いていく。

> 実際細君は此言葉通りの女であつた。健三も其意見には賛成であつた。けれども彼の推察は月の暈《かさ》の様に細君の言外迄滲《にじ》み出した。学問ばかりに屈託してゐる自分を、彼女が斯《か》ういふ言葉で余所《よそ》ながら非難するのだと云ふ臭《にほひ》が何処《どこ》やらでした。然しそれよりも遥かに強く①夫の心を知らない彼女が斯《こ》んな態度で暗に自分の父を弁護するのではないかといふ感じが健三の胸を打つた。／②「己はそんな事で人と離れる人間ぢやない」。／自分を細君に説明しやうと力《つと》めなかつた彼も、独りで弁解の言葉を繰り返す事は忘れなかつた。

右の傍線部①で健三は細君の内面を〈私が「不徳義漢」の娘だから、夫は自分と連れ添っていることにこだわりを持っているのだ〉と推察し、〈だからこんな発言をするのだ〉と、細君の言葉の意味を考えたのである。

傍線部②にある「人」は、妻と義父両方ともに取れる書き方をしている。妻との関係では、「不徳義漢」の娘と夫婦になっていることは「恥づかしい」ことではない。妻の父親が「不徳義漢」だという理由で、妻との離婚を考えるべきでない、という健三の強い倫理観が前面に押し出されている。（このことはこの意識の裏側には、義父は「不徳義漢」であり、妻はその娘なのだ。「不徳義漢」の娘と夫婦であることは恥ずかしいことなのだ、とするこだわりの意識が存在していることを示している。）一方、義父との関係では、義父が「不徳義漢」であったとしても、それは「已《やむ》を得ないで犯す罪」であり、そんなことで自分は義父と離れることはしない男なのだという健三の強い倫理意識が存在していることを示している。健三の意識を支配しているこの倫理的確信が、語り手に健三が義父と疎遠になった理由へのさらなる探求へと向かわせ、次の確信にたどり着くことになる。

然し細君の父と彼との交情に、自然の溝渠《みぞ》が出来たのは、やはり父の重きを置き過ぎてゐる手腕の結果としか彼には思へなかつた。

右の引用の冒頭にある「然し」という言葉には、次のような健三の気持ちが存在する。〈義父が使い込みをした「不徳義漢」であったとしても、「已《やむ》を得ないで犯す罪」であり、そのことで義父と疎遠になることはない。義父と疎遠になったのは、義父の「重きを置き過ぎてゐる手腕の結果」なのだ。この健三の意識――義父と疎遠になった理由についての確信――に即して語り手は、健三の義父への反感の根源にあるその「手腕」の内実に焦点を当てていく。語り手がたどり着いたその根源は次のような回想のうちにあった。

健三は正月に父の所へ礼に行かなかつた。恭賀新年といふ端書《はがき》丈を出した。父はそれを寛仮《ゆる》さなかつた。表向それを咎める事もしなかつた。彼は十二三になる末の子に、同じく恭賀新年といふ曲りくねつた字を書かして、其子の名前で健三に賀状の返しをした。斯《か》ういふ手腕で彼に返報する事を巨細《こさい》に心得てゐた彼は、何故《なぜ》健三が細君の父たる彼に、賀正を口《くち》づから述べなかつたかの源因については全く無反省であつた。／一事は万事に通じた。利が利を生み、子に子が出来た。二人は次第に遠ざかつた。已《やむ》を得ないで犯す罪と、遣《や》らんでも済むのにわざと遂行する過失との間に、大変な区別を立てゝゐる健三は、性質《たち》の宜《よろ》しくない此余裕を非常に悪《にく》み出した。

義父の「手腕」の表れである「恭賀新年といふ端書《はがき》」への返報の仕方は、健三にとっては、「性質《たち》の宜《よろ》しくない」（すなわち相手の事情や気持ちを無視した立場の）「余裕」であり、それは「遣《や》らんでも済むのにわざと遂行する過失」（すなわち上に立つ権力者側の横暴）なのである。七十八回の冒頭では「与《くみ》し易い男だ」とする義父の健三に対する評価が描かれる。健三の回想は、義父の「余裕」のうちに存在する「与し易い男だ」という自分に対する評価に突き当たったのである。義父の「余裕」と「与し易い男だ」という健三に対する軽蔑的評価とは結びついている。健三の回想は健三が義父に対して懐くようになった反感の根源にいたったのである。

義父の「与し易い男だ」という軽蔑的評価は、健三にとって我慢のならないものであった。健三は自分自身がこのような要素を持っていると「自覚」していた。しかし、人は第三者から自分が自覚している欠点を、お前はそれだけの人間でしかないと評価される（＝客体化される）ことに耐えることが出来ない。健三は「癪に障《さわ》った」。語り手はその時の健三の気持ちを次のように描いている。

> 彼の神経は此肝癪を乗り超えた人に向つて鋭どい懐しみを感じた。彼は群衆のうちにあつて直《すぐ》さういふ人を物色する事の出来る眼を有《も》つてゐた。けれども彼自身は何《ど》うしても其域に達せられなかつた。だから猶《なお》さういふ人が眼に着いた。又さういふ人を余計尊敬したくなつた。／同時に彼は自分を罵《のゝし》つた。然し自分を罵らせるやうにする相手をば更に烈しく罵つた。

義父の「与し易い男だ」という健三への評価が健三の癪にさわった理由は次のことにあった。健三は自分の病的な「肝癪」が世俗における利害関係に耐えられないことによる心の爆発であることを自覚していた。健三の目指す「域」は、世俗的利害を超越した境地（無我）に到達することであった。それは自分の癇癪を克服するためにも必要であった。健三の理想とする「肝癪を乗り超えた人」とは、世俗の利害関係を超越した人（あるいはそれに淡泊な人）

であり、その代表が、お縫さんであった。（作者漱石の次元で云えば、『硝子戸の中』で描いた太田達人であった。）しかし健三は世俗への執着を超脱しようとしながら、世俗の人間関係に縛られ、かつ自分に対する世俗的評価を強く意識する男であった。健三はその落差を自覚していた。健三にとって、世俗的立場から、自分が「与し易い男だ」と評価されることは、自分が世俗の利害関係に左右されない境地を得ようとしながらも、その「域」に到達できない世俗的人間でしかないということを宣告されることを意味していた。他者による自分の可能性の否定は、自分が「無我」の域に到達できない世俗的人間でしかないことに苦しんでいる心の傷口に、指を突っ込まれてかき回されることを意味した。健三はその痛みに耐えかねて、その境地を得ることが出来ない自分の未熟さを罵倒するとともに、その傷口に指を突っ込む相手をも罵倒せずにはおれなかったのである。義父の「与し易い男だ」という健三に対する軽蔑的評価は、健三にとって心の傷口に指を突っ込まれることを意味したのである。これが義父との間に「溝渠《みぞ》」が出来上がっていった原因の根源なのである。語り手の探照灯は、健三の回想のなかにある、義父との「溝渠《みぞ》」が出来た根本原因を照らし出したのである。

八

七十八回の前半で、健三と義父との「溝渠《みぞ》」の根本原因を描き出した語り手は、一転して今度は、健三と細君の間に出来る「溝渠《みぞ》」修復との繋がりで、健三と義父の関係修復の可能性に焦点を当てていく。

語り手は「細君の態度も暗《あん》にそれ〔義父と健三の間に溝が出来ること――筆者注〕を手伝つたには相違なかつた。」と書きだし、健三と細君の関係が「擦れ〳〵になると」〔＝不調和の状態になると――筆者注〕細君の心は段々と生家《さと》の方に移り、生家《さと》の方も細君の肩を持たざるを得ず、そのことが義父と健三の溝渠《みぞ》を創り出す要因にもなったと描いている。そして語り手の関心は、細君との関係では「溝渠《みぞ》」が出来ても修復されるが、義父との関係は、「夫婦関係が常に復した後でも、一寸《ちよつと》埋める訳に行かなかつた」とその溝渠《みぞ》を埋めることが出来ない理由に向っていく。

まず、語り手の意識は細君との溝渠《みぞ》修復について焦点を当てていく。語り手によれば「（細君の）発作は都合好《よ》く二人の関係が緊張した間際に起つた。」健三の神経衰弱による癇癪の破裂に細君の神経が耐えきれないときに、細君は意識を失い、「廊下に俯伏《うつぶせ》になつて倒れ」ていたり、「縁側の端《はじ》に蹲踞《うづくま》つて」いたりしていた。語り手は、その細君を介抱する健三を次のように描いている。「彼女の顔を見詰めてゐる健三の眼には、何時でも不安が閃《ひら》めいた」と。そして語り手は、健三のその不安が細君の死やその衝動と結びついていることを「発作の今よりも劇《はげ》しかつた昔」の回想に焦点を当てて次のように描き出している。——その時健三は毎夜自分の帯と細君の帯とを細いひもで繋いで彼女の行動に気を配った。またそれ以前、流産して間もない彼女は死んだ赤ん坊の幻影をみて、跳ね釣瓶のかかる井戸に身を投じようとした。——

細君のヒステリー発作についての回想は、細君の死への衝動と結び付いていた。それゆえ、細君のヒステリーの発作への「不安」に駆られたとき、健三の意識には、細君を「不憫」「気の毒」「可哀想」と感じる意識がわき上がった。また「其不安の上に、より大いなる慈愛の雲が靉靆《たなび》」き、「心配よりも可哀想」になった。そして、その「弱い憐れなものゝ前に頭を下げて、出来得る限り機嫌を取つた」。その結果、「細君も嬉しさうな顔をした」。こうして、健三と細君は心を通わすようになり、「常に復する」ことができたのである。

ここで、健三のうちに現われる「慈愛の心」の性質を、六十二回における御縫さんに対する意識との関係で確認しておきたい。六十一回で健三は細君との会話で、脊髄病で死にかけているお縫さんの消息を話題にした。六十二回では、御縫さんについての健三の気持が次のように描かれていた。

不治の病気に悩まされてゐるといふ御縫さんに就いての報知《たより》が健三の心を和げた。……強烈な好《い》い印象のない

> 代りに、少しも不快の記憶に濁されてゐない其人の面影は、島田や御常のそれよりも、今の彼に取つて遙かに尊《たつと》かつた。人類に対する慈愛の心を、硬くなりかけた彼から喚《そゝ》り得る点に於て。また漠然として散漫な人類を、比較的判明《はつきり》した一人の代表者に縮めて呉れる点に於て。——彼は死なうとしてゐる其人の姿を、同情の眼を開いて遠くに眺めた。

右の健三の意識で注目すべきは、お縫さんの死への情報に接すると「慈愛の心」や「同情」心が浮かび上がってくるという描写である。このお縫さんの死にかけているという知らせに接して懐く「慈愛の心」や「同情」と、細君の死と結びついた不安から生まれる「慈愛の心」「同情」という感情は質的に同一である。（もちろんもっとも身近な細君の死への不安と、縁遠い御縫さんの死への情報とでは、その衝撃の度合いは異なる。）

このことに留意するならば、健三の妻に対する「不憫の念」「同情」「慈愛」という感情が、死に直面したときに生ずる人間の生についての価値意識であることが知られる。[7]

健三にとって、細君のヒステリー発作の不安は、死と結び付いたものであり、細君の死への不安は、健三の心を揺すぶり、「硬くなりかけた」人間不信という枠組みを突き崩し、彼の内部にある人間の生に対する「温かい情愛」を引き出さずにはおかなかった。こうして健三の病的な人間不信を内実とする「肝癪」は治まっていった。細君との溝《み》渠《ぞ》の修復は、細君のヒステリー発作における「死への不安」という衝撃が、彼の内にある「温かい情愛」を引き出すということにあった。語り手は、このような彼の心に与える細君のヒステリーの発作を健三と細君の緊張関係の「緩和剤」として描き出しているのである。[8]

九

次に語り手は七十八回の最後で、義父との溝渠《みぞ》の修復の可能性へと焦点を当てる。最初に「不幸にして、細君の父と健三との間には斯《か》ういふ重宝な緩和剤が存在してゐなかつた」と描いている。それは、義父の生死を意識するような状態が健三の前に出現しなかったことを意味している。もしそのような状態のなかであれば、健三は義父に「温かい情愛」で接することが出来たからである。

ついで語り手は、七十九回で義父との関係は、疎遠であるべきでないという健三の意識に即して、〈それではなぜそのための努力をしないのか〉という視点から、健三の意識のうちにある、その理由に探照灯を向ける。

①不合理な事の嫌な健三は心の中でそれを苦に病んだ。けれども別に何《ど》うする料簡も出さなかつた。彼の性質はむきでもあり一図でもあつたと共に②頗《すこぶ》る消極的な傾向を帯びてゐた。／「己《おれ》にそんな義務はない」／自分に訊《き》いて、自分に答を得た彼は、其答を根本的なものと信じた。彼は何時までも不愉快の中で起臥する決心をした。

右の傍線部①には、健三は自分から積極的に打開に向けた行為を取るべきではないかと問う語り手の意識が存在する。「なぜ取らなかったのか」という語り手の探照灯の照らす先は傍線部②の健三は「頗《すこぶ》る消極的な傾向を帯びてゐた」からだ、という理由であった。この描写には、健三の義父と女婿との関係を大切にしなければならないとする精一杯の努力が表現されている。以下、このことについて考えてみたい。

義父も健三も世俗において価値観の異なる生き方をしている。その価値観に触れないで〈関わらないで〉関係を修復することは、きわめて困難である。可能であるとすれば、次の条件が必要であった。一つは、自分の価値観と折り合いを付けて、相手の価値観を容認する姿勢が必要であった。しかし現時点での健三には義父の「手腕」に象徴される現実の実用的価値世界を容認することは不可能であった。もう一つは、七十三回の語り手が描いているように、二人が「自分の欠点」に気づき、「相手の長所」をはっきりと理解するという、人間的信頼を醸成する場が必要であった。そのためには世俗の意識に縛られている二人の意識を変えるような「機会」が必要であった。細君との関係では、細君のヒステリーがその「機会」となった。義父との関係では、語り手は、健三の金銭的援助がその役割を果たす可能性があったことに触れていた。七十五回では、「此機会があまりにも脆弱すぎた。若しくは二人の性格があまりにも固着し過ぎてゐた」と描いている。互いの世俗意識を捨てて相手に近づく条件は現在の健三と義父には（語り手によれば）存在しなかった。二人が置かれているこのような世俗的条件とその意識のあり方を考えるとき、否定的に描かれた健三の「消極的態度」は、世俗の現実社会において、健三が妻子を守り、自分の価値観を貫くための精一杯の現実的〈世俗的〉態度といえるのである。「己《おれ》にそんな義務はない」という健三の答えを考えてみよう。既に見たように、健三が義父との関係修復に努力することは、この時の健三にあっては、義父の生き方や手腕を容認することを意味し、それは自分の現実における経済的危険をも意味していた。このことを考えるならば、健三の義父との修復の努力を放棄し、「何時までも不愉快の中で起臥する決心をした」という、一見「消極的」にみえる態度は、健三にとって世俗における自分の生を守るという積極的意思のあらわれであったと言えるのである。

十

次いで語り手は、義父と健三の溝を埋める役割を果たすべき存在は細君ではないかという観点から、細君の二人の関係の修復についての役割に焦点を当てる。その答えとして語り手に浮かんでくるのは、「不幸にして細君も亦《また》此点に於いて何処迄も消極的な態度を離れなかつた」という細君の態度であった。

語り手の描き出す細君の、実父と夫との関係修復についての態度の特徴は次のごとくであった。——細君もまた健三と同様、「何処迄も消極的な態度を離れなかつた」。彼女は「眼前に手で触れられる丈の明瞭な或物を捉《つら》まへた時」には「動く」女であったが、「自分と、自分の父と、夫との間に起る精神状態の動揺は手の着けやうのないものだと観じてゐた。」「だつて何にもないぢやありませんか」「裏面に其動揺を意識しつ、彼女は斯《か》う答へなければならなかつた。」——

語り手はその細君の態度を批判的に描いているように見える。しかし「だつて何にもないぢやありませんか」という内実は、父と夫との「精神状態の動揺」〈＝互いの反目〉は〈私の力ではどうすることも出来ない、手のつけようのない性質のものです〉ということの別表現である。語り手は「彼女に最も正当と思はれた此答が、時として虚偽の響をもつて健三の耳を打つ事があつても、彼女は決して動かなかつた」とも描いているが、この表現には、細君の次のような意識——わたしは実父よりも夫を大切にしなければならない。だから実父と夫との反目が「手の着けやうのないもの」である以上、その関係は成り行きに任せ、私は夫からいかなる批判を受けようとも、夫に寄り添い守り通すのだという意識——が存在すると考えられる。さらに語り手は「仕舞に何《ど》うなつても構はないといふ投げ遣《や》りの気分が、単に消極的な彼女を猶《なお》の事消極的に練り堅《かた》めて行つた。」と描いているが、ここでの「消極的」という言葉の内実は、健三の「消極的」態度が現実生活の中で、彼の倫理観を保持しつつ、妻子を守り生活していくための生活態度であったのと同様、夫に寄り添い続け、神経衰弱の夫を守り通すのだという、彼女の生活者としての強さが表現されているのである。

語り手は一連の話の最後を次のような言葉で締め括っている。

斯《か》くして夫婦の態度は悪い所で一致した。相互の不調和を永続するためにと評されても仕方のない此一致は、根強い彼等の性格から割り出されてゐた。偶然といふよりも寧ろ必然の結果であつた。互に顔を見合せた彼等は、相手の人相で自分の運命を判断した。

ここでいう「悪い所」とは「消極的」ということである。しかしここでの「消極的」とは、現実世界における彼らの生き方のねばり強さの表現として理解すべきなのである。

世俗との関係を無視した倫理的立場からすれば、健三や細君の消極性は否定的な態度として映る。しかし、この場面の語り手は、健三と細君の消極性をむしろ肯定的ニュアンスを付して描いていると感じられる。それは、ふたりの消極性には、否定的要素に彩られた現実の人間関係の中で、可能な限り「あるべき人間関係」の立場を貫こうとする姿勢が存在しており、このことを語り手は熟知しているからである。

おわりに

本稿では『道草』七十一回から七十九回に描かれている健三に対する義父の連印依頼という出来事を取り上げ、その出来事の展開に即して、健三の回想の内的関連と、語り手の照らし出す健三の内面劇の内実を見てきた。義父の連印依頼という出来事における健三の回想を貫いているものは、現在の健三が義父に懐くようになった反感の根本の追求であった。そして健三の内面劇の内実は、義父と女婿の関係は良好であるべきだとする倫理観や彼の内に存在する「温かい情愛」と、現実の中で自分の生や理想を守るための世俗における彼の現実的態度との対立であったといえよう。

作者漱石は『点頭録』のなかで、「過去は夢所《どころ》ではない。炳乎《へいこ》として明らかに刻下の我を照らしつゝある探照燈のやうなものである」と記しているが、『道草』七十一回から七十九回に描かれた健三の過去は、現前の健三の意識のありようを照らし出す探照灯であり、その探照灯を握っているのは現前の健三の意識からすでに超脱した「域」（無我の境地）にいる語り手なのである。

〈注〉

（1）『道草』のわかりにくさを率直に指摘したものに、亀井俊介「『道草』を読む――曖昧さをめぐって」（『国文学』三十一巻三号　一九八六年三月）などがある。

（2）「洋燈」が健三の内面を照らし出す存在であることは、『道草』の重要な場面に「洋燈」が書き込まれていることから明らかである。例えば、健三が島田の一生と自分の一生との意味を考える場面（四十八回）、細君の出産に健三が立ち会う場面（八十回）など。中島国彦「『道草』の認識」（早稲田大学国文学会『国文学研究』五十九集　一九七六年六月）に、この指摘がある。

（3）たとえば、六十五回では、細君とよりを戻した健三は次のような感慨に浸る。「離れゝばいくら親しくつても夫切《それぎり》になる代りに、一所にゐさえすれば、たとひ敵《かたき》同志でも何《ど》うにか斯《か》うにかなるものだ。つまりそれが人間なんだらう」。この健三の感慨は七十三回の語り手の立場と同一線上にある。

（4）二十一回の健三は日常生活では自分の「温かい情愛」がせき止められていると感じている。この健三の意識は四十二回では「順良な彼の天性」、五十回では「天に禱る時の誠と願」という表現で描かれる。

（5）語り手が記す「其次に細君の父が健三を訪問した時」は、『日本近代文学大系』の注が記すように、何時のことであるか分かり難い。しかし「父は悲境にゐた」で始まる次の段落の「時間」は、七十三回で描く、健三と義父の対座場面の「時間」であり、前段落とこの段落における語り手の意識とが繋がっていることから、その「時」とは七十三回で義父が連印の依頼のために健三と対座している時間と重なっていると考えられる。

（6）義父のこの場面の言葉の真実性について、語り手は言及していない。健三は義父の言葉をそのまま信用したのである。この場面の義父の「懸け隔てのない」態度を、語り手は健三を信用させる「手腕」として描き出している。

（7）この価値意識は五十一回で「彼の神経は……彼女の実在を確かめなければ承知しなかつた」と描かれている「実在」（＝生）についての意識でもある。

（8）　健三と細君の関係の修復は、健三が人間の生死というレベルで人間の生の価値を実感する時に実現する。「自然は緩和剤としての歇斯的里《ヒステリ》を細君に与えた」という表現は、健三の意識の深層で、「自然」が健三を生死のレベルに立たせて、人間の生の大切さを実感させ、彼の心から人間不信を取り除いたことを意味する。

付記　『道草』の本文は『漱石全集』第十巻（一九九四年十月　岩波書店）による。ルビは適宜省略した。

夏目漱石『道草』論
――大正自由主義教育運動前夜の時期を背景に――

宮薗　美佳

一

『道草』の作品内現在は、以下の会話を手がかりに明治三十五年と推測されている。

「もう御婆さんさ。取つて一だもの御前さん」

姉は黄色い疎らな歯を出して笑つて見せた。実際五十一とは健三にも意外であつた。

「すると私とは一廻以上違ふんだね。私や又精々違つて十か十一だと思つてゐた」

「どうして一廻どころか。健ちやんとは十六違ふんだよ、姉さんは。良人が未の三碧で姉さんが四緑なんだから。健ちやんは慥か七赤だつたね」

「何だか知らないが、とにかく三十六ですよ」

「繰つて見て御覧、屹度七赤だから」（五）(1)

作品内現在は、明治三十五年に設定されているが、(2)『道草』が発表されたのは大正四年である。作品構成において、作品内現在と発表時期に隔たりを設定している。この構図の採用で可能になるのは、大正四年までにもたらされた、明治三十五年当時とは異なる価値観で、明治三十五年までの出来事を意味づけることである。

ところで、『道草』ではしばしば、「教育」について言及される。(3) 次の箇所はその一例である。

彼は親類から変人扱ひにされてゐた。然しそれは彼に取つて大した苦痛にもならなかつた。

「教育が違ふんだから仕方がない」

彼の腹の中には何時でも斯ういふ答弁があつた。（三）

『漱石全集　第十巻』（一九九四年十月　岩波書店）における、石原千秋によるこの箇所の注釈には、「明治時代は、単に知識、教養、学問を身につけるだけでなく、人間形成、人格形成の方法として教育が最も重視されていた。」と記されている。確かに健三のこの発言は、石原千秋が指摘する明治時代の教育に対する一般的な考え方、特に学校教育に対する考え方を背景にして初めて成立するものであろう。しかしながら、『道草』は大正四年の作であることを考えると、『道草』発表当時は、石原千秋のいうような明治時代の教育に対する考え方も、再検討と修正を迫られている時期を迎えているのではないか。本稿では、『道草』発表当時の教育をめぐる状況との関連の視点から、『道草』を検討することにしたい。

二

『道草』の作品内現在である明治三十五年から、『道草』が発表された大正四年の時期は、明治二十年代後半から強い影響力を持っていたヘルバルト派の教育理論が実践面でゆきづまりをみせ、それに代わる教育方法や教育実践が模索されていた時期と重なる。(4)

後に、鈴木三重吉による『赤い鳥』の創刊（大正七年）、片上伸、岸邊福雄、北原白秋、山本鼎らによる『芸術自由教育』（大正十年）の創刊、同じく大正十年に開催される、いわゆる「八大教育主張講演会」[5]、西村伊作によって設立され、与謝野寛・晶子、高浜虚子、有島生馬らを教員とした文化学園の設立（大正十年）など、教育関係者のみならず文学関係者も深く関与した大正自由主義教育運動として大きく結実するのには間があるが、従来の教育方法の再検討と新たな教育実践の機運が高まるとともに、これまで自明視されていた教育方法に批判の目が向けられた時期である。この時代の教育をめぐる状況については、中野光による以下のような指摘がある。

一九一〇（明治四三）年に『全国附属学校の新研究』と題する書物が出版されたとき、その中に及川平治の名で「為さしむる主義による分団式教授法」と題する報告があり、ひときわ注目された。この書物は、明治末期において全国の師範附属学校の教育・研究の動きに注目すべき変化が起こりはじめていたことを確かめる上で貴重な史料ともなった。すなわち、そこには、明治二〇年代の後半からわが国の教育に強い影響力をもっていたヘルバルト派の教育理論が実践面ではゆきづまりをみせ、それにとって代わって、すでに谷本富らによって紹介されていた「新教育」論の影響を受けたと推察される実践報告（たとえば長野師範附小の「自修法に関《ママ》する研究」など）が少数ではあるが発表されていた。及川の報告もこのたぐいの一つであった。「為さしむる主義」という新しい主張が、単なる主義だけでなく、「分団式教授法」という新しい方法・形態を伴っていただけに特別の注目を集めたと思われる[6]。

『全國附属小學校の新研究』は金港堂から出版された。「自修法に對する研究」の冒頭は、「輓近の教育界は、興味の養成を重じたるヘルバルト派の學説が全く勢力を失ひ、主意主義の努力説が正に教育思潮の全部に滲透しつゝあることは、改め陳ぶるを要せず[7]」と述べ、ヘルバルト派の学説に基づく従前の教育が児童の興味の喚起に終始し、児童における学習内容の定着や目的意識の明確化のもたらす教育的効果について等閑視してきた点を批判している。その上で、児童が自分で予習復習する方法を会得するとともに、学習そのものの目的を児童が自己と関連づけて把握することが「教授の終局目的」である、児童を「獨立自學の位置に到達せしむる」を実現する上で必要であると主張している。

また、「為さし《アクチュアルドーイング》むる主義による分團《グループシステム》式教授法」は、児童の直接経験や児童自身の判断を通して児童に学ばせることを重んじる教育観に基づき、児童の能力や個人差を考慮した小グループに分けて学習させるものである。学級集団を維持しつつ児童の個人差に対応できる利点がある。及川平治はこの「分団式教授法」を実践を元に発展させ、大正元年十二月に『分團式動的教育法』（弘學館書店）としてまとめた。再び中野光によれば、この書物について次のように述べている。

> 『分団式動的教育法』は、出版されるとたちまちのうちに版を重ね、教育書のベストセラーとなって多くの教師たちに読まれた（三年で十二版を重ね、部数は一万部を超えた）。及川は、さらに三年後の一九一五（大正四）年に続編として『分団式各科動的教育法』を出版した。
>
> この二冊の著作によって、及川平治の教育理論と明石女子師範附属小学校および幼稚園の教育実践は全国的な注視の的になり、とくに一九一五（大正四）年から一七（大正六）年に至る時期に、明石附属は「日本革新教育巡礼の本山」ともいわれる存在になった。連日多数の参観者がここにおし寄せ、その年間総数が三万人を越えた年度さえあった、という。(8)

まさに『道草』の発表前後の時期に、及川平治の教育理論と及川の勤める明石女子師範附属小学校と幼稚園の教育実践に熱い関心が寄せられた。この背景に、教育関係者の間で、詰め込みともいえる教師中心の一方的な授業展開、児童の実生活と何ら関係を持たない教育内容、各児童の資質や個性、能力差の存在を無視した教育方法や教育観に対する閉塞感や違和感は、漠然と共通認識になっていたことが挙げられる。

及川平治自身も、『分團式動的教育法』の中で、現行教育の如く、題材を以て、兒童の現生活に沒交渉のものとなし、又人類の實生活に沒交渉のものとなし、兒童の現生活を以て、悉く未來の生活の犠牲に供し、兒童の現在の動機を無視して專ら、詰込、壓迫、强制、鞭撻を加へ、二十に近き教科目が悉く孤立して、實生活に統合連絡せられず、以て新興國の國民を養成しようと思ふは甚だ間違うてゐる。余を以てみれば日本全國の兒童は殆ど全部、萎縮病に罹かつて居るやうに思はれる。數萬の讀者中著者と其の感を同うするものありや、否や。(9)

と述べ、当時の教育が、内容面では実生活と無関係である上、未来のために現在の生活を犠牲にすることを児童に強いている点や、教育がかえって児童の天性、個性を損なう結果になっている点を痛烈に批判している。及川は自らの教育批判の正当性を読者に問うているが、この書が当時広く読まれたことから考えると、及川の現状批判は妥当性をもって当時の読者や教育関係者に迎えられたと考えられる。

三

明治四十五年に私立帝国小学校を創設した西山哲治(10)は、『兒童中心主義攻究的新教授法』（明治四十四年）『悪教育之研究』（大正二年）を著した。『悪教育之研究』では、学校の設備、学校文化、授業時間、国定教科書、児童観、家庭及社会教育に至るまで、実に広汎かつ多様な側面から、当時の日本における「悪教育」の事例を挙げている。その中には、子どもにとって苦痛でしかない教育や、個人の能力差を考えない教育の弊害、教育が利権がらみになっている弊害を批判する箇所を確認することができる。

學校は社會をそれほどまでに恐れなくてはならぬものであらうか、それほど敬遠しなくてはならぬのであらうか。斯くの如きわからないことをするから教育はだん〳〵社會と沒交渉になり、實用に迂遠になり、學校は教育的監獄といふやうな籃梅式になるのであらう。社會的に活教育をしたい、實際的、活動的教育をしやうといふならば、宜しく贅澤な而も不透明な垣塀を徹廢すべしである。

都市の小学校にある煉瓦や石造りの垣根を、必要以上の金銭的負担を強いるものであるとともに、当時の学校が、実社会の営みと無関係な教育内容が展開され、児童に苦痛を与える監獄のような場所であることの象徴として西山は捉えている。このような及川や西山の著作や実践に見られるように、「道草」が発表された大正四年は、これまでの発達段階の特性や能力差、子どもの個性を考慮しない画一的な教育、一方的に教師が知識を注入する教育への批判を始めとして、教育界で児童中心主義の立場から従前の教育を批判的に再検討するまなざしが一般化されつつあった時期であった。このような時期にあって、「道草」内における、次のような教育に対する批判的な言説は可能になったのである。

「然し他事ぢやないね君。其実僕も青春時代を全く牢獄の裡で暮したのだから」

青年は驚ろいた顔をした。

「牢獄とは何です」

「学校さ、それから図書館さ。考へると両方ともまあ牢獄のやうなものだね」

青年は答へなかつた。

「然し僕が若し長い間の牢獄生活をつゞけなければ、今日の僕は決して世の中に存在してゐないんだから仕方がない」（二十九）

健三の発言が、教育を「される」立場からのものである点に留意したい。これまで受けてきた学校教育に対して「長い間の牢獄生活をつゞけなければ、今日の僕は決して世の中に存在してゐない」と、現在の社会的立場の形成や自己形成を図る上での有用性、必要性を確信し、学校教育が与える苦痛に長い間堪えてきた己の精神力に対する自負が現れている。その一方で、教育を「される」立場にとって学校は、及川が「詰込、壓迫、强制、鞭撻」、西山が「教育的監獄」と述べるような「牢獄」であったと回想されている。そこには、現在の実生活を生きる一人の「児童」「子ども」「学生」として個性や能力差を考慮しない、ひたすら知識の詰め込みを強要されるといった教育に対する批判的なまなざしが存在する。このような批判の言説を可能にする教育に対するまなざしは、明治末期から『道草』が発表された大正四年前後にかけて、明確に形成されてきたものであり、『道草』にもその影響を見ることができるのである。

一方健三の姉は、「小さい時分いくら手習をさせても記憶が悪くつて、どんなに平易しい字も、とう〳〵頭へ這入らず仕舞」（六）と、文字を教えても身につかない学習能力の低い子どもであったと述べられ、さらに、手習いを始めとする知的営為のみならず、遊芸や裁縫といった技能的な面に関しても、学習能力の低い子どもとして描かれている。

それに彼女は縫針の道を心得てゐなかつた。手習をさせても遊芸を仕込んでも何一つ覚える事の出来なかつた彼女は、嫁に来てから今日迄、ついぞ夫の着物一枚縫つた例がなかつた。それでゐて彼女は人一倍勝気な女であつた。（六十七）

作品内現在における姉の年齢からすると、彼女が受けた教育は明治以前のものであり、明治以降の近代学校教育の直接的影響を考えることは難しい。しかしながら、作品内で強調されている姉の学習能力の低さ、学習成果のなさは、彼女の性格や個性を考慮した教育がなされなかった点にも原因があるのではないか。

西山は先に挙げた『悪教育之研究』の中で、「米國の低能兒教育に經驗ある一教育家は低能兒を教育するにはけなし主義では駄目であることを實驗した。」と述べた上で、

裁縫を教授するにしても『それ、その絲が曲つた、そらあそこが縫ひつまつた、それではいけない、あれでは

駄目だ。』とばかりにけなされては習ふ方でも奮發心は出るものではない、失望、落膽でやけを起す、これでは何事も上達するものではない。寧ろ『此一針は大さうよく縫へた。』『此の方が尚ほよいやうだ。』『今一息といふところだから勉强なさい。』と、奬まされるならば少女もその心を理會して自分の賞められた一針にいひ知れぬ力と希望と自我の强味と名譽とがこもつて何でも今一息といふところを奮發してやりたいとの心にもなり上達する動機ともなるのである。

けなしけなされて失望し、やけを起して進歩しないけなし主義の教授を取るべきか、或は奬勵主義をとるべきであらうか。

ここでの「低能兒」とは、広く「学習成果の上がらない子ども」を意味する。西山は、健三の姉が学習成果を上げられなかったものの一つでもある裁縫を例に挙げ、できないことをけなすのではなく、できたことをほめる「奨励主義」を取るべきであると主張する。けなし主義の教授では「やけを起して進歩しない」というのであるが、健三の姉のような「人一倍勝気な女」であればなおさら、あれができないこれができないと言われ続ければ悔しくて「失望し、やけを起こして進歩」しないのではないか。また「人一倍勝気な女」なら、できたことを評価されることによって自負心が生まれ、「一針にいひ知れぬ力と希望と自我の强味と名譽とがこもつて」もっと上手に縫いたいという気持ちになったであろう。彼女の性格や個性を考慮した教え方がなされていたら、裁縫であれ、手習であれ、彼女は学習成果を得、教育から何かしらの恩恵を受けていたかも知れないのである。

現実には、姉は学習成果が上がらなかった幼少時の教育以降、明治以降の学校教育はもとより、教育的営為から疎外された人生を歩む。一方、健三は人格、社会的立場の形成過程に学校教育が深く関与した人生を歩み、それは時として先に見たように、過剰適応の観すら呈している。二人は教育に関して対極の位置から人生を歩み、現在に至っている。その点に健三が思い至る箇所がある。

さう思ふと自分とは大変懸け隔たつたやうでゐて、其実何処か似通つた所のある此腹違の姉の前に、彼は反省を強ひられた。

「姉はたゞ露骨な丈なんだ。教育の皮を剝けば己だつて大した変りはないんだ」

平生の彼は教育の力を信じ過ぎてゐた。今の彼は其教育の力で何うする事も出来ない野性的な自分の存在を明らかに認めた。斯く事実の上に於て突然人間を平等に視た彼は、不断から軽蔑してゐた姉に対して多少極りの悪い思をしなければならなかつた。（六十七）

「平生の彼は教育の力を信じ過ぎてゐた。」とあるが、先に確認したように、「長い間の牢獄生活」とさえ感じられた学校教育が与える苦痛に長い間堪えてきた、己の精神力に対する自負も相まって、健三は社会的立場の形成や自己形成を図る上での学校教育の有用性、必要性を自らの人生経験を通してほぼ無条件に信頼している。しかし、姉と自らが資質的に大きな違いがないのなら、彼女の性格や個性を考慮した教育があれば、彼女も健三と同様、人格や社会的立場の形成において教育の恩恵を受けていた可能性も考えられる。そのような教育は明治以降の学校教育以外にも存在しうる。健三はここで姉と自らを人間として等しくみるまなざしとともに、学校教育という装置を相対化するまなざしをも発見しているのである。

四

『道草』では、読み書きができるようになる過程が健三によって回想されている。

健三は昔此男につれられて、池の端の本屋で法帖を買つて貰つた事をわれ知らず思ひ出した。たとひ一銭でも二銭でも負けさせなければ物を買つた例のない此人は、其時も僅か五厘の釣銭を取るべく店先へ腰を卸して頑として動かなかつた。菫其昌の折手本を抱へて傍に佇立んでゐる彼に取つては其態度が如何にも見苦しくまた不愉快であつた。（十六）

その記憶の端緒に、彼はおぼろげに島田の姿を見いだす。これはとりもなおさず、読み書きという営為の始原の記憶に島田の存在が付随していることを意味する。読み書きとは「読み書きそろばん」の言葉に象徴的に示される通り、学校教育に代表される制度化された「学び」の原初でもあることに留意したい。そして、いかに読み書きができるようになったかに関係する別の情景が浮かび上がる。

彼は床の間の上にある別の本箱の中から、美濃紙版の浅黄の表紙をした古い本を一二冊取り出した。さうして恰も健三を江戸名所図絵の名さへ聞いた事のない男のやうに取り扱つた。其健三には子供の時分その本を蔵から引き摺り出して来て、頁から頁へと丹念に挿絵を拾つて見て行くのが、何よりの楽みであつた時代の、懐かしい記憶があつた。（二十五）

この記憶は健三の家での出来事である。この情景にあるのは健三と江戸名所図絵のみであり、島田をはじめとする他の人物は登場しない。幼い日の健三は、他人の介在なく本の世界に浸る喜びと、頁をめくることで一人で世界を操作できる有能感を感じていたであろう。さらに小学校の卒業証書が出てきたことをきっかけに、褒美として小学校で本をもらったことも思い出す。

彼は勧善訓蒙だの輿地誌略だのを抱いて喜びの余り飛んで宅へ帰つた昔を思ひ出した。御褒美をもらふ前の晩夢に見た蒼い龍と白い虎の事も思ひ出した。（三十一）

学校という「場」は、褒められ認められた快い記憶と結びついて、健三の記憶の中に存在していることをこのエピソードから確認できよう。

野網摩利子は、このような健三の記憶に関して次のように指摘している。

彼は「三つから七つ迄《ママ》」（引用者注「ママ」引用原文による）（十九）養父母宅に（島田と御常の離縁後は御常のもとに）いたとされる。したがって養家から小学校に通っていた時期もあるのだが、『勧善訓蒙』を賞にもらって持ち帰った家が養家なのか実家なのかは特定できない。しかし『勧善訓蒙』第五十六章にあった「善書ヲ読ム時ハ人タル者ノ務ヲ励マシ」という文言を思い起こすならば、彼は島田に買ってもらった「董其昌の折手本」（十六）と『勧善訓蒙』とを関連づけながら、いかに自分が読み書きできるようになったかについて考えるだろう。『道草』に出される書物、書画、書付はまるで健三の再考を待つかのように配置されている。[11]

どのようにして読み書きできるようになったかの過程の記憶が再考されることで、学校教育として制度化された「学び」の最初でもある読み書きの営為において、その始原に学校教育以前の島田や家庭の存在があったことに思い至る。健三はこれまで「学問の力で鍛へ上げた彼の頭」（十）、「学問をした健三の耳には、細君のいふ事が丸で脱線であつた。」（十四）と、長年にわたって受けてきた優越感とともに、学校教育を親類や家族と自らを分断するものと認識してきた。しかし、読み書きの学びの過程という位相のもとで、学校教育と家庭とは連続するものとして捉え直される。[12]この捉え直しによって、自らの学校教育への適応過程で決定的な出来事は何であったのか、そこで何が起こったか、その過程における新たな気づきを見いだす地盤を獲得するのである。

必ずしも情緒的に恵まれた家庭環境に育ったのではない健三であったが、一人の子どもとして、成長しようとする欲求と生命力に満ちた存在であったと言及されている。

然し彼はまだ悲観する事を知らなかつた。発育に伴なふ彼の生気は、いくら抑え付けられても、下からむく〳〵と頭を擡げた。彼は遂に憂鬱にならずに済んだ。（九十一）

また、次のような記述も見ることができる。

健三は海にも住めなかつた。山にも居られなかつた。両方から突き返されて、両方の間をまご〳〵してゐた。

同時に海のものも食ひ、時には山のものにも手を出した。（九十一）

ここに描かれているのは「大人の一方的な都合の犠牲になる子ども」像では決してない。子ども時代の健三には、劣悪な家庭環境ではあっても、その環境を利用していくしたたかさ、つまり、子どもなりに独自の存在として、自らの必要や興味、欲求を満たすために環境をどう利用べきかを判断する能力が備わっていたことが描かれている。先に引用した『分團式動的教育法』には、児童が自ら学ぼうとする動機について次のような記述がある。

現勢的動機といふ言葉は、需要、興味、問題が發動的に表現したものをいふのであつて、これらはその解決満足に必要なる題材を要求するものであるといふ意味である。

潜在的動機という言葉は、兒童が問題・需要・興味を評價する能力を有つて居るといふ事實を意味するものであつて、此の動機は、或る條件の到來するや否や、直に發動するものである。

この後の箇所で、「兒童が課業の学習に着手するに先立つて、現勢的動機が起つて居らねばならぬ。」と及川は述べている。養家と生家の争いという家庭環境の居心地の悪さは、健三にとって学校制度への適応への「潜在的動機」であった。

「もう此方へ引き取つて、給仕でも何でもさせるから左右思ふが可い」

健三が或日養家を訪問した時に、島田は何かの序に斯んな事を云つた。健三は驚ろいて逃げ帰つた。酷薄といふ感じが子供心に淡い恐ろしさを与へた。其時の彼は幾歳だつたか能く覚えてゐないけれども、何でも長い間の修業をして立派な人間になつて世間に出なければならないといふ慾が、もう充分萌してゐる頃であつた。

「給仕になんぞされては大変だ」

彼は心のうちで何遍も同じ言葉を繰り返した。幸にして其の言葉は徒労に繰り返されなかつた。彼は何うか斯うか給仕にならずに済んだ。（九十一）

これまでも学校は、褒められ認められた快い記憶と結びついた場ではあった。しかし、「もう此方へ引き取つて、給仕でも何でもさせるから左右思ふが可い」の一言がきっかけで、健三にとって学校教育への適応は、及川のいう「潜在的動機」から「現勢的動機」となった。「給仕になんぞされては大変だ」の言葉を心の中で繰り返したのは、まさにこの瞬間を心に刻みつけるためであっただろう。「給仕にさせられないで立派な人間になるには、何をしたらよいのか」という「現勢的動機」は、学校教育における優れた学習成果の源泉となる一方、学校教育への過剰ともいえる自発的適応を生んでいったことに健三は思い至る。このような、健三の学校教育への過剰ともいえる適応を生み出した背景を描くことは、明治末期から『道草』が発表された大正四年前後にかけて明確に形成されてきた、学校教育を批判的に再検討するまなざしがあって初めて可能になったことである。

五

これまで本稿で主に検討してきた、教育を「される」立場としての「子ども」「児童」は、数え年三十六歳の健三の幼年時代の回想として描かれた、いわば大人によって回想の中でもう一度生きられた「子ども」であった。しかし、『道草』に登場するのは、大人によって回想された「子ども」だけではない。『道草』には作品内現在の出来事として、「其内細君の御腹が段々大きくなつて来た。起居に重苦しさうな呼息をし始めた。」(五十三)などと、妊婦の御住が出産に至る過程や出産場面が継続的に描かれる。暗闇で健三と対峙する新生児の姿は印象的である。

彼は狼狽した。けれども洋燈を移して其所を輝すのは、男子の見るべからざるものを強ひて見るやうな心持がして気が引けた。彼は已を得ず暗中に摸索した。彼の右手は忽ち一種異様の触覚をもつて、今迄経験した事のない或物に触れた。其或物は寒天のやうにぷり〳〵してゐた。そうして輪郭からいつても恰好の判然しない何かの

塊に過ぎなかつた。（八十）

学校教育のはるか以前、大人との関わりが始まる以前の無垢な存在である。気味悪さや不可解さを伴っているが、健三は何とか新生児と関わろうとしている。新生児はその全存在で大人の関わりを必要としている。及川の見た現状の教育における児童の例のように、それに関わる大人は、不適切な関わりで子どもの可能性を摘んでしまうかも知れない。それでも求められる以上関わろうとする。大人と子どもとの関わりの始原である。それは教育の最初でもあろう。さらに、新生児と姉妹たちとの交流も描かれる。

子供は一番気楽であつた。生きた人形でも買つて貰つたやうに喜んで、閑さへあると、新らしい妹の傍に寄りたがつた。その妹の瞬き一つさへ驚嘆の種になる彼等には、嚔でも欠でも何でも彼でも不可思議な現象と見えた。

「今に何んなになるだらう」

当面に忙殺される彼等の胸には曾て斯した問題が浮かばなかつた。自分達自身の今に何んなになるかをすら領解し得ない子供等は、無論今に何うするだらう抔と考へる筈がなかつた。（八十三）

子ども達がこれからどうなるかは本人達にも分からないし、本人達もこれから何をするかは分からない。さらにいえば、親である健三にも分からない。それでも子ども達は大きくなっていく。そして、かつての健三のように、学びにおける「現勢的動機」を経験し、それをきっかけとした彼女らの必要性に基づく学びは、彼女らの人格や社会的立場を形成していくだろう。その時に学校教育が、かつての健三の人格や社会的役割を形成したのと同じ役割を果たすかどうかは、誰にとっても全く未知数である。

「道草」において、「子供は犬ころのやうに塊まつて寝てゐた。」（五十一）「又塊つてゐるな」（八十三）と、子ども達は塊と意識されることが多いように、子ども同士の関わりは、健三には理解できないこととして繰り返し描かれる。子ども達の同士の関わりの意義が健三の理解の範疇を超えていても、子どもは子どもとの関わりの中で成長していく。

子どもは大人の理解している範疇を超える未知の可能性を持つものとして現前し、その姿を否定もせず淡々と受け入れる健三が描かれている。

『道草』の作品内現在である明治三十五年から、『道草』が発表された大正四年の時期は、学校教育の批判的再検討がなされると共に、それのみに終始せず、本稿で確認した及川や西山に見られるように、児童の発達段階や個性を考慮する教育観に基づいた画期的な教育実践が試みられた時期である。特に大正元年から大正四年の『道草』発表前後は、実践を伴って児童中心主義教育の可能性を具現化しつつあった時期と重なる。それは、現状の学校教育に多くの問題が存在することを認めつつ、教育や子どもの持つ未知の可能性を信頼していた時期であった。『道草』にもそのようなまなざしの反映を見ることができる。

これまで夏目漱石の作品において、「坊っちゃん」「野分」では中学の先生という「教える」側が、「三四郎」「こころ」では学校教育の枠組みから外れた「先生」が描かれてきた。「道草」に至って初めて、発表当時勃興しつつあった児童中心主義的教育観を背景に、学校教育という装置の教育を「受ける」側の立場からの批判的な再検討と、大人の理解している範疇を超えた未知の可能性を持っている、子どもという存在の独自性を認識するまなざしが描かれたのである。

〈注〉

（1）『漱石全集第十巻』（一九九四年十月　岩波書店）の石原千秋による注解によると、「「未」は十二支のひとつ。「三碧」「四緑」「七赤」は、中国伝来の占星術における九星をさす。九星は、九紫、八白、七赤、六白、五黄、四緑、三碧、二黒、一白からなり、これに易の八卦、五行、方位、干支を配して占う。四緑は嘉永五（一八五二）年、七赤は慶応三（一八六七）年なので、数え年で姉の御夏が五十一歳、健三が三十六歳となるのは明治三十五年（一九〇二）年となる。」とある。

（2）作品内現在の時期設定について、先の石原千秋の説によれば、明治三十五年になるが、小宮豊隆によれば「『漱石が留學から歸つて來て、どしどし『猫』を書き出すまでの期間、强ひて數字を用ひるとすれば、凡そ明治三十六年から明治三十八年（もしくは明治三十九年）に亙る、三年間（もしくは四年間）である。」（小宮豊隆『漱石の芸術』昭和十七年十二月　岩波書店）と、明治四十二年の養父塩原昌之助の件を例外として、明治三十六年から明治三十八年、三十九年としている。石原説と小宮説では作品内現在の時期に幅とずれがみられるが、明治三十年代後半の時期を、大正四年に作品化するといった、作品内現在と発表時期に隔たりを設定する作品構成の基本構造には影響しないと考える。また、相原和邦によって、『道草』の夫婦関係のエピソードの相当数が大正三、四年に材を得ていることが指摘されている。（相原和邦「『道草』の成立について」「文学研究」昭和四十三年十一月　日本文学研究会）この点に関しては、『道草』の記述は単なる過去の再現ではなく、大正三、四年の視点が作品内に導入されていることの例として捉えることができる。

（3）『道草』における教育に関する論及として渡邊澄子の、一八九三年七月二十二日に出された文部省訓令八号を論拠にした、「小学校を卒業して裁縫がよく出来れば（お住は裁縫が好きで暇さえあれば針を持っている）理想的女性であったことがうかがわれる。姉をみている健三の目に、お住が特に教育のない女として映っていたとは考えられない。当時の女子の就学率一五パーセント（引用者註　単行本所収論文では「一〇パーセントにも届かぬ就学率」となっている。）を考慮すればなおさらである。」との、当時の女性として、お住が特別教育を欠いているのではないとの指摘がある。（渡邊澄子「『道草』論」「大東文化大学紀要」平成三年三月　大東文化大学　後、「『道草』論（一）―性差からの解放に向けて―」として、『女々しい漱石、雄々しい鷗外』平成八年一月　世界思想社所収）また、健三とお住の関係性について柄谷行人に基づきつつ、「お住は健三にとって「言語ゲームを共有しない者」であり、健三に足りなかったのは〈話す〉ことではなく〈教える〉ことなのである。ここで注意しておきたいのは健三が〈教える〉側に位置しながらそれを拒否していることである。」と、健三がお住に対して〈教える〉ことを拒否しているとの大畑景輔による指摘がある。（大畑景輔「『地の果て　至上の時』と『道草』―〈秋幸〉と〈健三〉を中心に―」「国語教育論叢」平成十二年　島根大学教育学部国文学会）

(4) 後に大正自由主義教育運動に多大な理論的影響を与えることとなる、E・ケイ著、大村仁太郎訳『二十世紀は児童の世界』が出版されたのは、明治三十九年十月である。

(5) この後に触れる及川平治も、「動的教育の要点」の題で講演している。

(6) 中野光『学校改革の史的原像』(平成二十年九月　黎明書房) ただし、ほぼ同意の記述が中野光「解説及川平治の教育理論と実践」及川平治『分団式動的教育法』(梅根悟、勝田守一監修、中野光編『創業六十年記念出版世界教育学選集69　及川平治「分団式動的教育法」』昭和四十七年六月　明治図書出版) 所収にみられる。なお、『学校改革の史的原像』には、大正七年まで埼玉師範学校で教鞭を取り、大正八年八月に教員団体「啓明会」を結成し、後に平凡社を創立した下中弥三郎について次のような記述がある。

　埼玉師範といえば、森有礼文政以来、文部省の統制と監視がもっともゆきとどいた学校である。その学校に於いて、一九一一(明治四四)年から教員となっていた下中弥三郎は生徒たちのあいだに新鮮な息を吹きこんだ。教育学の講義に検定の教科書などは使わず、夏目漱石の作品、『野分』などを読み、みずからの力で人間変革をおしすすめていく必要を熱っぽく語った。

　明治末期から大正中頃にかけて、夏目漱石の作品自体が、後の大正自由教育運動に向けて教員像の変革の一端を担うものとして読まれていた例を示唆するものとして興味深い。

(7) 長野縣師範附属小學校「自修法に對する研究」(『全國附属小學校の新研究』明治四十三年五月　金港堂所収)

(8) 前掲　中野光『学校改革の史的原像』

(9) 及川平治『分團式動的教育法』(大正元年十二月　弘學館書店)

(10) 教育史ではこのように表記されることが多いが、『兒童中心主義攻究的新教授法』『惡教育之研究』の表紙や著者名では、西山悊治(せきじ)と表記されている。本論では「哲治」と表記する。

(11) 野網摩利子「『道草』における記憶の現出―想起される文字に即して―」(『日本近代文学』第81集　平成二十一年十一月　日本近代文学会)

(12) 夏目漱石が「坑夫」を連載中の、明治四十一年四月二日東京朝日新聞には、「官立公私立中學評判記《ちうがくひやうばんき》(八)▽日本濟《にほんさい》美《び》學校《がくかう》／▽至誠高潔《しせいかうけつ》の反映《はんえい》／▽理想的家塾學校《りさうてきかちゆくがくかう》」との記事があり、及川や西山と同時代に、新教育の実践者として活躍した今井恒郎によって創設された日本済美学校が紹介されている。「理想的家塾學校」とあるように、日本済美学校は教職員も寄宿舎内に住み、教職員と生徒が生活を共にすることでの学びを重視する教育方針であった。家庭的要素を学校教育に導入する試みの一つである。

付記　『道草』本文引用は『漱石全集　第十巻』（平成六年十月　岩波書店）による。ただしルビは省略した。

『道草』が描いた〈家族〉

――明治三十年代から大正初頭を視座として――

木谷　真紀子

『道草』（『朝日新聞』大4・6・3〜9・14）は、「健三が遠い所から帰つて来て駒込の奥に世帯を持つたのは東京を出てから何年目になるだらう」と始まる。この冒頭に示される情報は、主に五点ある。主人公の名前は「健三」。「遠い所から帰つて来」て「世帯を持」ったのが「東京」であること、それが「何年目になるだらう」とされるほどの空白を経ていることだ。つまり『道草』は〈帰って来た健三が東京で世帯を持つ物語〉なのである[1]。

この五つの情報を順に見ると、まず「健三」という名前から彼は三男であると考えられる。『道草』は、養父・島田との関係を「経」、細君との関係を「緯」にした作品とされている[2]が、養家と生家をさまよった複雑な生い立ちによって「順良な彼の天性」が「落ち込んで行」き、「強情」になってしまったことは、細君との関係にも影響を及ぼしている。長男であれば養子に出される可能性は殆どないと考えられ、『道草』は〈健三〉が〈健三〉であるが故の物語と言えよう。

彼が東京を離れて住んでいた「遠い所」がどこか、具体的な地名は冒頭に記されていない。だが『道草』での「遠い」という語は、「遠い過去」「遠いもの」など、時間的、精神的な距離にも使われている[3]ことからも、「遠い所」とは単なる場所ではなく、生家や島田という、健三が目を背けて生きてきた〈過去〉を全般的に指していると考えられる。

健三は「駒込に世帯を持つ」。「遠い所」で結婚した健三は、単身で留学し、今回初めて生まれ故郷の東京で家庭を持ち、親族に囲まれて生活する。「遠い所」にいるという大義名分を失ったからこそ、養父母、姉、義父母、と親族間の様々な問題に対峙せざるを得なくなる。

このように、冒頭の一文に示された五つの情報には、『道草』に描かれた物語を生み出す要素が、すべて織り込まれていると言っても過言ではない。『道草』は、これまでの研究で、「明治三十年代を《現在》とする家族小説(4)」とされているが、漱石は何故、大正に入ってから十年も前を〈現在〉として家族小説を書いたのだろうか。

本稿では、冒頭に示された五つの点に注目しつつ、まず作品に描かれた健三の人生を整理する。次に作品内時間の中心である明治三十年代後半から四十年代に指摘された〈家族の問題〉から、健三の苦悩を考察し、最後に、作品発表前後の大正初めにおける養子に関する〈事件〉の分析によって、主人公・健三をとおして描かれた漱石の〈家族〉観を明らかにすることを目的としたい。

一　健三の半生と〈家族〉の再生

父がかつて世話をしていた縁で、健三は三歳の時に島田家に養子に遣られ、七歳まで養育される。島田が後家の遠山藤と「通じ合ひ」、妻の御常と離別したため、御常と二人でしばらく生活した後、物質的な欠乏か御常の再縁かどちらの理由か分からないが、八歳の時に実家に引き取られる。しかし、「世話にならうといふ下心のないのに、金を掛けるのは一銭でも惜し」いと考えた父は、健三が養家にいた時、始終「にこ〳〵してゐた」のとはうってかわって、「子としての待遇を彼に与へ」ず、「邪魔物」扱いした。一方の島田も、健三の戸籍を帰さず、父から毎月三、四円を得ていた上に、「健三が一人前になつて少しでも働けるやうになつたら」「奪還《ふんだ》くつてしま」おうと考え、「いつの間にか戸主に改めた彼の印形を濫用して金を借り散らし」ているほどだった。健三は二十二歳の春、「明治二十一年子一月約定金請取の証」や、比田が作製したと思われる「然る上は健三離縁本籍と引替に当金〇〇円御渡し被下《くだされ》、残金〇〇円は毎月三十日限り月賦にて御差入の積《つもり》 御対談云々」という「変梃な文句」の証文によって、ようやく生家に復籍される。「当時八歳の健三を当方へ引き取り今日迄十四ヶ年養育致し」とある書付の後半は「真赤でごちや〳〵して読めない」が、健三はこの書付を交わした時のことと思われる「自分の父と島田とが喧嘩をして義絶した当時の光景をよく覚えてゐ」る。

　健三には「一人の腹違の姉と一人の兄があるぎり」だが、登場する兄の名は「長太郎」、主人公は「健三」であることから、他界した次兄もいることを示し、後にその死の情景も描かれる。「七つ許年上」の長太郎について、健三は「派手好で勉強嫌」で、「凡ての時間」を「食ふ事と遊ぶ事ばかりに費や」していたことしか覚えておらず、生家で家族として共有した思い出は全く描かれていない。姉とも一つ家での思い出はなく、十五六歳の時、「兄さん兄さん」と姉夫妻の家に「始終遊びに行」き、比田に相撲などをして遊んで貰ったことを覚えているのみである。十五歳という年齢差から、健三が八歳で生家に戻った時に、姉は既に結婚していた可能性が高く、共に生活したこともなかったと考えられる。養家での記憶は明確であるが、生家に戻ってからの思い出は、比田と相撲をした十五六歳、復籍した二十二歳の時の父と島田の様子、結婚した二十九歳、そして現在、とほぼ七年ごとに断片的に描かれるのみで、姉や兄との関わりは定かでない。

　そして、健三は「人となつた」世界から「独り脱け出した」。家族と離れての遠方での生活や、留学という物理的な距離の問題だけではなく、自分でも「周囲とよく闘ひ終せた」という誇りを持っていることから、精神的にも家族との間に大きな懸隔があったのである。

やがて健三も〈家族〉を持つ。その出発の「異様な結婚式」については、御住と兄との会話で明らかにされる。健三は、「もと〳〵東京に帰つてから」結婚する予定だった妻を遠方でもらったため、媒酌人もなく、義父は娘に振袖を着せておきながら、自分は「セルの単衣を着流しの儘《まま》」列席し、「胡座《あぐら》さへ掻いた」。兄が「列席してゐなかつた」ことは示されるが、健三の家族は誰も登場しない。健三自身も、「東京にゐなかつた」ため、父の「死目にさへ会はなかつた」ことから、家族が極めて希薄な関係性にあることが分かる。また健三は留学時代に御住の実家が零落していたことにも、帰国まで全く気がつかなかった。姉からの小遣いの要請の処理も、兄に任せている。健三は「遠い所」にいることを理由とし、日々の生活での様々な問題を含め、冠婚葬祭ですら家族と共有しなかったのである。

島田が出現したのは、健三の帰京後、数ヶ月程度経った時のことだった。相談のために姉を訪れた健三は、「珍らしく能く来て呉れたこと」と言葉をかけられ、姉の老けた様子に驚き、年齢を確認する。その差に驚く様子には、遠方にいる間はもちろん、東京で世帯をもった後も、姉や兄との付き合いに消極的なままだったことが表れている。兄とも、島田から復籍の要請を受けた比田のはがきによって集められるまで会おうとしなかった。一方、御住は、実家へ帰ったついでに兄の家に立ち寄り、父が「御亡くなりになる前、島田とは絶交だから、向後一切付合をしちやあならないつて仰しやつた」ことなど、島田に関する情報を兄から聞いている。健三の留守中に訪ねて来た兄と交わした会話からも、親しいことが感じられ、本人が言うように、健三の代わりに親戚付き合いを心がけ、実際に良好な関係を築いていることを窺わせる。

その御住に、兄は「参考になるだらう」と島田に関する書類を渡す。長い間しまい込まれて「虫に食はれた一筋の痕」まである書類に対し、健三は、「そんな書類があつたのかしら」という程度の認識しかなく、「開けて見たつて何が出て来るものか」となかなか見ようともしない。「漸やく」見たものの「下へ置」いてしまう。それを妻が「取り上げて、一枚々々丁寧に剝繰つて」「綿密に」「読み下し」、「真赤でごちや〳〵して読めない」ものまで、「色々に配合して後を読まうと企てた」。単なる好奇心によるのかもしれないが、この行為により、健三が養子に遣られた経緯や、生家に戻ってからも毎月父が島田に金を払っていたこと、手切れ金を渡したこと、そして島田の悪行など、健三自身も知らなかった事実を知ることができたのである。整理の能力がなかった父は健三の小学校時代の賞状や証書も紛れ込ませており、結果として「遠いもの」でしかなかった当時の思い出が「甚だ近」い存在となり、これまで描かれていなかった健三の生家での生活も明らかになる。この時、健三は、兄から妻に託されて妻が明らかにした過去、つまり目を背けてきた自身の過去に初めて対峙したと言える。これを現在の家族である妻と共有したことは、今後の人生を共に歩むうえで重要な意味を持つのではないだろうか。

書類を結んでいたひもは、健三が結び直そうとした時に「ぷつりと切れ」たが、妻が「赤と白で撚つた」糸で「新しく絡げ」、「夫に渡した」。妻は、兄から託された健三の人生、言うなれば夫健三の過去と現在を、新しい、紅白の糸で結びつけたのである。

このように見てくると、健三は島田が出現したことで、兄や姉、姉の夫の比田とも会わざるを得ない状況になったのが分かる。兄は今回の問題について考えるために、父が遺した健三に関する書類を持ち出し、健三自身も知り得なかった〈過去〉が妻の根気強い努力によって明らかにされた。更には、健三の書類に兄の子の出生届や兄の妻の送籍願いが紛れていたことで、〈兄の人生〉にも触れることができたのである。健三にとって「不思議な位理に合はな」い島田の復籍の要請は、生家との家族らしい結びつきを生み、またこれからの人生を歩む現在の家族、つまり妻と自分の歴史を共有する契機を作った。島田の出現と要請は、冠婚葬祭すら共有しない疎遠な健三の生家を再生する一助になったと解釈できるのではないだろうか。

二　『道草』の作品内時間の〈家族〉

島田の要請は〈家族〉としての「復籍」であり、復籍によって、健三の経済的な庇護の下で生活することであった。『道草』は、漱石が帰国した明治三十六年から、『吾輩は猫である』を書く三十九年までを「総括し」、四十二年の養父の金の無心や、『道草』発表直前の大正二年の妻に関するできごとなど、帰国後の東京での様々な経験が組み合わされた作品であること(5)、また先述したように「明治三十年代を《現在》とする家族小説(6)」であることが指摘されている。生家、養家、また妻の両親という義理の家族など様々な家族が描かれているが、健三の苦悩は、それらのすべてに「活力の心棒」のように思われていること、つまり金銭的に依存されることによる。

このような〈苦悩〉は、健三のみが抱えるものだったのだろうか。明治三十年代に〈家族の問題〉として挙げられていた内容について、同時代の言説を確認したい。まず明治三十六年には、

今の世の中は、一にも金、二にも金と云ふ有様で、折角芽を吹きかけた家庭にも、やはり金の勢力が及んで来た。即ち、家と云へば夫婦の関係よりも先づ財産の事を考へる。丁度、昔、家柄を尊《たつと》んだ如く、今では財産を尊ぶ事になつて居る。財産を目当に妻を貰ふ男もあれば、独身では食ふに困るからとて嫁入りする女もある。(7)

と士農工商の身分制度が廃止となった後、配偶者を選ぶ基準が財産へと変化したことが指摘されている。しかし、〈家庭〉において金銭を第一とする傾向は、「子に学問をさせて月給を取らせるのを、資本をおろして利子を取るように思うて居る親もある(8)」とされるように、親子間でも同じだった。将来の経済的な見返りを期待し、〈投資〉のような心持ちで子育てする親とは、「世話にならうといふ下心のないのに、金を掛けるのは一銭でも惜し」いと考える健三の実父や、「一人前になつて少しでも働けるやうになつたら（略）奪還《ふんだ》くつてしまへ」、「給仕でも何でもさせるか

ら左右思ふが可い」と言った養父島田の思考と全く一致している。つまり健三が育った二つの家族は、当時の典型的な〈家族の問題〉を抱えていたのだ。明治三十九年の評論「醜悪なる家庭」でも、

　我子の事を世人はよく『子宝』といふ。此の『子宝』なる語は、子供を父母の宝として珍重するといふ意味であると同時に、又之を一種の財宝として喜ぶ心が籠もつてゐる。更に赤裸々に言へば、子は財産及び、それにつゞける幸福を稼ぎ出す所の一器械として親たちに歓迎されるのである。この意味に於て、子等は随分親の尊敬を受けることがあるけれど、人なるが故に子を尊敬するといふ親は殆んどない。[9]

と批判。「顧みれば今より数年前」に、

　あちらにもこちらにも『家庭』『家庭』といふ声が反響して、人は殆んど家庭より外に高尚、優美、純潔なる題目を見出すことが出来ないかの感があつた。『家庭の新風味』『家庭夜話』『家庭雑誌』『家庭の友』或は何、或は何、家庭に関する書籍雑誌は目まぐるしい程出版せられ、而《そ》して夫が羽でも生えた如く瞬く中《うち》に売れ行い《ママ》た。

（略）当時如何に家庭といふものが人々の注目を惹いたかが判る。

と指摘している。[10]『道草』に描かれた、言わば〈金銭至上主義〉とも言える思考で成りたった家族の存在が、当時の人々に〈家族〉や〈家庭〉について考えざるを得ない状況を作ったのだろう。このように明治三十年代後半には〈家族〉の抱える様々な問題が指摘されながら、家族制度や家族教育に関する変革は疎かにされていた。

　その理由として、多大な犠牲を払いながらも戦争に勝利したことが挙げられる。日清日露の両戦役での勝利によって、明治維新後の国是〈富国強兵〉は、一応の達成を見た。その達成により、今後の国家形成を如何にして行うかという視点が生まれたのか、しばらくすると終戦後の教育についての評論が紙面に表れるようになる。「従前の成功は、反て将来の失敗の萌芽たらん」「軍事上の成功に眩することなくして、軍律的教育の病処を深省せんこと」とこれまでの政策を改めるよう訴え、「個人の人格を養成することを主と」した「戦後教育」を「第一義」と「切望」する意

見もあった。(11)しかし、戦力的には劣るはずの近代化間もない日本が、なぜ連続して大国に勝利できたのか。それは「親に孝なるの心を以て君に及ぼし国に及ぼ」し、「君国の為に身を捨るを惜ま」ないという家族観、また国家観により一致団結したことが勝利の要因であり、「東洋の家族制は随一」とされたのだ。(12)

明治政府は、〈勝利を呼んだ〉これまでの教育制度を肯定し、さらに推進させようとする。「明治四三（一九一〇）年の大逆事件前後から」「国民に対し忠孝一本を説く、教育勅語の趣旨を具体化した国民道徳を自覚させ、国民を教化する政策」が「積極的に実施」されたのだ。(13)『道草』では、六歳以上若い御住が健三の免状について「変ですわね」と述べ、「教育制度の激動期」(14)であったことが示されているが、制度的にほぼ定まった後も、教育目標や指導要領は、政治と同じく未だ〈激動〉の渦中にあったと言えよう。第二次国定教科書では、内容が大幅に改正される。「軍国的教材」が、「国家主義と家族主義も結合されるような内容」となり、「教育勅語」が全文掲載されたうえで、勅語の第一にある親への「忠孝」や「孝行」の説明が施され、儒教的な色彩が強くなった。(15)これらの「忠孝」や「孝行」が求められる「一大理由」としては「生んで貰い、養育を受けた恩に報いるという報恩」が挙げられたものの、「孝という心理状態」を「行為にあらわす点になると、経済事情が加わり、銭なしでは行うことができな」かったようである。(16)「孝行の意義」と題された評論では、「昔から孝子は経済的境遇にかかわらず、貧苦のうちに食べるものをもたべずに親を養ったという話しがあるが、そういう逆境に処する道徳はむしろ異常の場合に属し、教訓となすべきではない」と、親が金銭を要求するために定義づけられたかのような〈孝行〉の解釈に警鐘を鳴らしている。(17)以上の指摘を見ると、明治三十年代後半から問題視されていた〈家族における金銭至上主義〉が、戦争での勝利、またそれによる教科書の改訂で、悪化の一途を辿ったと窺える。

当然のことながら、要求される立場にある青年は反論する。魚住折蘆は、

今日のオーソリティは早くも十七世紀に於てレビアタンに比せられた国家である。社会である。（略）殊に吾等

日本人に取つてはも一つ家族と云ふオーソリティが二千年来の国家の歴史の権威と結合して個人の独立と発展とを妨害して居る。

と述べ、国家と家族を「独立と発展を妨害する」存在として位置づけた。[18]

実際、明治政府は、欧米の列強に対抗するために資本主義を取り入れ、士農工商の身分制度を廃して選択の自由を与える一方、戸主が絶大な力を持つ家族主義政策によって青年の自由を押さえ込んでいた。しかし石川啄木は、「時代閉塞の現状―強権、純粋自然主義の最後及び明日の考察―」で、この魚住の主張を「明白なる誤謬」とした上で「我々日本の青年は未だ嘗て彼の強権に対して何等の確執をも醸した事が無い」とし、

総て国家に就いての問題に於ては（それが今日の問題であらうと、我々自身の時代たる明日の問題であらうと）、全く父兄の手に一任してゐるのである。（略）国家てふ《ママ》問題が我々の脳裡に入つて来るのは、たゞそれが我々の個人的利害に関係する時だけである。

と断じた。[19] つまり啄木は、青年が〈国家〉ではなく、「恋愛、婚姻、家族生活などの個別的な日常生活の周辺の事柄にかぎ」って自己主張したのみであり、「矛盾せる」「両思想の対立が認められた最初から今日に至るまでの間、両者がともに敵をもたなかった」と指摘しているのだ。[20] 青年にとっては、〈家族〉という自分の属する最小の社会集団における自己主張が全てであり、魚住の考えるように、〈国家〉にまで拡大して問題をとらえ、なおかつ活動している者は殆ど存在しなかったと考えられる。

また〈個人主義〉なる語は日清戦争後から見られたとされるが、[21] 魚住が評論を発表した翌年、「個人主義か家族主義か」をテーマに中島徳蔵が講演を行った。中島は、この「問題を掲げなければならない理由」として、

財産の処分とか、或は結婚とか、或は又親子意見の衝突とか云ふ事で、親子の間家庭の間に兎角波瀾が生ずる傾があるし、それに又た人が団体を疎にして自分勝手を募らせる風も見えるといふ所から甘《あまね》く此所を取捌く工夫を

講ずる必要が出来たのであらうと思ふ（後略）(22)

と述べ、哲学における「個人主義」の意味や、「社会政策、道徳政策などの手段的意味に又個人主義と云ふ言葉を用ふる場合がある」と説明し、「個人主義」という語に対する誤解を解こうとした(23)。講演のテーマに表れるように〈個人主義〉に対する語はあくまでも〈家族主義〉であり、極めて個人的な問題に関して親子の対立があった時に、それぞれの主義について考えられているのが分かる。啄木の評論は、中島の講演の時点ではまだ世に出ていないが、その指摘のまま、青年が社会全体ではなく〈家族〉に対してのみ〈個〉の存在を主張していたことを端的に示しているだろう。言い換えれば『道草』の健三も、最小の社会集団である家族においてこそ、〈個〉の確立が難しいことを教えているのである。

中島に「同問題に付いて」「意見を述べよ」と「御注文」された井上哲治郎(24)は、「家族主義と個人主義と云ふことは現今我日本に取つて一日も早く解決せんければならぬやうな重大なる問題」とした上で、それぞれの長短両所を述べている。まず家族主義の長所は、「犠牲の精神を強大に」し、「戦争などの場合に」「国家の為には生命を棄て丶どんなことでもやる」ことであり、「日清戦争、日露戦争の場合に挙国一致が出来たと云ふのは家族制度の結果」など第七まで挙げられた。短所では「家長のために制せられて十分に発展を遂げることが出来ぬ」「家長が家族に対して人格の尊厳を認めない」などの問題のほか、「親の方では子供が早く大学校を卒業して金を送つて呉れ丶ば宜いと思つて幾らでも宜いから送つて呉れと云ふ、送らぬ《ママ》ければ不孝であると云ふ」と、「孝行」という名のもとに親が子に金銭を要求することを指摘している。

個人主義の長所には「独立心を発展」し、「自由思想を喚び起す」こと、さらに「自分の運命を自分で開拓して行かなければならぬと云ふ其実際上の必要から自分の知識を錬磨」するため、「知識を開発するのに大変に助を成す」ことを示し、一方独立を理由に親と共に住まず、面倒を見ないことなどを短所とした。健三が在学中また卒業後に

「遠い所」にいて家族と関わらなかったことは〈個人主義〉的行動であるとは判断できるが、父に邪魔者扱いされ、島田には給仕にすると言われながら、「長い間の修業をして立派な人間になつて世間に出なければ」と「青春時代を全く牢獄の裡《うち》で暮し」てまで学問をしたことも、当時の解釈によると〈個人主義〉そのものだったのである。

この井上の演説は、『東京朝日新聞』にも要旨が掲載されるほど注目された。記事は、「国民性の本質が家族主義にあつて」「応化営養の機関が個人主義に在らねばならぬ」と「両主義の融合融和」の必要性を指摘してまとめられている[25]が、当時の人々は個人主義を正しく理解してはいなかった。同年八月の「時代の病」という連載には、「盆と正月とには必ず湯にも入れ髪も結は」す、「白い飯を食はせ」るという誓書を妻に渡していた「驚くべき吝嗇漢」の夫を「平生は何うして置く積であらうか」と批判し、「極端なる個人主義」という題で紹介している[26]。当時は〈個人主義〉という語が、利己的、または独善的と解釈されていたことが窺わせられるが、先の井上の演説も、〈家族主義〉が戦争での勝利など言わば国家の〈発展〉と関連して論じられているのに対し、〈個人主義〉はあくまでも〈個人的〉な利益に終始している。

『道草』には、〈家族主義〉、〈個人主義〉という語に対する直接的な解釈は記されてないが、漱石は『心』（『朝日新聞』大3・4・20〜8・11）を書き終えた後、『道草』の執筆前に学習院輔仁会で「私の個人主義」（大3・11・25）との題で講演している。漱石は「私は個人主義だと公言して憚《はばか》らないつもりです」とした上で、「世間に出れば」「余計権力が使え」、「金力」をも持つ学習院の学生に対して、それらを「濫用」せず「他の存在を尊敬すると同時に自分の存在を尊敬する」ことこそ真の「個人主義」であると述べた。言うまでもなく漱石の〈個人主義〉は、当時、批判の対象であった〈個人主義〉とは異なるのだ。

批判されるべき〈個人主義〉そのものだった健三ではあるが、漱石の定義する〈個人主義〉は手に入れていなかった。家族から独立するために、「牢獄の裡に」過ごしてまで勉学に励み、最高学府で学び、洋行をし、その最高学府の教員にまでなった健三は、「遠い所」に行くことで、一時は「自らの足で立」つことができた。しかし自分自身が家族を持ち、親族の近くに戻った途端、三男であるにもかかわらず「活力の心棒」として親族すべてを支えることを強いられる。彼自身の学問は、国のためにはもちろん、彼を立てるためにも全く生かされていない。学問を積んだことで却って自由を奪われ、明日のために勉学する学生と対話しても「徒らに老ゆるという結果」しか感じられないのである。

『心』のKなどの漱石作品の登場人物は、いずれも学問がために家族と対立し、前途洋々たる未来を喪う。対して健三は、明治国家の生み出した最高の知識人とも言える学問上の成功者である。しかし、いかにも小市民的な懊悩や煩悶を抱えながら、「脱け出した」はずの世界に埋没してしまう。健三の存在そのものが、自ら立つことを求める明治の教育と、家族主義を重んじる政策の矛盾を示しているのだ。「世の中に片付くなんてものは殆んどありやしない」という末尾の健三のことばは、近代の日本が抱え持つ矛盾への批判と考えられるのである。

三　乃木希典と〈養子〉

以上のように、〈孝行〉という大義名分のもと、家族に金銭を要求されて苦悩する青年が明治三十年代から多数存在しており、健三の苦悩は『道草』を連載した『朝日新聞』の読者にとっても〈他人事〉ではなかったと考えられる。しかし健三に金銭を要求したのが実の両親ではなく、既に縁を切ったはずの養父母、また義理の両親であるため、問題はより複雑化し、健三の精神的葛藤を増幅させている。養子に出されたこと自体は「当時の慣習からすれば」、「とりわけて不幸とすることは当たら[27]」ず、作中には彦ちゃんを初めとして健三以外の〈養子〉も表れ、養父母である姉夫婦を養っている。実際、養子に対しての批判は「少数意見であった[28]」。

刃である。

しかし大正に入ってすぐ、ある〈事件〉が人々に養子について深く考える契機を与える。他ならぬ、乃木希典の自

『心』は「乃木希典の殉死を機縁にした作品」であり、「明治の精神に殉死する」という先生の遺書の一句を巡っても、実に「さまざまな言説が組織」されてきた。(29) しかし作中では、殉死そのものよりも希典の遺書の内容により多く触れられている。

遺書に大きな関心を寄せたのは、漱石や鷗外などの文学者だけではない。『東京朝日新聞』の記事を辿ると、まず殉死の翌日である大正元年九月十四日に「二通」(30)あることが報道された。十五日には「遺書の内容」という見出しで、『心』の先生が衝撃を受けた西南戦争の旗に関する部分を引用、さらには「乃木家の後あると欲せず自己を以て終りとせんことを欲し」て養子を拒否し、乃木家を断絶する決意もまとめられた。(31) ただあくまでも部分的であったため、新聞社が全文の公開を要求。十六日午後四時、希典が遺書を残した中の一人である小笠原長生子爵が発表するに至ったが、二つの箇所に付箋が貼られ内容が隠されていた。批判が高まる中、この公式発表の終了を待たずして、全文を掲載した、つまり付箋で隠されていた部分をも公開した『国民新聞』の号外が発行され、「取材に集まった記者連は驚愕し『切腹せよ』とまで激怒した」(32)。鷗外が「興津弥五右衛門の遺書」を『中央公論』に送った葬儀当日の十八日には、『朝日新聞』にも小笠原宛の遺書が現物縮小の形態(33)で、さらには坂本中将宛のも掲載された。(34) 十九日、日比谷図書館での公開計画を発表。(35) 二十日には、極秘の遺書の存在を報じ、「遺書全部を発表せよ」という見出しで「十通ありたりと伝へらる」中の、まだ四通しか公開されていないことが批判されている。(36) 遺書に対する関心は三ケ月経っても衰えなかったようで、実際に、日比谷図書館で十二月十六日から公開された時に詰めかけた「参観者は」、「一字一句も見逃さずに一一原本と対照して多くはノートに書き留め」、「午前九時から午後の五時迄に僅かに五百余名の人が参観し得たに止まると云ふのを見ても如何に参観者が熱心であったかゞ判る」とされるほどであった。(37)

遺書に関して連日のように報道されていた中、二十一日には「乃木大将の養子論」の見出しで、養子を拒んで家の断絶を選んだ希典の決断を「浅見絅斎の哲学に動かされた」と指摘する談話が掲載される。[38] 初めは遺書の内容に向けられていた人々の関心が希典の一家断絶への遺志に注目するようになったのは、まず、相続すべき爵位も遺産もあるような名門の家が、戸主の遺志をもって断絶されることが一般的ではなく、養子縁組によって存続するのが〈当然〉のことであったからだろう。しかし希典は爵位を「ともに戦った将兵全部に授与されたもの」と解釈していたため、戦っていない者、すなわち〈養子〉が相続する資格はないと考えた。[39] また、乃木家には初めから子どもがいなかったのではなく、長男、次男ともに日露戦争で戦死してしまったがゆえの一家断絶であることに、人々はより強い悲劇性を感じたのではないか。大隈重信は十五日付の『朝日新聞』で「自殺の真原因」の筆頭に「己れの配下より空然の死傷を出せるに対する内心の痛苦」[40] を挙げた。二子を喪ったことも第三の理由とされているが、[41] 一方で、それを「国民にたいするせめてものお詫び」と感じていたとする。[42] 再三にわたる養子の勧めを断固拒否し続けた希典の姿は、当時の人々に、その日露戦争の犠牲者に対する想いを感じさせたと考えられるだろう。さらには公式発表の際、付箋で隠匿された中の一つは「養子の弊害」を、実名を挙げて非難した部分であった。[43] 隠したことへの批判、隠された内容への好奇心、明らかになった時の衝撃も重なり、養子の問題がより強い関心を集めたのではないだろうか。

先述したように、一般的に養子に対する批判は「少数」[44] であったが、漢学者は異姓の養子を「非」[45] としていた。さらには漢学者の中でも陽明学派と朱子学派で異なった考え方があり、[46] 朱子学に傾倒していた希典が、朱子学の浅見絅斎に影響を受けたのは「偶然とは云へ復奇なら」ぬことだったと指摘されている。[47] 法学博士の穂積陳重は「養子正否論」を発表し、

『養子弊害ハ古来ノ議論有之』
『天理ニ背キタル事ハ致ス間敷事ニ候』

『呉々モ断絶ノ目的ヲ遂ゲ候儀大切ナリ』

是レ殉死ヲ以テ世界ヲ震駭シタル乃木将軍ノ遺言書中ノ言ナリ蓋シ将軍ガ戦場ニ二子ヲ失ヒタル後、断乎トシテ養子ノ勧告ヲ斥ケ、飽迄モ非異姓養子論ヲ固執シ壮烈ナル殉死ヲ遂グルニ及ビ、遺言ヲ以テ自家ヲ断絶セシムルニ至リタルハ、其由テ《ママ》来ル所平素懐抱セル学説ノ確信ニアルハ『古来ノ議論有之』ノ語ニ依リテ之ヲ知ルコトヲ得ベシ

と冒頭で希典の遺書を引用して詳しく論じ、末尾に「養子ノ人格ヲ無視ス」などの「養子ノ弊」を四点挙げてまとめている。[48]

希典が養子を拒んで一家断絶を選んだことについて、漱石が所見を述べたものは管見には入らなかった。しかし『心』の先生をして「明治の精神に殉死する」と言わしめた希典の「殉死」は、家の断絶によってこそ成り立つものではないだろうか。先述したように、二子の戦死は〈明治〉の国是の象徴である。養子を得、家名や爵位、財産を残したとすれば、名前のみが続く。「明治の精神に殉死する」ために、乃木家は、二子の戦死と希典の死を以て、その象徴する〈明治〉とともに終わりを遂げなければならなかったのである。「多くの言説が組織された」[49]この表現は、漱石が、希典の養子拒否、一家断絶に関する遺志に関心を抱かなければ存在しなかったのではないだろうか。

しかし時の為政者にとって、乃木家は断絶してはいけない家系であった。希典と婦人の殉死から三年後の命日、奇しくも『道草』の最終回の前日である大正四年九月十三日、毛利元智が乃木家を継ぎ、再興する届け出が提出される。[50]十五日の『東京朝日新聞』は、鎌田栄吉の「乃木将軍の偉大な人格を後世の人に示すモニュメント」とする「頗る結構なこと」とする意見とともに、[51]「乃木将軍記念会其他心ある町民は一種異様の感に打たれつゝあり」[52]という反対意見も掲載。十八日には、井上哲次郎が「かう云ふ事を画策する人々は、乃木大将の意志を全く理解する事の出来ない人々に相違ない」と厳しく批判している。[53]後の研究で、同年の四月から再興に向けて準備していたことが明らかにな

ったが、漱石が『道草』執筆前、もしくは執筆中にこの計画を知っていた可能性は高いとは言えない。しかし『心』を書き上げた漱石が、希典の三回目の命日に最終回を迎える可能性さえある作品に於いて、再度その死や遺書の内容、また一家断絶への遺志による〈養子〉に関する議論を想起したことは否定できないのではないだろうか。[54]

『道草』には、実子のいる家とそうでない家がある。島田も御常も実子がおらず、離縁した後は、再婚者の連れ子を子とした。姉夫婦は実子を死なせ、彦ちゃんという養子がいる。兄の生きている二人の子どもの性別は明らかではないが、健三の三人の子は全て娘である。三番目の子の出産の場面では、産婆から「気の毒さうに」女であることを告げられ、健三も「失望の色」を浮かべて「又女か」と言う。漱石自身に重ねると、養父の無心があった明治四十二年には、長男、次男と男子が二人産まれていたので、『道草』に男子誕生を書くことも可能であったはずである。健三に女児しかいないのは、家の存続のためには婿養子をもらわなくてはならないという〈養子の問題〉から、健三自身も逃れていないように書かれたのである。

健三は、実父に対しても批判的な目を向けており、養子だから、養父母だから、という理由で島田や御常を非難しているわけではない。問題は、経済的に世話になりたいがために復籍を持ち出し、健三と〈家族〉になろうとすることではないだろうか。結局、金の切れ目が縁の切れ目になるが、島田にとっての〈家族〉は、どこまでも金銭を得るための〈手段〉でしかないのである。

漱石は、明治三十六年から三十九年までの生活に、養父からの復籍の要請という実体験を絡め、帰国から約十年を経て『道草』を発表した。その理由については、大正四年に漱石の養父・塩原昌之助が養子を連れて挨拶に訪れ、復籍に関する一応の解決があったことが指摘されている。[55]しかし同時代に指摘されていた〈家族〉に於ける多くの問題も、看過できないのではないか。

健三は、「遠い所」から長い時間を経て帰ってきた東京で、家族に関する様々な問題を抱える。妻子を実家に帰して別居し、兄や姉とも疎遠で、義父の零落に苦しんでいた頃、社会全体が〈家族〉や〈家庭〉に注目していた。当時は「家族と云ふ概念にもいろいろ又面倒があります」(56)とされ、参考文献の多くが〈家族〉や〈家庭〉など、〈家〉に関する筆者の語の定義から始まっている。島田が御縫さんの不幸な死を経済上の影響から捉え、仕送りが欲しいがために健三の復籍を要請したように、家族のつながりを〈金銭〉面でのみ考えた人間も少なくなかった。〈孝行〉の大義名分を立て金銭を要求する親世代に対し、個の自覚を持った若者は反発したが、その反発を国家に向け、政策上の矛盾をただすには至らなかった。

若者の個の自覚には〈個人主義〉という語があてられ、〈家族主義〉と対比されるようになる頃、政府は国定教科書を改訂するなど、〈家族主義国家〉の形成により力を入れる。大正に入り、漱石が「明治の精神」の終焉を『心』にまとめ、個人主義について講演、さらに本作『道草』で〈家族〉の抱える問題を著していた頃、故人の遺志を無視して乃木家が再興される。つまり〈家〉の絶対主義はさらに続き、〈家族〉の本質に目を向けられることはまだ少なかったのである。

『道草』における、島田の金の無心は、縁を切ったはずの養父からであったために、「理に合はない」ものとされたが、家族も当然のように健三に金銭を要求する。健三は明治国家の生んだ最高の知識人でありながら、家族の経済的な問題に埋没することを余儀なくされただけではなく、「学問」はその性格や家族との関係に、弊害をもたらすだけであった。「世の中に片付くなんてものは殆んどありやしない」と「苦々し」く「吐き出」した言葉は、〈家族〉の定義すら曖昧なまま、また金銭で結び付いた〈家族〉を等閑にしたまま、〈家族主義〉国家を作ろうとしている日本に山積する多くの問題に対しての漱石の述懐ではないだろうか。

健三は島田の出現によって、過去に対峙し、ほぼ初めて家族とつながりを持つ。家族を明確に定義づけることはないものの、夫婦の関係が「護謨紐のやうに」「伸縮があ」ることに思い至った時、「立派な哲理でも考へ出した」ように「首を捻」る。

離れゝばいくら親しくつても夫切になる代りに、一所にゐさへすれば、たとひ敵同志でも何うにか斯うにかなるものだ。つまりそれが人間なんだらう。

健三の生い立ちの特徴は、共に住む人が「本当の」家族かどうかを絶えず考えさせられたことにあろう。養家では「本当の父と母」について尋ねられ、生家に戻っても戸籍は島田家のままで、共に住む人と〈本当の〉家族が一致しなかった。そのような過去と、「遠い所」から帰って家族とつながりを持ったこと、また妻子との別居を経て「一所にゐ」ることを〈家族〉の第一としたのではないだろうか。

『道草』は、明治末期から発表時の大正四年までの様々な〈家族〉の様相を作品に示し、漱石の「一所にゐさへすれば」という、〈家族〉の定義を表した作品として、本稿を終わりたい。

〈注〉

（1）江藤淳「道草　明暗―夏目漱石―」（『日本の近代文学―人と作品』昭40・11・25　読売新聞社）では、「帰ゝって来た男を主人公とする小説」（119頁）とされている。
（2）片岡良一「『道草』と漱石の結論」（『夏目漱石の作品』昭30→昭42・12・15　鷺ノ宮書店）224～225頁。
（3）小森陽一　芹澤光興　浅野洋「鼎談」（小森陽一　芹澤光興編『漱石作品論集成　第十一巻　道草』平3・6・10　桜楓社）にも同様の指摘があり、浅野氏が作中の「遠い」について分析している。322～323頁。
（4）吉田凞生「『道草』―作中人物の職業と収入―」（竹盛天雄編『夏目漱石必携』昭56・3・31　学燈社）55頁。
（5）小宮豊隆「道草」（『漱石の芸術』昭10→昭17・12・9　岩波書店）270頁。
（6）注（3）に同じ。

（7）無署名「我輩の根本思想」（『家庭雑誌』1―1　明36）
（8）注（7）に同じ。
（9）深尾韶「醜悪なる家庭」（『家庭雑誌』4―2　明39）
（10）注（9）に同じ。
（11）無署名「戦後の教育（下）」（『大阪朝日新聞』明39・5・5）
（12）無署名「国家と家族制」（『大阪朝日新聞』明39・7・18）
（13）有地亨「家族国家観の形成」（『近代日本の家族観―明治篇』昭52・4・20　弘文堂）218頁。
（14）石原千秋「注解」（夏目金之助『漱石全集　第十巻』平6・10・7　岩波書店）346頁。
（15）海後宗臣編『日本教科書大系　近代編　第3巻　修身(3)』（昭37・3・25　講談社）633頁。
（16）禄亭生「孝行の意義」（『世界婦人』22、明41）
（17）注（16）に同じ。
（18）魚住折蘆「自己主張の思想としての自然主義（上）」（『東京朝日新聞』明43・8・22）
（19）石川啄木「時代閉塞の現状―強権、純粋自然主義の最後及び明日の考察―」（明44↓『明治の文学　第19巻　石川啄木』平14・1・25、筑摩書房）14頁。
（20）注（19）に同じ。
（21）橋川文三　鹿野政直　平岡敏夫編『近代日本思想史の基礎知識―維新前夜から敗戦まで―』（昭46・7・30　有斐閣）などに指摘がある。
（22）中島徳蔵「個人主義か家族主義か」（『丁酉倫理会　倫理講演集』108、明44↓老川寛監修『家族研究論文資料集成　明治　大正　昭和前期篇　第一巻　家族・家族制度論（1）』平12・5・25　クレス出版）363頁。
（23）注（22）に同じ。365頁。
（24）井上哲次郎「家族主義と個人主義」（『丁酉倫理会　倫理講演集』111、112、明44、前掲『家族研究論文資料集成　明治　大正　昭和前期篇　第一巻　家族・家族制度論（1）』）393〜427、429〜458頁。明治四十四年五月二十八日、高等農学校講

堂に於ける東京市講演会での講演。本稿では以後同著から引用し、まとめている。
(25) 無署名「家族主義と個人主義　東京市講演会に於る井上文学博士の演説」(『東京朝日新聞』明43・6・4)
(26) 無署名「時代の病　(十二) 極端なる個人主義　驚くべき吝嗇漢」(『東京朝日新聞』明43・8・24)
(27) 石原千秋「注解」(夏目金之助『漱石全集　第十巻』平6・10・7　岩波書店) 346～347頁。
(28) 注 (27) に同じ。
(29) 佐藤秀明「乃木希典」(平岡敏夫　山形和美　影山恒男編『夏目漱石事典』平10・7・3　勉誠出版) 268～269頁。
(30) 無署名「遺書は二通」(『東京朝日新聞』大元・9・14)
(31) 無署名「遺書の内容」(『東京朝日新聞』大元・9・15)
(32) 大宅壮一『炎は流れる 明治と昭和の谷間11』(昭39・7・8　文藝春秋新社) 26頁。
(33) 無署名「乃木将軍の遺書　小笠原大佐宛」(『東京朝日新聞』大元・9・18)
(34) 無署名「公事に関する遺書あり」(『東京朝日新聞』大元・9・18)
(35) 無署名「大将の遺書蔵書　日比谷図書館に陳列の企」(『東京朝日新聞』大元・9・19)
(36) 無署名「遺書全部を発表せよ」(『東京朝日新聞』大元・9・20)
(37) 無署名「乃木大将の遺書展覧会」(『東京朝日新聞』大元・12・17)
(38) 井上頼圀「乃木大将の養子論」(『東京朝日新聞』大元・9・21)
(39) 井戸田博史『乃木希典殉死・以後―伯爵家再興をめぐって―』(平元・10・10　新人物往来社) 114頁。
(40) 無署名「醇乎として醇―夜を寝ねずして将軍の死因を考へたる大隈伯爵の談」(『東京朝日新聞』大元・9・15)
(41) 注 (40) に同じ。
(42) 注 (38) に同じ。39頁。
(43) 注 (38) に同じ。66頁。
(44) 注 (27) に同じ。
(45) 穂積陳重「養子正否論」(『法学協会雑誌』30―10　大元→老川寛監修『家族研究論文資料集成　明治　大正　昭和前

期篇　第24巻　隠居、分家、親子』（平13・8・25　クレス出版）228頁。
(46)　注（38）に同じ。
(47)　注（38）に同じ。
(48)　注（45）に同じ。227～228、257～258頁。
(49)　注（29）に同じ。
(50)　注（37）に同じ。138頁。
(51)　無署名「乃木家再興問題　兎に角毛利家の一族中に新に一伯爵が殖ゑた訳だ　鎌田栄吉氏」（『東京朝日新聞』大4・9・15）
(52)　無署名「一種異様の感　長府人の感想」（『東京朝日新聞』大4・9・15）
(53)　無署名「将軍と養子否定説　文学博士井上哲次郎氏」（『東京朝日新聞』大4・9・18）
(54)　注（39）に同じ。119頁。
(55)　鷹見安二郎「漱石の養父―塩原昌之助」（『世界』昭38・10・12→平岡敏夫編『日本文学研究大成夏目漱石Ⅱ』平3・3・30　図書刊行会）243頁。養子の届出は大正四年三月二十日であり、訪問がその直後と考えられることが記され、既に多く指摘されている同年三月の姉の死とともに『道草』執筆の「直接の動機となった」とある。243頁。
(56)　注（22）に同じ。366頁。

付記　本稿で引用した夏目漱石の文章は、夏目金之助『漱石全集全28巻別巻1』（平5・12・9～平8・2・6　岩波書店）を底本とした。また、引用に際して旧漢字を常用漢字に改め、ルビは簡略化した。

〈裁縫する女〉の図像学

——明治・大正期における裁縫の社会的意味と漱石作品におけるイメージ——

北川　扶生子

一　女の手仕事

女が茶の間で縫い物をしている。傍らには火鉢、土瓶、座布団。静かに時間が流れていく。そこには「家庭」があり、「日常」があり、まぎれもない「家の中心」があった。縫い物をする女が中心に居る、このような「家庭の日常」の図像は、私たちの生活のなかで、いつ生まれ、いつ終わっていったのだろうか。家のなかで縫い物をする女たちの姿は、何を意味し、何を私たちに与えたのだろうか。そして、そうやって縫い物をしていた女たちは、何を考え、どのような思いを、その一針一針に込めたのだろうか。女の手仕事という、長い歴史の中で綿々と続いてきたひとつの文化が、終焉を迎えつつあるように見える今、夏目漱石が残した作品の数々を覗き窓にして、明治・大正期における裁縫の意味を探ってみたい。膨大な数の「普通の女」たちの献身は、時代のなかでどのように表象され、どう意味づけられたのだろうか。そして、漱石は彼女らをどのように描いたのだろうか。

細君は裁縫《しごと》が一番好きであつた。夜眼が冴えて寝られない時などは、一時でも二時でも構はずに、細い針の目を洋燈《ランプ》の下に運ばせてゐた。長女か次女が生れた時、若い元気に任せて、相当の時期が経過しないうちに、縫物を取上げたのが本で、大変視力を悪くした経験もあつた。（中略）同時に彼のノートは益《ますます》細かくなつて行つた。最初蠅の頭位であつた字が次第に蟻の頭程に縮まつて来た。何故そんな小さな文字を書かなければならないのかとさへ考へて見なかつた彼は、殆んど無意味に洋筆《ペン》を走らせて已まなかつた。日の光の弱つた夕暮の窓の下、暗い洋燈から出る薄い灯火《ともしび》の影、彼は暇さへあれば彼の視力を濫費して顧みなかつた。細君に向つてした注意をかつて自分に払はなかつた彼は、それを矛盾とも何とも思はなかつた。細君もそれで平気らしく見えた。

（『道草』八十四）

夏目漱石の『道草』（「東京朝日新聞」「大阪朝日新聞」一九一五［大正四］年六月三日～九月一四日）では、大学教師である夫の、講義や著書の執筆と、妻の裁縫とが、繰り返し対比的にとりあげられる。夫が書斎に閉じこもって、薄暗いランプの下、蠅の頭のような字をノートに書き付けているあいだ、妻は妻で、新しく生まれてくる子供のために、夜遅くまでせっせと縫い物に精を出す。ともに「しごと」と呼ばれる、家のなかの営みはまた、夫婦それぞれの若さを奪ってゆくものとして描かれてもいる。互いにみずからの仕事に向き合い、鏡像のように似通いながら、決して理解しあうことのない夫婦の姿は、『道草』の読者にひときわ印象的な図像を残す。

しかし、明治大正期における裁縫の社会的意味を参照すると、大学教師の執筆と、主婦の裁縫とが、ほぼ等しい価値を持って対比される『道草』の世界は、当時の一般的なイメージからは、相当な距離があるように思われる。『道草』に限らず、漱石が書き残した作品には、〈裁縫する女〉の姿が、数多く描きとめられている。そして、彼女らの姿は、ある類型をなしており、〈裁縫する女〉の姿が、漱石の文学世界において、原型的図像のひとつであったとみなすことができる。本稿では、漱石作品に〈裁縫する女〉の図像が頻出し、それが作家にとっての原型的図像のひとつとみなせること、これら〈裁縫する女〉の姿を、当時の社会に置いたときに見えてくる漱石作品の特質について考える。結論を先取りすれば、以下のようになるだろう。①漱石は裁縫する女の姿に、当時の社会的了解事項を超える、中流層専業主婦の孤独、個人としての情念を感じ取り、描き出している。②それは針や縫物をめぐる神話的想像力とも通底している。③手仕事や装いの文化の現代的意味を遠望しながらも、積極的にその世界に立ち入ることはなかった。以下、順に検討したい。

二　明治・大正期における裁縫の社会的意味

明治・大正期において、裁縫という分野は、社会のなかでどのような意味やイメージを持っていたのだろうか。ここでは、おもに当時の新聞報道から、裁縫のイメージや意味づけを考えてみたい。

裁縫は、江戸時代以来、女のたしなみとみなされてきたが、明治になってもそれは変わらなかった。たとえば西野古海『新撰女大学』(1)は、「婦功とは糸麻の業につとめること、紡績・裁縫の業にはげむ意である」と述べている。ここで注目されるのは、家庭内で家族の着物を縫うだけではなく、紡績業に従事することも、「婦功」とみなされている点である。言うまでもなく、紡績業は、主として農村から集められた膨大な数の女工達の、骨身を削った労働によって莫大な利益を挙げ、明治期の主要な輸出産業として富国強兵策を支えた。児童労働や女子の深夜労働を禁ずる工場法は、一九一一（明治四四）年にようやく制定されるが、それまで、十代前半から二十代の女性たちに課せられた労働がいかに過酷であったか、それがいかに彼らの心身を蝕ばみ、待ったなしの状況にまで至っているか、政府と社会が認識するには、石原修『衛生学上ヨリ見タル女工之現況』(2)を待たねばならなかった(3)。

裁縫は、明治の早い時期から、女性の経済的自立法のひとつと考えられていた。たとえば、一八七二（明治五）年には、娼妓解放令によって職を失った女性たちのために、裁縫等の業を教える授産施設として「女紅場」が京都・島原に設立されている(4)。

しかし、裁縫を女性の経済的自立法とみるまなざしは、明治中期における女学校設立および良妻賢母主義の浸透とともに、変質してゆく。裁縫は、たんに経済的な営みであること以上に、よりイデオロギー化された意味を担っていくのである。

たとえば、下田歌子らの設立した帝国婦人協会は、良妻賢母教育をかかげ、その教育科目のひとつが裁縫であった。帝国婦人協会の設立を、「東京日日新聞」は、詳しく報じている。会員は二五〇〇人余、機関誌「日本婦人」も刊行、附属の実践女学校は質朴質素を旨として現今社会に適応すべき実学を授け、良妻賢母養成も目的に、一五〇名の生徒を養成している。附属女子工芸学校も盛況で、普通学科では、裁縫、編物、刺繡、造花、挿花、押絵、速記、割烹等を教授、寄宿舎も完備している(5)。万一夫が死んで未亡人となったときの備えとして、あるいは家計の補助として、良妻賢母であることを妨げない範囲でのみ、女性の労働と収入は容認されたのである。「読売新聞」は、婦人向け附録において、女性の職業教育に関する大久保介寿の以下のような文章を掲載している。

△婦人と職業教育　女子が家庭にあると、独立生存するとに論なく、裁縫、編物、刺繡、造花等の知識を持つは、必要であり且つ安全だと云ふ事は、何人も異論のない所であると存じます。中流以上の家庭の主婦が、かかる職業教育をもって、家事の閑暇を利用する事は、家富を致す一助となるのみならず、一方に於いて、家庭興業として輸出品の重きをなすに至であらうと思はれます。（中略）△我国現在の収能　まして婦人とても種々の事情より何時独立生計を営む必要を生じないとは言はれぬのですから、出来得る限り何人も職業教育を修めて置かねばなりますまい(6)。

以下の記事においても、同様に、女性の職は、家庭内で役立つものを基盤とすべきとの考えが述べられている。

女子の職業問題

婦人は男子と違つて何かと言へば周囲の事情の変るものですから、何うしても一つの職業を心得て置く必要があります。今日の日本の状態では婦人の職業は、社会的の職業になり、一方に於ては家庭の用に立つ、即ち常には家にあつて出来、何か事の起つた時には一廉の職業となつて役に立つやうなものが適当であらうと思はれます。此意味に叶ふものでは裁縫、編物、刺繡、造花、割烹、色洗つまり染色と洗濯などですが其の中では裁縫が一番、今の社会での婦人の職業として適当なものでせう。(7)

女性が働くのは、あくまでもやむを得ない場合にのみ望ましいものであるという意見は、裁縫女学校を設立し、女子裁縫教育に多大な功績を残した渡辺滋自身によっても、明確に述べられている。

女子の職業は末

私は自分が女子に職業教育を授けてはゐるけれども、矢張り女が職業に携はるが為めに生涯を独身で終るとか、身已に人の妻であり且夫が一家の生活を支ふるに足るだけの収入を得てゐるにも係らず、外へ出て働くとか言ふ事には絶対に不賛成です。かういふと、それは余りに時勢に疎い論議である、見よ今日西洋では、と直ぐに西洋の事を例にひく人があるが、これは例にならぬと思ひます。と言ふのは、根本の社会組織が全く違って西洋は個人制度であるのに、日本は家庭制度であるからです。個人制度ならば個人が中心ですから、場合に依つては婦人と雖も職業を持つて独立する事も許されるでせうが、家族制度では婦人の独立といふ事は、制度を破壊する事になるから軽々に見逃す訳には行かないのです。ですから、日本では女はどうしても家庭の人として良妻賢母でなければなりません。そして飽く迄家を治めて、夫をして後顧の憂いなく外で十分の働きをさせ、且自分の手際でもつて一家の支出を減ずるやうにすれば、それで女の道は十分立つつまり外へ出て働くのと同じ意味になると私は考へます。働いて収入を計るばかりがいゝ事ではありません。一家の経済を巧にきりもりして、五十円要る所を四十円で済せば十円だけ女子の力で働きだしたのであるといふ事が出来ます。(中略)女子が働いて収入を得る事になると、自然に女子の気が強くなつて、一家の平和を欠き、ひいては家族制度を破壊するに至る虞《おそれ》があります。のみならず、一家を治めるといふ事は女子にとつては中々の大事業で、それを完全にして行かうと思へば、職業などに携つてゐる暇は恐らくあるまいと私は考えます。（中略）女子の職業教育を否定するのではありません。只それを女子の独身生活の具とするに非ずして、まさかの場合、即ち夫に死別れるとか、一家が非常な不幸な境遇に落つるとかした場合の用心として利用するに止めて欲しいと言ふのです。(8)（傍線筆者）

ここでは、女子が経済的に独立可能であることは十分に認識されており、それゆえにこそ、それを妨げねばならないという考えが、日本的社会制度の特質として、主張されている。

同時に、裁縫には、修養的意味合いも付加されてゆく。裁縫に励むことは、欲望の解放や怠惰さという悪徳を打ち負かし、勤勉で実用的で精神的な鍛錬に役立つものとされていくのである。渡辺が設立した東京裁縫女学校を紹介する記事は、次のように記されている。

妙に此学校では、白粉や簪やリボンをつけた人がゐない。（中略）全くどの教室へ入つて見ても、眼立つやうな派手な風をした人は殆んど見られません。校長が楽をさせぬ、出来るだけ苦しめるという主義なので生徒も油断がならず一般に勤勉を競つてゐます。同校では生徒をとるに生徒の従来の成績を調べて、裁縫の得意な数学のよい者を入れてゐます。教育方針は何事にも理屈を言はせぬ、家事でも何でも極めて実際に近い事を教へる、女らしい女、真面目な主婦を作ると言ふので、卒業生は家庭へ入る人が大部分です。(9)

裁縫はここでは、身なりを着飾る虚栄心がなく、実際的な家事労働に、理屈を言わずに勤勉に励む「女らしい女」のシンボルとみなされている。それはまた、西欧的テクノロジーの恩恵は受けつつ、日本女性の美徳たる従順さは受け継いでゆくことが、日本にふさわしい近代化であるとする、先の渡辺の主張とも連動していく。たとえば、「読売新聞」一九一二年一二月二七日号には、華やかに見えるパリの女性たちも、皆が女文士や女芸術家ではなく、一般女性は日本と同じく裁縫業に励んでいるという記事が、「新らしがらぬ女—巴里婦人の生活」と題して掲載され、こうした議論を補強している。

●新らしがらぬ女

△巴里婦人の生活／貸付金貨を生み出す家庭

▲所謂新しい女　巴里には女文士や女芸術家が箒で掃くほども居る、されどこれを以て新しい女とは巴里人士に思はれていない、がこれらを日本風に新しい女として其の最も卓越しているものを挙げたら、文士詩人としては伯爵夫人ジーブ女史がいる、同ドノアイユ夫人がある（中略）さてこんな文学芸術等に身を投じた夫人たちを除いた巴里婦人はどんなものであらうか、やはり巴里は花の都の女性だけあって、平生派手な出しやばつた浮気な境遇に処しているだろうか▲極めて地味な生活　一般巴里婦人は極めて地味な生活をしている事は外人の想像外である（中略）▲第一に裁縫業　男子の事はさておき、女子はこうしてどんな職業に従事せしめられるか、女文士になるとか、女詩人や女優になるとかは一般婦女子の希望する所ではない、普通の家庭の娘子どもが第二に十字させられるのはやはり日本におけると同じく裁縫業である(10)

大多数のフランス人女性は、裁縫業などにいそしんでいる「新しがらぬ女」であると説明することで、西欧的近代化をモデルにすることと、個人主義の抑制とを両立させようとする論理が、ここにはみられる。

裁縫はまた、「浮華」に流れがちな少女たちを監督し、その「堕落」を防ぐ有効な方法とも考えられていた。「冬期休暇と女学生」と題された次の記事では、休暇中の女学生に、軍服を裁縫させる方針を、多くの女学校が決定したことが報じられている。

日本女学校、女子大学、女子美術学校、三輪田高等女学校等にては此休暇間を利用し陸海軍の防寒衣を裁縫すること丶なり（中略）この期日（筆者注―冬期休暇）が一番に堕落し易く特に歌留多会とか新年会とかで所謂男女交際の熾《さかん》に行はれ其結果が忌はしき事実を示すものゆえ此間は特に女学生の監督を要することで（後略）(11)

図1　「読売新聞」一九一四年十月二十二日

この記事が掲載されたのは、日露戦争開戦の熱気に包まれた時期であったが、女学生に軍服をつくらせるという記事は、頻繁に見られる。次の記事は、第一次世界大戦時、連合軍向け軍服を女学生が製作したという記事である。

●女心の籠る針と糸　連合軍兵士に送る衣服　渡辺女学校生徒の作業【図1参照】

本郷の東京裁縫女学校に於ては仏国大使の依頼を受けて、大使及び白耳義《べるぎー》公使が主催となりて企てられた彼地の傷病兵へ寄付の被服中シヤツ千二百枚を二十日夕方より生徒一同で仕立て始めました。（中略）生徒は何れも喜び勇んで一生懸命縫つて居ります（中略）生徒達は先づ布を受取るが早いか自分の糸でぐん〳〵縫ひ始めたとの事、仕立上るや「先生どうぞお替りを」と次々に催促に出る嬉しげな様子には、涙もこぼれんほどの感を起させられるのでした。(12)

裁縫と国家主義の結びつきは、こうした事例にとどまらない。教師になることは、この時代の女性にとって、数少ない経済的自立法であったが、多くの場合、裁縫の専門家になることによってそれは達成された。読売新聞は、文部省検定合格者を写真付きで紹介している。検定合格が、女性の輝かしい出世とみなされていたことがわかる【図2参照】。しかし、この検定に合格するためには、教育勅語の「理想的な」理解を示す答案を書かなくてはならなかった。専門性を生かして経済的に自立するためには、まず、手本となる「国民」であることが必要であった。

裁縫は、女が国家に奉仕する代表的な方法であるというまなざしは、女学生教育に限定されているわけではない。

（向って右より）林しづ子さん、森田千代子さん、濱久枝さん

△成績の良い、教育者さ[illegible]しては明敏な頭脳の所有者で氣品もあり、且つ[illegible]しても高良な性質の生徒許りでありますと大變褒んでゐられました。お話によると、林しづ[illegible]さんは鳥取縣岩美郡中の郷村の生れで本春三月同校高等師範科を卒業せられまして、今では下谷茅町市立實科高等女學校に奉職してゐらるゝさうです。濱久枝[illegible]さんは徳島縣那賀郡平島村の産で、郷里の女學校を卒業して、目下同校高等師範科三年に在學中で、来年三月に卒業せられるさうです。

◇丸で夢の様　在學中に合格した◇濱久枝さん

教務主任の御紹介で濱女史は話されました「なにほんの[illegible]にしないで受けた許りなんです、一體なら卒業し

図２　「読売新聞」一九一七年十一月十四日

そのまなざしはさらに、華族女性や皇族をも含み込んでいった。以下の記事も、第一次世界大戦時のものであるが、学習院卒業生の作業を伝えている点で、女性の手本という意味合いは、より強く見られる。

●軍需品の裁縫に余念なき貴婦人達　学習院女学部の白い靴下と病衣

学習院女学部卒業生より成る常磐会では此頃毎火曜日に有志の会員が母校に集まり、陸軍で使ふ靴下を編んだり、傷病兵に着せる病衣を纏つたりして居られますが、これは一朝事ある際、婦人として軍用の被服類を容易に縫へるだけの素養をして置きたいといふ考へから（中略）会員の有志は態々先月末本所の陸軍被服本廠を参観して靴下と病衣を持帰り、これを見本として（中略）△貴婦人のお話を伺ひますと「（中略）日常から斯うして軍需品を手掛けてゐますと、（中略）心の鍛錬も出来、また一朝事ある際にも直ちにお役に立つことが出来ることゝ存じます」云々[13]

さらに、関東大震災に際しては、皇族女性が、みずから罹災民の衣服を裁縫した、とする記事が大きく掲載されている。

各宮家から五十萬円を賜はる　妃姫宮は被服の御裁縫

十六日各宮家から●恤●五十万円をシンサイ民御●●の思召から下賜妃姫宮方には御自らリサイ民へ下賜の被服の裁縫に従事せられつゝあるばかりでなく御●品中救恤の用を弁し得べき物品は総て此際下賜せらるゝ思召しで物品取纏めに努めつゝあり[14]

未曾有の災害に際して、皇族女性の裁縫が報じられたのは、そこに伏在する神話的イメージの喚起が目指されていたのかもしれない。紡績女工から、女学校生徒、華族子女や皇族女性

に至るまで、さまざまな社会的・経済的階層に属する女性たちが、よき国民として統合され、再編成されてゆくにあたって、裁縫は強力な記号として機能したのである。

三　漱石作品にえがかれた〈裁縫する女〉たち

裁縫が、以上のような意味を社会のなかではらんでいたのと同じ時期、漱石は多くの作品で裁縫する女の姿を描いた。ここでは、漱石作品に繰り返し登場する〈裁縫する女〉の姿が持つ意味について、検討したい。ひとつめの意味は、これまでに見てきたような、裁縫が社会的に担っていた意味をほぼ反映するものである。

それに彼女は縫針の道を心得てゐなかつた。手習をさせても遊芸を仕込んでも何一つ覚える事の出来なかつた彼女は、嫁に来てから今日迄、ついぞ夫の着物一枚縫つた例がなかつた。　（『道草』六十七）

「字が書けなくつても、裁縫《しごと》が出来なくつても、矢つ張姉のやうな亭主孝行な女の方が己《おれ》は好きだ」
「今時そんな女が何処の国にゐるもんですか」　（同　七十）

ここでは、健三の妻・お住と、健三の姉との違いが、教育の有無として描かれている。読み書き・裁縫のたしなみがあることを、よき妻の資格のひとつとみなす、当時の社会に一般的なまなざしが、作品においても共有されている。

ただし、一方で、女学校における裁縫教育の専門化については、皮肉なまなざしも見られる。以下の例には女学校教育へのからかいのまなざしが読み取れる。

時下秋冷の候に候処貴家益々御隆盛の段奉賀上候《がしあげたてまつりそろ》陳《のぶ》れば本校儀も御承知の通り一昨々年以来二三野心家の為めに妨げられ一時其極に達し候得共《そうらえども》是れ皆不肖針作《しんさく》が足らざる所に起因すと存じ自ら警《いまし》むる所あり臥薪嘗胆其の辛苦の結果漸く茲《ここ》に独力以て我が理想に適するだけの校舎新築費を得るの途を講じ候其は別義にも御座なく別冊

裁縫秘術綱要と命名せる書冊出版の儀に御座候（中略）

大日本女子裁縫最高等大学院

校長　縫　田　針　作　九拝

（『吾輩は猫である』九）

さて、漱石作品において、もっとも多くみられる裁縫の意味は、家庭的な女性を象徴するものである。『虞美人草』（一九〇七［明治四〇］年六月二三日〜一〇月二九日）に登場する糸子は、厭世観に苦しめられる甲野にとって唯一の救いとして描かれる。甲野と宗近が指摘する糸子の美点は、当時の言説と見事に一致している。

「其袖無《ちやん〳〵》は手製か」

「うん、皮は支那に行つた友人から貰つたんだがね、表は糸公が着けて呉れた」

「本物だ。旨いもんだ。御糸さんは藤尾なんぞと違つて実用的に出来てゐるからいゝ」

（『虞美人草』三）

ヒロイン藤尾を追い詰める兄の、片腕として大活躍する妹の名前はまさに、家庭の中心で針仕事をする女の姿に由来するものであった。しかし、漱石作品に見られる裁縫する女の類型的イメージについては、さらに注意深く考える必要があるだろう。

私の知つてゐる母は、常に大きな眼鏡を掛けて裁縫《しごと》をしてゐた。其眼鏡は鉄縁の古風なもので、球の大きさが直径《さしわたし》二寸以上もあつたやうに思はれる。母はそれを掛けた儘《まゝ》、すこし顋《あご》を襟元へ引き付けながら、私を凝と見る事が屢々《しば〳〵》あつたが、老眼の性質を知らない其頃の私には、それがたゞ彼女の癖とのみ考へられた。私は此眼鏡と共に、何時でも母の背景になつてゐた一間の襖を想ひ出す。古びた張交《はりまぜ》の中に、生死事大無常迅速云云と書いた石摺なども鮮やかに眼に浮んで来る。

（『硝子戸の中』三十七）

裁縫をしながら、いつも家のなかの決まった場所に居て、自分をちゃんと見てくれる母の姿は、暖かい家庭を象徴するものであっただろう。この例においても、漱石作品における〈裁縫する女〉の意味は、同時代の社会において流通していたものと、ほぼ相違ないようにも思われてくる。しかし、注意したいのは、〈裁縫する女〉が家庭の象徴として登場する場合、ほとんど常に、それが手に入らないもの、もう失われてしまったもの、あるいはもうすぐ失われてしまうものとして描かれていることである。たとえば、『琴のそら音』（一九〇五［明治三八］年六月、「七人」）には、家庭的な婚約者女性の姿が描かれるが、それは、彼女が死んでいるかもしれないという文脈においてである。

横を向いて不図目に入つたのは、襖の陰に婆さんが丁寧に畳んで置いた秩父銘仙の不断着である。此前四谷に行つて露子の枕元で例の通り他愛もない話をして居た時、病人が袖口の綻びから綿が出懸つて居るのを気にして、よせと云ふのを無理に蒲団の上へ起き直つて縫つてくれた事をすぐ連想する。あの時は顔色が少し悪い許りで笑ひ声さへ常とは変らなかつたのに――当人ももう大分好くなつたから明日あたりから床を上げませうとさへ言つたのに――今、眼の前に露子の姿を浮べて見ると――浮べて見るのではない、自然に浮んで来るのだが――頭へ氷嚢を戴せて、長い髪を半分濡らして、うん〳〵呻きながら、枕の上へのり出してくる。――愈《いよいよ》肺炎かしらと思ふ。

（『琴のそら音』）

また、さきほど検討した『虞美人草』においても、裁縫に象徴される女性の美点は、結婚によって損なわれるとされている。以下は、甲野と糸子の会話である。

「あなたは夫で結構だ。動くと変ります。動いてはいけない」

「動くと？」

「え丶、恋をすると変ります」

女は咽喉から飛び出しさうなものを、ぐつと嚥み下した。顔は真つ赤になる。

「嫁に行くと変ります」

（『虞美人草』十三）

甲野の人間不信や厭世は、作中で繰り返しハムレットにたとえられる。そして、シェイクスピアにおいて、母への不信がハムレットの厭世に結びついていたように、『虞美人草』でも義母とその娘の不純が焦点に据えられ、その対極に位置する女性として糸子が登場する。しかし糸子が持つ美しい性質は、結婚とともに失われざるを得ないものとされてもいるのである。そして、言うまでもなく、『硝子戸の中』に描かれた母や、彼女がかたちづくる暖かな家庭は、記憶の中ですら曖昧なものでしかないのだ。

また、漱石作品の多くが題材としている中流家庭では、多くの場合専業主婦の裁縫が描かれるが、ほとんどの場合、彼女らの孤独ややりばのない苦しみが、裁縫とともに描かれている。たとえば、『それから』（「東京朝日新聞」「大阪朝日新聞」、一九〇九［明治四二］年六月二七日〜一〇月一四日）の三千代が洗い張りをしているのは、夫の不在からくる所在なさゆえである。

物音を目的《めあて》に裏へ回ると、三千代は下女と張物をしてゐた。物置の横へ立て掛けた張板の中途から、細い首を前へ出して、曲《こゞ》みながら、苦茶々々になつたものを丹念に引き伸ばしつゝ、あつた手を留めて、代助を見た。（中略）其時三千代をこんな家へ入れて置くのは実際気の毒だといふ気が起つた。三千代は水いぢりで爪先の少しふやけた手を膝の上に重ねて、あまり退屈だから張物をしてゐた所だと云つた。三千代の退屈といふ意味は、夫が始終外へ出てゐて、単調な留守居の時間を無聊に苦しむと云ふ事であつた。（『それから』十三）

ここで裁縫は、円満な家庭ではなく、円満な家庭や夫婦関係の不在を現している。三千代は、夫の心が自分から離れつつあることに絶望しながら、長い日中、さして必要のない家事に時を過ごしている。すでに実態のない「家庭」のために、主婦として働く彼女の献身は、あたたかい家庭の不在を際だたせる。

『門』（「東京朝日新聞」「大阪朝日新聞」一九一〇［明治四三］年三月一日〜六月一二日）の場合も、似た事情が読み取れる。『門』の冒頭部分は、休日、縁側で日に当たる夫と、障子の中で裁縫をする妻の、日常的な会話から始まる。

しかし、妻が裁縫で使うものさしで書いてみせるのは、「近来の近の字はどう書いたつけね」という、夫の質問への答えである。簡単な漢字が思い出せないというこのエピソードは、夫の心身の疲労や不安定さを感じさせる。そして言うまでもなくこの作品は、穏やかで仲むつまじく見える夫婦の内面の動揺と苦悩に、焦点を絞ってゆくのである。主婦としてのお米の姿はまた、次のようにも描かれていた。

御米が茶の間で、たつた一人裁縫《しごと》をしてゐると、時々御爺さんと云ふ声がした。（『門』七）

しんと静まりかえった家のなかで、ときおり隣家の会話が洩れ聞こえてくる。夫が不在の長い昼間、たったひとりで家に残る主婦の孤独を、漱石は非常によく描いている。『行人』（「東京朝日新聞」「大阪朝日新聞」、一九一二［大正元］年一二月六日〜一九一三［大正二］年四月七日、九月一八日〜一一月一五日）のお直は、舅姑と同居しているが、彼女の生活は以下のようなものだ。

彼女は単独に自分の箪笥などを置いた小さい部屋の所有主であつた。然しながら彼女と芳江が二人限其処に遊んでゐる事は、一日中で時間に積ると幾何《いくら》もなかつた。彼女は大抵母と共に裁縫其他の手伝をして日を暮してゐた。（『行人』「帰つてから」二十五）

お直もまた、大学教授の夫と幼い娘、裕福な義父母に囲まれて、何不自由のない主婦に見えながら、からっぽな自分に深く悩む女性である。漱石作品においてはいずれの場合も、主婦の針仕事は、家庭の充実ではなく、その不在を象徴しているのだ。

裁縫する主婦の姿から、その孤独を読み取ってしまう漱石はまた、ひとりで針仕事をする女たちの心が、決して家族への愛情のみで尽きないこと、良き母良き妻であることに終わらないことにも、気付かずにはいられなかったようである。

「もう彼方《あつち》へ行つても好い。此所には己が居るから」

ぼんやり蒲団の裾に座つて、退屈さうに健三の様子を眺めてゐた下女は無言の儘《まゝ》立ち上つた。さうして「御休みなさい」と敷居の所へ手を突いて御辞儀をしたなり襖を立て切つた。後には赤い筋を引いた光るものが畳の上に残つた。彼は眉を顰めながら下女の振り落して行つた針を取り上げた。何時もなら婢《をんな》を呼び返して小言を云つて渡す所を、今の彼は黙つて手に持つたまゝ、しばらく考へてゐた。彼は仕舞に其針をぷつりと襖に立てた。さうして又細君の方へ向き直つた。

細君の眼はもう天井を離れてゐた。然し判然《はつきり》何処を見てゐるとも思へなかつた。黒い大きな瞳子《ひとみ》には生きた光りがあつた。けれども生きた働きが欠けてゐた。彼女は魂と直接に繋がつてゐないやうな眼を一杯に開けて、漫然と瞳孔《ひとみ》の向いた見当を眺めてゐた。（『道草』五十）

出産を間近に控え、折り合いの悪い夫との緊張関係に耐え難くなった妻は、しばしば異常な振る舞いを見せた。暗闇のなか、赤い糸を引いて光る針は、この夫婦の緊張した関係と不穏な危機の時間を象徴して、鮮やかである。誰にもぶつけることのできない孤独や憎悪を呑み込んで、一針一針、縫い進めている女の時間が、ここには描き留められている。

このような〈裁縫する女〉への想像力は、針と糸をめぐる神話的イメージとも通底しているかもしれない。神話のなかで針はしばしば、危機を象徴する小道具として登場し、それは女の怨念ともないまぜになっていた。『道草』において、夫の執筆と妻の裁縫が対比的に等価物として描かれるのは、当時の社会的文脈と合致する部分もあるが、それをはるかに超える意味がそこには読み取られている。漱石は、家庭における主婦の営みの背後に、個人としての女の叫びを聞き取っているのだ。それゆえにこそ、『道草』において、夫の血を吐くような書斎仕事と、妻の裁縫が対置されなくてはならなかったのだろう。

しかし一方で、夫婦の仕事には異なる部分もある。最後に、裁縫の今日的意味について瞥見しておきたい。健三の執筆が、世界を言語によって分節化するものであったとすれば、お住の裁縫は、より身体的・非言語的な作業である。裁縫においては、言葉ではなく、コツとか加減とかいった、身体的な感覚や記憶が動員される。針を進める作業のなかで、無心になれる時間が与えられたり、感情が解放されたりすることもあるだろう。お住は裁縫が一番好き、とされる背後には、作業への集中が彼女を解放している側面があることが読み取れる。

また裁縫を含めた装いの文化は、視覚や触覚を豊かに解放してゆくものでもある。

彼女は自分の傍《わき》に其子を置いて、また裁もの板の前に座つた。さうして時々針の手を已めては、暖かさうに寝てゐるその顔を、心配さうに上から覗き込んだ。


「そりや誰の着物だい」

「矢つ張此子のです」

「そんなに幾何《いくつ》も要るのかい」

「えゝ」

細君は黙つて手を運ばしてゐた。

健三は漸と気が付いた様に、細君の膝の上に置かれた大きな模様のある切地《きれぢ》を眺めた。

「それは姉から祝つて呉れたんだらう」

「左右《さう》です」

「下らない話だな。金もないのに止せば好いのに」

（中略）

他《ひと》を訪問する時に殆んど土産ものを持参した例のない健三は、それでもまだ不審さうに細君の膝の上にあるめりんすを見詰めてゐた。


（『道草』八十五、傍線筆者）

ここでは、着物が与えてくれる触覚の様々な違いや、着物の柄をめぐっての豊かな文化が顔を見せている。しかし、注意したいのは、それらがいずれも、健三にとっては、垣間見るだけで、その意味も喜びもわからない文化としてしか登場しない点だ。新しく生まれた子供にどんな柄の着物を着せるか考えることは、若い母にとって大きな喜びであっただろう。すべすべした肌触りのめりんすが選ばれているのも、子供への配慮ゆえかもしれない。語り手はそのことをよく承知しているが、健三にとってそうした喜びは、「漸っと気が付く」「不審」なものでしかない。

着物が親しい人への愛情を表す例は、他にも見られる。商売で裁縫をしているのではない主婦が、誰かの着物を縫うことは、多くの場合、親密な人間関係の表れといえる。以下は、『心』（「東京朝日新聞」「大阪朝日新聞」一九一四［大正三］年四月二〇日～八月一七日）の例である。

> 私は先生の宅へ出這入りをする序に、衣服の洗ひ張や仕立方などを奥さんに頼んだ。それ迄襦袢《じゆばん》といふものを着た事のない私が、シヤツの上に黒い襟のかゝつたものを重ねるやうになつたのは此時からであつた。子供のない奥さんは、さういふ世話を焼くのが却つて退屈凌ぎになつて、結句身体の薬だ位の事を云つてゐた。
> 「こりや手織ね。こんな地の好い着物は今迄縫つた事がないわ。其代り縫ひ悪いのよそりあ。丸で針が立たないんですもの。御陰で針を二本折りましたわ」
> 斯んな苦情をいふ時ですら、奥さんは別に面倒臭いといふ顔をしなかつた。　（『心』二十）

「私」の着物の一針一針には、若い彼の身の上や将来を思う奥さんの心が込められている。「私」はそれを感じざるを得ないだろうし、「奥さん」もまた、針を運ばせながら「私」への愛情を確認しただろう。

また、家族の誰かの着物が、別の家族のものに、仕立て直されて生まれ変わることも、ありふれたことであった。一枚の着物は、家族の記憶と深くつながり、家の歴史をかたちづくってゆく。

> 然しさう云へば、私は錦絵に描いた御殿女中の羽織つてゐるやうな華美《はで》な総模様の着物を宅の蔵の中で見た事

がある。紅絹《もみ》裏を付けた其着物の表には、桜だか梅だかが一面に染め出されて、所々に金糸や銀糸の刺繡《ぬひ》も交つてゐた。是は恐らく当時の裲襠《かいどり》とかいふものなのだらう。然し母がそれを打ち掛けた姿は、今想像しても丸で眼に浮かばない。私の知つてゐる母は、常に大きな老眼鏡を掛けた御婆さんであつたから。それのみか私は此美くしい裲襠が其後小掻巻に仕立直されて、其頃宅に出来た病人の上に載せられたのを見た位だから。

（『硝子戸の中』三十七）

先ほど、『それから』の三千代の張り物の場面を見たが、言うまでもなく、一度誰かの着物に仕立てた布地は多くの場合、またほどいて別の家族の着物に仕立て直されたり、布団として利用されたりした。さまざまに姿を変えながら利用されてゆく布地の記憶は、家庭の記憶そのものをかたちづくる。

家の中で裁縫する女の姿を、漱石は様々な作品で描いた。裁縫する女に家庭愛の原像を見る漱石は、近代「家庭」イデオロギーの内部にいる。しかし、良妻賢母として生きるべく教育された主婦たちの、そこにおさまらない個人としての叫びも聞きとっている。漱石が、こうした女の声を耳にとどめた背後にはおそらく、女への恐れの感情があり、それは裁縫をめぐる神話的想像力と通底しているだろう。装いの文化や身体をめぐる裁縫の意味、親密な関係を作り出す力は、現代において見直され再評価されているように思われる。しかしそれは言うまでもなく、私たちがこれらのものを失っているという自覚があるからだ。家族の着物を仕立てる主婦の姿は、今や家庭の中心から消えた。こうした女の姿が、郷愁すら誘う現代において、裁縫する女たちの姿をさまざまに描き止めた漱石作品の意義もまた、新しく読み解かれなくてはならないだろう。

〈注〉

（1）一八八二［明治十五］年　名古屋・東壁堂

（2）一九一四［大正三］年　国家医学会

（3）紡績工場における劣悪な労働条件による結核の蔓延と、工場法制定までのあゆみについては、北川扶生子編『コレクション・モダン都市文化　第五十三巻　結核』（二〇〇九年　ゆまに書房）所収の「関連年表」およびエッセイ「モダン都市と結核」で概観した。

（4）渡辺学園編『明治以降裁縫教育史大要裁縫法令抄』（一九四〇年　渡辺学園）

（5）「東京日日新聞」一九〇一年八月一四日

（6）「読売新聞」一九一四年九月一〇日

（7）同前、一九一六年二月二五日

（8）同前、一九一六年四月八日

（9）同前、一九一六年一月三〇日

（10）同前、一九一二年一二月二七日

（11）同前、一九〇四年一二月二三日

（12）同前、一九一四年一〇月二二日

（13）同前、一九一八年五月一五日

（14）同前、（「読売新聞」一九二三年九月一七日）。なお、●印は、原版において不明。

付記　漱石の著作の引用は、『夏目漱石全集』（一九九三〜二〇〇四年　岩波書店）に拠った。

『道草』論
――旅からの帰還――

笹田和子

序

『道草』は、「健三が遠い所から帰つて来て」（一）の一節で、作品世界の幕を開ける。その作中時間は、漱石の実人生と照らし合わせると、ロンドン留学から帰朝した明治三十六年から、塩原昌之助との絶縁が決着する明治四十二年を圧縮していることになる。帰朝後の漱石は、教鞭を取る傍ら、明治三十八年『吾輩は猫である』の「ホトトギス」掲載を機に小説を書き始め、明治四十年には一切の教職を辞して朝日新聞社に入社する。つまり、「教師ではなく作家へ」という、実人生における方向転換の時期を含むことになるのである。では、作品の中で唯一自伝的と言われる『道草』の執筆に当たって、漱石はなぜその期間を取り上げたのだろうか。

ここで注目したいのは、前記の期間中、明治三十九年に発表された『草枕』である。主人公は「画工」。小品ではあるが、芸術家・創作者を主人公にした唯一の作品である。画工は「芸術の士」（一）の「使命」（一）を語り、「俗界」（二）を離れて「非人情」（一）の旅に出る。彼の旅は、絵の成就に集約されるが、絵は画工の「胸中の画面」（十三）に成就して、旅は終わる。その「胸中」の絵を抱いて、画工がいかに彼の現実世界に帰還するかまでは描かれていないのである。

大正三年、漱石は『こころ』の連載終了後、四度目の胃潰瘍で病臥。大正四年、『硝子戸の中』の連載終了後、京都への旅行中に五度目の胃潰瘍で倒れている。『道草』は、その年の六月三日から連載が開始された。病に侵され「硝子戸の中」という「極めて狭い」（一）世界に隔離されて「広い世の中」（一）を眺めていた漱石、東京を離れ京都に遊んだ漱石が、『道草』という作品において現実世界に帰還する。その作中の時間であるからこそ、実人生での転換期が想定されたということではないのか。なぜ「作家」でなければならなかったか、言語化することの意義は何か。観念的に過ぎる「非人情」、「胸中」での絵の成就という想念の世界から、「草」を「枕」にする「旅」を終えて、「草」の生える「道」としての実体を伴った現実世界に帰還するのである。その帰還のありようを考えることが、本論の主旨である。

一　『草枕』における「絵」の成就

序章で述べたごとく、まず『草枕』を手掛かりとして、「描く」ことの意味を考えてみよう。

画工が描く対象に選んだのは、旅先の温泉場の娘、那美である。峠の茶屋の老婆と馬子が話す嫁入り時の風情から画工は「オフェリヤの合掌して水の上を流れて行く姿」（二）を連想するが、「長良の乙女」（二）に似ていると言う老婆は、那美が是非にと望んだ相手ではなく「親ご様が無理に」（二）取り決めた「城下で随一の物持ち」と結婚した後、戦争で失業した夫と別れ、今は実家の温泉場に出戻っていると語る。出会う前に与えられた情報に即して、画工は最初那美に「不幸に打ち勝たうとして居る顔」（三）を見る。また、峠の茶屋で聞いた「元は極々内気の優しいかたが、此の頃では大分気が荒くなつて」（二）という老婆や、「村のものは、みんな気狂《きちげえ》だつて云つてるんでさあ」

（五）という床屋の主人の見方を反映するように、那美の表情は、「視線は毒矢の如く」（四）「口元に侮どりの波」（四）、「人を馬鹿にする微笑《うすわらひ》と、勝たう、勝たうと焦る八の字のみ」（十）と、否定的に捉えられるのである。しかし、画工には寺の了念や和尚から「えらい女」（五）や「近頃は大分出来てきて、そら、御覧。あの様な訳のわかつた女になつた」（十一）という矛盾する情報も与えられ、彼の見方は変化していく。さらに、満州へ行く前夫に財布を渡すところを見られた那美が、それが「離縁された亭主」（十二）であることを自ら「曝け出」（十二）すことで、画工は那美から直接に自分だけが知る情報を得る。その後二人は那美の兄の家に行くが、媚態のない[1]「平気」（十二）な那美と「無言の儘で蜜柑畠を見下して居る」（十二）のである。最終章の前に、この「蜜柑畠」の場面が置かれていることの意味は重い。「オフェリア」や「長良の乙女」（二）、「ずっと昔の嬢様」（十）のイメージや村人の評価に重ねて那美を見るのではなく、今を生きている実際の那美に関わっていくことが、彼女の表情に「憐れ」見出すためには不可欠であったと思われるのである。また、「憐れ」という表情を考える時に、画工が「苦しんだり、怒つたり、騒いだり、泣いたり」（一）という感情を「俗念」（一）として否定しているだけではなく、「同情」「愛」「正義」「自由」も「浮世の勧工場」（一）にあるものとして退けていることは、注目される。肯定的と見える感情や価値観も、現実世界で意識ある人間が発する以上、見下しを含む「同情」、執着としての「愛」、利害の絡む「正義」や「自由」に変質せざるを得ない。画工が見出したい「憐れ」は、そこには見当たらないのである。そのことは、絵の構図の変化とも関連する。最初に画工が考えていたのは、「流れて行く」（二）「流れを下る」（三）構図であった。時間軸が主となる構図の中で、動かぬ岸にいる画工は「救つてやらう」（三）と思って追いかける。しかし、流れる水の外から相手を救おうと心を動かす「同情」では、相手に追いつけず、「憐れ」も見出せないのである。そこで画工の絵は、「椿が長《とこしな》へに落ちて、女が長へに水に浮いてゐる」（十）という、「人間を離れないで人間以上の永久」（十）を組み込む空間が主となる構図に変化する。地上の椿の花（生）と水底に沈んでいく椿の花（死）、その境界の水面に浮かぶ女はもはや流れていかない。その女の顔に、「神の知らぬ情で、しかも神に尤も近き人間の情」（十）、「神」と「人間」の境界に浮かぶ情としての「憐れ」が浮かぶ時、画工の「絵」は成就するのである。

「蜜柑畠」の後にくる最終章で、那美は「私の気象の出る」（十三）絵を要求するが、戦地に赴く久一に最後まで「死んで御出で」（十三）と言う彼女にとって、「死」はまだ「生」の対局で美化されている。貧乏（前夫）や戦争（久一）によるものであっても、この土地を離れて行ける者は憧憬の対象になるのである。しかし、「死んで御出で」という言葉を浴びせた久一と同じ汽車から顔を出す前夫には、大義名分のある戦死も生きて帰るという凱旋も許されていない。「汽車の見える」「現実世界」（十三）において、那美は「故郷」を失い何の意味づけもない無名の「死」に向かう人間の顔を見る。この予期せぬ瞬間に、見られているという意識は頓挫し、那美は「茫然」（十三）とする。その時彼女は、故郷の地とも自分とも決定的に切れていく男の「眼」に同化することで、束縛と感じていた故郷の地を、実は拠り所として生きている自分という存在を異化する「眼」を持ち得たのではなかったか。「茫然」は、自己中心的に全てを見る意識が払拭されている瞬間の表情でもあろう。

また、そこは「駅」という境界地。那美を見る画工も、「旅」を終えて彼の「現実世界」に引きずり出されねばならない。深浅の別はあるとしても、互いに関わったからこそそれぞれの苦境に触れ得たのだが、「神」ならぬ「人間」は、根本的に他者の苦しみを引き抜くことは出来ない。互いを救うことは愚か、再び関わる手立てもなく、彼らはこの境界地でバラバラに佇んでいるのである。人間が断絶して生きている様を、突然突き付けられたなら、「茫然」とする他なかろう。しかし、画工はその表情に「憐れ」を見出すのである。

なぜ、「絶望」や「虚無」ではなく、「憐れ」なのか。人間が有限の存在であることも含めて根源的な孤独を抱えて佇む姿を、否定的に見るのではなく人間の本来的な姿として了解しようとする姿勢がここにはある。そして、その表情は、那美の顔に浮かんでいたというよりも、画工が「今迄かつて見た事のない」（十三）ものに「憐れ」という名を与えたということではないのか。それは、何を言語化していくべきか、どのように言語化していくべきかという問題を、その当時の漱石が抱えていたということだと思われる。「教師ではなく作家」でなければなし得ない表現のあり方への関心が、この時期の漱石を動かしていたということなのである。

二 「名づける」ということの意味

「描く」ことは「名づける」ことによって可能になった。では、『草枕』発表前後で、この「名づけ」と「絵」とがどのように関連しているかを見ておきたい。

まず、「名づける」ということで最初に思い浮かぶのは、『吾輩は猫である』であろう。「吾輩は猫である。名前はまだ無い。」（一）で始まるこの作品において、視点は「無名」の「猫」にある。人間による「名づけ」を免れている「猫」は、人間世界に組み込まれることなく、自由な目を確保しているかに見える。また、「猫」の世界においても、「吾輩」は「名前」を持たず、名のらない。「車屋の黒」に「御めえは一体何だ」（一）と尋ねられた時も、「吾輩は猫である。名前はまだない」（一）と答えているし、「新道の二絃琴の御師匠さんの所の三毛子」（二）にも「先生」と呼ばれている。各「猫」が主人の属性を投影されつつ「名前」を持つのに対して、「吾輩」は主人の属性が呼び名になってはいるが、猫の世界の中での「名前」も持たないのである。「名前」を与えられるということは、一つの世界に組み込まれることではあるが、その世界で生きる場を与えられることでもあり、「名前」を名のることは、その世界に帰属する自分の位置を明確化し確保することでもある。「名前」を持たずに「見る」ことは、関わりを持たずに観察することであり、「人間世界」を外側から照射することにはなるが、「忍び足」で「覗いて見る」（一）という一方通行的な視野の狭さも提示されてあった。「猫」は死に、画工が登場する。

『草枕』執筆以後、「絵」と「名づけ」の関係が示されるのは、『三四郎』である。広田はかつて一度だけ会った女に夢の中で再会するのだが、女は二十年前と変わらぬ姿であった。「あなたは何うして、そう変らずに居るのか」（十一の七）と広田が聞くと、女は「此顔の年、此服装《なり》の月、此髪の日が一番好きだから、かうして居る」（十一の七）と答える。さらに「僕は何故斯う年を取つたんだらう」（十一）と不思議がると、女は「其時よりも、もつと美しい方へ方へと御移りなさりたがるからだ」（十一の七）と教えてくれる。広田は女を「画だ」（十一の七）と言い、女は広田を「詩だ」（十一の七）と言うのである。広田が語っているのは、一つ価値基準の固定化が「絵」になるということであろう。自分の「最も好ましい姿」を「絵」として持ち得た者は、それ以上に「美しい」方向を求めない生き方を選択出来る。しかし、「例へば、こゝに一人の男がゐる」（十一の八）と広田が語る男、早く父に死なれ母一人を頼りに育ったが、その母の死に際に会ったこともない人が本当の父だと言われた男は、それ以前の自分のアイデンティティーを覆す事実を知らされ、男女の「好ましくない」結びつきを「絵」として持たされることになる。当然、その「絵」を避けて「美しい方」を求める生き方を選択することになろう。それまでの自分を変容させ、それ以後の生き方を決定するような一枚の「絵」を、人は抱えて生きているということなのである。

『三四郎』は、美禰子の絵が完成し、丹青会で披露されるところで終わる。絵の題名は「森の女」（十三）。この命名には、広田が「夢の女」と「森の中」（十一の七）で出会うこととの相関関係が読み取れる。美禰子の三四郎への最後の言葉は、「われは我が愆《とが》を知る。我が罪は常に我が前にあり」（十二の七）であった。美禰子が三四郎と初めて出会った時の姿を「絵」とし、それに「森の女」という「名」が与えられたということは、その時点の自分を「好ましい姿」「罪なき者」として固定するということである。そのことはまた、そこから動き出したそれ以後の自分を、「罪ある者」として糾弾する根拠に「絵」がなるということでもある。「絵」は、「我が罪」を「常に我が前」に引き出すものになるのである。

しかし、三四郎は「森の女」という題名を肯わない。「ぢや、何とすれば好いんだ」（十三）と聞く与次郎に、彼は答えない。ただ口の中で「迷羊《ストレイシープ》」（十三）と繰り返すのみである。この「迷羊《ストレイシープ》」は、新たな「名づけ」ではなく、一旦「森の女」として名づけられた絵をその題名から解放し、名のない状態へ還元するということではないのだろうか。「名づけること」は、不可解で捉えがたいものを自己の領域に取り込んだり、時間と共に変化するものの姿をあるべき一瞬の姿として留めたりすることで、それ以後の自分の生き方を決定する根拠となり得る。しかし、一つの「絵」を固定化することは、自己の世界を硬直させ、排他的な囚われを生むことにもつながるだろう。「憐れ」は「非人情」であり、画工の「絵」は境界地において彼の「胸中」に成就する。もしも「憐れ」が「人情」のレベルにすり変わって固定化されるならば、それが生きることを容易くするとしても、そのような「絵」は死なしめなければなるまい。つまり、「絵」を名づけ直すことは、堂々巡りなのではなく、新たな止揚への道程であると考えられる。「非人情」としての「憐れ」は、常に名づけ直しを迫る「絵」なのである。

『草枕』の冒頭において、「唯の人が作つた人の世が住みにくいからとて、越す国はあるまい」（一）ということは、すでに確認されている。

> 越す事のならぬ世が住みにくければ、住みにくい所をどれほどか、寛容《くつろげ》て、束《（つか）》の間《（ま）》の命を、束の間でも住みよくせねばならぬ。こゝに詩人といふ天職が出来て、こゝに画家といふ使命が降《くだ》る。あらゆる芸術の士は人の世を長閑《のどか》にし、人の心を豊かにするが故に尊とい。（一）

画工は、「住みにくき世から、住みにくき煩ひを引き抜いて、難有《ありがた》い世界をまのあたりに写す」（一）とも言う。「住みにくき煩ひ」を「引き抜く」とは、煩いを無い状態にするということではあるまい。それでは「人の世」から「越す」ことになってしまう。那美の最後の表情を「憐れ」と「名づける」ことに、「煩い」を「引き抜く」方途が示されてあったと言うべきなのだ。それを示すことが、作家の「使命」でもあると、当時の漱石は考えていたということであろう。その「使命」を果たすべく執筆を続けてきた漱石が、作家への転身の時期を『道草』の作中に反映させたということは、旅を終えて現実世界に帰還する「道」が見えてきたということだと思われる。煩いとしての「草」が引き抜かれ払われた所に「道」が見えるのではない。「道」が「草」に覆われていても、そこに「道」があるとわかるということなのだろう。「人の心の豊さ」とは、それが人間の歩く「道」だと思えるということではなかろうか。健三が歩みだした「道」、それを示しているのが、実は『道草』における表現なのである。

三　健三の内面描写

『道草』において、健三の内面描写は、三つのパターンに分類出来るように思われる。

まず第一は、健三の見方が一面的であることを語り手によって指摘されるというパターンである。作品の冒頭からすでに、健三は「見捨てた遠い国の臭《にほひ》」（一）を忌みながら、「其臭のうちに潜んでゐる彼の誇りと満足には却つて気が付かなかつた」（一）と指摘される。この「気が付かなかつた」は随所に見られ[2]、健三の自己分析の不完全さや、相手の状況や心情に寄り添えない自己中心性を顕にする。また、それと類似する「思ひ到らなかつた」[3]（八十一）や「信じてゐた」[4]（八十三）もあり、彼は「己惚《うぬぼれ》」（五十一）の強い「我慢」（五十四）で「迂闊」（五十八）な男という、厳しい批判にさらされることになる。しかし、自分自身や状況を一面的にしか捉えられないのは、健三に限ったことではない。「何故もう少し打ち解けて呉れないのか」（十四）と思う細君もまた、「夫を打ち解けさせる天分も技倆も自分に充分具へてゐないという事実には全く無頓着」（十四）であり、島田について話を聞こうとしている健三に対して、「姉は自分の多弁が相手の口を塞いでゐるのだという明白な事実には毫も気が付いていなかつた」（六）のである。同様の描写は、島田とお常の健三との関わりにおいても見られ[5]、また、健三の姉の夫である比田は「手前勝手な人」（二十六）であり、健三の兄は自ら物事の解決に携わらず「顔を背け」（三十七）て済まそうとする退行的な人物なのである。教育の有無、性別や境遇の違いに関わりなく、人間はひとしなみに物事を自己中心的に見ているのであり、健三一人が特別扱いされているわけではない。それは、「みんな自分丈は好いと思つてる」（七十）と言う言葉が、健三ではなく細君のお住《すみ》から出てくることに象徴的であり、『道草』において「はじめて自己と同一の平面に存在する人間としての他者が意識される(6)」と言われる所以であろう。

ただし、主人公である健三の内面描写は、この第一のパターンにとどまらない。第二のパターンは、健三が日常世界で関わらざるを得ない相手に、矛盾する二様の思いを同時的に抱いているという描写である。

健三には関係を切れない血縁者として、「一人の腹違いの姉と一人の兄」（三）がいるのだが、島田との邂逅後、彼のことを聞くために尋ねた姉の家で、健三はがさつで字もろくに覚えることなく年老いた姉に対して、「気の毒でもあり又うら恥づかしくもあった」（六）と思う。その姉が健三からもらう小遣いの増額を持ち出した時も、彼はその請求を「憐れでもあり、又腹立たしくも」（六）感じているのである。体の故障を抱えながらも仕事を休めない兄に対しても、兄の死後を想定することを「自然の眺め方」（六十六）として許しながらもそのように眺める自分に「不快を感じ」（六十六）、祈禱に頼る兄を「馬鹿だ」（六十六）と思いながらも「熱の除れる迄薬を飲む事の出来ない彼の内状を気の毒」（六十六）に思うのである。「親類から変人扱ひ」（三）され、「彼等から離れて立つてゐる」（二十八）自分を意識しながらも、単純に彼らを軽蔑し否定してしまえない揺らぎを、健三は感じているのである。

関係がすでに切れているはずなのに、再び健三の前に現れてきた養父母に対しても、彼の思いは一様ではない。もとより「出会ふ事を好まな」（一）い彼らであり、健三に「不愉快」（四十九）と「不利益」（四十九）をもたらすべく「隙があつたら飛び込まう」（四十九）とする島田でさえ、健三は「抵抗して身構へ」（四十九）つつ、「其身構へをさらりと投げ出して、飢えたやうな相手の眼に、落付を与へて遣りたくなる場合も」（四十九）あったのである。「御常の世話を受けた昔を忘れる訳に行かなかつた。同時に彼女を忌み嫌う念は昔の通り変わらなかつた」（四十五）健三は、目の前に現れたお常の変わりように不意を打たれるが、「御常の技巧」（六十三）に乗せられまいと身構える。しかし、「もしもあの憐れな御婆さんが善人であったなら」（六十三）と思い「涙を宿す事を許さない彼女の性格を悲しく観じた」（六十三）のである。

また、互いに「自分の有つてゐる欠点」（七十三）に気付くことなく疎遠となった細君の父が、逼塞して金策に訪れ保証人の連印を求めた時、健三は「断然、連印を拒絶する」（七十四）ことを「如何にも無情で、冷刻で、心苦し」（七十四）いと思う。そして、「自己の安全といふ懸念が充分に働」（七十四）くのだが、「同時にたゞ夫丈の利害心で此問題を片付けて」（七十四）しまえずに逡巡するのである。健三は、「自分と是等の人々との関係が皆なまだ片付かずにゐる」（八十二）と思うのだが、それは「頑固な彼の反面に」「至つて気の弱い煮え切らない或物」（七十四）が働くからであり、その場の好悪や利害心だけで「単純」（七十四）に片付けることを、彼自身が肯じえないからであろう。しかし、日常生活においては、何時までも逡巡して懐手をしていることは許されない。都合のよい折衷策はなく、どちらかの思いを優先して行動に移さざるを得まい。しかしながら、「交際が厭で　堪らないのだといふ事実」（十四）としての感情、離れることの出来ない「利欲」（七十二）、「正しい方に従」（十三）うという論理、それらの全てに齟齬を来さないような選択など有り得ないのである。最終場面における「世の中に片付くなんてものは殆んどありやしない」（百二）という健三の述懐は、島田との交渉についてのみ言われているのではなく、日常生活において彼が日々実感してきたことの集約であったと思われるのである。

この並列的な二様の内面描写に対して、それらを止揚する方向が示されるのが、第三のパターンである。その顕著な例は、再三尋ねてくる島田を「邪魔」（四十七）に思いながらも、「金銭上の慾を満たさうとして、其慾に伴なはない程度の幼稚な頭脳を精一杯に働かせてゐる老人を寧ろ憐れに」（四十八）思うという、矛盾する思いの後に示される。

「彼は斯うして老いた」
島田の一生を煎じ詰めたやうな一句を眼の前に味はつた健三は、自分は果たして何うして老ゆるのだらうかと考へた。彼は神といふ言葉が嫌であつた。然し其時の彼の心にはたしかに神といふ言葉が出た。さうして、若《も》し其神《そのかみ》が神の眼で自分の一生を通して見たならば、此強慾な老人の一生と大した変りはないかも知れないといふ気が強くした。（四十八）

健三は、自分と島田とは「魚と獣程違ふ」（四十七）と思っていた立ち位置を離れ、「神の眼」という視点を持ち出すことで自他を同列に見なし得る地点に立つ。ここに、「テーゼとアンチテーゼとの闘争」の克服という「弁証法的発展」を見ることは可能であろう。「自由に絶対の境地に入るものは自由に心機一転を得」という短章がある大正四年の「断片」に「自己矛盾と自己否定を通じて、次第に高次の自己統一にすすもうとする」「観念弁証法の素朴な原形」を見出して、それが『道草』の「独特な技法」の形成に関わるとする説[7]にも納得がいくのである。たしかに、「神の眼」は一つの止揚の在り方と言えよう。しかし、「神の眼」が最終地点なのではない。そのことは、もう一度「神」が登場する五十七章の描写に、明らかなのである。

「肝癪」（五十七）を心中に抱えていることに耐えられなくなった健三は、ある時「子供が母に強請《せび》つて買つて貰つた草花の鉢などを、無意味に縁側から下へ蹴飛ばして」（五十七）みる。鉢の砕ける様に彼は「多少の満足」（五十七）を感じるが、「すぐ又一種の果敢《はか》ない気分」（五十七）に打ち勝たれ、「何にも知らない我子の、嬉しがつてゐる美しい慰みを、無慈悲に破壊したのは、彼等の父であるといふ自覚」（五十七）が「猶更《なおさら》彼を悲しく」（五十七）するのである。彼は「半ば自分の行為を悔い」（五十七）るが、「わが非を自白する事」（五十七）はなし得ず、「己の責任ぢやない」（五十七）という言い訳を繰り返す。「自己矛盾と自己否定」を通じても、「自己否定」を外化し得ない健三に「高次の自己統一」はもたらされず、「神」も肯定的には措定されない。

無信心な彼は何うしても、「神には能く解つてゐる」と云ふ事が出来なかった。もし左右《さう》いひ得たならばどんなに仕合せだらうといふ気さへ起らなかつた。彼の道徳は何時でも自己に始まつた。さうして自己に終るぎりであつた。（五十七）

健三は、閉鎖的な「道徳」の中で思考を停止し「中途半端な自分を片付けたく」（五十七）なるのだが、結局「何うして好いか解らない彼はしきりに焦れ」（五十七）る他ない。「神」と名付けられた視点は固定化され、「神でない以上公平は保てない」（九十六）という自己弁護のための措定となってしまう。この堂々巡りに堕してしまうかに見える第三の描写の先に、一体何があるのか。ここへ来て始めて名付けられないもの、名付けを無化するものが姿を表す。「旅先」において、画工の「胸中」において成就した「絵」を、どのように持ち帰るのか。どのように「旅」から現実世界へ帰還するのか。ここに、「絵」の成就の問題が作家への転身と関わって浮上してくるのである。

四　作家という「道草」

前章で述べた三つの描写パターン以外に、『道草』における特徴ある描写として、健三が名付けられないある「もの」の感触を伝えている場面がある。言葉として明確化すれば、「死」が隣り合わせにある「生」の感触ということになろう。それは、まず、島田夫婦と住んでいた頃の回想の中で、幼い健三が池の底に動く「緋鯉」（三十八）を捕ろうとする場面で描かれている。

或日彼は誰も宅《うち》にゐない時を見計つて、不細具な布袋竹《ほていちく》の先へ一枚糸を着けて、餌と共に池の中に投げ込んだら、すぐ糸を引く気味の悪いものに脅かされた。彼は水の底に引つ張り込まなければ已まない其強い力が二の腕迄伝つた時、彼は恐ろしくなつて、すぐ竿を放り出した。さうして翌日静かに水面に浮いてゐる一尺余りの緋鯉を見出した。彼は独り怖がつた。（三十八）

彼が「気味の悪いもの」に感じた恐ろしさは、翌日その正体を「緋鯉」の姿として確認した後でも消え去らない。「緋鯉」という目に見える対象ではなく、自らの「生」を脅かすある「もの」の力を、健三はその時身体的感触として味わったのである。彼がその「もの」の正体を言語化し得ないのは、彼が幼いからばかりではない。目に見えないが故に対象化できず、距離感が摑めぬままいきなり手に触れてくるものの感触を、現時点の健三もまた味わうことになる。それは、産婆の到着が間に合わず、どうしていいか分からない健三が、妻の分娩した胎児に触れる場面である。

彼は已を得ず暗中に模索した。彼の右手は忽ち一種異様の感触をもつて、今迄で経験した事のない或物に触れた。其或物は寒天のやうにぷり〳〵してゐた。さうして輪郭からいつても格好の判然しない何かの塊に過ぎなかつた。彼は気味の悪い感じを彼の全身に伝へる此塊を軽く指頭《したう》で撫でゝ見た。塊は動きもしなければ泣きもしなかつた。たゞ撫でるたんびにぷり〳〵した寒天のやうなものが剝げ落ちるやうに思へた。若し強く抑へたり持つたりすれば、全体が屹度《きつと》崩れて仕舞ふに違ひないと彼は考えた。彼は恐ろしくなつて急に手を引込めた。（八十）

どちらの場面でも健三は、「恐ろしく」なって触れた「もの」から手を放す。自己意識を身につけた個別の「生」が有限であり「死」が予測できない以上、人は常に「極限的な個別化の原理である死の可能性(8)」を生きることの背後に抱えなければならない。命が奪うか奪われるかという瀬戸際にあることや無に帰す危うさを持つことは、「生」の本来的あり様に違いない。しかし、意識ある人間にとって、この自己の全てが無化される「死」は正視しがたいものであり、恐ろしいものとは向き合いたくないという思いを正当化するような説明を生み出すことになる。そのような恣意的な脈絡としての「物語化(9)」は、一方において人間が社会的存在として生きる術であり、精神的破綻を避けるためにも不可欠な対処であろう。命の尊厳や命を傷つけることへの罪の認識、弱者へのいたわりや大人によって庇護されるべき子どもの位置づけ、そして大人あるいは親としての自覚など、そのように言語化して説明し、「恐れ」を制御していくことが道徳や教育の担うべき役割と言えよう。けれども、そこでは、原形としての「生」のあり様、身体感覚で捉えるほかなく言語化を拒絶する「もの」は、隠蔽されてしまう。「整合性、合目的性をもちこむこと」(10)が教育や学術的探求を目指す教師としての正道ならば、「整理のつかないこと」や「矛盾自体が生きた姿であるようなもの」(11)をありのままに表現しようとする作家は、正道から外れているという意味において「道草」をしているということになろう。教師ではなく作家へという転身は、何を表現しようとしたかに関わることであったと考えられるのである。

ただし、どのような表現であっても、表現されたものは内的感触の外化であって、内的感触そのものではない。しかしながら、「神の眼」(四十八)が定立されて始めて反定立が成り立つように、一つの表現として外化することは無意味ではない(12)。それまでの自分の見方を否定する立脚点を「神の眼」と名付けることは、そこで「一枚の絵」が成立したことを意味すると言えよう。その「絵」を、自分以外のものとして排除した時、健三は「神でない以上公平は保てない」(九十六)という自己弁護に陥る。しかし、その反定立として、彼は排除することが不可能な自分の頭のどこかに「質問を彼に掛けるもの」(九十七)の声を聞くことになる。「御前は必竟何をしに世の中に生まれて来たのだ」(九十七)と問う声に答えたくない健三は、返事を回避しようとするのだが、その声は繰り返し健三を追窮する。

彼は最後に叫んだ。

「分らない」

其声は忽ちせゝら笑つた。

「分らないのぢやあるまい。分つてゐても、其所へ行けないのだらう。途中で引懸つてゐるのだらう」

「己《おれ》の所為《せゐ》ぢやない。己の所為ぢやない」

健三は逃げるやうにずん〳〵歩いた。（九十七）

「神の眼」から逃げることはできても、自分の頭の中から聞こえる「声」から逃げ切ることはできまい。「金の力で支配できない真に偉大なものが彼の眼に這入つて来るにはまだ大分間があつた」（五十七）ということは、その「もの」は時を経て確実に彼の眼に入って来るということではないのか。いや、彼が、「恐ろしい」ものの感触を忘れられないこと、「片付かない」ことの根源的原因でもある心中の「煮え切らない或物」（七十四）の働きを排除できないことに、その可能性が示されていると考えられるのである。それは、どのようなあり様で、「彼の眼」に入つて来るのだろうか。

ここで思い合わされるのは、『道草』と『門』の最終場面の相違である。似たような印象を与える場面だが、対話の有無において両者は決定的に違っている。『門』は「然し又ぢき冬になるよ」という宗助の言葉で終わり、彼は縁にでて細君を見ることなく「下を向いたまゝ」爪を切っている。これは、対話ではなく独白であろう。しかし、『道草』の健三は、「世の中に片付くなんてものは殆んどありやしない。一遍起つた事は何時迄も続くのさ。」（百二）という言葉を、明らかに細君に対して言っている。その言葉に対して、お住《すみ》もまた、無言のままでは終わらない。その言葉は子どもに向けられているように見えて、「御父さまの仰やる事は何だかちつとも分りやしないわね」（百二）という内容は夫への不服と言えよう。言葉を重ねることが、互いの異質性を際立たせることになっても、彼らは対話を重ねていく。それは、それぞれの主体が成立し得るのが、人と人の間、その関係の場においてしかないからであろう。『草枕』の「絵」は、前夫を見送る那美の表情を画工が「憐れ」と名付けることによって成立した。そして、画工はそのことを内心で確認すると共に那美に告げている。「行為や言葉」は、「身体の挙動」であり、「他者（他の身体）から観察でき、他者（他の身体）に受けとめられ、理解されることによって、初めてその効力」[13]を生み出し得る。とすれば、「何をしに世の中に生まれて来た」（九十七）のかという問いへの答えは、彼の内面に「秘匿」[14]されてあるのではなく、他者との関係において見出だすべきものだと言えよう。そのような関係の場こそが、旅から帰還すべ現実世界なのである。そこは、我執に満ちた人間同士が救済し合うことなく孤立する場である。彼らは、その事を確認し合うために対話を重ねていると言ってよい。絶望や虚無に陥ることは、むしろ容易い。それは、一つの答えであり、排他的な内的世界に虚構の物語を構築することで関係の場を回避できるからだ。しかし、一つの答えに片付けることなく、個々ばらばらに佇むしかない人間の状況を、その不幸のままに、その不可解さのままに、対話の場にとどまって見極めることが「道」を開くことになる。そして、そのような「道」を示すための方法が、「小説」であったということなのである。(15)

結

『草枕』を書き終えて職業作家となった漱石は、「非人情」の「旅」からの帰還のあり様を、「胸中」の「絵」の実現化を、模索する。しかし、『三四郎』において「絵」は、目に見えない内的世界をイメージ化する役割を担っていると考えられるが、現実世界とは異次元の「夢」という空間にはめ込まれている。次作『それから』でも、代助が「雨の中に、百合の中に、再現の昔のなかに」見出した「純一無雑に平和な生命」（十四）は閉鎖された「夢」の中にのみ成立し、「夢」がさめれば「永久の苦痛」（十四）が待っていた。そして、『門』の宗助が見るのは、すでに「恐ろしい魔の支配する夢」（十七）なのである。「神の知らぬ情で、しかも神に尤近き人間の情」（十）という矛盾律をそのまま含みうる「憐れ」を現実化する「道」は、まだ見えていないと言えよう。むしろ、前期三部作においては、彼らはそれぞれに不可解な現実に遭遇させられ、自己の内面世界に目を凝らそうとする。三四郎は、故郷での認識を覆すような人々に出会い、代助は「遊民」（三）としての自己認識を裏切っていくような自分自身に出会い、宗助はやってしまった自己の行為の意味を求めて苦悩しているのである。したがって、彼らは、最終的に対話する相手を持たない。そのことは、それぞれの作品の結末の一文に象徴されている。「森の女」という美禰子の絵に対して、三四郎は「題が悪い」（十三）と与次郎に言うが、「たゞ口の中で迷羊《ストレイシープ》、迷羊《ストレイシープ》と繰り返した。」（十三）三四郎の言葉を聞いた者はいない。兄に絶縁され、「門野さん。僕は一寸職業を探して来る」（十七）と門野の返事も待たずに表へ飛び出した代助は、「自分の頭が焼け盡きる迄電車に乗つて行かうと決心した。」（十七）のだが、唯一の「理解」（十七）者であるはずの三千代は病に倒れ、その決心を語る相手はいない。そして、『門』の宗助は、前述のごとく「下を向いたま丶挟を動かしてゐた。」（二十三）のである。

後期三部作では整理のつかない現実と不可解な自己が、より内的に追窮されていく。そして、結末はすべて「手紙」の形で終わり、ここでもまだ対話は成立し得ていない。しかし、『心』の先生の個としての意識を死なせること、すなわち内面への旅を突き詰めた果てを見極めることで、現実世界へ帰還する新たな「道」が開けたと言えよう。そのことが、「小説」の表現を変化させる。外界を遮断して自己の内面に向き合う方向ではなく、人と人との対話の場へと。「論理《ロジツク》」（九十八）は頭の中だけ、あるいは「口だけ」（九十八）にあるのではなく、「身体全体にもある」（九十八）と健三が言うのは、内的思考が言葉として外化されることで脈絡を持つ「論理《ロジツク》」となり、健三という人間像全体に還元される、ということなのである。お住《すみ》との対話なくして、健三の「論理《ロジツク》」は成り立たないと言えよう。画工が名付けることによって成立する「憐れ」は、画工と那美の間にある。それは、互いにどうしようもないものをどうしようもないままに了解することでもあった。健三が「人間の運命」（八十二）の片付かなさを「そうだからそうだ」（八十二）と了解し、お住《すみ》の反論に「いやな顔もせずに」（八十二）いる時、その日常的な対話において「憐れ」は成立しているということではないのか。むろん、それは持続的な状態を指すのではなく、彼はすぐに自己中心的な反論を試みる。しかし、健三の「心のうちに」（八十二）「自分とこれらの人々との関係がみんなまだかたづかずにいるということもあつた」（八十二）とは、これらの人々との関係において健三が存在し得ることの了解なのである。
また、四章で示したように、自己を動かしているもの、あるいは生きるということ自体の不可解さや不明瞭さを、その感触のままに描写するという表現もある。それも、「分析的な言葉で分析できぬものを伝える」という矛盾を、「夢」という異次元を設定することで可能にするという方向ではなく、日常的な現実そのものの描写として、身体感覚そのものに訴えるというあり方で試みられているのである。このように、作家として伝えるべきものとそれを描くべき「小説」の形が見えてきたからこそ、漱石は自らが教師から作家へ転身した時期を取り上げ、「小説」の題材としたのではなかったか。作家にとっても、書くことは内的思考の外化であった。ここにおいて、「草枕」の「旅」から「草」が引き抜かれぬままに生えている「道」へという、帰還が果たされたのである。

〈注〉

（1）那美は蜜柑畠を前にして、画工に「い丶景色だ。御覧なさい」（十二）と言う。この常体の断定的な言い方は、それまでの「〜ですわ」・「〜して頂戴」・「〜だこと」（四）とは異なり、女性的な媚態を感じさせない表現になっている。自然を前にして、この時画工は、周りの人間や那美自身によって意識的にイメージ化されている「那美」とは異なる、ひとりの人間としての那美に対していると思われる。

（2）「彼は心のうちで、他人は何うしてそんな暇があるのだらうと驚いた。さうして自分の時間に対する態度が、恰も守銭奴のそれに似通つてゐる事には、丸で気が付かなかつた。」（三）や、「彼は論理の権威で自己を伴つてゐる事には丸で気が付かなかつた」（十）などとある。また、身重の自分をそれほど心配してくれない「男の気分が、情けなくもあり又羨ましくもあつた」（六十一）という細君の視点から、「夫は丸で気が付かなかった」という指摘もある。

（3）「都合三人の娘の父になつた彼は、さう同じものばかり生んで何うする気だらうと、心の中で暗に細君を非難した。然しそれを生ませた自分の責任には思ひ到らなかつた。」（八十一）とある。

（4）「「何と云つたつて女には技巧があるんだから仕方がない」

彼は深く斯う信じてゐいた。恰も自分自身は凡ての技巧から解放された自由の人であるかのやうに。」（八十三）とある。（2）（3）共に、健三の認識が、その自己中心性ゆえに不完全であることが指摘されている個所である。

（5）島田夫婦については、彼等と「余所から貰ひ受けた一人つ子」（四十）であった健三との関わりにおいて多く見られる表現である。総括しているのが四十一章の、「夫婦は健三を可愛がつていた。けれども其愛情のうちには変な報酬が予期されてゐた。（中略）彼等は自分たちの愛情そのもの、発現を目的として行動する事が出来ずに、たゞ健三の歓心を得るために親切を見せなければならなかった。さうして彼等は自然のために彼等の不純を罰せられた。しかも自ら知らなかった。」である。彼等は自らの利益のためにそれぞれの弱点を露わにして健三に離反されながら、それに気がつかないという表現は、島田については十六章、お常については四十二章と四十三章にも見られる。

（6）江藤淳「『道草』―日常生活と思想」（『決定版夏目漱石』一九七四年十一月　新潮社）

（7）宮井一郎『漱石の世界』（一九六七年十月　講談社）

（8）柄谷行人「歴史と自然―鷗外の歴史小説」（『意味という病』一九七五年二月　河出書房新社）

森鷗外の『阿部一族』を論じている中で、「物語化」が「ものの運動の中に整合性、合目的性をもちこむことである」と説明されている。また、「われわれの行為はつねに目的措定的なのであって、むしろそれがくいちがったときにかえって現実性を感じる。意図通りに何もかも実現してしまうことを、絵空事と感じるのである。そうだとすれば、奇怪なことが生じるのは絵空事の世界ではない、現実の世界だ。実際の世界では、整理のつかないことが常に起っており、むしろそれだけがおこっている。」とある。

（9）木村敏『心の病理を考える』（一九九四年十一月　岩波書店）に、「自己意識を身につけた人間の生命や生存」は、「その未来の終末が死によって」区切られ、「しかも人間はその生存の一瞬一瞬にこの極限的な個別化の原理である死の可能性を生き続けなくてはならないという意味で、逆に極めて個別的で自己的な　様相を呈してくることになる。」とある。

（10）・（11）　柄谷行人『意味という病』（前掲書）

（12）末弘厳太郎「進歩と変説」（『嘘の効用（上）』一九八八年六月　冨山房）に、「現在思っていることを言葉なり文章なりに体現して、それを完全なる外物に固定した上で、それをテーゼとしてただちにそれと心中のアンチテーゼとを闘争せしめたほうが、より容易に進歩を遂げるのではなかろうか。」とあり、「言わずともまた書かずとも」「立派に弁証法的発展を遂げ得る偉大な能力」を持っている学者については、「そうした彼の実践が、結局自己陶酔のうちに彼を眠らせるのではないか」とある。

(13) 橋爪大三郎「〈言語〉派社会論」(『言語／性／権力』二〇〇四年五月　春秋社)では、まず「常識的な近代の図式」を「主体」は「身体の外側からうかがい知ることのできないもの(私秘的なもの)として、めいめいに営まれると信じられた。主体のなかに、意識や、意図や、意味や、感覚や、欲求や、意志や、そのほか主体を構成するもろもろのものがある。そして、言葉や行為は、主体の〝思念された意味〟が外化され、表現されたものだと考えられた。」と説明し、「私秘的言語の不可能性」を指摘したヴィトゲンシュタインの主張の重要性に言及している。そして、「言葉や行為は、身体の内部に隠れている主体の、意図や意味を表現するための手段ではない。そうではなくて、言葉や行為こそが、(中略)第一義的に存在する当のものである。ある身体の挙動である言葉や行為は、いつでも、ほかの身体にさらされている。その意味で、言葉や行為は、身体と身体の間にある。」としている。『心』の先生は、ある意味で「秘匿」されるべき「主体」を見極めようとした人であり、その「死」があってこそ『道草』の世界が存在する、と考えられる。

(14) 橋爪大三郎「〈言語〉派社会学」(前掲書)

(15) 駒尺喜美「「則天去私」への接近」(『漱石その自己本位と連帯と』一九七〇年五月　八木書店)に、『道草』の特徴として「過去の自己をありのままに語るのは」「自己も他も同様に救われがたきものだとの確認のため」であり、「世の中に片づくものはないとの結末の夫婦の会話に象徴されているごとく、お互いに直接的な救済などはありえないとの確認がここにはある。もし救済があるとすれば、お互いの孤立状況をはっきり把握することによって、はじめて開けるのである。」という指摘がある。

付記　作品を引用するにあたっては、『漱石全集』(全二十八巻　別巻一　一九九四年版　岩波書店)を使用した。ルビは、適宜省略した。

『道草』の頃
――漱石の書簡を手がかりにして――

長島裕子

一　『硝子戸の中』の周辺

『道草』は、大正四年六月三日から九月十四日まで、「東京朝日新聞」「大阪朝日新聞」に連載された。『道草』執筆の約四か月前に、『硝子戸の中』を書き終え、続いて五月下旬から『道草』を書いた頃の漱石は、自分自身の遠い過去に目を向けていたはずである。過去を題材にして、現在という地点から表現するという行為の意味するものを考えるために、漱石の主にこの頃の書簡を取り上げてみたい。

『行人』（大正元年十二月六日〜二年四月七日「東京朝日新聞」「大阪朝日新聞」、続篇「塵労」九月十八日〜十一月十五日「東京朝日新聞」、〜十一月十七日「大阪朝日新聞」）を書き、『心』（大正三年四月二十日〜八月十一日「東京朝日新聞」、〜八月十七日「大阪朝日新聞」）を書き終えて、次に『道草』を書くことは、いつ構想されたのであろうか。このことを、まず『硝子戸の中』の周辺から考えていきたいと思う。

『硝子戸の中』は、大正四年一月十三日から二月二十三日まで、三十九回にわたって連載された。もともとは、「大阪朝日新聞」の長谷川如是閑から、「新年に何かといふ注文」（大正四年一月九日、山本笑月宛）を受けていたもので、これを、「東京朝日」の方でも「都合がつくなら載せて頂きたい」（同）というのが、漱石の希望であった。「硝子戸の中から外を見渡すと」、と書き出される『硝子戸の中』であるが、「書斎にゐる私の眼界は極めて単調でさうして又極めて狭いのである」と記されている。このような「硝子戸の中にばかり坐つてゐる」時間のなかで、何が選ばれ書かれていくことになるのか、そこに選択されたものはどういうものであるのか、次の一節を見ておきたい。

然し私の頭は時々動く。気分も多少は変る。いくら狭い世界の中でも狭いなりに事件が起つて来る。それから小さい私と広い世の中とを隔離してゐる此硝子戸の中へ、時々人が入つて来る。それが又私に取つては思ひ掛けない人で、私の思ひ掛けない事を云つたり為たりする。私は興味に充ちた眼をもつて夫等の人を迎へたり送つたりした事さへある。

私はそんなものを少し書きつゞけて見やうかと思ふ。

このように書かれていくはずのことが予告される一方で、漱石は、「自分以外にあまり関係のない詰らぬ事を書くのである」とも、あらかじめ断っている。このような興味で集められたいくつかの話が、以後続いていく構成となっている。

漱石の手帳に、『硝子戸の中』に書かれた項目につながっていく一群のメモ（「断片六三A」「断片六三B」）があることはよく知られている。また、この執筆前、執筆中の書簡を見ていくと、おぼろげながら、この書斎への出入りの一部がわかるように思われる。「六」「七」「八」に書かれた「女の告白」は、漱石の大正三年十二月二十七日の手紙によって、吉永秀子の来訪を書いたものということがわかる。また、この「八」に記される生と死の問題は、林原（岡田）耕三に宛てた十一月十三日の手紙の中に書かれたことと重なっている。吉永秀子に与えた助言と、林原耕三に語った手紙の内容とは、『硝子戸の中』における、示唆にとむ一節となっている。

「二十五」に大塚楠緒子の思い出が書かれる背景には、明治四十三年十一月に楠緒子が亡くなったあと、夫である大塚保治と大塚家との間に生じた問題があったと推測される。佐佐木信綱とともに解決の方途を探っていた様子が、何通かの漱石の書簡からうかがえる。佐佐木信綱宛の大正四年一月四日の手紙には、このことに関して、当事者にしか詳細はわからない書き方ながら、「条件とは妾放逐の一事に候」という一節がある。また、先のメモには、「楠緒子妾ヲ撃退ス」（「断片六三A」）、「大塚夫人の事、妾撃退（抹消）」（「断片六三B」）とある。まるで楠緒子が、「妾ヲ撃退」したかようであるが、直接にすることは出来ない以上、これは、「楠緒子」（のこと）と、（自分たちで大塚保治の）「妾ヲ撃退ス」という、二つに分けて読み取るところであろう。あるいは、あたかも楠緒子が、佐佐木信綱や漱石を動かして「妾ヲ撃退」した、とでもとらえるところであろうか。いずれにしても、『硝子戸の中』には、生前の美しい姿の楠緒子を印象深く描出しながら、「硝子戸の中」である書斎で漱石が関わっていたのは、現在の大塚家の問題なのであった。過去のシーンが思い出される契機に、現在の時間が関わっていることは言うまでもないことである。

「硝子戸の中」という、外から「隔離」された空間は、実は「硝子戸」という透明な隔てであることによって、障壁がありながらも、書斎の中と外とを自在に行き来することの可能なものであることに気づく。そしてまた、この透明な障壁は、自在に心の中と外とを行き来する通路でもあった。

二　『道草』執筆へ

『硝子戸の中』に書かれたことの中で、過去につながるものとしては、生家にまつわることがいくつもある。維新の前夜、大勢の盗人が家に入ってきた晩のこと（十四）、姉たちのこと（十四、二十一）、兄たちのこと（三十六）、長兄の死後に訪ねてきた女のこと（同）、父母を祖父母と思っていたこと（二十九）、実の父母であることを教えてくれた下女のこと（同）、そして、母のこと（三十七、三十八）。実は、「硝子戸の中」から見ていたものには、時間を遡った、過去の自分とその記憶の手触りが、多くを占めていたのである。そして、そこには、養父母の下で暮らした時間は、あとかたもなく消されていることに気づく。透明な通路を通って見た、過去の自分の姿は、暖かい靄に包まれたような、夢見心地の世界の住人でもあった。友に返したお金の話（三十一、三十二）ですら、自分の潔癖な気性を再確認するような、懐かしみに触れる一光景の趣きである。(1)

こうして、『道草』に近づいていくわけだが、二月半ばに『硝子戸の中』を書き終えた漱石は、津田青楓とその兄である西川一草亭の招きとも勧めともつかない働きかけによって京都に赴き、しばらく滞在することになる。この滞在は、漱石の妻である鏡子から頼まれた青楓が、京都に出かけるよう水を向けたとも言われている。

二月九日に畔柳芥舟に宛てた手紙の中で、「ちと硝子窓のそとへ出やうと思ひますが面倒だからまだ引込んでゐます」と記し、同十三日には、西川一草亭に宛てて、「まあ少しの間「硝子戸の中」を出る訳には行きません」と記している。同十五日の畔柳宛の手紙には、『硝子戸の中』を「昨日切り上げた」とあって、「少しの間」が、擱筆までの時間ではないことがわかる。同二十七日に書かれた佐佐木信綱宛の手紙の文面からは、大塚家の問題がようやく一段落したのではないかと思われる節もある。

三月九日に津田青楓に宛てて、「僕も遊びに行きたくなつた」と記した漱石は、三月十九日に東京を発つ。一時体調を崩したこともあって、京都にはほぼ一か月滞在し、四月十七日に帰京した。この間の、三月二十八日に鏡子に宛てた手紙には、次のようにある。

　病気もほぼよろしく候色々な人に世話になり候、ことに津田君と津田君の兄さんと御多佳さんの世話になり候
　津田君は寐てゐるうち始終ついてゐてくれました、姉は気の毒をしました、帰れないでゐるかつた

このことに関しては、漱石の「日記一五」にも次のような記述がある。

二十五日〔木〕 寐〔寝〕台車を聞き合せる。六号。胃いたむ。寒。（略）御多佳さんがくる。出立をのばせといふ。医者を呼んで見てもらへといふ。寝台を断つて病人となつて寐る。（略）姉危篤の電報来る。帰れば此方が危篤になるばかりだから仕方がないとあきらめる。

幽霊が出る話、先生生きて丶御呉れやす

すでに前日二十四日の「日記」には、「腹具合あしし。（略）晩に気分あしき故明日出立と決心す」とある。京都滞在六日目にして、胃の具合が悪くなり、翌日の帰京を決心したが、そのまま病臥してしまったことがわかる。このために鏡子が東京から駆けつけ、結果としては、その後鏡子に京都見物をさせたような滞在になったと、帰京後に多くの人に宛てた、留守中の手紙の返事に記している。

ここでは、京都滞在中に知らされた漱石の姉の死に目を向けたい。この亡くなった異母姉である高田ふさについては、現実の姿を超えて、『道草』に描かれる健三の姉御夏の、喘息を病む気の毒な姿の描写を思い出さないわけにはいかない。しかし、これはあくまでも小説の中の御夏の姿である。

またこの姉は、『硝子戸の中』の「十四」に描かれた、大勢の盗人が入ってきた時の二人の姉の描写にもつながっていく。『硝子戸の中』では、漱石のまだ生まれる前の、名主をしていた夏目家の様子も彷彿とさせる光景が、「つい此間」聞いた話として描かれていた。漱石とは母の違う二人の姉は、それぞれ二十二歳、十七歳ほど年長者であった。この年亡くなったのは、年下の方の姉であった。怖い思いをしたであろうその昔話には、失われた栄華の匂いもかすかに感じ取れる。その姉たちは、一日がかりで、牛込揚場から船を出して、浅草の芝居見物の高土間の席に出かける人たちでもあった（二十一）。描かれた姉たちの若き日の姿は、漱石の出生以前の、あるいは幼くて記憶にはない頃の面影でもあった。里に出された漱石を、四谷の古道具屋の夜店から、実家につれて戻ったのが姉であったことも回想されていた（二十九）。『硝子戸の中』には、記憶の果ての、自分の記憶の目には映らなかった姉たちの、江戸時代の名残の香をかいだような遠い姿が描かれていた。しかし、その人たちが穏やかに住む場所は、明治の世が進むにつれ、失われてしまうよりほかなかったのである。『硝子戸の中』を書いている時には存命であった異母姉の死を、京都で聞くことになった漱石の、「帰れないでわるかつた」という手紙の中の表現は、知らせてきた鏡子に対するものであるとともに、姉に対する思いでもあったはずである。漱石の兄弟は、三番目の兄和三郎ひとりとなった。

おそらく、結果として『道草』を書く準備は、整っていったのではないかと考えられる。鏡子夫人の『漱石の思ひ出』（大正三年十一月　改造社）によれば、『硝子戸の中』が発表されると、漱石の兄からの苦情があったとのことである。(2)『吾輩は猫である』（「ホトトギス」明治三十八年一月〜三十九年八月）において、すでに家庭内の様子の一端は書き込まれていた。小説ではない『硝子戸の中』の表現が、読者にあたかも本当のことのように読まれていくとすると、身内の者たちが反応をするのは、当然のことであるとも言える。その時の反応は、書かれること自体を嫌がる気持ちに加えて、それは違っている、というものがあると考えられるが、実際には、当事者の意識とは別に、本当すぎるという場合のほうが多いのではないだろうか。いずれにしても、小説空間に、漱石自身の過去の一定期間を区切って描いてみる構想が出来上がっていく過程で、兄からの苦情や姉の死も関わりを持っていたのではないかと考えられる。『道草』の場合はむしろ、誰か苦情を言う人があるなら、それは書いた本人のほかにはなかろうというような登場人物の提示である。(3)これが意図の一つだとするなら、何もこのように書かなくてもよさそうなものなのにという周囲の思いを、逆手に取ったような転換がある。

先にも触れたように、『道草』に書かれたのは、『硝子戸の中』とは、対照的な世界である。『硝子戸の中』のあの姉たちの一人が、もし『道草』に描かれた御夏であるなら、そこには、もう、細いかすかな見えない糸しかないとでもいうような懸隔がある。明治の四十年間がこのような変化を強いたのだ、ということはできる。しかし、書くことがめざしているものは、おそらく正反対なのではないだろうか。もとより、随筆（小品）と小説の違いを超えて捉えることは慎まなくてはならないが、別の言い方で言えば、『硝子戸の中』には書かなかったことを、『道草』では書こうとしたということである。

三　生きる苦しさを描く物語

『硝子戸の中』に選ばれたのは、漱石の生家、実母の記憶である。『道草』に描かれたのは、健三の養家、養父母との、過去と現在である。そこでは、健三の生家での過去や実母の姿も遠景に退き、実母のくっきりした印象も語られない。健三の兄も姉も姉の夫である従兄も、失われた過去の時間の人々ではなく、現在の時間に生きる、頼りにはなりがたい人々となっている。年長者である彼らは、健三にとって頼りにならないばかりでなく、負担を感じる存在でもある。しかし、養父との間の問題解決のためには、彼らに間に入ってもらうよりほかなく、普段より繁く、彼らと行き来しなくてはならないのでもあった。

このような健三にとって好ましくない出来事や環境が選ばれて書かれることに、どのような意味があるのだろう。すぐにも、実際はそうではない、と言い出す人が出てきそうなことばかりである。しかし、健三の苦しさを描く時、それはそれだけが孤立したものであるわけもないのである。健三の係累のほか、妻お住との関係、妻の実家の経済状況、全ての者が苦しみながら暮らしているなかで、健三もまた、自分をどう扱ったらいいのか、苦しむよりほかのない場所に立たされている。単に、一人の自分の過去を物語るということを超えた、人の生きる苦しさを描く物語に、それは転じている。

大正三年の漱石の手紙には、生と死にまつわる、あるいは生きることに関するいくつもの表現が見出せる。大正三年十一月十三日の林原耕三宛の手紙には、次の一節がある。

本来の自分には死んで始めて還れるのだと考へてゐる　私は今の所自殺を好まない恐らく生きる丈生きてゐるだらうさうして其生きてゐるうちは普通の人間の如く私の持つて生れた弱点を発揮するだらうと思ふ、私は夫が生だと考へるからである私は生の苦痛を厭ふと同時に無理に生から死に移る甚しき苦痛を一番厭ふ、だから自殺はやり度ない夫から私の死を択ぶのは悲観ではない厭世観なのである　悲観と厭世の区別は君にも御分りの事と思ふ。

このように、漱石が「夫が生だと考へる」生は、「持つて生れた弱点を発揮する」場である以上、「厭世」に傾くことは見やすいのではないだろうか。また、「死は生よりも尊とい」（『硝子戸の中』八）というのも、「本来の自分には死んで始めて還れるのだ」という表現とも通底する。「世の中にすきな人は段々なくなります」という、大正三年三月二十九日の津田青楓宛の手紙の表現にも現れている厭世の気分は、この手紙の中で、「不愉快な事があると夫が五日も六日も不愉快で押して行きます」と記された「不愉快」とも通じているはずである。

その中で、どのように生きているのか、あるいは生きて来たのか、ということが、自分の過去に目を向けて改めて問われることになるのは、不思議なことではない。その時には、表面の出来事よりも、その奥に潜むものや、隠されていた意図として読み取ったものが、より多く、かつ真実であるように描かれることは当然である。

『道草』の「五十七」に、健三が「己が悪いのぢやない」という「言訳を、堂々と心の裡で読み上げた」と描かれたところがある。「半ば自分の行為を悔いた」時も、「腹の底には何時でも」「己の責任ぢやない。必竟こんな気違じみた真似を己にさせるものは誰だ。其奴が悪いんだ」という「弁解が潜んでゐた」ともある。「彼の道徳は何時でも自己に始まつた。さうして自己に終るぎりであつた」のである。この論理が、『道草』の健三を貫いている。

一方、それを語る語り手は、どのような立場にいるのだろうか。『道草』の語りには、作品に描かれている現在の健三が意識していることと、その時点の健三には意識できなかったこととが入り交っている。たとえば、「一」には、次の箇所がある。

彼の身体には新らしく後に見捨てた遠い国の臭がまだ付着してゐた。彼はそれを忌んだ。一日も早く其臭を振ひ落さなければならないと思つた。さうして其臭のうちに潜んでゐる彼の誇りと満足には却つて気が付かなかつた。（一）

この最後の、「却つて気が付かなかつた」という表現は、作品が語られている時点での語り手の考えを示している。このような形に、『道草』の語りは、時間の上で二重に健三を支配している。

健三以外の登場人物に対する語りについて、御住がどのように描かれているのか見ておきたい。『道草』の語りは多くは健三のそばに寄り添っているが、時として、御住の内面を察し、また代弁する場合がある。たとえば、「九」の次の箇所を考えたい。

その後で裂しい嚏が二つ程出た。傍にゐる細君は黙つてゐた。健三も何も云はなかつたが、腹の中では斯うした同情に乏しい細君に対する厭な心持を意識しつゝ、箸を取つた。細君の方では夫が何故自分に何もかも隔意なく話して、能働的に細君らしく振舞はせないのかと、その方を却つて不愉快に思つた。（九）

ここで語り手は、「細君の方では」「不愉快に思つた」と語っている。見たところ、語り手は等分に健三と御住を語っている。しかし、「細君の方では」と語られてはいるが、これは、語り手がと言うより、ほぼ健三が想像し思い描くお住の内面なのではないだろうか。語り手は、健三の目を借りてとらえた御住を語っていると考えられる。もう一つの例を、次に挙げたい。

事々について出てくる権柄づくな夫の態度は、彼女に取つて決して心持の好いものではなかつた。何故もう少し打ち解けて呉れないのかといふ気が、絶えず彼女の胸の奥に働らいた。其癖夫を打ち解けさせる天分も技倆も自分に充分具へてゐないといふ事実には全く無頓着であつた。（十四）

「夫を打ち解けさせる天分も技倆も自分に充分具へてゐないといふ事実」を御住自身が承知していて、それに「無頓着」である訳ではない以上、その「事実」がどこにあるのかと考えると、それは健三の心の中に、と言うよりほかにないだろう。

『道草』で語られる言葉は、多くの場合、健三が想像したり決めつけたりする中で浮き彫りにされる。それは、むしろ健三自身の言葉と言って差し支えないものなのである。読者は、健三以外の人物も、健三というフィルターを通して見るよりほかないのである。『道草』においては、健三が自分自身および他の人々を、どのように捉え、意識していたのかが、語られている。そういう意味では、よく言われるように、健三のモデルが漱石なのではなく、『道草』という作品が漱石なのである、とも言える。

四　自分自身の身辺を書く時

ここで、『漱石の思ひ出』に語られている漱石の「頭の悪い」時期について考えてみたい。一回目は、イギリスから帰国後のことであり、二回目がその十年後のこととされている。一回目については、漱石の帰国後の時間と、明治三十八年一月以降断続的に発表された『吾輩は猫である』に描かれる世界との間に、緊密なつながりが見出せる。身辺の出来事を解体し再構成して、珍野苦沙彌を中心とする物語を作っていくことが、自己を客観的に外側からとらえる作業と共に進んでいたと言えるはずである。二回目の時期は、『漱石の思ひ出』には、『行人』執筆中の大正二年のことのように書かれているが、昭和三十年代に初めて公表された漱石自身の日記においては、同内容の記述もふくむ一連の記述が、大正三年のものと分類されている（「日記一二」）。この時期を考えると、その翌年の大正四年四月から執筆された『道草』にも、やはり『吾輩は猫である』とある種同様の見取り図が指摘できるのではないだろうか。

『吾輩は猫である』においては、猫に見られている苦沙彌という描き方が、だんだん猫には描き得ない苦沙彌に変化していくが、漱石の身辺の出来事のデフォルメであることは変わらないと言える。『道草』もまた、漱石が妻との間に強い軋轢のあった時期のあとに執筆された作品であるが、これも漱石自身の身辺に題材を求めた作品であることに注意したい。ただ『道草』の場合は、その題材が現在ではなく、あくまでも過去の一時期の身辺に限られており、そこから、さらに大過去とでも言うべき、過去への遡上がなされていることが指摘できる。また、『道草』で選ばれた過去の身辺が、『吾輩は猫である』の書かれた頃のことであることも確認したい。『吾輩は猫である』の世界が一つの絵だとすると、その下に、巧妙に描かれていた、見えない下地が取り出された、とでもいうような趣である。「頭が悪い」あるいは「神経衰弱」と言われるような、ある特別な心身の状態に陥った時が過ぎつつある時、自分自身を振り返り、自分の姿を目の前に取りだして見るような作用が働くのであろうか。高浜虚子の勧めに応じて、『吾輩は猫である』が書かれた時、虚子の朗読を聞いて漱石自身が何度も笑ったというエピソード(4)が本当であるなら、漱石は書くことによって、自らを笑いの対象とし、そのことによって鎮められた部分があったのではないかと思う。『道草』においては、自分自身を笑いの対象とする方法では超えられなかった、『吾輩は猫である』には書かれなかったことを書く、という作業に取り組んだと考えられる。

いずれの場合も、自分の身辺そのものが小説の題材に選ばれたのが、「神経衰弱」と呼ばれる状態の期間中、あるいはその直後であることに注意したい。小説の中にたどられる自分をめぐる物語が、その時にはどうしても必要であったに違いない。

このように見てくると、『道草』は書き継がれていく中で、どんどん作者を離れていったのではないかと思われてならない。すなわち、書く必然性が、作品という形になっていく過程で、解消されていくことがあったのではないかと思われる。しかし、これは、作品を書くことに苦労がなかったということとは別の問題である。『道草』の残された多くの反古[5]は、そのことを如実に示している。『道草』執筆中の七月十四日に大谷繞石に宛てた手紙に、次のような一節がある。

小説も職業になると出来る丈早く書いてあとの時間を外の事に費やしたくなりますそれでも道草をよんでゐて下さるのはありがたい気がします

言葉じりをとらえるのであれば、このほかにも、「今は下らない事で朝のうちを潰してゐます」（六月二十五日、青木月斗宛）という表現も見出せる。これが、遜辞であるにしても、執筆前には、「私はそろ〳〵事業に取りかゝります」（五月二日、津田青楓宛）と書かれていたことを考えると、そこには、少し変化があるように感じられる。

ここで使われている「職業」という言葉には、敏感にならざるを得ない。「道楽と職業」（明治四十四年八月十三日、明石での講演）の趣旨が思い出されるからである。漱石は、小説執筆を「職業」と認めたくはないはずであり、あくまでも「道楽」であるととらえたかったはずである。文章を書くことで生計が維持されるのであれば、それが「職業」であるのは当然のことだが、「東京朝日」に入社した出発点においては、「道楽」として文章を書くことに、新聞社がパトロンとして後ろ盾になったという気持ちもあったように思う。年間に一作品の義務というのが、「職業」なのか「道楽」なのか難しいところである。しかし、この『道草』の執筆に際して、「小説も職業になると」と書いた手紙からは、かつて『彼岸過迄』の執筆中の明治四十五年二月十三日に笹川臨風に宛てて、「小説をやめて高等遊民として存在する工夫色々勘考中に候へども名案もなく苦しがり居候」と書いた時の苦しみの影は見当たらないように思う。このことは、どのようにとらえたらよいのであろうか。

五　『道草』の頃の漱石

『道草』の執筆中に、次に「朝日新聞」に連載される小説を依頼した、徳田秋声宛ての八月九日の手紙からは、様々なことが見えてくる。

> 社の方では御存じの通りの穏健主義ですから女郎の一代記といふやうなものはあまり歓迎はしないやうです。然したとひ娼妓だつて芸者だつて人間ですから人間として意味のある叙述をするならば却つて華族や上流を種にして下劣な事を書くより立派だらうと考へますので其通りを社へ申しましたら社でも其意を諒としてもしあなたが社の方針やら一般俗社界に対する信用の上に立つ営業機関であるといふ事を御承知の上筆を執つ〔て〕下されば差支なからうといふ事になりました。
>
> （略）私は他人の意志を束縛して芸術上の作物を出してくれといふ馬鹿な事はしたくありませんから万一余程の程度に御趣向を御曲げにならなければ前申した女の一代記が書きにくい様なら「かび」の続篇でも何でも外のものを御書きにならん事を希望致すのです。若し又社の所謂露骨な描写なしに娼妓の伝が何の窮屈なしに書けるなら無論それで結構だらうと思ひます。
>
> 私はそんな腕のある女の生涯などを知りません、また書かうと思つても書けません、人間を知るといふ上に於てさうした作物は私の参考になるんだから喜んで拝見したいのでありますけれども右の事状故其辺はどうぞ御含みの上御執筆下さるやうあらかじめ願つて置きます。

漱石が秋声に書いた手紙は、周到である。「他人の意志を束縛して芸術上の作物を出してくれといふ馬鹿な事はしたくありません」としつつ、「あなたが社の方針やら一般俗社界に対する信用の上に立つ営業機関であるといふ事を御承知の上筆を執つ〔て〕下されば差支なからうといふ事になりました」という、ある意味では、強面の文章を書いている。「社の所謂露骨な描写なしに娼妓の伝が何の窮屈なしに書けるなら無論それで結構」なので、自分も「喜んで拝見したい」という表現からは、漱石が意識しているかどうかはわからないものの、「穏健主義」の「朝日新聞」の方針を代弁して、執筆前の秋声に、描写の上での規制をおこなっているとも読める。これは、ただちに創作者として、漱石自身にも返ってくるものであるに違いない。しかし、「朝日」の顔として振る舞う必要のある時には、ここまで踏み込んだ発言をしていることも確かである。

「東京朝日新聞」には、すでに池辺三山はなく、一時対立した渋川玄耳も退社している。漱石の小説連載に関する社内の窓口は、社会部長の山本笑月であった。山本笑月宛の手紙には、連載小説を依頼する人選にまつわる事務的な内容のものが多い。『道草』執筆の前年の大正三年、漱石の『心』のあとに企画された、短篇集ともいうべき新人中堅作家一人一短篇の連載に関して、漱石は八月二日の手紙に、「此方で頼んだ人は進んで書きたいやうに云ふ人の方が多いのです。是は朝日の為に結構な事と存じます。原稿料がいゝに違ないとばかり思つてゐるのではないらしくもあります」と書いている。また同じ手紙で、「先年読売で新らし〔い〕人の作を連載した時の稿料などを考へるとひどいものです。夫でもあの人たちは書くのですから」とも記し、「朝日は資格も違ひます」と記している。「朝日」に書くことが年若い作家たちには、原稿料の問題ばかりではなくステータスであるということを告げていることも興味深い。望むと望まざるとに関わらず、この時期の漱石がこのような立場にいたことも間違いない。

一方、『道草』執筆中の大正四年六月十五日に武者小路実篤に宛てた手紙には、次のような一節がある。これは、文芸座で上演される武者小路の戯曲「わしも知らない」について、六月十四日に「朝日新聞」に掲載された記事に対して、漱石に不満を寄せた手紙への返事である。

　間違はだれしも嬉しくはありません、ことにあなたのやうに正直な人から見れば厭でせう。それを神経質だと云

つて笑ふのは、其うらにある正しい気性を理会し得ないスレッカラシの云ふ事です。（略）

私もあなたと同じ性格があるので、こんな事によく気を悩ませたり気を腐らせたりしました。然しこんな事はいつ迄経つても続々出て来て際限がないので、近頃は出来る丈これらに超越する工夫をして居ります。（略）

武者小路さん。気に入らない事、癪に障る事、憤慨すべき事は塵芥の如く沢山あります。それを清める事は人間の力で出来ません。それと戦ふよりもそれをゆるす事が人間として立派なものならば、出来る丈そちらの方の修養をお互にしたいと思ひますがどうでせう。

私は年に合せて気の若い方ですが、近来漸くそつちの方角に足を向け出しました。

この中の、「気に入らない事、癪に障る事、憤慨すべき事は塵芥の如く沢山あります。それを清める事は人間の力で出来ません」という表現からは、戦い疲れた人の声が聞こえてくるように思われる。「超越する工夫をして」いる、「戦ふよりもそれをゆるす事」の方の「修養」をしたい、「近来漸くそつちの方角に足を向け出しました」という漱石の言葉には、武者小路に書いているだけではなく、長い時間を振り返って、自ら嚙みしめているような感がある。また、いくらそう思っても出来ない、と言っているかのようでもある。「工夫」であったり、そうしたいという願望であったり、「足を向け出し」たという表現が、それらを為し得ないことを如実に示している。すでに、大正二年十月五日の和辻哲郎宛の手紙の中で、「私は今道に入らうと心掛けてゐます」と記していた。これと前後して、「冷淡な人間なら、あゝ癇癪は起しません」、「たとひ漠然たる言葉にせよ道に入らうと心掛けるものは冷淡ではありません、冷淡で道に入れるものではありません」とも記している。冷淡ではないから癇癪を起こす、冷淡ではないから道に入ろうと心掛ける、この二つは、常にせめぎ合って共存しているものである。「道に入らうと心掛ける」こと、「ゆるす事」は、「今」と言い、「近来漸く」と言いながら、常に繰り延べられていくように、容易なことではない。

武者小路は、漱石の死に際して書いた「夏目さんの手紙」（「新公論」大正六年二月）の中で、右に取り上げた手紙を引用した後、「氏の自分にたいする親切な心」にふれ、「この手紙をよみなほして涙ぐんだ」と記している。と同時に、「氏の「許す」殊に黙つて「許す」といふ態度が一番いゝ態度とは思つてゐない」と記し、また「氏の態度に」「感心する」としながらも、自分自身は、「戦ふ（元より精神的の意味で）方がよりいゝやうに思つてゐる」と書いている。こう思うのは「まだ若いからかも知れない」と述べる武者小路には、漱石の長い長い戦いの道のりの果ての「許す」という境地への願いは、しかも、それですら願いでしかないような境地は、共感され得なかったのかもしれない。

このように、曲折しながら見てきたものから、一筋の道を見出すことは難しい。漱石が過去の自分を見つめる目と、同時に現在の社会的なつながりの中にある自分を見つめる目と、その二つはどのように関わっているのだろうか。過去を見つめることが、即座に今ある自分を確かめる手がかりになるほど、事は単純ではないようである。徳田秋声と武者小路実篤に宛てた、目的も内容もほぼ対照的な書簡を前にしても、その感が強くなる。しかし、極度の心身の不調の中から新たな創作を構想する時、自分自身がその素材として選ばれたことは、偶然ではないと考えられる。現在の自分への統一的な焦点は結ばれなくても、今ここに在ることを、遡ってたどり直す作業は、決して意味のないものではなかったはずである。

『道草』の健三は、最後の「百二」で、「世の中に片付くなんてものは殆んどありやしない。一遍起つた事は何時迄も続くのさ。たゞ色々な形に変るから他にも自分にも解らなくなる丈の事さ」と、「吐き出す様に苦々し」い口調で言う。「何時迄も続く」というのは、言葉を代えれば、「継続中」ということである。『硝子戸の中』の「三十」には、「継続中のものは恐らく私の病気ばかりではないだらう」、「人の心の奥には」「継続中のものがいくらでも潜んでゐるのではなからうか」と書かれていた。そして、この一節は次のように続く。

もし彼等の胸に響くやうな大きな音で、それが一度に破裂したら、彼等は果して何う思ふだらう。彼等の記憶は其時最早彼等に向つて何物をも語らないだらう。過去の自覚はとくに消えてしまつてゐるだらう。今と昔と又其昔の間に何等の因果を認める事の出来ない彼等は、さういふ結果に陥つた時、何と自分を解釈して見る気だらう。所詮我々は自分で夢の間に製造した爆裂弾を、思ひ〳〵に抱きながら、一人残らず、死といふ遠い所へ、談笑しつゝ歩いて行くのではなからうか。唯どんなものを抱いてゐるのか、他も知らず自分も知らないので、仕合せなんだろう。

「今と昔と又其昔の間に何等の因果を認める事」は、「爆裂弾」の破裂する前にしか出来ない作業だ。しかし、このようにして書かれたのが『道草』であったということだけは、言えるはずである。それがたとえ、「御父さまの仰やる事は何だかちつとも分りやしない」ことであったとしても。

〈注〉

（1）大正四年の漱石が過去に目を向けることになったきっかけの一つに、木下杢太郎『唐草表紙』（大正四年二月　正確堂）のために乞われて書いた手紙体の「序」（一月十八日付）の執筆がある。杢太郎が描く「夢幻の世界」に惹かれつつ、「過去が過去となりつゝも、猶意識の端に幽霊のやうな朧気な姿となつて佇立んでゐて、現在と結び付いてゐる」と記す漱石と『硝子戸の中』との関連については、重松泰雄「薄ら寒さと春光と――『硝子戸の中』における〈過去〉――」（「文学」昭和五十五年十月）に詳しい。

（2）「五六　子供の教育」の章に、「いつぞや兄さんから、あゝやつて書くのもいゝけれど、自分達も子供が大きくなつてるのだから、あんまり打ち明け話を書かれたりすると、子供の手前みつともないからといふ、一寸した抗議が、私迄出たことがありますので、その事を申しまして、私なんぞは『猫』でも散々書かれてるからいゝやうなものの、あんまり家のことや人のことを書くのは感心しないとか何とか言つたものです」という一節がある。

（3）『道草』連載時に、かつての養父塩原昌之助・かつ夫妻は、それを読んで不快な気持を持っていたことが、関荘一郎「『道草』のモデルと語る記」（「新日本」大正六年二月）に記されている。

（4）高浜虚子『漱石氏と私』（大正七年一月　アルス）に、「漱石氏は愉快さうな顔をして私を迎へて、一つ出来たからすぐこゝで読んで見て呉れとのことであつた。見ると数十枚の原稿紙に書かれた相当に長い物であつたので私は先づ其分量に驚かされた。それから氏の要求するまゝに私はそれを朗読した。氏はそれを傍らで聞き乍ら自分の作物に深い興味を見出すもの丶如くしば〳〵噴き出して笑つたりなどした」とある。

（5）晩年、鏡子夫人が原稿の反古を保存していたこともあり、『道草』については、二一〇枚余りが確認されている。

付記　漱石の文章の引用は、新版『漱石全集』第二次刊行（二〇〇二年〜二〇〇四年　岩波書店）によった。ルビは適宜省略した。

『道草』論の前提
――宗教的な、あまりにも宗教的な

鳥井正晴

『道草』という、作品の表象

漱石を考える時、思い出す言葉がある。

この国でものを書く人間は、ある年齢になると、パスポートを提示させられるようにして、漱石について話さなければならないようですね。まず芥川の齢（三十五歳―論者注）を越える時にちょっとショックを受ける。それから、漱石の齢（四十九歳―同）を越える時にうそ寒くなって、（後略）

「〝漱石〟というパスポート」と題された、古井由吉の発言である。[2] [1]

「ものを書く人間」を、必ずしも作家に限定する必要はない。この国の、いわゆる「知識人」・「文化人」はやがて漱石について語り出すだろう、あだかも自己が知識人であることの「存在証明《アイデンティティー》」として、俊英な知識であることの「明証」として――。そして語られる漱石像は、必ずや語る知識人の背の高さを正鵠に反映する。「人間は万物の尺度だ」とはプロタゴラスの言であるが、重い知識人の漱石像は重く、軽い知識のそれは軽いだろう。

就いては、漱石と本式に対峙することは怖ろしいことである。『こゝろ』以降、殊に『道草』『明暗』に於いては、この感慨はとりわけ深い。だとすると私が語ろうとする『道草』も、所詮私の「背の高さ」でしかないだろう。漱石は、書き出しの巧い作家である。その中でも『道草』の「書き出し」は、群を抜いて決まっている、いな決まり過ぎている。作家（安岡章太郎(3)）の感性が、作家ならではの感性を示す。

＊　＊

「健三が遠い所から帰つて来て」という書き出し、ああいうやっぱり「遠い所から帰つて来て」というのは、これはいいんですよ。決定的なものですね。

書き出しというか、もうそれはつかんでいるわけですね。ああいうつかまえ方、あれを一回つかまえてしまいますと、ほんとうにちょっと勾配が埋まりますね。ある意味であのぐらい完全なる小説家というのは、あんまり出てないいんじゃないでしょうか。

作家の鋭い感性が、『道草』という作品全体の表象をものの見事に、しかも正鵠に捉えている。安岡の右の一言は、百編の『道草』論よりも、はるかに傾聴に値する。

安岡章太郎(4)の発言を、別の所から引く。

あの夫婦喧嘩というか夫婦仲というか、あれはおそらく事実が非常に近いところにあるに違いない。しかし、あれは書けないですよ、なかなか……。僕なんかも書ければ書きたいですよ（笑）。

漱石という人の目は決して冷たくはないんだな。それでいてあそこをまで突き放している部分があるわけ、そういう一点がどこかにある、そこに僕らは驚くな。ああいうふうに自分達の家族の内部を書くことは、例えば島尾敏雄が自分が浮気をして奥さんがヒステリーを起こしたことをいろいろ書くけど、それとは違うんだよね、全然違うんですよ。

『道草』はその書き出しから、深くて広い世界を開示して始まる。何故に『道草』には、それ程までに揺るぎがない文体・視点が獲得されているのだろうか。そして何故に「小説現在」が、明治三十六年であったのか。作品の「表象」性と「小説現在」の選択は、『道草』論の肝要な二つの命題である。

＊　＊

『道草』研究の最盛期は、やはり漱石研究の最盛期・昭和四十年代中頃と重なる。
昭和三十年代の、奥野健男(5)の評は、驚くほどに低い。

夏目漱石の作品のうち『道草』ほど、人によって評価の喰い違っている作品は少いであろう。これを漱石の最高傑作とする者もあれば、いちばんつまらない、書かずもがなの作品だとする者もいる。

平野謙(6)の認識も、本末を転倒している。

むかしから私は漱石がもし『道草』を書かなかったら、首尾一貫してどんなに立派だったろう、という意見をもっていた。『道草』は漱石のたゆみない制作過程における一汚点にほかならぬ、と考えていた。

果して、昭和四十年代の本格的な漱石研究を通過した現在、『道草』が自然主義的な「私小説」であるをいう見方は、既に払拭されて久しい。今日、『道草』の透徹したリアリズムは、高く評価されている。

第一部

一　「気の毒」で、「変」で、そして「淋し味」ある

（一）本文に頻出する、「気の毒」の用例(7)を抽出してみる。

○此姉は喘息《ぜんそく》持であつた。年が年中ぜえ〳〵云つてゐた。（中　略）健三の眼には如何にも気の毒に見えた。（傍

線は、論者。以下作品本文・引用論文内の傍線はすべて論者）

○健三は心のうちで斯う考へた。たゞ焦燥《あせり》に焦燥《あせ》つてばかりゐる今の自分が、恨めしくもあり又気の毒でもあつた。（第二十五章）

○健三には此矛盾が腹立たしくも可笑《おか》しくもない代りに何となく気の毒に見えた。

「自分も兄弟だから他から見たら何処か似てゐるのかも知れない」斯う思ふと、兄を気の毒がるのは、つまり自分を気の毒がるのと同じ事にもなつた。（第三十七章）

○凹《くぼ》んだ眼を今擦り硝子の蓋《かさ》の傍へ寄せて、研究でもする時のやうに、暗い灯《ひ》を見詰めてゐる彼を気の毒な人として眺めた。（第四十八章）

○自ら健康を損ひつゝあると確に心得ながら、それを何うする事も出来ない境遇に置かれた彼は、姉よりも、却つて自分の方を憐んだ。「己のは黙つて成し崩しに自殺するのだ。気の毒だと云つて呉れるものは一人もありやしない」（第六十八章）

○宿屋に寐てゐる苦しい人と、汽車で立つて行く寒い人とを心から気の毒に思つた健三は、自分のまだ見た事もない遠くの空の佗びしさ迄想像の眼に浮べた。（第七十五章）

○時として不憫の念が凡てに勝つた。彼は能く気の毒な細君の乱れかゝつた髪に櫛を入れて遣つた。（第七十八章）

○細君の発作は健三に取つての大いなる不安であつた。然し大抵の場合には其不安の上に、より大いなる慈愛の雲が靉靆《たなび》いてゐた。彼は心配よりも可哀想になつた。弱い憐れなものゝ前に頭を下げて、出来得る限り機嫌を取つた。（第七十八章）

「気の毒」の用例は圧倒的に多い（これでも随分と割愛した）。

親鸞は、よく「案ずる」と云った。衆生の背中を見守る「眼差し」である。良寛は、「愛語」とは「衆生ヲ見ルニマズ慈愛ノ心ヲ起シ」と云った。

抽出したように、あらゆる人間のあらゆる営為を、作者は「気の毒」だと云っている。思いやり・憐憫・慈悲の情をもって、人間そのものを「気の毒な」存在と見る、作者の「眼差し」が至る処に象嵌されている。

（二）本文にやはり頻出する、「変だ」の用例を抽出してみる。

○「少し変ですねえ」健三には何う考へても変としか思はれなかつた。
「変だよ」兄も同じ意見を言葉にあらはした。

「何うせ変にや違ない、何しろ六十以上になつて、少しやきが廻つてるからね」

「慾でやきが廻りやしないか」

比田も兄も可笑しさうに笑つたが、健三は独り其仲間へ入る事が出来なかつた。彼は何時迄も変だと思ふ気分に制せられてゐた。（中　略）

「何うしても変ですね」彼は自分の為に同じ言葉をもう一度繰り返して見た。（第二十七章）

○其中変な現象が島田と御常との間に起つた。（第四十三章）

○事状を知らない第三者の眼に、自分達が或は変に映りはしまいかといふ疑念さへ起さなかつた。（第五十二章）

○「貴方なら好いといふんです」
彼は同じ事を二度訊いて同じ答へを二度受けた。

「どうも変ですね」（第七十四章）

○彼は毎月若干《いくら》か宛《づゝ》の小遣を姉に送る身分であつた。其姉の亭主から今度は此方で金を借りるとなると、矛盾は誰の眼にも映る位明白であつた。

「辻褄の合はない事は世の中に幾何《いくら》でもあるにはあるが」斯う云ひ掛けた彼は突然笑ひたくなつた。「何だか変だな。考へると可笑しくなる丈だ。まあ好いや己が借りて遣らなくつても何うにかなるんだらうから」（第百章）

○其時島田は洋燈《らんぷ》の螺旋《ねぢ》を急に廻したと見えて、細長い火屋《ほや》の中が、赤い火で一杯になつた。それに驚ろいた彼は、又螺旋を逆に廻し過ぎたらしく、今度はたゞでさへ暗い灯火《あかり》を猶の事暗くした。

「何うも何処か調子が狂つてますね」（第四十八章）

「変である」ことをいう事例は、かくして第四十八章の洋燈の「何うも何処か調子が狂つてますね」のエピソードに収斂するだろう。

既に越智治雄に、(8)「「何うも何処か調子が狂つて」（四十八）いるのは、何もランプにはかぎらない。人生そのものがそうなのだ。」の指摘がある。「人間の運命は中々片付かないもんだな」（第八十二章）を云う、健三の言葉もある。「辻褄の合はない」「何処か調子が狂つて」「変で」あるのが、実は「人生」の実相であることを云う、漱石の認識が象嵌されている。

(三)　本来的に、人間（人生）は、「気の毒で」あり「変で」ある。かくして書き出しが、「淋し味」から開示するのは、極めて象徴的である。

○健三が遠い所から帰つて来て駒込の奥に世帯を持つたのは東京を出てから何年目になるだらう。彼は故郷の土を踏む珍らしさのうちに一種の淋し味さへ感じた。（第一章）

○「淋しいな」

健三は兄の道伴になるには余りに未来の希望を多く持ち過ぎた。其癖現在の彼も可なりに淋しいものに違なかつた。其現在から順に推した未来の、当然淋しかるべき事も彼にはよく解つてゐた　（第三十七章）

○「何しろ淋しいには違ないんだね。それも彼奴《あいつ》の事だから、人情で淋しいんぢやない、慾で淋しいんだ」　（第三十七章）

○細君は淋しい頬に微笑を洩らした。　（第八十二章）

「淋しい」の用例は多いとは云えないが、冒頭の一句「淋し味さへ」の放射する質量は重いだろう。これから始まる世界（人間たちの）すべてに抵触し、附帯するものとして響いている。「気の毒」で、「変」で、そして「淋しい」人間の、その紋様が鳥瞰されることになる。

二　生老病死

（一）本文より、「生」に纏わる描写を抜き出してみる。

○今は既に三番目の子を胎内に宿してゐた。　（第二十九章）

○それは喜代子といふ彼の長女の出産届の下書であつた。　（第三十六章）

○「御安産で御目出たう御座います」

「男かね女かね」

「女の御子さんで」　（第八十一章）

○健三は此小さい肉の塊りが今の細君のやうに大きくなる未来を想像した。それは遠い先にあつた。けれども中途で命の綱が切れない限り何時か来るに相違なかつた。　（第八十二章）

（二）本文より、「老」に纏わる描写を抜き出してみる。

○久しく会はなかつた姉の老けた様子が一層健三の眼についた。（第五章）

○彼は病身であつた。年歯より早く老けた。年齢より早く干乾《ひから》びた。さうして色沢の悪い顔をしながら、死にゝでも行く人のやうに働いた。（第三十四章）

○細君はまた子供を生むたびに老けて行つた。髪の毛なども気の引ける程抜ける事があつた。（第二十九章）

○「私も近頃は具合が悪くつてね。ことによると貴方より早く位牌になるかも知れませんよ」彼の言葉は無論根のない笑談として姉の耳に響いた。（第六十八章）

（三）本文より、「病」に纏わる描写を抜き出してみる。

○「姉さんは」

「それに御夏が又例の喘息《ぜんそく》でね」

姉は比田のいふ通り針箱の上に載せた括り枕に倚りかゝつて、ぜい〳〵云つてゐた。（中　略）

「苦しさうだな」

彼は独り言のやうに斯う囁《つぶ》やいて、眉を顰《ひそ》めた。（第二十四章）

○二度目の妻が病気の時、彼は大して心配の様子もなく能く出歩いた。（第三十六章）

○「御縫さんが脊髄病なんださうだ」

「脊髄病ぢや六づかしいでせう」

「到底助かる見込はないんだとさ。（後　略）」（第六十一章）

○「何うも肋膜らしいつていふんだがね」彼は心細い顔をした。（第六十六章）

（四）本文より、「死」に纏わる描写を抜き出してみる。

○「要三丈は死にましたが、あとの姉妹はみな好い所へ片付いてね、仕合せですよ。」（第十六章）

○健三の父は中気で死んだ。（第三十一章）

○彼の最も可愛がつてゐた惣領の娘が、年頃になる少し前から悪性の肺結核に罹つたので、（中　略）二年越煩つた後で彼女が遂に斃れた時、（後　略）（第三十四章）

○兄は最初の妻を離別した。次の妻に死なれた。（第三十六章）

○「（前　略）出産届ばかりぢやない、もう死亡届迄出てゐるんだから」結核で死んだ其子の生年月を、兄は口のうちで静かに読んでゐた。（第三十六章）

○不妊症と思はれてゐた姉は、片付いて何年目かになつて始めて一人の男の子を生んだ。（中　略）其子はすぐ死んで仕舞つた。（第六十七章）

○「何とか云ひましたね、あの子は」「作太郎さ、あそこに位牌があるよ」（第六十八章）

○あらゆる人間が何時か一度は到着しなければならない最後の運命を、彼女は健三の口から判明《はつきり》聞かうとするやうに見えた。（第七十章）

○「御縫もとう〳〵亡くなつてね。御祝儀は済んだが」（第八十九章）

○彼の二番目の兄が病死する前後の事であつた。（第百章）

三　生と死の、「不条理」

（一）見たように、登場人物たちの「生」、「老」、「病」、「死」の紋様が、克明に点描されている。そして「死」と「生」が、ほんの差違で入れ替わる「際どさ」も強調される。

○もう二三日食物が通らなければ滋養灌腸をする筈だつた際どい所を、よく通り抜けたものだなどと考へると、生きてゐる方が却つて偶然の様な気がした。（第五十三章）

○其内兄の熱がころりと除れた。（第六十六章）

○兄が癒ると共に姉がまた喘息で悩み出した。（第六十六章）

○健三が漸く津の守坂へ出掛けた時は六づかしいかも知れないと云つた姉が、もう回復期に向つてゐた。（第六十七章）

○死ぬと思つたのに却つて普通の人より軽い産をして、予想と事実が丁度裏表になつた事さへ、細君は気に留めてゐなかつた。（第八十二章）

（二）「生」「老」「死」は、免れ得ない事実として現前する。就いては健三は、あれこれと想いを巡らす。

○「新らしく生きたものを拵え上げた自分は、其償ひとして衰へて行かなければならない」彼女の胸には微かに斯ういふ感じが湧いた。（第八十五章）

○出産率が殖えると死亡率も増すといふ統計上の議論を、つい四五日前ある外国の雑誌で読んだ健三は、其時赤ん坊が何処かで一人生れゝば、年寄が一人何処かで死ぬものだといふやうな理窟とも空想とも付かない変な事を考へてゐた。

「つまり身代りに誰かが死ななければならないのだ」（第八十九章）

○「芭蕉に実が結ると翌年から其幹は枯れて仕舞ふ。竹も同じ事である。動物のうちには子を生む為に生きてゐるのか、死ぬ為に子を生むのか解らないものが幾何でもある。人間も緩漫ながらそれに準じた法則に矢ッ張支配されてゐる。（第九十三章）

人の「死」は、不条理である。もとより、入れ替え不可能である。

「其人の面影は、島田や御常のそれよりも、今の彼に取つて遥かに尊かつた。人類に対する慈愛の心を、硬くなりかけた彼から唆《そゝ》り得る」（第六十二章）御縫さんは、しかし「とう〳〵亡くな」（第八十九章）る。反して、「何の為に生きてゐるか殆んど意義の認めやうのない此年寄」（第八十九章）島田は、逆に「六十五六であるべき筈の其人の髪の毛が、何故今でも元の通り黒いのだらう」「あまりに変らな過ぎた」（第一章）と、「死」の片鱗は見えない。

「遥かに尊」い御縫さんは亡くなり、「何の為に生きてゐるか」判らない島田は、しゃあ〳〵と生きている。まさしく、「辻褄の合はない事は世の中に幾何《いくら》でもあるにはあるが」（第百章）であって、作者の慟哭[9]が聞こえもしよう。と同時に、その不条理こそが実は「人生」でもあると、作者は語り掛けている。

四　「生」の a four hundred meter track

次の図式は、登場人物の生の「a four hundred meter track（400メートル・トラック）」である。「start 地点・生誕」から、「ending・死」に向けて歩む人々の生を、400メートル・トラック組上に割り付けてみた。登場人物の、生老病死

（みよ） 御由　（鏡子） 御住　（登世） 兄の二度目の妻 死　去　青年

23歳

○三十に足りない細君 （84章）

○細君はまた子供を生むたびに老けて行つた。髪の毛なども気の引ける程抜ける事があつた。 （29章）

○兄は次の妻に死なれた。其二度目の妻が病気の時、彼は大した心配の様子もなく能く出歩いた。 （36章）

○彼の前を横切る若い血と輝いた眼を有つた青年がゐた。 （29章）

○いくらでも春が永く自分の前に続いてゐるとしか思はない伴の青年 （29章）

○青年は、みんな前ばかり見詰めて、愉快に先へ先へと歩いて行くやうに見えた。（45章）

「新らしく生きたものを拵え上げた自分は、其償ひとして衰へて行かなければならない」 （85章）

出産率が殖えると死亡率も増すといふ統計上の議論を、つい四五日前ある外国の雑誌で読んだ健三は、其時赤ん坊が何処かで一人生れゝば、年寄が一人何処かで死ぬものだといふやうな理窟とも空想とも付かない変な事を考へてゐた。

「つまり身代りに誰かが死ななければならないのだ」 （89章）

何の為に生きてゐるか殆んど意義の認めやうのない此年寄は、身代りとして最も適当な人間に違なかつた。 （89章）

あゝ云ふものが続々生れて来て、必竟何うするんだらう。 （81章）

○年頃になる少し前から悪性の肺結核に罹つた（中略）彼女が遂に斃れた（34章）

喜代子 死　去

芭蕉に実が結ると翌年から其幹は枯れて仕舞ふ。竹も同じ事である。動物のうちには子を生む為に生きてゐるのか、死ぬ為に子を生むのか解らないものが幾何でもある。人間も緩漫ながらそれに準じた法則に矢ッ張支配されてゐる。 （93章）

○其或物は寒天のやうにぷり〳〵してゐた。（中略）
何かの塊に過ぎなかつた。（80章）

○「何とか云ひましたね、あの子は」
「作太郎さ。あすこに位牌があるよ」（中略）
「あゝ、赤ん坊のだからね、わざと小さく拵えたんだよ」（68章）

○彼（岳父―論者注）は十二三になる末の子に （77章）

12歳　末ッ子 （岳父・中根重一の）

○夫が外国へ行つてゐる留守に、次の娘を生んだ （79章）

○遠い田舎で細君が長女を生んだ時の光景を （79章）

0歳　2歳　4歳

生　三女 （実際は四女の愛子）　作太郎 死　去　二女 （恒子）　長女 （筆子）

（括弧内は実名）

（れん）
御縫
死　去
37歳

○「御縫もとう〳〵亡くなつてね。御祝儀は済んだが」（89章）

（漱石）
健三
36歳

○健三は兄の道伴になるには余りに未来の希望を多く持ち過ぎた。（37章）

○健康の次第に衰へつゝある不快な事実を認めながら、それに注意を払はなかつた彼は、猛烈に働らいた。（101章）

○「私も近頃は具合が悪くつてね。ことによると貴方より早く位牌になるかも知れませんよ」（68章）

○「己のは黙つて成し崩しに自殺するのだ」（68章）

長太郎 43歳
（和三郎）

○兄は過去の人であつた。（37章）

○昔しから今日迄同じ職務に従事して、動きもしなければ発展もしなかつた。健三よりも七つ許年上な彼の半生は、恰も変化を許さない器械のやうなもので、（34章）

○次第に消耗して行くより外には何の事実も認められなかつた（34章）

あらゆる人間が何時か一度は到着しなければならない最後の運命を　（70章）

御夏 51歳
（ふさ）

○「それに御夏が又例の喘息でね」（24章）

○姉は斯うして三日も四日も不眠絶食の姿で衰ろへて行つたあと、又活作用の弾力で、ぢりぢり元へ戻るのを、年来の習慣としてゐた。（24章）

○「あゝ変つた」（63章）

○丸まつちくなつて座蒲団の上に坐つてゐる御婆さんの姿（63章）

○相手の方があまりに変らな過ぎた。彼は何う勘定しても六十五六であるべき筈の其人の髪の毛が、何故今でも元の通り黒いのだらうと思つて、心のうちで怪しんだ。（1章）

○「彼は斯うして老いた」（48章）

65歳

御常
（やす）

島田
（塩原昌之助）

死

が、一目瞭然・鳥瞰されよう。それは、民族集団の「構成員」が、不断に交代することでもある。[10]果せるかな、健三が主人公（の自伝）である以上、健三から発生するところの係累・縁者・知人が登場人物となるのは当然であろう。『道草』には、実に多くの人々が登場する。

そして、その「係累の消息」が、等しく気遣われている。

○彼は又彼の細君の事を考へた。（中略）彼はまた其細君の里の事を考へた。（中略）彼はまた自分の姉と兄と、それから島田の事も一所に纏めて考へなければならなかつた。凡てが頽廢の影であり凋落の色であるうちに、血と肉と歴史とで結び付けられた自分をも併せて考へなければならなかつた。（第二十四章）

○御常や島田の事以外に、兄と姉の消息も折々健三の耳に入つた。（第六十六章）

○彼の心のうちには死なない細君と、丈夫な赤ん坊の外に、免職になろうとしてならずにゐる兄の事があつた。喘息で斃れやうとして未だ斃れずにゐる姉の事があつた。新らしい位地が手に入るやうでまだ手に入らない細君の父の事があつた。其他島田の事も御常の事もあつた。さうして自分と是等の人々との関係が皆なまだ片付かずにゐるという事もあつた。（第八十二章）

これらの人々の「生」を、これらの人々の「存在そのもの」を、『道草』の作者は凝視し続けている。

第二部

一　人類は、「一人の罪人」であって
――『こゝろ』の認識

前作『こゝろ』の核心部は、やはり次の処に存する。

○私は今私の前に坐つてゐるのが、一人の罪人であつて、不断から尊敬してゐる先生でないやうな気がした。

（上「先生と私」第三十一章）

○私は私の敵視する叔父だの叔母だの、その他の親戚だのを、恰も人類の代表者の如く考へ出しました。

（下「先生と遺書」第十二章）

「私は其人の記憶を呼び起すごとに、すぐ「先生」と云ひたくなる」（上「先生と私」第一章）と、尊称「先生」（作中500回以上頻出する）を以て呼び慣わされる先生は、しかし「一人の罪人であつて」と、作者は断言する。

「自己の心を捕へんと欲する人々に、人間の心を捕へ得たる此作物を奨む」と、漱石自身が自負したであろう（大正三年九月二十六日「時事新報」掲載「『心』広告文」、ただし漱石の署名はない）『こゝろ』は、その小説題を「一人の罪人の話」と云い換えてもよいだろう。もとより「罪」とは刑法上のそれではなく、人間としての「在り方」の謂である。

そして大事なことは、その「罪」が「人類」という大きな用語《ターム》と共に浮上することである。『こゝろ』に来て、「人類」という用語に、初めて重たい意味が込められる。『こゝろ』の前年の、講演「模倣と独立」（大正二年十二月）の

一節は、その消息を如実に告げている。

○私は往来を歩いて一人の人を捕へて、この人は人間の代表者であると思ふ

○ある人は一人で人間全体を代表すると同時に彼一人を代表して居る。

○人類の代表者といふことを考へて見やう。（「模倣と独立」）

前作『硝子戸の中』でも、「人類」という用語が確かな響きと自信をもって象嵌される。

（前略）私は人類の一人として他の人類の一人に向はなければならないと思ふ。（「硝子戸の中」第八章）

文字通り人類学的にも、

人類はどの人口集団の間でも交配可能だから、人類はただ一つの種をなす。生物学者によって人種概念が使用されなくなったのは、人種差別を助長しないための人道的配慮からではなく、この概念がそもそも無意味だからである。[11]

『こゝろ』には、「彼等が代表してゐる人間といふもの」（上「先生と私」第三十章）、「人間全体を信用しないんです」（上「先生と私」第十四章）という言説が、分明に象嵌されている。

つまり、

○一人の罪人であつて、不断から尊敬してゐる先生でない（上「先生と私」第三十一章）

○私はたゞ人間の罪といふものを深く感じたのです。（下「先生と遺書」第五十四章）

とは、人間はつまり「人類」は誰もが、その存在の在り方それぞれに於いて、いな人間であること自体がそれぞれに既に「罪人」で在るを云う、漱石の苦い認識である。『こゝろ』で、人間の・人類の「罪性」（罪を犯す存在である）を、漱石は言い切る。

『こゝろ』で、人間（の営為）の罪性を言い切って、次作『道草』に入る。その前に、あまりにも宗教的な随筆

『硝子戸の中』が位置する。三作の時系列を以下に、確認しておく。

『こゝろ』　大正三年四月二十日〜同八月十一日（東京朝日新聞）。
『硝子戸の中』　大正四年一月十三日〜同二月二十三日（東京朝日新聞）。
『道草』　大正四年六月三日〜同九月十四日（東京朝日新聞）。

二　人類をひろく見渡しながら、微笑して
——『硝子戸の中』における、母なるものの象徴

『硝子戸の中』の終章（三章分）が、母への思い出で結ばれることは夙に知られていよう。

○私は何時何処で犯した罪か知らないが、何しろ自分の所有でない金銭を多額に消費してしまつた。（中　略）気の狭い私は寐ながら大変苦しみ出した。さうして仕舞に大きな声を揚げて下にゐる母を呼んだのである。（中　略）私は其所に立つて私を眺めてゐる母に、私の苦しみを話して、何うかして下さいと頼んだ。母は其時微笑しながら、「心配しないでも好いよ。御母《おつか》さんがいくらでも御金を出して上げるから」と云つて呉れた。私は大変嬉しかつた。それで安心してまたすや〳〵寐てしまつた。
（「硝子戸の中」第三十八章）

○私は今迄他《ひと》の事と私の事をごちや〳〵に書いた。（中　略）ルソーの懺悔、オピアムイーターの懺悔、——それをいくら辿つて行つても、本当の事実は人間の力で叙述出来る筈がないと誰かゞ云つた事がある。況《ま》して私の書いたものは懺悔ではない。私の罪は、——もしそれを罪と云ひ得るならば、——頗ぶる明るい側からばかり写されてゐただらう。其所にある人は一種の不快を感ずるかも知れない。然し私自身は今其不快の上に跨がつて、一般の人類をひろく見渡しながら微笑してゐるのである。今迄詰らない事を書いた自分をも、同じ眼で見渡して、

恰もそれが他人であつたかの感を抱きつゝ、矢張り微笑してゐるのである。（「硝子戸の中」第三十九章）

漱石の「自覚」が、真剣に語られている。自意識の自己が破れて、世界に自己を映す開かれた「自覚」[12]である。漱石の懺悔には、誠実なものが息づいている。「罪」とは、徹頭徹尾、宗教的な概念である。宗教的視点を抜きにしては、『硝子戸の中』の肝要は語れない。

佐藤泰正、高木文雄に、一連のキリスト教的視点よりの論考がある。佐藤泰正[13]は、次のように云う。

このつぐないきれぬ罪と苦しみを、ただそのままに償ってやるという、母の微笑の下に安らかに眠る少年の姿に（中　略）ここに、卑小な人間の罪と背理の重さを、十字架の償いにつつみとらんとしたあのイエスの福音の、かすかな影を見ると言えば、奇矯にすぎようか。（中　略）

彼の「神」という名辞へのある深い違和感にも拘らず、なおその背後に東洋的「悟達」や「無」への自立的志向の道筋に於ては解きえぬ――ある予感的な光の揺曳を感ずるものである。

高木文雄[14]も、「礼拝」の対象となっていないことへの差違を云いながらも、キリストを云う。

しかし、かれがその「前に跪づいて」（『硝子戸の中』第三十三章――論者注）祈っているのは、かれが知らなくても、イエス・キリスト以外のいかなる神でもありえない。しかし、それはそれきりだった。（中　略）文学作品が、懺悔と似ていても、懺悔そのものでありうるわけがない。それは神にむかってなされるものであり、イエス・キリストによってとりなされることを信じない以上、おそろしくてできない。（中　略）けれども、「私自身は今其不快の上に跨がつて、一般の人類をひろく見渡しながら微笑してゐる」と書いているのだから、そのふしぎな光り・ゆるめを自覚していたことはたしかだ。

評家に、しかも大家と称せられている評家（殊に真摯なクリスチャン）をして、熱く語らせるものが『硝子戸の中』の終章には、確かにある。キリスト教の「福音」に同じくするような宗教的真が、『硝子戸の中』終章には開けている。

既に、小宮豊隆[15]に、次の同時代評があった。

> 漱石は、西洋人が、すべての罪から浄められて、聖母とともにあることを幸福であると感じる、その同じ感じを、全然違つた立場から、全然違つた方法で、表現する。然も漱石は、聖母ではなく、天を相手としてゐるだけに、清空な感じに於いては、更に勝れてゐるやうな気さへするのである。

対して、北山正迪[16]は、禅の立場から立論する。

> 此の微笑は自己を人類という立場で超え包む立場のものでなければならない。（中略）

又漱石は『道草』が始まって間もない頃武者小路実篤宛に、

> （世間の罪を）清めることは人間の力で出来ません。それと戦ふよりもそれをゆるす事が人間として立派なものならば、出来る丈そちらの方の修養をお互にしたいと思ひますがどうでせう。

と書いている。その包もうとする視線は先の微笑につながるものであろう。微笑は自分を超えている意味で自《み》《ママ》らからの説明を許さない。美しく咲く薔薇を心情的には微笑するとも言い得よう。その時薔薇が何故笑うかは説明を超えていると言えるものである。そこには「人」をその罪を超えて包む、根柢的な批判を内に秘めた「絶対」の「愛」があろう。

「宗教的」（形容詞）と云えば、具体的（名詞）ではなく漠然としていて、宗教の周辺（以前）を指すの感があるが、「的」が「以前」が、むしろ根源であり中心を指針する場合もある。『硝子戸の中』を形容するには、「宗教的」としか云いようがない。『硝子戸の中』は、それ程に極めて「宗教的」な作品である。そして、『硝子戸の中』終章の言説は、以後（晩年期）の漱石文学全体を貫通する「見通し」を、可能にさせる言葉でもある。

そして「罪」が、それを包み込み許す「母」と共に、迫り上がってくることは注目されなければならない。

高木文雄[17]は、作者が「母」に仮託した「虚構」の巧み性を見抜いている。

母を記念する為に、母を虚構の中で生かし、母の背後にあるものを表現し得た漱石の心に、顔とは別に「微笑」が生じるのは、寧ろ当然ではあるまいか。

漱石の獲得された「宗教性」の涵養が、虚構の「母」に託された母性として開かれる。

そして次作『道草』は、この母の眼鏡越しに「小供の私」を見る視線（『硝子戸の中』第三十八章）と、同質の視線で描かれるだろう。すべての罪を包み込み許す「母性」の視線から描かれる故に、誤解を恐れずに云えば、『道草』は限りなく優しいのである。

三　若《も》し其神が、神の眼で見たならば
――其神（の宗教性）

漱石作品に「神」という discours《言説》 を探すのは、それほど難しいことではない。実は初期作品からも度々俎上に挙がってはいた。ただ、正面切っては使われない。『草枕』の「引き受けて呉れる神を持たぬ余は遂に之を泥溝《どぶ》の中に棄てた。」（第十一章）に代表される如く、揶揄的であり意識的に背を向けている。

それ程「神」を遠ざけていた漱石が、『道草』に至って反漱石的な「神」という言葉を頻繁に使い出す。「神」の観念が前面に乗出されて来ることは、この作の特徴である。

斯くして、第四十八章の「神の眼」が、浮上する。

「彼は斯うして老いた」

島田の一生を煎じ詰めたやうな一句を眼の前に味はつた健三は、自分は果して何うして老ゆるのだらうかと考へた。彼は神といふ言葉が嫌であつた。然し其時の彼の心にはたしかに神といふ言葉が出た。さうして、若《も》し其

神が神の眼で自分の一生を通して見たならば、此強慾な老人の一生と大した変りはないかも知れないといふ気が強くした。（第四十八章）

佐藤泰正[18]に、この「神の眼」に関する一連の論考がある。佐藤泰正の「神の眼」への熱い思い入れは、確かに『道草』論の核心を前に進めた。

この、神ということばがきらいであった、にもかかわらずここでは確かに出たという、一つ突き破って出てくるようなあの意識的な書き方は、健三という主人公の想念というような非常にスムーズな文脈の中で出てくる神ではない。あそこを書く漱石は、健三の問題として書くと同時に、『道草』を書いている時点における作者の問題として出しているのではないか。

「『道草』を書いている時点における作者」の肉声が、顕現している処である。『道草』の作者は、登場人物一切を「一視同仁」・「差別即無差別」の視点で、公平無私に透視する。登場人物たちの「我」と「我」（相対世界にしか生きることが出来ない人間）を、否定することなく抱き並べていくのである。さてそうすると、「神の眼」なる言説が、気になる。果して漱石の「神の眼」は、キリスト教のそれであったのか、否かが。

ミハイル・バフチン[19]に、美的活動である「芸術」についての、「提言」がある。

詩的作品における単語は、一方では文、総合文、章、幕などの全体に構成されつつ、他方では主人公の外貌、その性格、情況、環境、行為などの全体を、そして最後に、美的形式を与えられ、完結させられた生活上の倫理的できごとの全体を創造する。そしてその際、言葉は、単語や文や行、章などであることをやめる。美的対象の実現の過程、すなわち芸術の課題をその本質において実現していく過程は、言語学的に、構成の面から理解された言語の全体を、美的に完結したできごとの結構としての全体に一貫して変化させる過程なのである。（中　略）

結構としてのできごとの結びつきに変化するのである。

つまり、『道草』第四十八章の「神の眼」という用語は、作品の「結構として」これ以外には選択の余地のない用語である。「神の眼」の代わりに、例えば「仏の眼」「仏陀の眼」「阿弥陀の眼」「天の眼」……などでは、どれも作品の「結構」が結ばない。漱石は意識的に「神」なる用語を、『道草』においては多用した。

斯くして、健三の高邁な「哲学」と、御住の「生活」の論理が差別即無差別（神の眼）の下に対峙されて終わるのは、『道草』の ending に如何にも相応しい。

○「世の中に片付くなんてものは殆んどありやしない。一遍起つた事は何時迄も続くのさ。たゞ色々な形に変るから他《ひと》にも自分にも解らなくなる丈の事さ」

健三の口調は吐き出す様に苦々しかつた。細君は黙つて赤ん坊を抱き上げた。

「おゝ好い子だ〳〵。御父さまの仰やる事は何だかちつとも分りやしないわね」

細君は斯う云ひ云ひ、幾度か赤い頬に接吻した。

（第百二章）

『道草』は、opening と ending がしば〳〵取り沙汰される作品である。越智治雄[20]は、「なごんだ」情景だと形容した。なるほど健三の最後の言葉は、「吐き出す様に苦々し」（百二）いが、漱石は、その言葉をちっともわからぬと言いながら赤ん坊の頬に接吻するお住の、不思議になごんだ情景の中に健三を置いて、筆を置く。

『道草』論は数量も多く多岐にわたるが、漱石のこの根幹の「個」と「個」の対峙と、そして救済の方向へと触れ得た論は、意外と少ない。愚見に入った上田閑照[21]の、「我と我」の「と」に、こだわった論を引く。

描かれている事態は、「我と我」ですが、描く立場は、夫婦の「我と我」のなかに入ってその「と」に立って、「と」のところから、「と」で交差する双方向の動性を、いわば身につまされて、描いています（中略）健三とお住の「我」と「我」のぶつかりから開ける一つの空間に抜け出て（健三に身をよせたところから、

「と」へと脱自脱却しえて――その意味では非自伝的）、この「と」において、向かい合って対する両者を平等に描きえている（「自・他」伝的）と言えるでしょう。

そのようにして、モデルとしての自分をも含めて自・他を「人―間」のこととして「ありのままに」描くということは、漱石にとって、単に書く仕方にとどまらず、実はほとんど「成仏」（講演「模倣と独立」）というほどのことでした。（中　略）

「我と我」のその「と」は、我と我がぶつかり合う一種の亀裂空間ですが、その裂け目の開けは、同時に、そういうぶつかり合いを収めて「我と我」を包んでいる空間に通じています。どんなに我を出し合っても、その渦中の「と」に、「我と我」を包み、そういう仕方で「我」を離れた一種の解脱空間が映されています。そこに「深い背景をもった感情」が生まれます。漱石はそのような「と」空間で『道草』を描くことができました。あるいは、描くという仕方でそのような一種の解脱空間を開くことができました。（中　略）

裂け目は広大に包む開けに通じています。広大な開けが映り、葛藤のただ中に仄かに微かに優しさが漂うことも可能でしょう。実際の救いは、あるというようにあるのではないでしょう。「救い」というようにあるのではないでしょう。救いは、ないところに、微かにあるのでしょう。健三とお住みの間にもときには優しさが漂います。

「救済」の予兆が、微かに漂う。「救済」への vector が、『道草』には確かに指針されている。『草枕』ではないが「ぱっと開けて、開いた所」（第九章）のどのページにも、「神の前に己れを懺悔する人の誠を以て」（第五十四章）、「慈愛の心」（同）を以て、描かれている。

＊　＊

見たように、『道草』は人々の「消息」が語られる物語である。「十五六年の月日」（第一章）を隔てて出会った島田の「消息」を、健三は姉の家に聴きに行く。しかし、「目下の島田に就いては全く分らなかった」（第七章）。

その場合、姉の家には「達磨の掛物」が掛かっていることに注意しておきたい。


　健三が此前賞《ほ》めた古ぼけた達磨の掛物[22]を彼に遣らうかと云ひ出した。

「あんなものあ、宅にあつたつて仕方がないんだから、持つて御出でよ。なに比田だつて要りやしないやね、汚ない達磨なんか」　（第六章）

『草枕』にも、大徹の室には、先代（禅僧らしい）の画いた「拙」なる「達磨」の画が掛かっている。

○「（前　略）わしも達磨の画位は是で、かくがの。そら、こゝに掛けてある、此軸は先代がかゝれたのぢやが、中々ようかいとる」
　成程達磨の画が小さい床に掛つてゐる。（『草枕』第十一章）

漱石にあっては「達磨」は、「安心」を（近代に）云い切るに必要な特別の関心事であった。漱石全作品の中でも、宗教問答が最高潮に迫り上がる『行人』の、「塵労」の章執筆後（大正二年）に、漱石自作の「達磨渡江図」がある。水彩画であるが初期の漱石のそれとは異なり、「水彩画とも南画ともつかない画」[23]で、濃淡をおびた青一色の水の上に浮かぶ小舟に、達磨が坐している。

加藤二郎[24]に、その意義の指摘がある。


　漱石の遺した絵画の中で、明確な固有名詞の特定出来る歴史上の人物を対象に描いたものは、殆んどこの達磨の画一点といってもよく、（中　略）その画への、漱石の一定の思い入れは留意されてよい様に思われる。


この自作の「達磨図」は、逝去まで漱石山房に掛けられていて、『道草』執筆時の漱石自身をも見下ろしていた。

姉の家に掛けられた「達磨」も、姉の・比田の・健三の・兄の・そして島田の消息を見聞きしている。

そうすると、時期は後になるが『明暗』期の漢詩「無題」（大正五年九月五日作）が、想起される。

絶好文章天地大（絶好の文章天地大に）
四時寒暑不曾違（四時の寒暑曾て違わず）
（中　略）
勿令碧眼知消息（碧眼をして消息を知らしむる勿かれ）
欲弄言辞堕俗機（言辞を弄せんと欲すれば、俗機に堕つ）

「文章」は、あや・紋様・模様の意。「碧眼」こそ達磨、西洋人では断じてない。天地自然は、絶好のあや・模様を織りなしているが、天地自然が織りなすその「消息」（動静、事情）を、達磨にすら知らせてはいけないと断言する。『明暗』期の漱石は、あまりにも厳しい。『道草』が、抱き取る母性の原理から書かれているとするならば、次作『明暗』は、突き放す父性の原理から書かれることになるだろう。

巧みに言葉を弄《もてあそ》べば、「俗機」（通俗・低次元の世界）に堕ちる。言葉では、真の「消息」は語れない。言葉・説明は不必要・言辞への拒絶、禅に云う、「不立文字」である。そして禅は、無神論である。[25]

四　「遠い所から帰つて来て」（京都という近景も）――「自覚の絶対値」へ

冒頭の「遠い所から帰つて来て」が、「決定的なもの」（安岡章太郎）であることは、初めに触れた。具体的には、作品内に「それを（紙入れ―論者注）倫敦の最も賑やかな町で買つたのである。外国から持つて帰つた記念」（第五十三章）、「遠い所で極簡略に行はれた其結婚の式」（第三十五章）と、「遠い所」が「外国・倫敦」、あるいは「熊本」であることが明記されている。

『硝子戸の中』最終章の「東京朝日新聞」掲載は、大正四年二月二十三日である。『道草』起筆は、「小説は四月一日頃から書き出せばどうか間に合ふらしいのです」（三月九日、津田青楓あて）の予定であったが、病臥のため予想外に長くなってしまった「京都逗留」が、『道草』の掲載を六月三日（「東京朝日新聞」）と大幅に遅らせた。

『道草』執筆前の、三月十九日から四月十六日までの「京都滞在」を、近景の「遠い所」として注意しておきたい。漱石は、京都に四回来ている、しかも大事な時期にである。この最後の上洛は最も重要である。月末には帰る予定で三月十九日、上洛する。しかし持病（胃病）を併発し、四月十六日まで一ヶ月の逗留となる。病勢も手伝って外出することも少なく、書画帖に絵を描くことを専らとする。磯田多佳に贈った書画帖には、『観自在帖』（大正四年京都滞在期に描き上げる）と、名付けた。この時期にして漱石に、「観自在」と云う言葉が起ち上がることが重要である。「観自在」とは、諸々の存在を観ることにおいて、囚われ（私心）がなく自在であるの謂。『般若心経』の冒頭が「観自在菩薩。」から始まることは、人口に膾炙していよう。仏教は、徹底した認識論の体系をもつ。中村元・紀野一義の、「観自在」の註[26]を挙げる。

　観自在とは、世間の多くの人々（衆生）から観られつつ、多くの人々を観、そして救う働きが自由自在であることを指しており、それは根源的な叡智を体得した者の働きであると通常解せられている。白隠禅師の『毒語心経』に、「是非憎愛すべてなげうてば、汝に許す生身の観自在たることを」とある。

京都滞在中の三月二十一日付「日記」には、「自分の今の考、無我になるべき覚悟を話す」と、書き込まれている。形而上学的にして宗教的「一視同仁」・「差別即無差別」の濁りのない作家の水位が、この京都逗留間に益々に蒸留されたものと思われる。

三月二十五日、姉・ふさ危篤の電報が来る。漱石を実家に連れ帰った姉である。

○私は其道具屋の我楽多と一所に、小さい笊の中に入れられて、毎晩四谷の大通りの夜店に曝されてゐたのである。それを或晩私の姉が何かの序に其所を通り掛つた時見付けて、可哀想とでも思つたのだらう、懐へ入れて宅《うち》へ連れて来たが、私は其夜どうしても寐付かずに、とう〱一晩中泣き続けに泣いたとかいふので、姉は大いに父から叱られたさうである。

（「硝子戸の中」第二十九章）

三月二十八日付、鏡子あてはがきがある。

病気もほぼよろしく候（中略）姉は気の毒をしました、帰れないでわるかつた

姉への感慨が窺える。熊倉千之[27]に、次の一文がある。

『道草』という小説が「レクイエム」の対象としているとぼくが感じた御夏についても、冒頭から末尾までかなりのページを割いて書き込んだ漱石の「命の恩人」像が、最後に来て健三のなかで崩れそうです。

レクイエムを云うのなら、姉のみならず、既に見たように登場人物すべてに対して、『道草』そのものがレクイエム（requiem・彼らに安息の謂）である。一つの『作品』が生成し誕生するには、多くのそして複雑な要因の収斂があろうが、姉の死は『道草』執筆要因の一つにはなったであろう。

帰京後の漱石は、貯まった手紙の返事を書くことに明け暮れる。「昨十七日漸く帰つて」（四月十八日、長谷川時雨あて）、「昨十七日漸く帰京致しました」（四月十八日、長谷川如是閑あて）、「帰つてからすぐ手紙を上げやうと」（四月二十三日、津田青楓あて）、「旅行から帰つたら手紙のかきつゞけです」（四月二十四日、野上豊一郎あて）、「旅行致し居り帰りては」（四月二十七日、小手川武馬あて）と、漱石には「東京に帰って来た」という意識が濃厚であった。さらに「東京の生活はあなたのと違つて随分猛烈に色々な事が押し寄せて来ます」（四月十八日、磯田多佳あて）とある。

近景としての「京都逗留」からの帰京も、冒頭の「遠い所から帰つて来て」を起筆するに、ささやかな動機を与えたと推測しておきたい。もちろん遠景としての「倫敦」の、肝要であることは云うまでもない。

それでは、何故に「明治三十六年」が小説現在であったのか、そしてその「自伝」が、何故に大正四年に書かれたのかの命題が残っていた。

＊　＊

大岡昇平[28]に、穿った解釈がある。

　小説は大体自伝から始めるのが普通なんですが、いまでも同人雑誌小説は七割はそうだそうですが、漱石の場合、それが生涯のお仕舞いに出てきたということは、どうも未亡人に対する配慮があったとしか思えない。

と云うが、そうではない。「自伝」にしては、『道草』には濁りがない。所謂「自分史」が放つ、鼻持ちならない臭みが付着していない。内容自体が、その反対のベクトル（主観的・私的でなく透徹した客観性）を示している。
『こゝろ』を書き切り、前夜に『硝子戸の中』が書かれたことこそが、重要である。
佐藤泰正[29]に、この「時期」への的確な洞察がある。

　漱石が自分の経験したことを作品の素材化していく力というんですか、それが非常に強くなつた。だから安心して、私小説的なものに接近していけたのではないでしょうか。（中　略）

　作中人物を相対化してゆく目というものは、ただ方法として無私なる目を設定するという問題ではなくて、生きている創作主体である作家自身が相対化される視点というものが、自己の中にある程度打ち立てられてこなければいけない。そういう成熟期、あるいは問題として出てくる、そういうところに差しかかってきている。

ハイデッガー流に云えば、涵養された「思惟の経験」である。

　吾等が思ひに至るのではない。思ひが吾等に来るのである。（中　略）思惟は、事象《ことがら》それ自身の吹き寄せる風に曝され、その流れにひつたりと接《つ》いて行く。
（ハイデッガー「思惟の経験より[30]」）

漱石はその認識を、やがて「自覚の絶対値」と語ることになるだろう。発言されるのは遅れて『明暗』期になるが、松岡譲の質問に答えた「宗教的問答」(31)で、次のように説明をしたと伝えられる。

松岡譲　芸術家のフィロソフィーを見ても、その哲学は初めはロマンチックで、中頃は倫理的になり、それから最後には宗教的になるというふうに感じられますが、何だか先生なんぞの行き方もそんなふうじゃないんでしょうか。

漱石　それは文学者だけに限ってはいまい。大体において人間はそういう経路をたどるものなんだろうね。しかし、自分のように多少ともに文学の道に携わったものは、救いというようなことでも、宗教家が夢想するように一律一体に全人類が一時に救われるなどとは考えない。救いということと悟りということとが、大体同義語に思われるんだね。

漱石　（前略）始めから絶対者を予定しなくたって、境地としてはそういうところまで行かなければ、救いにならないのじゃないかな。だから、理性的な僕等は、超越的な神なんぞを考えることが出来ない。そうして内在的に見て行けば、また必要もないわけだ。但し自覚の絶対値というか、見性成仏といった悟りの極致を神とか仏とかいうのなら、そりゃいってもいいだろう。（中　略）

つまり、普通自分が自分がという所謂小我の私を去って、もっと大きな言わば普遍的な大我の命ずるままに自分をまかせるといったようなことなんだが、そう言葉で言ってしまったんでは尽くせない気がする。その前に出ると、普通えらそうに見える一つの主張とか理想とか主義とかいうものも、結局ちっぽけなもので、そうかといって、普通つまらないと見られてるものでも、それはそれとしての存在が与えられる。つまり観る方からいえば、すべてが一視同仁だ。差別即無差別というようなことになるんだろうね。今度の『明暗』なんぞは、そういう態度で書いているのだが、（後　略）

大正四年の「まなざし」が、明治三十六年の自己を観る。「明治三十六年の自己」が、大正四年、一視同仁・差別即無差別という「自覚の絶対値」から観照される。

「帰朝後の三年有半も亦不愉快の三年有半なり」と、「『文学論』序」には、抑えきれないように苦悶が彷彿する。最も苦しかった時期・最も混乱していた時期・「小説家」という表現を可能ならしめる・職業には未だしの作家以前の自己を、そして登場人物すべてを、最も人間的な眼で、「裁き」の眼と「赦し」の眼で、観る。そしてその眼は、自然に出てくるという仕方で、出てくる眼である。

この「裁き」と「赦し」の眼を可能ならしめるのは、換言すれば「罪を包める立場」を可能ならしめるのは、それには罪の構造が見えていないと包めないだろう。『道草』執筆期、漱石には人間の「罪」の構造が、確実に見えていたと思われる。

＊　＊

「遠い所」は、近景としては「京都」があろう。遠景としては「倫敦」がある。そして精神の真に深い風景としては、やはり「修善寺の大患」を想起しておきたい。

越智治雄(32)の、漱石研究者に膾炙した名文句がある。

だからむしろ、漱石が修善寺の三十分の死を通じて遠い時空のあわいからまさに帰って来たことをこそ想起するほうがよい。大患以後の三つの長編には思えば確実に死の影が落ちていた。

「moon-walker《ムーン　ウォーカー》」という、人類が初めて経験した存在がある。「遠い所から帰って来て」を、moon-walker の発言で、補助線を引いてみたい。以下、「月の記憶 アポロ宇宙飛行士たちの「その後」(33)」上下二巻本の中から、抜粋してみる。

○月面着陸を成功させたミッションは一九六七年七月から一九七二年一二月にかけて実施された六回だけで、月着陸船には毎回二人の宇宙飛行士が乗船していた。

（『月の記憶』上　第二章）

○地球の軌道を離れたのが二七人で、月へ降りたのは一二人で、その全員が帰還を果たした。

○ムーンウォーカーたちは九人しか残っていない。（「月の記憶」下　第八章）

同著は、現在生存している九名のムーンウォーカーたちに、アンドリュー自身が会い、聞き書きしたものである。（「月の記憶」上　第二章）

期せずして、最終的に「認識」という言葉が使われていることに注目したい。

○（僕・アンドリューは）地球に対する見方に変化があったかどうか尋ねてみた。

「そうだな、彼らが持って帰ってきたのは認識だったんじゃないかな。」

「（前　略）ほとんどの人間は、立ち止まって、地球を宇宙の天体として考えることはない。暗黒の闇に浮かんだ地球を一つの惑星として認識すると、そこではじめて地球に注意を向けるようになるんだ」

認識するには、深宇宙まで行かなくてはならないんですね。そこから地球を目にしたことがあるのは、今のところたった二七人です。（「月の記憶」下　第八章）

月に降り立った人類最初の人間ニール・アームストロング(34)に対して、筆者アンドリューの感想がある。

○実を言えば、リノで会ったときから感じていた──彼の目は、失われた時代をのぞくことができる窓のようなものなのだ。（「月の記憶」下　第九章）

下巻の最後、エピローグ近くには、次の感想もある。

○宇宙飛行士第六期生だったジョゼフ・アレンはこんなふうに言っている。「月へ行くかどうかという議論には、賛否両論、さまざまなものがあったが、地球を眺めるためにそうすべきだと言った者は一人もいなかった。だが、実際のところはそれが何より重要だったのかもしれない」そこまで見通していた者はいなかった。自分たちの姿を見つめる唯一無二の機会になるなどとは。（「月の記憶」下　第九章）

認識者・漱石をしても、「修善寺の三十分の死」は、その事態の在りようが在りようであっただけに、漱石の認識徴的である。

をも遥かに超えていただろう。その消息は『思ひ出す事など』に挿入された、例の五言古詩の前に置かれた文章に象

○　俄然として死し、俄然として吾に還るものは、否、吾に還つたのだと、人から云ひ聞かさるゝものは、たゞ寒くなる許《ばかり》である。（「思ひ出す事など」第十五章）

云うように、漱石は「遠い時空のあわいからまさに帰って来た」（越智治雄）。云って見れば moon-walker のそれ（体験・認識値）に譬えられよう。「三十分の死」という体験[35]は、moon-walker の「深宇宙」への往還に匹敵するほどの大きな出来事であった。大患以後、認識者・漱石の「認識」は、自己をもはるかに乖離した。悟性にとって「認識」というものが、如何に最難関の事象であるかが解る。

漱石は地上に居ながら、あだかも天上から地球を客観視するように『道草』を書いてみせた。それ程に、『道草』の「認識」「自覚の絶対値」は、透徹した「去私」的なものなのである。

＊　　＊

冒頭と同じ表現・文体が、『硝子戸の中』にもあったことも確認しておきたい。

○　私が早稲田に帰つて来たのは、東京を出てから何年振になるだらう。私は今の住居に移る前、家を探す目的であつたか、又遠足の帰り路であつたか、久し振で偶然私の旧家の横へ出た。（「硝子戸の中」第二十三章）

結び近くには、「生死事大無常迅速」という禅語も、挿入されている。

○　私は此眼鏡と共に、何時でも母の背景になつてゐた一間の襖を想ひ出す。古びた張交《はりまぜ》の中に、生死事大《しやうしじだい》無常迅速云云と書いた石摺なども鮮やかに眼に浮んで来る。（「硝子戸の中」第三十七章）

生と、死は大きなことであって、無常の風の迅速[36]である（人命の瞬時もとどまらない）ことは限りない。

文学とは翻るに、自己の青春を所有し直すことであるとすれば、青春の「情熱」は過ぎてやがて「物語《roman》」になるた

めにも、『道草』は書かれなければならなかった。

〈注〉

(1) たとえば司馬遼太郎も、「「漱石のことなら講演してもいいな」と呟いていた。」という(「週刊朝日」平成八年五月一〇・一七日合併号)。

(2) 司馬遼太郎が語る日本 第1回「漱石の悲しみ」(平成三年一〇月二二日、朝日カルチャーセンター立川)がある。

(3) 吉本隆明・古井由吉「〈対談〉漱石的時間の生命力」(「新潮」平成四年九月)。

(4) 安岡章太郎「吉田精一―連載対談9・第三の新人と文学」(「国文学」昭和四四年六月、学燈社)。

(5) 安岡章太郎・小森陽一・石原千秋「鼎談 宙吊りにされた世界」(「漱石研究」平成七年五月、翰林書房)。

(6) 奥野健男『道草』論(「解釈と鑑賞」昭和三一年一二月、至文堂)。

(7) 平野　謙「夏目漱石」(「芸術と実生活」昭和三三年一月、講談社)。

(8) 岡崎義恵の「日本芸術思潮 第一巻漱石と則天去私」(昭和一八年一一月、岩波書店)に、「この作(『道草』―論者注)には「愛」「同情」「人情」「神」「人類」の如き、前とは少し違つた語が、かなり頻繁に現れる」、との指摘がある。

(9) 越智治雄「漱石私論」(昭和四六年六月、角川書店)。

(10) 漱石の実感であった。修善寺の大患時の日記に、次の記述がある。
「治療を受けた余は未だ生きてあり治療を命じたる人(長与称吉院長―論者注)は既に死す。驚くべし」(明治四三年一〇月一二日)。「ジエームズの死を雑誌で見る」(一〇月一三日)。「胃潰瘍の人今日晩景に死す。吾等三人のうちわれ一人生残る」(一〇月二三日)。「一等患者三名のうち二名死して余独り生存す。運命の不思議な事を思ひ」(一〇月二五日)。「山田美妙斉の死を新聞できく」(一〇月二六日)。「新聞で楠緒子さんの死を知る」(一一月一三日)。

(11) 小坂井敏晶「増補 民族という虚構」(平成二三年五月、ちくま学芸文庫)に、次の総論がある。
　日本では毎年およそ九〇万人が死亡し、一二〇万人ほどの赤ん坊が生まれる。一〇〇年を待たずして構成員のほとんどが入れ替わり、それから少し経てば「日本人」の構成要素の総入れ替えが完了する。

(11) 注(10)に同じ。

(12) 上田閑照「宗教への思索」(平成九年一〇月、創文社)で云うところの、左記の概念に教えられる処が多い。

自覚を定義して、「自覚というのは、自己が自己を知ることであるが、単なる自己意識ではなく、自己が置かれている場所に自己が切り開かれその場所の開けによって照らされて自己が自己を知るということである。(中　略)自己が自己のうちで自己を映すということと、世界が世界のうちに自らを映すということが一つであるとき、それが自覚ということである。」、と。

(13) 佐藤泰正「夏目漱石論」(昭和六一年一一月、筑摩書房)。

(14) 高木文雄「新版 漱石の道程」(昭和四七年三月、審美社)。

(15) 小宮豊隆「夏目漱石 三」(昭和二八年一〇月、岩波書店)。

(16) 北山正迪「漱石「私の個人主義」について—『明暗』の結末の方向—」(「文学」昭和五二年一二月、岩波書店)。

(17) 高木文雄「漱石文学の支柱」(昭和四六年一二月、審美社)。

(18) 佐藤泰正・越智治雄・平岡敏夫・高木文雄・相原和邦「[シンポジウム]日本文学14 夏目漱石」(昭和五十年一一月、学生社)から、引用。

佐藤泰正には、この「神の眼」に関し熱き一連の持論がある。最近の「文学講義録 これが漱石だ」(平成二二年一月、櫻の森通信社)にも、次のように論が深化している。

「近代日本の小説で、神から問われる主人公はいません。ゼロです。神から主人公がそのエゴや在り方を根源的に問われる。クリスチャンでもなんでもない漱石がやっぱり人間の問題は他者から問われる。それも相対的な他者だけではない。絶対的な他者から根源的に問われるところにあると言う」。

(19) ミハイル・バフチン「[行為の哲学によせて][美的活動における作者と主人公]他」(ミハイル・バフチン全著作 第一巻、平成一一年二月、水声社)。

(20) 注(8)に同じ。

(21) 上田閑照「ことばの実存 禅と文学」(平成九年一一月、筑摩書房)。

上田閑照は、西田哲学・宗教哲学を専門とする、京都大学系である。漱石晩年期の「宗教性」分明には、宗教哲学の教養が必要とされる。

東京大学系は、作品論としては精緻を極めるが、漱石最晩年の「宗教性」には届かない。東京大学系の二代逸材、越智治雄・三好行雄をしての次の感慨は、そのことをよく物語っている。

越智治雄の、『明暗』に触れて、

「これはものすごく強い頭を持っていなければやれないわけですけれども、その場合に、さっき則天去私ということばをお出しになったんですが、何か無限に相対化し続けていく人間関係の中で、それを越えるようなものを、予感として持たないと、作者はやれないものなのか。それともそういうことをあくまでやり続けられるものか、ということが私には非常に解けないことですね。」、と。

（小島信夫・佐伯彰一・越智治雄「座談会《日本文学通史への試み》漱石――その宿命と相対化精神」、昭和四九年一〇月「群像」）

三好行雄の、『明暗』に触れて、

「ただ「明暗」はよくわからなくて、これは大変な作品だと思う反面、これが漱石のどういう成熟の果てに出てきたものか、暗中模索しているところがあるんです。」

「「明暗双々」というのは明と暗がくっきりと並び立っている、ということだろうと思います。これは漱石が芥川に宛てた書簡の中で言ってることですが、ただ禅というのはわからなくて困るんですね。漱石がどの程度禅をわかっていたのか……」、と。

（大岡昇平・三好行雄「対談　漱石の帰結」、昭和六一年三月「国文学」、学燈社）

(22)　野網摩利子「夏目漱石の時間の創出」（平成二四年三月、東京大学出版会）には、『道草』に登場する「書」と「画」についての詳細な論があり示唆に富むが、「達磨」への言及はない。尤も、「汚ない」「あんなもの」であるからだろうが。

(23)　監修　津田青楓　夏目純一「夏目漱石遺墨集　第三巻　絵画篇」（昭和五四年七月、求龍堂）。

(24)　加藤二郎「漱石と禅」（平成一一年一〇月、翰林書房）。

(25) 同著は、達磨の意義と、漱石と達磨の関係を云う「一達磨」から始まる。

(26) 漱石の「宗教性」の基底には、やはり「禅」がある。
最晩年期になるが、大正五年一〇月一二日作の「漢詩」に、「会天行道是吾禅。」（天に会《かい》して道を行うは、是吾が禅）との明確な宣言がある。同一一月一日作の「漢詩」にも、「勿言不会禅。元是山林客。」（言う勿《な》かれ、禅に会《え》せずと。元と是れ、山林の客）と、敬道禅人あて書簡内に、自己の「禅」への自覚を云う。「則天去私」についても、漱石の研究者ですら、漱石自身の「説明」の文章の遺されていないことを得意気に云うが、『明暗』期の漢詩（七〇余首）には、「則天去私」の内実が正鵠に、しかも自信をもって展開されている。

(26) 中村元・紀野一義訳註「般若心経 金剛般若経」（平成二三年一〇月第72版、岩波文庫）。

(27) 熊倉千之「漱石の変身」、平成二一年三月、筑摩書房。

(28) 大岡昇平・三好行雄 対談「漱石の帰結」（「国文学」昭和六一年三月、学燈社）。

(29) 注(18)に同じ。

(30) マルティン・ハイデッガー「ハイデッガー選集Ⅵ 思惟の経験より」（辻村公一訳、昭和四七年七月第6版、理想社）。

(31) 松岡譲「ああ漱石山房」（昭和四二年五月、朝日新聞社）から引用。収録にあたり「則天去私のこと」と改題されている。初出は、大正七年一一月、原題は「宗教的問答」。

(32) 注(8)に同じ。

(33) アンドリュー・スミス、鈴木彩織訳「月の記憶 アポロ宇宙飛行士たちの「その後」」上、下（平成一八年二月、株式会社ヴィレッジブックス）。
同著「月の記憶」下の、最終章九章には、

「ミッチェルはこうも言っていた。「（前略）わたしに言わせれば、それは、人々が人類がもっている探求心に触れているということなんだ。それが、『われわれは誰なのか?』という疑問に行き着くんだよ」」とある。『道草』で反芻される、「御前は何処で生れたの」（第四十一章）、「御前は必竟何をしに世の中に生れて来たのだ」（第九十七章）との、人類の根源的な問に繋がる。

(34) アームストロングの、「死去の報道」(平成二四年八月二五日没・82歳)が、平成二四年八月二七日付「朝日新聞」(朝刊)の第一面に、大きく報ぜられている。

(35) 上田閑照(注(21)に同じ)に、既に指摘がある。伝記上、「漱石の場合、「我なし」という原事実が与えられる根本体験は、やはり「修善寺の大患」であったと言わなければならないであろう。「三十分の死」を経験したあと、漱石は「死は生より尊い」と言うようになる(たとえば『硝子戸の中』八)。死んで無我になれるからである。(中略)作家であることをも含めて統合された一人の人間である漱石に起こったことであり、したがって無我の再現実化への漱石の生は、実存において、そして作家として小説を書くあり方において、二重にしかし連動して生きられてゆく」、と。

(36) 御夏(のモデルふさ)は、大正四年没。六四歳。健三(こと漱石)は、大正五(一九一六)年一二月九日逝去。四九歳と一〇ヶ月。長太郎(のモデル和三郎)は、昭和六年没。七一歳。島田(のモデル塩原昌之助)は、大正八年没。八〇歳。御住(のモデル鏡子)は、昭和三八年没。八五歳。鏡子は、漱石の死後五〇年近く生きることになる。平成二五(二〇一三)年の現在、漱石を実際に識る(謦咳に接した)人は、もはや一人もいない。

附記　入稿後に、望月俊孝「漱石とカントの反転光学 行人・道草・明暗双双」(平成二四年九月、九州大学出版会)が上梓された。附された詳細な「注」には、本稿に関心をそそられるが、入稿後故、吸収できていない。

『道草』本文の引用は、岩波書店「漱石全集」第十巻(平成六年一〇月七日第一刷、平成一五年一月八日第二刷)に拠る。旧漢字は、新字体に改めた。ルビは適宜省略した。他の漱石作品の引用も、同「漱石全集」に拠る。

「草」は、漱石の好きな言葉・文字であった。

最も漱石らしい作品に『草枕』（明治三九年）、朝日新聞入社（職業作家）の第一作は『虞美人草』（明治四〇年）、唯一の自伝にして最後の完成作には、『道草』（大正四年）と命名している。

『坑夫』（明治四一年）と『野分』（明治四〇年）の合冊本には、「草合《くさあわせ》」（明治四一年）。「評論」「講演」「小品」「小説」からの抜粋の合冊本は、「金剛草」（大正四年）の名である。

『三四郎』（明治四一年）で、「偉大な暗闇《くらやみ》」広田先生について、三四郎が「君の所の先生の名は何と云ふのか」と尋ねると、与次郎が「「名は萇《ちょう》」と指で書いて見せて、「艸冠《くさかんむり》が余計だ。字引にあるか知らん。妙な名を付けたものだね」」（第四章）と答えたことが、特記されている。

Edwin McClellan の『道草』英訳名は、"Grass on the Wayside"（昭和四六年刊行）である。Wayside は、文字通り「道ばた、路傍」の謂。中国語の「道草《dàocǎo》」という言葉も、英訳に同じ謂。「道草を喰う」の謂はない。明治三一年に俳句、「本名は頓《とん》とわからず草の花」がある。

『道草』研究史

『道草』の評価をめぐって
――作品発表当時～昭和二十年――

荒井　真理亜

はじめに

夏目漱石の『道草』は、大正四年六月三日から同年九月十四日まで、「東京朝日新聞」と「大阪朝日新聞」に連載された。そして、大正四年十月十二日に単行本『道草』が岩波書店から刊行された。

『道草』は、夏目漱石が洋行から帰って来て『吾輩は猫である』を書いた頃までを素材とした、自伝的な作品として知られる。今日では漱石文学を考える上でも重要な位置を占めている。

『道草』は今までどのように評価されてきたのだろうか。

本稿では、作品発表当時から昭和二十年までの『道草』の評価について整理する。『道草』の研究史については、平岡敏夫の「『道草』」（「国文学―解釈と鑑賞―」昭和39年3月）などが既にあるが、本稿では『道草』の作品論だけではなく、『道草』に言及しているものを出来るだけ拾って、同時代の人たちが『道草』をどのように読んだかを確認し、漱石文学における『道草』の評価の変遷を見ていきたいと思う。

一　作品発表当時（大正四年〜同五年）

『道草』の新聞連載が終了した直後の文章で、『道草』に言及しているものとしては、まず**三井甲之の①「文壇の亡国思想」（「日本及日本人」大正4年10月）**がある。その中で、三井は次のように述べている。

しかし欧州の文学者はひねくれたシヨウ等を始め国民的生活に就て又時局に就て意見や詩を発表して居るが日本では発言するものは個人主義者で他は黙して居る。英文学の大家でその作の機智に特色を示す夏目漱石氏なども賢いとも言はゞ言ふべき沈黙を守つて『道草』などいふ小説をばかり書いて居る。そして小説の中に暗示せらるべき人生観には近世英文学と頽廃期の江戸趣味とからの影響を虚世的観察の敏慧に示すだけである。その周囲に集る文学者の思想の傾向は活気を示せば示すだけ脱線的になるのだ。

三井甲之は、日本の文学者が〈国民的生活〉や〈時局〉について発言しないことに不服を唱えている。その一例として、漱石の〈沈黙を守つて〉いるような文学的態度を指摘し、『道草』を〈虚世的観察〉によるものと見ている。

1—1　赤木桁平の評価

『道草』の同時代評価として最も注目すべきは、**赤木桁平の②「『道草』を読む」（「読売新聞」大正4年10月24日）**であろう。赤木は、『道草』の登場人物たちの関係の中で、〈最も色濃く描かれてゐるのは、勿論健三と細君との夫婦関係である〉と述べ、そこに〈間断なき愛の闘争〉を見出し、次のように論じる。

かく愛と悪みとの感情が相交錯して、日常生活の果しない円輪の上をぐる〳〵廻つて行くやうに、二人の運命も、また二本の並行曲線となつて、相寄り、相離れ、永遠に交《かは》ることを知らない生命の歩みを続けて行く。「道草」の作者は、先づこの矛盾と撞着との悶着から、どうしても解決点を見出すことの出来ない、「性格」の悲哀を描いてゐる。（中略）

しかも奇なる運命はこのあらゆる精神上の罅隙《こげき》を補塡して、この二人の関係を何処までも無解決に引摺つて行く。其処に運命に抵抗するを知らないリアリストの悲哀がある。――「道草」の作者は、第二にこの「運命」の悲哀を描いてゐる。

さらに〈健三と細君との関係には、性格とサイコロヂーとが微細に現はれてゐる〉のに対し、〈金さへあれば解決の付きさうな〉〈健三と外界との関係には性格はあつても、サイコロヂーが乏しい〉と指摘する。そして、〈『道草』の興味の焦点は、矢張性格描写といふ点にある〉という。また、主人公の少年時代の回想が、読者に〈夢幻的な哀感〉を感じさせるとし、このような過去の描写が〈一味の豊かな低徊的興趣〉を加えていると述べている。赤木は〈個人主義〉の問題についても、〈「道草」が示唆する作者の思想には、一種の個人主義がある。しかも作者は、むしろその個人主義の逢会すべき悲劇を描いて、その個人主義の発展すべき心証を語つてゐない。その偶然な結果が、計らずもその作品の有するリアリズムを強調している〉と分析した。

赤木の「『道草』を読む」は、健三を作者から切り離して論じた、本格的な作品論である。その姿勢は、**赤木桁平の③「リアリズムの時代〈『彼岸過迄』―『明暗』〉」（『夏目漱石』大正6年5月、新潮社）**においても貫かれ、その中でも赤木は『道草』は〈漱石先生唯一の自叙伝傾向を帯びた作品である〉が、〈『道草』に表れてゐる自叙伝的傾向は（中略）寧ろ特種の意義から離れた純粋の芸術品として鑑賞せらるべき性質を多量に帯びてゐる〉と述べている。先の**②「『道草』を読む」（前掲）**で展開された〈個人主義〉の問題も**③「リアリズムの時代〈『彼岸過迄』―『明暗』〉」（前掲）**でさらに追究されている。赤木は『道草』の有する意義は〈イゴイストを以て出来上つた一群の人々〈それは総て世間そのものである〉が、各自のイゴイズムを遺憾なく露して行く心理と形式とを、最もリアリスチックな、且つ、最もナチユラリスチックな態度を以て描き出したところにある〉という。また、健三の生い立ちについては、〈リリカルな部分〉だけでなく、幼少期の健三が〈小暴君〉であった原因を分析し、養父母の愛撫が不順な動機に根ざしていたことが小児の従順な性情を害したとする。そして、人間が滅びない限り、〈人間のイゴイズム〉が滅びることはないという絶望感に対し、現実を現実として受け入れる諦認があると結んだ。

以上の赤木論は、夫婦間の〈間断なき愛の闘争〉、個人主義の悲劇、〈人間のイゴイズム〉に対する諦認など、のちの『道草』研究に継承されていく重要な論点を提出している。

1―2　自然主義文学者たちの評価

『道草』は自然主義文学者たちから好意的に迎えられた作品だと言われてきたが、『道草』発表当時の批評を丁寧に見ていくと、一概にはそう言えないようである。

近松秋江は④「無解決の小説（秋声氏のあらくれ）」（「読売新聞」大正4年10月17日）の中で、〈大阪朝日にも出てゐた夏目漱石氏の『道草』とは、機会を失しない限り大抵毎日楽みにして読んでゐた〉と語った。しかし、**⑤「そのおり〳〵」（「時事新報」大正4年11月26日）**では、〈今年の創作〉として夏目漱石の『道草』、徳田秋声の『あらくれ』や谷崎潤一郎の『お才と巳之介』を挙げ、〈是等の作品は各作家の本来持続せる特色傾向を更に各自の方面に向つて精進せしめたものであつたが、日本の文学狭めていつて小説―といふ上の発達から見たならば西洋の小説に比べて何となく物足りない感じがする〉と述べている。近松秋江は『道草』を新聞小説としては〈毎日楽みにして読んでゐた〉ようだが、文学作品として見た時には物足りなさを感じている。

また、**徳田秋声は⑥「回顧の一年（上）」（「時事新報」大正4年11月16日）**で、〈『道草』の評判も好いようだし〉といい、続けて、**⑦「回顧の一年（下）」（「時事新報」大正4年11月17日）**では、新聞小説について次のように述べている。

要するに我々は従来の様に毎月々々同じ様な短篇を切売りして居る様では到底発達の望みがない。少くとも新聞小説などを仲介者に立てずに、長篇をいきなり単行本にして出す程の覚悟でなければ、実のある創作は得られない。此処の道理はお互ひに能く解つて居るが、何がさて毎日齷齪として新聞小説を書いた上に、未だ其でも足りずに幾つかの短篇を書かねばならぬ今日の如き境遇では思ひも及ばぬ事である。夏目氏などが私の新聞小説に物足りなく思ふ所は、『道草』の様に全体の締め括りのない点であらうが、私は今の所それよりも矢張り物を部分的に細かく観て行くことを大切に思つて居る。

徳田秋声は長篇を新聞小説として発表するのではなく、書き下ろしで発表する覚悟がなければならないという。そして、新聞小説として発表した自作と漱石の『道草』とを比較し、〈全体の締め括りのない〉という自作の欠点を認めている。逆に言えば、徳田秋声は『道草』を〈全体の締め括り〉のある小説と見ているわけである。ただし、徳田秋声が『道草』を評価した点は長篇小説としての完成度であり、自然主義文学的な作品だから注目したわけではないことを確認しておきたい。

1－3　初刊本について

徳田秋声は⑥「回顧の一年（上）」（前掲）で漱石の著書の売れ行きについて、次のように記している。

労作上の経済的結果から観て異彩を放つて居る人に、夏目漱石氏がある。作物の評価は別にしても、売れる事に於ては慥に文壇の第一人者であらう。現に春陽堂などでは、毎月と云ふ訳でもあるまいが、兎に角五百円足らずの印税を払つて居ると云ふ話である。それに『道草』の評判も好いやうだし、本年の文壇の総収穫を独りで背負つて立つて居るのは、漱石氏であると云つても差支はあるまい。

徳田秋声のいうように、漱石が『道草』を単行本として出版した時期は、漱石の著書の売れ行きは好調で、そのことが文壇でも評判になっていたようである。

無署名ではあるが、⑧**「文芸雑事」（「日本及日本人」大正4年10月）**には、〈夏目漱石の物は相変らず売れて居る相だが、此頃は元の弟子の岩波と云ふ書店だけで出版する。夫れも其筈漱石の小説は、印税などゝ云ふ甘いものでは無く、印刷代と広告料と幾何かの分とを差引いた余りは、全部綺麗に漱石の手許に入る条件だ、要するに夏目の自費出版を岩波と云ふ番頭が算盤を取つて遣つて居るのと同じ事だ、従つて何と云つても収穫の固いのは、漱石だらうと云ふことだ〉とあるし、同じく無署名の⑨**「文芸雑事」（「日本及日本人」大正5年12月）**でも〈夏目漱石の小説は、出さへすれば五千部は確実にハケたものだ相だが、今年の春あたりからグット売れなくなつて、昨今では二千五百部が見当な相だ、けれど此れでも現下の文壇で一番売行の好い方で、他の作家などは一寸比較にならぬ相だ〉とある。

そのような状況で、『道草』も単行本として出版された。新刊として『道草』を紹介しているものに、**ＳＧ生の⑩「新刊紹介〈道草　夏目漱石著〉」（「ホトトギス」大正4年12月）や無署名の⑪「出版紹介」（「東京日日新聞」大正5年1月11日）**、**⑫無署名「道草」（「東京朝日新聞」大正5年1月11日）**がある。⑩**「新刊紹介〈道草　夏目漱石著〉」**は、〈自意識の強い健三夫婦が互に慊らぬ愛に悶えながら、現社会的な四囲の事象に渦巻かれつゝ流れ去る所に人世の寂し味がある〉〈叉主人公が少年時代の回想にも言ひ知れぬ寂味がある〉と述べ、『道草』で繰り返されるテーマとして〈寂し味〉を読み取っている点で注目に値する。しかし、その他は作品を簡単に紹介しただけのものである。徳田秋声は「『道草』の評判も好いやうだ」と述べていたが、『道草』が文壇で大きく話題になったという形跡はなかった。

ちなみに、『道草』は新思潮派の漱石門下生たちには好評だったようで、**菊池寛は⑬「先生と我等―漱石先生の追憶（４）―」（「新思潮」大正6年3月）**の中で、〈久米や松岡は頻りに「道草」を賞め立てゝ居た〉と回想している。

二　漱石の死後（大正六年〜大正末）

夏目漱石は、大正五年十二月二日の午後、急に倒れて人事不詳に陥った。絶対安静が続いたが、十二月九日午後六時に危篤状態となり、不帰の客となった。

漱石の死後、数多くの追悼文が新聞や雑誌に掲載された。しかし、『道草』に言及しているものは少ない。管見に入った限りでは、新聞や雑誌の訃報記事で漱石の経歴を紹介する際に、代表作として紹介されるのは『吾輩は猫である』『坊ちゃん』『明暗』で、『道草』を挙げているものは「朝日新聞」くらいであった。漱石が亡くなった時には、『道草』はそれほど重視されていなかったのであろう。

2－1　自然主義文学との近似

漱石の死後に発表されたもので『道草』に触れているものに、**加藤朝鳥の⑭「夏目漱石論」（「早稲田文学」大正6年1月）**がある。加藤朝鳥は〈正系の自然主義者が、偶像を破壊して高らかに凱歌を奏するとき、こちら傍系の巨魁も、ぐっと握りつぶしをやつて何喰はぬ顔をして居たことであらう〉と述べ、『道草』に言及している。加藤朝鳥は、『道草』の、殺人罪で二十年余りも牢屋の中で暗い月日を送った後、やっと世の中へ顔を出すことが出来た女の話を健三が思い出して、二十三、四の青年を相手に、自分も青春時代を学校や図書館という牢獄で暮らしたおかげで今があるのだと、半ば〈辯解的〉に、半ば〈自嘲的〉に語る場面について、次のように述べている。

此の青年と健三との関係が、どうしても自然主義運動と夏目漱石氏との関係の様に思はれる。アクチブに対する。リアクチブの点で。価値改造と価値固定との点で disillusion と Nil-Admirai の点で。偶像破壊と偶像握りつぶしとの点で。特にわか〳〵しさの有るのと無いのとで。以上多く自然主義傍系の巨魁としての夏目漱石氏を説いたに過ぎないが、今此の傍系は正系の自然主義を越えて文壇に迎へられつゝある。そして次第に自然主義正系と思はれる程な作品を発表しつゝある。最近の『明暗』に就いては明かに漱石氏の作風の一転化を示すものがあり、更に今後幾段の変化あるを予想させるに十分である。

加藤朝鳥は、漱石文学の自然主義的作風への接近と、漱石と当時の自然主義作家たちとの相違を指摘しており、『道草』を〈自然主義正系と思はれる程な作品〉の一つとみていたようだ。

2－2　作者と作品の関係

和辻哲郎は⑮「夏目先生の『人』及び『芸術』」（「新小説」大正6年1月）において、〈利己主義と正義、及びこの両者の争は先生が最も力を入れて取扱つた問題である〉〈『道草』に於ても利己主義は自己の問題として愛との対決を迫まられてゐる。この作で特に目につくのは、主人公の我がいかに頑固に骨に喰ひ入つてゐるかをその生ひ立ちによつて明らかにしたことゝ、夫や妻やその他の人々の利己主義を平等に憎んでゐることゝ、その利己主義を打ち砕くべき場合方法などを繰り返し〳〵暗示してゐることゝ、結局それがだんだん実現されて行く光明ある結末が先生の作として極めて珍しいことなどである。この作は明らかに次で現はれた『明暗』の前提をなしてゐる〉と述べている。そして、〈恋愛と正義の葛藤、利己主義による恋愛の悲劇なども、先生が熱心に押しつめて行つた問題であつた〉〈この問題に就も『道草』は一つの活路を暗示する。砕かれた心のみが愛を生かせ得るのである。（中略）『生』を去れ。裸になれ。そこに愛が生きる。その他に愛の窒息を救ふ道はない〉という。和辻は、〈先生が製作によつて生の煩はしさを超脱する心持は、私の記憶では、『草枕』や『道草』などに描かれてゐたと思ふ〉とみており、『道草』によって作者である漱石の心中を推察しようとする態度が窺える。和辻哲郎は、⑯**「『心』『道草』その他」（『漱石全集　第九巻**

心 道草 月報9』昭和3年12月）でも利己主義の問題を追究していて、『道草』は〈利己主義を打ち砕くべき場合方法などを繰り返し繰り返し暗示して〉おり、〈結局それがだんだん実現されて行く光明ある結末が先生の作としては極めて珍らしい〉と述べている。『道草』に利己主義と正義の対立から愛の救済までを読んだ点が、和辻論の注目すべき点である。

夏目漱石の年譜や略歴に目を向けると、例えば、**浩堂生の⑰「夏目漱石の生涯―文豪画伝（第二）―」（「文章倶楽部」大正6年7月）**に〈四歳の時に下谷の某家に養子となり、居る事四年、再び夏目の実家へ引取られた〉とあるように、漱石の死後（『道草』の発表後と言った方がよいかもしれないが）の年譜や略歴には、かつて漱石が養子に行かされていたという事実が記載されるようになる。

そのような漱石の伝記的な事実が明らかになって、『道草』が漱石の実体験を素にした自伝的な要素の強い作品であることが一般に知られると、夏目漱石という作家を理解する上で『道草』が注目され始める。しかし一方で、作品をあくまで作者の伝記的事実から切り離して読もうとする立場もあり、論者によって作者と作品の関係の捉え方は異なる。

例えば、**石田三治は⑱「夏目漱石氏の文学と文学論」（「大学評論」大正6年2月）**の中で、〈『坊ちゃん』は松山中学校の教師時代、『二百十日』の中の西方寺の寒念仏は幼年時代、『門』の参禅は学生時代、『道草』の養子一件、『虞美人草』のモデルは誰、『心』の先生と其友人は誰、『抗夫』の題材提供者、などと消息通は語るであらうが一として漱石氏の芸術的創造力の産物たらざるはない〉という。石田は、『道草』をあくまで漱石の〈芸術的創造力の産物〉と考えており、モデル探しには関心がない。

一方、〈島田〉のモデルである塩原昌之助の家に下宿していた**関荘一郎**は、塩原夫婦から夏目漱石の養子問題に関する証言を得て、**⑲「『道草』のモデルと語る記―一名作者夏目漱石先生生立の記―」（「新日本」大正6年2月）**を書いている。『道草』を読んだ塩原夫婦は、『道草』の内容が事実を歪曲しているとして憤ったそうである。関荘一郎も『道草』に描かれていることと塩原夫婦の話とは〈どちらが真個か、ちよつと判断がつかなかつた〉と述べているので、塩原夫婦が語った内容の真偽は定かではないが、漱石の養子問題に関する塩原昌之助の言い分や『道草』に対する塩原夫婦の反応などが窺い知れる点で、面白い資料である。

また、『道草』に書かれた内容から漱石を理解しようとするのが、**浦瀬白雨の⑳「夏目先生を憶ふ」（『帝国文学』大正8年3月）**である。〈私は以前先生の千駄木町時代、即ち先生の大学講師時代に於て、先生は正に得意の頂点に立つて居られるとばかり観察して居た。然し一度先生の『道草』を見るに及んで、私は全然皮相な観察を先生の上に投げて居たことを発見した〉と、漱石の印象を『道草』によって修正している。

三　昭和元年〜十年

昭和元年から十年までは、漱石文学においてようやく『道草』が重要な位置を占めるようになった時期と言ってよいだろう。『道草』は、作家論の中でしばしば問題になる。特に、正宗白鳥の『道草』についての発言や、漱石全集の刊行に携わった小宮豊隆の『道草』の解説、昭和十年の座談会「夏目漱石研究」に注目したい。

3−1　正宗白鳥の評価

正宗白鳥は、㉑「夏目氏について―漱石氏に関する感想及び印象（3）―」（『新小説』大正6年1月）で、〈新聞小説はあまり読まない私は、氏〔引用者注・夏目漱石をさす〕の作物も極めて少し丶か読んでゐません。『道草』と『心』とを略々通読したくらゐで、他はほんの飛び〳〵に目に触れたくらゐなものです〉といい、〈今になつて思ふと『道草』『ロンドン塔』などが氏の本領を発揮した今の文壇に類のない傑作で、道草などはさう大したものぢやないかと思はれます〉と述べたものの、〈もつと歳を取つたらどうか知らないが、今までゞは氏の作物に共鳴を感じたことはありません〉と語っていた。

その後、㉒**「『道草』を読んで」（「読売新聞」昭和2年6月27日）**で、〈ところで、今度、以前飛び〳〵に読んだに過ぎなかつた『道草』をはじめて通読したのであつたが、これは、氏の全作中最も大切な小説ではないかと思はれた〉と述べている。その理由を、〈いろ〳〵な作品の生れた源をこゝに辿ることが出来るやうに〉思われるからだという。そして、〈『道草』は、恐らくは、漱石作中の唯一の自伝小説として受入れていゝものゝやうに推察された〉として、島崎藤村の『家』や徳田秋声も『黴』などと比較しながら、『道草』を以下のように評している。

まず構成について、『道草』は〈次第にくどい感じが起る〉くらいに作中の事相が書き尽くされている。〈秩序が立過ぎてゐるのと事相を作者の理論で押迫めてゐるために、作品を取囲んでゐる世界が狭小な感じがする〉。『黴』は理論攻めではないので、〈却つて悠々たる人生の一事件である〉という感じがする。次に詩情について、『家』は抒情的だが、自由奔放な空想を見ることが出来ない。それに対し、『道草』は感傷的ではないが、健三が青年に自分の前半生を牢獄生活のようであったと語る場面に示された〈惜春の情〉は、全篇の索漠たる生活記録の中に〈画竜点睛の妙味がある〉。また、『道草』に登場する人物は、生活難に苦しんでいる者ばかりで、小説のモデルとして材料として面白くない。材料は当時の自然主義作家の作品よりも平凡であるが、平凡な材料を長々と書いて読者を飽きさせないのは、作者の才能が非凡なためであろう。〈微小な現実の姿を種にして、空想の世界をつくり上げた作者の創作力を思ふ〉。

正宗白鳥は『道草』を自然主義作家の作品と比較して論じているものの、『道草』を自然主義的な作品だとはみなしていない。むしろ、『家』や『黴』といったいわゆる自然主義作品との相違を明らかにすることで、『道草』がそれらとは異質な作品であることが示されている。

また、㉓**「夏目漱石論」(「中央公論」昭和3年6月)**でも、〈何と云つも《ママ》、彼れの長篇小説のうちで生気に富んでゐるのは『道草』である〉〈『道草』は、題は明らさまに道草を標榜してゐながら、内容は首尾を通じて、生々した人生の記録なのである〉と『道草』を評した。修善寺の大患は夏目漱石の生涯の転機であるが、それは漱石の人生の見方が一層温かになり、寛大になったのではなく、むしろその反対で、『こころ』『行人』『道草』『明暗』がそれを証明しているという。正宗白鳥は、他人の心の暗さや醜さなど、作品に表れた様々な疑惑は、作者自身の心に深く根を張っていたのではないかと見ている。『こころ』『行人』『道草』『明暗』には、大病前の作品に比べて、洒落っ気が少なくて、一貫した真面目さがあると分析した。

㉔**「漱石と潤一郎」(「読売新聞」昭和8年6月7日)**の中では、〈この頃復たこの小説〔引用者注・『道草』をさす〕を通読したが、以前にまして感銘を得たやうに思はれる〉として、再び『道草』に言及している。白鳥は、改めて『道草』を読んで、作者の生活の平凡無味を感じたという。そして、漱石はそのような実生活を離れて、『草枕』のような詩の世界を作って一時の陶酔を試みたのだが、それが所謂〈遊び〉というものであったため、〈あの頃、真実尊重一てん張りの、野暮な自然主義者によつて〉漱石は非難された。しかし〈この種類の非難は、今日の文壇では通用しなくなつてゐる〉と述べている。また〈漱石は、現実を凝視したあと、或は現実苦を体験したあと、全心或は全身を『法悦』の境地、『自足』の境地と云つたやうな所に置いた人であつたとは、私には思はれない〉が、谷崎潤一郎の「春琴抄」には〈現実がそのまゝで『法悦』の境地、『自足』の境地と化した人間心理が現はれて〉おり、それは『道草』の主人公の経験し得られない境地であるという。

このように、正宗白鳥は夏目漱石の作品の中でも特に『道草』を高く評価している。しかし、正宗白鳥の評価が自然主義的な立場からの発言ではないことを見落としてはならないだろう。正宗白鳥は大正六年の時点で〈今までゞは氏の作物に共鳴を感じたことはありません〉と述べていた。昭和二年頃、『道草』に関心を持ち始めてからは『道草』を漱石の作品の〈源〉であり、〈生々した人生の記録〉であるとして重視している。正宗白鳥は『道草』を自然主義的な作品として賞賛したのではなかった。正宗白鳥に言わせると、昭和八年の時点では〈真実尊重一てん張りの、野暮な自然主義者〉の文学観は既に過去のものとなっており、例えば『草枕』に対する自然主義文学者たちの批判も通用しない状況にあったのである。

3－2　小宮豊隆の評価

小宮豊隆は、『漱石全集』をはじめ、夏目漱石の著書の編集に携わった。昭和二年六月五日に改造社より『現代日本文学全集　第十九篇　夏目漱石集』が刊行された。その編集を担当した**小宮豊隆は、㉕「『夏目漱石集』の後に」（『現代日本文学全集　第十九篇　夏目漱石集』）**の中で、『道草』を〈先生のあらゆる長篇小説の内で、最も完成した作品であると思つてゐる〉と述べている。『道草』は『吾輩は猫である』が書かれた前後の〈生活気分〉を表した作品であるが、その扱い方は明治三十七年の扱い方ではなく、大正四年の扱い方であって、そのために漱石はおよそ十年の間隔を必要としたと指摘する。漱石は主人公や主人公が憎しみを感じる相手を〈一段高い所から見下ろして描いてゐる〉。そのため、〈材料そのものは、息苦しい様な材料ではあつても、その材料の取り扱ひ方の奥から洩れて出て来る光は、可也朗らかな静かな柔らかな美しさを持つた光である〉。元来漱石には〈美しい夢を愛する方面〉と〈醜い現実を憎む方面〉との二つの方面があったが、それが『道草』では〈一つの心の中に止揚されて現はれる〉という。なお、小宮豊隆は、この**㉕「『夏目漱石集』の後に」（前掲）**と同じ内容（文章）を**㉖「『道草』」（『漱石全集　第十一巻　文学論　月報9』昭和3年11月、岩波書店）**でも繰り返しているし、**㉗「『吾輩は猫である』に就いて」（『中央公論』昭和4年1月）**でも、『吾輩は猫である』を論じる際に、〈『道草』の題材を形づくつてゐるものは、『猫』が書き出される少し前の、然し生活気分から言へば殆んど同時代と言つて可い時分の、作者自身の生活である〉〈『猫』の様な過程を繰り返し繰り返ししながら、作者は、『道草』を書き得る様な心境に、大正四年には到達し得たのである〉と述べている。

昭和十年十二月五日に漱石全集刊行会から刊行された『漱石全集　第八巻　心　道草』の編集も小宮豊隆が担当した。小宮豊隆は㉘**「『道草』解説」（『漱石全集　第八巻　心　道草』）**で、『道草』を〈小説として書かれた自叙伝であつた〉とし、明治三十六年から明治三十八年（もしくは三十九年）にわたる三年間（もしくは四年間）を、健三が三十六歳の年に総括したとする。『硝子戸の中』で自分の幼時を追懐したことをきっかけに、過去の生活を全体として振り返り、その中に出没する醜い〈私〉を『道草』において検討しようとしたと、『道草』の創作動機を分析する。露骨に〈私〉を発揮して己を省みない健三を、作者である漱石は〈私〉なしに眺めている。自分の〈もつと卑しい所、もつと悪い所、もつと面目を失するやうな自分の欠点〉を〈是ほど正直に、公平に、冷静に〉発表している『道草』は、漱石の〈深刻な懺悔録〉でもあると述べている。その上で、〈則天去私〉の世界は〈漱石が『道草』の立場に立つことが出来て始めて、その基礎が確立した〉と結んだ。なお、同じ文章が小宮豊隆の㉙**『漱石の芸術』（昭和17年12月、岩波書店）**に再録されている。

その後、小宮は㉚**「『道草』」（『夏目漱石』昭和13年7月、岩波書店）**で、夏目漱石は『道草』執筆直前すなわち大正四年三月十九日から四月十六日までの京都行で〈心機一転〉し、心底から自分を〈ただの凡夫〉であると考えられるようになった、そのような反省があって、漱石は『道草』の題材を『道草』が現在あるような態度で取り扱うことができたと分析している。また、『道草』結末の「世の中に片付くなんてものは殆《ほと》んどありゃしない。一遍起った事は何時までも続くのさ。ただ色々な形に変るから他《ひと》にも自分にも解らなくなるだけの事さ」という健三の言葉は、〈漱石の人生観の一部〉であるという。そして、ここに〈漱石が『道草』で、健三の「今と昔と又其昔の間」の「因果」

を追求しようとした〉という〈意図の漏洩〉があり、同時に〈漱石の理会《りかい》されない淋しさの一部が表現されてもゐる〉と述べている。

また、小宮豊隆は、㉛**「解説」（『道草〈岩波文庫〉』昭和17年8月、岩波書店）**の中で、〈『道草』ほど専門家の間には評判がよく、また『道草』ほど一般的に人気の湧かない作品はない〉と述べ、その理由を次のように分析している。

是は恐らく『道草』が、家常茶飯の生活を題材として、瞠目させたり感傷させたりする事件がなく、その家常茶飯の生活さへ、教師のじめじめしたやうな生活で、一向華華しい所がない為であるに違ひない。然も事実は漱石は、『道草』に於いて、箇人的なものを通して、一般人間的なものに触れてゐるのである。殊に『道草』をさういふ一般人間的なものにする為に、漱石が自分を自分自身から突き放して眺めた、その客観的な態度は、比類のない透徹と高邁とを持つてゐる。それが一番一般には理解されにくい所為だらうと思ふ。

小宮豊隆は全集の「解説」も含め、繰り返し『道草』について書いている。夏目漱石が『道草』を〈一段高い所から見下ろして書いている〉ことから、『道草』において漱石の到達した境地に触れ、『道草』に〈則天去私〉の世界の確立を見ようとする。さらに、『道草』が一般に人気がない理由も、『道草』における漱石の〈比類ない透徹と高邁〉の態度が理解されにくいからだとする。小宮豊隆は『道草』の分析を通じて常人ばなれした漱石像を紡ぎ出し、いわゆる〝漱石の神格化〟を進めていったのだと思われる。

3－3　その他の評価

島為男は㉜「夏目さんの倫理観と倫理的生活」（『夏目さんの人及思想』昭和2年10月、大同館書店）の中で、自然と社会、利己主義と正義との闘争が、〈いかんともする事の出来ぬ人間の運命であると観念せられて〉、『道草』や『明暗』では〈止揚し抱擁し摂取せられてゐる〉と述べている。こうした島為男の見方は、先に挙げた⑮**和辻哲郎の「夏**

目先生の『人』及び『芸術』」（前掲）の見解と重なるところがある。

松岡譲は㉝「離縁の証書」（『漱石全集 第九巻 心 道草 月報9』昭和3年12月）の中で、〈今養家先から離籍する当時の模様を、現に漱石山房に蔵されてゐる当時の文書によつて偲んで見やう〉と、明治二十一年一月のものらしい「手続書」、漱石が十一歳の時に「塩原」の名で書いた作文の一部、養育代や物入りなどの支払いに関する「為取替一札之事」、漱石による「不実不人情に相成らざる」証書、それを無効にするために出された父・夏目直克の書状の写し、明治四十二年十一月二十八日に塩原昌之助が入れた証書などを紹介している。松岡譲が紹介したこれらの証書類は、養家との離縁の過程を明らかにする具体的な資料として貴重である。

『道草』と漱石の他の作品との比較も行われるようになる。

まず、『門』との類似を指摘したものとして、**犬養健の㉞「漱石小論」（「大調和」昭和3年10月）**がある。犬養健は〈『道草』は「門」と似通つたところのある作品である。地味な自然主義風な書き方が第一に似てゐる〉と指摘する。〈漱石は一旦小説を書き出せば最も小説らしい小説を書くんだつたが、或る転機に来ると自分の書いた小説のその「小説らしさ」が鼻につく一時期があつたらしい〉と述べ、その〈或る転機〉にあたるのが『門』であり、『道草』であるというのである。犬養健に言わせれば、『門』はよい転機だったが、『道草』は読者にとって惜しい転機であった。なぜなら『行人』や『こころ』の〈艶消しの光沢〉を大成してもらいたかったからだという。

また、**吉田豊も㉟「『行人』『こゝろ』『道草』に就いて―エチユド的漱石論」（「生活者」昭和4年11月）**の中で、『道草』では様々なことが取り留めもなく書き集められて終結も初めもない『門』の手法が再び用いられていると述べている。さらに、漱石が『道草』で扱ったのは〈金を廻る汚点《しみ》の様な人間の惨めさ〉であり、『道草』は〈漱石の作物の中で何れよりも重く陰鬱で、いぶされた様な神経が削り取られる様に閃めいてゐる〉が、そこには人間への〈憐憫〉があると指摘する。

作品の比較ではないが、**中村武羅夫は㊱「夏目漱石が生きて居たら―亡き作家に起たしめて語る―」（「新潮」昭和7年10月）**において、『道草』を『門』や『三四郎』と同じ〈平淡で、リアリズムの作品〉に分類している。

俳句との関連を示唆したものとして、**森田草平の㊲「夏目漱石―名句選釈〈明治・大正〉―」（『俳句講座第5巻〈鑑賞評釈篇〉』昭和7年7月、改造社）**がある。森田は、漱石が長女の出生を詠んだ〈安々と海鼠の如き子を生めり〉という句を評する中で、〈先生は小説「道草」の中に、赤ん坊の生れる条を叙して、主人公が赤ん坊を抱き上げたら、手ざはりがぷりぷりして、変に重くて、寒天の様だつたと云ふ様な事を書いてゐられるのを思ひ出す〉と語った。その**森田草平は㊳「作家と境遇」（「帝国大学新聞」昭和8年4月10、17日）**の中で、『道草』に言及し、〈最後に思ひ切つて正面から実生活に打突かつて行かれたのが「道草」の一篇である。これは先生が過去を清算するつもりで筆を執られたもので、先生の作中にあつては特異の例といつていゝ〉と述べている。

『道草』の主人公である健三と作者である漱石とを重ねて、作家夏目漱石の私生活を推し量るのが、**石山徹郎の㊴「夏目漱石―その生涯と作品―」（「月刊日本文学」昭和7年3月）**である。石山徹郎は、文学論の講義が行われていた明治三十六年九月から三十八年六月まで、〈氏は家庭的にも経済的にもいろいろ不愉快なことや、心の平和を乱すやうなことに遭遇した。その間の消息は後年の『道草』の中に詳細に書かれてゐる〉という。

漱石文学における『道草』の位置づけに触れたものとして、**日夏耿之介の㊵「明治煽情文藝概論―大衆文芸の種類変遷及芸術価並芸術小説の通俗価及非芸術性―」（日夏耿之介『明治文学襍考』昭和4年5月、梓書房）**がある。日夏耿之介は、『こころ』を漱石の頂点と考え、〈『道草』や『彼岸過迄』の欠陥を指摘する事は難事ではない〉と述べている。

同様に、『道草』を漱石文学の完成品とする見方に懐疑的なのが、**高橋丈雄の㊶「巡礼せぬ霊魂〈夏目漱石〉」（「浪漫古典」昭和9年9月）**である。高橋丈雄によると、主人公健三が道で出合った男の正体が養父であることをなかなか告げない作者の手法は巧みであり、ドストエフスキーの『永遠の良人』を思わすものがある。しかし、『永遠の良人』は黒い喪章の男の正体が知れて悲劇が起こるのに、『道草』は山高帽子の男が無心を言ってくるにすぎず、喜劇にも値しない。どこの家庭にもうるさいほど転がっている煩瑣な小事件を仔細に述べ連ねた『道草』は、作者の生活した場所の狭さを表している。〈あれ〔引用者注・『道草』をさす〕が「最も完成した作品」だなどといつては反つて漱石の芸術性を見失つたことにならないのか〉というのである。

一方、**長谷川如是閑は㊷「夏目漱石論」（『日本文学講座　第12巻〈明治大正篇〉』昭和9年4月、改造社）**において、『道草』を漱石の作品全体を包括するものと見ている。次のようである。

『道艸』に於て、漱石は、その全体系に一種の説明を与へてゐるといふ趣がある。その自叙伝的小説に現はれてゐる問題は、全体系の諸作の何処かでそれ〳〵発展せられてゐるものである。財産に関する問題、学問的生活の問題、『行為《アクシヨン》』に乏しい生活の問題――それは諸作の有閑生活の問題に発展してゐるものである――女性、殊に家庭的女性の問題――それは、そのアンチテーゼとして漱石式の空想的女性（藤尾や美彌子等）を産み出す動機となつたものである――中産階級的生活典型の問題、等々、生活記録の理に諸性格を活躍せしめる漱石の手法は『道艸』に至つて漸く達成されると同時に頗る高度に完成されたといつてゐゝであらう。殊に主人公の性格は、『道艸』前後の中心性格を基礎づけるものである。代助にしろ、宗助にしろ、市蔵にしろ、松本にしろ、又『明暗』の津田にしろ『道艸』の主人公の現実と想像との派生物であることは、『道艸』そのものによつて完全に証明されてゐる。

作品に踏み込んで具体的に論じられているわけではないが、長谷川如是閑の「夏目漱石論」は財産や学問などの問題とともに家庭的女性の問題を挙げている点が興味深い。

『道草』を漱石の文学的な転機と見るのが、**唐木順三の㊸『現代日本文学序説』（昭和7年10月、春陽堂）**である。唐木順三によれば、『行人』や『こころ』で自己の論理を極めつくした漱石は敗北を知り、事実に降伏した。そこから『硝子戸の中』や『道草』は生まれたという。そして、『硝子戸の中』と『道草』とを対照させながら、〈「不合理のことの嫌いな」癇癪持の漱石〉ではなく〈人生そのもの、自己そのものを事実のまゝに任してゐる漱石〉を見出す。例えば、『硝子戸の中』（三十章）の「継続中のものは恐らく私の病気ばかりではないだらう」と〈同じ心〉が『道草』でも繰り返されるとして、『道草』の「人間の運命は中々片付かないものだな」（八十二章）や「何うせ世の中の事は引つ懸りだらけなんですから」（九十五章）という健三の言葉を挙げている。

また、**唐木順三は㊹「漱石における自我の問題」（「心境」昭和9年5月）**においても、〈則天去私〉にも触れながら、次のように述べている。

『心』の先生と共にブルジョア期の個人的自我（自由と独立と己れ）の竿頭にのぼりつめ、遁路を失ひつくして足下に転落したとき、思ひがけぬ世界が展けていつた。『硝子戸の中』をみるがよい。『道草』をてらしてゐる微光をみるがよい。とにかくそこにはひとつの救済が用意されてゐた。『人間の運命は中々片付かないものだ』といふ言葉と同時に、それを強いて一方に片付けやうとあせることもない。一方にかたつけないとすれば、両方の言分を肯くより外にない。一人の我を通すことから去つて鐘と撞木の合に居ることになる。則天去私が若しありうるとすれば其処より外にないだらう。現実家の誕生もそこにある。

唐木は完結した『道草』と『硝子戸の中』を漱石文学の最後の到達点だと考えている。

漱石の社会観・人間観について独自の見方を示したのが、**片岡良一の㊺「漱石論覚書」（「浪漫古典」昭和9年9月）**である。片岡良一は、〈鋭い眼と卓れた頭とを有つてゐた〉漱石には、〈社会と人間が、愚劣に見えて仕方がなかつたのでもあつたらしい。さういふ社会と人間との交渉に労れてゐるのが、馬鹿々々しい「道草」を食つてゐるとしか思はれなかつたらしい。世俗的な交渉の累しさを題材とした作品に、「道草」と標題した彼は、また好んでその作中に「塵労」などといふ文字を使つてゐた〉と述べている。『道草』は、漱石の文学活動における「道草」ではなく、登場人物たちとの交渉の煩わしさに対する漱石の軽蔑が込められていたとする点に注意したい。片岡良一の見解は、『道草』の〈材料そのものは息苦しいような材料であつても、その材料の取り扱い方の奥から洩れて出て来る光は、可也朗らかな静かな柔らかな美しさを持つた光である〉とする小宮豊隆の『道草』観とは相反する。

3―4　座談会「夏目漱石研究」

昭和十年四月、「新潮」紙上で、徳田秋声・野上豊一郎・和辻哲郎・内田百閒・湯地孝・片岡良一・室生新・中村武羅夫による㊻座談会「夏目漱石研究」が行われた。座談会「夏目漱石研究」は、のちに㊼**『明治大正文豪研究』（昭和11年9月、新潮社）**に収録されている。

湯地孝が『道草』の自然主義的な文学への接近を指摘すると、野上豊一郎がそれは意識的に行われたことだと述べる。続いて、内田百閒が『道草』は文学至上的な立場と自然主義の二つの方面が渾融したようなものでよいと評し、中村武羅夫が自然主義的な文学観を持つ者は『道草』を漱石の一番意味のある優れた作品だと考えているであろうと賛同する。しかし、徳田秋声は『道草』は面白くないという。中村武羅夫が『道草』は題材が現実に即したもので〈文学作品の現実性といふやうなものが尊重されて〉いると補足すると、徳田秋声は〈尊重はされてゐるんだけれども、それとしては物足らなくてね〉と反論した。ここで秋声が〈僕等から見ると〉と発言している点は見逃がせない。

『道草』を自然主義文学への接近と見るか否かについては、その後の『道草』研究でもしばしば問題となる。この座談会以降、『道草』は自然主義文学者に好意的に迎えられたと言われるようになったようだ。しかし、座談会の中でも徳田秋声は〈僕等〉を代表して『道草』を面白くないと述べていたし、今まで確認してきたように、自然主義的な文学観を持つ者たちが実際に『道草』を自然主義的な作品としてもてはやしたという事実はなさそうである。

正宗白鳥は、先にあげた㉒**「『道草』を読んで」（前掲）**で、〈明治以来の小説家では、夏目漱石ほど広く読まれてゐる作家はないやうである。紅葉も藤村も彼れには及ばない。『金色夜叉』や『不如帰』は、最もよく売れて、その内容も今日の日本人によく知られてゐるのであるが、これ等の小説は、漱石の作品ほどに敬意を寄せられてゐない。識者に重んぜられてゐるのではない〉と述べている。昭和期になると、明治以降の文学の史的な整理が進む。漱石も近代文学を代表する作家の一人として、その文学史的意義や位置付けが問われる。そのような漱石研究の高まりの中で、『道草』も重視されるようになり、言及される機会が増えたと考えられる。

四　昭和十一年〜二十年

昭和十一年から二十年までに、小宮豊隆『夏目漱石』（昭和13年7月、岩波書店）と『漱石の芸術』（昭和17年12月、岩波書店）、松岡譲『漱石・人とその文学』（昭和17年6月、潮文閣）、森田草平『夏目漱石』（昭和17年9月、甲林書林）と『続夏目漱石』（昭和18年11月、甲林書林）、瀧澤克己『夏目漱石』（昭和18年11月、三笠書房）、赤門文学会編『夏目漱石』（昭和19年6月、高山書院）、栗原信一『漱石の文芸理論』（昭和19年11月、帝国図書）など、漱石についての研究書が続々と刊行される。そこでは『道草』についても言及されている。また、この頃から「則天去私」が漱石研究の重要なテーマとして浮上し、「則天去私」の解釈をめぐって『道草』が問題となる。

4−1　松岡譲の発言

松岡譲は㊽「求道者・漱石」（「真理」昭和11年4月）において、次のように述べている。自我の問題を自作において具体的に追究していった漱石は、『門』では〈参禅の逃避〉を、『行人』では〈静かな観照の態度〉を描いたが、いずれも問題の解決には至っていない。『こころ』を経て、行きつくところまで行きついた漱石は、自伝的な作品である『道草』で、逃避でもなく、単なる観照でもない、〈一歩進んだ本然の人間的愛の萠し〉を初めて発見するに至るのである。最後に〈則天去私〉に辿りつく、その道程は〈芸術をとほしての宗教的境地への飛躍ではないであらうか〉。松岡譲は〈則天去私〉を〈宗教的境地〉と解釈したのだが、ここでいう〈宗教的境地〉とは、〈(仏教の根本命題と通じるところはあるが)〉と注記した上で、自我を放下し揚棄して解脱に至ることであると説明している。

また、㊾**「解説〈夏目漱石集〉」(『三代名作全集〈夏目漱石集〉』昭和16年5月、河出書房)**でも『道草』に触れ、〈漱石は現実の醜さを憎む一方、美しい夢を愛した〉〈この二つの傾向が漱石の其後の十年間の人間完成並びに作家修業の後に、それ〴〵深められ醇化されて、しかも一つに結びついて止揚された作品が「道草」であらう〉〈「道草」は漱石の作品の中で最も自然主義的だといはれて居るが、その眼と手と心とすべてが具足した最も完成した作品である事は確かであらう〉と述べている。

㊿**「『硝子戸の中』と『道草』」(『漱石・人とその文学』昭和17年6月、潮文閣)**でも、〈『道草』はその普遍性の故に人の魂を打つ尊い価値を持つものであらう〉と『道草』を評している。漱石は『道草』で自分の奥に根強く巣食う〈我〉あるいは〈私〉、つまり利己心を〈あらひざらひあるがまゝに〉描いた。と同時に、周囲の人々の自分勝手な醜い〈我〉と〈我〉の触れ合うあさましさをも描いている。しかし、それぞれの立場を作者は一段高いところから冷静に、慈愛と温かみとをもって描写しているので、〈この醜い煩らわしい相《すがた》が直ちに私達には浄罪の火として返照されて、そこにほつとする救いを感じさせる〉。このような救いはそれまでの作品にはなかったもので、漱石の人生修業の賜物であり、作家としても人間としても完成に近づきつつあることを示すものであろうという。

内容は小宮豊隆の見方と大同小異であるが、『道草』の宗教性や普遍性を強調している点が松岡論の特徴であろう。

4－2　「則天去私」との関連

「則天去私」の解釈が試みられる中で、その内容だけでなく、漱石が「則天去私」に至った時期も問題となる。論者が作品から「則天去私」にアプローチしていれば、どの作品をその到達点に持ってくるかで「則天去私」の解釈も違ってくる。

片岡良一は51「『彼岸過迄』の意義」（「文学」昭和12年1月）において、次のように述べている。

「彼岸過迄」の結末に暗示された境地を、はつきりと意図しはじめた漱石は、更にもう一度描きなれた孤独地獄苦と為我主義の醜さとの絡み合つた、救ひのない現実相を注視して、傑作「道草」を産んだのではあつたけれども、それはもう漱石にとつて、所詮無用の「道草」に過ぎなかつた。その表題などから考へても、彼はもう只管に明暗一如の、「則天去私」の境地を期する人であつたことが、十分に知られるのであらうと思ふ。「心」まで行つて、彼が完全に「則天去私」を思ひ人となつたと、考へられる所以である。

片岡良一は『こころ』を〈則天去私〉への到達点と見ており、『道草』という作品そのものが〈則天去私〉に行き着いた漱石にとって〝道草〟だったと見ている。

坂本浩の52「『則天去私』への道」（「文学」昭和12年7月）は、片岡良一の「『彼岸過迄』の意義」の延長線上に展開されているが、「道草」の評価は異なる。坂本浩は〈或意味に於て『道草』は所謂私小説である〉とし、〈或は余裕派と呼び、或は反自然主義と呼び、当時を支配した身辺雑記的私小説に反旗を翻したことをもつて漱石を位置づけようとする文学史家にとつて『道草』は始末の悪い作品であらう〉と指摘する。〈私が『道草』に重要性を見出す所以のものは、作者がこのやうな作品を書かずにはすまされなかつたといふその一点に於てである〉と述べ、『道草』は自己の生存を肯定していくために書かれた作品であり、そこには激しい自己追求がある、作者は最後に「世の中に片付くなんてものは殆どありやしない」と健三に言わしめているが、「殆ど」という言葉は〈「則天去私」といふ言葉が輝かしい光をもつて出現してくる時〉を含意しているという。

山室静は⑬**「漱石私論」（「早稲田文学」昭和13年6月）**で、〈「道草」や「明暗」で漱石は「則天去私」の境地に達したと言はれる。私はより慎重に考へたいのだが、いまは他日に期するしかない〉と断った上で、「則天去私」は〈一種の諦観〉であろうが、より個人的なエゴイズムの、社交的な義理人情の世界における妥協であるように思われる、そのために『道草』は〈つめたく濁つてゐる〉と述べている。慈愛や救済があるとして、『道草』に温かさを感じている松岡譲や小宮豊隆の見解とは対照的である。

稲垣達郎も⑭**「漱石に於ける自己―あるひは、漱石と武者―夏目漱石研究」（「早稲田文学」昭和13年6月）**の中で、『道草』の健三の「御前は畢竟何をしに世の中に生れて来たのだ」という自問自答から、〈もうここまで押詰めて来れば、自己を無にして自己を生かすことによつて総てを解決する途へ、勇躍踏切をつけるほかには、既に方法もない筈だ〉〈『明暗』に於いて、所謂「則天去私」に具体的な相を与へようと試みたのは、まさしく当然なことだらう〉と述べた。稲垣達郎は『道草』に「則天去私」に至るまでの過程を見ている。

4-3　岡崎義恵の『道草』論

岡崎義恵は「則天去私」について度々言及し、その解釈を深化させていった。その中で、『道草』についても触れているので、紹介しておく。

岡崎義恵は⑮**「漱石と則天去私」（「改造」昭和16年5月）**において、〈自然主義的道徳観〉は〈我々に親しい感じを起させるやうな、欠陥に満ちた人間の姿を自由に照らし出す事を許すものである〉、『彼岸過迄』『行人』『こころ』『硝子戸の中』『道草』の諸篇は〈自然主義的道徳観から自己の体験を抉剔して、人間の欠陥に満ちた姿―「私」の世界―を白日の下に曝し、其処に悲喜劇的な表情をにじみ出させたものに外ならない〉とし、中でも〈「道草」は最も自然主義的な作品であるが、人間への憐れみを求める心が全篇を幽かに明るくしてゐるやうな所がある〉と述べた。

また、㊻**「晩年の漱石」（「文芸」昭和16年6月）**でも、中年期の精神的兆候として、自己の我を人間的悪と知る〈知性的な自我の自覚、その自我の美よりも醜の認識、その醜に堪へられない苦悶、その苦悶から脱却せんとするもがき〉を挙げている。その極から人間を救済するものとして、『こころ』や『道草』には人類への憐み、人道的愛がいくらかは揺曳しているが、〈本来漱石の性格的地盤に欠けてゐる、かやうな女性的なものは、十分にその行路を導くに足りないのであつて〉、意志と知性の人であった漱石は、あくまでも、〈我と私との自覚を追求〉していく方向に道を探すとする。

そして、**岡崎義恵は㊼「道草」（『日本芸術思潮　第1巻　漱石と則天去私』昭和18年11月、岩波書店）**の中で、『道草』は〈一見自然主義的醜を暴露した、精神的要素に乏しい作品〉のようにも見えるが、しかし金銭のみの支配する醜悪な世界にうずくまりながら、なお〈精神的なもの――人道的・倫理的・宗教的なもの――を求めようとする健三の魂が克明に跡づけられている〉と述べる。そして、『道草』に頻出する「愛」「同情」「人情」「神」「人類」の語、わずかに点出される「天」「自然」の語を分析し、それぞれの語の関連を考察することで、『道草』全篇の主題は、〈理想に到達し得ない人間の現実的な姿、「天」に支配される「自然」の姿――即ち寧ろ「運命」と呼びたいもの――の表現と言わなければならない〉という。その上で、岡崎義恵は次のように結んでいる。

唯それ〔引用者注・『道草』の主題をさす〕が非常に落着いた、現実的空気の中にしつとりと表現され、何となく「運命」へのしめやかな随順を意味するのではないかと思はれるやうになつてゐることは事実であり、慈愛と運命への随順とが合一して、運命諦観とか、自然法爾とかいふ境地を現出し、その方向に則天去私の道が開かれるのではないかといふ予感を生ぜしめるのである。

㊼の岡崎義恵の『道草』論は、小森陽一・芹澤光興・浅野洋の「鼎談」（『漱石作品論集成　第十一巻』平成3年6月、

桜楓社）で、『道草』論の基本線であり、ある意味では〈『道草』に関する「漱石」研究の基盤〉を築いたと評された。

4－4　「自己本位」をめぐって

この時期、漱石研究のもう一つのキーワードとして出てくるのが、「自己本位」である。その「自己本位」と『道草』を結びつけて発言したものとして、まず**瀧澤克己の(58)「『道草』」（『夏目漱石』昭和18年11月、三笠書房）**がある。瀧澤克己は〈義《ただ》しい人の避けがたい絶望〉を主題とする『それから』『行人』『こころ』には、その中に何か一つの抜け路を指し示していたが、『道草』に至ってはそのような希望の影を見ることができず、『道草』では漱石の作風が根本的に転回したと思われるとして、次のように述べている。『道草』における健三の絶望は〈人間の倫理的性格に対する消極的な否定（自己自身の倫理的欠陥の謙遜な自覚と又宗教的なるものへの敬虔な憧憬）〉ではなく、反対に〈神若しくは世界そのもの対する積極的な否定となり、その不正と不合理に対する真ッ正面からの攻撃となった〉。健三の絶望を〈ほんとうにありの儘に描き出す〉ことができたのは、作者が既にその絶望を乗り超えていたということである。『道草』は〈金の力によって影響されない何物もこの世界にあり得ないこと〉を周到に描いているが、健三の「金の力で支配出来ない真に偉大なもの」をいう発言は、〈精神的たると肉体的たるとを問わず、人間の一切の労働とその成果とが、即ち人間の歴史若しくは自己そのものがそこに始まってそこに終るところの絶対の境地をのみ意味し得た〉と述べている。我々が本来生きている現実が〈絶対の境地〉なのであり、『道草』では〈凡ての人が元来そこを離れることのできない絶対の境地そのものを暗示しようとする〉。そして、〈絶対の境地に叛いて、虚しく安心を求めつつ彷徨《さまよ》う凡ての人々に、それが永久に不可能であり、不可であるのみならず、また全く不必要であることを教えようとする〉。また、漱石にとって『道草』に至るまでの著述は〈凡て真実の天に叛く私の働きであり、全くの「道草」に過ぎなかったことを、深い懺悔の心を以て告白せざるを得なかったのである〉。〈『道草』と名づけた漱石の意図が、「則天去私」の事実からの「自己本位」の立場の批判にあった〉という。

次に、**小泉一郎は㊾「漱石の影響」（赤門文学会編『夏目漱石』昭和19年6月、高山書院）**で、〈漱石の「自己本位の生き方」を理解するには「道草」をとりあげるのが一番便利である〉と述べている。〈文壇人や批評家の間では「道草」を漱石文学の最高峰と見る者が多いことは周知の事実である〉といい、〈自分の作品に付帯してゐたさまざまな贅肉を次第に落していつた漱石が、この「道草」に到つて己が精神の生理をさながらに示してみせたものとして独自の価値を有つことは否定し得ない〉と評した。さらに、〈「道草」のリアリズムはまつすぐに志賀直哉の作品の世界に連つてゐると云へるし、その意味では、漱石が到達した所から、志賀直哉が出発したと云つても誤りではあるまい〉と指摘している。

栗原信一の㊿「『道草』の健三に見る漱石の性格」（『漱石の文芸理論』昭和19年11月、帝国図書）は、漱石が、「則天去私」とは反対に、〈常に主我的であり、自己主張的であり、「自己本位」的であつた事〉を明らかにするために、『道草』の健三の性質や性格を、健三自身による解剖、評価や批判、並びに妻や周囲の人々による解釈や批判等を分析し、明らかにしようと試みたものである。栗原は、『道草』の健三によって、作者である漱石を理解しようと試みた。その上で、漱石という人物の〈核〉は〈自己〉にあり、決して〈去私〉的ではなかったと述べている。

4−5　森田草平の発言

森田草平・林原耕三の㊶対談「漱石の思ひ出」（「新女苑」昭和16年6号）で、林原耕三が『道草』に登場する〈奥さん〉は〈作品中の人物として十二分に同情を与へられて、やゝ理想化されて居り、欠点が薄められて〉いると指摘した。話は、漱石の夫婦関係に及び、森田草平は〈さういふ悪いコンビネーションの細君を娶つたから、夏目漱石はあれだけのものが書けた〉と述べている。

森田草平は、夏目漱石の評伝として、**㉖『夏目漱石』（昭和17年9月、甲林書林）**と**㉗『続夏目漱石』（昭和18年11月、甲林書林）**を刊行した。まず森田草平は、**㉖『夏目漱石』**の「長篇時代」の章で『道草』を取り上げている。〈私は小宮君が挙げてゐることを皆認める〉と述べ、『道草』が漱石のあらゆる長篇小説の中の最も完成したものであるという小宮の意見はもっともだとしながらも、最大の不満が題材にあるという。それは森田草平が、逃れがたき過去（養父母）や逃れがたき肉の絆（兄姉もしくは妻の両親）などは、〈決して人間の生活にそれ程深い影響を及ぼすものではない〉と考えるからである。

㉗『続夏目漱石』では、『道草』に対する否定的な見方がさらに強まって、『道草』を〈小宮君は先生（引用者注・夏目漱石をさす）の代表作のやうに云ふけれど私には何うもさうは思はれない〉という。『道草』は漱石の閲歴がそのまま書かれただけで、構成の上にも少しも斧鑿の跡が見えない。いかにも素直でかつ自然でもあるが、それは〈畢竟当時における日本の自然派の主張をそのまゝ踏襲されたに過ぎないではないか〉と批判する。「則天去私」とはあくまで生活の信条であって、小説を書いている以上、漱石自身が「則天去私」になりきったのではないと見ている。この時点の森田草平の見解は、「則天去私」の結果として『道草』が生まれたという小宮豊隆の見方と対立する。

4−6　否定的な意見

青野季吉は、㉘「現代ジャーナリズムと文学」（青野季吉『文芸と社会』昭和11年4月、中央公論社）で、昭和十年当時、知識人層相手の新聞から広汎な大衆相手の新聞を目指して跳躍した新聞ジャーナリズムは、文学との関係を稀薄にし、乃至は切断しなければならない条件に立った。そのような状況では、〈高級な〉文学作品である『道草』は、正統な読み物として、高く構えているわけにはいかないと述べている。つまり、読者が大衆になった昭和十年の時点では、夏目漱石の『道草』は新聞小説として通用しないというのである。昭和十年の文学観から、新聞小説としての

『道草』の価値を指摘した点が面白い。

また、**浅原六朗の㊅「漱石の作品に就いてのメモ」（「新潮」昭和11年7月）**でも、夏目漱石という作家に対する評価は低い。浅原六朗は〈漱石の作品を、最近久しぶりに十冊ほど読み直してみた。中学の終りの頃に読んだのとは、また別な味ひで読めたのはもちろんであつたが、一般の人々が偶像視するほど高い作家には考へられなかつた〉という。また、『道草』は〈何かありさうな、ありさうなと想はせぶりな書き方をしてありながら、結局何もない作品であつた〉〈『道草』だけでなく、漱石の作品の構成上の特色は、いつも初めに何か面白いことがありさうだと、読者に匂はせる手法であつた〉と述べ、結局いつも期待はずれであることに不満を感じている。

さらに夏目漱石に対して批判的であるのが、**葉山信一の㊆「明暗への道―『道草』と『明暗』について―」（赤門文学会編『夏目漱石』昭和19年6月、高山書院）**である。葉山信一は、冒頭から〈私は漱石をさう尊敬してゐない〉、その理由は〈い丶作品がないからである〉と述べる。『道草』については、次のような欠点を挙げている。読者が島田の度重なる来訪にうんざりし、退屈と不快を感じるところは、結局漱石の腕の貧しさに原因しているようである。また、読後〈印象に残つた場面が、ひとつもない〉のが致命的欠陥である。『道草』は心理なり感情なりを、言葉として説明してしまって、描写というものが少ない。ただし『道草』は、幾多の欠陥を持ちながらも、そこに打ちこまれた苦悶と真摯さによって、漱石の晩年の傑作であるという。

漱石文学を批判する際にも『道草』が俎上に載せられるということは、『道草』が漱石文学を論じる上で看過できない作品だと考えられるようになったからであろう。

4－7　その他の評価

その他として、まず**阿部知二の㊇「漱石の小説」（「新潮」昭和11年2月）**を挙げておく。阿部知二は〈「道草」は至極散文的なもので、浪漫的な悩みも知性の悲劇もありはしない〉と述べる。〈道草とは何か〉という問いには〈文化主義者としての彼が、この人生の塵労に四方八方から引ずり下されながら、俺はいつ翹望する精神生活に飛び立つて行けることか、と今の生活を道草として歎じてゐることだ〉と答えている。そして、漱石が『道草』を書いた時は、〈道草的塵労〉から見事に抜け、〈文化人的完成〉を成し遂げてしまった後であり、漱石は『道草』に描かれたような苦渋生活の中で青春の夢を書き、後年の抜け出た天地から『道草』の苦渋を書いたとする。その間が十年ずつ地滑りしているのはディレタンティズムとも余裕低徊とも言えるだろうし、漱石の特殊な環境がそうさせたとも言えるだろうが、一面いかにも漱石らしい着実さも見られるという。漱石の作品の重厚さや良識や健全さもこの辺によるものかもしれない、また、漱石の成功も漱石にまつわる低徊味もここにあるのかもしれないと考察している。

また、**阿部知二は**⑱**「夏目漱石〈散文と人〉」（「セルパン」昭和11年6月）**の中で、漱石の文章の明るくのびのびした感じは、漱石の魅力の大きな要素の一つになっており、明治末、大正初めの明るく闊達な時代色の匂いを感ずるような気がする。『こころ』や『道草』や『明暗』も、内容的には暗いものであるとしても、その文章は流暢な明るい肌触りを持っている。この瑰麗さは、もちろん漱石の性情から出たものではあるが、漱石の漢文的教養によることが大きいことを看過できないと述べている。

健三の「癇癪」の理由を分析したのが、**古谷綱武の**⑲**「漱石の『道草』について」（「文芸」昭和11年10月）**である。『道草』においては、健三だけが観念家であって、他の人物はすべて具体的な市井人である。『道草』では観念人と具体人の相克が、夫婦の相克の上に如実に語られている。妻の批評という具体界から観念人への批評を健三は自らの反省の契機に出来ない。それどころか、かえって観念の武装を固め、具体界を軽視する。しかし、具体界のリアリティの方が、はるかに健三の観念のリアリティを圧倒しているため、健三は「癇癪」を起こすのだという。

『道草』の書き潰し原稿について、**内田百閒は**⑳**「漱石先生の書き潰し原稿」（「東炎」昭和13年4月）**を書いている。

内田百閒は、『道草』の書き潰し原稿を、漱石に頼んで譲ってもらい、岡田（林原）耕三ともう一人（誰かは忘れたという）と三人で分けた。そのうちの幾枚かを二三の知友に割愛し、恩師の木畑竹三郎にも二三葉を譲った。木畑竹三郎が、巻物にして保存したいから、その由来書を書けというので、この文章を書いたのだと記している。しかし、林原耕三が先にあげた**㉛対談「漱石の思ひ出」（「新女苑」昭和16年6号）**で、〈「道草」の書き潰し反古を、先生が亡くなられてから内田百閒君と二人で分けました〉といっており、『道草』の書き潰し原稿を林原耕三らと三人で分けたとする内田百閒の記述、内田百閒と二人で分けたとする林原耕三の話、その事実関係は判然としない。ただ、内田百閒は自分がもらった『道草』の書き潰し原稿を知人に少しずつ分け与えたらしく、そのこともあって『道草』の書き潰し原稿が散逸してしまったようである。

『道草』の文体について論じたものとして、**坂本浩の㉜「漱石の文体」（「文学」昭和15年8月）**がある。坂本は、漱石の文体は、宿命的に生み出されたものではなく、知性によって人為的に作り出されたものだが、『道草』で漱石は完全に独自の文体を棄てた。『道草』には〈現実と表現との間に鮮明に引かれてゐた一線がないのである〉〈漱石は己の文体を殺すことによって、即ち文学を犠牲にすることによって、己の求道を究めたと言ふべきであらう〉という。

また、**稲垣達郎は㉝「夏目漱石―漱石と写生文―」（「月刊文章」昭和17年10月）**の中で、大正四年になって、ようやく漱石は思量と作為から離れた、現実感の多い『道草』を書いたが、漱石の写生文は、強く現実にぶつかり、リアリズムの本道へ突き進んでしまった。漱石は、この新しい到達を、そのまま深く押し進めることができなかった。写生文が、その写生を揚棄して、尊厳なリアリズムへ発展していった以上の進展を、漱石は必ずしも示さなかったとも言えようと述べている。

『道草』の登場人物について言及したものが、**中村武羅夫の㉞「明治大正の文学者たち〔十〕」（「新潮」昭和17年10月）**と**㉟「明治大正の文学者たち〔十一〕」（「新潮」昭和17年11月）**である。中村武羅夫は、『行人』に於ける兄や『道草』の主人公など、漱石の作品に描かれている人物は、〈教養や気品などに依つて、いくらかカモフラージユされてゐるとは言つても、すべて陰惨と言つてもいいやうな暗い心であり、憂鬱な雰囲気ならぬはない〉。しかし、それは当時の自然主義文学において取り扱われた貧乏などというような生活上、環境上の苦しみではなく、もっと人間そのものの本質に即した〈精神〉と〈心理〉に根差した苦しみであると分析する。また、漱石が〈家庭生活の上では病的と思はれるくらゐ、いろいろ激しい癖を持つてゐた人らしく、それは、『道草』などを読んでもよく分る〉と述べており、『道草』の健三を作者である漱石と重ねて読んでいる様子が窺える。

木村太郎の⑦⑤「漱石に於ける現実」（「早稲田文学」昭和17年11月）は、『道草』の登場人物たちの社会性について触れたものである。木村太郎によれば、〈或る意味では、「道草」に扱はれた作品の構成は、漱石そのもの、社会的身分性や、それを通して見た当時の中産階級人の生活といつたものが、や、社会的生活をそなへたものとして覗かれるのであるが、その現実への探りは充分に果されてゐるものではなかつた〉という。

永田勝男の⑦⑥「『道草』に就いて」（「文学」昭和17年12月）は、漱石の晩年の思想から『道草』を解釈しようとするもので、漱石の晩年の思想を示すものとして『硝子戸の中』に注目する。そして、『硝子戸の中』に発端した自己の過去を物語ろうとする欲求が、やがて自叙伝小説『道草』に結晶した、『硝子戸の中』は『道草』における題材の性質や、それに向かう作者の態度を指し示していると指摘する。そして、『硝子戸の中』（三十）の〈「継続中」といふ思想〉と、『道草』の「世の中に片付くなんてものは殆んどありやしない。一遍起つた事は何時迄も続くのさ」という人生観照の態度との連環を説いている。また、『道草』は、漱石の文学的課題として一貫している〈「愛」の問題に全篇の焦点を置きながら、〈人間に於ける「私」・「我」の摘発追及〉を中核としている。そして、「私」・「我」のために〈人間が相互にばら〳〵に引き裂かれてゐる状態を、一方では人間の逃れ難い宿命として冷静に諦観する心持が、全篇の主調となつてゐる〉という。

また、**中村光夫は㊆「夏目漱石（二）」（「文学界」昭和18年5月）**の中で、夏目漱石と岩野泡鳴の小説を比較した。『道草』では健三の家庭における孤立の原因が健三自身の気質の内部に含まれているのに対し、岩野泡鳴の『実子の放逐』などの作品に描かれた家庭内の葛藤は、先妻の子供二人に後妻の連れ子、それにまた新しく生れた子供といった外部的な環境に由来する。泡鳴がその波瀾に満ちた生涯を、持前の頑健な楽天主義で押し切ったのに対し、漱石は平凡な生活環境に絶えず陰鬱な猜疑の眼を注いで離れなかったと分析した。

昭和十一年から二十年までは、『道草』に言及している文章の数から見ても、『道草』研究が盛んになってきたことが窺える。漱石の晩年の思想と『道草』との関連が指摘されたり、漱石の他の作品や同時代の作家たちとの比較によって相対的に『道草』を評価しようという動きもあったりして、様々な角度から『道草』が論じられるようになり、『道草』論の内容も充実していった。

おわりに

夏目漱石の『道草』は、大正四年六月三日から同年九月十四日まで「東京朝日新聞」と「大阪朝日新聞」に連載された。当時は、**赤木桁平の②「『道草』を読む」（大正4年）**があるものの、それほど話題にならなかったようである。また、大正四年十月十二日に単行本『道草』が岩波書店から刊行された時も、あまり注目されていなかった。

漱石の死後、**加藤朝鳥の⑭「夏目漱石論」（大正6年）**や**和辻哲郎の⑮「夏目先生の『人』及び『芸術』」（大正6年）**のように、追悼文や回想文の中で『道草』に言及したものが出てくる。また、**関荘一郎の⑲「『道草』のモデルと語る記―一名作者夏目漱石先生生立の記―」（大正6年）**は同時代の伝記資料の一つとして貴重である。

全集や作品集の刊行も影響しているのであろうが、昭和になると、漱石文学においてようやく『道草』が重要な位置を占めるようになる。**正宗白鳥が㉒「『道草』を読んで」（昭和2年）**等で『道草』を重視し、漱石全集の刊行に携わった小宮豊隆も㉕**「『夏目漱石集』の後に」（『現代日本文学全集　第十九篇　夏目漱石集』昭和2年）**や㉘**「『道草』解説」（『漱石全集　第八巻　心　道草』昭和10年）**において『道草』の意義を説いた。昭和十年には㊻**座談会「夏目漱石研究」**も開催されて、『道草』が話題にのぼった。その場で自然主義文学との類似も指摘された。この問題は『道草』研究の一つのテーマとして昭和十年代以降の論に引き継がれていく。

昭和十年代からは、**小宮豊隆の㉚『夏目漱石』（昭和13年）**と㉙**『漱石の芸術』（昭和17年）**、**松岡譲の㊿『漱石・人とその文学』（昭和17年）**、**森田草平の㊷『夏目漱石』（昭和17年）**と㊸**『続夏目漱石』（昭和18年）**など、かつての漱石の門下生たちが漱石の評伝を出版し、また、㊽**瀧澤克己の『夏目漱石』（昭和18年）**、**赤門文学会編㊾・㊻『夏目漱石』（昭和19年）**、㊵**栗原信一の『漱石の文芸理論』（昭和19年）**など、漱石の研究書も続々と刊行されて、漱石研究の高まりを感じさせる。また、この頃から「則天去私」や「自己本位」が漱石文学を理解する上での重要なキーワードとして浮上し、その解釈をめぐって『道草』が注目されるようになった。

このように、作品発表当時から昭和二十年までの『道草』に関する言及を丁寧に見ていくと、時間が経つにつれて『道草』の評価が上がっていることがわかる。また、この間に、その後の『道草』研究の中核となる論点が、既に提出されていることにも気づくであろう。

『道草』研究史

――昭和二十年～昭和四九年――

吉川仁子

『道草』は自然主義文学との関係をどうとらえるかという点が必ず問題点とされるが、昭和二十年代から三十年代の論考、特に1小田切論、2片岡論では、自然主義の意義や自然主義のあるべき姿を提示した上で、『道草』が家や明治の社会の姿を十全に写しえているとし、そのリアリティーを高く評価している。自然主義的私小説とは異なるとした5、10江藤論、自然主義との比較から離れて論じようとする9玉井論は、新たな方向を示したと言える。10江藤論は、〈帰って来た男〉として健三を捉えて論を展開し、〈帰って来た〉ということへの着目は後の論にも影響を与えている。

一連の相原論（12、14～17）は、『道草』に固有の意味と位置を見出し、日常に対する敗北ではなく格闘の意志という積極性を見出そうとする一貫した主張がある。12は、お住と健三の関係や、作者と健三の関係など、先行論が内容から論じてきた相対化の論点に、表現技法から明確な裏づけを与え『道草』の意義を示しえている点が画期的であった。また、14は、藤村の『家』と『道草』の比較であるが、表現方法からは『家』を私小説的とは簡単に言えないという指摘があり、何をもって自然主義的私小説とするのか、作家でひとくくりにして批判対象にすることの危うさを認識させられるものであった。相原論は、大正四年における作者漱石の思想の肯定がすべての前提になっており、「形式論理」に対して「実質」が重視されるようになったという指摘は重要だが、「実質」の内実は必ずしも明瞭ではない。

昭和四十年代の論考は自然主義文学との比較といった文学史的な観点を論じる比重が多少減り、作品のテーマや作者の意図について論ずる作品論になってくる。作品の本文に即した解釈とともに、ほとんどの論が大正四年の作者の「断片」（「断片六五」『漱石全集』第二十巻）を引用し、作者と健三を重ねた論が展開されている。「則天去私」「自然の論理」などの語が、多くの論の共通するキーワードとして用いられている。『道草』の前に書かれた随筆『硝子戸の中』に言及して論を展開するもの（25樋野論、28重松論）など、作者と作品をむすびつけ、作品を全体的に論じる重厚な論が多いように見受けられる。21越智論、25樋野論は、その代表とも言え、「自然の論理」について論じたものである。作品には「自然」、「天」、「神」という語が登場し、それらをどのように解釈するかが問題となる。18桶谷論は「自然」を〈『道草』の思想を解くキイワード〉とする。22佐藤論は、「自然」「天」「神」の三者の関係を丹念に検証し、「神」こそが健三に対峙する絶対者であると結論するものであるが、作品本文の丁寧な読みが展開されている。共通の論点として、日常を描くことが、日常に対する敗北か、或いは、死から生への回生か、どちらの立場をとるかという問題、また、それに関わって、最後の健三の言葉をどのように意味づけるかという問題が挙げられる。また、作者の書簡、断片などを参照することで、『道草』の漱石作品の中における画期的意味を明らかにしようとするものが多い。論点の共通性と、作中で問題にされる箇所が大体決まっていることから、特徴的な論がたちにくい印象を受けた。そうした中で、19柄谷論は、漱石の小説の二重構造を指摘し、『道草』の象徴性に言及し『道草』に漂う恐怖を明らかにする存在論的考察であり、鮮やかである。また、11宮井論、20石崎論は、ベルクソン（Henri Bergson「ベルグソン」と表記されている場合もあるが、近年では「ベルクソン」とされることが多い）について言及しており興味深いものである。ベルクソンをどのように解釈するかで論も変わってくるわけだが、『道草』では、記憶、回想が重要な意味を持っており、作中にもベルクソンの「物質と記憶」の中の説が引かれているところから、ベルクソンとの関連を論じることは意義深いと言える。13高木論は『道草』における「語り手」の創造について述べている。語り手と作者の関係など、純粋なテクスト論ではないが、語りを問題にするという点で先駆的と言えるだろう。24水谷論は、ヒステリーの場面の捉え方がユニークである。

四十年代の最後に、作品に描かれた社会を問題とする論考26粂田論、27山崎論が登場する。二十年代から三十年代の論が問題にした点を発展させた考察と言えるが、両論とも、作中の女性の存在様式を皮相なものと見ており、ジェンダーの視点から見ればまた違った展開があるのではないかと考えられる。

戦後から昭和四十年代の研究において作品論の中で言及された、叙法の問題、社会の問題、家族の問題、ベルクソン（時間の問題）などの論点は、後の研究で作者を離れた形で個別の問題として論じられていくのである。

最後に伝記的事実に関する研究をまとめて挙げる。29関論文は大正期の資料であるが伝記的事実に関わるということで、ここでも取り上げることにした。漱石の養父塩原昌之助と後妻かつ夫婦の家に間借りしていた著者が、『道草』連載時に夫婦が作品に対して唱えた異議を聞き取ってまとめた体裁のものである。昌之助の言い分は当然ながら作品内の養父・島田に関する記述とは対立するものであるが、彼がいかに養子としての金之助に期待を寄せていたかがよくわかる資料である。30及び31鷹見論は、新資料の提示である。著者が職業柄扱ってきた資料の中に、漱石の実父、養父に関わるものがあることに気づき、長年にわたって収集したものを研究の空白を埋める新資料として提出している。これによって養父の経歴が明らかにされたことで漱石幼少期の背景も明らかになり、『道草』の回想の中に登場する家や場面に裏づけが与えられるという成果があった。32石川論は、鷹見論と重なる部分もあるが、鷹見論よりもまとまった形で漱石の幼少期に関わる戸籍資料等が提示されており、参照しやすい。鷹見論とは資料に対する解釈が異なる部分があり、そこから後に石川独自の論が展開されることになる。33江藤論は評伝である。先行する実証的な調査の成果を踏まえるとともに、漱石作品や同時代の歴史資料などの言説を並列し参照することで、それらから漱石像を立ち上げており、実証的伝記というよりは、「評者自身のひそかな告白」（佐藤泰正「漱石的主題の継承と断絶」『国文学』昭和五〇年一一月）という評に納得させられる。**34**荒論は詳細な年表である。実証的研究の成果の集積とも言えるものである。年表と名づけられているが伝記と言ってよいだろう。以上のように昭和四十年代に、伝記的事実に関する研究は一つの達成を見せている。『道草』は漱石の自伝的作品と捉えられることが多いが、作者漱石と関連させて『道草』を検討する場合、伝記的事実との照合は必須であり、これらの研究は必ず参照すべきものとなるだろう。

以上概観した各論について、以下に本文を引用しながら内容を紹介する。

1　小田切秀雄「漱石の場合―『道草』の今日に示唆するもの」（『日本評論』昭和二一年七月）

『道草』が『吾輩は猫である』を執筆した当時の〈実生活を描いたもの〉とし、その二作の相違に漱石の〈人間的・文学的なひとすぢの発展、自己変革〉を見出している。『猫』では笑いにそらされていた〈苦渋な人生そのもの、日本のインテリゲンチヤとしての自身の実生活そのものの苦渋にひたと凝視を向け、こごりついたやうな暗澹とした世界を繰りひろげてゐる〉とし、『道草』の中で『猫』を書くことについてあっさりとしか触れられてないのは、漱石が『猫』執筆から十年の追求の揚句〈自身の家族関係といふはつきりとした額縁〉を捉え、そこからはみ出すものを切り捨てたからだと述べる。『道草』が提示した〈家庭と家族関係の現実の追求〉とそれらの〈如何ともするすべのないまでのなやましい有様〉は、民主主義下においてなお家庭や家族のあり方の変革が困難を極める今日において意義があるとする。この作の中心は健三とお住との〈収拾のつかぬもつれた関係〉であり、島田との関係は作中で一応の決着が見られるが、お住を初めとし兄や姉、養母等との関係も何時までも終わらないものとして健三を取り巻いている。周囲の人々の愚劣さや非人間性、エゴイズムを描く一方で、漱石は〈往年の自身〉である健三をも〈批判的にとらへ〉、〈自己矛盾のすさまじさ〉を厳しく剔抉している。夫婦ともに〈強烈な我執と自己矛盾とのままで相剋する〉様を描く中で、お住のエキセントリックな部分は、健三にとって不可解であるのみならず、作者にとっても不可解なまま置かれているのは問題であり、お住についてもっと追求することで、より徹底したものになっただろうと見ている。「片付」かない現実に苦しみ模索し、その果てに「片付くなんてものは殆んどありやしない」という〈やむない結論にまで押し出されたしまった〉〈十年間の人間的文学的追求の果てに出て来た結論的な場所〉が『道草』であるとしている。

「家」の問題の指摘、お住像のさらなる追求の必要性の指摘が着目される。お住のエキセントリックをエキセントリックのままにとどまらせたことを不十分とする見方には、エキセントリックの裏側に鏡子のすさまじさを見ようとする論者の鏡子への批判的な見方が反映されているように思う。

2　片岡良一「『道草』と漱石の結論」（昭和二二年八月　青磁選書　解説　のち『夏目漱石の作品』昭和三二年一月　厚文社　所収）

『道草』は健三と養父との関係を経、細君との生活態度の齟齬を緯として、そこに親類縁者の姿や生活を織り込んだ自伝的小説である。作者の〈作品に扱われた頃の自分自身に対する、厳しい「批評があ」〉り、その批判は〈「則天去私」を思う気もちと、むろん直接的につながり合うものであった〉〈単なる自叙伝ではなく、むしろ一種の懺悔録だった〉。緯の細君の系列は〈典型的な官僚気質〉に彩られ、経の養父を代表とする健三の縁者たちは〈町人的市井人の形づくる社会〉にあり、健三はその間にあって、〈『道草』に描かれた対立は、支配階級的な上層官僚の世界と、その支配下にある市井人の世界と、そういう二つの世界の間にはさまれながら解放された自主的自由人らしく自分の道を生きようとする者との、三つどもえの対立だった〉とする。この鼎立のうち前二者は〈それぞれが他の一つと裏返しの関係になっているだけのものに過ぎ〉ず、〈並行線を描きながら、いろいろな点で合流して〉〈健三の神経を痛めつけている〉。そして、〈健三とその周囲との対立は、当時の社会にあっては〉〈結局どうすることも出来ないものであった〉とし、〈そういう明治世相の暗さと、それ故の人間のあり方の歪みとを、当時のリアリズムの行き得た限り、つきつめて見せた作品であった〉という。しかし、作者は、対立のみを描こうとしたのではなく、〈対立する者どうしの間にある相似を、きびしく捉え〉、健三自身が周囲と相似た人間でしかないことを指摘している。対立しあう双方に落ちている〈同じ社会的条件を生きる者にとって〉〈不可避的な〉〈時代的制約のかげ〉を描き出したリアリズムの全円性の達成により、〈結局悪いのは人間じゃないと、考えさせ得る作品ともなっている〉と、高く評価している。

しかし、そこまで到達しながら、作者は相似した人間の奥にある「我執」に罪悪を見、自我の道を生きようとする健三を〈最も罪深い人間として〉描いた。〈健三を否定〉し〈健三的な生き方を否定〉するところに作者の「則天去私」への志向が読み取れるが、それは〈神秘主義的逸脱〉であり、〈近代人的自覚を、いきなり全部的に我執と混同してしまった〉。「則天去私」は〈あなたまかせ〉の〈凡人主義〉と隣り合わせであり、苦悩の克服を求めながらも凡人主義に傾いたのは自然主義と同軌であり、明治文学一般の結論であった。敗北的逸脱的結論に行かざるを得ないところに悲劇の深刻さがある。

明治社会を描くリアリズムを高く評価する一方、「則天去私」の境地を〈中世的な宗教主義〉への逸脱とみている点が面白い。

3　唐木順三「『明暗』論」（昭和二七年六月　季刊『明治大正文学研究』、「作品解説『道草』」『現代日本文学全集十一　夏目漱石集』昭和二九年一二月　筑摩書房　のち、『唐木順三全集第十一巻』昭和四三年四月　筑摩書房）

唐木は「『明暗』論」中の「一『明暗』の成立まで」の章で、題意について〈自己を正直に、ありのままに書くためには、既に自己が自己以上の深い背景に立つてゐなければならぬ。さういふ深い背景に立ちえた自己、自己を超えたところに立つ自己からみれば、自我を主張する自己、また彼対我のところで自己本位を守る自己は、結局『道草』といはざるをえないだらう。到達した点からみれば、迷ひ狂ひ悩んだ自己は道草を食つた自己である〉と解釈している。また、『硝子戸の中』の三十節に表れる「継続中」という語に重きをおき、漱石は狂気を〈理性的方法的に処理しようする努力〉を重ねてきたが、それが〈継続中という言葉によつて置き換へられた〉と述べ、『道草』の「片付かない」も同じ意だとする。この部分に対応する説明として、「作品解説」の方では、〈若い頃の漱石が、「一気の盲動」とか「狂」とか「不測の変」と呼び、後には「自然本能の発動」とか、また「不可思議な力」とかよんだところの、自分で自分を支配することをできなくさせる要因を、『道草』を書く頃になると、「継続中のもの」といつてゐることも記憶すべきであらう。自分の分析論理で片付けえないものを、すべて非合理とし、「狂」とした漱石が、分析論理の及ばないところにも、「実質の論理、自然の論理」が継続して働いてゐるといふ境地に達したのである。形式論理に固執し、合理の「我」に執着するところを超えて、いはば天の論理に則るといふところへ、でてきたのである〉と「則天去私」に近づけて結論付けている。『硝子戸の中』『道草』を〈合理論者漱石の敗北と、事実の世界への降服から生れた〉とした戦前の「夏目漱石論」（昭和七年）の評を敷衍しつつ、戦後の論では、『道草』を書いた事実によって漱石は〈清められ、書かない以前とは遥かに高くして深いところへ出た〉（「『明暗』論」）と述べ、その肯定度が上がっている。

4　平野謙「暗い漱石（二）」（『群像』昭和三一年二月）

平野は漱石作品を論じてみたいと思った動機の一つに〈正宗白鳥の論〉の影響をあげ、白鳥が『門』の筆法に対して加えた自然主義的文学観からの批評と漱石の創作姿勢との対立は〈私どもの日常的時間を小説の次元においていかに処理するか〉という問題であるとした。「それから」以降の作品には〈日常時間を圧縮して、そこに日常性を昇華した劇的効果を発揮させる時間的構成原理〉がはたらいており、漱石は〈日常性のなかに埋没することの叶わぬ主人公を、強いて日常的時間のなかにおよがせることによって、一般読者との妥協をつねに用意していた〉が、『道草』は〈日常的時間に屈従〉していると見る。平野は、漱石が、〈日常性のうちに埋没しさることのできぬ人間の違和感を踏まえて〉〈「過去をになった人間」と「理念をになった人間」〉という〈同根の人間典型〉を描き出してきたと指摘し、「こゝろ」は〈日常的時間の捨象の上に〉〈「過去をになう人間」即「理念をになう人間」〉が、劇的時間の構成のなかに登場する〉もので、〈ここまで来て、漱石は主人公に過去も理念も一切放下させる反措定を設定してみたくなったのではないか〉、〈日常的時間の流れのなかに、主人公をうかべてみせる『道草』がここに生れた〉と述べる。健三は他の人物と〈ひとしい位置にまでひきおろされ〉、〈もはや健三は日常的時間に対立するものではなく、お住と同列にならぶ一登場人物となりさがる〉。健三とお住についての〈並列的な描写〉は〈健三が日常的時間のなかに埋没している明らかな徴表にほかならな〉ず、〈白鳥と漱石とのあいだに、文学観の対立はなくなったのだ〉と述べている。平野は、〈むかしから私は漱石がもし『道草』を書かなかったら、首尾一貫してどんなに立派だったろう〉〈漱石のたゆみない制作過程における一汚点にほかならぬ、と考えていた〉という。しかし、『明暗』における〈まさしく小説の時間としかよびようのない次元〉が書かれるためには、〈『それから』から『こゝろ』にいたる作品群の反措定として、『道草』執筆の必要だったことをいまは認めざるを得ない〉と、『道草』の役割を認める発言をしている。また、〈日常的時間の問題は、金銭の問題を有機的に扱ったとき、はじめて具象化される一面をもつが、漱石が金銭の問題を正面から扱つた作は、『道草』と『明暗』に限られていることも注意すべきであろう〉と〈附記〉で触れている問題は、その後の『道草』研究で展開される問題である。

5　江藤淳「「道草」―日常生活と思想」（『三田文学』昭和三一年八月　のち、『決定版夏目漱石』昭和四九年一一月　新潮社）

漱石が〈真に倫理的な主題を取り扱ったのは「道草」に於てを嚆矢とする〉〈ここではじめて自己と同一の平面に存在する人間としての他者が意識されるのである〉とし、「自然主義」―「私小説」の系列が、「芸術家」の正当化、存在証明をはかる、〈自己の絶対化を目的とする垂直的倫理〉であるのに対し、『道草』には、〈まったく対照的〉な、〈平凡な一般の生活人に通用する、日常生活の倫理〉〈平面的倫理〉があると述べ、〈この「私小説」的作品に描かれたのは、最も非「私小説」的世界〉であるとする。〈この小説の過程は、知的並びに倫理的優越者であると信じていた健三が、実は自らの軽蔑の対象である他人と同一の平面に立っているにすぎないことを知る幻滅の過程であるといってよいので、ここにある「主題」は、漱石の成功作がしばしばそうであったように、「自己発見」の主題である〉と述べる。「思想」は〈無定形な日常生活の現実〉に形式を与えようとする意志であり、健三は、〈自らの「思想」の無力〉、すなわち、〈日常の行為が、「思想」の唯一の表現形式ではないことを知〉り、同時に、「思想」が生活から独立して〈独自の美しい軌跡を描きはじめることをも知ったはずである〉とする。

ここにおいて江藤が述べる日常と思想の関係は、この論の冒頭近くで述べる、日常においては〈「愛」が不可能〉だということと同義であろう。

6　奥野健男「『道草』論」（『国文学解釈と鑑賞』昭和三一年一二月）

『道草』の評価に相反した意見の対立が見られるのは〈明治以来の日本文学が背負つて来た宿命の象徴的なあらわれ〉であるとし、大正年代に〈反自然主義か、自然主義か〉という形で問われたその問は、言い換えれば〈理念の文学と、実在の文学と、どつちの道を進むべきであつたかということであ〉り、『道草』は〈この両者の結節点である〉とする。〈理念の文学が、ここではじめて日本の現実と直接ぶつかりあつたのだ。ひたすら自己の内部にばかり目を注いでいた者が、その目を外部にも向けたのが『道草』に他ならぬ〉と述べる。〈漱石がこゝに書きたかつたのは、健三夫婦の関係であり、それをとりまく封建的な家族制度の雰囲気である〉とし、健三夫婦については〈この夫婦は特殊な愛憎で固く結ばれて〉おり、〈健三夫妻の悲劇はお互いの表出障害のためではないか〉と指摘する。現実を描く方法として夫婦の内部を等分に描く並列的描写を用いたことが〈作者を傍観的な場に置〉き〈現実への喰い込み方のもの足りなさ〉を招いているとも述べている。漱石は〈ついに家を中心とする日本の現実にぶつかつた〉のだが、自然主義者が〈近代的自我が成立されず自己の内部が論理化されて居ないため〉、〈外部の家を論理的に把握し批判することができなかつた〉のに対して、その裏返しで、〈漱石は内部の観念を、その現実と有機的につなげることができなかつた〉、つまり、〈現実から観念への突破口が見つからなかつた〉ため、『道草』は〈自然主義者のそれと何ら変らないものになつてしまつた〉と、その限界を指摘している。一方、過去の回想部分は〈形容しがたい暗い恐怖感〉を呼び起すものであり、〈人間の奥底の深層意識まで降り〉て〈原緒的な深い共感を与え〉る点を自然主義と違う点として評価している。

7　岩上順一「道草」（『漱石入門』昭和三四年一二月　中央公論社）

〈漱石は『道草』で、はじめて、環境と主人公とを相互関係で探求し、主人公を環境との密接不離なつながりのなかで行動させ、主人公と環境とをふくめて、おなじ追及の対象におき、この双方ともに容赦ない批判をあびせ、それによって当時の社会生活の全面的な真実にちかづいた〉、〈漱石はこの作品ではじめてゆるぎのない人間肯定の世界に入っていったのである〉と述べ、漱石が知識人の孤立を新たな観点から探ろうとしたことを評価する。登場人物の丹念な分析を通して、健三が周囲に反発し、彼らから違う価値観のもとに生きようとする一方で、彼が周囲の人々と共通するものを持っていることを明らかにし、〈漱石は〉〈周囲の人々の俗悪卑劣と醜悪さが健三のなかにもひそんでいることを指摘〉しているとする。そして、〈漱石の心には知識人と一般民衆とのあいだにはふかい溝があるにもかかわらず、両者ともにその本性においてはおなじであり、どちらも相似た我執、利己心、無知に悩みながら、しかもそのなかでよりよい人生への希望をひそめている点で人類社会のよき同類であるという考えが生れてきているように思われる〉と述べる。丹念な分析の中で、漱石がお常を〈彼女には島田ほどの独立性がなく、男の影響で変っていく女と見ている〉とする観点や、お住について、彼女は夫の留学中の窮乏生活と実父の零落によって〈夫にもたよれず、実家にもたよれず、官位にもたよれず、たよれるのはじぶんの主婦としての手腕以外にないことをさとらされたにちがいない。こうしてじぶんの自立性の必要をふかく感じるところまできたとき、彼女は留学からもどってきた夫を迎えたのであった〉という指摘、また、健三との生活の中で〈外面の飾りではなく、人間の生地のままの愛と誠実だけを人間の価値と感じる女に成長してきた〉と述べている点、さらに、お住が出産という自分の犠牲によって新しい人生の創造に貢献しているのと同じく、健三も〈自分の肉体と精神をすりへらして思想上の新しい創造をなしとげた〉と、出産と創作に共通性を見出している点等、本文にそった解釈が興味深い。

8　荒正人「『道草』」（『評伝夏目漱石』昭和三五年七月　実業之日本社）

〈手法的な意味で唯一の自伝的小説〉であるとする。〈健三とお住は、最初から相容れぬ存在〉であり、家計の不足を補うため余分に働いて得た給料の無言の受け渡しの場面（『道草』二十二）について、〈『道草』の男女が、宿命を背負った存在であることを教える。我執と我執の相剋とも見られる。知識人と庶民の裂目とも言える。だが、漱石のいちばん苦手は、愛情への手掛りであった〉と述べる。荒は、この作を〈漱石をまたずしては、生れなかった独自の作品〉とし、〈外貌は自然主義風の自伝小説に似ていながら、根本の性格は異り、人間と人間をつなぐ紐帯としての愛を模索している〉とする。片付かない人生を〈狂も、死も、神も求めないで耐えてゆくには、どんな種類にせよ、愛に頼るほかにはない〉とも述べる。『心』を理念の文学、『道草』を実在の文学として対置し、『道草』で〈実在的抵抗を通じて求めた愛の心情は、自分にも、相手にも、我執を認めるが、しかし、それを一段と高所から許し、和解を求める強い態度である。自然という調停者ではなく、人為の調停者を意識する〉と述べる。この時、〈健三と作者の関係〉が問題となる。〈密着したものではな〉く、一体となる時も独立し分離し交錯することもある両者は、結局、作者が健三を支えているという関係にある。この関係が〈芸術的カタルシス〉を可能にし、そこに〈自伝的と云う意味〉があるとする。『道草』に〈愛の模索〉を見る点、日常が愛を希求させるという点で、江藤論と通じるところがある。

9　玉井敬之「「私の個人主義」前後――「こゝろ」から「道草」へ――」（『文学』昭和三六年一一月）

『道草』は〈唯一の自伝的な要素の濃い作品〉で〈自然主義との類縁関係が問題になってくる〉が、方法的な自覚を強く持っていた漱石が、ようやく晩年に達し、自然主義も衰退期に入った時期に、なぜ自伝的、自然主義的な作品を書かねばならなかったのかと問うときに、〈自然主義との類縁関係でとらえる方向に走ってしまったのでは、ほとんど解釈のしようがなくなる〉と述べ、自然主義との比較とは違う観点からの論を展開している。

唐木順三の〈「『道草』までは一直線に進んでゐて、整合的に扱へる」〉という発言に疑義を呈し、『道草』は〈そのイデエも、その主題も、その創作方法も、一転している〉とする。〈エゴと他者との関係において生ずる倫理のなかにおかれたエゴの孤独なる存在を、どのように位置づけることができるか、その可能性を問う〉という一つの理念が〈「こゝろ」において終った〉とし、〈人間の孤独を追うかぎり、虚構と現実の差は大きくひろがり、逆に虚構と理念の境界はほとんどみいだすことができぬほど接近し〉、〈理念が終ったとき、虚構もまた終ったというべきだろう〉とも述べる。「私の個人主義」において、〈内向的なエゴを極限にまで追いつめ、主人公の一人を、そのことによってついに自殺までにいたらせた漱石が、個と他の調和を言い出したこと〉と、〈個人主義は淋しいものだとつけくわえざるをえなかったこと〉に注目し、孤独であった先生の告白の受け手としての青年「私」の登場に、漱石の若い世代への期待と接近を見る。さらに、『硝子戸の中』の吉永秀とのやり取りにおいても、彼女に生きることを勧めた際に「其生の中に他人を認める以上」という言葉があることから、若い世代への期待と信頼が〈他者の存在を認めるという認識の深さにまでかかわってきた〉とする。「私の個人主義」から『硝子戸の中』の時期に〈他の存在と生への執着ということが、漱石のなかで新らしい自覚としておこ〉り、それが〈新らしい創造をよびおこ〉し、〈生きることの意味をとらえようとした作品〉である『道草』を生んだと見ている。作家としての出発期を確認することで〈自分の文学をふたたび構築していこうとする姿勢〉があるとする。〈作者のイデエの具象化であり、そのイデエによって動かされてきたこれまでの作品において、主人公は〉〈絶対的な位置をしめてきた〉が、『道草』では、〈主人公は、いわば相対の位置にまでおとされ、周囲の人物たちと同等の資格において作者から眺められ、えがかれている〉。それに〈反比例して作者の位置は絶対化されているといえるし、作者と主人公とのある種の親密な関係は消えている〉という指摘がある。また、〈健三の論理がお住の生活の論理と対立し〉〈同じ資格においてこの世界に位置している〉ことは、〈他の存在が、エゴと同質の比重をもちえたことを意味する〉。それは、エゴというそれまでの中心を失わせ〈漱石の精神的なコスモス〉の崩壊でもあったとし、他を認めることが索漠とした現実の出現として捉えられている。

10　江藤淳「道草　明暗―夏目漱石―」（『日本の近代文学』昭和四〇年一二月　読売新聞社）

『道草』を〈単なる私小説として読んではならない小説〉とし、その第一の理由として〈「道草」が帰って来た男を主人公とする小説〉であることを挙げる。〈田舎から出て来た人間の自己実現の欲望を中心にして書かれる〉「私小説」は、〈人間関係をふり切ってひとりになり〉〈エゴイズムを実現すること〉を善とするものである。一方『道草』は、〈英国という都会から日本の東京という田舎に帰って来た人間の幻滅と自己発見の主題を中心にして書かれた小説〉である。健三が〈日本の社会の複雑な人間関係のなかに帰って来た人間として提示され〉、洋行したもののエリートとしての誇りを打ちやぶられていく過程は、私小説と正反対であるとする。この過程は、〈お前はいったい何者なのだ〉という根源的な問いを問われ続ける健三の〈自己発見の過程〉であるとする。非私小説的であるとする第二の理由として、〈私小説の視点〉が〈例外なく一元的なものであ〉るのに対して〈「道草」の視点は非常に多元的であ〉るという、視点のちがいを挙げる。エリートである健三を〈相対化してしまう俗な視点がいっぱいあ〉り、〈そういう俗な視点にとりかこまれて生きているのが人間の現実というものなのだ、ということを漱石ははっきり認識して〉いると述べる。

『道草』は漱石の過去を素材にしているが、健三が「遠い国」から帰って来たように、漱石は、明治時代という過去から、エゴイズム肯定の大正時代という新時代に身を投じたのだと述べる。新時代のエゴイズム肯定に対して、漱石は『道草』を書くことによって、現実はエゴイズムのぶつかり合いで〈日常生活というものはその結果の醜悪さにみちみちているではないか、といったのだとも考えられる〉とする。その根底には、緋鯉の場面（三十八）に反映されているような、人間が〈サブ・コンシャスな、意識下にかくされた本能的な衝動〉に突き動かされる〈怖いもの〉

だという認識があり、出産の場面で赤ん坊に対して抱く恐怖も〈生命の根源に対する怖れ〉であると指摘している。〈人間というものは実に暗い、いやなもので、そういういやらしさを背負って行くことが生きて行くということだ〉という〈非常にリアリスティックな認識が、「道草」の世界を支えている〉と結論する。

11　宮井一郎「『道草』論」（『漱石の世界』昭和四二年一〇月　講談社）

大正四年の「心機一転」に関わる「断片」（「断片六五」）と、その直前の「形式論理」についての断片（「断片六五」）に着目し、〈『彼岸過迄』から『心』に至る三部作が、いわば理念の桎梏に堕したものとして、これを「形式論理」の不毛だと反省した漱石が、人間的苦悩、相対世界の超剋解脱に腐心すると同時に、文学的側面についても沈潜して、そこに「自然の論理」という定点に想到し、しかもその「自然の論理」の把握には、作者が「絶対の境地」という、倫理的究極地に立つことが、必須の条件であることを認識した。しかもそのことが、副次的に、かつ自然発生的に、観念弁証法的思惟に到達したことであるという、漱石という一人の作家の、人間的次元と、芸術的次元と、思想的次元とが、完全に溶融したところに、第三の転廻の独特の意義があるのだ。自伝的作品である『道草』は、その表徴として誕生するのである〉と、『道草』を、『坑夫』と修善寺の大患と並ぶ転換点と見る。そして、こうして立ち得た境地の裏側にベルクソンの思想の深い影響を見ており、ベルクソンと『道草』の関係について本格的に言及したという点で注目される。題材としてとられた時期と執筆時ともに〈狂気の時期〉であることにも着目し、その時期を自己の到達した境地から再検討しようとしたものであり、実生活に追い詰められた漱石の〈死と厭世の底辺から、人間存在のエネルギーを、再び獲得しようとする、最後ののっぴきならぬ努力〉が『道草』につながると捉えている。

江藤淳の、健三が日常生活の倫理に沿おうとし「軽蔑の対象である他人と同一の平面に立っているにすぎないことを知る」「幻滅」の「自己発見」であるという論とは対立し、〈自由に生きようとする自己と、それと表裏をなす深い孤独を、併せて自覚する〉自己の特異性ゆえの孤独の〈自己発見〉であるとする。〈両刃の剣の文章〉として、作者が矛盾する叙述の〈何れにくみするかを明らかにしない〉ことを指摘し、それが異なる見解を生むとしている。技法について、〈観念弁証法的な文学方法の一つの現われ〉とする〈第一のペン〉〈第二のペン〉〈第三のペン〉という三重構造を指摘しているが、第二のペンは相原の指摘する〈対比叙法〉、〈第三のペン〉は、同じく〈反措定叙法〉に重なるものであろう。また、時間の圧縮と、事件がそれぞれ異なる季節に配置されているという指摘は、作品の構成意識に関わる点で重要であろう。

12　相原和邦「漱石文学における表現方法―「道草」の相対把握について」（『国文学攷』昭和四一年一一月）

〈『道草』を抜きにして『心』から『明暗』への展開が考えられるか、また、『道草』の創作方法と『明暗』のそれとの間には、一般に信じられているほどの断絶があるか〉、〈『道草』は、はたして自然主義的な自伝小説さらには私小説と同一の小説性を持っているか〉という二つの問題を、〈表現方法に焦点を合わせて〉考察した論考。〈形式論理的には相容れないはずの二つの概念が結合させられて、独特の効果を発揮している〉〈矛盾叙法〉、〈二人の人物の態度・反応を対比的に描き分ける表現〉〈対比叙法〉、〈視点の転換〉、以上三つの〈一事象・一人物を孤立的・絶対的に把握するのでなく、多元的・関係的な様相において捉える〉〈相対的な表現方法〉と、〈相対化の波を決してくぐらない〉〈「運命」「神」「天」「自然」「事実」等の語群〉である〈絶対核〉について、これらの表現方法の分布比率など数値データも用いて検討した結果、〈相対表現法の本格的発生ないし本格的発展は『道草』に認められ〉、また、〈『道草』と『明暗』との表現方法の性格は基本的に一致しているということが確認された〉とする。さらに、〈『道草』独自の表現〉として〈反措定叙法〉を挙げる。これは、〈「何と云つたつて女には技巧があるんだから仕方がない」／彼[a]は深く斯う信じてゐた。恰[b]も自分自身は凡ての技巧から解放された自由の人であるかのやうに〉の傍線部のように、

〈a〉を抑制し、否定しようとするイロニカルな発想に規定され〉た文が付け加わる表現で、〈健三に集中して用いられ〉、〈その人格・知性ないしはそれらから派生する悪を引き剝ぎ、インテリとしての健三を、庶民の側に引き下ろす働きをしている〉と述べる。相対表現法が『道草』で育まれたと見られるところから「明暗」との連続があり、〈『道草』の動かせない位置がある〉。また、相対表現法により主人公の絶対性が崩されている点から〈私小説とはあきらかに異質〉と結論づけている。以下一連の相原論は『漱石文学』（昭和五五年七月　塙書房）に所収されている。

13　高木文雄『漱石の道程』（昭和四一年一二月　審美社）

まず、『道草』を〈「自己批判」の文学〉とし、健三が批判を自己へも向けてゆく〈過程を対象化して語ってゆくことのできる語り手を、作家漱石は、『道草』においてはじめて創造した〉と述べる。〈ひろい意味での作中人物でありながら、作品の世界には登場することなく、その世界を読者にむすびつけているこの「語り手」は、漱石の創造した人物でありながら、市井人夏目金之助より上等〉で、この「語り手」を創造したことが〈『明暗』の語り手を創造する作家漱石の生まれる可能性〉へつながるとしている。作者と語りの関係性が微妙に揺れ動く点が見受けられるが語り手を問題とした先蹤性は注目される。

14　相原和邦「『道草』と『家』」（『近代文学試論』昭和四二年一二月）

『道草』が自然主義文学と重なるのかどうかを島崎藤村の『家』と比較検討した論。『家』と『道草』には、主題的には、まず、〈経済的衰退に裏打ちされた、いわゆる「家」の問題が第一の基調音〉としてあり、それが金の問題につながっていること、次に、結婚生活に関わる〈「愛」の問題〉が、共通性として挙げられると述べる。方法上からも、視点の相対化が見られ、両作とも〈私小説とは明確な一線が画されている〉。両作品の差異性としては、共通性として挙げた家の問題が、藤村においては〈「実在」の「家」の問題〉だが、漱石においては〈「理念」における「家」の問題〉となっており、愛の問題についても、『家』では外因に基づく破綻だが、『道草』では〈内在的なものに起因〉する〈内面悲劇〉であると指摘する。視点の問題についても、『道草』では妻の他者性がくっきりと彫りあげられている点、作者の主人公への批判度が強い点など、『家』との差異を挙げる。これらの考察から、〈「自然主義―私小説」という定式の上に『道草』そのまま乗せようとする通説には、根本的な反省が加えられねばならない〉とし、また、〈自然主義―私小説〉の代表として藤村文学を見る江藤淳の論への疑問も呈している。

15　相原和邦「『道草』の成立について」（『文学研究』昭和四三年一二月）

〈内容的側面における『道草』『明暗』の連関をきわめる前提として、『こころ』以前の世界と対照しつつ、『道草』の成立事情を探〉る論。〈『道草』の中軸を占める夫婦関係のエピソードの相当数が大正三・四年に材を得ている〉ことに着目し、素材となった「日記及断片」の処理の仕方を検討し、〈実生活において陰湿で悪意に満ちた非難を妻の側にのみ一方的に浴びせかけていた漱石が、作品形成の時点では、これを和らげて妻の立場を擁護しているばかりか、かえって夫の側すなわち漱石自身の側に冷厳な批判を加えるようになっている。妻と自己に対する目が明瞭に変質し、夫婦生活を高次の立場から客観視する方向に大きく切り換えられている〉と述べる。取材時として明治三十年代末と大正三、四年が選ばれているのは、両時期が〈漱石の「神経衰弱」が〉〈極点に達した時期〉で〈精神の実態が酷似していい〉る。その〈精神状況からの脱却の試みこそ、『道草』の〉〈根本的モティーフに他ならない〉とする。大正三年の書簡などから、「神経衰弱」期の漱石にとって〈死の選択は、心情的にはもとより論理的にも、厭うべき生に対する唯一絶対の解決策として提示されていた〉が、〈「意識」のうえで論理的に「死」を選んでも、「観念」の世界で先生を死なすことはできても、それは本質的な解決になりえず、現にある自己は依然として生きざるを得ないという厳然たる事実〉を前に、〈あらためて「生」の原理をおもむろに追求し出さねばならなくなっ〉て『道草』が誕生したとする。相原は、先立つ論でも指摘してきた相対的表現にこの論でも着目し、『道草』には自己本位の思想の変革があるとする。また、『こころ』までの諸作は「死は生よりも尊い」という論理を貫徹させるための実験小説、虚構であったが、この虚構の限界があきらかになり、「実生活」の意義の再吟味を迫られたとする。『吾輩は猫である』の執筆が数行で片付けられていることについて、日常の前に〈知識人の精神的喜悦などというものは瑣末事〉とする見方は、小田切論に重なるものである。

16　相原和邦「「道草」研究史論—問題史的視点から—」（『広島女学院大学論集』昭和四三年一二月）

『こゝろ』『道草』『明暗』のつながりをどう捉えるかという観点からの研究史である。三作品を〈〈一本道〉とする見解〉として、小宮豊隆、滝沢克己、片岡良一、小田切秀雄の緒論が上げられる。次に、〈三作品のどこかに、〈断絶〉を見ようとする見解〉として、唐木順三の論をあげるが、本稿でも前述した唐木の論の戦後の変化に触れ、結果として小宮の論と似通ってくることを指摘し唐木論の飛躍を批判している。また、自伝的であることをもって自然主義への接近として『道草』を特殊視するものとして、森田草平を挙げている。最後に、〈『道草』を一種の「反措定」・クッションとして、『心』から『明暗』へ架橋しようとする見解〉として、平野謙の論を挙げる。江藤淳の論が道草を非「私小説」とした点を〈新たな見解〉とするものの、江藤の論が〈『道草』の世界即日常生活への埋没〉で、〈『道草』を『明暗』に至る〈スプリングボード〉〉としている点から、これを〈装い新たな架橋説〉とした。諸説が〈互に近似し小宮説と重なっているという事情〉は、『道草』の〈結びの一句を「諦観」や「敗北」のつぶやきと受け止めている点で、完全に一致している〉ことで証拠立てられるとする。道草に根強い〈〝則天去私〟への一楷梯と見なす見解〉、〈自然主義・私小説視する先入観〉を明らかにし、それに対して疑義を喚起する論。

17　相原和邦「「道草」の性格と位置」（『文学研究』昭和四五年六月）

大正四年の作者のメモの「形式論理」と「実質」についての記述に重きをおき、作中における「事実」や「実質」という語の使用を分析し、〈『道草』の重要な場面で、「事実」や「実質」という語が数多く使用され、それが「真実」や「天」の側に属するものとして、「形式論理」や「理屈」と対立し、これらを駆逐しつつあるという現象が見受けられる〉とする。お住に代表される生活者の優位をここに見ることができるが、相原は漱石は日常的現実に敗北したのではないとし、結末は形式的な解決に満足している生活者の浅薄さが表れており、〈「実質」をつかんでいるものこそ健三であるという見落すことのできない逆転が行なわれている〉とする。また、作者の位置に関して、「片付」かなさにまつわる個所は、〈健三と作者とが一致し、健三の主張がそのまま大正四年の作者の主張として脈うっている〉と述べる。片付かない現実を前にした時、片付けようという希求がより強まり、〈非合理的な日常現実の総体を総体のままで掌握しうる論理〉〈「実質の論理」の開拓〉が求められたとし、その「実質の論理」の現実との格闘の様は「明暗」で明らかになるとする。

18　桶谷秀昭「自然と虚構（一）―『道草』」（『無名鬼』昭和四四年二月、七月　のち、『夏目漱石論』昭和四七年四月　河出書房新社）

『道草』は〈主人公の生きる場所が、なによりも生活社会であるというところに〉〈それ以前の作品からの転換がある〉が、〈漱石が書いた唯一の自然主義私小説という見方は、いまではほぼ完全に払拭されている〉としている。桶谷は、江藤の生活人としての漱石の強調にも、宮井の「絶対の境地」への到達にも疑義を呈し、『道草』を描く作者の場を〈じぶんが正しいか、世界が正しいか、という問いを執拗に持続することを可能ならしむる「絶対絶命の境地」〉だとする。「絶体絶命の境地」にある「行人」の一郎は「絶対即相対」を求め、その一郎の希求が作者のものであることは「絶対の境地」についての「断片」が示している。「明暗」執筆期は小説執筆と南画制作がそれぞれ「相対」と「絶対」に対応していたが、『道草』執筆期にはそういうことはなされておらず、〈『道草』一篇に「絶対」も「相対」も、すべてを叩き込もうとしたといえるのではないか〉と述べる。そして、〈『道草』の思想を解くキイ・ワードは「自然」という言葉である〉とし、〈この単語が名詞として主格の位置にある場合、その思想的含意はとりわけ重要である〉と指摘する。また、『道草』の難解な点として、健三が金の無心に来た島田に対処するときの行為の「根拠」、例えば「何う考へても交際ふのは厭でならなかつた健三は、また何うしてもそれを断わるのを不義理と認めなければ済まなかつた。彼は厭でも正しい方に従はうと思ひ極めた」という箇所の解釈の難解さを挙げる。この箇所に関して言えば、〈「人格の反射から来る嫌悪の情」である「自然」こそ〉、島田との関係を復活させるという〈行為の「根拠」〉だと述べ、「厭でも正しい方」を〈倫理を超えてえらばせることによって、「自然」の「根拠」を救抜しようとした〉と述べる。桶谷は、大正四年の断片を丹念に参照しながら論を展開するが難解である。「正しい」というのは、倫理的な判断ではなく、「自然の論理」を持てるかどうかにかかっているということのようだ。『道草』を表現に則して読むということが実は難しいということを提示した論であるとも言えよう。

19　柄谷行人「意識と自然─漱石試論（Ⅰ）」（『群像』昭和四四年六月　のち、『畏怖する人間』昭和四七年二月　冬樹社）

冒頭の一文について〈象徴的である〉と述べ、〈健三はたんに場所的に遠い所からだけでなく観念的にも遠い所から帰ってきたことになる〉とし、さらに、〈「遠いところ」ということばは、空間的というより時間的に遠いところを意味しており、いいかえれば「わたしはどこからきたか、わたしは何であり、どこへ行くのか」という問いを暗示している〉と述べる。また、〈健三が出会ったのは島田ではなく、「帽子を被らない男」であることに注意せねばならない〉と述べ、〈ここで健三をとらえた不安は、知識人としての不安ではなく、裸形の人間としての不安である〉と述べる。結末の苦々しさは、〈細君の論理に屈服するところにのみあるのではない。健三にとって島田の問題は片づいたとしても帽子を被らない男の問題は片づかないのである〉とし、〈『道草』の表層では、健三という知識人は〉〈家族のなかで徹底的に相対化されて〉〈自らを他者として生き〉、〈健三という名がかかえこむもろもろの人間関係を余儀なく生きるほかない。しかし、一方で健三は無名の存在として「片付かない」問題を前にして震え憤り怖えている〉とする。柄谷は、漱石の小説に〈倫理的な位相と存在論的な位相の二重構造〉を認め、〈それはいいかえれば他者（対象）としての私と対象化しえない「私」の二重構造である〉とし、『夢十夜』の夢には、他者の私を捨象し〈純粋に内側から「私」を了解しようと〉した場合の〈漱石の存在感覚そのものの露出〉があるとする。『道草』も、また〈自然主義的な表層と、『夢十夜』につながる深層との二重の構造から成り立っている〉とし、『道草』の緋鯉のエピソードや、出産の場面には、『夢十夜』の中にあるような〈漱石固有の存在感覚〉が見られるとする。〈健三の恐怖は、彼の意識がものにひきよせられ、ものに同化してしまいそうになるところにあ〉り、〈そのものは〉〈フィジカルなものではなくて、むしろ非存在〉であると述べる。〈「自然」は自分に始まり自分に終る「意識」の外にひろがる非存在の闇〉であり、フィジカルなものを通して自然が現れる、つまり、フィジカルなものがメタフィジカルなものに変容するところに『道草』の特徴を見ている。

柄谷が緋鯉の場面で指摘する〈たんなる緋鯉とそれが対応（匹敵）しそうもない恐怖の二重性〉は『道草』の全てに満ちていると言える。

20　石崎等「『道草』——その時間的構造について——」（『国文学研究』昭和四四年六月　のち、『漱石の方法』平成元年七月　有精堂）

〈『道草』は自伝的作品であるが、単純な意味での告白小説でも自伝小説でもない〉とし、〈ベルグソンの記憶説に注目しながら〉『道草』の時間構造を考察した論である。『道草』に引用されているベルクソンの『物質と記憶』の「イマージュの残存について」は、唐突に引用されているのではなく、「未来」がゆきづまりの状態にある〈健三の危機を象徴しているといえる〉と指摘している。また、〈健三の「現在」とは、ベルグソン流の持続意識の範囲内で考えるかぎり、「過去」にも「未来」にも深くくい入っていることが明白〉であるとし、漱石が『道草』において探求したのは〈時間の因果関係の深い意味〉だと述べる。漱石のベルクソン体験について確認し、先行してベルクソンとの関わりについて触れていた宮井が漱石とベルクソンとの出会いを絶対化していることに疑義を呈し、石崎は〈〈持続〉の時間構造と〈自由〉とについて『道草』に関連させて〉論じようとする。〈ベルグソンの時間論とは、究極のところ、時間の流れの中に〈宿命性〉を持ち込む考え方〉だとし、宿命性を脱する健三の「自由」な行為、すなわち〈自己発見〉は、〈小説における偶然性〉に現れてくるとし、「不図何か書いて見やうといふ気を起した」（百一）箇所が健三の〈「未来」の可能性を予測し、かつ質的飛躍を暗示している〉と述べている。

21　越智治雄「「道草」の世界」（『文学』昭和四四年一一月　のち、『漱石私論』昭和四六年六月　角川書店）

「遠いところから帰つて来て」という書き出しについて〈作者漱石にはこれから始まる小説世界が確実に見えている〉と言い、「遠い所」について、〈漱石が修善寺の三十分の死を通じて遠い時空のあわいからまさに帰って来たことをこそ想起するほうがよい〉〈帰って来るのは日常、まさにわれわれの言う人生を措いてないのだ〉と述べる。健三は〈帰って来た日常との奇妙な違和、それから生ずる一種不安な感覚〉を感じている。〈人が関係の中に置かれるということ〉は〈理不尽〉なことであり、健三は〈「片付かずにゐる」（八十二）、あるいはいつづけねばならぬ「関係」（同）を結びつつ、なおそれを容認しきれ〉ない。しかし、〈已むをえぬ夫婦関係〉〈已むをえぬ関係全般を拒否〉することはできず、健三は〈他者と同じ日常の地平に完全に下り立つことになる〉。「異様の熱塊」を抱えて進んでいく健三の仕事に託されているのは、『文学論』の著述ということになろうが、それのみならず、〈いままでつづけてきた文学的営為そのものが何かを枯らしていることに、漱石は気づいているので、だからこそ日常を問い返さねばならなかったのである〉とする。

日常に立つ以上、〈書斎の中で完結した論理ではなく別の論理〉が求められるが、〈生活は論理自体を許そうとしない場所〉であり、健三は〈その所有する論理では解決できない何かにぶつかっている〉。また、〈健三は帰って来たのだが、一方で存在の探求に出発もする〉とし、過去とむきあうことが、「今の自分は何うして出来上ったのだらう」（九十一）という〈存在への窮極的な問いかけ〉につながっているとする。解決のつかない問と、〈引っ懸りだらけの、片づかぬ人生を〉健三は引き受けようとしている。〈この世界は道草であり、実はその道草自体に意味が潜んでいるのではないか。自然の論理とはある意味で片づけない論理にほかならない。しかしその矛盾を包容した語に、漱石は日常的現実と存在の目的の通路を見いだそうとする企図を多分こめていたのである〉と述べる。

記憶の中の緋鯉のエピソードで感じている恐怖は〈人間存在の根底に潜んでいる恐怖〉であり、三女の出産の場面と合せて、〈生命存在の根源に通ずる畏怖として両者は共通する〉という指摘、「神でない以上公平は保てない」（九十六）という部分についての〈帰って来た日常の重量の一つ一つを絶対に切り捨てようとしないからこそ、健三はこの惨めな叫びをあげずにはいられないのだ〉という指摘、また、「門」を参照し、〈『門』が漱石の言う「現実世界」の追尋に大きな力点が置かれているとすれば、『道草』はその再度の挑戦だと言ってよい〉という指摘など、考えるべき指摘が多く含まれている論である。

22　佐藤泰正「漱石における神――「道草」をめぐって――」（『国文学』昭和四五年四月）

〈漱石における神〉は〈彼が独自の意味を込めて語る〉〈「自然」、あるいは「天」という言葉と無縁ではない〉とし、

〈この三者の対比・連関を辿るに恰好の作〉として、『道草』を挙げる。まず、先行研究を踏まえたうえで、〈諸家のすべての論が、この日常的現実という相対の場における作家としての自己発見（あるいは自己確認）に、その主題を見ていることは明らかであ〉り、それを〈この作を論ずる場合の〉〈かなめ〉と捉える。次に、「自然」の語を検討し、〈「道草」の内在的自然〉について〈「こゝろ」における内在的「自然」が、すぐれて倫理的な主題の理念的追求に即して、より倫理的、根源的であるとするならば、「道草」における「自然」がその主題と方法そのものに即して、より相対化されていることは〉注目すべきだとし、また、桶谷論文の「自然」論に疑義を呈し、桶谷論が触れた「彼は厭でも正しい方に従はうと思ひ極めた」（十三）の部分について、〈「『自然』の『根拠』」の「救抜」というよりも、「自然」の「相対化」とみるべきであろう〉と述べる。そして、健三の内在的自然が〈倫理や価値判断を脱した、個の確認としての「自然」〉であり、それが「明暗」のお延の「小さな自然」とつながっているなら、〈超越的「自然」が内在的「自然」の救抜者たりえぬことは明らか〉とする。『道草』の「天」は、〈超越的「自然」と同義のものではなく、より人格的な、しかも内在と超越との、慈愛と審きとの、一種矛盾にみちた存在として登場〉し、用例に照らしても〈多義的であり〉、漱石に〈対峙し、問いかける絶対者ではなく〉、〈日常性の只中における自他の相対化を通しての自己発見という—この作の主想からみるとき、「天」はついに、この主題の根源的な基底、あるいは救抜者たりえぬことはすでに明かであ〉ると述べる。そして、〈ここに漱石の「神」が（敢て「神」という名辞をもって呼ばざるをえぬなにものかが）登場〉するが、『道草』における「神」の語の用例から〈「神」（とよぶもの）〉に対する抜きがたい距離感（あるいは異和感）〉を読み取り、〈「神」が、自己に対峙する絶対者として、ある深い異和感の裡に見据えられている〉とする。最後に〈この作をつらぬく相対化における自己発見という主想を成り立たしめる基軸が、「自然」や「天」ではなく、実に彼がこれを拒み、否まんとした「神」（と呼ばれるもの）であることは注目すべき処であろう〉と指摘する。「自然」、「天」、「神」が決して安易に同義でくれるものではないことを示した論。

23　駒尺喜美「「道草」論―「則天去私」の完成―」（『漱石その自己本位と連帯と』昭和四五年五月　八木書店）

〈「道草」は、漱石の個人主義―人格主義の文学的実践であり、同時に「則天去私」の立場に立っての実践の書であったと思う〉と述べる。自他を同じ重さで尊重するためには、〈いったん私の立場を無にしなければ不可能であ〉り、〈その方法として「絶対の境地」＝「則天去私」があった〉とし、〈漱石の個人主義―人格主義―「則天去私」はひとつらなりのことであって、「則天去私」はけっして人間世界に対する超越的態度ではなく、むしろ人間交流への道であった〉。〈「道草」はまさに「人格ノアルモノ」の告白の実践〉で、〈その「人格」とは、自我と他我を同等に尊重しようとする〉ことであり、〈その意味において「道草」は漱石の倫理的実践の書であり、愛他の書であった〉と述べる。『道草』の特徴として、〈エゴイズムとエゴイズムとのほぐすことのできぬからみあいをありのままに展開しながら、それをかいている作者の態度はまったくエゴイズムをすてている〉という〈二重性〉を挙げる。〈自己を題材とする自然主義から私小説に至る系統の小説は、すべて自己主張の小説であ〉り、作者が公平な立場に立っている『道草』は、自然主義とは違うと述べる。〈自然主義的題材を倫理的にあつかえばどうなるか〉〈敵の土俵で闘ったともいえよう〉とし、〈手法上のことよりも、自己の生活を他の前にさらすという決意において〉自然主義から〈教えられるところ大きかったのではないか〉と指摘する。『道草』は〈他へ近づこうとする漱石の努力の書〉で、〈自分が下降することによって、人との連帯を回復しようと〉する〈平等〉を原理としていると述べ、それを可能とするのが〈無私の態度〉すなわち〈去私〉であるとする。そして、漱石は、『道草』を書くことによって〈無私の境地・態度を体得しえた〉とし、〈これを概念化し成語化したのが「則天去私」であ〉り、〈「則天去私」とは倫理的態度でありながら認識態度・認識方法であると同時に、それはまた文学態度・文学方法でもあったことが判然とするのである〉と、「則天去私」に方法意識としての意味づけを行なっている。『道草』を〈倫理的追求の精神と、エゴイズムの現状認識とのともにゆきついたところで〉〈二律背反としてほうり出すのではなく〉〈活路をなんとかして見いだそうとする〉

〈起死回生のこころみ〉と結論づけている。〈作品の表面に現われているものと、裏にかくれているモチーフ〉の二重性についての指摘もある。

24　水谷昭夫「「道草」論」（『日本文芸研究』昭和四八年三月　のち、『漱石文芸の世界』昭和四九年二月　桜楓社）

『道草』の冒頭の健三のありように土居健郎（『漱石の心的世界』昭和四四年六月　至文堂）が「identity crisis」を指摘したことを踏まえ、「世の中に片付くなんてものは殆どありやしない。一遍起ったことは何時迄も続くのさ」（百三）ということも、〈すべての幻想や期待を拒絶した、いやせざるを得ない現実の重さ、人間生活の味気なさと、それに対するアンビバランスな「同一性の危機」に深く根ざしているものなのだ〉と述べる。お住の精神的に錯乱した場面を〈健三の細君がもっとも可憐に描かれている箇所〉とし、作者は〈もっともいとおしいものとしてとらえている〉と述べる。〈著者は細君を「ヒステリー」と書く。この錯乱のなかでのみ、二人のこころはむすばれている。この朦朧状態から覚めると、再び、静かな修羅がゆるやかにはじめられるのである〉とし、〈健三の細君の狂気と健三の優しさを描きえた〉点に、〈主人公の徹底した自己否定〉と「則天去私」の〈祈念〉を見る。『道草』の文体について、〈かりにもし、一人称で書けば、前作『こゝろ』の「遺書」の文体をほうふつとさせる〉と指摘し、『道草』と『こゝろ』との文体の違いは、『こゝろ』は〈おかした罪〉から始まっているが、『道草』にあるのは、〈かっておかした「罪」ではなく、おかしつつある罪である。罪の現在である〉点によると述べる。記憶を辿るのは、記憶が〈払っても払っても、なお彼を捉えて離さない〉からであり、記憶の行き詰まりの家が描かれる（三十九）については、作者の書き損じ原稿を検討し、〈重要な記憶が掘りおこされ、その記憶を今一度健三の記憶として見直され、書き直されて行ったことが知れる〉と指摘する。そして、〈現在の苦悩の原因をさぐること、または、島田に対する嫌悪感の義認のために、著者は記憶をたどらせたのではな〉く、〈自分の現在にそれらの過去が決定的にかかわってはなれない事をはっきりと見抜〉き、〈それらの苦悩のありようは、どのようにもがこうが彼の生涯を規定するのだということ〉、〈過去のように現在もあり、現在のように未来もある〉という〈人間存在の根源的な虚妄性への自覚〉が結末の言葉によってあらわされ、回想の意味もそこにあるとする。

25　樋野憲子「「道草」論――「自然の論理」について――」（『文学』昭和四八年七月）

『道草』は、〈「行人」における絶対の自己肯定＝（＋）から、「こゝろ」における絶対の自己否定＝（－）を経る事によって、本然の自己＝（±）へ帰ろうとする所に生まれた〉とする。越智氏の論を引きつつ『道草』は「遠い所」という「極点」によって相対化されているとし、〈死という一点を握っている事によって、雑多な生の現象の奥でそれを貫いているものを見失わない〉とし、〈「死といふ遠い所」の更に遠くに漱石が見ていたのは、「行人」における「絶対の境地」であった〉と述べる。〈「道草」の主題は、過去の漱石の分身である主人公健三に即していうなら江藤淳氏のいう様に「自己発見」〉といえるが、〈作者漱石に即していうなら〉〈自己確認〉であり、〈「道草」の意味とは、「絶対の境地」を経過した現在の漱石の視点から、自己が何者であるのかを問いかえし、自他の存在の原拠を掌握する所にあった〉とする。「絶対の境地」とは〈自他を本質的に区別するものは何もないという事〉で、〈正確には〈絶対即相対の境地〉というべきもの〉であると述べている。

健三は島田との交渉を通して〈過去と現在とをつなぐ「片付かない」「継続」する「引つかかり」〉（九十五）を認識〉する。それは〈自己の内部の不可思議なものと同様、過去―現在―未来という継続する時間もまた、必然的な因果のもとに存在している〉ことに気づくことであり、その時〈現在の自己と「過去の人」である周囲の人間との類縁性を認めることは必然であ〉るとしている。また、『道草』における「自然」を本文に即して分析し、〈人間を超えるものであって同時に人間の内部のものでもあり、天意であって同時に我執であり、論理であって同時に非論理なのである〉〈「自然の論理」とは、このような互に矛盾する自然の様相をそのままあとづけた所に生まれる論理である〉〈先に「継続中のもの」である自己と他者の存在を貫いている必然の因果と呼んだものが、この「自然の論理」なのである〉〈「自然の論理」とは、人間存在のもつ〈非論理の論理〉とも言えるだろう〉と述べている。〈「自然の論理」とは〉〈「絶対の境地」を統一している論理〉であり、〈「道草」は「行人」における「絶対の境地」を、日常性そのものの中に現出させたものであって、その相対的世界の獲得は、多くの評家の言う「降服」「敗北」「諦念」といったものではありえ〉ず、〈存在の真の在り様―実在〉の確認であったと結論している。

26　条田和夫「『道草』論」（『作品』昭和四九年五月）

『道草』が先行研究も指摘するように健三夫婦という横線と彼らを取り巻く肉親縁者たちとの関わりという縦線が織り成すドラマであるという見方を大まかに共有するものの、さらに、〈横線の健三夫婦の日常的葛藤劇をも、縦線の健三をとりまく肉親縁者たちとの過去、現在、更に健三に即していえば未来へにわたってのドラマの中にとりこんで展開されている〉〈縦線を主とし、横線を従とした立体的相関のドラマである〉と捉える。健三は生育過程において〈酷薄なまでの金利社会の非情さ〉にさらされたが故に〈主体と自立の精神を獲得し得た〉とし、〈認識者としての健三は〈他人と同一の平面〉へ下降していく。しかし、求道者、実践者としての健三は〈他人と同一の平面〉で生き続けることは出来ない〉、〈周囲の〈凡人〉、〈市井人〉と同じ生活の平面に立つには、あまりにも〈隔絶した世界〉を領有している〉とし、健三の相対化を論ずる先行研究に疑義を呈する。健三とお住の関係についても、健三が「旧式」で封建的な体質を持ち、お住は「存外新しい点」を持っていることは確かだが、健三が自己本位に根ざしながら夫にのみ従属する妻を仮定する自家撞着をきたしているのは近代化が急激な形で入り込んできたためだとし、〈日本の近代は、健三にそうした自己矛盾を強い、古き因習と、新しい認識、観念との肉体的相剋を強い、近代の苦渋を強いたのであ〉り、〈そうした経緯の中で健三は初めて内発的に近代を獲得し、己れのものとすることができた〉のに対し、お住の新しさは〈功利的、皮相的近代でしかなかったのではないか〉とする。健三の不幸は、近代資本主義の膨張がもたらした功利主義、金権主義への傾斜という〈時代の不幸〉であり、「金の力では支配出来ない真に偉大なもの」（五十七）を追求する〈健三の高貴な偏屈さを理解するものは誰もいない〉と述べる。〈ひとり健三のみが、己れの自立を賭して、内発的に近代を骨肉化していく〉存在であると見ている。

27　重松泰雄「「相対即絶対」への道」（『国文学』昭和四九年一一月）

〈漱石はなぜ「道草」で〉〈日常への帰還を果たさねばならなかったのだろうか〉という問いから始まり、『硝子戸の中』や当時の書簡を参照し〈死をほとんど「解脱」の「最上至高」の形態〉と考える深い絶望の状態にありながら、〈漱石はあえて死という〈絶対〉への通路を閉ざし、異常な決意をもって、このけっして「尊」からぬ〈相対〉世界へ下降し、未知の探検に出発しよう〉としたとし、絶望を超える〈自己解脱の方途を発見しようと〉する努力の試みとして『道草』を捉える。そして、〈「道草」の息苦しさは、当時の作者の生の痛苦と確実に見合っている〉とし、〈「道草」着手前後〉の「断片」を検討し、『道草』と並行して〈漱石がいわば死の原理から生の原理へと観念的模索を開始していたことも否定できない〉とする。よく引かれる断片（断片六五）の語句を引き、〈「道草」に見られる日常的な生―〈相対〉世界への下降の決意は、一方に「相対即絶対でなくては不可」という作者の強い希求を秘めていた〉ことを強調する。『道草』の執筆によっても、末尾の健三の言葉に明らかなように「解脱」はできていないが、健三が世の中が片付かぬと自覚しつつ〈「片付」かぬ「世の中」を生き続けているという一事〉が重要であり、彼の自覚や、〈自己反省・自己批判〉も他の登場人物との〈際立った区別を示している〉とする。〈「道草」の健三は、表面はどうであれ根底的には、けっして他の登場人物と同次元の〈生活者〉として描かれては〉おらず、〈日常的な関係の中に羽交い締めにされつつ、なおそれに領略され尽くさぬ〈自覚者〉の姿〉であり、彼は、〈この相対的な作品世界における唯一の覚醒者・異端者であり、まさにその意味で孤独なのだが、作者はそういう主人公の像を押し出すことによって、〈不安〉で〈不透明〉な「世の中」の「無論理」に埋没されぬ、〈意識〉の尊厳さを暗示しようとしたのではあるまいか〉と結論する。健三の捉え方に粂田論と通じる部分がある。

28　山崎正和「不機嫌の時代　「私」と「公」の乖離」（『新潮』昭和四九年一二月　のち、『不機嫌の時代』昭和五一年九月　新潮社）

鷗外の『半日』と漱石の『道草』を取り上げ、鷗外に〈文学へ復帰させるきつかけをあたへ〉、漱石には〈最後の主題をあたへたものが「家庭」であつた〉のは、〈激しい明治の近代化の流れのなかで、その社会の変貌と人間の心がもつとも具体的に斬り結ぶ場所が、わが国では家庭であつた〉からだと述べる。〈急速な都市化〉と〈国家の近代化〉によって、かつては〈周囲の広い社会にたいして開かれた〉「公」的な性格を担っていた家庭は、「私」的な場所に変貌した。『半日』の高山俊蔵と『道草』の健三が、それぞれの妻との間で対立しているのは、夫たちが〈論理的な言葉を持ちこむことによって〉〈少しでも多く、家庭に「公」の原理を導入しようと〉苦心しているのに対して、妻たちは、〈論理の侵入を排除しようとする〉ことによって〈家庭を純粋に「私」的な世界として守らうと努めてゐる〉からだとする。その結果、『道草』においては、論理的な言葉で表現し得ない〈気分〉が〈家庭においてもつとも重要な存在〉になり、そして、〈言葉によつては捉へられないなまの感情〉という〈いはば求められないものを求めていらだ〉っているのがお住であるとする。また、お住のヒステリー発作が健三の心に安定を与えるのは、発作の際には彼と妻の位置づけが確定され、〈自分の感情を「慈愛」や「憐憫」として〉〈公的な社会にもそのまま通用する言葉で自分の内面を表現できた〉からであると指摘する。家庭が純粋に「私」的な世界になるとは、位置関係の確定による感情の形式化ができなくなったということであり、結果、〈本来「公」的な場所にあつた問題すら「私」的な感情の問題としてとり扱ふことにな〉る。「世の中に片付くなんてものは殆んどありやしない」と健三は嘆くが、〈それは、健三が自分の気持にけりがつけられないからであり、気持にけりがつかないのは、それがまさに〉〈形式を持つてゐないからである〉。問題を〈二人の人間の自然な感情の問題として扱はうとする〉と〈二人の感情は〉〈揺れ動いてみづからの基調といふものを決めることが出来ない〉と述べる。一方、お住は一枚の書類で島田との関係にけりがついたと信じるところにあらわなように〈問題が複雑をきはめて来ると、にはかに単純な形式主義者に変貌する〉。それは、〈人間の感情は位置の喪失に長くは耐へられ〉ず、〈「公」の地平を失つた感情は、刻々の動揺から逃れるために〉〈偽の「公」を求めるのである〉と指摘する。〈明治の前半の二十年が、日本の社会にもたらした最大の事件のひとつ〉である〈感情の自然主義〉は、確かに〈感情の解放〉であったが、揺れ動く感情状態は自我の安定と自己同一性を崩すものであった。明治の日本人は、〈自我はその最深部に「公」の地平を含んでゐなければならない、といふこと〉を忘れていた。〈感情の解放によって発見したものは〉、〈近代的自我とはまったく異質な何ものかであ〉り、〈家庭は変はり行く明治社会を象徴する、ひとつの精神的な実験の場所だつた〉とする。『道草』を〈近代的自我とはまつたく異質な何ものか〉の圧迫の不安に耐え、そこから逃避することなく深い不機嫌という自分の一体化できない異常な気分を見つめた文学的記録であるとする。

29　関荘一郎「「道草」のモデルと語る記」（『新日本』大正六年二月）

筆者が神明町に借りた家の大家が塩原昌之助、かつ夫婦で、二人から聞いた話を記している。『道草』が朝日紙上に掲載され始めてからの塩原夫妻の言い分が書かれ、漱石の姉夫婦とは仲がよかったこと、金之助に対して〈敬語なんか使ふ〉はずがないこと、〈金之助を夏目へかへしてしまつてから〉〈三度行つただけで〉あることなど、『道草』

が事実に反しており、それに対する〈真個《ほんと》のこと〉を塩原夫婦が語ったものを記したという体裁になっている。昌之助の経歴については、明治二年に浅草の戸長となり一年ばかりでやめ、新宿の家を売り伊豆橋に留守番に入り、明治四年赤坂の戸長に転勤、一年ほどで又浅草の戸長に戻って来たことなど、のちの鷹見論が資料によって証明したのとほぼ重なる記述がなされている。〈老人は可愛い金之助のためにはどんな無理も通してや〉り、夏目に預けられて後も、〈金之助は毎日の様に夏目の家からやつて来〉て、学費なども全て塩原が出し、小遣いをかつにもせびり、我儘し放題であったことが語られている。どんな我儘でもいずれ立派な学者になるのを楽しみに喜んでいたが、そこへ、夏目の実父が金之助を取り返しに来たというのである。金之助自身は、〈非常な煩悶にみたされ〉、〈「あゝ、いつそ頭を円めて坊主になつてしまひたい。」先生はさう言つて溜息をつ〉き、〈当座は飯も食べずに、蒼く沈んだ顔をしてくよ〳〵考へてゐたさうである〉と、無理矢理養家と縁を切ったことを不本意と捉えていたように語られている。小説のせいで塩原夫婦の老後を心配してくれていた知人が離れて行ったことも語られ、『道草』における育ての親の描写について、記述が事実かどうかはわからないが〈道徳の上から、若しくは人情の上からみて、そこに何等か、遠慮と謹慎とがあつて然るべきものではなからうか〉という筆者の感想が述べられている。塩原の先妻やすはこの手記においても作品同様〈嫉妬深〉く〈欲に渇い〉た存在として語られている。語ることの意味を考えさせられる資料である。

30　鷹見安二郎「漱石の養父―塩原昌之助」（『世界』昭和三八年一〇月）

東京都政資料館主任調査員としての著者が、東京の歴史編纂に携わる過程で漱石の養父塩原昌之助や実父夏目直克に関する資料を見出し、それまでの研究で空白になっていた養父の経歴、養子生活時代などを補う新資料として提出したもの。昌之助は明治二年に名主制が配され五十番組制が設けられた際に、〈四谷大宗寺門前〉〈を居町とする名主〉から〈浅草元旅籠町一丁目〉〈浅草石浜町〉〈同諏訪町〉など〈二十五箇町〉を支配する〈四十一番組の添年寄〉

となる。そののち、〈明治七年に第五大区五の小区の戸長として浅草に転任してい〉き、ここで後に後妻となった「かつ」と三角関係に陥る。つまり、昌之助は浅草に二度住まっており、最初の居所が〈浅草寿町十番地〉で『道草』三十九の中の、健三が疱瘡にかかった「櫺子窓の付いた小さな宅」で、二度目の居所が〈浅草諏訪町四番地〉であることを明らかにした。昌之助が職業柄〈戸籍を司って事情に精通し、それを勝手にすることが出来たことが、漱石の運命に大きな関連を持って来る〉とし、昌之助が漱石を実子として戸籍に入れたこと、さらに、〈明治七年浅草諏訪町四番地住居時代の塩原家戸籍〉で〈当時七年一ヶ月の幼児の金之助すなわち漱石を戸主の位置におき、職業は雑業として、昌之助自身は金之助の父、妻やすは母として戸籍を作っている〉ことを提示している。

31　鷹見安二郎「「道草」の背景―続・漱石の養父、塩原昌之助―」（『世界』昭和三八年一二月）

『道草』の最後は、書付を百円で取り戻し島田との関係が断たれたことで終わっているが、その後の実際の養父の消息についての調査である。昌之助は〈大正八年九月十五日に八十歳で本郷区駒込東片町九十四番地で歿し〉、〈大正二年二月には、栃木県黒羽町の安藤弁之助の三男三樹を養子に迎え〉、〈三月には三樹に嫁も迎えているが〉〈八月には養子夫婦を協議離縁してしまっている〉。〈その後大正四年三月二十日静岡市東草深町一丁目二十四番地小出治吉二男秋男を養子としている〉。秋男氏は当時存命で、氏の話で、小出家は昌之助の兄敬次郎が継いだ家で、昌之助は秋男氏の大叔父にあたること、〈秋男氏が養子と定った時、昌之助によって、その挨拶に漱石の家に連れて行かれたということ〉がわかった。挨拶に訪れたのが『道草』発表の直前であることから、鷹見は〈昌之助の来訪と姉の死、この二つのことが、「道草」を書く直接の動機になっているように思われる〉と推測している。秋男氏が塩原家の養子になった後、塩原とは同居せず、預けられた先の店の主人が『道草』の吉田虎吉に重なる人物ではないかという見解も示されている。

そのほか、昌之助の正確な生年（天保十年正月二十二日）や、前稿で明らかにされた二度の浅草居住の間に明治五年に免職になり新宿の家に戻り〈伊豆橋の留守番〉をしたこと、その理由が〈汚職事件〉であったこと、幼い健三が見た芝居が「地震加藤」であることを勘案すると養子にやられた年月は明治元年一一月説が妥当であること、明治五年の新宿時代の戸籍にも〈当時六歳の金之助を戸主の位置に据えて居り、肩書に「父当宿塩原昌之助長男」と明記して、はっきり実子であることにしてある〉ことなどが示されている。

32　石川悌二「戸籍からみた漱石幼時の複雑な家庭環境」（『国文学　解釈と鑑賞』昭和三九年三月）

漱石の実家、実母の実家、養母の実家に関する戸籍資料、養父昌之助の明治二年の五十番組制改変にともなう転居手当の交付願など養父の勤務に関わる資料、明治一一年刊「町鑑東京地主案内」の浅草寿町十番地の金之助所有地の記載などの資料がまとめて掲載されている。鷹見論と重なる部分もあるが、鷹見が明治二年の昌之助添年寄時代の浅草最初の居住地とした寿町十番地を、石川は明治七年頃昌之助が日根野かつと同棲した場所ではないかとし、また金之助がここに引き取られて戸田学校に通ったのではないかと見ている。石川は浅草居住時についてあまり触れられていないことに着目し、後にその空白にこそ〈漱石の原体験の最も重要な問題点が内在して〉（『夏目漱石―その実像と虚像―』昭和五五年一一月　明治書院）いるとし、日根野かつの連れ子であるれんを漱石の恋人とする論を展開している。

33　江藤淳『漱石とその時代』第一部・第二部（昭和四五年八月　新潮社）

「あとがき」に〈評伝というジャンルへの興味〉と〈漱石と、彼がそのなかで生きた明治という時代への深い愛着〉から、〈いつか漱石の伝記を書きたいと思っていた〉とある。〈漱石という人間と明治という時代との相互交渉をたどるような仕事になった〉と江藤自身が語るように、漱石の本文と、同時代の歴史に関わる様々な文献が並列されている。一部・二部は出生から、『吾輩は猫である』が『ホト、ギス』に掲載されることが決まるまでの時期についての記述で、『道草』とほぼ重なる時期を扱っている。養母の「御前本当は誰の子なの」という問いかけによって金之助が〈どこにも、誰にも属していない者の不安のなかに放置され〉たとし、また、他の女と暮らす養父のもとを離れ養母と二人で過ごしたわびしい生活が彼に捨てられ取り残されることの不安を与えたとする。そのような金之助にとって、学制の導入に伴い通った小学校で彼もおそらく読んだであろう読本の「必ず無用の人と、なることなかれ」という一句は、学ぶことによって不安を払拭できるものとして、〈金之助のこれ以後ロンドン留学までの生活の基調音を決定しているといってもよい〉とする。〈つまり学問は、彼にとっては単に知的な充足でも社会的訓練への手引きでもなく、その存在の救済に結びついた行為であった〉と金之助にとっての学問が存在に関わる意味を持つものであったことを指摘している。有用の人たることを求め続けロンドンに留学するが、そこで金之助は〈異質な世界に露出されて〉、国家との絆も確認できなくなり、「無用の人」に脱落する。そして、帰国後の鏡子との夫婦関係の挫折について、〈彼は「無用の人」に脱落した自分をいこわせる場所を奪われていた〉とする。夏目鏡子の『漱石の思ひ出』を引用し、帰国後に金之助の精神状態が悪化し夫婦が別居する事態になるが、その別居期間に尼子医師が金之助に医科大学精神科教授呉秀三の診察を受けさせ、鏡子が呉から〈あゝいふ病気は一生なほり切るといふことがない〉という所見を得ていたことを指摘する。そして〈彼女に夫が病人だという認識があ〉り、〈金之助にこの自己認識が欠けていた以上、夫婦のあいだに正常な交流があり得るはずはなかった〉とし、病気と断定することによって夫婦間の齟齬の修復の可能性を奪ってしまっている点は興味深い。資料を縦横に用いて解釈がなされ、子規との関わり、嫂登世との禁忌の恋、ロンドン留学、ハーンの後任としての文科大学講師としての立場など、漱石について様々な点から詳細に論じられている。

34　荒正人『漱石研究年表　漱石文学全集　別巻』（昭和四九年一〇月　集英社）

〈夏目漱石の生涯に関する事項と作品の発表誌を、日付順に整理し、若干の関連事項を添え、注釈を加えたもの〉で、昭和二九年の創芸社版『夏目漱石文学全集』の年譜をさきがけとし、四次にわたる年譜の改訂の上になっている。記載は二段に分け、上段は生涯、下段は著作と上段の注釈事項を載せる。漱石の日記、書簡による一日ごとの記述を元とし、それに同時代の文学者、門下生、友人などの日記類の文献資料、聞き取り調査によって情報が補われている。非公開のもの以外は出所が明記してある。例えば漱石の幼少期については、石川論や、小宮豊隆、森田草平の著作が資料として記述され、漱石に関わる一事項のそれまでの研究の集積となっている。作者自身の過去を素材としたと見なせる回想が織り込まれる『道草』の読解には非常に有用な書である。漱石の生年の慶応三年の一項目に〈軽い左利きである。（矯正を受けたか、放置されていたかは分らぬ。前者だとすれば、重い左利きであったと思われる。矯正のされ方にも依るが、精神形成史に多少の影響を及ぼしたことも想像される）〉とある。情報の出処は小宮豊隆（『漱石・寅彦・三重吉』昭和二四年一月　明日香書房）である。この一項目からも窺えるように、漱石に関すること、彼を形作るものの一分子をも逃すまいとする精神によって編まれた書である。後に荒正人著・小田切秀雄監修『増補改訂　漱石研究年表』（昭和五九年五月　集英社）が出ている。

付記　論文の本文は各論文の表題行で単行本を記載しているものについては単行本所収のものを引用している。

『道草』研究史
――昭和五十年～現在――

宮薗　美佳

一　昭和五十年～六十三年

昭和五十年代の『道草』研究史の幕開けを告げるのは、山崎正和「不機嫌の時代」（「新潮」昭和四十九年十月・十二月、昭和五十年七月・昭和五十一年二月に掲載）である。「道草」のみを単独で論じたものではないが、日露戦争後の時期、自分の気分を明確な方向性を持つ感情に変換できず、「不機嫌」な気分として悶々と抱え込まざるを得ない状況があった。その上で、個別の人間関係を検討すると、不機嫌な気分を抱かせると感じる他人は、自分との位置関係が社会的な意味で不安定であることを明瞭に感じるという条件があることを指摘した。『道草』に即してその原因を捉えると、健三の不機嫌な気分の背景に、健三の持つ、江戸末期の中産知識階級的な、近親血縁を中心とするひとつの広い共同体の自治組織的な家庭観と、健三の妻が持つ、明治十年代に日本の中産階級が急速に変貌を遂げた後の、純粋に私的な家庭を理想とする家庭観の齟齬があると述べている。

後のジェンダー論に継承される、「男性」「女性」間の家庭観の相違に着目する視点、自我の基盤が感情の形式化にあることを指摘し、感情を形式化する文化的規範の役割に照明を当てた点、夏目金之助の伝記的事項との異同ではなく、描かれている明治という時代に経験した社会的、文化的変容との関連で『道草』を検討する方向性など、後の『道草』研究に様々な点で示唆を与えた論である。

その他、『道草』における家族の問題を論じた代表的な論として、『道草』の家族＝親族は健三夫婦を中心とする二重の互恵的交換の系であるが、「愛情・思いやり」といった「ソフトなもの」の交換がないため円滑に機能していない点を論じ、後の論考に影響を与える〈交換〉の視点を導入した、吉田凞生「家族＝親族小説としての『道草』」（『講座夏目漱石　第三巻』昭和五十六年十一月　有斐閣）を挙げることができる。

一方、昭和四十年代における、相原和邦「『道草』の性格と位置」（「文学研究」昭和四十五年六月　日本文学研究会）に見られる「実質の論理」「形式の論理」といった二つの「論理」の対立・交渉の視点で作品を捉える方向性は継承される。「「方法的」な私小説を構築する論理、それが「実質の論理」「自然の論理」といわれるものではないか。」と論じた山田輝彦「『道草』ノート」（「福岡教育大学紀要」昭和五十年二月　福岡教育大学）は、その一例である。健三を相対化の渦中に置きつつ、健三の「論理」に荷担してきた語り手が、健三の「論理」を擁護できなくなり沈黙を強いられる点に『道草』の主題を見る、高野実貴雄「『道草』論序説」（「學習院大學國語國文學會誌」昭和五十六年二月　學習院大學文學部國語國文學會）は、この問題に関して語り手論の視点を導入し、作品構造との連関で捉えた点で、六十年代への方向性を予感させる論となった。

昭和六十年代になると、健三の内的展開である「実質の推移」を把握できない「形式論理」に陥ることを避けるため、作者は場面を結末に向けて合目的的に配置するプロットの論理を放棄し、個々の場面において内在的に働く必然性、つまり「自然の論理」を重視して作品を構成している点を指摘した、藤尾健剛「道草の時間――方法としての〈自然の論理〉――」（「国文学研究」昭和六十二年十月　早稲田大学国文学会）のように、二つの論理の対立・交渉を作品構造面から捉える方向に転換してくる。

また、言葉・イメージの問題を主に扱った論としては、健三が下駄を買うようお住に金を渡す場面を例に挙げ、「道草」は悪夢のような所のある小説だが、二人の生活の骨組みをとり出してみると、意外に堅実であることがわかる。従って、妙な言い方だが、実際の生活を離れて、その生活のイメージの段階で事を処理すれば無難なのである。」と指摘し、さらに、健三がお住に「しぶとい」と憎悪を投げかける場面について「この夫婦の悲劇は、神経症も手伝って、二人が時に病的な想像世界にかけ上ってしまうことである。」と、二人が抱く病的な想像世界が不和の原因であり、二人が互いに対して抱くイメージに病理が存在する点を指摘した、吉田凞生「道草の影―「道草」論」（「國文學解釈と教材の研究」昭和五十一年十一月号　學燈社）がある。

　中島国彦「『道草』の認識」（「国文学研究」昭和五十一年六月　早稲田大学国文学会）は、島田夫婦に本当の父親、母親は誰と詰問される箇所を引用して、「宙ぶらりんなのは健三だけではなく、「御父さん」「御母さん」ということばもそうなのだ。日常的な安定した意味は全て剝離され、ここではことばは全て無意味化している。こうしたことばの不安定な流動性は、必然的に沈黙の中での問いかけを生み出さずにはいない。」と指摘し、『道草』の作品世界、漱石が『道草』を執筆することの二つの意味で、「片付かない不安定なことばの世界と、不合理ともいえる片付かない関係を結ぶ」と、「道草」は「ことば」そのものの不確定さとの格闘を描いた作品であると論じた。この時期の注目される論として、なんらかの概念を、その名称で呼ぶことを避ける比喩の一種「迂言法（ペリフラーズ）」を用いることにより、「健三の生の意味（傍点原文）」をひとつの膨大な迂言法（ペリフラーズ）にかけたものであると論じた、清水孝純「方法としての迂言法《ペリフラーズ》―『道草』序説―」（「文學論輯」昭和六十年八月　九州大学教養部文学研究会）を挙げておきたい。

　この時期は、視点・語り手・語りの問題について示唆の多い論考が重ねられた。「嘲らず裁かず、労らず授けない。だが公平に憐みの視線で登場人物を見つめている。このような特殊な語り手を設定した虚構は当時まで誰も工夫したことがなかった。」と公平な語り手の設定に『道草』の独自性を見いだす、高木文雄「『道草』論――その語り手のこと――」（「國文學解釈と教材の研究」昭和五十三年五月　學燈社）、文の叙述形態の分析という方法によって、お住は対健三に関する限り心理的にも性格設定としても、ほぼ健三と対等の存在として語られているが、お住以外の人物は間接存在としてしか叙述していない語り手の位相と、時間的な自己確認を叙述することで、健三を〈他者〉と関わらせている語りの手法を指摘した石原千秋「叙述形態から見た「道草」の他者意識」（「成城国文」昭和五十五年十月　成城大学大学院国文科院生会）、健三を〈他者〉と関わらせている語りの手法の分析は、分析対象を語り手から健三に移行することで、「道草」における健三の対他関係である他者への働きかけ、他者認識の構造を分析した、石原千秋「「道草」における健三の対他関係の構造」（「日本近代文学」昭和五十六年九月　日本近代文学会）に発展していく。

昭和六十年代の論としては、「確かに「真に偉大なものが彼の目に這入つて来るにはまだ大分間があ」るようだ。「道草」はそれに到達する「途中」の、苦渋にみちた道草（傍点原文）の物語だった。しかし、この作品のところどころに見出される軽いユーモアや微笑は、この「道」が「真に偉大なもの」への端緒をつかんだ今の作者の目から振返られているからだろう。ほとんど「――た」止めに終始する文体も、到達すべき「其処」へ向けて収斂してゆく作者の姿勢とリズムが生み出したものである。「道草」はまさに過去形の物語だった。」と、健三の視点に即して作品を読み直し、健三から見た作品世界とともに、作品世界を構成する作者の目との距離を考察した、東郷克美「「道草」――「書斎」から「往来」へ――」（「國文學解釈と教材の研究」昭和六十一年三月　學燈社）などがある。

なお、独自の視点から論じたものとして、漱石が鏡子夫人に何か書かれそうな気配を察して、予防の意味で公にできる「伝記」として『道草』を書いたのではないかと、作家の立場から「道草」の執筆動機を指摘した、大岡昇平「「自伝」の効用―『道草』をめぐって―」（「新潮」昭和五十九年一月　新潮社）を挙げておきたい。

二　平成元年～現在

昭和五十年代～昭和六十代から引き続く論点としては、視点・語り手・語りの問題が挙げられる。代表的なものとして、『道草』において、類に還元されない固有の存在、「この人」としての御住の愛を自覚しているのは、その逸脱的なあり方によって実体的な姿をあらわす語り手だけであることを指摘した、藤森清「語り手の恋――『道草』試論――」（『日本の文学　第2集』平成五年十二月　有精堂）、「道草」は健三や、ひいては作者夏目漱石の一人称回想体小説とも読むことができるが、実際には三人称で書かれているため語り手の言葉から逃れる登場人物の存在をめぐる言説が存在し、その言説によって招き入れられる異質な記憶の時間が登場人物である健三の固有の存在を支えていると論じた、金子明雄「三人称回想小説としての『道草』――『道草』再読のためのノート――」（「漱石研究」第4号　平成七年五月　翰林書房）や、『道草』は〈物語〉が一般に「終わり」を捏造することで成り立つものであることを暴露することで、「時間の流れ」の外の「高台」からでは、「流れ」に身を浸した私たちの生を、〈物語〉は適切に認識し表現することはできない点を批判したと論じた、藤尾健剛「『道草』――〈物語〉への異議――」（「日本近代文学」平成十年十月　日本近代文学会）などが挙げられよう。

平成元年から平成十年までの時期に顕著な特徴として、女性であるお住に着目した論考が質量共に充実したことが挙げられる。裁縫を「「消極的に練り堅」められた夫婦関係を「温かい情愛」で縫い直し、彼等二人の間に横たわる裂け目を、空白を充実させ、新たな生を開始しようとする」お住の営為のメタファーとして捉えた、大木正義「灼熱する針の説話――『道草』論――」（「成城国文学」平成元年三月　成城国文学会）、フェミズム、ジェンダー論の立場から、妻の生家にこだわる健三は女々しく、小さなことにはこだわらないお住は逆に男らしいのであり、「道草」を女性性を取り戻した男の物語と捉えた、渡辺澄子「『道草』論（その二）——健三・お住の折り合いを中心に——」（「大東文化大学紀要」平成四年三月　大東文化大学）。一九一〇年代の都市中間層の成立を踏まえつつ、お住の出産に立ち会う経験を、〈知性〉＝男性／〈出産〉＝女性という従属的な相関関係を流動化させる、健三の持つ〈男性性〉の解体として捉えた松下浩幸「1910年代における『道草』と『和解』—その〈出産〉が意味するもの—」（「明治大学大学院紀要」平成五年二月　明治大学大学院）は、健三の「異人」性についても論じるなど、この時期の論調を色濃く反映している点で象徴的な論である。

前掲松下論に対する反論として、江種満子「『道草』の妊娠・出産をめぐって」（「漱石研究」第3号　平成六年十一月　翰林書房）は、健三が妻の出産に直面した経験は「出産は男が見るべきものではない」性的禁忌を組み替えるものではなく、そこには〈男性性〉の解体はない。禁忌に拘束され呑み込まれたセクシュアリティとして『道草』があり、それを自由に振り放すセクシュアリティとして『和解』があるが、その両方に優劣を認めることができないと論じた。同じく出産を論じたものとして、増満圭子「『道草』の中の「産」—視線の奥に潜むもの—」（「語文論叢」平成六年十一月　千葉大学文学部国語国文学会）は、「産」そのものを自然と捉える健三の側の視線に対し、「産む」行為は女の強い意志によってなされる点を指摘する。

女性の身体に関する別の観点では、お住のヒステリーは妻と夫の日常的に非対称な力関係を解消するものではなく、夫である健三にとって病気の時でさえも非対称な力関係は必要不可欠であることを指摘した、江種満子「『道草』のヒステリー」（「國語と國文學」平成六年十二月　東京大学国語国文学会）などを挙げることができる。

また、明治憲法によって戸主権が導入され妻妾制度が廃止されるなど、近代的な婚姻制度が導入されたとはいえ、主に武家の慣習であった養子制が、民法の改正で大衆化され庶民層に広がるなど、江戸時代に引き続き明治時代においても、社会制度や慣習的行為において家の母系的なあり方や、養子制と嫁取婚が併存しているような再生産システムが認められる点を踏まえつつ、「道草」は、前近代的な慣習的行為に支配される世界であり、「道草」に描かれる男／女の対立項はスタティックに配置され、それぞれが決して他の領域を浸食しない場所にとどまっている点を指摘した、山下悦子「明治文学と養子制度」（「批評空間」平成四年七月　福武書店）も、養子という家族制度から、女性性、ジェンダーの観点から「道草」を論じたものとして、この項に加えることができよう。

その他、興味深い点として、道草における金銭の問題を独自の着眼点から論じた優れた論考が見られることが挙げられる。換喩的世界にあっての収支決算はゼロなのであり、換喩的な比喩形象によって語られている「職業」を放棄しない限り健三の窮状は続いていたが、島田の存在は健三に利潤を生む書き方を教え、新たなエクリチュールの起源となったと論じた、蓮實重彦「修辞と利廻り――『道草』論のためのノート」（三好行雄編「夏目漱石事典　別冊國文學№39」平成二年七月　學燈社）や、貨幣との交換関係に典型的に見られる、〈交換〉における異なる対象間での何らかの等価性の成立に着目し、完全な等価〈交換〉が成立するかに見えても、〈交換〉そのもののひずみから生じる余剰として「書付」を捉えた、柴市郎「『道草』―交換・貨幣・書くこと―」（「日本近代文学」平成五年五月　日本近代文学会）。『道草』内部の「家庭」における役割や「金」についての問題系を、大学教授という仕事が、労働に応じた報酬を得るための〈職業〉へと変質していく過程として論じ、背景に文学と「金」の関係、小説家と「職業」の関係に質的な転換をおこさせた自然主義運動の影響をみる、飯田祐子「『道草』と自然主義における「金」の問題―小説家という〈職業〉―」（平成六年七月　名古屋大学国語国文学会）などを挙げることができる。

平成十一年以降「漱石研究」（翰林書房）の終刊、「國文學　解釈と教材の研究」（学燈社）、「国文学　解釈と鑑賞」（至文堂）の休刊に象徴されるように、「道草」研究自体、以前と比べて低調になった感は否めない。その中で先行論の論点を引き継ぎつつ、「道草」研究の方向性を予感させる論を挙げたい。ジェンダー論の観点を継承する論として、人間や生命の故郷《ふるさと》としての〈女性的なるもの〉の言説を、肉体と精神の両面において救抜することが、男性としての主人公健三、ひいては作者における〈人類〉との和解につながって行ったのであり、『道草』を〈女性の言説〉を依りどころにした〈人間〉の言説の再構築の書と位置づけた、小泉浩一郎「『道草』の言説世界─〈性差〉の言説から〈人間〉の言説へ─」（「国文学　解釈と鑑賞」平成十七年六月　至文堂）を挙げることができる。

金銭・交換関係を論じたものとしては、健三が一方的交換である贈与関係に〈媒介するもの〉として積極的に関わることを拒否するのは、島田への金銭の贈与によって、自分が養父母に育てられたことを返済不可能な「贈与」であると認めるのを恐れるからであると指摘した、武田充啓「経験の技法（二）─夏目漱石『道草』を読む─」（「研究紀要」平成十八年三月　奈良工業専門学校）は、何らかの点で等価性が成立する「交換」と異なる、一方的で非対称な「贈与」関係として島田との関係を捉えた点が興味深い論である。

昨今の興味深い方向性として、主人公〈秋幸〉と〈健三〉が共に帰ってきたものたちであることに着目し、自己の非連続からの自己獲得・回復の物語として、中上健次『地の果て　至上の時』と『道草』を比較した、大畑景輔「『地の果て　至上の時』と『道草』─〈秋幸〉と〈健三〉を中心に─」（「国語教育論叢」平成十二年六月　島根大学教育学部国文学会）、『あらくれ』『暗夜行路』、漱石自身の作品としては『坑夫』『彼岸過迄』『三四郎』の予告文等を挙げ、それらと「道草」における表現との間に見られるイメージの類縁性を浮き彫りにした、石井和夫「『道草』」（「国文学　解釈と鑑賞」平成十三年三月　至文堂）、幼い頃見たり読んだりした書物や書画、文字をその意味や文脈を補いながらあらためて眺め、読むことによって、生の過程を紡ぎ直し書く行為へと向かう健三を論じた、野網摩利子「『道草』における記憶の現出──想起される文字に即して──」（「日本近代文学」平成二十一年十一月　日本近代文学会）のような、インターテクスチュアリティーの視点を挙げることができる。

夏目漱石「書架圖」(『夏目漱石遺墨集　第三巻　絵画篇』求龍堂、昭和54年より転載)

You and I and nobody by.　K. N. Oct. 1903

漱石が描いた、「書架圖」（水彩画）である。

「Oct. 1903」の日付がある。明治三六年一〇月は、『道草』作中の時間である。

「遠い所から持つて来た書物の箱を此六畳の中で開けた時、彼は山のやうな洋書の裡《うち》に胡坐《あぐら》をかいて、一週間も二週間も暮らしてゐた。（中略）此体《てい》たらくを見るに見かねた或友人が来て、順序にも冊数にも頓着なく、ある丈の書物をさつさと書棚の上に並べてしまつた。」

（『道草』第二章）

「彼の誂えた本棚に（中略）重い洋書を載せると、棚板《たないた》が気の引ける程撓《しな》つた。」

（『道草』第五十九章）

「You」は、誰だろう？　書架に並ぶ書籍だろうか？　書籍に呼びかけているのか？

書架の、「かたわらには、誰もいない」。

「You」は、それとも人間だろうか？　他者だろうか？「個」と「個」との、真に「相《あい》会うこと」の不可能性を、問い掛けているのだろう。

『道草』研究文献目録

村田好哉

〔凡　例〕

一、本稿は夏目漱石『道草』に関する研究文献目録である。雑誌論文は著者名、「論文名」「雑誌名」巻号数、ページ数、発行所、発行年月の順で示し、単行本は著者名、「論文名」、（編者名）『書名』、ページ数、発行所、発行年月の順で示した。なお再録は↓で示し、（編者名）『書名』、ページ数、発行所、発行年月の順で示した。

二、本稿の作成にあたっては、後掲の研究史・解題とあわせて国文学研究資料館「国文学論文目録データベース」、国立国会図書館「NDL-OPAC」（国立国会図書館蔵書検索）、内田道雄「夏目漱石研究文献目録」『増補国語国文学研究史大成14鷗外・漱石』収録（成瀬正勝他編、三省堂、昭和53年3月）、五十嵐礼子・田中愛他「漱石研究文献目録」「漱石研究」4～18号、12回掲載（小森陽一・石原千秋編、翰林書房、平成7年5月～17年11月）、山本勝正「夏目漱石参考文献目録1～20」（「広島女学院大学国語国文学誌」20、32、33、36～39号・「広島女学院大学日本文学」1～10、13～15号、平成2年12月～21年12月）、等を参照した。御礼を申し上げる。

三、本稿の作成にあたっては、主として以下の諸機関および個人の蔵書を利用させて頂いた。御礼を申し上げる。国立国会図書館・国文学研究資料館・日本近代文学館・大阪府立図書館・京都府立図書館・東京都立中央図書館・神奈川県立近代文学館・愛知県図書館・名古屋市鶴舞中央図書館・奈良県立図書館・茨城県立図書館・群馬県立図書館・前橋市立図書館・立命館大学図書館・同志社大学図書館・早稲田大学図書館・関西学院大学図書館・京都大学図書館・龍谷大学図書館・大阪産業大学図書館、鳥井正晴・竹腰幸夫・西村好子・田中邦夫。

四、紙幅の関係から一部の文献を割愛せざるを得なかった。未調査のものとあわせて今後の課題としたい。

研究史

平岡敏夫　「「道草」」「国文学解釈と鑑賞」29巻3号（93～98頁）、至文堂、昭和39年3月
↓『日本近代文学史研究』（51～60頁）、有精堂出版、昭和44年6月
↓平岡敏夫編『日本文学研究大成　夏目漱石Ⅰ』（290～296頁）、国書刊行会、平成元年10月
↓『漱石　ある佐幕派子女の物語』（387～395頁）、おうふう、平成12年1月

相原和邦　「『道草』研究史論―問題史的視点から―」「広島女学院大学論集」18集（89～101頁）、広島女学院大学、昭和43年12月
↓『漱石文学―その表現と思想―』（238～261頁）塙選書87、塙書房、昭和55年7月

中島国彦　「（作品別夏目漱石研究史）道草」「国文学解釈と教材の研究」21巻14号特集夏目漱石―作品に深く測鉛をおろして（167～170頁）、學燈社、昭和51年11月

中島国彦　「研究史への照明Ⅱ道草」竹盛天雄編「別冊国文学夏目漱石必携」別冊5号、（185～189頁）、學燈社、昭和55年2月

石井和夫　「（漱石研究の現在）道草」「国文学解釈と教材の研究」32巻6号特集夏目漱石を読むための研究事典（100～101頁）、學燈社、昭和62年5月

小森陽一・芹澤光興・浅野洋［司会］「鼎談」『漱石作品論集成第十一巻道草』（303～339頁）、桜楓社、平成3年6月

石崎　等　「夏目漱石―家族・法・物語―」『日本文学研究の現状Ⅱ近代別冊日本の文学』（82～90頁）、有精堂出版、

平成4年6月
佐藤泰正　「道草　研究の現在」「国文学解釈と教材の研究」39巻2号　特集夏目漱石の全小説を読む（167～168頁）、學燈社、平成6年1月
佐々木雅發　「平成四年（自1月至12月）国語国文学界の展望（Ⅱ）〈近代〉「道草」評釈の一齣」「文学・語学」140号（2～3頁）、全国大学国語国文学会編、桜楓社、平成6年3月
工藤京子　「『硝子戸の中』『道草』論ベスト30」「漱石研究」4号特集『硝子戸の中』『道草』（154～158頁）、翰林書房、平成7年5月
石原千秋　「第一章同時代評とその後の漱石論　晩年、『道草』『明暗』の時代（大正四年～大正五年）」（72～79頁）「第三章いま漱石文学はどう読まれているか『道草』（大正4・6・3～9・14）」（332～346頁）『漱石はどう読まれてきたか』新潮選書、新潮社、平成22年5月

解説

小宮豊隆　「『夏目漱石集』の後に」『現代日本文学全集第十九篇夏目漱石集』（408～411頁）、改造社、昭和2年6月
↓堀部功夫・村田好哉編『漱石作品論集成別巻漱石関係記事及び文献』（232～235頁）、桜楓社、平成3年12月
小宮豊隆　「『道草』解説」『漱石全集第八巻心道草』（735～752頁）、漱石全集刊行会、昭和10年12月
↓『漱石の芸術』（267～283頁）、岩波書店、昭和17年12月
松岡　讓　「解説」『三代名作全集夏目漱石集』（485～486頁）、河出書房、昭和16年5月
小宮豊隆　「解説」『道草』（331～336頁）、岩波文庫、岩波書店、昭和17年8月

片岡良一　「「道草」と漱石の道程」『道草』（285～330頁）、青磁選書11、青磁社、昭和22年11月
→『夏目漱石の作品』（222～262頁）、厚文社、昭和30年8月
→『片岡良一著作集第九巻夏目漱石と芥川龍之介』（178～210頁）、中央公論社、昭和55年2月
内田百閒　「解説」『道草』（247～249頁）、日本文學選58、光文社、昭和24年12月
荒　正人　「解説」荒正人編『現代日本小説大系第二十二巻夏目漱石』（347～370頁）、河出書房、昭和25年4月
伊藤　整　「解説」内田百閒・伊藤整編『漱石集下巻道草明暗』（559～563頁）、新潮社、昭和25年9月
大岡昇平　「解説」『夏目漱石作品集第七巻こゝろ道草』（331～334頁）、創元社、昭和26年2月
→『大岡昇平全集19評論Ⅵ』（3～6頁）、筑摩書房、平成7年3月
本多顕彰　「解説」『道草』（288～292頁）、新潮文庫267、新潮社、昭和26年11月
荒　正人　「解説」『道草』（251～254頁）、創元文庫Ａ126、創元社、昭和27年10月
瀬沼茂樹　「解説」『夏目漱石全集第六巻』（459～465頁）、創芸社、昭和28年8月
→『近代日本の作家と作品』（64～69頁）、要選書73、要書房、昭和30年1月
内田百閒　「解説」『夏目漱石小説全集第六巻虞美人草道草』（後付1～4）、春陽堂書店、昭和28年9月
臼井吉見　「解説」『夏目漱石文庫8道草』（265～268頁）、中央公論社作品文庫、中央公論社、昭和28年11月
荒　正人　「解説」『道草』（282～289頁）、角川文庫718、角川書店、昭和29年3月
小泉信三　「夏目漱石」『現代日本文学全集11夏目漱石集』（409～416頁）、筑摩書房、昭和29年12月
唐木順三　「解説」、同右（417～422頁）
→『愛蔵版現代日本文学全集24夏目漱石集（一）』（409～416、417～422頁）、筑摩書房、昭和36年11月
→『定本限定版現代日本文学全集24夏目漱石集（一）』（409～416、417～422頁）、筑摩書房、昭和42年11月

荒　正人「解説」『道草』（282～285頁）、河出文庫13M、河出書房、昭和30年8月
塩谷　賛「作品解題」『新版夏目漱石作品集第八巻こゝろ道草』（335～342頁）、東京創元社、昭和30年12月
小宮豊隆「解説」『漱石全集第十三巻道草』（231～241頁）、岩波書店、昭和32年1月
吉田精一「解説」伊藤整・吉田精一編『漱石全集第十二巻道草他』（396～403頁）、角川書店、昭和36年7月
瀬沼茂樹「解説」『日本文学全集19夏目漱石集』（449～463頁）、河出書房新社、昭和37年2月
伊藤　整「解説」伊藤整編『日本文学全集10夏目漱石集（二）』（591～599頁）、新潮社、昭和37年2月
→『伊藤整全集19』（143～150頁）、新潮社、昭和48年9月
中野好夫「解説」『日本の文学14夏目漱石（三）道草明暗』（538～551頁）、中央公論社、昭和41年9月
→『アイボリーバックス日本の文学14夏目漱石（三）道草明暗』（538～551頁）、中央公論社、昭和47年11月
川副国基「解説」『道草他二編』（317～334頁）、旺文社文庫A37、旺文社、昭和42年3月
澤野久雄「『道草』を読んで」、同右（335～337頁）
稲垣達郎「第五巻解説」『夏目漱石全集第五巻道草明暗』（335～343頁）、朋文堂新社、昭和42年4月
→『稲垣達郎學藝文集二』（466～473頁）、筑摩書房、昭和57年4月
江藤　淳「解説」『現代日本文学館6夏目漱石3』（474～480頁）、文藝春秋、昭和42年10月
中村光夫「作品解説」『豪華版日本現代文学全集10夏目漱石集（二）』（454～458頁）、講談社、昭和44年1月
福原麟太郎「解説」『新潮日本文学3夏目漱石集』（1032～1044頁）、新潮社、昭和44年4月
佐伯彰一「解説」『カラー版日本文学全集41夏目漱石（三）』（383～396頁）、河出書房新社、昭和46年3月
荒　正人「解説『道草』」伊藤整・荒正人編『漱石文学全集第八巻硝子戸の中・道草』（462～499頁）、集英社、昭和47年8月

↓『荒正人著作集第五巻小説家夏目漱石の全容』(425～468頁)、三一書房、昭和59年10月

高田瑞穂「夏目漱石集Ⅳ解説―漱石の晩年―」『日本近代文学大系27夏目漱石集Ⅳ』(8～42頁)、角川書店、昭和49年2月

遠藤　祐「夏目漱石集Ⅳ注釈道草」(281～526頁)、「補注道草」(539～551頁)、同右

安岡章太郎「作品論　恐るべき《過去》」江藤淳・吉田精一編『漱石全集第十二巻道草他』(399～407頁)、角川書店、昭和49年8月

↓『歳々年々』(27～35頁)、講談社、平成元年12月

内田道雄「作品解題『道草』」『名著複刻漱石文学館解説』(108～111頁)、刊行日本近代文学館、販売ほるぷ、製作ほるぷ出版、昭和50年11月

平岡敏夫「解説」『道草』(273～290頁)、講談社文庫、講談社、昭和53年7月

↓『漱石研究 ESSAY ON SŌSEKI』(360～377頁)、有精堂出版、昭和62年9月

荒　正人「作品解説『道草』」『復刻初版本夏目漱石文学選集』(92～93頁)、日本リーダズダイジェスト社、昭和54年7月

三好行雄「本文および作品鑑賞　道草」三好行雄編『鑑賞日本現代文学5夏目漱石』(219～245頁)、角川書店、昭和59年3月

↓『三好行雄著作集第二巻森鷗外・夏目漱石』(284～295頁)、筑摩書房、平成5年4月

桶谷秀昭「主人公健三と作者漱石　解説」市古貞次・小田切進編『日本の文学28道草　夏目漱石』(465～481頁)、ほるぷ出版、昭和59年8月

吉田精一「解説」『夏目漱石全集8こころ・道草』(583～590頁)、ちくま文庫な―1―12、筑摩書房、昭和63年5月

相原和邦　「解説」『道草』43刷改版（305～320頁）、岩波文庫緑―11―3、岩波書店、平成2年4月
↓『漱石文学作品集13道草』（305～320頁）、岩波書店、平成12年11月
玉井敬之　「夏目漱石道草解題」玉井敬之他編『一九一〇年代の文学　明治から大正へ』日本文学コレクション（231～233頁）、翰林書房、平成9年2月
山下　浩（注記・監修）『漱石新聞小説復刻全集第九巻道草』（1～212頁）、ゆまに書房、平成11年9月
柄谷行人　「解説」『道草』89刷改版（328～334頁）、新潮文庫な―1―14、新潮社、平成12年6月
↓『増補漱石論集成』（469～476頁）、平凡社ライブラリ―402、平凡社、平成13年8月
十川信介　「夏目漱石原稿「道草」解説　原稿で読む『道草』」『夏目漱石原稿「道草」』別冊（1～8頁）、日本近代文学館監修、二玄社、平成16年3月
↓『明治文学　ことばの位相』（278～290頁）、岩波書店、平成16年4月

解　題

藤井義明　「夏目漱石作品解題「道草」」「明治大正文学研究」6輯（夏目漱石（特輯））（97～100頁）、東京堂、昭和26年11月
塩谷　賛　「作品解題「道草」」塩谷賛編『夏目漱石事典』新版夏目漱石作品集別巻（244～247頁）、東京創元社、昭和31年8月
川副国基　「道草（夏目漱石）」吉田精一編『近代名作モデル事典』（298～299頁）、至文堂、昭和35年1月
井上百合子　「道草」吉田精一編『日本文学鑑賞辞典近代編』（668～669頁）、東京堂出版、昭和35年6月

渡辺正彦「作品解題道草」吉田精一編『夏目漱石必携』(213〜216頁)、学燈社、昭和42年4月
羽鳥一英「漱石文学の一〇〇人 道草」「国文学解釈と教材の研究」13巻3号特集漱石文学の人間像(127〜129頁)、學燈社、昭和43年2月
無 署 名「道草」實方清編『夏目漱石辞典』(53〜55頁)、清水弘文堂、昭和47年4月
中島国彦「『道草』」江藤淳編『朝日小事典夏目漱石』(187〜189頁)、朝日新聞社、昭和52年6月
相原和邦「道草」谷山茂編者代表『日本文学史辞典』(517〜517頁)、京都書房、昭和57年9月
石崎 等「夏目漱石 こころ・道草・明暗」森野宗明編者代表『日本文学名作事典』(124〜127頁)、三省堂、昭和59年5月
石井和夫「代表作解題『道草』」『Spirit 夏目漱石 作家と作品』(164〜165頁)、有精堂出版、昭和59年9月
佐々木雅發「夏目漱石 道草」三好行雄他編『日本文学史辞典近現代編』(109〜110頁)、角川書店、昭和62年2月
三好行雄「道草夏目漱石著」『日本文芸鑑賞事典—近代名作1017選への招待—第5巻』(167〜178頁)、ぎょうせい、昭和62年8月
無 署 名「お住、健三、島田、長太郎、比田」『架空人名辞典日本編』(167、322〜323、420〜421、556〜557、676頁)、教育社、平成元年8月
三好行雄「漱石作品事典『道草』」三好行雄編「別冊国文学39号夏目漱石事典」(58〜60頁)、學燈社、平成2年7月
中島国彦「「漱石作中人物事典『道草』」、同右(103〜105頁)
石崎 等「代表作ガイド 道草」加賀乙彦他著『群像日本の作家1夏目漱石』(362〜364頁)、小学館、平成3年2月
石井和夫「夏目漱石作中人物事典『道草』」「国文学解釈と教材の研究」36巻11号近代文学作中人物事典(77〜78頁)、學燈社、平成3年9月

酒井茂之　「道草　夏目漱石」『続・一冊で日本の名著100冊を読む』（54〜55頁）、友人社、平成4年3月

三好行雄　「道草」三好行雄他編『日本現代文学大事典作品篇』（913〜914頁）、明治書院、平成6年6月

長尾　剛　「資料『道草』」『目からウロコの新解釈　もう一度読む夏目漱石』（262〜263頁）、双葉社、平成9年5月

松下浩幸　「『道草』」平岡敏夫・山形和美・影山恒男編『夏目漱石事典』（359〜362頁）、勉誠出版、平成12年7月

大野淳一　「道草」浅井清・佐藤勝編『日本現代小説大事典』（1005〜1005頁）、明治書院、平成16年7月

無　署　名　「道草（一九一五）」小石川文学研究会編『名作早わかり夏目漱石全作品』コスモブックス（86〜91頁）、発行コスミック出版、発売コスミックインターナショナル、平成16年11月

武田勝彦　「漱石と日本橋界隈」『日本橋トポグラフィ大事典』（441〜464頁）、たる出版、平成19年11月

研究文献

赤木桁平　「「道草」を読む」「読売新聞」一三八三三号（七面）、読売新聞社、大正4年10月24日（日曜）

↓『藝術上の理想主義』（174〜183頁）、洛陽堂、大正5年10月

↓平岡敏夫編『夏目漱石研究資料集成第2巻』（232〜237頁）、日本図書センター、平成3年5月

徳田秋聲　「文藝回顧一年本年の創作上」「時事新報」一一五八〇号（五面）、時事新報社、大正4年11月16日（火曜）

↓紅野敏郎他編『徳田秋聲全集第20巻随筆・評論Ⅱ』（48〜49頁）、八木書店、平成13年1月

ＳＧ生　「新刊紹介道草夏目漱石著」「ホトトギス」19巻3号（112〜113頁）、ほと、ぎす発行所、大正4年12月

↓竹盛天雄編「別冊国文学夏目漱石必携」別冊5号（114〜114頁）、學燈社、昭和55年2月

関荘一郎　「「道草」のモデルと語る記（―名作者夏目漱石先生生立の記）」「新日本」7巻2号（89〜99頁）、新日本社、

大正6年2月
↓平岡敏夫編『夏目漱石研究資料集成第3巻』（194～212頁）、日本図書センター、平成3年5月
↓猪野謙二編『漱石全集別巻漱石言行録』（475～499頁）、岩波書店、平成8年2月
赤木桁平（池崎忠孝）「リアリズムの時代（『彼岸過迄』―『明暗』）」『夏目漱石』（233～263頁）、新潮社、大正6年5月
↓『近代作家研究叢書140夏目漱石』（233～263頁）、解説平岡敏夫、日本図書センター、平成5年6月
正宗白鳥「「道草」を読んで」「読売新聞」一八〇七一号（四面）、読売新聞社、昭和2年6月27日（月曜）
↓『作家論（一）』（242～248頁）、創元社北海道支社、昭和16年8月
↓平岡敏夫編『夏目漱石研究資料集成第5巻』（115～119頁）、日本図書センター、平成3年5月
島　為男「第七夏目さんの倫理観と倫理的生活」『夏目さんの人及思想』（140～184頁）、大同館書店、昭和2年10月
↓『近代作家研究叢書101夏目さんの人及思想』（140～184頁）、解説井上百合子、日本図書センター、平成2年3月
正宗白鳥「夏目漱石論」「中央公論」43年6号（91～118頁）、中央公論社、昭和3年6月
↓『現代文藝評論』（1～34頁）、改造社、昭和4年7月
↓『新編作家論』（92～135頁）、岩波文庫緑39―4、岩波書店、平成14年6月
小宮豊隆「『道草』」「漱石全集第十一巻文学論月報9」（6～8頁）、岩波書店、昭和3年11月
↓『漱石全集月報昭和三年版昭和十年版』（80～82頁）、岩波書店、昭和51年4月
松岡　譲「離縁の證書」「漱石全集第九巻心、道草月報10」（1～5頁）、岩波書店、昭和3年12月
無署名「「心」「道草」その他」、同右（5～6頁）
↓『漱石全集月報昭和三年版昭和十年版』（83～87、87～88頁）、岩波書店、昭和51年4月
吉田　豊「「行人」「こゝろ」「道草」に就いて―エチユド的漱石論」「生活者」4巻10号（46～53頁）、岩波書店、昭

和4年11月
→堀部功夫・村田好哉編『漱石作品論集成別巻漱石関係記事及び文献』(237～242頁)、桜楓社、平成3年12月
阿部知二「漱石の小説」「新潮」33巻2号(2～11頁)、新潮社、昭和11年2月
→『文学論集』(229～253頁)、河出書房、昭和13年12月
→『阿部知二全集第10巻主知的文学論』(284～294頁)、河出書房新社、昭和49年10月
古谷綱武「漱石の『道草』に就て」「文藝」4巻10号(74～79頁)、改造社、昭和11年10月
→『評論随筆　純情の精神』(181～193頁)、砂子屋書房、昭和13年11月
→平岡敏夫編『夏目漱石研究資料集成第8巻』(217～224頁)、日本図書センター、平成3年5月
内田百閒「漱石先生の書き潰し原稿」「東炎」7巻4号(4～6頁)、東炎山房、昭和13年4月
→『内田百閒全集第三巻』(189～190頁)、講談社、昭和47年2月
小宮豊隆「七　『道草』」『夏目漱石』(828～847頁)、岩波書店、昭和13年7月
→『夏目漱石(下)』(259～279頁)、岩波文庫緑85―3、岩波書店、昭和62年2月
松岡　譲「『硝子戸の中』と『道草』」『漱石・人とその文学』(258～265頁)、潮文閣、昭和17年6月
永田勝男「「道草」に就いて」「文学」10巻12号特集漱石記念(32～50頁)、岩波書店、昭和17年12月
滝澤克己「『道草』」『夏目漱石』(369～392頁)、三笠書房、昭和18年11月
→『夏目漱石』(286～305頁)、洋々社、昭和30年4月
→『滝澤克己著作集3夏目漱石I』(319～339頁)、法蔵館、昭和49年12月
岡崎義恵「道草」『日本芸術思潮第一巻漱石と則天去私』(400～423頁)、岩波書店、昭和18年11月
→『漱石と則天去私　岡崎義恵著作選』(339～358頁)、宝文館出版、昭和43年12月

↓小森陽一・芹澤光興編『漱石作品論集成第十一巻道草』（9～18頁）、桜楓社、平成3年6月

葉山信一「明暗への道─「道草」と「明暗」について─」『夏目漱石』（316～335頁）、赤門文学会編、高山書院、昭和19年6月

小泉一郎「漱石の影響」、同右（339～365頁）

栗原信一「「道草」の健三に見る漱石の性格」『漱石の文芸理論』（71～78頁）、帝国図書、昭和19年11月

↓『漱石の人生観と芸術観』（71～78頁）、日本出版、昭和22年4月

小田切秀雄「漱石の場合─『道草』の今日に示唆するもの─」「日本評論」21巻7号（83～93頁）、日本評論社、昭和21年7月

↓新日本文学会編『民主主義文学の進路』（139～165頁）、新興芸術社、昭和22年6月

↓『小田切秀雄全集第12巻作家論Ⅲ』（371～385頁）、勉誠出版、平成12年11月

山岸外史「道草論」『夏目漱石』（88～98頁）、浮城書房、昭和23年3月

荒　正人「夏目漱石─『道草』について─」「人間」別冊3号（55～76頁）、鎌倉文庫、昭和23年11月

神崎　清「道草　夏目漱石」『名作とそのモデル』（203～223頁）、東和社、昭和25年9月

↓『日本の名作─その作者とモデル─』（165～181頁）、現代教養文庫133、社会思想研究会出版部、昭和31年2月

高山　毅「夏目漱石論─道草を中心に─」「文学者」22号（44～50頁）、十五日会、昭和27年4月

稲垣達郎「自分というもの（2）─『道草』と『明暗』」『国語と文学の教室夏目漱石』（151～156頁）、福村書店、昭和27年5月

水谷昭夫「「道草」の文藝史的意義─わが国に於ける自然主義文藝の一特質─」「人文論究」5巻1号（80～93頁）、関西学院大学、昭和29年6月

↓『近代日本文藝史の構成』（167～184頁）、協和書房、昭和39年6月
↓『近代日本文藝史の構成』（167～184頁）、桜楓社、昭和43年5月

平野　謙　「暗い漱石（一）」「群像」11巻1号（125～134頁）、大日本雄弁会講談社、昭和31年1月（『道草』言及なし）
「暗い漱石（二）」「群像」11巻2号（81～93頁）、大日本雄弁会講談社、昭和31年2月
↓『芸術と実生活』（201～245頁）、大日本雄弁会講談社、昭和33年1月
↓『平野謙全集第二巻』（275～301頁）、新潮社、昭和50年2月

岡崎義恵　「漱石の恋愛観「道草」」『漱石と微笑』（160～165頁）、作家論シリーズ4、東京ライフ社、昭和31年2月

板垣直子　「「道草」と西欧的な要素」『漱石文学の背景』（190～200頁）、鱒書房、昭和31年7月
↓『近代作家研究叢書41漱石文学の背景』（190～200頁）、日本図書センター、昭和59年9月

江藤　淳　「続・夏目漱石論（下）―晩年の漱石―」「三田文学」46巻8号（14～40頁［17～22頁］）、三田文学会、昭和31年8月
↓『夏目漱石』（145～157頁）、作家論シリーズ12、東京ライフ社、昭和31年11月
↓小森陽一・芹澤光興編『漱石作品論集成第十一巻道草』（19～24頁）、桜楓社、平成3年6月

坂本　浩　「漱石の後期作品について」「国文学解釈と教材の研究」1巻6号特集夏目漱石の総合探求（23～29頁）、學燈社、昭和31年11月

奥野健男　「『道草』論」「国文学解釈と鑑賞」21巻12号（41～47頁）、至文堂、昭和31年12月
↓『日本文学の病状』（30～40頁）、五月書房、昭和34年1月
↓『奥野健男文学論集1』（32～42頁）、泰流社、昭和51年9月

荒　正人　「『虞美人草』も『道草』も新聞小説」『小説家―現代の英雄』（132～135頁）、光文社、昭和32年6月

江口　渙　「近代文学講座（三）夏目漱石の「道草」について（上）」「多喜二と百合子」5巻12号（25～32頁）、多喜二・百合子研究会、発売岩崎書店、昭和32年12月

荒　正人　「漱石の作品　こころ・道草」『現代作家論全集第3巻夏目漱石』（149～173頁）、五月書房、昭和32年12月

↓江藤淳編「解釈と鑑賞別冊現代のエスプリ」5巻26号（夏目漱石（特集））（107～125頁）、至文堂、昭和42年7月

江口　渙　「近代文学講座（三）夏目漱石の「道草」について（下）」「多喜二と百合子」6巻1号（22～31頁）、多喜二・百合子研究会、発売岩崎書店、昭和33年1月

林田茂雄　「道を求めて則天去私へ」『漱石の悲劇　人生読本』（203～248頁）、理論社、昭和33年5月

↓『漱石の悲劇』（210～257頁）、白石書店、昭和57年3月

腰原哲朗　「『道草』における作者の距離（一）」「近代文学研究」4号（17～25頁）、東洋大学国語国文学会近代文学研究会、昭和33年11月

佐古純一郎　「近代日本文学にあらわれた家と人間（五）家のエゴイズム」「共助」1月号（27～32頁）、基督教共助会出版部、昭和34年1月

↓『家からの解放　近代日本文学にあらわれた家と人間』（50～63頁）、春秋社、昭和34年9月

岸本隆生　「「吾輩は猫である」・「道草」」「日本文藝研究」11巻1号（88～92頁）、関西学院大学日本文学会、昭和34年3月

腰原哲朗　「『道草』における作者の距離（二）」「近代文学研究」5号（14～26頁）、東洋大学国語国文学会近代文学研究会、昭和34年9月

岩上順一　「漱石文学の頂点　道草」『漱石入門』（181～198頁）、中央公論社、昭和34年12月

↓小森陽一・芹澤光興編『漱石作品論集成第十一巻道草』（25～37頁）、桜楓社、平成3年6月

杉野正巳　「「道草」の問題点」「学生の読書」1輯特集夏目漱石研究（38〜39頁）、土曜会、昭和35年7月
荒　正人　「『道草』」『評伝夏目漱石』（168〜180頁）、実業之日本社、昭和35年7月
↓『作品と作家研究評伝　夏目漱石増補新版』（168〜180頁）、実業之日本社、昭和42年12月
井上百合子　「漱石覚え書き―「道草」をめぐって―」「日本女子大学紀要文学部」10号（1〜6頁）、日本女子大学、昭和36年3月
↓『夏目漱石とその周辺』（75〜87頁）、近代文芸社、平成4年2月
玉井敬之　「「私の個人主義」前後―「こゝろ」から「道草」へ―」「文学」29巻11号（41〜49頁）、岩波書店、昭和36年11月
↓『日本文学研究資料叢書夏目漱石』（236〜244頁）、有精堂出版、昭和45年1月
↓『夏目漱石論』（125〜141頁）、桜楓社、昭和51年10月
瀬沼茂樹　「『道草』」『夏目漱石近代日本の思想家6』（274〜289頁）、東京大学出版会、昭和37年3月
↓『近代日本の思想家5夏目漱石』（274〜289頁）、東京大学出版会、平成19年9月
杉山和雄　「漱石の文学「道草」」『夏目漱石の研究―国民精神の交流としての比較文学―』近代の文学・別巻（132〜146頁）、南雲堂桜楓社、昭和38年5月
千谷七郎　「夏目漱石の病跡―病気と作品から―（六）『行人』以後」「自由」5巻6号（146〜155頁）、自由社、昭和38年6月
↓『漱石の病跡―病気と作品から―』（199〜224頁）、勁草書房、昭和38年8月
佐武民子　「エゴイズムから―「道草」―」「TON」2号（51〜55頁）、関西学院SCA・文グル、昭和38年6月
鷹見安二郎　「漱石の養父―塩原昌之助」「世界」214号（220〜228頁）、岩波書店、昭和38年10月

鷹見安二郎　「「道草」の背景―続・漱石の養父、塩原昌之助―」「世界」216号（222～230頁）、岩波書店、昭和38年12月
↓平岡敏夫編『日本文学研究大成夏目漱石Ⅱ』（233～241頁）、（241～250頁）、国書刊行会、平成3年3月
柴田宵曲　「鳥の声」『漱石覚え書』（149～149頁）、日本古書通信社、昭和38年11月
↓『柴田宵曲文集第七巻漱石覚え書　紙人形　煉瓦塔』（94～94頁）、小沢書店、平成5年9月
夏目伸六　「「道草」の頃」『父・夏目漱石』（122～128頁）、ポケット文春533、文藝春秋新社、昭和39年1月
福田清人　「遠い記憶　養家の記憶」（29～48頁）、「作家生活　大患以後」（331～357頁）『夏目漱石の人と作品』、学習研究社、昭和39年7月
浅井　清　「道草」「国文学解釈と教材の研究」10巻10号特集漱石文学の魅力（124～129頁）、學燈社、昭和40年8月
江藤　淳　「道草明暗―夏目漱石―」『日本の近代文学・人と作品』（114～133頁）、日本近代文学館編、読売新聞社、昭和40年12月
↓『江藤淳著作集1漱石論』（181～196頁）、講談社、昭和42年7月
↓『決定版夏目漱石』新潮文庫草108Ｂ（331～345頁）、新潮社、昭和54年7月
千谷七郎　「「道草」の中から」「自由」8巻2号（194～195頁）、自由社、昭和41年2月
↓『遠近抄』（379～381頁）、勁草書房、昭和53年3月
八木良夫　「夏目漱石論―『こゝろ』から『明暗』を中心に―」「日本文学」15巻3号（40～54頁、72頁）、日本文学協会編、未来社、昭和41年3月
網野義紘　「『硝子戸の中』と『道草』」福田清人編『人と作品3夏目漱石』センチュリーブックス（97～98頁）、清水書院、昭和41年3月
横井　博　「「道草」」『講説夏目漱石―人と作品―』（163～169頁）、日本大学工学部テキスト、昭和41年4月

宮井一郎　「「道草」論（『漱石の世界』その六）」「作文」復刊10集通巻63集（1～30頁）、作文社、昭和41年8月
↓『漱石の世界』（173～238頁）、講談社、昭和42年10月
↓小森陽一・芹澤光興編『漱石作品論集成第十一巻道草』（38～69頁）、桜楓社、平成3年6月

相原和邦　「漱石文学における表現方法―『道草』の相対把握について―」「国文学攷」41号（43～53頁）、広島大学国語国文学会、昭和41年11月
↓『漱石文学―その表現と思想―』（113～139頁）、塙選書87、塙書房、昭和55年7月
↓『漱石文学の研究―表現を軸として―』（422～439頁）、明治書院、昭和63年2月

橋浦兵一　「漱石「道草」の明光度」「文藝研究」54集特集漱石の研究（22～32頁）、東北大学内日本文藝研究会、昭和41年11月

高木文雄　「ゆるめの萌芽―『道草』」『漱石の道程』（171～187頁）、審美社、昭和41年12月
↓『新版漱石の道程』（214～234頁）、審美社、昭和47年3月

荒　正人　「『道草』―いぶし銀の光沢」『「夏目漱石」入門』（251～255頁）、講談社現代新書101、講談社、昭和42年1月

都筑康子　「「道草」の問いかけ「道草」論」「TON」5号特集夏目漱石論（42～43頁）、関西学院大学S.C.A・文学研究グループ、昭和42年1月

吉村千鶴子　「微光を追って「道草」論」、同右（44～45頁）

土居健郎　「漱石の「道草」について」『精神分析』（203～229頁）、創元医学新書、創元社、昭和42年7月

稲垣朱美　「作品に現われた漱石の苦悩―『猫』と『道草』を比較して―」「広島女学院大学日本文学会会報」創刊号（16～18頁）、広島女学院大学日本文学会、昭和42年11月

小林旬子　「「道草」」「文学研究」4号（13～22頁）、立教大学日本文学研究会、昭和42年12月

相原和邦　「『道草』と『家』」「近代文学試論」4号特集夏目漱石研究（21〜32頁）、広島大学近代文学研究会、昭和42年12月
↓『漱石文学―その表現と思想―』（200〜235頁）塙選書87、塙書房、昭和55年7月
↓『漱石文学の研究―表現を軸として―』（575〜595頁）、明治書院、昭和63年2月
田中三郎　「『道草』におけるエゴイズムの追求とその否定」「滋賀大國文」5号（59〜65頁）、滋賀大学教育学部内滋賀大国文会、昭和43年1月
古川　久　「日本文藝と仏教第23稿「夏目漱石（十二）」」「明法」168号（78〜81頁）、霊友会教団、昭和43年2月
↓『夏目漱石―仏教・漢文学との関連―』（69〜77頁）、霊友会教団事業局、昭和43年7月
↓『夏目漱石―仏教・漢文学との関連―』（82〜91頁）、佛乃世界社、昭和47年4月
分銅惇作　「道草　健三」「国文学解釈と教材の研究」13巻3号特集漱石文学の人間像（71〜76頁）、學燈社、昭和43年2月
森本和世　「漱石文芸の世界―『道草』を中心として―」「日本文藝研究」20巻1号（26〜44頁）、関西学院大学日本文学会、昭和43年3月
武田宗俊　「道草に就いて」「青山学院大学文学部紀要」11巻（25〜39頁）、青山学院大学文学部、昭和43年3月
水谷昭夫　「漱石文芸の世界―「修善寺日記」における「道草」形成の契機を中心として―」久松潜一・大場俊助・實方清編『日本文芸の世界―實方博士還暦記念―』（441〜457頁）、桜楓社、昭和43年5月
↓『漱石文芸の世界』（118〜133頁）、桜楓社、昭和49年2月
↓『水谷昭夫著作選集第一巻漱石文芸の世界』（145〜165頁）、新教出版社、平成9年6月
土居健郎　「漱石作品の精神分析的解釈（XI）漱石の心的世界（11）「道草」について」「国文学解釈と鑑賞」33巻11

号（265〜275頁）、至文堂、昭和43年9月
↓『漱石の心的世界』（190〜208頁）、至文堂、昭和45年3月
↓『土居健郎選集7文学と精神医学』（162〜179頁）、岩波書店、平成12年8月
北垣隆一　「作品の展望（14）『道草』」『改稿漱石の精神分析』（63〜65頁）、北沢書店、昭和43年11月
相原和邦　「『道草』の成立について」「文学研究」28号（79〜89頁）、日本文学研究会、昭和43年11月
「『道草』の性格と位置」「文学研究」31号（60〜70頁）、日本文学研究会、昭和45年6月
↓『漱石文学その表現と思想』（164〜199頁）塙選書87、塙書房、昭和55年7月
↓小森陽一・芹澤光興編『漱石作品論集成第十一巻道草』（70〜86頁）、桜楓社、平成3年6月
高田瑞穂　「『道草』の人生」「成城國文學論集」1輯（1〜30頁）、成城大学大学院文学研究科、昭和43年11月
↓『近代文学の明暗』（315〜345頁）、清水弘文堂書房、昭和46年5月
↓『夏目漱石論─漱石文学の今日的意義─』（197〜211頁）、明治書院、昭和59年8月
桶谷秀昭　「自然と虚構─私小説のメタフィジクス（二）─」「無名鬼」10号（2〜14頁）、桶谷秀昭・村上一郎編、昭和44年2月
「自然と虚構（二）─「道草」論─」「無名鬼」11号（40〜50頁）、昭和44年7月
↓『夏目漱石論　増補版』（207〜244頁）、河出書房新社、昭和58年6月
石坂正蔵　「漱石と敬語」『敬語　敬語史と現代敬語をつなぐもの』（65〜71頁）、講談社現代新書、講談社、昭和44年3月
相原和邦　「道草」「国文学解釈と教材の研究」14巻5号特集漱石文学の世界（109〜115頁）、學燈社、昭和44年4月
柄谷行人　「〈意識〉と〈自然〉─漱石試論」「群像」24巻6号（98〜128頁）、講談社、昭和44年6月

↓小森陽一・芹澤光興編『漱石作品論集成第十一巻道草』（87～113頁）、桜楓社、平成3年6月

↓『増補漱石論集成』（11～81頁）平凡社ライブラリー402、平凡社、平成13年8月

佐藤宣行　「「道草」小論―「時」の問題及び虚構の意味に就いて―」「日本大学櫻丘高等学校研究紀要」2号（1～9頁）、日本大学櫻丘高等学校、昭和44年6月

石崎　等　「『道草』―その時間的構造について―」「国文学研究」40集（60～69頁）、早稲田大学国文学会、昭和44年6月

↓『漱石論攷』（1～9頁）、私家版、昭和58年9月

↓『日本文学研究資料叢書夏目漱石Ⅲ』（232～240頁）、有精堂出版、昭和60年7月

↓『漱石の方法』（141～157頁）、有精堂出版、平成元年7月

高松早苗　「「道草」作品研究」「国語の研究」4号（97～102頁）、大分大学国語国文学会、昭和44年7月

神谷正明　「『道草』論―文学的回帰と「明暗」への出発点―」『漱石の文学』（120～142頁）、審美社、昭和44年8月

川本　彰　「文学における「家」の社会学的考察（二）―漱石における「社会」と「家」―」「明治学院論叢」通号150（1～34頁）、明治学院大学文経学会、昭和44年10月

↓『近代文学に於ける「家」の構造―その社会学的考察』（121～159頁）、社会思想社、昭和48年1月

石崎　等　「『道草』から『明暗』への一視点―〈自然〉と〈技巧〉をめぐって―」「文藝と批評」3巻2号小特集夏目漱石（36～49頁）、「文藝と批評」同人、昭和44年10月

↓『漱石の方法』（178～196頁）、有精堂出版、平成元年7月

越智治雄　「道草の世界」「文学」37巻11号（61～76頁）、岩波書店、昭和44年11月

↓『漱石私論』（319～348頁）、角川書店、昭和46年6月

↓小森陽一・芹澤光興編『漱石作品論集成第十一巻道草』（114～129頁）、桜楓社、平成3年6月

河合盛久「『道草』ノート（上）」「立正大学文学部論叢」35号（19～40頁）、立正大学文学部、昭和44年11月

田中保隆「「硝子戸の中」と「道草」」福田清人他編『写真作家伝叢書4夏目漱石』（134～140頁）、明治書院、昭和44年11月

↓『二葉亭・漱石と自然主義』（208～216頁）、翰林書房、平成15年1月

石崎　等「『道草』―その倫理的問題をめぐって―」「国文学研究」41集（80～90頁）、早稲田大学国文学会、昭和44年12月

↓『日本文学研究資料叢書夏目漱石Ⅲ』（241～250頁）、有精堂出版、昭和60年7月

↓『漱石の方法』（158～177頁）、有精堂出版、平成元年7月

杉山和雄「「道草」」『漱石の文学―解脱の人生観―』（197～213頁）、雄渾社、昭和45年2月

河合盛久「『道草』ノート（中）」「立正大学文学部論叢」37号（136～158頁）、立正大学文学部、昭和45年3月

佐藤泰正「漱石における神―「道草」をめぐって―」「国文学解釈と教材の研究」15巻5号特集漱石文学の構図（46～57頁）、學燈社、昭和45年4月

↓『文学その内なる神―日本近代文学一面―』（98～114頁）、桜楓社、昭和49年3月

↓『夏目漱石論』（336～352頁）、筑摩書房、昭和61年11月

駒尺喜美「「道草」論―「則天去私」の完成―」『漱石―その自己本位と連帯と―』（203～222頁）、八木書店、昭和45年5月

↓小森陽一・芹澤光興編『漱石作品論集成第十一巻道草』（130～139頁）、桜楓社、平成3年6月

佐藤　勝「『こゝろ』と『道草』の間」「季刊文学・語学」56号（14～21頁）、全国大学国語国文学会編、三省堂発

行、昭和45年6月

江藤　淳　「2生家の人々」（19～31頁）、「3江戸から東京へ」（32～47頁）、「4「必ず無用の人と、なることなかれ」」（47～61頁）、「9職業と「アッコンプリッシメント」」（116～131頁）『漱石とその時代第一部』、新潮選書、新潮社、昭和45年8月

夏目伸六　「道草　東京ほか」『名作の旅2夏目漱石』（92～95頁）、カラーブックス205、保育社、昭和45年9月

伊沢元美　「『道草』小論」「解釈」16巻12号小特集夏目漱石新研究Ⅰ（2～7頁）、解釈学会編、教育出版センター、昭和45年12月

↓『シリーズ文学④夏目漱石・森鷗外の文学解釈所収論文集』（39～44頁）、解釈学会編、教育出版センター、昭和48年3月

沖田まり　「人間の発見『道草』論」「TON」6号特集夏目漱石（61～65頁）、関西学院大学S.C.A・文学研究グループ、昭和45年12月

岸本良子　「「道草」論」、同右（81～83頁）

鶴谷憲三　「漱石『道草』」「近代文学ノート」創刊号特集夏目漱石（34～40頁）、中央大学国文研究室内近代文学研究会、昭和46年3月

佐藤宣行　「塩原金之助の初恋─『道草』に依る試論─」「日本大学櫻丘高等学校研究紀要」4号（1～11頁）、日本大学櫻丘高等学校、昭和46年3月

↓『漱石論攷』（11～21頁）、私家版、昭和58年9月

上田閑照　「漱石にあらわれた人間像─『道草』をめぐって─」「学生の読書」11集特集夏目漱石研究（40～49頁）、発行土曜会、井上宗幸編、発売創文社、昭和46年4月

赤松正夫　「作品論『道草』」、同前（135～138頁）
滝口　隆　「作品論『道草』」、同前（138～140頁）
梶木　剛　「転向論断章『村の家』と『道草』について」「公評」8巻7号（49～58頁）、公評社、昭和46年7月
↓『評論集存在への征旅』（213～226頁）、国文社、昭和47年12月
村上恭子　「夏目漱石『道草』」「国文学解釈と鑑賞」36巻10号（132～133頁）、至文堂、昭和46年9月
西川正子　「『道草』の世界」「日本文藝研究」23巻3号特集漱石文芸の世界（59～74頁）、関西学院大学日本文学会、昭和46年9月
梶木　剛　「漱石の転換『それから』と『道草』における〈自然〉の様相をめぐって」「国文学解釈と教材の研究」16巻12号特集夏目漱石の手帖（59～67頁）、學燈社、昭和46年9月
↓『評論集存在への征旅』（196～212頁）、国文社、昭和47年12月
竹盛天雄　「道草論・魔と恩寵」、同前（113～120頁）
↓『明治文学の脈動　鷗外・漱石を中心に』（370～380頁）、国書刊行会、平成11年2月
菊田　均　「『道草』論―「私」の相対性について」「風宴」8号（1～24頁）、土曜会「風宴」発行所、昭和47年1月
熊坂敦子　「『道草』私論」「日本女子大学紀要文学部」21号（71～81頁）、日本女子大学、昭和47年3月
↓『夏目漱石の研究』（200～221頁）、桜楓社、昭和48年3月
栗原　敦　「『道草』論」「近代文学論」3号（1～18頁）、東京教育大学日本文学研究科、昭和47年3月
佐藤泰正　「漱石における求道と認識―その後期文学の展開をめぐって―」「国語と国文学」49巻4号特集鷗外と漱石（80～92頁）、東京大学国語国文学会編、至文堂、昭和47年4月
↓『文学その内なる神―日本近代文学一面―』（115～135頁）、桜楓社、昭和49年3月

湯浅泰雄　『『道草』と『明暗』についての対話』「実存主義」60号特集夏目漱石（37～46頁）、実存主義協会編、以文社、昭和47年6月

↓鈴木史楼編『精選夏目漱石の書』（181～186頁）、名著刊行会、昭和61年6月

↓『湯浅泰雄全集第十一巻日本哲学・思想史Ⅳ』（120～134頁）、白亜書房、平成17年4月

村上嘉隆　『『道草』』『夏目漱石論考』（235～267頁）、啓隆閣、昭和47年6月

↓『漱石文学の人間像　自我の相剋と倫理』（195～228頁）、哲書房、昭和58年4月

水谷昭夫　「『道草』論」「日本文藝研究」25巻1号（11～29頁）、関西学院大学日本文学会、昭和48年3月

↓『漱石文芸の世界』（191～211頁）、桜楓社、昭和49年2月

↓『水谷昭夫著作選集第一巻漱石文芸の世界』（236～262頁）、新教出版社、平成9年6月

石川悌二　「夏目漱石」『近代作家の基礎的研究』（43～104頁）、明治書院、昭和48年3月

田村雅之　「『道草』小論」「無名鬼」18号（33～41頁）、村上一郎編、無名鬼発行所、昭和48年5月

樋野憲子　「『道草』論―「自然の論理」について―」「文学」41巻7号（17～31頁）、岩波書店、昭和48年7月

↓小森陽一・芹澤光興編『漱石作品論集成第十一巻道草』（140～154頁）、桜楓社、平成3年6月

遠藤　祐　「道草」『夏目漱石』（160～164頁）、桜楓社、昭和49年2月

小坂　晋　「偕老同穴の道―『道草』から『明暗』へ―」『漱石の愛と文学』（229～252頁）、講談社、昭和49年3月

樋野憲子　「『道草』」『現代国語研究シリーズ4「夏目漱石」』「国語展望」別冊12（48～53頁）、尚学図書、昭和49年5月

粂田和夫　「『道草』論」「作品」2号（1～18頁）、作品同人会（静岡）、昭和49年5月

↓小森陽一・芹澤光興編『漱石作品論集成第十一巻道草』（167～182頁）、桜楓社、平成3年6月

佐藤泰正　「漱石―その内なる神―「行人」より「道草」へ―」武田寅雄他編『日本現代文学とキリスト教明治・大正篇』（11～40頁）、桜楓社、昭和49年9月

北山正迪　「『道草』以後―日常性の思想化―」「文学」42巻11号特集漱石（1～14頁）、岩波書店、昭和49年11月

高島敦子　「夏目漱石と現代の諸問題（2）―英文『道草』研究―」「青山學院女子短期大學紀要」28輯（89～109頁）、青山学院女子短期大學、昭和49年11月

平岡敏夫　「漱石の「帰郷」―「道草」への試み」「国文学解釈と教材の研究」19巻13号特集漱石文学の変貌―二つの転換期（96～105頁）、學燈社、昭和49年11月

↓『漱石序説』（369～389頁）、塙書房、昭和51年10月

重松泰雄　「「相対即絶対」への道」、同前（106～113頁）

山崎正和　「不機嫌の時代（その二）」「新潮」71巻12号（141～168頁［141～154頁］）、新潮社、昭和49年12月

↓『不機嫌の時代』（73～95頁）、新潮社、昭和51年9月

↓小森陽一・芹澤光興編『漱石作品論集成第十一巻道草』（155～166頁）、桜楓社、平成3年6月

荒井隆治　「『道草』の内攻と作家以前のモチーフ」「立教大学日本文学」33号（26～34頁）、立教大学日本文学会、昭和49年12月

大久保純一郎　「第八章「窮所」と志賀直哉―『行人』、『心』、『道草』を背景として」『漱石とその思想』（377～421頁）、荒竹出版、昭和49年12月

鈴木敏幸　「「道草」」『修善寺以後の漱石』（1～70頁）、倭寇社、昭和50年2月

梶木　剛　「夏目漱石論（11）―知識の位相とその論理―」「試行」42号（8～26頁）、吉本隆明方試行社、昭和50年2月

「夏目漱石論（12）—知識の位相とその論理—」「試行」43号（12～28頁）、昭和50年6月

→『夏目漱石論』（207～272頁）、勁草書房、昭和51年6月

玉井文宣　「漱石「道草」の世界」「日本文藝研究」27巻2号（34～45頁）、関西学院大学日本文学会、昭和50年6月

山本勝正　「漱石「道草」の世界—日常性への回帰をめぐって—」「日本文藝研究」27巻3号（42～57頁）、関西学院大学日本文学会、昭和50年9月

→『夏目漱石文芸の研究』（241～257頁）、桜楓社、平成元年6月

坂口光宏　「作品研究『道草』」「学生の読書」15集特集夏目漱石研究（129～131頁）、発行所土曜会、島達夫編、昭和50年10月

藤原宏文　「作品研究『道草』について—生活人健三の過去—」、同右（131～133頁）

原口隆文　「作品研究『道草』」、同右（133～135頁）

宮地和子　「作品研究『道草』」、同右（135～137頁）

庄司曜子　「『道草』の構造・手法の特殊性」「言文」23号（24～31頁）、福島大学教育学部国語国文学会、昭和50年10月

高木文雄・佐藤泰正・平岡敏夫・相原和邦　「『道草』から『明暗』へ」『シンポジウム日本文学14夏目漱石』（169～209頁）、学生社、昭和50年11月

渡辺　誠　「『黴』と『道草』—その時間感覚についてのノート—」「文藝と批評」4巻5号（38～46頁）、文芸と批評同人、昭和51年1月

→小川武敏編『日本文学研究資料新集16徳田秋声と岩野泡鳴自然主義の再検討』（81～90頁）、有精堂出版、平成4年8月

真船　均　「道草論」「郡山女子大学紀要」12集（142〜132頁）、郡山女子大学、昭和51年2月
山田輝彦　「『道草』ノート」「福岡教育大学紀要」第一分冊文科編25号（1〜13頁）、福岡教育大学、昭和51年2月
→『夏目漱石の文学』近代の文学14（188〜207頁）、桜楓社、昭和59年1月
蓮井洋子　「『道草』論」「国文目白」15号（42〜48頁）、日本女子大学国語国文学会、昭和51年2月
中島国彦　「『道草』の認識」「国文学研究」59集（65〜74頁）、早稲田大学国文学会、昭和51年6月
→小森陽一・芹澤光興編『漱石作品論集成第十一巻道草』（183〜192頁）、桜楓社、平成3年6月
長谷川初音　「（三）病床の作品」『漱石作品中の女性像』（119〜127頁）、私家版、昭和51年7月（推定）
梶木剛・安藤久美子・大野淳一・三上公子・渡辺誠　「座談会夏目漱石をどう読むか『こゝろ』『道草』『明暗』を軸として」「本の本」2巻8号特集夏目漱石（10〜23頁）、ボナンザ、昭和51年8月
坂本　浩　「「道草」における自伝的要素—自然主義的私小説との相違—」『続近代作家と深層心理—漱石文学の探求—』（131〜162頁）、明治書院、昭和51年8月
→『夏目漱石—作品の深層世界—』（355〜387頁）明治書院、昭和54年4月
志保みはる　「漱石文芸に於ける「神」『道草』の世界　他者への道」「TON」別冊特集近代日本文芸とキリスト教（46〜50頁）、関西学院大学宗教活動委員会文学研究グループ、昭和51年8月
荻久保泰幸　「『道草』論の序」内田道雄・久保田芳太郎編『作品論夏目漱石』（300〜317頁）、双文社出版、昭和51年9月
→『文学の内景—漱石とその前後—』（98〜118頁）双文社出版、平成13年3月
吉田凞生　「道草の影—「道草」論」「国文学解釈と教材の研究」21巻14号〈夏目漱石—作品に深く測鉛をおろして〈特集〉〉（101〜107頁）、學燈社、昭和51年11月

↓小森陽一・芹澤光興編『漱石作品論集成第十一巻道草』(193〜199頁)、桜楓社、平成3年6月

角田旅人「「道草」覚書き」「文学年誌」2号(88〜113頁)、文学批評の会、昭和51年12月

川又貞夫「『道草』執筆期の漱石—断片に見るその意識世界—」「国文学試論」3号(52〜57頁)、大正大学大学院文学研究科、昭和51年12月

角田旅人「「道草」をめぐる二、三の問題について」「香川大学一般教育研究」11号(19〜29頁)、香川大学一般教育部、昭和52年3月

大岡　信「夏目漱石論　修善寺吐血以後『道草』」『大岡信著作集第四巻詩論I』(451〜468頁)、青土社、昭和52年4月

↓『拝啓　漱石先生』(152〜170頁)世界文化社、平成11年2月

エドウィン・マクレラン[著]、**加納孝代**[訳]「翻訳者の個人的な感想—『道草』と『暗夜行路』について」「季刊芸術」11巻3号(52〜60頁)、季刊芸術出版発行、講談社発売、昭和52年7月

粟津則雄「『道草』をめぐって1」「ユリイカ詩と批評」9巻12号特集夏目漱石愛の思想(112〜117頁)、青土社、昭和52年11月

木村東吉「『黴』と『道草』—そのリアリズムの特質と自意識の様相—」「近代文学試論」16号(23〜32頁)、広島大学近代文学研究会、昭和52年11月

↓小森陽一・芹澤光興編『漱石作品論集成第十一巻道草』(200〜213頁)、桜楓社、平成3年6月

真下五一「旅の道草」『伝記小説人間夏目漱石』(348〜366頁)、日刊工業新聞社、昭和52年11月

松元　寛「『道草』論—人間における論理と心理の分裂」「歯車」30号(49〜64頁)、歯車の会、昭和52年12月

↓『夏目漱石—現代人の原像』(193〜226頁)、新地書房、昭和61年6月

→『漱石の実験―現代をどう生きるか』（194～227頁）、朝文社、平成5年6月

大平綾子　「『道草』から『明暗』まで」「日本文学論叢」5号（1～32頁）、法政大大学院日本文学専攻委員会、昭和53年1月

上出恵子　「漱石『道草』論―序―」「日本文藝研究」30巻1号（41～51頁）、関西学院大学日本文学会、昭和53年3月

仲　秀和　「『硝子戸の中』論―『道草』への歩み―」「樟蔭紀要」創刊号（21～28頁）、樟蔭高等学校樟蔭中学校、昭和53年3月

→『漱石―『夢十夜』以後―』和泉選書124（162～178頁）、和泉書院、平成13年3月

西村美智子　「『道草』『明暗』にみる夏目漱石の夫婦観・女性観」「昭和学院国語国文」11号（82～89頁）、昭和学院短期大学国語国文学会、昭和53年3月

江藤　淳　「漱石と中国思想―『心』『道草』と荀子、老子―」「新潮」75巻4号（168～195頁）、新潮社、昭和53年4月

→『日本文学研究資料叢書夏目漱石漱石Ⅱ』（197～218頁）、有精堂出版、昭和57年9月

堀井哲夫　「相対化の構造―『道草』の位相について―」「国語国文」47巻4号（17～29頁）、中央図書出版社、京都大学文学部国語国文学研究室編、昭和53年4月

高木文雄　「『道草』論―その語り手のこと―」「国文学解釈と教材の研究」23巻6号特集夏目漱石出生から明暗の彼方へ（139～144頁）、學燈社、昭和53年5月

→『漱石作品の内と外』近代文学研究叢刊4（213～224頁）、和泉書院、平成6年3月

宮本雅子　「「こころ」論―後期三部作から「道草」へ―」「藤女子大学国文学雑誌」23号（71～78頁）、藤女子大学藤女子短期大学国語国文学会、昭和53年8月

北岡清道　「「道草」を読む」「文集」1号（特集さまざまな道草）（1～2頁）、「桐の会」、昭和53年11月
→『漱石を読む―読書会「桐の会」とともに―』（5～8頁）、渓水社、平成22年9月
中村博子　「『道草』―漱石晩年の世界―」花田司編『土曜会二十周年記念誌夏目漱石研究』（83～92頁）、国際日本研究所内土曜会、昭和53年12月
内沼幸雄　「夏目漱石の病跡3漱石の病跡3『道草』」湯浅修一編『分裂病の精神病理7』（248～261頁）、東京大学出版会、昭和53年12月
→小森陽一・芹澤光興編『漱石作品論集成第十一巻道草』（214～221頁）、桜楓社、平成3年6月
神山睦美　「連載第一回自然・家族・社会―漱石試論『道草』論（上）」「あんかるわ」54号、（83～95頁）、北川透編、昭和54年2月
「連載第二回自然・家族・社会―漱石試論『道草』論（下）」「あんかるわ」55号、（70～84頁）、北川透編、昭和54年6月
→『『それから』から『明暗』へ』（184～232頁）、砂子屋書房、昭和57年12月
松本久幸　「道草（漱石試論）」「装塡」復刊1号、通算5号（43～46頁）、「装塡」同人グループ、昭和54年2月
保坂博子　「『道草』への一考察―〈自己本位〉との関わり―」「国文学論考」15号（52～58頁）、都留文科大学国語国文学会、昭和54年3月
景山直治　「「道草」・「明暗」」『近代日本文学の鑑賞と史的展望―鷗外・漱石を中心として―』（105～107頁）、桜楓社、昭和54年3月
相原和邦　「評釈・「道草」」「国文学解釈と教材の研究」24巻6号特集夏目漱石新しい視角を求めて（140～149頁）、學燈社、昭和54年5月

松本久幸　「「道草」（漱石試論）その２」「視向」21号小特集夏目漱石（48〜52頁）、「視向」の会、昭和54年8月

上出恵子　「漱石『道草』論」「日本文藝学」14号（55〜65頁）、日本文芸学会、昭和54年10月

重松泰雄　「「私の個人主義」における〈過去〉―「道草」の方法・一つの序説―」「文学」48巻2号（16〜26頁）、岩波書店、昭和55年2月

↓『漱石　その新たなる地平』（235〜253頁）、おうふう、平成9年5月

吉田凞生　「「道草」―作中人物の職業と収入」竹盛天雄編「別冊国文学夏目漱石必携」別冊5号、（55〜61頁）、學燈社、昭和55年2月

↓『日本文学研究資料叢書夏目漱石Ⅱ』（281〜287頁）、有精堂出版、昭和57年9月

↓『群像日本の作家1夏目漱石』（163〜173頁）、小学館、平成3年2月

京極雅幸　「夏目漱石―『道草』の頃―」「近代文学研究会会報」1号（3〜9頁）、東洋大学近代文学研究会、昭和55年3月

松本久幸　「「道草」（漱石試論）その３」「視向」22号（44〜46頁）、「視向」の会、昭和55年4月

荒木　良　「夏目漱石の文体―「道草」と「硝子戸の中」の比較―」「国文」53号（36〜51頁）、お茶の水女子大学国語国文学会、昭和55年7月

↓『国文学年次別論文集近代2昭和55年』（267〜274頁）、学術文献刊行会編、朋文出版、昭和57年6月

石原千秋　「叙述形態から見た「道草」の他者認識」「成城国文」4号（61〜87頁）、成城大学大学院国文科院生会、昭和55年10月

↓『国文学年次別論文集近代2昭和55年』（254〜267頁）、学術文献刊行会編、朋文出版、昭和57年6月

↓『テクストはまちがわない―小説と読者の仕事』（185〜223頁）、筑摩書房、平成16年3月

石川悌二　「第三章養家」（23～42頁）、「第四章復籍まで」（43～68頁）、「第五章離郷」（69～97頁）、「第六章愁雲」（98～121頁）、「第七章狂気と幻滅」（122～155頁）、「第九章精霊来る」（175～211頁）『夏目漱石―その実像と虚像―』国文学研究叢書、明治書院、昭和55年11月

川又貞夫　「漱石と自然主義（三）」「国文学試論」4号（39～45頁）、大正大学大学院文学研究科、昭和55年12月

↓『国文学年次別論文集近代2昭和55年』（64～67頁）、学術文献刊行会編、朋文出版、昭和57年6月

高野実貴雄　「『道草』論序説」「学習院大学国語国文学会誌」24号（97～107頁）、学習院大学国語国文学会、昭和56年2月

↓『国文学年次別論文集近代2昭和56年』（214～219頁）、学術文献刊行会編、朋文出版、昭和58年5月

仲　秀和　「『硝子戸の中』論―『道草』とのかかわりを巡って―」「日本文藝研究」33巻1号（17～28頁）、関西学院大学日本文学会、昭和56年3月

↓『国文学年次別論文集近代2昭和56年』（235～241頁）、学術文献刊行会編、朋文出版、昭和58年5月

久保田芳太郎　「漱石『道草』」『東横学園女子短期大学創立二十五周年記念論文集』（60～69頁）、東横学園女子短期大学、昭和56年6月

↓『漱石―その志向するもの―』（307～325頁）、三弥井書店、平成6年12月

助川徳是　「『行人』『こゝろ』『道草』『明暗』の連続と非連続―作品内世界の明暗について―」「国文学解釈と鑑賞」46巻6号特集夏目漱石　表現としての漱石（18～24頁）、至文堂、昭和56年6月

森嶋邦彦　「『道草』論」「日本文藝研究」33巻2号（63～74頁）、関西学院大学日本文学会、昭和56年6月

↓『国文学年次別論文集近代2昭和56年』（202～208頁）、学術文献刊行会編、朋文出版、昭和58年5月

仲　秀和　「『道草』への一視点―存在の意味を巡って―」「日本文藝研究」33巻3号（44～54頁）、関西学院大学日本

文学会、昭和56年9月
↓『国文学年次別論文集近代2昭和56年』（209～214頁）、学術文献刊行会編、朋文出版、昭和58年5月
↓『漱石―『夢十夜』以後―』和泉選書124（179～197頁）、和泉書院、平成13年3月
中井康行「『道草』論」「日本文藝研究」33巻3号（66～75頁）、関西学院大学日本文学会、昭和56年9月
深江　浩「漱石に於ける日常性の造形一、『道草』」『漱石長篇小説の世界』（184～195頁）、桜楓社、昭和56年10月
玉井敬之「「こゝろ」から「道草」「明暗」へ―「こゝろ」の位置」「国文学解釈と教材の研究」26巻13号特集漱石「三四郎」と「こゝろ」の世界（100～106頁）、學燈社、昭和56年10月
↓『漱石研究への道』国語国文学研究叢書38（106～119頁）、桜楓社、昭和63年6月
吉田凞生「家族＝親族小説としての『道草』」三好行雄他編『講座夏目漱石第三巻〈漱石の作品(下)〉』（248～274頁）、有斐閣、昭和56年11月
富岡信子「『行人』から『道草』へ―後期漱石の人間認識を追う―」「女子大国文」90号（63～80頁）、京都女子大学国文学会、昭和56年12月
大沢吉博「「新しい女」の衝撃―漱石・泡鳴・イプセン―」三好行雄他編『講座夏目漱石第四巻〈漱石の時代と社会〉』（78～95頁）、有斐閣、昭和57年2月
↓『言語のあいだを読む―日・英・韓の比較文学』（156～172頁）、思文閣出版、平成22年7月
大嶋　仁「『道草』における作者と主人公の関係―マクレラン訳との文体比較を通じて―」、同前（308～326頁）
↓小森陽一・芹澤光興編『漱石作品論集成第十一巻道草』（222～230頁）、桜楓社、平成3年6月
土門秀子「夏目漱石『道草』小論―その夫婦像をめぐって」「群女国文」10号（70～73頁）群馬女子短期大学国文学研究室、昭和57年3月

ピーター・ミルワード（Peter Milward）・中野記偉（注釈）「MEANING IN LIFE? (Michikusa)（英文）」『The HEART of NATSUME SOSEKI（私の"漱石"）』（41～45頁）、吾妻書房、昭和57年4月

秋山公男「『道草』―構想と方法」「文学」50巻4号（80～92頁）、岩波書店、昭和57年4月

↓『漱石文学論考―後期作品の方法と構造―』（255～276頁）、桜楓社、昭和62年11月

↓小森陽一・芹澤光興編『漱石作品論集成第十一巻道草』（231～243頁）、桜楓社、平成3年6月

秋山公男「『道草』―鳥瞰図の諸相」「文学」50巻5号（14～26頁）、岩波書店、昭和57年5月

↓『漱石文学論考―後期作品の方法と構造―』（277～299頁）、桜楓社、昭和62年11月

河口　司「夏目漱石と大逆事件(2)―「道草」と大塚楠緒子―」『夏目漱石論』（75～116頁）、近代文芸社、昭和57年8月

石原千秋「「道草」における健三の対他関係の構造」「日本近代文学」29集（110～122頁）、日本近代文学会、昭和57年10月

↓小森陽一・芹澤光興編『漱石作品論集成第十一巻道草』（244～256頁）、桜楓社、平成3年6月

↓『反転する漱石』（325～346頁）、青土社、平成9年11月

太田一夫「夏目漱石6　自叙伝といわれる「道草」」『随想歴史のうしろ影―私の鷗外・漱石論他』（78～85頁）、現代社発行、星雲社発売、昭和57年10月

吉田凞生「「道草」と「和解」」「国文学解釈と鑑賞」47巻12号（夏目漱石〈特集〉）（70～77頁）、至文堂、昭和57年11月

↓池内輝雄編『志賀直哉『和解』作品論集成Ⅱ近代文学作品論叢書15』（161～168頁）、大空社、平成10年12月

西垣　勤「『道草』ノート」「群」1号（73～82頁）、群同人會、昭和58年2月

↓『漱石と白樺派』（107～125頁）、有精堂出版、平成2年6月
宮井一郎　「『道草』作者の内部要因」「文学」51巻2号（1～22頁）、岩波書店、昭和58年2月
加納典子　「一郎・健三・津田」「近代文学ゼミ論集」1号特集漱石（30～46頁）、南山大学文学部細谷研究室、昭和58年7月
佐藤義雄　「「道草」論のための序章―「自然」再考―」「稿」5号（17～23頁）、稿の会、昭和58年7月
近藤　鼎　『「道草」論　増補改訂版』（1～118頁）、私家版、昭和58年9月
大岡昇平　「「自伝」の効用―『道草』をめぐって―」「新潮」81巻1号（334～343頁）、新潮社、昭和59年1月
↓小森陽一・芹澤光興編『漱石作品論集成第十一巻道草』（257～265頁）、桜楓社、平成3年6月
↓『大岡昇平全集19評論Ⅵ夏目漱石日本近代作家論』（272～284頁）、筑摩書房、平成7年3月
宮井一郎　「『道草』」『漱石文学の全貌下巻』（122～191頁）、国書刊行会、昭和59年5月
近藤　鼎　「拙著「道草論」の修正」『漱石凡夫「道草論」を第一部とする第二部』（1～3頁）、私家版、昭和59年6月
菊地昌實　「ある知識人の自画像―『道草』」『漱石の孤独―近代的自我の行方―』（137～164頁）、行人社、昭和59年6月
尾形明子　「夏目漱石「道草」のお住」『作品の中の女たち―明治・大正文学を読む』（161～164頁）、ドメス出版、昭和59年10月
松本健次郎　「『吾輩は猫である』から『道草』へ」「日本医事新報」3154号（59～62頁）、週刊日本医事新報社、昭和59年10月6日
↓『続『漱石の精神界』』（95～111頁）、近代文芸社、平成3年11月
蒲生芳郎　「〈日常〉への帰郷者―『道草』」『漱石を読む―自我の孤立と愛への渇き』（188～214頁）、洋々社、昭和59年12

月

佐々木孝次　「家族と人間形成―漱石の『道草』の場合」『母親と日本人』（150～247頁）、文藝春秋、昭和60年1月

中田昌三　「『道草』論―『道草』における「金」の意味―」「国語と教育」11号（80～89頁）、大阪教育大学国語教育学会、昭和60年3月

村橋春洋　「「道草」論―近代知識人の自己解体―」「日本文藝研究」37巻1号（58～71頁）、関西学院大学日本文学会、昭和60年4月

↓『国文学年次別論文集近代2昭和60年』（571～577頁）、学術文献刊行会編、朋文出版、昭和62年5月

↓『夢の崩壊―日本近代文学一面―』（43～60頁）、双文社出版、平成9年3月

笹淵友一　「夏目漱石「道草」論」「学苑」545号（2～17頁）、昭和女子大学近代文化研究所、昭和60年5月

↓『夏目漱石―「夢十夜」論ほか―』国文学研究叢書（191～217頁）、明治書院、昭和61年2月

↓『国文学年次別論文集近代2昭和60年』（562～570頁）、学術文献刊行会編、朋文出版、昭和62年5月

海野美幸　「夏目漱石『道草』論」「常葉国文」10号（78～84頁）、常葉学園短期大学国文学会、昭和60年6月

清水孝純　「方法としての迂言法《ペリフラーズ》―『道草』序説―」「文学論輯」31号（21～67頁）、九州大学教養部文学研究会、昭和60年8月

↓小森陽一・芹澤光興編『漱石作品論集成第十一巻道草』（266～295頁）、桜楓社、平成3年6月

↓『漱石　その反オイディプス的世界』（221～282頁）、翰林書房、平成5年10月

広瀬　薫　「『道草』論―日常生活と「論理」をめぐって―」「米沢国語国文」12号（72～82頁）、山形県立米沢短期大学国語国文学会、昭和60年9月

笹淵友一　［司会］・**佐藤泰正・清水孝純・清水氾**　「《特集》一九八四年度全国大会シンポジウム　漱石文学とキリス

ト教―『道草』を中心に―」「キリスト教文学研究」3号（62〜95頁）、日本キリスト教文学会、昭和60年10月
戸島　稔「道草」『夏目漱石』（193〜219頁）、私家版、制作丸善出版サービスセンター、昭和60年12月
坂本　浩「「漱石」の現代的意義―則天去私の奥義―」『近代文学論攷―回顧と展望―』（250〜268頁）、明治書院、昭和61年1月
越智悦子「夏目漱石の経済感覚（その二）―自分の力で獲得するもの―」「岡大国文論稿」14号（53〜63頁）、岡山大学文学部国語国文学研究室、昭和61年3月
↓『国文学年次別論文集近代2昭和61年』（76〜81頁）、学術文献刊行会編、朋文出版、昭和63年5月
今野　宏「夏目漱石論―その夫婦像について―」「聖和」23号（39〜81頁）、聖和学園短期大学、昭和61年3月
↓『国文学年次別論文集近代2昭和61年』（40〜61頁）、学術文献刊行会編、朋文出版、昭和63年5月
小林崇利「文学に現れた庇護者の問題―夏目漱石『道草』の場合―」「主潮」14号（18〜25頁）、清水文学会、昭和61年3月
↓『現代日本文学の軌跡―漱石から島尾敏雄まで―』（56〜69頁）、近代文芸社、平成6年12月
干　耀明「『道草』論」「同志社国文学」27号（45〜56頁）、同志社大学国文学会、昭和61年3月
↓『国文学年次別論文集近代2昭和61年』（303〜309頁）、学術文献刊行会編、朋文出版、昭和63年5月
大岡昇平・三好行雄「対談　漱石の帰結」「国文学解釈と教材の研究」31巻3号特集「道草」から「明暗」へ（6〜26頁）、學燈社、昭和61年3月
重松泰雄「「道草」から「明暗」へ―その連続と非連続―」、同右（27〜34頁）
↓『漱石　その新たなる地平』（254〜269頁）、おうふう、平成9年5月
吉田凞生「「道草」の時間―記憶と現在」、同前（35〜39頁）

亀井俊介　「「道草」を読む―曖昧さをめぐって」、同前（40～46頁）
→小森陽一・芹澤光興編『漱石作品論集成第十一巻道草』（296～302頁）、桜楓社、平成3年6月
石井和夫　「「道草」・関係の論理」、同前（47～53頁）
東郷克美　「「道草」―「書斎」から「往来」へ―」、同前（54～61頁）
→『異界の方へ―鏡花の水脈』（178～193頁）、有精堂出版、平成6年2月
国岡彬一　「読む　漱石の後期諸作品と「暗夜行路」」「日本文学」35巻5号（70～73頁）、日本文学協会、昭和61年5月
實方　清　「「道草」の世界」『實方清著作集第八巻漱石文芸の世界』（225～239頁）、桜楓社、昭和61年6月
橋川俊樹　『「道草」―冬への収斂―（及び岳父・中根重一の「悲境」について）」「稿本近代文学」9集〈夏目漱石〈特集〉（80～106頁）、筑波大学文芸言語学系平岡研究室、昭和61年11月
石川正一　「「道草」論」「星稜論苑」7号（297～269頁）、星稜女子短期大学経営学会、昭和61年12月
→『国文学年次別論文集近代2昭和61年』（310～324頁）、学術文献刊行会編、朋文出版、昭和63年5月
→『漱石　円い輪の上で』（131～153頁）、能登印刷・出版部、平成3年9月
吉本隆明・佐藤泰正　「夫婦の眼―道草」（223～237頁）、「自然・天・神」（237～248頁）、『漱石的主題』春秋社、昭和61年12月
加藤二郎　「『道草』論―虚構性の基底とその周辺―」「文藝研究」114集（66～75頁）、東北大学内日本文藝研究会、昭和62年1月
→『漱石と漢詩―近代への視線―』（185～201頁）、翰林書房、平成16年11月
エドウィン・マクレラン（Edwin McClellan）「The Language of Michikusa（英文）」飯島武久・J. M. Vardaman編

『The World of Natsume Soseki（夏目漱石の世界）』（229～243頁）、金星堂、昭和62年2月

佐々木徹　「漱石における自己と自然」「追手門学院大学創立二〇周年記念論集文学部篇」（625～613頁）、追手門学院大学、昭和62年3月

↓『国文学年次別論文集近代2昭和62年』（54～60頁）、学術文献刊行会編、朋文出版、平成元年5月

↓『悲の思想―文学にみる生老病死―』（154～182頁）、法藏館、平成11年7月

高木文雄　「若醜剔抉―「坊っちゃん」から『道草』まで―」「金城学院大学論集」国文学篇29号（107～120頁）、金城学院大学、昭和62年3月

↓『国文学年次別論文集近代2昭和62年』（196～203頁）、学術文献刊行会編、朋文出版、平成元年5月

↓『漱石作品の内と外』近代文学研究叢刊4（31～47頁）、和泉書院、平成6年3月

関谷由美子　「『道草』論―〈自然の衝動〉をめぐって―」「都大論究」24号（98～108頁）、東京都立大学国語国文学会、昭和62年3月

↓『国文学年次別論文集近代2昭和62年』（351～356頁）、学術文献刊行会編、朋文出版、平成元年5月

木村　游　「おれは畢竟どうなるのか」『私の漱石―その魂のありどころ―』（163～185頁）、至芸出版社、昭和62年4月

江藤　淳　「『道草』断片」『日本近代文学館創立二十五周年記念夏目漱石展』図録（6～7頁）、日本近代文学館、昭和62年5月

中島国彦　「第六部「こゝろ」「道草」から「明暗」へ」、同右（79～96頁）

祇園雅美　「『道草』の構造―自然治癒の図式―」「語文論叢」15号（31～52頁）、千葉大学文学部国語国文学会、昭和62年9月

駒尺喜美　「則天去私の完成―『道草』」『漱石という人―吾輩は吾輩である』（182～225頁）、思想の科学社、昭和62年10

月

藤尾健剛「道草の時間—方法としての〈自然の論理〉—」「国文学研究」93集（31～41頁）、早稲田大学国文学会、昭和62年10月

坂口曜子「漱石の象徴主義—『道草』論—」『魔術としての文学—夏目漱石論—』（43～102頁）、沖積舎、昭和62年11月

沢　英彦「夏目漱石の恋（一）—その持つ『饗宴』的構造」「日本文学研究」25号（111～148頁）、高知日本文学研究会、昭和62年12月

→『国文学年次別論文集近代2昭和62年』（97～115頁）、学術文献刊行会編、朋文出版、平成元年5月

相原和邦「日本文化と漱石文学—「道草」「明暗」を軸として—」「広島大学教育学部紀要第二部」36号（289～299頁）、広島大学教育学部、昭和62年12月

相原和邦「絶対世界の行方—「道草」と「明暗」」（338～358頁）、「知性の否定と認容—「道草」」（379～389頁）、「到達期の叙法「明暗」「道草」」（406～439頁）、『漱石文学の研究—表現を軸として—』明治書院、昭和63年2月

武田充啓「夏目漱石『道草』小論」「奈良工業高等専門学校研究紀要」23号（108～97頁）、奈良工業高等専門学校、昭和63年3月

青木正次「前古代研究2漱石の帰還—『道草』—」「藤女子大学国文学雑誌」40号（68～76頁）、藤女子大学藤女子短期大学国語国文学会、昭和63年3月

本間賢史郎「Natsume Sôseki and Jane Austen: A Comparative Study（1）」「徳島文理大学文学論叢」5号（17～32頁）、徳島文理大学文学部、昭和63年3月

藪　禎子「小説の中の女たち16〈お住〉—「道草」夏目漱石」「北海道新聞」一六四二四号（14面）、北海道新聞社、

昭和63年4月23日（土曜）

↓『小説の中の女たち』（70～73頁）、北海道新聞社、平成元年5月

大竹雅則　「『道草』―他者の受容―」『夏目漱石論攷』（319～341頁）、桜楓社、昭和63年5月

文　哲秀　「『道草』小考―還相思想論理―」「日本学報」20輯（261～281頁）、韓国日本学会、昭和63年5月

佐藤裕子　「『道草』論」「日本文藝研究」40巻2号（22～33頁）、関西学院大学日本文学会、昭和63年7月

↓『国文学年次別論文集近代2昭和63年』（303～308頁）、学術文献刊行会編、朋文出版、平成2年5月

↓『漱石解読―〈語り〉の構造』近代文学研究叢刊22（254～277頁）、和泉書院、平成12年5月

玉井敬之　「『道草』―健三の淋しさ―」「国文学解釈と鑑賞」53巻8号特集夏目漱石―作家論と作品論（124～130頁）、至文堂、昭和63年8月

笹淵友一　「夏目漱石「道草」をめぐって」「文学・語学」118号講演特集（1～9頁）、全国大学国語国文学会編、桜楓社、昭和63年8月

↓『国文学年次別論文集近代2昭和63年』（315～319頁）、学術文献刊行会編、朋文出版、平成2年5月

荻原桂子　「『道草』論」「日本文藝研究」40巻3号（63～74頁）、関西学院大学日本文学会、昭和63年10月

↓『国文学年次別論文集近代2昭和63年』（309～315頁）、学術文献刊行会編、朋文出版、平成2年5月

↓『夏目漱石の作品研究』（273～287頁）、花書院、平成12年3月

石川正一　「漱石の作品とカウンセリング」「星稜論苑」9号（199～173頁）、星稜女子短期大学経営学会、昭和63年12月

↓『国文学年次別論文集近代2昭和63年』（70～83頁）、学術文献刊行会編、朋文出版、平成2年5月

↓『漱石　円い輪の上で』（7～29頁）、能登印刷・出版部、平成3年9月

石原千秋　「岳父の影―「道草」」「東横国文学」21号（93～103頁）、東横学園女子短期大学国文学会、平成元年3月

大木正義　「灼熱する針の説話―『道草』論―」「成城国文学」5号（67～79頁）、成城国文学会、平成元年3月

小林一郎　「『道草』―「狂気」の意義―」『夏目漱石の研究』（197～240頁）、至文堂、平成元年3月

河畠　修　「第2章昭和史の中のシルバー世代　二千五百年つづいた？「人生五十年」―漱石「道草」の主人公の悩み」『変貌するシルバー・ライフ―1920年代～1990年代―』（71～71頁）、竹内書店新社、平成元年8月

大橋健三郎　「知を呪縛する「過去」―『道草』論」「同時代」54号（62～77頁）、「黒の会」、発売法政大学出版局、平成元年11月

↓『夏目漱石　近代という迷宮《メーズ》』（113～140頁）、小沢書店、平成7年6月

津上　忠　「「道草」を中心に」「民主文学」289号特集夏目漱石再読（96～99頁）、日本民主主義文学同盟編、新日本出版社、平成元年12月

↓『作家談義』（135～142頁）、影書房、平成20年12月

竹内好徳・福地誠・藤田寛・塩地寿夫・三次茂・櫻井義夫［司会］「座談会（第八回）『日本文学の探究』夏目漱石『道草』をめぐって」「水戸評論」47号（168～189頁）、水戸評論事務局、平成元年12月

↓『作家を読む花袋・藤村・漱石の世界』水戸評論叢書一号（129～148頁）、水戸評論出版局、平成4年8月

佐古純一郎　「『道草』」『夏目漱石の文学』（217～242頁）、朝文社、平成2年2月

松岡京子　「『道草』試論―日常での生の意味をめぐって―」「南山国文論集」14号（15～29頁）、南山大学国語国文学会、平成2年3月

↓『国文学年次別論文集近代2平成2年』（347～354頁）、学術文献刊行会編、朋文出版、平成4年6月

高野実貴雄　「漱石―後期作品の問題」「浦和論叢」4号（176～155頁）、浦和短期大学、平成2年3月

↓『国文学年次別論文集近代2平成2年』（68～79頁）、学術文献刊行会編、朋文出版、平成4年6月

伊豆利彦　「『道草』平等観の世界」『夏目漱石』新日本新書403（200～205頁）、新日本出版社、平成2年4月

堀　巖　「自己回帰への旅—『道草』について—」「AMAZON」309号（11～16頁）、西川正明方AMAZON発行所、平成2年6月

↓『私小説の方法』（135～148頁）、沖積舎、平成15年11月

蓮實重彦　「修辞と利廻り—『道草』論のためのノート」三好行雄編「別冊国文学39号夏目漱石事典」（374～381頁）、學燈社、平成2年7月

↓『魅せられて　作家論集』（28～45頁）、河出書房新社、平成17年7月

玉井敬之　「『道草』論」「国語と国文学」67巻8号（1～14頁）、東京大学国語国文学会編、至文堂、平成2年8月

重松泰雄　「自然という名の〈相対〉と〈絶対〉…「道草」のキャラクターたち」「敍説」Ⅱ（129～139頁）、敍説舎編、花書院、平成2年8月

↓『漱石　その新たなる地平』（42～74頁）、おうふう、平成9年5月

遠藤　祐　「『道草』」「国文学解釈と鑑賞」55巻9号特集夏目漱石文学にみる男と女（120～124頁）、至文堂、平成2年9月

安良岡康作　「個性的文体の考察（その六・完）」「専修国文」47号（45～92頁）、専修大学国語国文学会、平成2年9月

↓『日本文芸における個性的文体の考察』（225～272頁）、笠間叢書247、笠間書院、平成4年7月

内田道雄　「『道草』論への前提」「古典と現代」58号（37～52頁）、古典と現代の会、平成2年9月

↓『夏目漱石—『明暗』まで』（243～263頁）、おうふう、平成10年2月

ジャメ・オリヴィエ　「『道草』における孤立、逃避、疎外」〈仏文〉「天理大学学報」語学・文学・人文・社会・自然編42巻1号（121～137頁）、天理大学学術研究会、平成2年10月

小澤勝美　「「道草」論―〈他者〉との「断絶」の底にある「愛」の讃歌―」「日本文学」39巻11号特集近代文学における〈他者〉と〈天皇制〉Ⅱ（11～20頁）、日本文学協会、平成2年11月

↓『透谷と漱石　自由と民権の文学』（324～342頁）、双文社出版、平成3年6月

本間賢史郎　「Michikusa and Jane Austen's Sense and Sensibility」『Natsume Sôseki:A Comparative Study』（198～214頁）、関西外国語大学、平成2年

森本哲郎　「月は東に［第九回］道草」「Signature」31巻1号（18～22頁）、日本ダイナースクラブ、平成3年1月

↓『月は東に　蕪村の夢漱石の幻』（121～133頁）、新潮社、平成4年6月

↓『月は東に―蕪村の夢漱石の幻―』（133～147頁）、新潮文庫も―11―6、新潮社、平成9年7月

中山惠津子　「夏目漱石後期小説におけるconflictの研究―夫婦関係をめぐって―」「関西外国語大学研究論集」53号（155～173頁）、関西外国語大学関西外国語短期大学、平成3年1月

↓『国文学年次別論文集近代2平成3年』（763～754頁）、学術文献刊行会編、朋文出版、平成5年6月

柴田奈美　「漱石作品における女性像（二）」「岡山県立短期大学研究紀要」34巻（12～18頁）、岡山県立短期大学、平成3年3月

↓『国文学年次別論文集近代2平成3年』（29～32頁）、学術文献刊行会編、朋文出版、平成5年6月

相原和邦　「『道草』の特質」「広島大学教育学部紀要第二部」39号（277～281頁）、広島大学教育学部、平成3年3月

赤井恵子　「「道草」小考―その比喩―」「熊本短大論集」94号（92～73頁）、熊本短期大学、平成3年3月

↓『国文学年次別論文集近代2平成3年』（329～339頁）、学術文献刊行会編、朋文出版、平成5年6月

↓『漱石という思想の力』（91～116頁）、朝文社、平成10年11月

中野新治「クロノスの世界としての「道草」─その「神」の位相をめぐって─」「キリスト教文学」10号特輯夏目漱石文学を読む（26～33頁）、キリスト教文学会九州支部、平成3年3月

渡邊澄子「『道草』論」「大東文化大学紀要」人文科学29号（267～281頁）、大東文化大学、平成3年3月

↓『国文学年次別論文集近代2平成3年』（321～328頁）、学術文献刊行会編、朋文出版、平成5年6月

↓『女々しい漱石、雄々しい鷗外』（64～87頁）、世界思想社、平成8年1月

清水忠平「私論・漱石再考　連載11生活人の所まで降りてくる　他者の自己本位も尊重『道草』」「ニューリーダー」4巻4号（72～78頁）、はあと出版、平成3年4月

↓『漱石に見る愛のゆくえ』（147～161頁）、グラフ社、平成4年12月

森田弘造「『道草』の周辺」「近代文学研究」8号（43～50頁）、日本文学協会近代部会、平成3年5月

藤田健治「尋常普通の人間の克明な分析と嫌悪『道草』」『漱石　その軌跡と系譜（鷗外・龍之介・有三）文学の哲学的考察』（139～145頁）、紀伊國屋書店、平成3年6月

↓『藤田健治著作集第六巻』（264～268頁）、新樹社、平成8年9月

加藤富一「『道草』序説」「解釈學」5輯（51～65頁）、解釈學事務局、平成3年6月

↓『夏目漱石─「三四郎の度胸」など─』研究選書49（190～209頁）、教育出版センター、平成3年12月

↓『国文学年次別論文集近代2平成3年』（339～346頁）、学術文献刊行会編、朋文出版、平成5年6月

斎藤悟郎「漱石作品の弁証法─『道草』における近代市民社会の論理─（上）」「月刊状況と主体」193号（83～101頁）、谷沢書房、平成3年12月

斎藤悟郎「漱石作品の弁証法─『道草』における近代市民社会の論理─（下）」「月刊状況と主体」194号（120～129頁）、

谷沢書房、平成4年1月

姜　煕鈴　「『道草』論―方法としての自伝性―」「新樹」7輯（33〜40頁）、梅光女学院大学大学院文学研究科日本文学専攻、平成4年3月

↓『国文学年次別論文集近代2平成4年』（365〜369頁）、学術文献刊行会編、朋文出版、平成6年6月

吉本隆明　「資質をめぐる漱石（2）―『道草』―」「ちくま」252号（4〜11頁）、筑摩書房、平成4年3月

↓『夏目漱石を読む』（220〜235頁）、筑摩書房、平成14年11月

↓『夏目漱石を読む』（239〜256頁）、ちくま文庫、筑摩書房、平成21年9月

小泉浩一郎　「『心』から『道草』へ―〈男性の言説〉と〈女性の言説〉―」「キリスト教文学」11号特輯夏目漱石文学を読む―その2―（44〜53頁）、キリスト教文学会九州支部、平成4年3月

↓『夏目漱石論〈男性の言説〉と〈女性の言説〉』（273〜286頁）、翰林書房、平成21年5月

渡邊澄子　「『道草』論（その二）―健三・お住の折り合いを中心に―」「大東文化大学紀要」人文科学30号（353〜367頁）、大東文化大学、平成4年3月

↓『国文学年次別論文集近代2平成4年』（370〜377頁）、学術文献刊行会編、朋文出版、平成6年6月

↓『女々しい漱石、雄々しい鷗外』（88〜112頁）、世界思想社、平成8年1月

森田弘造　「『道草』論―健三における内的時間の齟齬をめぐって―」「近代文学研究」9号（46〜56頁）、日本文学協会近代部会、平成4年6月

川崎謙・鳥井美和・浜部武生・福見克敏　「理科教育の鍵概念「自然」に関する資料―漱石『道草』・『こころ』に見る自然―」「岡山大学教育学部研究集録」90号（73〜80頁）、岡山大学教育学部、平成4年7月

石川正一　「漱石の課題」「星稜論苑」14号（180〜170頁）、星稜女子短期大学経営学会、平成4年7月

→『国文学年次別論文集近代2平成4年』（37〜42頁）、学術文献刊行会編、朋文出版、平成6年6月
→『漱石と道徳思想』（65〜75頁）、能登印刷出版部、平成8年7月
増田治子　「『道草』」『文学の影―ジッドと漱石』（201〜203頁）、駿河台出版社、平成4年8月
石川正一　「漱石の主題」「金沢経済大学論集」26巻1・2号（360〜345頁）、金沢経済大学経済学会、平成4年10月
→『国文学年次別論文集近代2平成4年』（21〜29頁）、学術文献刊行会編、朋文出版、平成6年6月
→『漱石と道徳思想』（133〜148頁）、能登印刷出版部、平成8年7月
石川光男　「『道草』解読」「月刊国語教育」12巻8号（98〜103頁）、東京法令出版、平成4年10月
河合隼雄　「連載中年クライシス最終回　自己実現の王道」「月刊 Asahi」4巻12号（90〜95頁）、朝日新聞社、平成4年12月
→『中年クライシス』（201〜217頁）、朝日新聞社、平成5年5月
→『河合隼雄著作集第Ⅱ期第9巻多層化するライフサイクル』（302〜313頁）、岩波書店、平成14年3月
佐々木雅發　「『道草』評釈―御常をめぐって―」「繍」5号（75〜107頁）、繍の会、早稲田大学大学院文学研究科榎本・佐々木ゼミ、平成4年12月
石川正一　「『道草』の話題」「星稜論苑」15号（320〜305頁）、星稜女子短期大学経営学会、平成4年12月
→『漱石と道徳思想』（89〜104頁）、能登印刷出版部、平成8年7月
李　国棟　「「道草」と「明暗」」「広島大学文学部紀要」52巻特輯号三（夏目漱石文学主脈新研究〈特輯〉）（36〜44頁）、広島大学文学部、平成4年12月
松下浩幸　「1910年代における『道草』と『和解』―その〈出産〉が意味するもの―」「明治大学大学院紀要文学篇」30集（47〜66頁）、明治大学大学院、平成5年2月

菊原昌子　「「道草」―求愛のサイン―」「国文目白」32号（119～127頁）、日本女子大学国語国文学会、平成5年2月

佐々木雅發　「『道草』評釈―〈幼時の記憶〉をめぐって―」「早稲田大学大学院文学研究科紀要」文学・芸術学編38輯（3～19頁）、早稲田大学大学院文学研究科、平成5年2月

→『国文学年次別論文集近代2平成6年』（627～635頁）、学術文献刊行会編、朋文出版、平成8年9月

中村　完　「「道草」」「国文学ノート」30号（65～83頁）、成城短期大学日本文学研究室、平成5年3月

→『漱石空間』（198～217頁）、有精堂出版、平成5年12月

長岡達也　「夏目漱石の人間関係についての考察」「聖カタリナ女子短期大学紀要」26号（15～26頁）、聖カタリナ女子短期大学、平成5年3月

→『国文学年次別論文集近代2平成5年』（685～679頁）、学術文献刊行会編、朋文出版、平成7年6月

細谷　博　「『道草』の味わい―〈迂闊な健三〉と〈捨てられた父〉―」「南山国文論集」17号（17～33頁）、南山大学国語国文学会、平成5年3月

→『国文学年次別論文集近代2平成5年』（320～328頁）、学術文献刊行会編、朋文出版、平成7年6月

→『凡常の発見　漱石・谷崎・太宰』南山大学学術叢書（124～151頁）、明治書院、平成8年2月

沢　英彦　「漱石文学の愛の構造㈥―「夏目漱石の恋」改題―」「日本文学研究」30号（197～243頁）、高知日本文学研究会、平成5年3月

蒲生芳郎　「漱石文学の軌跡―死に至る病から回生の端緒へ―」『新編夏目漱石研究叢書1』（5～29頁）、近代文藝社、平成5年4月

→『鷗外・漱石・芥川』（177～208頁）、洋々社、平成10年6月

加藤二郎　「『道草』論―虚構性の基底とその周辺―」『新編夏目漱石研究叢書1』（31～48頁）、近代文藝社、平成5年

4月

山本　平　「漱石にとっての原体験―『道草』ノート―」『漱石往来―その作品を手がかりに「日本の近代」を読む―』（141～149頁）、私家版、平成5年4月

小森陽一　「文豪が「本郷」を消した理由」「東京人」8巻7号通号70号（漱石・鷗外の散歩道　本郷界隈〈特集〉）（40～45頁）、編集都市出版、発行東京都文化振興会、発売教育出版、平成5年7月

石川正一　「日常の人―『道草』の世界―」「星稜論苑」16号（140～130頁）、星稜女子短期大学経営学会、平成5年7月

→『漱石と道徳思想』（77～87頁）、能登印刷出版部、平成8年7月

岸本隆生　「「自己本位」と他者の発見　夏目漱石『道草』論」「葦牙」19号（95～104頁）、葦牙同人会、発売田畑書店、平成5年9月

大庭みな子　「道草」「図書」532号特集漱石（13～15頁）、岩波書店、平成5年10月

長尾　剛　「道草」『漱石ゴシップ小説のすき間を読む』（185～197頁）、ネスコ、発売文藝春秋、平成5年10月

柴　市郎　「『道草』―交換・貨幣・書くこと―」「日本近代文学」49集（115～126頁）、日本近代文学会、平成5年10月

→片岡豊編『日本文学研究論文集成27夏目漱石2』（49～64頁）、若草書房、平成10年9月

佐々木雅發　「『道草』評釈―健三とお住」「漱石研究」創刊号特集『漱石と世紀末』（187～191頁）、翰林書房、平成5年10月

李　国棟　「「自然の論理」と晩期漱石文学」『魯迅と漱石―悲劇性と文化伝統―』（164～189頁）、世界の日本文学シリーズ7、明治書院、平成5年10月

山本　平　「「道草」逍遙―『道草』ノート㈡―」『続　漱石往来―その作品を手がかりに「日本の近代」を読む―』（145～192頁）、私家版、平成5年10月

青木正次　「前古代研究⑿『道草』続・漱石の帰還」「藤女子大学国文学雑誌」51号（1〜11頁）、藤女子大学藤女子短期大学国語国文学会、平成5年11月

赤木善光　「『道草』における自然と神との問題」『漱石と鑑三―「自然」と「天然」―』（50〜58頁）、教文館、平成5年11月

海野　底　「道草―漱石文学の終着点」『漱石は文豪か？』（105〜118頁）、績文堂出版、平成5年11月

島田雅彦　「『道草』」『漱石を書く』（158〜167頁）、岩波新書新赤版315、岩波書店、平成5年12月

藤森　清　「語り手の恋―『道草』試論―」「年刊日本の文学」2集（66〜83頁）、有精堂出版、平成5年12月

↓『語りの近代』（127〜147頁）、有精堂出版、平成8年4月

佐藤泰正　「『道草』再論―〈身体論〉的視点を軸として」「国文学解釈と教材の研究」39巻2号特集夏目漱石の全小説を読む（169〜175頁）、學燈社、平成6年1月

↓『佐藤泰正著作集①漱石以後Ⅰ』（87〜100頁）、翰林書房、平成6年4月

小山田義文　「『道草』と鏡子夫人の『漱石の思ひ出』との間」「英語英米文学」34集（173〜193頁）、中央大学英米文学会、平成6年2月

中村　完　「『道草』補遺―名刺・戸籍・証文―」「国文学ノート」31号（71〜75頁）、成城短期大学日本文学研究室、平成6年3月

笛木美佳　「『道草』論―語り手と健三―」「昭和女子大学大学院日本文学紀要」5集（37〜49頁）、昭和女子大学、平成6年3月

岡村謙二郎　「漱石と図書館」「中京大学図書館学紀要」15号（1〜57頁）、中京大学図書館、平成6年3月

↓『国文学年次別論文集近代2平成6年』（713〜685頁）、学術文献刊行会編、朋文出版、平成8年9月

木村直人（山影冬彦） 「『道草』徘徊」『漱石異説二題―「坊っちゃん」抱腹・「道草」徘徊』（71～200頁）、彩流社、平成6年3月

小泉浩一郎 「漱石『心』から『道草』へ―〈男性の言説〉と〈女性の言説〉・序説」「東海大学紀要文学部」60号（1～6頁）、東海大学文学部、平成6年3月

↓『国文学年次別論文集近代2平成6年』（295～298頁）、学術文献刊行会編、朋文出版、平成8年9月

↓『夏目漱石論〈男性の言説〉と〈女性の言説〉』（265～272頁）、翰林書房、平成21年5月

アンジェラ・ユー（ANGELA YIU）「漱石の「道草」に於ける「レペティション」（反復）の詩学」「城西国際大学紀要」2巻1号経営情報学部人文学部（97～116頁）、城西国際大学、平成6年3月

山尾（吉川）仁子 「夏目漱石「道草」論」「研究年報」37号（1～18頁）、奈良女子大学文学部、平成6年3月

↓『国文学年次別論文集近代2平成6年』（299～307頁）、学術文献刊行会編、朋文出版、平成8年9月

三田村信行 「『道草』の世界」『伝記世界を変えた人々20夏目漱石いまも読みつがれる数々の名作を書き、人間の生き方を深く追究しつづけた小説家』（182～192頁）、偕成社、平成6年3月

宗　正孝 「『こころ』、それ以後―死と再生をめぐるドラマ―」「ソフィア」43巻1号（60～73頁）、上智大学、平成6年4月

小森陽一 「鏡子夫人と作中の女性たち―自伝的小説『道草』には、愛情を確認し合おうとする度にすれ違う夫婦の葛藤が」「プレジデント」32巻5号特集夏目漱石（70～76頁）、プレジデント社、平成6年5月

佐々木雅發 「『道草』評釈―冒頭をめぐって―」「文学年誌」11号（161～180頁）、文学批評の会、発売元葦真文社、平成6年5月

江国滋・小森陽一・石原千秋 「〈インタビュー〉「代助になりたい」―引き算の文学―俳句・落語・そして『道草』―」

「漱石研究」２号特集『三四郎』（201～212頁）、翰林書房、平成６年５月
↓『漱石を語る１』小森陽一・石原千秋編（155～169頁）、翰林書房、平成10年12月
芳川泰久「Es の発見―『道草』という強度」『漱石論―鏡あるいは夢の書法』（223～267頁）、河出書房新社、平成６年５月
中村　啓「『道草』」『鷗外と漱石―思考と感情―』（235～318頁）、近代文藝社、平成６年５月
佐々木雅發「『道草』評釈の一齣―〈血と肉と歴史〉をめぐって」「早稲田文学」第８次217号特集またしても漱石について（52～63頁）、早稲田文学会、発売早稲田大学出版部、平成６年６月
西村好子「ねじれの場としての家族―『道草』と『半日』」「凮」２号（86～95頁）、発行人松本邦夫、平成６年６月
↓『散歩する漱石―詩と小説の間』（182～198頁）、翰林書房、平成10年９月
石川正一「漱石の世界」「金沢経済大学論集」28巻１号（190～180頁）、金沢経済大学経済学会、平成６年６月
↓『漱石と道徳思想』（51～61頁）、能登印刷出版部、平成８年７月
↓『国文学年次別論文集近代２平成６年』（33～38頁）、学術文献刊行会編、朋文出版、平成８年９月
森まゆみ「「道草」の時代―千駄木の漱石（承前）」「図書」541号（22～27頁）、岩波書店、平成６年７月
飯田祐子「『道草』と自然主義における「金」の問題―小説家という〈職業〉―」「名古屋大学国語国文学」74号（45～63頁）、名古屋大学国語国文学会、平成６年７月
↓『彼らの物語　日本近代文学とジェンダー』（74～104頁）、名古屋大学出版会、平成10年６月
↓『国文学年次別論文集近代２平成６年』（309～318頁）、学術文献刊行会編、朋文出版、平成８年９月
中島国彦「漱石の時代を読む⑥『道草』と家」「太陽」32巻８号特集夏目漱石（91～91頁）、平凡社、平成６年８月
長尾　剛「赤裸々な自伝的小説『道草』の背景にあるもの」『漱石学入門　吾輩は隣のおじさんである』（166～170

頁)、ゴマブックスB―627、ごま書房、平成6年8月
佐藤芳子「「道草」偶感」「目白近代文学」11号(60〜67頁)、日本女子大学大学院文学研究科日本文学専攻課程・井上ゼミ(旧)、平成6年9月
石原千秋「『道草』のヒステリー」「漱石全集第十巻月報10」(14〜16頁)、岩波書店、平成6年10月
↓『反転する漱石』(346〜350頁)、青土社、平成9年11月
吉田敦彦「V―母」(217〜250頁)、「VI―鏡」(251〜283頁)、「VII―パナマの帽子」(285〜338頁)、『漱石の夢の女』青土社、平成6年10月
増満圭子「『道草』の中の「産」―視線の奥に潜むもの―」「語文論叢」22号(49〜64頁)、千葉大学文学部国語国文学会、平成6年11月
江種満子「『道草』の妊娠・出産をめぐって」「漱石研究」3号特集『漱石とセクシャリティ』(102〜117頁)、翰林書房、平成6年11月
↓『わたしの身体、わたしの言葉　ジェンダーで読む日本近代文学』(286〜305頁)、翰林書房、平成16年10月
江種満子「「道草」のヒステリー」「国語と国文学」71巻12号(1〜15頁)、東京大学国語国文学会編、至文堂、平成6年12月
↓『わたしの身体、わたしの言葉　ジェンダーで読む日本近代文学』(265〜285頁)、翰林書房、平成16年10月
坂本育雄「芸術としての「道草」」「国文鶴見」29号(36〜45頁)、鶴見大学日本文学会、平成6年12月
八木良夫「『道草』の世界」「甲子園短期大学紀要」12・13号(79〜93頁)、甲子園短期大学、平成7年2月
↓『国文学年次別論文集近代2平成7年』(287〜294頁)、学術文献刊行会編、朋文出版、平成9年9月
↓『夏目漱石論―『それから』から『明暗』を中心に―』(196〜233頁)、丸善株式会社大阪出版サービスセンター、平

成15年8月

佐々木啓　「『道草』試論─視点と手法─」「北見大学論集」33号（378〜366頁）、北海学園北見大学学術研究会、平成7年3月

宮崎隆広　「『道草』論」「活水日文」30号（1〜12頁）、活水学院日本文学会、平成7年3月

→『国文学年次別論文集近代2平成7年』（295〜301頁）、学術文献刊行会編、朋文出版、平成9年9月

森田喜郎　「『道草』─残酷で片付かない運命─」『夏目漱石論─「運命」の展開─』和泉選書92（128〜136頁）、和泉書院、平成7年3月

赤嶺幹雄　「『道草』」『漱石作品論（下巻）』（634〜754頁）、HASMEL、平成7年3月

小山田義文　「連載第一回夏目漱石のなぞ第一章『道草』と『漱石の思い出』との間」「季刊アーガマ」134号（172〜194頁）、阿含宗出版社、平成7年4月

→『漱石のなぞ……『道草』と『思い出』との間』（7〜73頁）、平河出版社、平成10年3月

安岡章太郎・小森陽一・石原千秋　「［鼎談］宙吊りにされた世界」「漱石研究」4号特集『硝子戸の中』『道草』（2〜29頁）、翰林書房、平成7年5月

→小森陽一・石原千秋編、『漱石を語る1』（43〜70頁）、翰林書房、平成10年12月

関谷由美子　「『道草』論─血の隠喩─」、同右（89〜101頁）

→『漱石・藤村〈主人公〉の影』（107〜126頁）、愛育社、平成10年5月

松下浩幸　「『道草』再考─〈家庭〉嫌悪者の憂鬱─」、同前（102〜115頁）

金子明雄　「三人称回想小説としての『道草』─『道草』再読のためのノート─」、同前（116〜131頁）

→片岡豊編『日本文学研究論文集成27夏目漱石2』（65〜81頁）、若草書房、平成10年9月

上田閑照　「夏目漱石―「道草から明暗へ」と仏教」今野達他編『岩波講座日本文学と仏教第10巻近代文学と仏教』（57〜106頁）、岩波書店、平成7年5月
↓『ことばと実存　禅と文学』（194〜256頁）、筑摩書房、平成9年11月
↓『上田閑照集第十一巻宗教とは何か』（263〜326頁）、岩波書店、平成14年10月
小森陽一　「第七章漱石の女と男」『漱石を読みなおす』（177〜208頁）、ちくま新書037、筑摩書房、平成7年6月
安東璋二　「漱石の転相―『こゝろ』の変容から『道草』へ―」『私論夏目漱石―『行人』を基軸として―』（251〜276頁）、おうふう、平成7年11月
石川正一　「漱石の家族観」「金沢経済大学論集」29巻2号（116〜100頁）、金沢経済大学経済学会、平成7年12月
↓『漱石と道徳思想』（159〜175頁）、能登印刷出版部、平成8年7月
↓『国文学年次別論文集近代2平成7年』（22〜30頁）、学術文献刊行会編、朋文出版、平成9年9月
安東璋二　「漱石の時間―〈継続中〉と〈一体二様の生〉」「語学文学」34号（3〜17頁）、北海道教育大学語学文学会、平成8年3月
↓『国文学年次別論文集近代2平成8年』（19〜26頁）、学術文献刊行会編、朋文出版、平成10年11月
森田喜郎　「『道草』―残酷で片付かない運命―」『日本文学における運命の展開』（233〜239頁）、新典社研究叢書97、新典社、平成8年5月
石川正一　「漱石の視点」「金沢経済大学論集」30巻1号（116〜99頁）、金沢経済大学経済学会、平成8年7月
↓『国文学年次別論文集近代2平成8年』（9〜18頁）、学術文献刊行会編、朋文出版、平成10年11月
重松泰雄　「閉じられぬ〈完結世界〉…「道草」の構造について考える」「敍説」13号（202〜208頁）、花書院、敍説舎編、平成8年8月

↓『漱石　その新たなる地平漱石』（95〜112頁）、おうふう、平成9年5月

楠見佐和子「いつも通りの冬―『道草』」『漱石を〝読む〟―私を探す旅―』（527〜545頁）、鏡の会、平成8年9月

井上智重「漱石のいる風景⑦道草　明午橋界わい（熊本市）」「熊本日日新聞」一九六四二号（10面）、熊本日日新聞社、平成8年9月17日（火曜）

↓『漱石の四年三カ月　くまもとの青春』（95〜99頁）、'96くまもと漱石博推進100人委員会編、熊本日日新聞情報文化センター、平成9年11月

金戸清髙「夏目漱石『道草』論―その自伝性をめぐって―」「方位」19号特集熊本の漱石（38〜49頁）、熊本近代文学研究会編、三章文庫、平成8年9月

藤本　誠「漱石の結婚・夫婦」、同前（50〜60頁）

村田由美「くまもとの青春夏目漱石展6「道草」」「熊本日日新聞」一九六六六号（27面）、熊本日日新聞社、平成8年10月12日（土曜）

平岡敏夫「ある佐幕派子女の物語―漱石「道草」「それから」にふれて―」『日本文芸の系譜』（149〜165頁）、山梨英和短期大学日本文学会編、発売笠間書院、平成8年10月

↓『国文学年次別論文集近代2平成8年』（303〜311頁）、学術文献刊行会編、朋文出版、平成10年11月

↓『漱石　ある佐幕派子女の物語』（12〜27頁）、おうふう、平成12年1月

重松泰雄「内言と論評―「道草」の主人公、語り手、そして〈作者〉―」「福岡大学日本語日本文学」6号（1〜11頁）、福岡大学日本語日本文学会、平成8年11月

↓『漱石　その新たなる地平』（75〜94頁）、おうふう、平成9年5月

重松泰雄「閉じられぬ〈完結世界〉…「道草」の構造について考える（承前）」「敍説」14号（125〜129頁）、花書院、敍

説舎編、平成9年1月
↓『漱石　その新たなる地平』（113～125頁）、おうふう、平成9年5月
上田閑照「わが『道草』の道―「私の個人主義」と「則天去私」の間―」「漱石全集第二十四巻月報26」（1～4頁）、岩波書店、平成9年2月
↓『ことばと実存　禅と文学』（187～193頁）、筑摩書房、平成9年11月
↓『上田閑照集第五巻禅の風景』（219～231頁）、岩波書店、平成14年3月
本間賢史郎「Natsume Soseki's Michikusa（Loitering）and William Shakespeare's The Tempest:A Comparative Study」「関西外国語大学研究論集」65号（99～117頁）、関西外国語大学、平成9年2月
忠田真祈子「夏目漱石における自己治癒・自己実現の過程―創造における女性との関わりを中心に―」「障害児教育研究紀要」19号（71～85頁）、大阪教育大学教育学部障害教育講座、平成9年2月
真船　均「人間と家庭―夏目漱石の『道草』を通して―」「郡山女子大学紀要」33集（145～152頁）、郡山女子大学、平成9年3月
↓『国文学年次別論文集近代2平成9年』（314～318頁）、学術文献刊行会編、朋文出版、平成11年11月
重松泰雄「作品の新しい読みを求めて―バフチン、ヴィゴツキーの塁に拠って「道草」に当たる―」「国文学解釈と教材の研究」42巻6号特集夏目漱石　時代のコードの中で―21世紀を視野に入れて―（24～33頁）、學燈社、平成9年5月
↓『漱石　その解纜』（223～241頁）、おうふう、平成13年9月
藤尾健剛「御住がお延になるとき（『道草』『明暗』）」、同前（122～126頁）
長尾　剛「第五章　晩年の作品『道草』もう一度人生を考えるための漱石の死亡宣言」『目からウロコの新解釈も

う一度読む夏目漱石』（174～186頁）、双葉社、平成9年5月

黄　妹娌〔イリ〕「『道草』―お住におけるキーワード変換装置「どうせ」から「今に」へ―」「国文学解釈と鑑賞」62巻6号特集外国人が見た夏目漱石（136～140頁）、至文堂、平成9年6月

丸尾実子「民法制定下の『道草』」「漱石研究」9号特集漱石と家族（65～79頁）、翰林書房、平成9年11月

北川扶生子「『道草』の構成」「国文学研究ノート」32号（35～43頁）、神戸大学「研究ノート」の会、平成9年11月

石川正一「『道草』と『明暗』の世界」「金沢経済大学論集」31巻2・3号（534～512頁）、金沢経済大学経済学会、平成9年12月

阿武正英「『こゝろ』から『道草』へ―対他的闘争から対自的闘争への転回―」「文学と教育」34集（60～68頁）、文学と教育の会、平成9年12月

小田切秀雄「日本文学の百年38『道草』・『明暗』・エゴイズム」「東京新聞」一九九四一号夕刊（9面）、中日新聞東京本社、平成10年3月4日（水曜）

↓『日本文学の百年』（90～91頁）、東京新聞出版局、平成10年10月

永井里佳「夏目漱石『道草』論―「淋しい」感情について―」「日本文学論集」22号（11～17頁）、大東文化大学大学院日本文学専攻院生会、平成10年3月

樋口　覚「日本人の帽子［7］漱石の帽子」「三田文学」77巻53号（236～254頁）、三田文学会、平成10年5月

樋口　覚「日本人の帽子［8］漱石の山高帽とパナマ帽」「三田文学」77巻54号（190～216頁）、三田文学会、平成10年8月

↓『日本人の帽子』（189～219、221～261頁）、講談社、平成12年11月

江藤　淳　「漱石とその時代第五部（十四）『道草』の時空間」「新潮」95巻9号（300～310頁）、新潮社、平成10年9月
→『漱石とその時代（第五部）』新潮選書（236～253頁）、新潮社、平成11年12月
柴　市郎　「御住《おすみ》は果たして悪妻なのか「道草」」『AERA MOOK「漱石」がわかる。』（72～75頁）、朝日新聞社、平成10年9月
前田角蔵　「感性の変革の前で佇む男―「道草」論」『文学の中の他者―共存の深みへ』（272～294頁）、菁柿堂、発売星雲社、平成10年9月
吉本隆明　「夏目漱石」『父の像』（7～35頁）、ちくまプリマーブックス124、筑摩書房、平成10年9月
→『父の像』（11～38頁）、ちくま文庫よ―2―6、筑摩書房、平成22年6月
江藤　淳　「漱石とその時代第五部（十五）「父なるもの」」「新潮」95巻10号（288～298頁）、新潮社、平成10年10月
→『漱石とその時代（第五部）』新潮選書（253～272頁）、新潮社、平成11年12月
加藤二郎　「生死の超越―漱石の「父母未生以前」―」「文学」季刊9巻4号（148～160頁）、岩波書店、平成10年10月
→『漱石と禅』（215～243頁）、翰林書房、平成11年10月
藤尾健剛　「『道草』―〈物語〉への異議―」「日本近代文学」59集（16～28頁）、日本近代文学会、平成10年10月
→『漱石の近代日本』（241～261頁）、勉誠出版、平成23年2月
武田勝彦　「漱石の東京―『道草』を中心に」「教養諸学研究」105号（1～44頁）、早稲田大学政治経済学部教養諸学研究会、平成10年12月
→『国文学年次別論文集近代2平成10年』（258～280頁）、学術文献刊行会編、朋文出版、平成12年10月
→『漱石の東京(Ⅱ)』（159～209頁）、早稲田大学出版部、平成18年2月
徳山　徹　「ひと　漱石の「道草」を翻訳し韓国で出版した金貞淑《キムジョンスク》さん」「朝日新聞」四〇五一三号（3面）、朝日新

聞東京本社、平成10年12月18日（金曜）

山下航正　「「回想」と「写生文」―後期漱石文学試論―」「近代文学試論」36号（15～26頁）、広島大学近代文学研究会、平成10年12月

高木利夫　「漱石に関する一考察〔I〕」「法政大学教養部紀要」109号（85～109頁）、法政大学教養部、平成11年2月

↓『国文学年次別論文集近代2平成11年』（56～68頁）、学術文献刊行会編、朋文出版、平成13年10月

北川扶生子　「『道草』論―想起体験と〈物語〉―」「文化學年報」18号（105～124頁）、神戸大学大学院文化学研究科、平成11年3月

欒　殿武　「『道草』―養子生活に対する漱石の総決算」滝藤満義編『日本近代文学と家族』千葉大学大学院社会文化科学研究科研究プロジェクト報告書第一集（37～51頁）、千葉大学大学院社会文化科学研究科、平成11年3月

藤尾健剛　「〈物語〉のパロディとしての『黴』と『道草』」「徳田秋聲全集第16巻月報10」（3～5頁）、八木書店、平成11年5月

石出靖雄　「動詞の終止形（非「た」形）の使用による文体特徴と写生文との関係―『吾輩は猫である』，『三四郎』，『道草』の場合―」「早稲田大学大学院教育学研究科紀要」別冊7号（25～35頁）、早稲田大学大学院教育学研究科、平成11年9月

菊地信義　「近現代日本の装幀十選津田清楓「道草」（夏目漱石著）」「日本経済新聞」四〇九一八号（40面）、日本経済新聞社、平成11年11月10日（水曜）

↓『装幀思案』（217～218頁）、角川学芸出版、角川グループパブリッシング発売、平成21年3月

王　成　「〈修養〉理念としての「則天去私」―『道草』・『明暗』のめざす方向―」「立教大学日本文学」83号（36～46頁）、立教大学日本文学会、平成12年1月

石原千秋「漱石と文化記号」「城西文学」25号（82～100頁）、城西大学女子短期大学部文学会、平成12年3月
李　智淑「『道草』―「家」と「家族」の問題を中心に―」「日本文学論集」24号（23～33頁）、大東文化大学大学院日本文学専攻院生会、平成12年3月
永井里佳「『道草』にみられる沈黙について」、同右（35～41頁）
長尾　剛「第2章家族について　夫婦の間では、相手を思いやるふりをすることが大切である」（42～43頁）、「母親は、子供を持つ幸せと手放す不幸を背負っている」（52～53頁）『自分の心を高める　漱石の言葉』ＰＨＰ研究所、平成12年3月
俵　伸之「『道草』と江戸川終点の風景」「島大国文」28号（15～28頁）、島大国文会、平成12年3月
辻　吉祥「漱石『道草』論―知性の閾／憑依する怪物―」「繍」12号（36～43頁）、繍の会、早稲田大学大学院文学研究科佐々木雅發・中島国彦研究室、平成12年3月
李　相福「夏目漱石『道草』論―家父長制度下の妻を視座として」「大東文化大学近現代文学研究」2号（34～41頁）、大東文化大学日本文学科・院生研究室、平成12年3月
田中邦夫「『道草』の語り手」玉井敬之編『漱石から漱石へ』（159～172頁）、翰林書房、平成12年5月
中川成美「健三の「記憶」・漱石の「記憶」―『道草』との対話」、同右（173～191頁）
↓『モダニティの想像力　文学と視覚性』（203～227頁）、新曜社、平成21年3月
佐藤裕子「「世の中に片付くなんてものは殆んどありやしない」―『道草』論」「玉藻」36号（44～61頁）、フェリス女学院大学国文学会、平成12年5月
↓『国文学年次別論文集近代2平成12年』（190～198頁）、学術文献刊行会編、朋文出版、平成14年11月
李　平「『道草』論―『行人』から『道草』まで、夏目漱石の夫婦観の到達点―」「文学と教育」39集（21～30頁）、文

学と教育の会、平成12年6月

大畑景輔　「『地の果て　至上の時』と『道草』―〈秋幸〉と〈健三〉を中心に―」「国語教育論叢」10号（25～38頁）、島根大学教育学部国文学会、平成12年6月

西村芳康　「健三夫婦の腹の中―『道草』の視点設定―」「電気通信大学紀要」13巻1号通号25号（125～133頁）、電気通信大学、平成12年7月

→『国文学年次別論文集近代2平成12年』（185～189頁）、学術文献刊行会編、朋文出版、平成14年11月

崔　明淑　「漱石文学と「告白」―『道草』への道程―」内田道雄・大井田義彰編『論集文学のこゝろとことば』2集（60～72頁）、七月堂、平成12年8月

亀山佳明　「他者の発見あるいは倫理の根拠―夏目漱石『道草』をめぐって」「Becoming」6号（3～26頁）、BC出版、平成12年9月

→『夏目漱石と個人主義〈自律〉の個人主義から〈他律〉の個人主義へ』（81～106頁）、新曜社、平成20年2月

絓　秀実　「漱石と天皇―国民作家はどのようにして「大逆」事件を体験したか」「文学界」54巻9号（158～188頁）、文藝春秋、平成12年9月

→『「帝国」の文学―戦争と「大逆」の間』（263～315頁）、以文叢書6、以文社、平成13年7月

佐藤　泉　「『道草』―自己確認と他者のまなざし」『NHK文化セミナー―明治文学をよむ夏目漱石片付かない物語』（149～167頁）、日本放送出版協会、平成12年10月

→『漱石　片付かない〈近代〉』NHKライブラリー145（240～252頁）、日本放送出版協会、平成14年1月

川島秀一　「漱石の女性表現―文化テクストとしての〈漱石〉―」「山梨英和短期大学紀要」34号（61～73頁）、山梨英和短期大学、平成12年10月

↓『国文学年次別論文集近代2平成12年』（27～33頁）、学術文献刊行会編、朋文出版、平成14年11月

↓『表現の身体　藤村・白鳥・漱石・賢治』（139～158頁）、双文社出版、平成16年12月

李　国棟　「『道草』の成熟」（359～365頁）、「『道草』における「過去」の受容」（413～417頁）、『魯迅と漱石の比較文学的研究―小説の様式と思想を軸にして―』明治書院、平成13年2月

石井和夫　「『道草』」「国文学解釈と鑑賞」66巻3号特集二十一世紀の夏目漱石（148～155頁）、至文堂、平成13年3月

橋浦洋志　「漱石の小説に現れた〈解釈〉（下）」「茨城大学教育学部紀要（人文・社会科学、芸術）」50号（11～20頁）、茨城大学教育学部、平成13年3月

↓『国文学年次別論文集近代2平成13年』（15～20頁）、学術文献刊行会編、朋文出版、平成15年12月

長山靖生　「第五章関係の迷宮、裏切りの瞬間」『「漱石」の御利益　現代人のための人生よろず相談』（171～199頁）、ベスト新書26、ベストセラーズ、平成13年11月

小田島本有　「『道草』論序説―「正しい方」そして「不愉快」―」「釧路工業高等専門学校紀要」35号（110～102頁）、釧路工業高等専門学校、平成13年12月

↓『国文学年次別論文集近代2平成13年』（285～289頁）、学術文献刊行会編、朋文出版、平成15年12月

高野実貴雄　「『道草』はいかに書かれたか」「浦和論叢」27号（312～295頁）、浦和短期大学、平成13年12月

↓『国文学年次別論文集近代2平成13年』（290～299頁）、学術文献刊行会編、朋文出版、平成15年12月

宗　正孝　「『道草』における「時間」」「ソフィア」50巻2号通号198号（219～233頁）、上智大学、平成14年1月

上總朋子　「夏目漱石『道草』論―健三の関係性回復への始動の物語―」「日本文藝学」38号（65～81頁）、日本文芸学会、平成14年2月

石出靖雄　「個性的語り手と「である」系文末との関係―夏目漱石『吾輩は猫である』『三四郎』『道草』、芥川龍之介『羅

生門』を例として―」「文体論研究」48号（33～42頁）、日本文体論学会、平成14年3月

亀山佳明「他者の発見あるいは倫理の根拠　夏目漱石『道草』をめぐって」亀山佳明・富永茂樹・清水学編『文化社会学への招待―〈芸術〉から〈社会学〉へ』（306～328頁）、世界思想社、平成14年4月

藤田　寛「『道草』について」『漱石作品論集』（95～108頁）、国文社、平成14年4月

高野実貴雄「漱石Ⅴ―承前―」「浦和論叢」28号（324～307頁）、浦和短期大学、平成14年6月

↓『国文学年次別論文集近代2平成14年』（55～63頁）、学術文献刊行会編、朋文出版、平成16年12月

若林幹夫「不気味さの地勢学―『行人』『こころ』『道草』」『漱石のリアル　測量としての文学』（201～252頁）、紀伊國屋書店、平成14年6月

水川隆夫「晩年1無我になるべき覚悟」『漱石と仏教―則天去私への道』（156～165頁）、平凡社、平成14年9月

本間賢史郎「Michikusa and Jane Austen's Sense and Sensibility」（176～190頁）、「Nowaki, Michikusa and Shirley」（417～436頁）、「Michikusa and The Tempest」（553～572頁）『Natsume Soseki's Novels and English Literature』英宝社、平成14年9月

山下航正「「道草」論―語り手の造形をめぐって―」「近代文学試論」40号（25～34頁）、広島大学近代文学研究会、平成14年12月

高野実貴雄「漱石Ⅵ」「浦和論叢」29号（312～292頁）、浦和短期大学、平成14年12月

↓『国文学年次別論文集近代2平成14年』（65～75頁）、学術文献刊行会編、朋文出版、平成16年12月

上總朋子「夏目漱石とキリスト教―『道草』をめぐって―」「キリスト教文藝」19輯（1～17頁）、キリスト教文学会関西支部、平成15年1月

藤森　清「『道草』から『明暗』へ」『漱石のレシピ『三四郎』の駅弁』（137～174頁）、講談社+α新書141―1B、講

談社、平成15年2月

岡庭　昇「待ち伏せるもの―夏目漱石『道草』から『明暗』へ」「公評」40巻10号（80～87頁）、公評社、平成15年10月

↓『漱石・魯迅・フォークナー―桎梏としての近代を越えて』（51～73頁）、新思索社、平成21年5月

曾　秋桂「健三のもう一つの対人関係―『道草』論を振り返ってみて―」「台灣日本語文學報」18号（161～188頁）、台灣日本語文學會、平成15年12月

佐藤泰正「『道草』をどう読むか―漱石探究二―」「日本文学研究」39号（62～72頁）、梅光学院大学日本文学会、平成16年1月

↓『国文学年次別論文集近代2平成16年』（147～152頁）、学術文献刊行会編、朋文出版、平成19年3月

高澤秀次「遥かなる歴史への帰還・第三部夏目漱石と女性⑨家庭という修羅場へ」「発言者」118号（112～116頁）、西部邁事務所編、秀明出版会、平成16年2月

潘　世聖「健三における孤独―『道草』知識人としての〈立体性〉をめぐって」「国語国文薩摩路」48号（111～118頁）、鹿児島大学法文学部国語国文学研究室、平成16年3月

石出靖雄「夏目漱石『道草』における作中人物の発言と地の文との関係」「表現研究」79号（1～8頁）、表現学会、平成16年3月

中島国彦「夏目漱石原稿『道草』刊行に寄せて　自筆原稿で読むスリリングな体験」「日本近代文学館」199号（4～4頁）、日本近代文学館、平成16年5月

加藤二郎「漱石の血と牢獄」「文学」5巻3号（148～164頁）、岩波書店、平成16年5月

↓『漱石と漢詩―近代への視線―』（299～323頁）、翰林書房、平成16年11月

呉　敬　「フェミニズムで読む漱石文学の夫婦関係（下）」「文藝と批評」９巻９号（８〜25頁）、文藝と批評の会、平成16年５月

浜田奈美　「ことばの旅人　世の中に片付くなんてものは殆どありゃしない夏目漱石「道草」」「朝日新聞」四二四五五号（ｅ１〜ｅ２頁）、朝日新聞社、平成16年６月12日（土曜）

夏目房之介　「孫が読む漱石16「道草」」「熊本日日新聞」二二四四一号（14面）、熊本日日新聞社、平成16年７月25日（日曜）

→『孫が読む漱石』（239〜247頁）、実業之日本社、平成18年２月

青木　登　「早稲田界隈を歩く早稲田大学から漱石公園・多聞院へ　夏目漱石『道草』」『名作と歩く　東京山の手・下町』第三集（135〜137頁）、けやき出版、平成16年８月

金　貞孝　「道草論―実存の不安とその身体的契機―」「身体運動文化研究」11巻１号（23〜39頁）、身体運動文化学会、平成16年９月

亀井雅司　「漱石の「自然」―「それから」から「道草」まで―」「光華日本文学」12号（１〜18頁）、京都光華女子大学日本文学会、平成16年10月

松井菜穂子　「夏目漱石『道草』―健三とお住について―」「兵庫教育大学近代文学雑志」16号（１〜８頁）、兵庫教育大学言語系教育講座前田研究室、平成17年１月

荻原桂子　「熱塊という狂気―漱石『道草』―」「日本文藝学」41号（103〜117頁）、日本文芸学会、平成17年２月

三浦雅士　「僻みの弁証法　出生の秘密（14）」「群像」60巻３号（302〜325頁）、講談社、平成17年３月

→『出生の秘密』（480〜520頁）、講談社、平成17年８月

武田充啓　「経験の技法（一）―夏目漱石『道草』を読む―」「奈良工業高等専門学校研究紀要」40号（170〜160頁）、奈

良工業高等専門学校、平成17年3月

石出靖雄　「漱石『三四郎』『道草』における語りの多様性」「早稲田大学大学院教育学研究科紀要別冊」12巻2号（169～180頁）、早稲田大学大学院教育学研究科、平成17年3月

↓『国文学年次別論文集近代2平成17年』（606～600頁）、学術文献刊行会編、朋文出版、平成20年2月

田中　実　「健三の書く行為《エクリチュール》―『道草』の〈語り〉覚え書き」「国文学解釈と鑑賞」70巻6号（特集=ジェンダーで読む夏目漱石）（62～69頁）、至文堂、平成17年6月

小泉浩一郎　「『道草』の言説世界―〈性差〉の言説から〈人間〉の言説へ」、同右（216～232頁）

↓『夏目漱石論〈男性の言説〉と〈女性の言説〉』（287～309頁）、翰林書房、平成21年5月

玉井敬之　「『道草』について思うこと」「会報漱石文学研究」創刊号（1～3頁）、漱石詩を読む会、平成17年6月

出口　汪　「第1部漱石がノイローゼになったわけ（『道草』の世界）」『夏目漱石が面白いほどわかる本』（19～81頁）、中経出版、平成17年7月

武田勝彦　「日本橋トポグラフィ―第七回越後屋と「道草」―三越と「虞美人草」」「公評」42巻8号（64～71頁）、公評社、平成17年8月

平岡敏夫　「夏目漱石　明治から大正へ」　上田博編『明治文芸館V―明治から大正へ』（1～19頁）、嵯峨野書院、平成17年10月

↓『文学史家の夢』（252～258頁）、おうふう、平成22年5月

石出靖雄　「夏目漱石『三四郎』『道草』における語りの諸相」「表現研究」82号（40～49頁）、表現学会、平成17年10月

牧村健一郎　「愛の旅人　熊本漱石と鏡子「道草」「漱石の思ひ出」」「朝日新聞」四二九六〇号（e1～e2頁）、朝

日新聞社、平成17年11月12日（土曜）
→『愛の旅人』Ⅰ（4～11頁）、朝日新聞be編集グループ、朝日新聞出版、平成18年12月
佐藤泰正「漱石のなかの男と女（一）―『草枕』から『明暗』まで（漱石探究四）―」「日本文学研究」41号（20～31頁）、梅光学院大学日本文学会、平成18年1月
→『国文学年次別論文集近代2平成18年』（97～102頁）、学術文献刊行会編、朋文出版、平成21年2月
武藤康史「『道草』からの発見。国語辞典に見る漱石作品の用例。」「東京人」21巻3号特集東京っ子、夏目漱石（64～66頁）、都市出版、平成18年2月
武田充啓「経験の技法（二）―夏目漱石『道草』を読む―」「奈良工業高等専門学校研究紀要」41号（170～181頁）、奈良工業高等専門学校、平成18年3月
小川康子「漱石と西田哲学―差別と平等をめぐり―」「湘南文学」40号（83～96頁）、東海大学日本文学会、平成18年3月
→『国文学年次別論文集近代2平成18年』（9～16頁）、学術文献刊行会編、朋文出版、平成21年2月
秋山　豊「11心事～41余滴」『漱石という生き方』（65～343頁）、トランスビュー、平成18年5月
北岡清道「子供から見た漱石、鏡子から見た漱石」「文集」22号特集『道草』Ⅱ（55～64頁）、「桐の会」、平成18年5月
→『漱石を読む―読書会「桐の会」とともに―』（9～21頁）、渓水社、平成22年9月
柴田勝二「〈過去〉との対峙―『道草』『明暗』と第一次世界大戦」『漱石のなかの〈帝国〉―国民作家と近代日本―』（231～269頁）、翰林書房、平成18年12月
佐藤栄作「『道草』書き潰し原稿と最終原稿の比較―ルビ、送り仮名、漢字字種、類似する語―」「愛媛国文と教育」

39号（1～9頁）、愛媛大学教育学部国語国文学会、平成19年3月

半田淳子　「『道草』と『国境の南、太陽の西』―都市型「家族」の神話」『村上春樹、夏目漱石と出会う　日本のモダン・ポストモダン』MURAKAMI Haruki STUDY BOOKS 6（154～202頁）、若草書房、平成19年4月

神山睦美　「索漠たる曠野の方角へ」『夏目漱石は思想家である』（191～221頁）、思潮社、平成19年5月

竹腰幸夫　「漱石の実感―『心』から『道草』へ―」「静岡近代文学」22号（1～14頁）、静岡近代文学研究会、平成19年12月

佐藤栄作　「『道草』の書き潰し原稿と最終原稿の文字・表記」国語文字史研究会編『国語文字史の研究』10集記念（213～228頁）、和泉書院、平成19年12月

夫　伯　「夏目漱石『道草』の中心事件と主題性に対する一考察」「日本研究」34号（123～148頁）、韓国外国語大学校日本研究所、平成19年12月

日置俊次　「夏目漱石論―重層する「胎感覚」」「青山学院大学文学部紀要」49号（1～22頁）、青山学院大学文学部、平成20年1月

↓『国文学年次別論文集近代2平成20年』（7～18頁）、学術文献刊行会編、朋文出版、平成23年2月

近藤栄一　「『道草』―健三とお住の夫婦像―」「繍」20号（79～88頁）、「繍」の会、早稲田大学大学院文学研究科日本語日本文学コース（近代）、平成20年3月

佐々木亜紀子　「『道草』のベルクソン―記憶の探求」「愛知淑徳大学国語国文」31号（85～104頁）、愛知淑徳大学国文学会、平成20年3月

↓『国文学年次別論文集近代2平成20年』（107～117頁）、学術文献刊行会編、朋文出版、平成23年2月

前田友美　「夏目漱石作品における「苦笑」と「微笑」―『門』と『道草』の場合―」「広島女学院大学大学院言語文化論叢」11号（140～122頁）、広島女学院大学大学院言語文化研究科、平成20年3月

三浦雅士　「第八章孤独であることの意味―『道草』」『漱石　母に愛されなかった子』岩波新書（新赤版）1129、（181～204頁）、岩波書店、平成20年4月

日置俊次　「夏目漱石論―オフィーリアと「胎感覚」」「青山学院大学文学部紀要」50号（1～23頁）、青山学院大学文学部、平成21年1月

渥見秀夫　「「道草」の「手」と「言葉」」「愛媛国文と教育」41号（12～23頁）、愛媛大学教育学部国語国文学会、平成21年2月

熊倉千之　「『道草』―『門』のアンチテーゼ」『漱石の変身　『門』から『道草』への羽ばたき』（183～261頁）、筑摩書房、平成21年3月

車谷長吉　「『道草』夏目漱石、新潮文庫　借金」「小説トリッパー」週刊朝日別冊２００９年春季号（43～43頁）、朝日新聞出版、平成21年3月

田中雄次　「存在への根源的な問い―『道草』を中心に―」　坂元昌樹・田中雄次・西槇偉・福澤清編『漱石と世界文学』（149～175頁）、思文閣出版、平成21年3月

伊藤典文　「境界のドラマ　漱石『道草』論　教師から作家への変身譚」「言語文化論叢」3巻（22～38頁）、京都橘大学文学部野村研究室、平成21年8月

出口　汪　「第2章私たちはどこから来て、どこに行くのか？」（36～46頁）、「第7章男と女には永遠にわかり合えない深い溝がある」（110～115頁）、「第9章人生とは牢屋で暮らすようなもの」（144～148頁）、「第11章激しい愛が精神障害を伴ったとき」（178～183頁）、『再発見　夏目漱石―65の名場面で読む』祥伝社新書171、祥伝社、平成21年9月

渡邊澄子　「道草　夏目漱石」渡邊澄子編『大正の名著　浪漫の光芒と彷徨』（65～68頁）、明快案内シリーズ知の系譜、自由国民社、平成21年9月
石崎　等　「自伝的小説「道草」―半生をふりかえる」『夏目漱石―漱石山房の日々―』川内まごころ文学館第5回特別記念展図録（31～31頁）、川内まごころ文学館、平成21年10月
小森陽一　「漱石深読―第十二回『道草』」「すばる」31巻12号（208～220頁）、集英社、平成21年11月
野網摩利子　「『道草』における記憶の現出―想起される文字に即して―」「日本近代文学」81集（66～80頁）、日本近代文学会、平成21年11月
↓『夏目漱石の時間の創出』（105～128頁）、東京大学出版会、平成24年3月
佐藤泰正　「道草」『文学講義録　これが漱石だ。』（317～353頁）、櫻の森通信社、平成22年1月
仲　秀和　「漱石の「超自然」（その2）―『彼岸過迄』から『明暗』まで―」「日本文藝学」46号（1～13頁）、日本文芸学会、平成22年3月
柴田庄一　「「現代文学」への転進と帰朝時点からの再出発―家庭小説としての『道草』と対位法的叙法の試み―」松岡光治編『言語文化研究叢書9言葉と文化の国際交流』（109～136頁）、名古屋大学大学院国際言語文化研究科、平成22年3月
ロバートキャンベル・佐藤温　「『道草』夏目漱石」「ＮＨＫテレビテキストＪブンガク」２０１０年６・７月号、２巻2号（7～32頁）、日本放送出版協会、平成22年5月
↓「Ｊブンガク」制作プロジェクト編、ロバート・キャンベル監修『Ｊブンガク　マンガで読む英語で味わう日本の名作文学12編』（83～100頁）、ディスカヴァー・トゥエンティワン、平成23年1月
関塚　誠　「「伝」の文学―夏目漱石・大岡昇平・スタンダール」「群系」25号　特集Ｉ夏目漱石―百年の日本文学その１

―（82～83頁）、群系の会、平成22年7月

野口存彌「家族という他者と漱石　「道草」と『漱石の思ひ出』から浮かび上がるもの」同右（106～126頁）

松村昌家『『道草』―「貧乏な親類」』『文豪たちの情と性へのまなざし―逍遥・漱石・谷崎と英文学―』MINERVA歴史・文化ライブラリー18（173～196頁）、ミネルヴァ書房、平成23年2月

大野晃彦「夏目漱石『道草』における神の視点と自由間接話法」「慶応義塾大学言語文化研究所紀要」42号（328～364頁）、慶応義塾大学言語文化研究所、平成23年3月

石出靖雄「夏目漱石の小説におけるタ形文末・非タ形文末の表現効果」「表現研究」93号（1～10頁）、表現学会、平成23年4月

古屋健三「「平凡」な「道草」」「群像」67巻7号（76～77頁）、講談社、平成23年7月

柴田勝二「第7章〈未来〉からの眼差し〔漱石〕『こゝろ』『道草』『明暗』」『村上春樹と夏目漱石―二人の国民作家が描いた〈日本〉』祥伝社新書243、（209～244頁）、祥伝社、平成23年7月

齋藤　孝「第四章「道草」―とことん言い合う夫婦は案外長持ちする」『壁にぶつかったら僕は漱石を読む』ロング新書、（123～161頁）、KKロングセラーズ、平成23年9月

亀口憲治「三章和合までの夫婦の心の軌跡三、『道草』にみる夫婦関係」『夏目漱石から読み解く「家族心理学」読論』（169～184頁）、福村出版、平成23年9月

武田勝彦「漱石最初の小学校―戸田小学校」「公評」49巻1号（78～85頁）、公評社、平成23年12月

石田忠彦「第六章夫婦愛のいろいろ―『道草』」『愛を追う漱石』（125～151頁）、双文社出版、平成23年12月

佐藤泰正「透谷と漱石の問いかけるもの―時代を貫通する文学とは何か―」『時代を問う文学』（137～158頁）、笠間ライブラリー梅光学院大学公開講座論集第60集、笠間書院、平成24年3月

野網摩利子　「第四章新しい文字を書くまで—『道草』の胎動・誕生」『夏目漱石の時間の創出』（129〜147頁）、東京大学出版会、平成24年3月
大野晃彦　「夏目漱石『道草』における内的モノローグとその表現可能性」「慶応義塾大学言語文化研究所紀要」43号（313〜353頁）、慶応義塾大学言語文化研究所、平成24年3月
杉島敬志　「漱石の『道草』に描かれる複ゲーム状況とその人類学的意義」「神戸文化人類学研究」4号（53〜66頁）、神戸大学大学院国際文化学研究科、平成24年3月
関谷由美子　「『八日目の蟬』『道草』『西洋骨董洋菓子店』思い出せない物語としての」「近代文学研究」29号（109〜114頁）、再録 葦の葉 近代部会誌 二〇一一年一月〜二〇一一年一二月、日本文学協会近代部会、平成24年4月
田中邦夫　「『道草』における健三の生の描写」「大阪経大論集」63巻3号（76〜62頁）、大阪経大学会、平成24年9月
望月俊孝　「第Ⅰ部漱石、晩年の心境（47〜156頁）、第Ⅱ部漱石、帰還の実相（157〜260頁）」、『漱石とカントの反転光学—行人・道草・明暗双双—』九州大学出版会、平成24年9月
森まゆみ　「『道草』の時代」『千駄木の漱石』（54〜66頁）、筑摩書房、平成24年10月
田中邦夫　「漱石手帳に書き込まれた『道草』の方法」「葦の葉」334号（1〜3頁）、日本文学協会近代部会、平成24年10月
武田勝彦　「漱石実父の職業観　しばしも休まぬ村の鍛冶屋」「公評」49巻10号（76〜83頁）、公評社、平成24年10月
村山美清　「四『道草』の健三とお住、引っ掛かっているのは何」『漱石に見る夫婦のかたち、その不毛を問う『明暗』の結末を考える』（83〜105頁）、風詠社発行、星雲社発売、平成24年12月

『道草』論集 健三のいた風景』追記

『道草』研究文献目録」481頁「無署名「『漱石を読む』―三期第一講『道草』（Ⅰ）」『「漱石を読む」―『道草』（Ⅰ）―〈第五期・第一講〉』（1〜71頁）、海燕の会」以下の著者名と発行年月日について、判明しましたことを左記致します。

著者名↓すべて亀島貞夫

発行年月日↓右網掛欄（Ⅰ）のローマ数字〜（番外篇）順に記載。

（Ⅰ）　平成元年9月9日
（Ⅱ）　平成元年10月21日
（Ⅲ）　平成元年11月25日
（Ⅳ）　平成2年2月24日
（Ⅴ）　平成2年4月28日
（Ⅵ）　平成2年6月23日
（Ⅶ）　平成2年7月28日
（Ⅷ）　平成2年8月18日
（Ⅸ）　発行年月日不明
（番外篇）　発行年月日不明

なお、漢数字とローマ数字の連続番号に一部不連続が見られるが、原本のママとした。

以下発行年不明

無署名「「漱石を読む」―三期第一講『道草』（Ⅰ）」『「漱石を読む」―『道草』（Ⅰ）―〈第五期・第一講〉』（1～71頁）、海燕の会

無署名「「漱石を読む」―三期第二講『道草』（Ⅱ）」『「漱石を読む」―『道草』（Ⅱ）―〈第五期・第二講〉』（1～49頁）、海燕の会

無署名「「漱石を読む」―三期第三講『道草』（Ⅲ）」『「漱石を読む」―『道草』（Ⅲ）―〈第五期・第三講〉』（1～56頁）、海燕の会

無署名「「漱石を読む」三期第四講『道草』（Ⅳ）」『「漱石を読む」―『道草』（Ⅳ）―〈第五期・第四講〉』（1～65頁）、海燕の会

無署名「「漱石を読む」三期第四講『道草』（Ⅴ）」『「漱石を読む」―『道草』（Ⅴ）―〈第五期・第五講〉』（1～67頁）、海燕の会

無署名「「漱石を読む」三期第七講『道草』（Ⅵ）」『「漱石を読む」―『道草』（Ⅵ）―〈第三期・第七講〉』（1～70頁）、海燕の会

無署名「「漱石を読む」三期第六講『道草』（Ⅶ）」『「漱石を読む」―『道草』（Ⅶ）―〈第五期・第八講〉』（1～70頁）、海燕の会

無署名「「漱石を読む」三期第八講『道草』（Ⅶ）」『「漱石を読む」―『道草』（Ⅷ）―〈第五期・第八講〉』（1～62頁）、海燕の会

無署名「「漱石を読む」三期終講『道草』（Ⅸ）」『「漱石を読む」―『道草』（Ⅸ）―〈第五期・第九講〉』（1～69頁）、海燕の会

無署名　「「漱石を読む」三期第五講『道草』番外篇」『「漱石を読む」――『道草』番外篇―第五期・第五講』（1～65頁）、海燕の会

「あとがき」にかえて

鳥井正晴
宮薗美佳
司会　荒井真理亜

荒井　ようやく『『道草』論集』を上梓する運びになりました。成立の事情から話を進めていきたいと思います。まずは、鳥井さん。

鳥井　実は、『『明暗』論集』が終った時、編集は二度とやるまいと心に誓ったのです……命が持ちませんから。でも今回は、宮薗さんと荒井さんが、手伝ってくれると言いましたから、それではもう一度だけと。

荒井　私は、「お手伝いする」などとは一言も、申しておりません。漱石の、しかも『道草』の論集を作るというのは、私には荷が勝つ仕事だと思いましたから。

宮薗　私も本当に手伝うことになるとは思っていませんでした。ただ、この辺りで「編集」を経験してみたいな、ということはありました。

鳥井　でもお二人とも、決定的に「拒否」はしなかったでしょう。

荒井　気が付いたら、「編集委員」に私の名前が入っていたのです。まさに青天の霹靂でした。その辺の事情はともかく、「編集委員」になったからには務めを果たさねばならないと。ですが、送られてくる執筆者の方々のご論文を拝読するうちに、ぜひこれらを一冊にまとめて刊行したいという思いが強くなりました。結果的には、

鳥井　私が一番はりきっていた気がします（笑）。

荒井　今回の『『道草』論集』は、宮薗さんと荒井さんが、編集者として入ってくれましたので、上梓できたのです。もしお一人でも欠けていましたら、日の目を見ることはなかっただろうと、これだけは断言できます。

鳥井　楽屋裏はこのくらいにしておきまして、今回の『『道草』論集』の特色はどこにありますか。

荒井　前回の近代部会編『『明暗』論集　清子のいる風景』と違って、今回は執筆者を近代部会に限定しないことで、全国区に拡がった。言語学サイドの論考が二本入ったことは、嬉しいことです、私たちには出来ないことですから。

各論者が「新しい見解」を出していること、作品は一つなのにこれだけ視点が多岐にわたるのも、感心しますね。

『道草』の研究史を、三名のリレー方式で「同時代評」から「現代」まで、その一〇〇年間の「評価史」のリールを示せたこと。ただ、三者の打ち合わせはしていませんよね、時間がありませんでしたから。

村田好哉氏には、研究文献を徹底的に拾ってもらいました。この目録は、末永く『道草』研究文献目録の基本となるでしょう。

荒井　ということは、各論考をすべて足し算すると、全円的な『道草』論になるのでしょうか。

鳥井　難しいことを言いますね。ただ、一つの「視点」を選択するということは、「視点」がそれに固定されることですから、当然「死角」が出てくるでしょう。

宮薗　いや、「死角」もないと、これ以降『道草』論も書きようがないでしょう（笑）。これまでの『道草』論で言われていないことを探し出すのも、研究者としての腕の見せ所ですから。

荒井　逆に言えば、それだけ作品が豊饒ということですね。作品に文化のコードが散りばめられているのでしょう。

宮薗　『道草』において、そういった文化のコードを解読、あるいは再解釈して立論する余地はまだまだ残されていると思います。通説的に、健三を「知識人」の一つの型として捉える読みがありますが、今の若い世代には、この「知識人」という概念自体が共有されなくなってきています。「知識人」という枠組みが無効化される中で、これからの若い世代は健三をどう捉え直していくのだろうかというのは、関心のあるところです。

鳥井　『倫敦塔』で例の壁上の題辞「Christ is the Last Anchor of All」を、「我が望は基督《キリスト》にあり」と漱石は訳しますが、「anchor」は、本来「錨《いかり》」の謂です。この論集がこれからの『道草』研究において、「anchor」（錨）となることが出来れば、編者としてこの上ない喜びです。

　私は取り立てて新しいことは、何も言っていません。『道草』を研究する場合の、「蓋然性」の総体を「基底」の総体を、そして「宗教性」の成熟は特に強調しておかなければいけないと。誰も言わないから、特に若い人は避ける。言い切っておくのが、この際、老兵の役目だと思いましたから。

荒井　本論集のタイトルは、鳥井さんのご提案で、以前に刊行された『『明暗』論集 清子のいる風景』（平成19年、和泉書院）を踏襲して、『『道草』論集 健三のいた風景』となりました。鳥井さん、何故、健三の「いる」ではなく、「いた」風景なのでしょうか。

鳥井　『道草』そのものが、過去へと帰っていく話ですね。大正四年の漱石が明治三六年の自分を描いている。だから、『道草』は漱石の自画像でもあるわけです。『明暗』は「彼は電車を降りて考えながら宅の方へ歩いて行った」と「現在」を基点とし、「未来」を志向する話ですね。それに対して、『道草』は「現在」を基点にしていますが、「過去」へと帰っていく話です。だから、『道草』は「いる」ではなく、「いた」なのです。

荒井　先ほど鳥井さんは、『道草』は漱石の自画像だとおっしゃっていましたが、「自画像」についてもう少し説明していただけますか。

鳥井　太宰治に油画「自画像」（昭和22年頃）がありますね。翌二三年の『人間失格』では葉蔵は、「自分でも、ぎょっとしたほど、陰惨な絵が出来上りました。しかし、これこそ胸底にひた隠しに隠している自分の正体なのだ」「僕も画くよ。お化けの絵を画くよ。地獄の馬を、画くよ」と宣言する。しかし太宰は、「地獄の馬」を描く眼を、『人間失格』にあっては眠らせる。結末でも「私たちの知っている葉ちゃんは、（中略）……神様みたいないい子でした」と、人間失格である「自分の正体」を描くことは回避される。作品の結末自体が、それこそ「道化」で終っている。

　しかし『道草』は、そうではないだろう。「地獄の馬」を描いていく。

荒井　ちなみに漱石にも、土井晩翠あて「絵はがき」（明治38年2月2日）に、「自分の肖像をかいたらこんなものが出来た」と、自画像がありますよ。

　では、『道草』という小説の題は、どう考えたらよいのでしょう。確か作品内には、「道草」という言葉がなかったと記憶していますが。

鳥井　三島由紀夫の『春の雪』も、最後まで小説の題が入りませんね。しかし満を持して最後の最後に、「この日、大和平野には、（中略）風花が舞っていた。春の雪というにはあまりに淡くて」と、見事に入るわけです。

荒井　しかし『道草』の場合は、小説の題が本文に出てこない。鳥井さんは、そこにどのような意味があるとお考えですか。

鳥井　最後（第九十七章）に、「分つてゐても、其所へ行けないのだらう。途中で引懸つてゐるのだらう」という例の言説はありますね。それは健三だけではなく『道草』の登場人物すべてに、そして読む我々すべてに還ってくる。だから敢えて入れない方が、「道草」という言葉が拡がるでしょう。

荒井　『道草』の拡がりということでしたら、宮薗さんは今回『道草』論をお書きになっていらっしゃいますが、

宮薗　『道草』について、他に何か関心をお持ちのことなどありますか。

鳥井　私は、作品発表時の「文壇事象」が気になっています、大正四年という。徳田秋声の『あらくれ』が一月。有島武郎の『宣言』が七月です。『道草』の「朝日新聞」掲載は、六月から九月ですね。一一月の「帝国文学」に芥川の『羅生門』が、一二月から芥川が「木曜会」に参加し出す。『鼻』は、翌年二月の「新思潮」でしょう。「〈大正文学〉のシンポジウムというのは、このシリーズ本の企画の中でも一番やっかいな要素を含んでいる」とは、『大正文学［シンポジウム］日本文学⑰』（昭和51年、学生社）での、紅野敏郎の「報告」の冒頭部でしたが、『道草』を位置づけるのは中々難しい。同じ「報告」の中で、「大正文学といえば、打てば響くように短編小説問題が出てくる」と紅野敏郎は続けていますが、漱石には独自の長編という成熟があったとは言えるでしょう。

荒井　宮薗さんは漱石がご専門ですが、どちらかというと初期にご関心がおありですよね。最近は『明暗』『道草』と漱石の晩年期の作品も取り上げられていらっしゃいますが、初期との違いをどうお考えですか。

宮薗　作品自体の長さが初期とは段違いであるというのはあるのですが、意外と違いは感じませんでした。従来の硯友社系の文学では、文章の一字一句の背後に漢詩や古典の知識を想定して「文」を書いていたのに対し、漱石は絵画などの引用を場面単位で用いたところに、構成上の独自性があることを指摘したことがあります。野網摩利子「『道草』における記憶の現出――想起される文字に即して――」（『日本近代文学』平成21年11月、日本近代文学会）を踏まえつつ、今回改めて『道草』を読み直してみて、江戸時代から明治初期のテクストを場面の背後に想定することで、健三の幼年時代の場面を構成する手法が取られているんだなと気づきました。初期の手法は、この時期でも健在だったんだなあと感じました。

荒井　なるほど。話は変わりますが、この機会に編集上のことで、何か報告しておくことはありますか。

鳥井　昭和の「研究史」を、吉川仁子氏に担当して頂きました。本来なら私が担当し、編集者で統一すべきでした。昭和四十年代から五十年代は、漱石研究が活況にして（「国文学」だけで13回もの漱石特集号が組まれている）、研究がある意味で頂点を迎える至福な時期でしたから、私自身も実は参加したかったのです。しかし「研究史」をやれば、本命の『道草』論が書けなくなるだろうと危惧して、吉川氏にお願いしたわけです。そうしますと、荒井さんの「同時代評」の方は、どうですか。

荒井　なかなか「同時代」の文献を渉猟し切れなくて。もちろん、主要なものは挙げておきましたが。私としては、むしろそれ以外のものを出来るだけ拾って、同時代の評価や当時の『道草』の読まれ方を考えてみたかったのです。

鳥井　私が渉猟しても、第一、これだけ渉猟出来たかどうかも分かりません。宮薗さんは、一番新しい時期を担当されてどうですか。

宮薗　わたしは昭和五十年から現在までを担当しましたが、ちょうどテクスト論やフェミニズムなどの研究方法が台頭してくる時期に当たっていて、この時期も興味深いですね。きちんと当たってみると、体感的に感じていた研究史の流れより転換点は実際数年早かったんだなあ、と実感することもありました。平成元年から十年あたりで、お住の視点や彼女の女性性に関する論考が数多く生み出されたのは、『道草』研究史における一つの収穫だったと思います。

荒井　話は尽きませんが、紙幅の都合もありますし、この辺で「「あとがき」にかえて」を終らせたいと思います。最後に何か一言お願いいたします。

宮薗　近代文学研究を取り巻く状況が厳しさを増す中で、「夏目漱石」という、近代文学の「定番」作家の一作品に関する本格的な論集を形に出来ましたのは、本当に幸いなことだと思います。貴重な論考をお寄せ下さいま

荒井　した論者の方々と、このような魅力的な本にしてくださいました、和泉書院にお礼を申し上げたいです。

鳥井　編集委員一同の思いでもありますね、それは。鳥井さんは、何か。

「私は、杜甫を読むために生まれて来たのだ」と、吉川幸次郎は言いました。「死とは、モーツアルトが聴けなくなることだ」と、アインシュタインも言いました。

そうしますと、死とは「漱石が読めなくなること」、生とは「漱石が読めること。漱石を読んで「人生」を考え続けられること」と、私なら言いたいわけです。

荒井　『道草』のみならず、大きな問題に還ったところで、「「あとがき」にかえて」を終りましょう。

謝辞

鳥井正晴

＊『道草』冒頭の原稿を、口絵に収録させて頂きました。冒頭部の引用から始まる『道草』論は、相変わらず多い。その生原稿で口絵を飾れましたことは、この上ない喜びであります。原稿の所蔵先であり、快く写真をご提供下さいました日本近代文学館に、御礼を申し上げます。

＊「書架圖」の転写・収録をさせて頂きました。『『道草』論集 健三のいた風景』の挿絵として、これ以上のものを、私には考えられません。この一枚の「画」（色刷り）が入ることによって、本全体にどれ程の確かな「趣き」を添えられたことでしょう。ご快諾の旨を知らされた時、私は小躍りせんばかりに歓喜しました。「書架圖」のご架蔵者、転載をご許可下さいました求龍堂に、謹みまして御礼を申し上げます。

＊ルオーの「ヴェロニカ」で、表紙カバーを飾ることが出来ました。イエスを包むヴェロニカの瞳は、大きく限りなく深くあります。私の大学の個人研究室で二十年来、私を見下ろし続けています。ヴェロニカの掲載をご快諾下さいました著作権継承者、ご所蔵先のジョルジュ・ポンピドゥー国立美術文化センター、掲載にあたりお世話になりました日本美術著作権協会、ＡＤＡＧＰ、ＤＮＰアートコミュニケーションズに、御礼を申し上げます。

＊本作り・出版に関しましては、一切合切を和泉書院にお願いしました。

和泉書院の廣橋研三社長は自ら、『『道草』論集　健三のいた風景』の編集長の労を取って下さいました。漱石の俳句に、「秋高し吾白雲に乗らんと思ふ」があります。氏の出版人としての確かな眼識が、広い知識が、そして深い洞察力が、私達を高い「白雲」に乗せて下さいました。「信頼」とは、氏に相応しい言葉でありましょう。編集の屋台骨を、支え続けて下さいました。「「あとがき」にかえて」が、鼎談という形式に落ち着いたのも、氏の示唆に負うところです。深甚、御礼を申し上げます。

＊

装幀は、上野かおる女史にお願いしました。

『三四郎』の広田先生の「夢の話」に、「僕が女に、あなたは画だと云ふと、女が僕に、あなたは詩だと云つた」があります。上野女史は、いつも私の「想い」を遥かに超えて、限りなく高く具現化して下さいます。女史の装幀は、まさしく「画」であり「詩」であります。コラム欄の、「艸《くさ》」と「道《みち》」をあしらったデザインもお願いしました。詩趣ある本になりましたことを深甚、御礼を申し上げます。

和泉書院ならびに、各関係者にお世話に相成りました。御礼を申し上げます。

私は今、漱石の俳句「樽柿の渋き昔しを忘るゝな」を、慎みて自重反芻して居ります。

執筆者一覧（五十音順）

荒井真理亜（あらい　まりあ）
甲南女子大学

上　總　朋　子（かずさ　ともこ）
関西学院大学大学院博士課程後期課程単位取得退学

岸　元　次　子（きしもと　つぎこ）
漱石研究者

北川扶生子（きたがわ　ふきこ）
鳥取大学

木谷真紀子（きたに　まきこ）
同志社大学非常勤講師

木　村　澄　子（きむら　すみこ）
国語学研究者

小　橋　孝　子（こばし　たかこ）
鶴見大学非常勤講師

笹　田　和　子（ささだ　かずこ）
京都女子大学大学院修士課程修了

佐　藤　栄　作（さとう　えいさく）
愛媛大学

田　中　邦　夫（たなか　くにお）
大阪経済大学

鳥　井　正　晴（とりい　まさはる）
相愛大学

長　島　裕　子（ながしま　ゆうこ）
早稲田大学非常勤講師

宮　薗　美　佳（みやぞの　みか）
常磐会学園大学

村　田　好　哉（むらた　よしや）
大阪産業大学

山　本　欣　司（やまもと　きんじ）
武庫川女子大学

吉　川　仁　子（よしかわ　ひとこ）
奈良女子大学

■**編者略歴**

鳥井正晴（とりい まさはる）

現在　相愛大学人文学部教授
著書『明暗評釈　第一巻　第一章～第四十四章』
（2003年３月、和泉書院）ほか

宮薗美佳（みやぞの みか）

現在　常磐会学園大学国際こども教育学部専任講師
著書『『漾虚集』論考―小説家「夏目漱石」の確立』
（2006年６月、和泉書院）ほか

荒井真理亜（あらい まりあ）

現在　甲南女子大学文学部講師
著書『上司小剣文学研究』
（2005年11月、和泉書院）ほか

近代文学研究叢刊　51

『道草』論集　健三のいた風景

二〇一三年九月三〇日初版第一刷発行
（検印省略）

編　者　鳥井正晴
　　　　宮薗美佳
　　　　荒井真理亜

発行者　廣橋研三

印刷・製本　シナノ

発行所　有限会社　和泉書院

大阪市天王寺区上之宮町七－六
〒五四三－〇〇三七
電話　〇六－六七七一－一四六七
振替　〇〇九七〇－八－一五〇四三

装訂　上野かおる

ISBN978-4-7576-0676-0　C3395